Editora Appris Ltda.
1.ª Edição - Copyright© 2022 da autora
Direitos de Edição Reservados à Editora Appris Ltda.

Nenhuma parte desta obra poderá ser utilizada indevidamente, sem estar de acordo com a Lei nº 9.610/98. Se incorreções forem encontradas, serão de exclusiva responsabilidade de seus organizadores. Foi realizado o Depósito Legal na Fundação Biblioteca Nacional, de acordo com as Leis nos 10.994, de 14/12/2004, e 12.192, de 14/01/2010.

Catalogação na Fonte
Elaborado por: Josefina A. S. Guedes
Bibliotecária CRB 9/870

F345t 2023	Ferranti, Suélen Teu é o reino / Suélen Ferranti. - 1. ed. - Curitiba : Appris, 2023. 496 p. ; 23 cm. ISBN 978-65-250-4376-0 1. Ficção brasileira. 2. Literatura - História e crítica. 3. Monarquia – Inglaterra. I. Título. CDD – B869.3

Appris
editora

Editora e Livraria Appris Ltda.
Av. Manoel Ribas, 2265 – Mercês
Curitiba/PR – CEP: 80810-002
Tel. (41) 3156 - 4731
www.editoraappris.com.br

Printed in Brazil
Impresso no Brasil

TEU É O REINO

Suélen Ferranti

Appris
editora

FICHA TÉCNICA

EDITORIAL	Augusto V. de A. Coelho
	Sara C. de Andrade Coelho
COMITÊ EDITORIAL	Marli Caetano
	Andréa Barbosa Gouveia - UFPR
	Edmeire C. Pereira - UFPR
	Iraneide da Silva - UFC
	Jacques de Lima Ferreira - UP
SUPERVISOR DA PRODUÇÃO	Renata Cristina Lopes Miccelli
ASSESSORIA EDITORIAL	Nicolas da Silva Alves
REVISÃO	Paulo Cezar Machado Zanini Junior
	Monalisa Morais Gobetti
PRODUÇÃO EDITORIAL	Renata Cristina Lopes Miccelli
DIAGRAMAÇÃO	Yaidiris Torres
	Bianca Silva Semeguini
CAPA	Lívia Weyl

Dedico este livro à minha irmã Simone, minha primeira leitora, minha incentivadora maior, minha melhor amiga da vida inteira, minha metade.

Agradecimentos

Aos meus pais e irmãos. À minha Laurinha, Ben e ao meu esposo.

A todos os amigos e familiares que apostaram no meu sonho, na minha escrita e na minha história.

Foi sem dúvidas o amor e o incentivo recebido de cada um de vocês que me trouxe até aqui.

Prólogo

OUTUBRO DE 2021

Observei minha mãe em sua pequena sala de costura, imersa em seu ofício e dedicada como sempre. Temendo distraí-la, preferi permanecer em silêncio até que partisse dela uma sugestão de assunto. Absorta, demorei-me em analisar nossa velha janela de guilhotina que emoldurava o anil celeste a iluminar meus olhos. Seus resquícios de tinta branca cobriam parcialmente o castanho das tábuas de cedro, visível sempre que o vento ameno daquela tarde encontrava a cortina e embalava, a cada sopro, o algodão amarelo pálido recheado de minúsculos traçados níveos que compunham flores. Motivos idênticos revestiam a poltrona em que eu me esparramava.

A humilde sala de costura de minha mãe carregava, em seus limitados recursos, todos os encantos que o atelier de um artista costuma conceber em sua singularidade. A energia vibrante que exalava de cada detalhe era fruto da personalidade inigualável de sua criadora, que eu, orgulhosa, estava a observar enquanto ela não desgrudava os olhos do vestido de noiva que bordava manualmente, a ser entregue para uma cliente que estaria a caminho do altar na semana seguinte.

Seus dedos calejados eram ágeis e, mesmo feridos, não a decepcionavam e seguiam fazendo os mesmos movimentos repetidos. Pérola por pérola finalmente integraram-se, transformando as mangas em uma cascata delicada que cairia sobre os ombros. O decote revelava o colo nu de ombro a ombro, um espartilho, também adornado por pérolas, definia a cintura e seguia ao encontro de um cetim macio que traçava perfeitamente o quadril e as pernas, abrindo-se, dos joelhos para baixo, em uma graciosa cauda.

— Laura, querida... — disse minha mãe, olhando-me por cima dos óculos. — Necessito com urgência de uma modelo, por acaso conhece alguma?

— Ah sim, conheço várias, mãe! Nesta revista mesmo há dezenas delas... — mostrei-lhe a capa da revista de fofocas que eu folheava. — Só não estou certa sobre o custo de seus cachês — gracejei.

Ela abriu um imenso sorriso e me pediu com os olhos para que eu provasse o vestido, como sempre fazia quando as medidas de suas clientes correspondiam às minhas, e assim o fiz.

Minha irmã, Luiza, e eu servíamos ocasionalmente como modelos de nossa mãe desde nossas mais remotas memórias, sempre a ouvindo destacar o privilégio de nossa genética que nos permitiria manter as mesmas medidas com os escoar dos anos, assim como ela.

Seu exemplo era testemunho, pois aos 46 anos mantinha a aparência, sem exagero algum, de uma mulher com pelo menos uma década a menos, o que fazia com que Luiza e eu rogássemos por herdar sua resistência ao tempo.

Enquanto ela estudava os ajustes necessários em sua criação, aproveitei para admirar sua bela figura.

Sua cintura estreita era definida pelo avental surrado que cobria o leve crepe georgette de padronagem geométrica em um colorido discreto do vestido de alças finas que trajava, o qual evidenciava seus seios fartos e seu colo bronzeado. Nele, descansava um discreto colar que sustentava um pingente de três pequenos bonecos representando seus filhos, uma das poucas joias verdadeiras que possuía e que enaltecia ainda mais sua pele levemente dourada e seus cabelos negros presos no alto da cabeça. Os olhos, de um castanho muito comum, tornavam-se singulares devido à constante doçura que neles habitava e eram capazes de abrandar qualquer tempestade em virtude da bondade que transmitiam. Os traços latinos tornavam-se evidentes nos lábios encorpados e no nariz bem delineado. Embora suas inúmeras atividades e os últimos acontecimentos a houvessem consumido em demasia, de modo que o cansaço estampava seu rosto vez ou outra, seu costume era se apresentar trazendo um imenso sorriso, o qual, segundo ela, tinha como motivos permanentes seus filhos e o homem e amor da sua vida, meu pai.

Lembrei-me instantaneamente dos caminhos que nos trouxeram até ali...

Sumário

Capítulo 1……………………………………………………………13
Capítulo 2……………………………………………………………17
Capítulo 3……………………………………………………………23
Capítulo 4……………………………………………………………29
Capítulo 5……………………………………………………………33
Capítulo 6……………………………………………………………41
Capítulo 7……………………………………………………………47
Capítulo 8……………………………………………………………51
Capítulo 9……………………………………………………………57
Capítulo 10…………………………………………………………61
Capítulo 11…………………………………………………………69
Capítulo 12…………………………………………………………77
Capítulo 13…………………………………………………………87
Capítulo 14…………………………………………………………97
Capítulo 15…………………………………………………………105
Capítulo 16…………………………………………………………109
Capítulo 17…………………………………………………………117
Capítulo 18…………………………………………………………129
Capítulo 19…………………………………………………………141
Capítulo 20…………………………………………………………169
Capítulo 21…………………………………………………………177
Capítulo 22…………………………………………………………189
Capítulo 23…………………………………………………………199
Capítulo 24…………………………………………………………207
Capítulo 25…………………………………………………………227
Capítulo 26…………………………………………………………233

Capítulo 27..237
Capítulo 28..247
Capítulo 29..253
Capítulo 30..265
Capítulo 31..273
Capítulo 32..283
Capítulo 33..289
Capítulo 34..299
Capítulo 35..311
Capítulo 36..319
Capítulo 37..325
Capítulo 38..341
Capítulo 39..345
Capítulo 40..351
Capítulo 41..359
Capítulo 42..363
Capítulo 43..373
Capítulo 44..379
Capítulo 45..407
Capítulo 46..413
Capítulo 47..421
Capítulo 48..435
Capítulo 49..447
Capítulo 50..455
Capítulo 51..463
Capítulo 52..465
Capítulo 53..469
Capítulo 54..479
Capítulo 55..483
DOIS MESES DEPOIS..489

Capítulo 1

Meus pais conheceram-se quando crianças, ainda precedente ao primeiro decênio de suas vidas. Viveram juntos a infância, vizinhando nesta pequena cidade serrana, virtuosa por seus conjuntos de montanhas e vales perfeitamente propícios a destacarem-se como o cenário do grande amor que os imbuiu no instante em que se encontraram. Desde então, passaram a partilhar seus dias e experiências, seus sonhos, alegrias e dores, e, assim não houve surpresa quando eles escolheram partilhar suas vidas. Dado a isso, jamais existiu algo que não conhecessem no outro, trazendo-nos sempre a certeza de representarem exatamente a mesma essência distribuída em duas partes.

Com raízes aqui, presentearam aos meus irmãos e a mim com a graça de poder chamar este lugar de lar. Paradisíaco, bem como remoto e rural, ouso dizer que seus encantos sobreviveram aos anos e se mantiveram intactos ao longo das gerações através da tranquilidade que, diferentemente de outras cidades, ainda não fora usurpada pelos inconvenientes trazidos pelo desenvolvimento.

Oriundos de lares de trabalhadores do campo, empenharam-se na lavoura até boa parte da juventude na companhia de nossos avós, hoje já falecidos.

Olivia e Henrique, meus avós paternos, eram bisnetos de imigrantes italianos que chegaram ao Brasil no século 19.

Olivia era uma mulher magra e muito frágil, oprimida por uma série de problemas de saúde que a impediam de segurar suas gestações. Fria e discreta, não me recordo de manifestações afetivas de sua parte, bem como de meu avô, Henrique, que também não demonstrava ser dotado de grande sensibilidade. Segundo minha mãe, a herança europeia era a responsável por seus costumes reservados e sua falta de afabilidade. Por esse motivo, até hoje me pergunto a quem meu pai saiu com a sua imensa vontade de pregar o amor pelo mundo.

Entretanto, apesar da reserva, como tão natural dos casais da época, os Baroni também sonhavam em constituir uma família. Mas tais propósitos passaram a ser ameaçados após a sequência de abortos espontâneos que acometia minha avó, que, contra a vontade dos médicos, manteve-se inflexível e determinada. Foi um milagre o fato de não ter se despedido da vida ao dar à luz ao meu pai, aos sete meses de uma gestação de grandes riscos, tanto para a mãe quanto para o bebê, este recebendo o nome de seu pai, Henrique Baroni Filho.

Em gritante discrepância à apatia de sensibilidade que vitimava a família de meu pai, no lar de Bento e Helena, meus avós maternos, a ternura espalhava-se por todos os cantos, e, segundo minha mãe, lá sorrisos aqueciam, e abraços eram capazes de alcançar a alma.

Mas a sorte na construção de uma família com muitos frutos também não sorriu para eles.

Meus avós tiveram dois filhos, porém, poucos anos após o nascimento de minha mãe, Sara, quando o destino parecia ter presenteado seus pais com outra criança e um motivo a mais para sorrir, o recém-nascido fora diagnosticado com uma má formação que a escassez de recursos da época não permitiu tratar, levando-o a óbito antes mesmo que seus pequenos olhos pudessem conhecer o mundo.

O medo de outra vez viver a dor de ter um filho arrancado de seus braços castigava Helena, que vigorosamente passou a posicionar-se contra qualquer chance de voltar a engravidar. Assim, meus avós maternos também foram obrigados a abandonar o sonho de construir uma grande família, o que nos negou a presença de tios e primos espalhados pelo mundo, como ocorre com grande parte das famílias.

Devido às atividades no campo, que exigiam a maior parte do tempo de Bento e Helena, na responsabilidade de minha mãe ficavam os afazeres domésticos, e, desde muito cedo, além da escola, a ela eram atribuídas todas as tarefas responsáveis por manter em ordem um lar. Entre suas muitas habilidades adquiridas, uma viria a se tornar fonte de grande prazer, a costura, tornando-se, inclusive, seu ofício ao longo da vida.

Embora dedicada às funções a ela destinadas, meus avós cobriram-na de incentivo à formação educacional. Por essa razão, ainda muito jovem, já se arriscava a ambicionar um futuro diferente do percurso de sua mãe. Apaixonada por literatura, o que lhe concedia o conhecimento além de seu pequeno e limitado universo, encontrava nos livros o conforto e a base necessários para o sonho de um dia graduar-se. Sua escolha seria o curso de moda e, assim, transformaria em profissão a paixão pelos tecidos, pela elegância e pelos desenhos, que eram parte fundamental do trabalho que ela tão bem executava.

Suas ideias foram convertidas em traços em um caderno velho que, por diversas vezes, esteve em seus braços enquanto ela, distraída, sonhava. Nesses momentos, meu pai a admirava com imensa ternura e nos prevenia para que não interrompêssemos seus devaneios, apontando a importância de uma alma sonhadora como ponto de partida crucial para toda e qualquer realização. Foi mérito seu o fato de nos tornarmos grandes sonhadores.

Quem não se interessava muito por sonhos eram meus avós paternos.

Meu pai completou o ensino fundamental trabalhando dobrado para que o Sr. Baroni o permitisse frequentar a escola todas as manhãs. Henrique propagava que o patriarcado jamais se utilizara desses meios para se destacar em suas responsabilidades e que era o trabalho braçal o que dignificava um homem. Mas meu pai dizia que sonhava, e que além de digno, adoraria ser feliz.

E foi nesse contexto que ele e minha mãe se conheceram, viveram sua infância, adolescência e se apaixonaram perdidamente.

Dois anos após minha mãe debutar, ela descobriu que estava grávida. Eles casaram-se às pressas em uma cerimônia simples na igreja da comunidade e comemoraram na casa dos meus avós maternos. Minha avó Helena, que também era costureira, confeccionou o vestido de noiva, delicado e muito modesto. Para os noivos, perdidos de amor, foi um dia de festa e comemoração e, apesar da pouca idade e da responsabilidade precoce que lhes viria pedir contas, sabiam que estavam fazendo a escolha certa.

Minha mãe terminou o colegial naquele mesmo ano. Esquivando-se das dificuldades trazidas pela fase final da gestação, fez questão de participar da formatura juntamente com seus colegas. Com uma imensa barriga e pés inchados, ela sentiu-se a mais feliz das mulheres, pois havia conquistado um diploma e estava esperando o melhor presente de Deus, ao lado do melhor homem do mundo, como sempre se referiu ao meu pai. Além de admirá-lo por seu caráter, manteve-se apaixonada com o passar dos anos por considerá-lo o homem mais atraente que conhecera.

"Alto, vaidoso, inteligente, de cabelos castanhos espessos e gentis olhos azuis, que suavizavam seus traços masculinos marcantes", eram esses os atributos descritos por ela, que se definia como "uma mulher de sorte". Com uma força de vontade insólita, meu pai conseguiu se formar no colegial e ingressar em uma universidade na cidade vizinha, que ficava a cerca de 70 quilômetros de distância. Lá, iniciou o curso de história, que o forçou a renunciar aos trabalhos no campo, enfurecendo meu avô e obrigando o jovem Henrique a encontrar outro modo de sustento para a família que formara.

Trabalhou como garçom, pintor e vendedor, mas logo se destacou no curso e, antes que o desespero o atingisse, conquistou seu espaço, passando a viver de projetos acadêmicos e da licenciatura.

Quando minha irmã completou 3 anos, meu pai já lecionava em duas escolas da nossa cidade, era professor particular nas horas vagas e ingressava em sua primeira especialização na área da história durante as noites. Apesar da vida corrida, sentia tanto amor por aquele pequeno ser que representava todo o mundo para ele, que ainda se capacitava a ser um superpai, acordando à noite para embalar minha irmã, dando banho, trocando fraldas e executando com gosto todas essas tarefas que a maioria dos homens abomina e descreve como destinadas somente às mulheres.

E, assim, ele foi o mesmo pai dedicado quatro anos depois do nascimento da Luiza, quando eu nasci, e três anos depois, quando nosso irmão, Antônio, chegou, seu primeiro filho homem. Não que houvesse distinção, mas seu instinto masculino lhe propiciou uma dose a mais de orgulho fazendo seu sorriso lhe dividir o rosto ao meio até que ele se acostumasse com a grandeza da benção que recebera.

Nessa época, já formado, meu pai trabalhava até a exaustão com 60 horas semanais em escolas estaduais e municipais da região. Minha mãe, que não encontrou uma forma de voltar a estudar, costurava, fazia tortas, doces e compotas de frutas para vender, além de cuidar da casa e de nós. Luiza já tinha 10 anos, e eu, seis. Deslocávamo-nos para a escola todas as manhãs e, duas vezes por semana, também à tarde. Estudávamos como bolsistas na melhor escola particular da cidade vizinha, e meus pais viam isso como a melhor das oportunidades, o que de fato era, e nos esforçávamos ao máximo para aproveitá-la.

Sou imensamente feliz por não os decepcionar.

A escola localizava-se na mesma cidade em que, anos antes, meu pai frequentara a universidade e onde também viríamos a nos formar.

Ao longo dos anos, nosso cotidiano foi moldado pelos compromissos escolares e cursos complementares que, devido às boas notas, conseguíamos cursar.

Capítulo 2

Fomos incentivados, desde muito cedo, a encontrar abrigo em todo tipo de arte. Meus pais eram grandes fãs de literatura, de cinema e música e nos educaram segundo suas paixões. Mas havia uma em especial que era apreciada somente por mim: tocar violão e cantar. Embora todos em casa fossem apreciadores vorazes de música e, vez ou outra, até cantassem comigo, fui a única a seguir nas aulas de musicalização, a participar do coral da igreja e a manter pela vida o fascínio que adquirira com os ensinamentos recebidos.

Nos momentos raros em que eu encontrava tempo para uma distração, corria para nossa varanda de ladrilhos avermelhados e plantas espalhadas rodeando a rede suspensa, onde me sentava com meu violão embaixo do braço.

Elvis Presley acompanhava-me desde meus fones de ouvido até minha humilde tentativa de reproduzi-lo em meu violão. Em nossos discos disponíveis em casa e colecionados ao longo de nossas cinco vidas, uma extensa lista incluía desde Bach até Pink Floyd. Estilos diferentes entre si encontravam um ponto convergente quando em mim cumpriam seu papel na arte: emocionar.

Em nossa pequena sala, a simplicidade era somada aos luxuosos móveis no estilo *Luís XV*, que minha mãe dedicou meses de costura para conseguir pagar. Nossos vizinhos haviam herdado a mobília de parentes distantes e, por não conhecerem o verdadeiro valor da raridade, incautos, ofereceram-na como presente aos meus pais, já que se mudariam para outra cidade e não teriam condições de comportar uma mobília daquele porte. Visto que não tinham conhecimento do tesouro que possuíam, meus pais, então, informaram-lhes da preciosidade que se tratava e, embora sem condições de pagar a fortuna que valiam, ofereceram um valor que acreditavam ser justo. Ambas as partes concordaram e sentiram-se satisfeitas.

O encanto daquele cômodo não permitia que eu me acostumasse ao contraste cultural e histórico que sempre me surpreendia e exaltava o bom gosto de minha mãe, gerado por seus romances favoritos, os quais ela fizera questão de narrar para Luiza e para mim desde que éramos apenas duas garotinhas.

Edições antigas e surradas de Jane Austen descansavam desalinhadas umas sobre as outras, encontradas entre diversas pilhas paralelas que foram intencionalmente dispostas, contendo clássicos das irmãs Brontë, Alexandre Dumas, William Shakespeare, Thomas Hardy e muitos outros. Acompanhando-os, obras contemporâneas, como uma das minhas predileções em termos de literatura inglesa: *Uma mulher de fibra*, de Barbara Taylor Bradford. Era minha inspiração e meu norte de como uma grande mulher deveria ser. Além de Barbara, Philippa Gregory, Lucinda Riley, Patricia Bracewell, entre dezenas de outros, ocupavam um canto destinado a concentrar as mais fascinantes histórias, que inspiraram meus desejos pessoais e profissionais.

Entre as histórias que conheci, o fascínio pelas monarquias causou-me um efeito imediato. Assim que obtive discernimento para compreender a imensidão daqueles fatos narrados por meu pai, dediquei-me a absorver o máximo de conhecimento a respeito da casa dos Tudor. Emocionei-me com o amor medieval de Inês e Pedro, sofri pelo triste fim da rainha que mais despertava meu interesse, Mary Stuart, assim como o de Ana Bolena e Maria Antonieta, e, definitivamente, apaixonei-me pelo romance da rainha Alexandrina Vitoria e seu príncipe Albert.

As biografias sobre a realeza causavam-me um tipo inebriante de empolgação.

Sonhava em viajar para a Europa e, assim, abastecer-me de conhecimento. Imaginava-me tocando nas sedas dos suntuosos vestidos, caminhando sobre o calcário que cobria o imenso chão dos castelos, sentindo a água fluindo por entre meus dedos na cascata de Chatsworth House... Ah! A lista era imensa...

Assim, mesmo antes de terminar o ensino fundamental, eu já decidira o que cursar na faculdade. Seguiria os passos de meu pai. Ao contar-lhe, ele disse-me, emocionado, que se era esse realmente o meu sonho, ele sentia que eu realizaria tudo aquilo que ele não pôde. Abracei-lhe, feliz por lhe proporcionar tal alegria.

Outra grande paixão de Henrique, que muito nos fascinou e nos impeliu a seguir seus passos, foi seu envolvimento em causas sociais. Como educador, sentia que era seu dever instruir e amparar aqueles menos afortunados que margeavam a sociedade, dando-lhes a erudição necessária para capacitá-los a vislumbrar um futuro de realidade mais otimista.

Minha mãe era sua companheira, e juntos sempre participaram de projetos sociais, entretanto detestavam politicagem.

Como nunca tivemos muito dinheiro, o trabalho fez parte de nossas vidas desde muito cedo. Luiza e eu aprendemos a preparar compotas de frutas como morango, figo e ameixa para vender. Também aprendemos todo tipo de confeitaria — bolos, tortas e doces —, além de costurarmos com nossa mãe ou servirmos como suas modelos.

Além das encomendas, produzíamos doces excedentes que eram vendidos em feiras pela cidade e, assim, revertíamos o dinheiro para a caridade. Antônio fazia as entregas em sua bicicleta nos dias em que não tinha aula na parte da tarde, e, desse modo, cada um de nós aprendeu a ter responsabilidades e a cumprir com seus deveres desde muito cedo.

Como todos os irmãos, também brigávamos com certa frequência. Luiza, principalmente, por ser a mais velha e nossa "antecessora" como ela mesma se denominava, encontrava os motivos mais extravagantes como desculpa para nos estapear quando seus hormônios da adolescência fervilhavam. Pelo menos aprendi a deixar discos em ordem alfabética e a manusear todo tipo de objeto de estética que embelezasse uma mulher da cabeça aos pés, pois dessa forma conseguia acalmá-la.

Mas a lealdade era a melhor das nossas qualidades, nosso comprometimento era imutável. Brigávamos em casa, mas não permitíamos, em hipótese alguma, que qualquer pessoa, além de nossos pais, repreendesse-nos de forma rude ou cometesse contra nós algum tipo de maldade. Uma vez Luiza obrigou uma menina que ria das minhas ilusões literárias na escola a desfilar, durante o intervalo, com o que era para ser um vestido da Era vitoriana, mas a verdade é que a pobre garota fora praticamente enfiada à força dentro de um cetim vermelho tão mal confeccionado que mais parecia restos do traje de um Papai Noel.

Luiza era dona de um temperamento apimentado, tinha sede de justiça, sua índole era irrepreensível, mas paciência não entrava em sua lista de virtudes. Por ser muito explosiva, todos pensavam duas vezes antes de mexer com Antônio ou comigo.

Unidos em todas as tarefas, além da escola, permanecíamos em constantes projetos sociais com nossos pais. Dispondo de pouco tempo entre uma atividade e outra, revezávamos para continuidade do trabalho, reservando ao menos um dia da semana destinado a dar aulas às crianças, desenvolvendo programas de arte e leitura.

Pouco antes de completar 18 anos e terminar o ensino médio, prestei vestibular e fui aprovada para o curso de História. Assim como Luiza no curso de direito, anos antes, ingressei em uma universidade federal, é claro, pois não tínhamos condições de custear uma mensalidade em uma instituição particular.

Além da faculdade, Luiza também trabalhava como estagiária em um escritório de advocacia. Aos 21 anos já possuía toda a segurança que uma mulher espera sentir a vida inteira. Era confiante e decidida, geniosa e politicamente correta, mas a beleza exótica que desenhava cada uma de suas feições era indiscutivelmente o que mais chamava a atenção. O corpo voluptuoso proporcionalmente definido não permitia que sua presença passasse despercebida. Os cabelos lisos e castanhos, que lhe caíam sobre os ombros, eram iluminados por estreitas mechas tingidas de um dourado que destacava a cor da sua pele. O rosto era emoldurado por arqueadas sobrancelhas expressivas sobre enormes olhos castanhos cobertos por longos cílios negros. Em seus lábios generosos, de um formato que lembrava um coração, perpetuava um tom escarlate que a deixava a mercê da mais vasta lista de pretendentes.

Depois de formada, Luiza já não mais me acompanhava no caminho até a faculdade. Em seu lugar, seguia o mais recente orgulho da família, Antônio, calouro de Medicina.

Com as cobranças que os últimos semestres requeriam — estágios, planos de aula e Trabalho de Conclusão de Curso —, minha rotina ficou, por incrível que pareça, ainda mais acelerada. Todas as manhãs eu tinha que organizar as entregas dos doces que Antônio faria quando retornasse da universidade, caminhar com ele até o ponto de ônibus às 6h da manhã, viajar para chegar às 7h30 na porta da universidade e entrar correndo feito um foguete em sala, mesmo assim perdendo 10 minutos de aula todos os dias. Depois do primeiro semestre, algumas piadinhas sugerindo que eu me inscrevesse na maratona da universidade já não me aborreciam.

Ainda que minha rotina se configurasse de maneira muito mais agitada que a da maioria de meus colegas, minha vida social era satisfatória.

Muitos amigos, entre os quais diversos conheci por meio dos programas sociais que participei, outros muitos de diferentes cursos da universidade por estar frequentemente envolvida em projetos do campus.

Com isso, eventualmente era chamada para tocar em barzinhos nas noites de sexta-feira. Na grande maioria das vezes, eu apenas me sentava em uma das cadeiras dispostas em meio ao bar e, ali mesmo, tocava meu violão, a pedido de uma pequena aglomeração de jovens que me rodeava. Outras vezes, meus próprios colegas produziam um pequeno show — do qual eu era a última a ser comunicada — e persuadiam-me a tocar em troca de um cachê que eu considerava razoável.

Eu não gostava de palco, tampouco me imaginava vivendo de música: em público, era algo que definitivamente não me trazia prazer. O papel da música na minha vida era o de me auxiliar em uma fuga do mundo e não o de me aproximar dele. Contudo, por algumas vezes, considerei a tentativa como experiência e, com o cachê que recebia, conseguia financiar minha paixão por perfumes e sapatos caros sem precisar comprometer meu salário. Meus pais não eram contrários às minhas apresentações e incentivavam-me apenas recomendando cuidado, porém ofertavam-me a liberdade necessária para fazer minhas escolhas. Como não era algo que eu realmente gostava, fazia-o esporadicamente.

Capítulo 3

Quando eu estava no terceiro ano da graduação, consegui organizar e promover, com a ajuda da minha turma, um espetáculo de um famoso grupo de teatro da cidade. A renda seria revertida para custear as novas instalações de uma escola para crianças especiais que já ajudávamos há algum tempo.

Muitas empresas colaboraram com a causa, entre elas uma empresa de softwares chamada W.D., que estava no mercado há muitos anos.

Como eu seria a oradora do evento, pedi à minha mãe que me fizesse um vestido. Escolhemos um tecido de tweed azul pastel, e eu mesma o desenhei. Já estávamos no início da primavera e o frio já não era tão rígido como nos meses anteriores, então optei por um modelo de mangas sobre os cotovelos, decote reto e pouco revelador — já que meus seios eram volumosos o suficiente para chamar a atenção mesmo cobertos —; seu corte percorria a linha da cintura e descia estreitando-se nas pernas até pouco abaixo dos joelhos. Calcei um scarpin branco de saltos médios, e um pequeno laço na mesma cor adornava a parte superior dos meus pés. Elaborei um coque improvisado para passar um ar mais sério e para aparentar mais idade também, afinal, era difícil ser levada a sério com apenas 21 anos. Ao concluir uma leve maquiagem, coloquei meus brincos de falsas pérolas e, ao me olhar no espelho, senti-me satisfeita com a imagem que ele revelou.

Em meio à correria dos preparativos para a apresentação, quando eu estava no camarim ajudando os atores com a maquiagem, um homem estranho se aproximou, apresentando-se sem a menor cerimônia.

— Olá! Laura?

— Pois não? — respondi automaticamente, tão concentrada que estava na maquiagem de um palhaço que eu tentava concluir.

— Chamo-me Carlos Eduardo Monteiro. Estou representando a W.D. e, como tenho a maior admiração pelo seu trabalho social, quis conhecê-la pessoalmente e certificar-me que você é realmente tudo isso que falam por aí. — Por um momento, fiquei confusa, pois ele me fitava com olhos estreitos ao sorrir de uma maneira pouco educada para um desconhecido, poderia até sugerir que se insinuava.

Era bonito, muito bonito. O cabelo louro estava perfeitamente penteado em um topete que eu julgava no mínimo exagerado, os dentes brancos reluziam em um sorriso presunçoso e profundamente irritante. Já os olhos, de um verde pálido, faiscavam ao seguir cada movimento do meu corpo, analisando-me e constrangendo-me sem o menor sinal de discrição. Vestindo um terno cinza, perfeitamente alinhado em seu corpo atlético, apoiou-se na porta do camarim enquanto se divertia ao me ver ruborizar.

Eu não compreendia o motivo pelo qual ele se achava no direito de falar pelos cotovelos sem medir suas palavras como se fôssemos velhos conhecidos. Senti meu sangue ferver.

— "Tudo isso que falam por aí" — meus dedos reproduziram aspas enquanto meus olhos grudavam nos seus para que eu lhe pudesse enfatizar o quanto ele deveria encarar com seriedade minhas palavras. — Sejam lá quais são suas fontes, e estas nem um pouco me interessam, assim como o próprio conteúdo das informações que obteve ao meu respeito, ou mesmo esse seu interesse em certificar-se acerca de quem sou, não têm espaço em meio ao nosso projeto. Não temos tempo nem condições, sobretudo psicológicas, de tratarmos de irrelevâncias em meio a esse grandioso trabalho em que eu sou apenas uma pequena peça, rodeada de pessoas que se importam e contribuem motivadas por razões nobres, dado a isso, merecem o máximo de respeito. Recomendo que repense sua participação, ainda há tempo — sugeri encarando-o o máximo que pude antes de retornar à minha tarefa na tentativa de que compreendesse que eu não desejava sua companhia.

Seu sorriso dobrou de tamanho. *"Qual é o problema desse cara?!"*, pensei.

— Desculpe se a ofendi, não foi minha intenção. É que não nos deparamos com pessoas — ele novamente me examinou dos pés à cabeça — como você todos os dias. Mas quero que saiba que é uma grande honra poder participar deste projeto, e espero que de muitos outros que virão. Adorarei colaborar com estas nobres causas às quais você se dedica.

Naquele momento, o restante dos atores entrou correndo, anunciando, aos gritos, que o espetáculo começaria em alguns minutos. Pensei em como aquele pessoal do teatro era dramático, mas agradeci por me libertarem daquele homem insuportável.

A apresentação foi um sucesso, a quantia arrecadada também; principalmente pelo cheque de valor exorbitante que o senhor Carlos Eduardo da W.D. fez questão de entregar em minhas mãos enquanto me dirigia o mesmo sorriso vertendo sarcasmo e me fazendo validar a hipótese de picar em mil pedacinhos o valioso papel e jogar naquele semblante irônico e repulsivo que ele fazia questão de ostentar. Obviamente, não o fiz, afinal, ali eu era o exemplo a ser seguido. Ou apenas por eu ser covarde demais para isso. Sabia que havia sacrifícios a que, por diversas vezes, deveríamos nos submeter em prol do bem-estar alheio, e aquele era, com certeza, um deles.

No momento da entrega, seu abuso ficou ainda mais evidente quando me falou quase num sussurro:

— Gostaria de convidá-la para tomar um suco e quem sabe assim conseguir consertar a má impressão que porventura posso ter deixado...
— Os lábios escancarados pareciam comemorar uma resposta positiva.

Respirei fundo e, tentando ignorar sua audácia, entre um sorriso forçado respondi:

— Não poderei acompanhá-lo, mas agradeço seu convite. Quanto à má impressão, não se preocupe, nosso objetivo aqui já foi alcançado, e espero que o senhor esteja tão satisfeito quanto eu estou.

Terminados os agradecimentos, saímos do palco e me dirigi à saída do auditório, porém, antes que eu pudesse chegar à porta, o senhor cabelo bacana se materializou ao meu lado, surpreendendo-me com uma educação até então não usada.

— Seria um imenso prazer trabalhar novamente com você — disse ele em meio a um sorriso, dessa vez, discreto.

Parei em sua frente e, olhando profundamente naqueles olhos verdes, me senti mal por não conseguir enxergar nenhum sinal de vida neles. Naquele momento, não compreendi que a ausência de vida naqueles olhos era o reflexo da falta de alma naquele homem. Precisei de um segundo para me recompor e deixar de lado minhas análises e meus sentidos enviando sinais de alerta.

— Prometo que não se arrependerá! Um único suco e estará liberada. Tenho muita curiosidade em relação aos projetos em que você e sua família atuam e me sentiria privilegiado se pudesse fazer parte disso mais vezes.

Me sinto imensamente feliz por tudo que vi hoje. Você tem um projeto interessante e, se estiver disposta, poderíamos trabalhar juntos em mais causas como esta.

Embora eu não gostasse dele, senti que estava mesmo decidido a se dedicar aos projetos, ou estava somente decidido a me conquistar. Quem sabe ele realmente merecesse uma chance — sobre me ajudar nos projetos, é claro. Lembrei do sorriso da diretora da escola beneficiada, das crianças, e, ah! Acho que ele merecia uma chance, afinal.

Carlos Eduardo e eu saíamos para tomar um suco naquele dia.

No dia seguinte, enquanto eu saía da aula, avistei-o me esperando e aceitei seu convite para tomar um café. Nossos assuntos eram relacionados aos projetos, ele realmente parecia se importar com as causas e, embora não expressasse emoções ao falar delas como eu, estava disposto a contribuir com o que fosse preciso e parecia se sentir feliz por isso.

Passaram-se alguns dias, e Carlos Eduardo tornou-se o Kadu. Conhecendo-o mais, descobri que perdera os pais ainda na infância, herdando a conceituada empresa da família Monteiro. Formado em administração há dois anos, geria e comandava o império construído pelo pai. Com 25 anos e com uma empresa daquele porte nas mãos, eu não entendia como ele encontrava tempo livre para me propor tantas opções de programas diferentes. Opções que eu, é claro, sempre recusava, salvo os raros dias em que eu dispunha de um intervalo entre uma aula e outra e, assim, o acompanhava para matar tempo tentando me distrair um pouco.

E foi assim que nos aproximamos. Eu nunca havia namorado, nem perto disso, mas já havia tido algumas paixões platônicas incentivadas por beijos inexperientes ao longo dos meus 21 anos. Mas, como dizia minha mãe, a verdade é que eu sempre sonhei que um cavaleiro de armadura reluzente viesse me salvar e, como isso era improvável demais, me deixei levar pelo Kadu.

Eu não estava apaixonada por ele, e, mesmo julgando-o pretensioso e vaidoso, Kadu acabava me persuadindo com seus infindáveis discursos sobre mudar o mundo, de lutar por novos ideais, e isso me divertia. Ele falava que eu despertava o que nele havia de melhor.

E é claro, ele não era uma imagem nem um pouco desagradável aos olhos, eu sabia que as garotas se atiravam em cima dele desesperadamente e me sentia, de certa forma, orgulhosa por um homem como aquele desejar tanto a minha companhia.

A humildade não era uma característica que Kadu possuía, muito pelo contrário, ele era dado a ataques de pretensão realmente desnecessários, e, quando isso acontecia, eu inventava logo uma desculpa para sair correndo e não precisar ouvi-lo contar sobre como sua vida luxuosa era interessante. Além de irritante, fazia-me desprezá-lo, e, por várias vezes, ignorei suas ligações ou inventei um milhão de desculpas para não precisar sair e suportar suas proezas de menino rico.

Até certo dia em que Carla, uma velha amiga de uma ONG na qual eu era voluntária, me ligou contando que o meu amigo Carlos Eduardo Monteiro havia acabado de realizar uma visita às crianças e que, além de ser um sujeito gentil e delicado com todos, ainda fizera a doação de três aparelhos de custo elevadíssimo que a ONG necessitava urgentemente para a enfermaria.

Por um momento, pensei no cavaleiro de armadura reluzente dos meus sonhos.

Quando saí da aula naquela tarde, avistei Kadu encostado em sua Mercedes preta. Vestindo uma calça jeans e uma camiseta branca, com um cigarro em uma mão e um ramalhete de rosas vermelhas na outra. Não senti meu coração ameaçar parar de bater nem nada do tipo, mas me senti feliz e grata pelas gentilezas oferecidas a mim.

Naquele dia nos beijamos. Estávamos caminhando no parque quando ele segurou minha nuca e pressionou seus lábios pesadamente sobre os meus. Senti sua língua explorando vagarosamente minha boca, como que para conhecê-la melhor, o que me causava um imenso frio na barriga. Seus braços me apertavam com força dentro de um abraço em que eu não sabia o motivo, mas não me sentia segura e sim presa.

A partir daquele dia, as investidas de Kadu se tornaram habituais. Flores, chocolates, boas ações e declarações faziam parte do pacote que incluíram também um pedido de namoro com direito a serenata em um restaurante fino.

Capítulo 4

A universidade que eu frequentava ficava na mesma cidade em que Kadu residia, o que facilitou imensamente o fato dele me cercar por todos os lados e de mil maneiras diferentes durante os dias que se seguiram.

— Agradeço o convite, Kadu, adoraria ir ao cinema, mas terei aula o dia todo e infelizmente não poderei acompanhá-lo — falei fingindo lamentar muito mais do que sentia realmente.

— É uma pena, gata, então teremos de comemorar nossos três meses de namoro de outra forma — disse ele, enfeitando as palavras com um largo sorriso.

— Que cabeça a minha! — gesticulei demonstrando confusão. — Mas, ao que me recordo, não namoramos há três meses e sim nos conhecemos há três meses — expliquei.

— Pois, para mim, o que vale é que, desde o dia em que pus meus olhos em você, tive a certeza de que seria minha. E você é minha desde então e nunca será de mais ninguém! — disse, sorrindo, mas não o suficiente para disfarçar o tom autoritário que me causava desconforto.

Colou seu corpo ao meu no banco em que estávamos sentados lado a lado, beijando-me com força nos lábios.

Alguma garota em sã consciência encararia aquelas palavras como uma declaração? Eu, definitivamente, não. Sentindo um gosto estranho em seu hálito, livrei-me de sua boca rapidamente.

— Você bebeu, Kadu? — indaguei.

— Gata, eu estava com alguns sócios da empresa. Acabamos bebendo uma taça de vinho, mas a questão, querida, é que a amo e suponho que hoje você me deva uma comemoração pelos três meses que estamos apaixonados.

Estou tentando te mostrar o quanto é especial para mim e desejo fazer deste dia um dia feliz para nós dois.

Havia tantos erros naquelas palavras. Respirei fundo enquanto analisava mentalmente as intermináveis e incabíveis sandices que ele desatara a falar. Primeiramente, eu não devia nada a ele; pelo pouco que conhecia de relacionamentos, sabia que nenhuma relação existia baseada em deveres, mas sim no desejo comum entre duas pessoas de estarem juntas. Segundo, eu não tinha certeza sobre estar apaixonada por ele. Mesmo gostando de sua companhia, na maioria das vezes, por algum motivo desconhecido, eu não sentia as sensações que esperava sentir quando me apaixonasse. Imaginava esse famigerado amor como algo avassalador que surgiria transformando o meu mundo e me apresentando emoções indescritíveis e totalmente novas.

Censurei-me, pois talvez isso não existisse além dos meus livros, e decidi ignorar as ilusões e viver um pouco no mundo real. Não encontrara um príncipe encantado, e sim, alguém disposto a me amar. Quem sabe isso já era mais que suficiente...

— Ok, Kadu! Agradeço sua dedicação. Desculpe se tenho sido um pouco indiferente às suas tentativas de me satisfazer. Hoje vamos comemorar! — Anunciei, lutando fervorosamente para me sentir feliz como deveria.

— Boa garota! — Disse ele a caminho da minha boca novamente.

Beijou-me com uma intensidade que deveria fazer meu coração vibrar descompassado, porém não o fez. E mais uma vez, pus-me a supor que o problema estava em mim e não naquele que tanto lutava por um lugar em minha vida.

No fim da tarde, ao sair da aula, avistei Kadu à minha espera. Caminhei em sua direção e senti uma porção de olhos cravados em mim. Não era novidade que as mulheres não disfarçavam a simpatia que sentiam por ele, que, por sua vez, sorria como um cafajeste descarado, adorando a atenção que recebia.

Isso me divertiu e também me aliviou. Não desejava seus pensamentos só para mim, era um tanto assustador me tornar o centro do mundo daquele homem.

Ao chegar em casa, encontrei um presente enviado por Carlos Eduardo, uma caixa com uma sugestão do que vestir disfarçada de presente. Um vestido Chanel, midi, branco e de extremo bom gosto — além de provavelmente custar uma pequena fortuna —, que preferi acreditar que se tratava de um mimo.

Jantamos em um restaurante muito elegante, e ele fez questão de me apresentar a cada conhecido com quem esbarrava pelo caminho.

— Esta é Laura, minha namorada — dizia estufando o peito e parecendo orgulhoso.

Ainda que eu tivesse consciência da beleza que traçava minhas feições e soubesse perfeitamente que os homens me olhavam com tendências a uma simpatia excessiva, não me sentia confortável ao ser analisada por uma infinidade de estranhos com olhares curiosos. Sentia-me um prêmio de rifa sendo submetido ao julgamento daquelas criaturas, que eram, em sua maioria, arrogantes e efusivas.

Sem perceber, acabei exagerando no espumante, com o intuito de me sentir à vontade.

Terminado o show de apresentações, fomos para o apartamento de Kadu. Ao entrar em seu quarto, notei, em meio à oscilação de minha visão, causada pelo álcool que corria em minhas veias, que pétalas vermelhas repousavam delicadamente sobre o branco imaculado de sua cama.

Senti-o aproximando-se e, quando segurou com força minha cintura, pude encontrar em seus olhos verdes pálidos uma chama ardente de desejo, e apenas desejo.

Pensei em relutar, mas eu estava curiosa. Vinte e um anos da minha vida se passaram, e eu sentia que chegara a hora. A bebida acabou decidindo por mim, e me deixei levar por suas belas palavras, ditas em meio aos seus beijos. E assim fizemos amor, ou algo próximo disso... para mim, pela primeira vez.

Sua delicadeza foi substituída por uma pressa que fez com que tudo terminasse muito antes do que imaginei, o que acabei agradecendo, pois o cheiro de álcool vindo dele e o fato de ter também me excedido me causava enjoo.

Kadu adormeceu ao se deitar na direção oposta à minha, sem beijos e nem declarações.

Fiquei encarando, sob a escassa luz da rua que invadia o quarto, um imponente lustre suspenso bem acima dos meus olhos, enquanto sentia uma lágrima percorrer um caminho lento em meu rosto. Os pensamentos que me atingiram a seguir acompanharam-me durante longas horas. Nunca antes tive motivos para arrependimentos, porque nunca antes me permiti agir de maneira tão inconsequente como havia acabado de fazer. Ele não me forçou a nada. Permiti que ele me tocasse. Eu sabia que não poderia sair pelo mundo fazendo a vontade de homens simplesmente porque me desejavam ou porque eu estava curiosa.

Mesmo sabendo que não o amava, agarrei-me ao desespero de não saber como seguir sem ele depois de me entregar tão facilmente. E se isso voltasse a acontecer? Se eu estivesse fadada a viver casos e mais casos de amor de uma noite? Se devido à minha falta de obstinação e energia moral, em qualquer situação aflitiva ou de vulnerabilidade, me permitisse sucumbir às vontades de qualquer um que me concedesse sua atenção?

Responsável! Era isso, eu deveria ser responsável pelos meus atos, como sempre fui, e, exatamente por isso, seguiria na tentativa de consolidar um relacionamento com Carlos Eduardo e retribuir a ele, a meu modo, o seu amor.

E foi assim que tomei a pior decisão da minha vida, julgando que firmar um compromisso com Kadu seria uma maneira de não me tornar leviana. Passei tanto tempo cuidando de outras pessoas que atravessei minha adolescência sem tempo para perceber os momentos importantes que deveriam ser vividos por uma garota, por meio dos quais um dia me tornaria mulher. Tornei-me primeiro filha, irmã, amiga, conselheira, colega..., mas não aprendi a ser mulher.

Nos meses que se seguiram, Carlos Eduardo continuou atencioso e, em alguns momentos, fez-me pensar que eu havia feito a escolha certa naquela noite.

Ele insistia em me exibir em seus jantares luxuosos, sempre com um copo na mão, apresentava-me à sociedade como sua namorada, mesmo quando me tratava como sua propriedade, exigindo que eu me vestisse, falasse e me comportasse de acordo com os lugares que frequentávamos.

Meus pais não se enganaram com a interpretação de bom moço e, como enxergavam muito além do que eu demonstrava, convocaram-me para uma conversa séria assim que perceberam que uma tristeza nunca vista antes passou a substituir o antigo brilho dos meus olhos.

Tentei explicar-lhes que eu não estava triste, e era verdade, eu só não estava feliz. Mas afinal, quantas pessoas eram felizes no amor? Além deles, é claro...

Capítulo 5

No inverno daquele ano, Kadu e eu completamos seis meses de namoro. Naquele dia, ao sair da aula, decidi lhe surpreender chegando sem avisar em sua casa.

Ao chegar ao prédio, encontrei o Senhor José, o porteiro que se tornara meu amigo. Parecendo preocupado ao alisar sua careca reluzente, espremeu os olhos sob os óculos e cumprimentou-me de maneira cordial como sempre fizera, mas notei um V que se formara em sua testa, e, por algum motivo, ele não conseguia esconder sua inquietação. Conversamos sobre o time de futebol para o qual torcíamos por alguns instantes, e, ao me despedir e me afastar a caminho do elevador, o homem, um pouco relutante, interrompeu-me.

— Minha filha, minha intenção não é me intrometer em sua vida, de forma alguma. Não me leve a mal... — parou olhando para as mãos, nitidamente incomodado.

— O que houve? — indaguei, confusa.

— É que... — gaguejou — Senhor Carlos Eduardo chegou mais cedo sendo carregado por alguns amigos. Creio que estava bastante embriagado, pois os ajudei a colocá-lo no elevador, e ele estava inconsciente. Pelo que os rapazes comentaram, parece que ele acabou se excedendo no álcool.

Forcei um sorriso tentando minimizar e disfarçar meu incômodo.

Assenti distraidamente enquanto lutava para organizar meus pensamentos a caminho do elevador. Uma vez sozinha, percebi, imediatamente, que havia sido negligente ignorando os sintomas da sua dependência. Ao enclausurar-me em meu mundo na tentativa de evitá-lo, lhe neguei a ajuda que tanto concedia aos outros. Mais uma vez me senti culpada.

Ao chegar ao seu andar, notei que a porta estava entreaberta. O luxuoso piso de mármore encontrava-se, em sua maior parte, coberto por objetos, como se um impetuoso tornado houvesse invadido aquele apartamento, lançando pelos ares tudo que encontrava pelo caminho.

A decoração, a mobília, algumas garrafas de bebida, espelhos partidos ao meio e tantos outros objetos deixavam o caminho intransitável. A desordem extravagante se tornou ainda mais assustadora quando me deparei com uma imagem familiar em meio à confusão. Sorrateiramente, atravessei o hall com todo o cuidado para não me machucar em meio aos estilhaços de vidros por todos os lados. Ao alcançar o aparador, que costumava dar suporte a diversas bebidas, copos e taças que, no momento, se encontravam em pedaços próximos ao meu pé, delicadamente apanhei o que restara de uma fotografia. Nela, a imagem de um sorridente Kadu havia sido separada de forma pouco sutil de uma tímida Laura, e esta, feita em pedaços picados espalhados sobre o tapete.

— Laura! — Um grito estridente vindo do quarto me arrancou brutalmente da distração causada pelo cenário aterrador com o qual eu me deparava.

Caminhei em silêncio, desviando como pude de todo o caos que cobria o piso e os tapetes caros. Seguindo em direção onde o bramido irrompera, atravessei a enorme sala de estar e encontrei o corredor que me levaria ao quarto, onde eu temia o que estava à minha espera.

A escuridão causada pelas persianas fechadas impossibilitou-me de enxergar com clareza. Vi apenas a silhueta de Carlos Eduardo estendida desajeitada sobre a cama, aproximei-me e pude ver o transtorno que estampava seu rosto contorcido de dor e de raiva.

Apesar do medo, roguei por coragem e o abordei com o máximo de cautela, enquanto me sentava na cama ao seu lado.

— Kadu... o que houve? — Falei baixinho.

Encarando-me, ele permaneceu em silêncio sem que eu fosse capaz de adivinhar o que pensava. Até que por fim sua voz surgiu.

— O que houve, cara Laura? Por que se dirige a mim de modo tão formal? Sou seu namorado, afinal, não precisamos dessas formalidades — falou entre os dentes, perdido em sua embriaguez.

Entretanto surpreendi-me ao perceber que ele estava muito mais lúcido do que supus que o encontraria. Ainda que nitidamente perturbado, mantinha consciência do que lhe transtornava.

— Desculpe, Kadu... O que eu posso fazer para que se sinta melhor? — Tentei acalmá-lo, mas foi inútil, sua cólera só se intensificou a partir disso.

— O que você pode fazer? — Neste momento, com muito esforço, sentou-se inábil e encarou-me parecendo não me ver. — Você poderia tentar ser minha namorada, só para variar? Ou, quem sabe, poderia descer do seu pedestal uma vez ou outra e olhar para o imbecil que faz tudo por você e usar da sua refinada educação para tentar retribuir um pouco?

Levantou-se oscilando sobre as pernas e se dirigindo a mim de forma irônica, seguiu com um discurso em que cobrava minha falta de atenção. Suas palavras tocaram fundo minha consciência e, embora eu soubesse das minhas limitações em relação ao meu sentimento por ele, me considerei ainda mais culpada por ouvi-lo expor de forma tão dolorosa o amor que, desde o início, eu lhe neguei.

Desde então, esses episódios se repetiram em meio às várias tentativas inúteis de tratar seu vício e de descobertas cada vez mais desagradáveis, como o fato de que ele afundara em dívidas a empresa de sua família, até que estivesse completamente arruinada. Descobri que o motivo fora ele jamais ter trabalhado veementemente, simplesmente havia gastado toda sua fortuna em viagens e festas regadas a luxo e ostentação. Nas vezes em que tentei preveni-lo sobre seus exageros, ele mostrava seu lado mais pretensioso e, gabando-se do poder que possuía, ironizava minhas raízes humildes. Repelia minha forma de sustento baseada nas pequenas produções de doces que tanto me alegravam e dizia sentir-se envergonhado em ter-me ao seu lado.

Como sua suposta hegemonia era irrelevante, eu simplesmente o ignorava.

Nesta fase atribulada, preferi ocultar dos meus pais as cenas que presenciei. Mas nem tudo podia ser escondido; às vezes, meu semblante abatido entregava meu sofrimento, e eu era novamente convocada para uma longa conversa, durante as quais meus pais olhavam-me com olhos aflitos e temerosos enquanto aconselhavam-me e imploravam-me para que eu me libertasse daquela relação doentia.

Lamentava não conseguir dar a eles a resposta que esperavam ouvir. Não estava preparada para abandonar o Kadu e me sentia responsável pelo sofrimento que ele dizia sentir. Embora a culpa de seus erros não pertencesse a mim, minha consciência me julgava por não ter entregado a ele meu coração. Temia que as promessas de suicídio que, incontáveis vezes, foram insinuadas por ele, se concretizassem e me condenassem a uma vida acompanhada pelo remorso. Não suportaria uma vida de culpa.

Carlos Eduardo era órfão, fora criado por tios distantes e muitos empregados. Pensar na forma como o amor se apresentava desconhecido para ele, me fazia desconsiderar muitos de seus erros, e, por mais desprezível que isso me tornasse, o único sentimento que me ligava a ele era o de pena.

Nossa relação como casal já não existia, e eu era imensamente grata por isso. Kadu estava sempre bêbado, isso quando não se encontrava trancafiado e causando problemas em alguma clínica de reabilitação, mesmo que por pouco tempo.

Com seus porres seguidos por longas crises de depressão, acabei me convencendo de que não poderia fazer mais por ele. Era só uma questão de tempo a decisão de terminar com tudo de uma vez, mas eu tentaria ao máximo deixá-lo da melhor forma possível quando decidisse bater o martelo, pois já não teria volta.

Os meses passavam rápido demais. Entre meus compromissos diários e a atenção que eu tentava dedicar ao Kadu, eu mal assimilava a velocidade em que os anos avançavam.

Minha formatura foi realizada e comemorada de forma modesta, mas o orgulho que eu senti e que pude proporcionar à minha família atingia dimensões infinitas. Kadu não compareceu, estava em uma de suas crises existenciais, e eu preferi não insistir. Os quase dois anos do nosso relacionamento, na realidade, não existiram. Era uma relação estranha, e cada vez mais eu me perguntava o que pretendia com aquilo.

Depois de formada, consegui uma vaga para lecionar história em seis turmas em uma das escolas onde meu pai também era professor. Nas férias de verão, pude, finalmente, reduzir meus compromissos. Conseguia dedicar-me a tarefas em casa durante as manhãs e, nas primeiras horas da tarde, caminhava com minha mãe até a sede da nossa comunidade, onde organizávamos as doações da semana. Depois de ter meus deveres cumpridos, me deixava levar por uma sensação de liberdade pouco conhecida por mim, então, prendia-me a ela. Colocava meu violão nas costas, enfiava um livro em minha bolsa e, de bicicleta, seguia até o estábulo da família Nogueira.

De lá, em troca de uma pequena quantia, montava em uma égua branca chamada Imperatriz, que conheci naquele verão, e cavalgava sem nenhuma pressa até uma planície verdejante que me abrigava sob a sombra de uma enorme araucária. Aguardava o pôr do sol entre uma canção e outra; entremeio, estavam os pensamentos sobre tudo que me rodeava. Esquecia do tempo e aproveitava a graça de, pelo menos por alguns instantes, poder ser dona de mim mesma.

Entre tantos pensamentos, lembrei-me do convite que, há muito, havia recebido para uma apresentação no Deebie's, um dos bares mais frequentados nas férias. Com meus compromissos reduzidos, julguei que seria o momento ideal para aceitá-lo. Desde os tempos da faculdade, eu vinha negando os convites para tocar em bares, já que Carlos Eduardo desaprovava minhas apresentações e eu sinceramente não as considerava algo que valesse uma briga. Concluí que aproveitaria o entusiasmo causado pela temporária liberdade e o fato de não receber ligações dele há alguns dias e aceitei o convite.

Após a cavalgada, convidei Luiza para me acompanhar, e sua resposta foi a esperada.

— Achei que nunca me convidaria! — Seu sorriso encobria uma crítica. — Sabe, Lau, deveria existir uma lei que proibisse uma irmã de namorar um babaca enquanto a outra está solteira e curtindo as coisas boas da vida. — Luiza sempre me divertia e foi difícil sustentar a vontade de rebater suas alfinetadas.

Não foi apenas Luiza que adorou minha programação para aquela noite, meus pais também se deleitaram, principalmente ao saber que Carlos Eduardo não estava incluído em meus planos.

Prontamente, meu pai emprestou seu carro para que Luiza, que tinha mais experiência em rodovias, dirigisse. De jeans surrado e sexy, camiseta e salto alto, saímos com a promessa de nos divertir.

Ao chegar ao Deebie's, encontramos nosso grupo de amigos em comum e outros muitos conhecidos. Todos pareciam empolgados para me assistir naquela noite, o que me tranquilizou, não por medo do palco ou de espectadores — falar em público era muito habitual para mim —, mas por me certificar que havia feito uma boa escolha.

Pedimos uma cerveja e conversamos por mais de uma hora, passando por várias mesas de colegas e conhecidos, meus e de Luiza. Já era passado da meia-noite quando o gerente do bar me orientou a iniciar o show.

Creio que havia pouco mais de 100 pessoas, era uma noite linda e quente. O ambiente era íntimo e agradável, e me senti mais confortável que em todas as vezes anteriores em que me apresentei.

Como das outras vezes, iniciei enlouquecendo os fãs de Elvis — como eu — ao apresentar-lhes, a meu modo, *Heartbreak Hotel*.

Entre uma música e outra, recebia bilhetes e cantadas de vários garotos presentes. Ignorei todos, já havia problemas demais entre mim e Kadu, e a última coisa que eu precisava era somá-los. De qualquer forma, eu não desejava atrair ninguém, pois simplesmente não havia a possibilidade de corresponder a quem quer que fosse.

Enquanto cantava uma das últimas músicas da noite, *Down em Mim*, do Cazuza, meus pensamentos, tranquilos até então, evadiram-se ao encontrar um rosto conhecido entre os que me assistiam. A palidez de seus olhos verdes firmou-se, irremovível, em mim. Nos lábios, o escárnio que ele usava para disfarçar sua raiva era realmente assustador.

Por ironia, *Down em Mim* era a única canção que Kadu havia me ouvido tocar. Um dia, ainda no início do nosso relacionamento, ele chegou à minha casa sem avisar e me ouviu tocando tal canção, disse que se identificava com a letra e insistiu algumas vezes para que eu lhe cantasse. Logo depois, quando todo o resto começou a desmoronar, ele mostrou o que realmente pensava.

Kadu jamais admirou ou incentivou minha paixão pela música, pelo contrário, assim como todas as minhas outras atividades, ele a depreciava e, sempre que via uma oportunidade, ironizava. Principalmente o fato de saber que em algumas ocasiões eu era convidada a me apresentar. "Não acredita que terá uma carreira de verdade com estas bobagens, não é mesmo?", dizia ele. Em silêncio, eu apenas contemplava sua ignorância sobre o que realmente me fazia feliz. Uma carreira na música era algo que jamais entraria na minha lista de desejos, assim, eu simplesmente ignorava sua total falta de conhecimento sobre mim. Nunca mais voltei a pegar um violão perto dele e de nenhum modo o faria novamente, era uma promessa.

Obstinada, esforcei-me para continuar cantando, mas, ao acompanhar seus movimentos imoderados, o desassossego atingiu-me e impossibilitou-me de prosseguir.

Ele estava visivelmente embriagado. Os cabelos estavam compridos demais, assim como a barba por fazer. Estava bem-vestido, mas suas roupas caras não eram capazes de salvar sua aparência transtornada e as trevas que carregava.

Esbarrando em todos que encontrava em seu caminho, Carlos Eduardo caminhava em minha direção ainda sem desgrudar de mim seu olhar colérico.

— Bom, pessoal, por hoje é só! Obrigada a todos! — Despedi-me apressadamente, temendo que tudo terminasse de modo desagradável, mas não foi suficiente para evitar.

Quando eu já estava em pé, disposta a me retirar do pequeno palco, Kadu subiu rapidamente ao meu lado antes que eu pudesse fugir. Um cheiro impregnado de álcool fluía de seus poros. Sem me dizer nenhuma palavra, beijou-me nos lábios com força, ou melhor, à força. Tentei me livrar de seus braços, mas ele era mais forte.

Sem nada entender, as reações na plateia eram as mais diversas. Alguns aplaudiam e assoviavam, outros reclamavam do término inesperado do show e outros desconfiaram que aquilo não era uma declaração de amor. Entre eles, é claro, Luiza.

Por fim, consegui me libertar de seu beijo e dei-lhe as costas, pronta para correr, implorando baixinho para que um abismo se abrisse sob meus pés para que eu pudesse me esconder da vergonha de estar ali.

Ofendido por minha rejeição, com muita força prendeu seus dedos em meu braço, deu largas passadas avançando em minha dianteira e me arrastou com ele pelas escadas abaixo. Naquele momento, todos entenderam que não se tratava de uma declaração.

Não lembro direito como tudo aconteceu, mas sei que Luiza estava ao meu lado e que uma briga começou quando Alex, meu colega desde que éramos crianças, pediu que Kadu se afastasse de mim, sentindo-se insultado, Kadu partiu para cima do garoto. Uma enorme confusão havia se estabelecido, Luiza não pensou duas vezes e me retirou imediatamente do bar.

Acompanhei-a em silêncio e apressadas nos dirigimos ao estacionamento. Pela primeira vez, senti raiva e não me interessava o que aconteceria com ele.

Luiza sabia exatamente o que dizer e quando dizer, então preferiu se manter calada apenas me ofertando seu amor e cuidado, o que agradeci imensamente.

Capítulo 6

Minha decisão estava tomada, o fim chegara. Três dias depois da fatídica noite no Deebie's, Kadu mandou flores e um cartão com um pedido de desculpas. Ignorei. Conforme os dias se passavam, as flores continuavam a chegar, porém, em mim, nada mudou.

Sem coragem para aparecer em minha casa, as ligações e mensagens eram incessantes e cansativas. Todas ignoradas por mim. Depois da segunda semana de um silêncio absoluto de minha parte, Carlos Eduardo finalmente entendeu que era o fim. Estávamos na metade de março, e o resto do verão sem ele ao meu lado foi tomado por uma paz que há tempos eu não experimentava.

O verão chegou ao fim, as aulas recomeçaram e, com elas, minhas muitas atividades preenchiam e davam vida aos dias que se tornavam meses rápido demais.

Em uma tarde fria de outono, quando saía da escola rodeada por meus alunos do oitavo ano, uma visita inesperada me aguardava.

Kadu estava envolto em um espesso casaco marrom, e um cachecol um tom mais claro cobria seu pescoço. Com o cabelo bem penteado e a barba feita, nada nele lembrava o homem que, brutalmente, arrancara-me daquele palco meses antes. Seus olhos se mantinham pálidos e sem vida, no entanto, sem o sarcasmo regular. Em seu lugar, eu poderia jurar que habitava uma profunda tristeza. Novamente, brotou o sentimento mais desprezível que ele despertava em mim, o de pena.

— Olá, Kadu. — Falei, olhando em seus olhos.

— Oi, Laura. — Respondeu-me de forma moderada, como nunca antes.

O silêncio o constrangia enquanto eu aguardava que esclarecesse seus motivos para estar ali.

— Por favor, me desculpe pelo que a fiz passar... — conseguiu finalmente dizer.

Respirei fundo antes de responder.

— Sim, é claro. Está perdoado.

Um sorriso embaraçado ornou seus lábios.

— Podemos conversar em algum lugar mais tranquilo? Tenho muito para lhe contar — Pediu.

— Não creio que seja uma boa ideia — falei sem rodeios.

— Por favor... Eu imploro! Não tenho mais ninguém nesse mundo além de você. Só peço que me dê uma chance de consertar a imagem horrível que deixei naquela noite. Não a forçarei a nada, eu juro! — implorou-me com os olhos aguados.

— Eu que lhe imploro, Kadu, não dificulte ainda mais as coisas. Já disse que lhe perdoo, não há o que consertar. O que aconteceu ficou lá atrás. Vamos nos concentrar em seguir nossas vidas sem dar chance para nos magoarmos outra vez.

Com as lágrimas brotando abundantemente e correndo por seu rosto, aproximou-se, pegou minha mão e levou aos lábios.

— Estou sem beber há meses, Laura, pensei que gostaria de saber que estou seguindo um tratamento e acho que estou realmente conseguindo me curar. Não há mais ninguém para quem eu possa contar as vitórias que tenho tido a cada dia que passo sem beber, por isso vim procurá-la, achei que pudesse ouvir.

Crescia um aperto em meu peito e um emaranhado de angústia em minha garganta ao ouvi-lo revelar sua dor. Ele era sozinho no mundo, ao contrário de mim, não tinha uma família à sua espera para lhe fortalecer com seu amor. Ele não tinha ninguém a quem recorrer além de mim, eu deveria pelo menos ouvi-lo, seria desumano negar.

Aceitei seu convite e fomos tomar um chá. Conversamos durante horas, e depois ele me levou até minha casa sem nenhuma tentativa de me persuadir a reconsiderar minha decisão sobre o término do nosso namoro.

Encontrei-o mais algumas vezes na semana seguinte, e a atmosfera tranquila e seus bons modos se mantinham sólidos. Um convite para um jantar, depois para o cinema e cada vez mais eu me convencia de que ele realmente estava encontrando seu equilíbrio e sua paz. Meus sentimentos permaneciam inalterados, mas sua companhia estava mais agradável que o habitual, então decidi permanecer em sua vida como sua amiga, afinal, não havia mal nisso. Contudo, Kadu não considerava uma amizade entre nós o suficiente e sempre que podia, declarava-me seu amor e implorava por perdão.

Pouco antes do inverno chegar, um frio impiedoso já nos punia. Ao sair da aula, corri até minha casa para apanhar o material que precisava para meu curso de pós-graduação que iniciaria naquela noite em nossa cidade vizinha, na universidade onde me formei. Dentro de um grosso casaco preto, saí às pressas a caminho da rodoviária com meu pai.

O trajeto de uma cidade à outra já era costumeiro, então aproveitei o caminho para relaxar e descansar enquanto tinha tempo.

Depois da aula, encontrei Kadu à minha espera, eu havia comentado sobre o curso sem pretensões de encontrá-lo naquele dia, ao contrário dele.

— Vamos jantar, temos uma reserva! — Falou ele, exibindo um enorme sorriso.

— Kadu, meu ônibus sai em alguns minutos, não posso acompanhá-lo. Mas obrigada pelo convite! — respondi com sinceridade.

— Vou encarar isso como uma ofensa. Por favor, vamos! Você pode dormir na minha casa. — Meu olhar foi suficiente para que ele compreendesse minha insatisfação e melhor explicasse seu convite. — *Dormir*, Laura, apenas *dormir*. E em quartos separados.

Algo inimaginável para mim era Carlos Eduardo me provocando risos. No entanto, desde que voltamos a nos falar, isso acontecia com certa frequência, e era incrível o quanto eu me sentia feliz ao vê-lo tão mudado.

Obviamente não era o sentimento que ele idealizava despertar em mim, mas era o único que eu tinha para lhe oferecer.

Meu telefone tocou enquanto Kadu ainda esperava por uma resposta.

— Alô! Oi, Lorena. — Atendi quando por fim encontrei o aparelho perdido em meio à bagunça da minha mochila.

Lorena era a diretora da escola em que eu lecionava, sua ligação trazia uma ótima notícia e também um encorajamento a considerar o convite de Kadu. Ela informava que havia sido confirmada a reunião que solicitei com os empresários da cidade em busca de apoio e patrocínio para as aulas de artes que almejávamos inserir no currículo escolar daquele ano.

Para isso, eu precisava estar na universidade na manhã seguinte.

— Ótimo, temos mais um motivo para comemorar! — Falou Kadu quando lhe contei.

Tamanha era minha felicidade por estar a um passo de concretizar mais um grande projeto que acabei por aceitar seu convite para o jantar. Porém insisti em dormir em um hotel, como havia combinado com meus pais quando lhes informei que permaneceria na cidade até o dia seguinte.

Ele havia escolhido um restaurante japonês menos sofisticado se comparado aos que costumávamos frequentar, e essa era mais uma prova de que ele realmente estava em busca de mudanças em sua vida.

O garçom nos atendeu, fizemos o pedido e fiquei surpresa quando Carlos Eduardo pediu para que nos servissem dois saquês, num primeiro momento acreditei ter interpretado errado, mas seu sorriso de desculpas logo apareceu para confirmar.

— Não se preocupe, estou com você. — Ele tocou meu rosto de leve. — Apenas pretendo me divertir esta noite e não suponho que uma pequena dose irá destruir tudo que estamos reconstruindo.

Murmurei alguma coisa que nem eu mesma era capaz de discernir à medida que minha agitação crescia. Pensei em lhe repreender, mas entendi que já não cabia a mim. Ali, éramos apenas dois jovens inexperientes que um dia presumiram equivocadamente que poderiam trilhar um caminho em comum. Não, na realidade nem mesmo isso tínhamos em comum, pois essa nunca foi minha vontade.

Eu não estava disposta a entrar em uma discussão com ele, e nada do que eu lhe dissesse seria capaz de mudar o fato de estar me sentindo uma tola por outra vez me deixar levar por suas falsas promessas. Minha alternativa era convencer-me de uma vez por todas que eu não poderia seguir minha vida me sentindo culpada ou responsável por suas más escolhas, fingir estar imune à sua conduta deplorável, chegar ao hotel o mais rápido possível e conseguir participar da reunião na manhã seguinte. A segunda opção pareceu mais adequada, embora a primeira parecesse mais tentadora.

O jantar transcorreu sem maiores danos, entre um saquê e outro, Kadu se desculpava e afirmava que nada daquilo era motivo para preocupação. Sem alternativa, eu sorria e concordava com todas as bobagens que, interminavelmente, saíam da sua boca. Indícios do Kadu de sempre começavam a dar sinais.

— Acho que devemos ir, amanhã tenho compromisso — falei enquanto juntava meus pertences sobre a mesa e os guardava em minha bolsa.

Inesperadamente, ele aceitou de imediato e partimos depois de, também de modo inesperado, ele permitir que eu pagasse minha parte na conta. Kadu era incapaz de compreender o quanto era reconfortante saber que eu não precisava e nem desejava nada proveniente dele, assim, meu orgulho ainda sobrevivia em meio ao arrependimento por deixá-lo se aproximar outra vez.

— Por favor, leve-me até o Maxi Hotel — pedi quando já estávamos em seu carro.

— De forma alguma deixarei você fugir outra vez. — O riso que conduzia sua fala macia não me convencia a acreditar que existisse algo de bom por trás de sua intenção.

— O que está falando, Kadu? Por acaso isso é uma ameaça?

— Meu Deus, Laura! — Explodiu. — Como pode sempre encontrar uma forma de me pintar como vilão? Qual é o seu problema?

— O *meu* problema? Quer mesmo conversar sobre isso? — Contestei.

— Não, me desculpe! Só quero ficar perto de você... — Novamente ele usava um tom ameno.

— Kadu... Por favor! — Tentei dizer, mas ele interrompeu.

— Ouça-me! Vamos para minha casa, conversamos mais um pouco e a deixo dormir em outro quarto sem importuná-la. Eu prometo.

— Não! Me leve a um hotel, preciso descansar para a reunião de amanhã, e, ficando em sua casa, isso não vai acontecer. — Tentei ser firme.

— Mas eu prometo que a deixarei em paz! Laura, querida, não me deixe sozinho esta noite! Não precisamos conversar se você não quiser, apenas fique perto de mim para que eu esqueça um pouco como é viver sozinho. Já não aguento minha vida, já não encontro motivos para continuar... — Lá estava novamente sua chantagem vestida de persuasão.

— Kadu, você não pode fazer isso toda vez que algo lhe for negado. Você simplesmente não pode! — Minha raiva já não era tão fácil de ser abrandada.

— E o que sugere que eu faça? Vamos! Me dê um motivo para continuar, um motivo para não terminar com tudo de uma vez... — Seus olhos estavam banhados e uma dor cortante cercava sua voz.

Assistir seu martírio também me levou às lágrimas, nenhuma pessoa deveria se sentir daquela forma.

— Kadu, o que te leva a acreditar que sua vida não merece ser vivida? — perguntei buscando seu rosto para que ele pudesse ver em meus olhos o quanto eu me importava com seu bem-estar.

— Eu não tenho ninguém além de você e a amo mais que tudo. Sem você eu simplesmente não tenho por que continuar aqui. Mas não quero mais ser um peso em sua vida, já entendi que você não pode retribuir o meu amor. Eu a deixarei no hotel que você desejar e não precisamos mais nos ver.

Suas palavras configuravam o mais típico dos seus jogos, a chantagem. E, rapidamente, fizeram com que minha atenção não mais estivesse à mercê do meu coração molenga.

Um exíguo espaço de tempo foi necessário para que eu me recordasse com clareza da noite no Deebie's. A lembrança tornou-se uma imagem viva em minha mente, e esta alongou-se enquanto eu imergia na frieza inerte do seu olhar que me trazia a certeza que tanto ignorei, finalmente certificando que não mais poderíamos dividir coisa alguma, nem sequer uma amizade.

Sem voltar a ele quaisquer gestos, menções ou palavras, levei meus dedos até a porta e a descerrei.

Capítulo 7

Saí do banho me sentindo aliviada e, sobretudo, orgulhosa pela obstinação que não permitiu que outra vez eu me rendesse a covarde pressão psicológica articulada por Carlos Eduardo.

Após ignorar suas tentativas de me convencer a acompanhá-lo até sua casa e deixá-lo sozinho com sua loucura, segui de táxi até o hotel sugerido mais cedo.

Meu único desejo no momento era descansar meu corpo exausto do dia agitado e prepará-lo para o dia seguinte, no qual inúmeras tarefas aguardavam minha disposição.

Já passava da meia-noite quando me deitei, envolta em uma espessa manta por sobre o lençol. O aquecedor concedia uma temperatura amena e agradável que, em perfeita harmonia com o bem-estar que passara a se assentar em mim, dirigiram-me em instantes ao torpor que me sitiava levando-me ao refazimento. Por pouco tempo.

Uma campainha soava clamorosa e insistente, arrancando-me às pressas do refúgio de quietação instaurado.

— Alô! — Balbuciei ainda sonolenta.

— Senhorita Baroni? — A voz que me falava se achava na recepção do hotel.

— Sim, sou eu... — respondi enquanto elevava meu corpo e me sentava na cama. Em meus pensamentos, somente desejava descobrir por que raios alguém estaria a me importunar àquela hora.

— Sinto incomodá-la, mas temos uma entrega para a senhorita.

— Agora? — O tom utilizado evidenciou o quanto eu me sentia incomodada. — São quase 2h da manhã, por favor, deixe na recepção que pela manhã eu a receberei.

— Como desejar! Perdoe-me mais uma vez... — O rapaz parecia realmente constrangido.

Despedi-me do recepcionista, encaixei o fone no aparelho e imediatamente meus pensamentos voaram para aquele que sem dúvidas era o mentor do disparate. Porém, antes mesmo que eu pudesse me aprofundar em conjecturas sobre suas intenções, o toque estrondoso do fone voltou a me consternar. Respirei fundo antes de finalmente responder.

— Senhorita Baroni. Perdoe-me a insistência, sei que já é tarde, mas preciso informá-la que está aqui na recepção um moço que se chama Carlos Eduardo Monteiro. Ele carrega um enorme ramalhete de flores e implora que eu o deixe subir para que lhe entregue em mãos. Não sei mais o que fazer para convencê-lo a deixar o hotel...

"Chame a polícia!", ordenei em meus pensamentos..., Mas eu não podia... Não, isso seria demais.

Outra vez respirei fundo.

— Deixe-o subir. — Concluí presumindo que seria mais eficaz recebê-lo de uma vez do que passar atendendo às chamadas da recepção madrugada adentro e posteriormente terminar minha noite em uma delegacia.

Em alguns minutos, um leve toque na porta anunciou sua chegada. Ao abrir, encontrei um ramalhete de lírios e gérberas que poderia sim ser absolutamente definido como "enorme". Entretanto em mim não causava impacto algum, era como se ele carregasse um enorme vazio nas mãos.

— O que você quer? — Perguntei sem cerimônias.

— Uma chance. — Suas palavras deixaram seus lábios à medida que seus braços traziam as flores até mim.

— Eu não as quero. — Exprimi com firmeza enquanto mantinha meus olhos no arranjo.

Levemente, ergui meu olhar de encontro ao seu e prossegui.

— Não quero nada seu. Nem sua amizade, nem seu amor, nem sua insistência e muito menos suas tentativas de me persuadir a reconsiderar. Acabou!

Alguns segundos se passaram sem que alguma contestação sua viesse a ser revelada. Presumindo que nada mais havia a ser dito ou feito, empurrei a talhada madeira da porta na esperança de acabar com aquilo de uma vez por todas, mas seu pé barrou minha tentativa. Seu tronco atravessou o marco invadindo o dormitório e me obrigando a retroceder alguns passos.

Com seu corpo muito próximo, pude sentir o nauseante cheiro de álcool que há muito não se destacava quando eu me achava em sua companhia.

— Por favor, não me deixe, Laura...

Suas palavras não eram consoantes às suas reais intenções. Pareciam implorar, mas na verdade ecoavam como uma clara ameaça.

— Saia daqui agora ou vou gritar! — Adverti-o.

— Eu preciso que me ouça! — Falou entre os dentes.

" Ignorando meu aviso, empurrou com força a porta atrás de si, deixando-nos desse modo isolados e a mim completamente incapaz de me fazer ser ouvida.

— Vou te pedir uma vez mais... — Embriagado, Kadu passou a sorrir de maneira assustadora. — Não me deixe sozinho, Laura. Volte para mim... Olha! — Com um gesto, indicou as flores em sua mão. — São para você!

Senti medo, mas não poderia ceder novamente.

— Eu já disse que não! — Gritei com o máximo de força que pude. — Saia daqui agora!

Evoquei o monstro que jamais o desertara, apenas camuflara-se no curto período em que ele, obstinado, tentava resgatar minha confiança.

Fortemente, as flores foram lançadas ao chão. Com as mãos já livres, uma delas chegou rapidamente ao meu rosto trazendo-me um toque que causava indescritível sensação de asco, singular sentimento de repulsa e aversão.

— Eu a amo! — Declarou-se, aumentando, assim, o meu desprezo.

— Eu o odeio! — Minha revelação fez com que um sorriso despontasse em seus lábios.

Compreendi o risco que corria e tentei me dirigir à porta, mas seus braços me prenderam.

— Socorro... Socorro! — Gritei, mas fui interrompida pela força do seu punho fechado atingindo todo o lado esquerdo do meu rosto.

A porta foi aberta abruptamente quando eu ainda me encontrava no chão, com seu corpo sobre o meu. Um grupo de homens adentrou o recinto e, apesar da relutância daquele que tão covardemente me agrediu, arrastaram-no para fora do quarto.

Uma ardência latente palpitava em minha face, embora minha maior dor fosse a da alma, humilhada e envergonhada por ter sido submetida à experiência que considerei a mais ultrajante que conheci em minha existência.

Capítulo 8

"Qual é o limite da dor?". — Minha autoindagação não encontrava respostas e seguia retumbante em meus pensamentos aflitos no tempo em que aguardava a liberação do departamento de boletins de ocorrência na Delegacia da Mulher — Sim! Meu empenho em não terminar a noite em uma delegacia fora mal calculado.

Carlos Eduardo fora apanhado em flagrante ao me agredir, graças ao bom senso do recepcionista que, constatando sua alteração, convocou a segurança do hotel para que vigiassem sua visita ao meu quarto. Ao ouvir meus gritos, rapidamente saíram em minha defesa, e só Deus pode saber o que teria acontecido sem sua intervenção.

Acompanhada por Otávio, um senhor grisalho e de feições gentis, representante da gerência do Maxi Hotel, dirigi-me à Delegacia da Mulher, onde envergonhada relatei o ocorrido. Posteriormente, encaminhada ao hospital da cidade, fui submetida a um exame de corpo de delito e, novamente, retornei à delegacia, onde, recebendo as informações necessárias do meu caso, achava-me à espera de Antônio, que havia sido avisado e encontrava-se a caminho do meu socorro.

Sentia-me indiferente ao mundo que me cercava. Perdida na dor que sentia, refletia em questões acerca do quanto fui culpada pela agressão sofrida, não como se consideram algumas das vítimas, presumindo incitar e assim dar motivos, como se monstros precisassem de motivos para ferir. Mas sim pelo espaço que lhe ofereci, pela confiança que o julguei merecedor e que se tornou a oportunidade para que ele tornasse concreto o que até então só havia sido sugerido por sua insanidade.

Ao encontrar o rosto familiar do meu irmão, entreguei as lágrimas que durante todo o recente percurso havia lutado para obstruir.

— Onde ele está? — inquiriu Antônio, que me mantinha em seu abraço.

— Está preso! — Anunciei quando enfim retomei a capacidade.

— É uma pena, pois encarcerado não poderei matá-lo.

— Não fale isso, já acabou! — Tentei acalmá-lo.

Eu conhecia muito bem a fúria que existia enclausurada na personalidade de Antônio, e incitá-lo certamente me traria ainda mais dor. Só desejava encerrar de vez aquele capítulo torturante.

— Irá protegê-lo? — Sua ira era tão grande que passei a ser seu alvo.

— O que está falando? Olhe para mim! — Gritei ignorando o silêncio pacífico no qual estávamos imersos.

Os funcionários, adaptados a cenas como aquela, pareceram não perceber nossa alteração.

— Acha mesmo que eu iria protegê-lo depois disso?

Seu olhar inquieto e repleto de cólera pousou em meu rosto, onde a marca da agressão fora impressa salientando o quanto eu necessitava de amparo.

— Perdoe-me, Lau! — Seu abraço estreitou-se. Silentes, mantivemo-nos por um largo espaço de tempo, necessário para encorajar-nos a seguir.

As relações consanguíneas, em sua maioria e sobretudo, no seio familiar ao qual eu pertencia, instigam sentimentos e sensações capazes de destinar a todos aqueles com quem somos ligados por laços de afeto exatamente a mesma percepção que nos abate individualmente em uma situação, seja boa ou ruim.

Nossas alegrias e dores são vividas coletivamente, de maneira que os sorrisos se multiplicam nas vitórias na mesma proporção em que os dissabores nos abatem. Independentemente de ser a única envolvida diretamente com Carlos Eduardo, naquele momento eu soube que sua agressão viria a ferir cada uma das pessoas que eu mais amava, aumentando assim a minha culpa.

Ainda na delegacia, fui novamente chamada para receber o restante das informações sobre meu caso. Quando questionei a respeito da punição do meu agressor, foi-me esclarecido que seu advogado já havia comparecido em sua defesa e que, muito provavelmente, já estaria trabalhando com recursos que o permitissem pagar sua sentença em liberdade, pois seu crime havia sido configurado como "lesão corporal leve", sendo este sujeito à fiança.

Aumentando minha incredulidade, ainda buscaram conforta-me certificando-me que respeitaria uma distância segura estipulada pela justiça e que, caso não o fizesse, voltaria à prisão.

— Voltará à prisão para um pernoite? — Bradou a voz irônica e enfurecida de Antônio — Como podem libertar esse marginal? — Não o reprimi, afinal, a mesma ira me corroía.

— Senhor, aqui não fazemos as leis, apenas as cumprimos. — A resposta concisa do servidor nos atentou acerca de nossa realidade e do quanto nos seria infrutífero permanecer em busca de uma penalidade justa.

A viagem de volta foi silenciosa, pesada..., mas proporcionou tempo e condições adequadas para que eu compreendesse a necessidade daquela experiência, pois creio que de outro modo jamais teria aceitado a realidade que me mostrou que nem todos os que precisam de ajuda merecem ser ajudados.

Já em casa, busquei conforto aconchegando-me à manta que envolvia meu corpo encolhido em uma poltrona, comprimindo as mãos para aquecê-las enquanto as voltas de minha mente deixavam-me inerte ao mundo alheio.

— Laura! — Disse Luiza.

Reconheci imediatamente o brilho em seus olhos castanhos e enormes, que me encaravam fixamente. Sua raiva, convertida em um turbilhão de palavras que apressadamente deixavam seus lábios, acusava-me continuamente, mas eu a perdoava, pois sabia que seu intento era somente certificar-se que eu não voltaria atrás em minha decisão, como em outras inúmeras ocasiões havia feito.

Luiza sofreu toda minha dor, esbravejou quando lhe narrei os fatos e deduziu que eu precisava de um "choque de realidade", como ela mesma repetiu várias vezes em seu monólogo de "eu te avisei".

Juntas, concluímos que Carlos Eduardo foi o primeiro em muitos aspectos da minha vida, e naquele dia ele conseguira apresentar-me novamente uma sensação nunca sentida antes, a de ódio.

— Como pôde não perceber? — Questionou-me Luiza, andando de um lado para o outro — ele não merece você, que por sua vez não o ama... É a receita perfeita para uma relação fracassada! — Falou sorrindo por ter uma resposta lógica, como se estivesse fazendo uma conta de um mais um.

— Eu sei, Luiza, você está certa...

— Mas é claro que estou! — Interrompeu-me ela, fazendo-me sorrir por dedicar tanto empenho e obstinação no papel de promotora.

Como se estivesse em frente a um juiz, enumerou os defeitos e as infinitas falhas de caráter de Carlos Eduardo, ainda buscando a certeza de que eu não mudaria de ideia. Como se isso fosse possível!

Concluí, não pela primeira vez, que Luiza havia escolhido a profissão certa ao cursar Direito.

— Minha irmã querida, luz da minha vida... — falou-me com doçura — o teu brilho e o teu coração são absolutamente ímpares neste mundo, e você deve dedicá-los a alguém que possua a mesma riqueza de alma que você possui.

Senti uma onda de força invadir-me, uma certeza crescente de que encontraria o meu lugar no mundo.

Embora muito abalada, já me sentia livre do sentimento contundente, ao ladearmos a mesa para saborear a sopa de legumes que minha mãe preparara especialmente para mim — minha mãe defendia a teoria de que uma sopa tinha o poder de curar qualquer dor, do corpo ou da alma. Senti meu corpo e meu espírito sendo alimentados pela luz e pelo amor que emanava de cada um dos meus.

A decisão da justiça ainda me atormentava, minha família temerosa protestava a ineficácia das nossas leis e a possibilidade de Carlos Eduardo voltar a me atormentar. Independentemente do quanto lutássemos para nos manter esperançosos, era uma realidade.

A refeição transcorreu em meio a uma profunda prostração investida em cada um dos presentes.

Ao término do jantar, quando ainda rodeávamos nossa pequena mesa, quatro pares de olhos ansiosos pousaram em mim. De repente, algo diferente se instalou no ar, uma conspiração palpável caiu sobre mim.

— Laura, temos uma notícia! — Disse minha mãe em meio a uma expressão indecifrável.

— O que houve? — Indaguei confusa.

O trauma instalado em meu inconsciente não permitia que surgissem em minha mente pensamentos de ordem positiva.

— Acalme-se, querida... é uma surpresa agradável e que chegou na hora mais apropriada — disse meu pai com a voz tranquila, acalmando-me — hoje recebi uma notícia que há muito tempo esperávamos. Sua mãe e eu estamos lutando há alguns anos para que um de vocês tenha acesso a uma nova oportunidade. Economizamos há algum tempo e esperamos este momento chegar. Hoje, finalmente chegou. Há algum tempo venho me correspondendo com um colega e amigo muito querido do meu tempo de faculdade. Salientando o desempenho extraordinário de meus filhos, em suas respectivas áreas, procurei-o como conselheiro na direção que deveríamos tomar para que um de vocês pudesse passar uma temporada estudando em outro país. Após sua instrução, tomei a liberdade de enviar seus históricos escolares e aguardei ansioso a concessão de bolsas de estudo que a Universidade, na qual ele tem muitos contatos, oferece em determinado período do ano.

Observei a alegria com que meu pai anunciava tais palavras.

— Hoje à tarde, Lorenzo, o amigo a que me refiro, procurou-me para noticiar-me que as vagas foram abertas, que seus históricos já foram analisados e aprovados e que somente aguarda meu retorno para notificá-lo a respeito de qual dos meus filhos irá dispor desta temporada em uma universidade inglesa.

Um enorme sorriso tomou conta dos meus lábios mudos. Percebendo minha perplexidade, meu pai prosseguiu.

— Conversando com sua mãe e seus irmãos, decidimos que, desde que você aceite e se sinta preparada, ela será sua.

— Isso é maravilhoso! — Falei ainda confusa. — Mas por que eu? Não posso aceitar! Luiza e Antônio têm tanto direito quanto eu, principalmente Luiza, por ser a mais velha. Esse é um sonho antigo, e não é correto que somente eu usufrua de uma luta que foi por todos nós...

Em poucos segundos, uma infinidade de argumentos foi disparada em minha direção. Uma mistura de vozes e gestos indecifráveis representava o lado italiano da família e me deixava ainda mais confusa. Até que a voz de Luiza se destacou das demais.

— Parem todos! Eu vou falar agora — disse fuzilando-me com aquele olhar que eu conhecia tão bem. — Laura, ouça-me, você ficou louca? Qual a parte de "este é o seu momento", a "sua deixa" que você não entendeu? — Revirando os olhos fazendo-me parecer estúpida, Luiza continuou. — A Europa é o sonho de todo nós, mas lá é o seu lugar, não o meu. Eu sou advogada, o que vou estudar na Inglaterra? Você é uma historiadora, perita em monarquias, fala em Chatsworth House até quando dorme, e, com tudo o que sofreu hoje, você ousa falar que não é justo essa oportunidade ser aproveitada por você? — Respirou liberando uma porção de ar tão grande que eu poderia jurar que ela acabara de sair de um octógono.

Mantive-me em silêncio e pus-me a ouvir a sequência de argumentos proferidos por cada um dos membros presentes. Cada um, à sua vez, falou pelos cotovelos, até que, por fim, concordei.

— Ok! Vocês estão certos. Eu vou. — Uma sucessão de gritos, aplausos e sorrisos surgiram como se eu houvesse recebido um Prêmio Nobel.

Antônio ergueu-me nos braços e, quando me pôs no chão, abraços calorosos encorajavam-me no que parecia ser o início de uma nova história.

Após aquela efusão de comemorações, entrei em meu quarto, acendi a luz e parei por um instante. Contemplei as antigas camas de ferro idênticas, uma ao lado da outra, cobertas pelas mesmas colchas floridas de quando éramos apenas duas garotinhas e corríamos uma para a cama da outra nas noites de tempestade. Como eu me viraria longe deles? Longe do meu refúgio? Naquele momento, um medo desconhecido me foi apresentado, não havia necessidade de fazer a viagem, minha vida era ótima, e eu não precisava de nada que ainda não possuísse. Mas um instante foi o suficiente para que eu relembrasse os acontecimentos daquele dia e convencesse-me de que aquela viagem era exatamente o que eu precisava. Não, eu não poderia ignorar a oportunidade a mim concedida, minha família obviamente não me obrigaria, mas também não me perdoaria se eu abandonasse uma chance como aquela. Eu, definitivamente, não me perdoaria se não a aproveitasse! Caminhei até a cama e me deixei cair. Tentei me concentrar em uma meditação, mas, antes que Luiza apagasse a luz, eu já havia adormecido.

Capítulo 9

Na manhã seguinte, já era possível sentir a esfera agradável instaurada após a notícia recebida. Entrei em contato com Lorena e, envergonhada, desculpei-me pelo não comparecimento na reunião, e expliquei-lhe meus motivos. Solícita, compreendeu minhas razões e me garantiu que não haveria grandes problemas, pois ela já havia obtido as parcerias necessárias para a realização do projeto.

Aproveitei para lhe explanar o pouco que sabia sobre minha viagem e o fato de que precisaria deixar a escola em breve. Ao ouvir minha própria voz expondo os planos com os quais há anos vinha sonhando, senti-me excitada e preparada para encarar o recomeço que aquela oportunidade representava.

Sempre gentil, recebi da diretora felicitações e desejos de boa sorte em meu novo destino, ajustamos algumas formalidades que seriam necessárias na rescisão do meu contrato e outras pendências que viríamos a tratar nos próximos dias.

Com o vislumbre de um futuro longe dali, sem mais estar ao alcance de Carlos Eduardo, meus temores foram significativamente reduzidos, propiciando-me deleite ao iniciar a organização que me seria necessária para tornar reais os planos concebidos. Os dias que se passavam não traziam notícias dele e, aos poucos, minha inquietação foi sendo dissipada.

Encaminhamento de documentação, contatos com a universidade inglesa — incluindo uma prova de proficiência em inglês —, bem como hostels, empresas aéreas e outras diversas necessidades de minha partida requeriam minha atenção nas semanas que se seguiam.

Prossegui com minhas aulas normalmente no mês seguinte, já com meu pedido de rescisão confirmado, o clima de despedida revelava-se nos laços de carinho que me ligavam aos meus alunos, colegas, e direção da instituição. Seria doloroso deixá-los, pois me agarrava com ternura ao meu ofício e somente por presumir que mais alegrias me estavam reservadas é que pude vivenciar em paz aquela despedida que se estendia ao longo dos dias.

Menos de uma semana antes do fim do meu contrato, em uma manhã na escola, senti-me nostálgica. Compreendia a normalidade daquele sentimento tão comum a apresentar-se em fechamentos de ciclos e lutava para empregar minha atenção em atividades que oferecessem uma trégua à minha alma cansada após tantos períodos de conflito. Para isso, organizei um teatro que reuniria todas as três turmas do sétimo ano e lhes conferi a missão de retratar a casa dos Tudor da Inglaterra.

Ana Bolena foi encenada por uma magricela garota de longos cabelos escuros, sempre atados em um rabo de cavalo, cujos olhos carregavam questionamentos que sua timidez não permitia proferir, e dos lábios escapavam suspiros toda vez que histórias de princesas eram narradas. Já Henrique XVIII foi presenteado por um intérprete rechonchudo como o próprio, que, além de possuir semelhantes proporções físicas do monarca, também era dotado de certa arrogância que o fazia sentir-se o rei da escola: ignorava minhas aulas e encontrava duplo sentido em minhas lições a fim de divertir os outros alunos.

A apresentação gerou dúvidas que me fizeram sorrir ao responder. Empolgados com os novos conhecimentos, mantiveram-se atentos a cada nova informação durante o restante de aula.

No intervalo daquela manhã, na sala dos professores, uma conversa banal com meus colegas foi interrompida pela chegada da diretora que carregava em suas mãos um enorme embrulho a mim destinado.

Ao abrir, encontrei uma foto minha, rodeada por meus alunos e colegas. A moldura branca e alargada fora preenchida por assinaturas e recados carinhosos de todos, e, ao deparar-me com tais palavras, fui imediatamente acometida por uma emoção que enchia meu coração de doçura.

— Sentiremos perder uma professora como você, é tão difícil encontrar um profissional na área da educação que consiga executar com tanta amabilidade e dedicação sua função, e com os resultados que você tem então... Boa sorte nessa nova fase, professora Laura. Saiba que nessa escola tens uma família a torcer e a vibrar pelo seu sucesso. — As palavras de Lorena somente somavam-se ao respeito e à estima que por eles eu já conservava.

Muito emocionada, agradeci a todos que ali estavam a me acarinhar com seus gestos e palavras, e em meu coração as desagradáveis memórias do martírio que me vitimou aos poucos iam se apagando e deixando o espaço livre para novas e felizes lembranças, como aquele momento.

    O sinal bradou nos lembrando que já era hora de retornarmos às nossas atividades, após nos despedirmos, desejei um momento a sós antes de voltar à aula. Observei o recinto, a agitação dos corredores que aos poucos se dissipava e refleti sobre as saudades que sentiria de tudo ali. Então, olhei para o mimo recebido e pude enfim abandonar de vez a nostalgia que até então me perturbava.

    Ao caminhar pelo corredor em direção à sala onde meus alunos me aguardavam, deixei-me levar pelas figuras que revestiam as paredes.

    Imagens de um colorido intenso transformavam o concreto em uma imensa tela coberta pela arte viva que carregava ingenuidade e pureza em cada um de seus traços.

    Admirando as singelas ilustrações, distraída, não distingui nenhum som de passos além dos que os meus saltos altos produziam e fui pega de surpresa quando uma mão subitamente apertou com força meu cotovelo, afundando os dedos em minha pele. O autor da ação ficou em silêncio, forçando-me a buscar seu olhar, e, quando o encontrei, o horror e o desespero acertaram-me em cheio.

    O ominoso cheiro de álcool mesclado a cigarro era intragável e causara-me náuseas instantâneas, lutei para não despejar em cima daquele homem medonho toda a repulsa que sentia.

    O antigo verde de seus olhos encontrava-se, agora, cercado por uma vermelhidão atípica e assustadora. Escondendo parte do rosto embaixo do capuz da jaqueta preta surrada que vestia, falou com a voz cortante.

    — Não grite, não chame ninguém ou serei capaz de qualquer coisa... — Aproximou os lábios asquerosos ainda mais e continuou a ameaçar-me com a boca colada em minha orelha. — Você virá comigo e fará o que eu mandar!

    Lutei para vociferar o pavor que tomara conta de mim, mas foi inútil, antes de conseguir fazer minha voz ser ouvida, ele já estava com seus dedos imundos comprimindo minha boca e impedindo-me de gritar por socorro.

    Com intensidade, depositou toda sua força ao arrastar-me pelo corredor em direção à porta de saída. Ignorando minha relutância, deslocou-me como um objeto inanimado até nos depararmos com Lorena no corredor. A mulher empalideceu, e uma expressão de terror cobriu seu rosto. Tentou gritar por ajuda e libertar-me das mãos do monstro que me aprisionava, mas foi interrompida quando sua fragilidade feminina não o impediu de removê-la bruscamente do seu caminho, empurrando-a fortemente contra a porta da qual acabara de sair.

Em segundos, funcionários e alunos aglomeraram-se em um burburinho ensurdecedor. Gritos assustados brotavam dos lábios dos pequenos inocentes que testemunhavam seu ato funesto, despertando em mim uma indignação ainda maior.

Incapaz de refletir sobre os riscos, impulsionei meu cotovelo e acertei-lhe abaixo das costelas. Num reflexo, voei para o mais longe que pude antes de minhas pernas vacilarem e me levarem ao chão, junto ao grupo de faces consternadas.

Tudo aconteceu em milésimos de segundos. Quando voltei meu rosto para o meu medo, vi-o imobilizado pelo guarda da escola. Não tive a infelicidade de olhar para Carlos Eduardo nem por um segundo a mais e, quando o simples fato de respirar voltou a me parecer algo descomplicado, fechei os olhos e agradeci por tudo não ter terminado de maneira ainda mais trágica.

Após o auxílio de colegas, fui levada à sala dos professores, onde recebi a notícia de que Carlos Eduardo, depois de agredir o guarda, conseguira fugir. Novamente, ficando impune e livre para retornar, ameaçar minha segurança e conturbar minha paz.

Tal revelação autorizava minha indiferença para com os que me rodeavam, bem como com suas palavras que pareciam perder a força antes mesmo de chegarem aos meus ouvidos. No tempo em que provavelmente lamentavam, aconselhavam-me ou maldiziam o recente acontecimento, minha reflexão voltava-se para a certeza de que não mais poderia continuar ali, fortalecendo assim meus planos de seguir minha vida em um lugar distante e seguro.

Após ordens da direção, suspendemos a aula daquele dia concordando que não nos encontrávamos em condições de seguir com a normalidade de nossa rotina de trabalho.

Também de acordo com a sugestão de Lorena, encerrei minha participação como funcionária da escola a partir daquele momento. Uma professora substituta já havia sido contratada para dar continuidade ao meu trabalho, e, após o contato da escola, sua efetivação no dia seguinte fora confirmada, impondo a mim o seguimento de meus planos de maneira abreviada devido à urgência causada pelos atos de Carlos Eduardo.

Capítulo 10

Passado pouco menos de um mês dos últimos episódios aterradores que protagonizei em minha vida, além de muita papelada e burocracia, finalmente uma viagem de seis meses estava a apenas três dias de começar. Uma pequena quantia em dinheiro, acumulada pelos esforços de meus pais, estava disponível em uma conta bancária para meus gastos durante os meses que viriam. Em libras a quantia não era exatamente numerosa, então eu contava com empregos que conseguiria nesse período.

Duas enormes malas me pareceram razoáveis, contendo o mínimo que uma garota precisava para se manter lúcida. Roupas formais e informais, perfumaria básica, maquiagem, saltos e tênis. Senti-me afortunada por morar no Sul e dispor de um guarda-roupa lotado de casacos, mantos e lãs grossas para enfrentar um frio ainda mais rigoroso do que estava habituada, embora ainda dispusesse de alguns dias de verão inglês.

Entre minhas necessidades básicas, meus romances favoritos preenchiam o restante de minha bagagem e seriam meus companheiros durante a solidão que seria minha mais nova companheira.

O peso dos meus pensamentos diminuiu à medida que os dias se passaram e notícias de Carlos Eduardo não chegaram. Não me interessava saber nada relacionado a ele, mas, no fundo, ainda me atormentava sua determinação em me atingir a todo custo. Eu estaria longe dali, mas minha família não. E, mesmo sem um histórico de perturbações causadas diretamente aos meus, eu não tinha certeza de que elas não surgiriam, agora que ele se mostrava tão fora de si.

Por certo, de nada valeriam meus pessimismos e medos futuros, só o que me cabia era sair o mais rápido daquela cidade e desfrutar da oportunidade de conhecer o lugar que sonhei, que certamente também traria à minha vida novas pessoas e experiências.

Passei a saborear minha expectativa. Como se uma nova mulher aflorasse em mim, permiti-me ser feliz naquele momento, faria a viagem mostrando minha gratidão ao regozijar-me naquela aventura.

A viagem marcada, as passagens compradas, malas feitas e o maior dos sorrisos iluminando as faces mais amadas por mim, encorajaram-me. Partiria na manhã seguinte. Uma viagem de duas horas até a nossa capital, depois, um voo de cerca de uma hora até São Paulo, e mais duas horas de espera para finalmente embarcar para o meu novo destino, Londres, aonde chegaria após cerca de 11 horas em um avião.

A matrícula havia sido realizada no mês anterior, depois que fui aceita em uma das grandes universidades inglesas por mérito de minhas notas e meu inglês aperfeiçoado pelos anos de dedicação.

Aulas em um curso de especialização em monarquias europeias ocupariam todas as minhas manhãs por seis meses. A bolsa de estudos era integral, e eu ainda contaria com um valor disponibilizado pela instituição para colaborar com minhas despesas pessoais. Para outros gastos eventuais, uma pesquisa de empregos fora detalhadamente estudada por mim nos dias em que antecederam minha partida.

Conselhos e recomendações de todos os tipos causavam-me um medo do desconhecido, e as conversas com minha mãe eram sempre regadas a um exagero que acertava em cheio minha consciência.

— Não deves aceitar bebidas de estranhos, minha filha, ou melhor, evite qualquer tipo de bebida! — Imaginei uma ressaca, sozinha do outro lado do mundo, e isso não me divertiu nem um pouco. — Também não deves confiar em todos que encontrar em teu caminho, principalmente nos homens, alguns têm uma opinião destorcida sobre mulheres brasileiras, se é que me entende... — alertava-me ela com uma sobrancelha arqueada. — Não se sinta sozinha, saiba que, mesmo longe, sua família a ama e aguarda o seu regresso. Não deixe que a ofendam ou a magoem. Se sentires que não se adapta e sua vontade de voltar for maior que a de permanecer e concluir essa etapa, estaremos te esperando e te apoiaremos no que julgares melhor.

Imaginei como seria atravessar os dias que viriam sem ter por perto aqueles olhos que transbordavam amor. E, como sempre, o pedaço de manteiga que ocupava o lugar do meu coração derretia e entregava a fraqueza que eu jurara não mais deixar que me guiasse, fazendo com que lágrimas entregassem o medo que eu sentia.

— Filha, não se sinta pressionada, essa decisão só pertence a você. Se decidir que não está preparada, te apoiaremos da mesma forma. Mas te conheço desde antes que nasceste, sinto que estás pronta. Esse sentimento de insegurança é fruto da educação com que seu pai e eu criamos você e seus irmãos. Mesmo que seja infinito o amor que sentimos por vocês, sabemos exatamente em que momento deixá-los livres para que escrevam suas próprias histórias. E este é o seu momento. — Acariciando minha mão, lutou contra as lágrimas que insistiam em traí-la. — Intuição de mãe não falha, minha querida! É como se Deus nos sussurrasse o que de bom está por vir e, neste momento, ele me diz que irás ao encontro do teu destino e que ele está à tua espera para entregar em tuas mãos a felicidade que te pertence.

Por um longo tempo permanecemos abraçadas.

Neste clima as horas pareciam ser subtraídas rapidamente, e, quando dei por mim, chegara o momento da partida.

Não precisei do primeiro toque do despertador para acordar, meus olhos permaneceram bem abertos a maior parte da noite. Apenas alguns cochilos me distraíram do nervosismo que se apropriara de mim ao longo daquela gélida madrugada.

Ao sair do banho, sequei meus cabelos e os prendi em um rabo de cavalo. Vesti jeans novos, um coturno surrado que me aquecia há pelo menos dois invernos, uma camiseta simples — com minhas várias paradas no caminho, deveria me preparar para encarar as mais diversas temperaturas —, e a cobri com um espesso blazer preto de lã.

Durante o café da manhã, todos estavam presentes à mesa.

Um café puro com pouco açúcar foi o suficiente para me aquecer e me confortar. Na ausência de fome, brinquei com a comida e percebi que não fui a única. Os sorrisos amarelados apontavam que, por mais incrível que a viagem viesse a ser, a saudade pesaria na mesma proporção da felicidade que sentiríamos.

— Está na hora de romper o "cordão umbilical"! — Anunciei expirando uma grande quantidade de ar ao levantar-me da mesa. — A Europa me aguarda!

Todos sorriram. Percebi que a segurança de que precisavam deveria partir de mim e dei o meu melhor para cumprir essa tarefa.

Seguimos para a rodoviária no nosso pequeno Fiat abarrotado de malas. Divertimo-nos no curto caminho, e aproveitei cada minuto das companhias que tanta falta me fariam.

Cada um dos abraços apertados me encorajou a entrar no ônibus. Parei na porta antes de subir os demais degraus e observei as quatro pessoas abraçadas, que representavam o mundo para mim.

— Amo vocês! Prometo voltar inteira e muito mais feliz do que estou partindo — gritei entre lágrimas, ignorando os olhares curiosos.

Devolveram meu amor com palavras doces e desejos de boa sorte.

Ao acomodar-me, confusa, em minha poltrona, chorei tudo que podia, e as duas horas que passei dentro do ônibus serviram-me como calmante. Quando cheguei ao aeroporto, já não sentia o mesmo desespero com que me despedi da minha família.

Relaxei e adormeci, quando acordei já estava em São Paulo e por mensagens, conversei com meus pais e os tranquilizei sobre meu bem-estar.

Nas horas que passei aguardando meu voo, aproveitei para iniciar a leitura de um livro que eu havia comprado especialmente para a viagem, *A rainha descalça*, de Ildefonso Falcones. Por intermédio dele, fui apresentada a Caridad, uma escrava cubana recém-liberta em busca do seu lugar no mundo. O tempo livre que passei imersa em sua história contribuiu para que por algum tempo eu esquecesse a minha, e esse era o meu objetivo naquele momento.

Conclui meu check-in on-line e continuei minha espera na companhia de Caridad e das mensagens de minha família que não paravam de chegar.

Meu voo direto até Londres levou cerca de 11 horas como programado e a cada minuto deixado para trás, sentia meus batimentos se intensificarem dentro do peito, justificados pela ansiedade com que eu desejava alcançar meu destino. Foi uma viagem tranquila e confortável, mesmo na classe econômica. Pude matar o tempo lendo e ouvindo música. Quando o cansaço me atingiu, dormi por muito tempo, acordando apenas com o aviso de que aterrissaríamos em alguns instantes.

Já em Londres, ao desembarcar, encantada, passeei pelo aeroporto sem pressa alguma, afinal, o tempo passara a me pertencer.

Toda empolgação que me atingiu assim que me deparei com meu novo universo foi intensificada quando consegui fazer uma ligação para o Brasil. Falei com minha família por alguns minutos e continuei a conversa por mensagens. Enviei-lhes o máximo que pude de fotos e vídeos para que vivessem meu entusiasmo junto a mim. Obrigada, internet!

Em um London Cab tão charmoso quanto imaginei que seria, segui a caminho do hostel que já havia sido alugado pelo tempo que eu passaria em Londres.

No trajeto até minha nova moradia, a capacidade funcional dos meus olhos parecia não ser suficiente para reparar em todos os detalhes incríveis das ruas londrinas. Como ainda estávamos no verão, era possível sentir todo deleite que aquela estação transmitia aos seus moradores e turistas, que eram muitos. Não se tratava de um calor tão intenso e acentuado como o nosso no Brasil, mas sim de uma calidez amena e agradável que reforçava ainda mais minha satisfação.

Ainda mais feliz fiquei ao conhecer o hostel que seria meu novo lar. Um característico prédio inglês de três andares em uma das movimentadas ruas londrinas que, mesmo sendo um pouco afastado do centro, ainda contava com muita movimentação àquela hora do dia, em sua maioria, turistas como eu. Tijolos marrom-avermelhados e aberturas brancas em um estilo vitoriano clássico era muito mais do que eu poderia sonhar, era encantador.

Como já estava tudo acertado para minha chegada, não tive grandes problemas e fui extremamente bem recebida por Jane, uma simpática mulher de meia-idade que muito me elogiou, levando-me ao constrangimento.

Conversamos sobre minha estadia e, atentamente, recebi suas recomendações.

Optei por um quarto e banheiro individuais, mesmo que as demais dependências fossem divididas com os outros moradores. Pagaria a mais, mas, como pretendia encontrar um emprego em breve, conseguiria custeá-lo sem precisar recorrer à quantia armazenada no banco. Sendo assim, concedi-me o luxo da privacidade.

Empolgada, organizei meus pertences em meu novo aposento. As paredes traziam um tom clássico de bege rosado que combinavam perfeitamente com a madeira lustra do chão e da estreita cama alinhada no centro do ambiente. À direita da cama, havia uma janela coberta pelo cortinado branco que flutuava a enroscar-se sutilmente nas pétalas sem vida de uma tulipa artificial amparada por um vaso alongado de pálida porcelana por sobre uma pequena mesa arredondada. Ladeando-a, uma cadeira almofadada em estampa provençal. Além de um armário na parede oposta, completando a mobília daquele adorável cômodo.

No chuveiro, livrei-me de todo o cansaço da viagem. Lentamente hidratei e penteei meus cabelos que, úmidos, colavam-se ao meu corpo. Perfumei-me da cabeça aos pés, feliz que estava com o tempo que poderia dedicar a mim. Envolvida no algodão de uma leve camisa branca de alfaiataria, apostei em harmonizá-la a uma calça preta jeans e tênis All Star que conferiram o ar despojado e confortável oportuno à ocasião.

Agarrei minha inseparável bolsa de couro preta e saí em busca da realização de tocar com meu olhar cada minúcia daquele lugar que protagonizou meus sonhos e motivou minha inspiração.

No dia seguinte iniciaria meu curso, então tratei de procurar o melhor caminho até a University of Kent.

As horas passaram rápido demais e perguntei-me se os ponteiros do Relógio de Londres, que se destacava na Elizabeth Tower, tinham um ritmo próprio onde o tempo voava. Olhei ao meu redor e tive minha resposta: boa parte das histórias que incentivaram meus desejos haviam se passado naquele lugar e, a cada novo objeto que roubava minha atenção, dedicava-me a apreciá-lo com tamanho entusiasmo que o tempo parecia não existir e, dessa forma, não pude controlá-lo. Quando notei que, no céu, uma listra avermelhada encontrava-se com outra de tom mais escurecido, cobrindo o sol, que se poria em poucos instantes, percebi que o cansaço enfim me alcançara e retornei para o meu novo lar.

Nos três dias que se seguiram, minha nova rotina foi criando forma...

Nas manhãs eu frequentava a instituição, o curso de pós-graduação, que substituíra o que iniciei no Brasil, era fascinante. Nossa turma era composta por 27 pessoas, entre elas uma garota argentina que se chamava Samira e dois garotos colombianos, Juan e Ramon. Identificamo-nos imediatamente, e eu já não me sentia tão sozinha.

Nas tardes, eu saía à procura de emprego encontrando duas opções: um de garçonete em um restaurante, e outro também como garçonete, porém em um bar noturno. Este acabou por não me agradar. Daria minha resposta na semana seguinte — minha mãe sempre dizia que não se iniciava nada na metade ou no fim da semana. Era incrível como suas superstições me acompanhavam e acabavam decidindo por mim.

— Olá! Um chá, por favor. — Parei em uma confeitaria e pedi um chá ao garçom que me apresentava uma fileira de dentes tortos em um claro sorriso de cortejo.

— Oi, doçura! Será um prazer servir tão bela jovem — falou-me em meio a uma piscadela, com a qual, imagino, pretendia ser charmoso. Infelizmente não foi.

O garoto de bochechas muito avermelhadas seguiu com elogios. Incomodada, limitei-me a baixar os olhos sobre um jornal que estava sobre a mesa. Simulei um falso interesse no que fingia ler e, entendendo meu recado, o rapaz saiu pisando firme. Segui percorrendo as folhas, e, de repente, algo familiar obteve toda a minha atenção.

Em uma das páginas, uma linda cascata, muito conhecida dos meus sonhos, figurava ocupando um grande espaço. Logo abaixo da imagem, um anúncio em letras gritantes:

> *Visite Chatsworth house! Aberta ao público de segunda a sábado até o dia 22 de agosto. Posterior a esse período, estará fechada por seis meses por motivo de reforma.*

— Caramba! — Falei em voz alta. Aliás, tão alta que constatei o exagero de minha manifestação quando algumas cabeças viraram em minha direção.

Peguei meu celular sobre a mesa e, para não parecer uma maluca, fingi me comunicar com alguém, percebendo que algumas coisas eram estranhas em qualquer lugar do mundo...

Não esperei o chá. Deixei 1 £ sobre a mesa e saí sem saber para onde ir.

Tentei organizar meus pensamentos... Primeiro, eu estaria em Londres por cerca de seis meses, exatamente o tempo que Chatsworth permaneceria fechada para reforma. Segundo, um dos motivos para eu estar ali era conhecer a propriedade. E, em terceiro lugar, deixando Londres na primeira hora da manhã da sexta-feira, chegaria a tempo de visitar o local e ainda aproveitar o final de semana em um lugar diferente.

Não pensei duas vezes. Sentia-me tão corajosa naqueles últimos dias que aproveitaria para realizar proezas que normalmente não me permitiria. Lembrei-me da Laura que costumava ser e senti pena dela...

Repleta de excitação, refiz meus planos mentalmente. Coletei as informações que precisava para chegar até lá e rumei até a universidade para explicar ao orientador o motivo pelo qual me ausentaria na aula no dia seguinte, recebendo seu incentivo. Avisei meus pais que não manteria contato por alguns dias, pois faria uma viagem de estudos. Ocultei o fato de que iria sozinha, pois supus que os preocuparia à toa. Concluídas as medidas necessárias, retornei eufórica ao apartamento.

Capítulo 11

Ao despertar de um leve e inquieto sono, avistei, da minha janela, o céu que, ainda tonalizado de cinza, possibilitava-me o tempo necessário ao preparo para o dia que se seguiria.

Depois do banho e dos cabelos secos e escovados, vesti-me da maneira que mais me agradara. Queria estar linda... Escolhi um jeans azul rasgado, de longo cós que auxiliava em desenhar meu corpo. Uma blusa preta de alças finas que deixava a mostra o rendado também negro do meu sutiã e, nos pés, apesar do calor, apostei em meu fiel coturno de couro preto com salto muito baixo, assim estaria confortável nas longas caminhadas que esperava enfrentar.

Maquiei-me destacando suavemente os olhos, delineando as sobrancelhas e carregando os cílios de máscara negra. Sobre os lábios, um batom discreto pouco rosado assemelhava-se ao leve rubor das maçãs do meu rosto, que se salientavam no largo sorriso que eu exibia.

Perfumei-me com meu *J'adore* antes de acomodá-lo em minha *nécessaire* juntamente com o restante de toda a perfumaria básica necessária para os próximos dias, além de mais algumas roupas, toalha de banho, pijama, minha agenda e carregador de celular. Ah, e é claro, meu exemplar de *The Other Queen*, de Philippa Gregory, no qual Bess Of Hardwick contava os detalhes do modo como construiu Chatsworth House, além de me permitir reviver alguns momentos de Mary Stuart naquele lugar.

Soltei as longas mechas castanhas do meu cabelo e as cobri com um chapéu antes de sair rumo àquela tão sonhada realização.

Com uma mochila de couro nas costas e um coração no ritmo de uma escola de samba batendo dentro do peito, segui rumo à minha primeira aventura. Caso alguém me encontrasse naquele prenúncio de manhã, caminhando e saltitando feito uma maluca descompensada, por nada no mundo suporia que eu caminhava de encontro a uma surpresa de proporções inimagináveis para qualquer garota, uma grandiosidade de acontecimentos que estava à minha espera.

O caminho até Derbyshire foi acompanhado de um nervosismo como aquele que sentimos no primeiro dia de aula em uma escola nova. Uma agradável inquietação apossou-se de todo e qualquer pensamento meu. Eu só era capaz de concentrar-me no maravilhoso impacto ao qual seria rendida quando em Chatswhort finalmente estivesse.

Na estação de trem, embarquei na plataforma de número indicado em meu bilhete. Acomodei-me da maneira menos agitada que minhas pernas buliçosas autorizaram e segui, pelo embuço de silêncio que pouco escondia minha real condição de extrema e deleitosa empolgação.

Ladeando a translúcida vidraça à minha direita, reparei nas gravuras estampadas na natureza ao formar picos montanhosos verdeados em contínuo padrão tonalizado, interrompido apenas por raras edificações rurais que, vez ou outra, apontavam e, repletas de encanto, somavam-se ao charme genuíno da região.

O fim do trajeto deu-se em torno de duas horas. Com informações gentilmente cedidas a mim, segui em um táxi, que deixei apenas quando um grupo de cordeiros desfilava tranquilamente em minha frente.

Seria improvável demais situar-me defronte à fachada da propriedade e não a relacionar diretamente às cenas de *Orgulho e Preconceito*; creio que até o ser mais desleixado perante os romances de época sentir-se-ia inundado de conexão com o mundo de Austen.

Meus passos galgaram apressados os degraus, marchando em direção a um dos guias que, de forma muito simpática, embora solene, manteve-me orientada sobre a digressão que me conservaria extasiada pelas próximas horas.

Os cômodos disponíveis para a visitação eram limitados, sua maioria era restrita à família do 12º duque de Cavedish, que lá residia. De qualquer modo, Chatsworth revelou-se além de minhas expectativas.

Suas obras de arte, seu requinte e riqueza cultural enriqueciam-me o espírito a cada novo ambiente que me era apresentado. Assim como sua imensurável área externa, sendo repleta de jardins e labirintos, lagos e muros de pedra inseridos harmoniosamente entremeio a uma ambiência que não deixava a desejar em nenhum aspecto.

Após percorrer por horas e mais horas os imensos corredores e cômodos, sentei-me próxima à cascata que tanto sonhei conhecer. Lá de cima, era possível contemplar a grandiosidade do lugar. Meditei, sorri e me emocionei sozinha, entretanto incrivelmente feliz.

Inerte no mundo que acabara de adentrar, tentei assimilar todo o conteúdo a que tive acesso naquele dia. Devaneei, embevecida perante a oportunidade a mim concedida, e, em meus pensamentos, apenas absoluta gratidão se manifestava. Uma enorme paz se apoderou de mim.

Eram quase 16h quando deixei a propriedade. Sentia-me tão deslumbrada que, ao retornar ao centro de Derbyshire, mal sabia como dar sequência à minha viagem. Ainda dispunha de dois dias para desfrutar e, quando uma placa de Liverpool apontou em uma das ruas compostas de tesouros culturais de Derby, eu soube que meu destino já havia sido decidido.

A sensação de liberdade era uma novidade para mim, e me entreguei totalmente a ela.

Como a viagem até Liverpool transcorria rapidamente, decidi que uma estadia em uma pequena vila remota antes de chegar ao meu destino seria a maneira perfeita de mais intensamente enricar aquele fim de semana. Após pedir por algumas informações, encontrei o pequeno povoado de uma Inglaterra rural e encantadora, onde optei por permanecer até o dia seguinte, depois seguiria para Liverpool.

Um silêncio venturoso recaía sobre o vilarejo, que era composto por construções de pedra calcária que remetia, sem dúvidas, ao período medieval, transformando minha escolha em uma ótima decisão.

Não precisei padecer em busca de uma pousada, em pouco tempo e, outra vez contando com informações que me eram dadas, encontrei uma pequena casa onde turistas eram recebidos em troca de algumas libras.

Ao contrário das adoráveis pessoas que cruzaram meu caminho naquele dia, fui recebida por uma senhora sisuda que, parecendo contrariada, instruiu-me sobre minha estadia. Informou-me que as portas não tinham chaves e que eu deveria pagar adiantado se desejasse passar aquela noite lá. Mas como nada poderia estragar ou frustrar a paz que me acompanhava, paguei-lhe as 20 libras, segui para o piso superior, como ela havia me orientado, e esqueci suas grosserias imediatamente.

Da janela da pousada, avistei alguns cavalos em um estábulo. Como ainda havia algumas horas de sol, graças ao horário de verão inglês, não pensei duas vezes.

Desci as frágeis escadas de madeira com a mochila nas costas, pois não confiaria meus pertences sem ter ao menos uma chave para assegurar-me que estariam lá quando eu retornasse, e caminhei até a baia dos cavalos, onde encontrei um senhor grisalho que martelava algo em uma enorme parede.

Tão grosseiro quanto à mulher que me recebera há poucos instantes — que julguei ser sua esposa pela proximidade de idade —, o homem seguiu com seus afazeres ignorando minha presença de maneira constrangedora. Avaliei as palavras que usaria e, do modo mais educado que encontrei, solicitei-lhe que me concedesse alguns minutos de cavalgada em troca do preço que lhe parecesse justo.

Após um olhar pouco gentil, o indivíduo deu-me as costas dirigindo-se a uma parede de madeira que ostentava diversas ferramentas. Apanhou um chicote e ainda em silêncio retornou com os olhos presos aos meus. Meus pensamentos confusos não encontravam sugestão de quais poderiam ser suas pretensões, e eu jamais imaginaria que pudessem ser tão cruéis.

Sem que qualquer explicação lógica fosse evidenciada, o homem simplesmente pôs a chicotear com uma brutalidade angustiante um pobre cavalo que pastava acompanhado de seus semelhantes. A partir disso, mesclaram-se os queixosos protestos do animal a um riso desatinado do homem que, em meio ao desvario, proferia palavras pesadas, carregadas de ódio contra o pobre que padecia por sua insanidade.

— Os cavalos estão aqui para trabalho e não para passeio, garota! — Resmungou o velhote desprezível em um inglês de forte sotaque.

Compreendendo seu recado e temendo ser a próxima em sua lista de chibatadas, girei rapidamente nos calcanhares e precipitei-me a fugir ignorando a imensa vontade de protestar contra sua maldade. Mas eu sabia que sozinha não seria capaz de me defender e, com a clareza de seu caráter destacada por seu recente ato, tive a certeza de que não poderia contar com qualquer benevolência de sua parte. Seu olhar repleto de escuridão e o sorriso que denotava demência atestavam que ele não hesitaria em me machucar caso eu o afrontasse.

— Aonde vai, garota? — vociferou. — Agora ele está pronto para um passeio. — Prosseguiu enquanto dispunha sobre o cavalo os adereços de montaria e voltava a golpeá-lo em meio à diversão assustadora que parecia sentir.

Suas palavras causaram-me um embaraço de pensamentos. O animal apresentava-se absolutamente agitado e sem qualquer condição de servir como montaria. Seus urros sequentes acompanhavam o movimento do chicote nas mãos do velho e seu desassossego revelava-se nas patas dianteiras postas a pino pela dor que sentia.

Segurando com força o animal, que creio já havia sido submetido a tais crueldades outras vezes antes, ordenou-me que eu o montasse com sua ajuda.

Pensei em negar, mas outra vez senti medo.

— Vamos de uma vez! Não tenho o dia todo, e você já me causou problemas demais por hoje. — Explodiu, dirigindo-se a mim, deixando ainda mais clara a imensidão de sua perturbação mental.

Sem opções, acatei sua ordem.

Quando dei por mim, já havia pagado 15£ e montava o animal muito agitado. Mal pude acompanhar os acontecimentos. Em instantes, voava pelas ruas em uma corrida desorientada. Tentei contê-lo, mas foi impossível, meu coração batia no ritmo dos seus cascos acelerados. Ensaiei um pulo, mas, na velocidade em que estávamos, eu com certeza não sobreviveria, ou quebraria a maioria dos meus ossos.

Deixando o caminho de pedras largas que delimitavam a estrada, inserimo-nos em um bosque apressados por sua corrida que se tornava mais e mais intensa. Em poucos instantes, já estávamos em uma mata que me trazia a consciência da distância que tomávamos do vilarejo. Outra vez avaliei a possibilidade de lançar-me ao chão, mas a coragem não apareceu, afinal, recordei-me de que não havia ninguém que pudesse sentir minha falta naquele lugar e, mesmo que sobrevivesse à queda, as chances de ficar gravemente ferida e perdida em meio à mata eram assustadoramente reais. Desesperada, refleti que certamente o velho sairia em busca do seu cavalo, mas, após tudo que vi, ele seria a última pessoa com quem contaria para salvar a minha vida.

Decidi que seria melhor esperar o animal se cansar, afinal, eu não tinha escolha, então me prendi a ele com toda a força que pude. Quanto mais nos afastávamos da pequena pensão, mais rápido ele parecia correr. Ele fugia dos maus tratos a que era submetido e me levava com ele.

Matas, pedras, morros e rios foram percorridos por um tempo que eu não conseguia precisar. Quando, por fim, o animal acalmou-se, acariciei sua cabeça tentando consolá-lo, apesar de ser muito veloz, não o sentia agressivo. Olhei ao meu redor e pude ver que o cenário era irreconhecível e inabitável. Não havia estradas e nem sinais de vida humana. O pavor expandiu-se em mim enquanto eu me lançava ao chão e percebia que não fazia ideia de onde estava e nem de como sairia de lá.

Projetando meu olhar para o que me cercava, percebi a oscilação de minha visão obstruída pelas lágrimas de medo que torrenciais despencavam dos meus olhos.

Não havia nada capaz de me trazer esperança, e assim o temor por minha vida ganhava forma e força. Pensamentos negativos despontavam continuamente, e a aflição pelos riscos que eu corria se tornava um peso sólido a destacar-se em meu peito.

— Deus! — clamei ao recordar de meus pais e meus irmãos e já não conseguia ouvir a minha voz.

Observei e dediquei-me a estudar minhas opções, mas meu nervosismo limitava minha capacidade e, por muito tempo só, o que pude fazer foi chorar e rezar por um milagre, sempre com a promessa que fiz aos meus — e que garantia que eu voltaria em segurança para casa — aos gritos em minha consciência. Consciência esta que também me acusava da imprudência que me levara àquela condição.

Enxugando as lágrimas para poder desobstruir minha visão, pude enxergar um riacho de águas tranquilas a poucos metros. Puxei as rédeas para que o meu companheiro seguisse em frente e pudesse se hidratar um pouco antes da longa jornada que nos esperava.

Enquanto ele bebia, apanhei meu celular na mochila e não me surpreendi ao ver que ali não havia sinal.

Fiquei rodeando o cavalo o tempo todo e não deixei suas rédeas, afinal, se ele fugisse de mim como fez com seu dono, eu estaria perdida, "como se eu já não o estivesse", pensei ironicamente. Como se existisse alguma chance de ironia na minha condição.

Embora estivesse cercada por mata, encontrei uma rocha pouco mais elevada, que consegui escalar e ampliar meu campo de visão. À direita de onde estávamos, havia montanhas, e decidi seguir nessa direção.

Passado muito tempo andando no mesmo sentido sem nada encontrar, saltei do cavalo para esticar meu corpo, que havia se tornado um conjunto de ossos e músculos transmutados em concreto. O vislumbre de que meu rumo obtivesse um desdobramento favorável parecia cada vez mais distante de mim, e, sem que eu pudesse evitar, outra vez temi por minha vida.

Interrompi meus pensamentos com a voz de minha mãe ecoando em algum lugar da minha mente: "intuição de mãe não falha, minha querida. É como se Deus nos sussurrasse o que de bom está por vir, e, neste momento, Ele diz-me que irás ao encontro do teu destino, e que este está à tua espera para entregar em tuas mãos a felicidade que te pertence".

Teria de me agarrar a isso.

Olhei nos olhos do animal, e seu semblante tranquilo não permitiu que eu me entregasse mais uma vez ao medo. Respirei fundo e montei nele, guiando-o, ainda, na direção das montanhas.

O tempo correu desenfreado enquanto, em um trote, atravessamos o crepúsculo e a escuridão da noite. Cansada, minha montaria diminuiu seu ritmo quando alcançamos um imenso paredão rochoso. Muitas horas haviam se passado enquanto medo e coragem duelaram em mim por toda a extensão daquele trajeto que percorri, mas não sabia qual era.

Um céu cravejado de estrelas sobre minha cabeça era o único conforto naquele momento, meu corpo inteiro latejava. A velocidade com que percorremos o árduo caminho e o excesso de tempo naquela posição de montaria passava-me a sensação de que eu quebrara um por um dos meus ossos. Sentia fome, frio, sede e muito, muito medo.

Já abatidos pela exaustão, em um passo bem mais lento, seguimos nos arrastando pelo chão coberto de pedras e arbustos enquanto, lentamente, as lágrimas corriam sobre meu rosto. Pelo pouco que meus olhos me mostraram, soube que havia alcançado as montanhas.

Capítulo 12

Aproximei-me da parede de rochas acompanhando sua curvatura, contudo, antes de ingressarmos no novo traçado de pedras, em um estalar de dedos que fui incapaz de assimilar, vozes surgiram assustando meu cavalo, que se pôs a pino de maneira brusca, arremessando-me com força sobre o rochedo antes que eu pudesse compreender o que estava acontecendo.

A queda roubou-me a consciência por alguns segundos. Voltei a mim ao ouvir uma voz peculiar.

— *It's a girl...* — falou um homem, em um sotaque ainda mais carregado que o britânico.

Não senti o alívio que esperava ao encontrar companhia, não obstante, permanecia enfraquecida e incapaz de manter minhas pálpebras suficientemente ágeis para inteirar-me do cenário que me cercava. Esforçava-me para assimilar quais eram minhas companhias...

Iniciou-se, então, uma confusa discussão, na qual palavras indecifráveis eram mescladas a um inglês carregado, impossibilitando-me de identificar a que se referiam, até que uma voz forte e imponente destacou-se das demais. A voz que imaginei estar a poucos metros tornou-se mais alta e clara, falava sobre leis e regras ao se fixar ao meu lado e, de algum modo, chegou à minha consciência agindo como um sedativo que, aos poucos, revelou em mim a certeza de que eu finalmente havia encontrado a ajuda que buscava.

Um longo silêncio se fez...

O homem que me acalmara com sua voz estava tão próximo que pude sentir seu cheiro, agradavelmente amadeirado e tipicamente masculino. Confortou-me. De repente, senti suas mãos grandes e firmes calcarem em minhas costas e elevarem-me do chão, repousando-me em seu colo. Senti meu corpo todo se arrepiar e meu coração bater tão alto que implorei para que não me entregasse.

Sua mão percorreu minha face com um toque delicado e intenso. Quis abrir meus olhos para conhecer o rosto da criatura capaz de abrandar meu tormento, mas sua voz tornou-se mais enérgica do que antes ao anunciar:

— Se a deixarmos, ela morrerá... Ela virá conosco! — Seu tom autoritário causou um imenso espanto em seus companheiros, que se manifestaram de imediato.

Evidentemente contrários à sua intenção de manter-me junto deles, expressaram-se das mais variadas formas. Gritavam palavras que não pude compreender devido à vertigem que permeava insistentemente minha mente, entretanto, as que reconheci não eram exatamente agradáveis.

— Calem-se! — Falou de forma tão intensa enquanto ainda me mantinha em seus braços que sacudiu brutalmente meu corpo, despertando a dor voraz que havia adormecido.

Gemi com uma pontada dilacerante no local em que havia batido a cabeça, fazendo com que ele interrompesse a discussão para voltar sua atenção a mim.

Lentamente e com muito esforço, consegui deixar meus olhos entreabertos por poucos segundos que foram suficientes para registrar o rosto mais formidável que viria a conhecer por toda a vida. Reconheci imediatamente meu destino. Porém meu corpo já extenuado não mais pôde contrapor-se aos duros golpes e entregou-se ao profuso obscurantismo onde as vozes, que passaram a proferir palavras conhecidas, ecoavam enquanto eu lutava para voltar à luz.

— Desculpe, meu senhor! Por favor, desculpe, Majestade!

Por muito tempo a seguir, não vi, ouvi ou senti nada.

...

Olhos escuros tão profundos quanto à imensidão do oceano dançavam em minha mente. Um nariz reto e masculino encontrava-se com os generosos lábios delineados com precisão em um rosto esculpido perfeitamente. Uma grossa mecha castanha caía-lhe sobre o forte olhar que me encarava, também me reconhecendo.

Queria tocá-lo, mas meus braços estavam presos.

Uma agitação causada por bruscos movimentos arrancou-me do sonho — ou do pesadelo — em que eu me encontrava inerte.

Os primeiros raios de sol disputavam um lugar ao céu com a penumbra que ainda se fazia presente quando despertei sacolejando no lombo de um cavalo. Já estava me acostumando com aquele movimento.

Visualizei as montanhas que repousavam tranquilas à minha frente e foram necessários alguns segundos para perceber que um braço forte envolvia minha cintura e que minha cabeça repousava confortavelmente em um peitoral robusto e rijo.

Inclinei meu rosto para encontrar aquele olhar que, há poucos instantes, flutuava em meus pensamentos, e um misto arrebatador de plenitude e temor difundiu-se em mim.

Os últimos acontecimentos causaram-me constantes perdas de controle sobre meu corpo e meus atos, e, naquele momento, eu já não sabia quem eu era ou como deveria agir... A sequência dos fatos ocorridos oscilava em meus pensamentos trazendo-me a recordação dos passos que percorri até chegar ali.

— Quem é você? — Perguntei com a voz embargada.

— *I am sorry. I do not understand you.* — Sua voz rouca estava acompanhada de uma expressão de dúvida ao levantar apenas uma sobrancelha, tornando-o ainda mais irresistível e confundindo ainda mais os pensamentos que eu lutava para organizar.

— *Who are you?* — Lembrei-me que falava sua língua.

Nesse momento, ele estufou o peito ao responder minha simples pergunta com uma resposta que me causou a reação mais improvável, devido às circunstâncias — uma gargalhada.

— *I am the King!* — Falou orgulhoso.

Ele falou mesmo que era o *rei*? Não, essa palavra devia possuir outro significado no lugar de onde viera.

Irritado, ignorou-me, puxando as rédeas do cavalo.

— Hey! Eu falo sério! Quem é você? E para onde está me levando? — Esbravejei livrando-me dos seus braços.

— Eu sou o rei, como já disse, quanto ao restante de suas dúvidas, recomendo que se cale e logo terá suas respostas.

Não bastasse sua maluquice, ainda era mal-educado.

— Você é louco? Solte-me ou vou gritar — falei enquanto uma raiva crescente se apoderava de mim ao vê-lo abrir um imenso sorriso perfeito, causado por minha ameaça.

Quem aquele maluco vestindo roupas engraçadas pensava que era para brincar comigo em uma situação tão séria?

Impulsionei-me, livrando-me do seu braço e pulando de maneira desajeitada do cavalo.

Os outros homens que estavam atrás de nós interromperam seu trote olhando-me compenetrados. Todos vestiam roupas engraçadas como as do dito "rei" e pareciam tão malucos quanto ele, pois algo me dizia que realmente acreditavam que meu suposto captor se tratava de um monarca.

— Por que não me matou durante a noite? — Gritei enquanto era obrigada a caminhar envergonhada entre eles.

Descendo do cavalo com uma agilidade impressionante, o "rei" deixou-me sem ar ao caminhar em minha direção com uma elegância que eu jamais havia visto, nem mesmo nos filmes.

Vestia uma calça preta muito justa, o espesso tecido era rebuscado por traçados dourados em suas laterais e sobre ela harmonizavam-se botas de couro que alcançavam seus joelhos. Ao trocar passos lentamente em minha direção, não pude deixar de perceber que o vento, que bagunçava seus cabelos, também batia contra a ampla camisa branca — que lembrava as de um pirata —, deixando exposto o delineado minucioso de sua musculatura definida, aberta o bastante para exibir seu peito liso, coberto apenas por um colar de tiras de couro negras como carvão.

"*Concentre-se, Laura! Foco!*", falei para mim mesma. Não era momento para aquele tipo de pensamento. Mas como me sentir atraída por alguém era novidade para mim, supus que seria normal não saber como respirar naquele momento.

"O que eu estava pensando? *Ele era um completo maluco!*", tentei convencer-me.

Em instantes ele estava parado em minha frente. Sua altura forçou-me a elevar meu rosto para encarar seus olhos. Não poderia demonstrar fraqueza.

— Entregue os pertences da senhorita — falou a um de seus companheiros sem desgrudar os olhos de mim.

Um homem aproximou-se entregando minha mochila, enquanto o outro me trazia o cavalo — Meu cavalo! Na confusão acabei esquecendo-o.

Não me permiti sorrir ao ver o animal claramente mais feliz do que estava no dia anterior e continuei olhando diretamente para a figura intrigante à minha frente.

Buscou minha mão e descansou-a levemente sobre a sua, onde anéis prateados intensificavam sua figura distinta, beijou-a suavemente com seus olhos ainda fixos nos meus.

— Vá, senhorita! Está livre! Não a manterei em minha companhia contra sua vontade.

Tentei ser firme, mas me ocorreu que eu não tinha para onde ir...

— Fico grata por me deixar livre. Porém... — Mantive o pescoço ereto em um claro sinal de orgulho e busquei uma grande soma de ar antes de prosseguir — preciso de seu auxílio. Estou perdida. — Admiti o óbvio.

Sorrindo, simplesmente me deu as costas e seguiu a caminho do seu cavalo.

— Hey! Por favor, preciso de sua ajuda! — Gritei engolindo meu orgulho como falta de opção.

Interrompeu seus passos, mas não se voltou para mim. *O que eu faria naquele lugar? Sozinha outra vez?*. Desesperei-me novamente...

— Se quiseres seguir-me, garanto-lhe que estará segura, mas nada além disso posso oferecer — revelou antes de seguir caminhando.

Os homens de sua comitiva, 12 ao total, assistiam à cena sem piscar os olhos. Atentos, viravam a cabeça de um lado para o outro como se acompanhassem um jogo de pingue-pongue, ansiosos pelo desfecho do duelo que protagonizávamos.

— Mas preciso conhecer o meu destino! Como poderei seguir-te sem saber o rumo que tomarei? — Argumentei.

Ele montou seu cavalo, indiferente a mim, e pôs-se a trotar.

O que estava acontecendo comigo? Alguma maldição caíra sobre minha cabeça para justificar as incontáveis provações a que vinha sendo submetida?

Verificando minha condição, acobardei-me ao perceber que voltara à situação anterior. Perdida e sozinha. Como eu poderia avisar minha família? Mais alguns dias e eles enlouqueceriam sem notícias minhas... Eu só conseguia pensar nisso...

Baixei meus olhos, entregando os pontos, quando percebi que um pesado manto negro cobria meus ombros e descia até abaixo dos meus joelhos. Um traço dourado, que me pareceu se tratar de um fio de ouro, formava desenhos de elos interligados em toda linha inferior do grosso tecido. Na parte em que duas pontas se encontravam sobre o peito, amarradas por um cordão também dourado, um brasão, costume entre famílias nobres e linhagens reais, formava um bordado imponente de ramos de oliveira presos às garras de uma fênix, ladeando a letra *B*. Acima, a ilustração de uma coroa completava a arte que, certamente, representava a relevância de uma dinastia.

O tecido era quente e exalava aquele cheiro que, em tão pouco tempo, eu já conseguia reconhecer.

Ele havia me coberto com seu manto para me manter aquecida durante a viagem? Foi o sinal que eu precisava para tomar minha decisão.

Procurei imediatamente localizar a comitiva, com a distância significativa que haviam tomado de mim. Por mais maluco e estranho que aquele homem aparentasse ser, passara-me segurança e algo me dizia que seria incapaz de me ferir. *Além de, certamente, tratar-se da criatura mais linda que havia pisado na terra.*

Não havia opções, ele era minha única saída. Perdida eu já estava, ele pelo menos representava uma chance remota de sobrevivência. Montei meu cavalo às pressas e guiei-o no sentido dos outros cavaleiros.

Mantive as mãos firmes nas rédeas, ignorando a dor que parecia rasgar cada um dos meus músculos. Ao aproximar-me do bando, trotando em velocidade, notei que me olhavam com expressões espantadas e incrédulas. Supus que em virtude de minha rendição às ordens de seu líder.

O jovem de quem eu não conseguia arrancar os olhos fitou-me com o mesmo espanto dos outros. Em um discreto movimento das mãos, fez com que todos parassem. Cavalgou, parando em minha frente sobre um cavalo negro como a noite, fitou o cavalo que eu montava e depois a mim por algum tempo, sua expressão tornou-se sisuda.

— O que acha que está fazendo, senhorita? — Indagou-me. Não havia imaginado aquela recepção, acreditei que ele realmente desejasse que eu o seguisse.

— Desculpe, pensei que devesse acompanhar-vos. Devo ter interpretado errado — expliquei-me imensamente constrangida, e, quando já puxava as rédeas para retornar, ficando dessa forma paralela a ele, sua mão alcançou as minhas, arrancando as cordas que entrelaçavam meus dedos.

— Uma jovem de respeito não cavalga desta forma, está constrangendo meus homens e a mim! — Sua voz soava afiada como uma lâmina, e, se o que dizia não fosse tão ridículo, poderia jurar que falava sério. — Se for de tua vontade seguir-nos, terás de te comportar como uma dama.

Fui abatida por uma súbita vontade de desfigurar a perfeição do seu rosto.

— Do que está falando?

— Pois eu lhe mostrarei! — Disse descendo outra vez magnificamente do seu cavalo e vindo até o meu.

Sem pedir licença, encaixou com força suas mãos em minha cintura e ergueu-me do animal, pôs-me no chão e voltou a elevar-me como se eu fosse uma pena. Colocou-me sobre o cavalo de modo que minhas pernas se posicionaram de um só lado.

— Apresento-lhe a forma convencional que senhoritas de respeito costumam montar. — Falou mantendo-se taciturno.

Incrédula, observei-o voltar à sua cavalgadura. Seu ato abusivo e inesperado roubara-me as palavras e precisei de um segundo para digerir o que acabara de acontecer. Principalmente ao ver que seu séquito se divertia ao vê-lo coagir-me daquele modo. Irritada, perguntei-me em que mundo aqueles homens viviam, ou melhor, em que século? *As mulheres não montavam de lado desde quando, a era vitoriana?*.

— Você é maluco? Não existe a menor possibilidade de alguém, seja homem ou mulher, concluir uma viagem nessas condições! — falei elevando minha voz para alertá-lo de minha ira.

Todas as atenções estavam em mim.

— E, que fique claro que, mesmo sozinha, perdida e precisando de sua ajuda, não estou aqui para entreter a seus homens e nem ao senhor. — Soube, naquele momento, que ganhara sua atenção e segui com meus argumentos — se permaneceremos juntos nessa jornada até seja onde for o seu esconderijo —, sorri ironicamente — creio que, antes, devemos esclarecer algumas coisas... Como o fato de sugerir que eu não seja uma mulher de respeito. — Vi em seus olhos a derrota e continuei — pois, saibam todos —, olhei energicamente para cada um deles — exijo que me respeitem, afinal, aonde encontraram esta liberdade que lhes permite se referir a mim como o fariam com uma qualquer? Que fique claro que não tolerarei nenhum tipo de ofensa ou gracejos machistas durante o tempo que passarei em sua companhia.

Não compreendi, mas um brilho intenso iluminou seu rosto.

Alguns segundos passaram-se e deduzi que meu discurso atingira seu propósito, pois o tal rei ainda não havia encontrado palavras para uma réplica. Em silêncio, cavalgou para perto de onde eu estava sobre meu cavalo naquela posição medonha e, enfim, falou.

— Peço que me perdoe se lhe faltei com respeito... — declarou educadamente em uma voz tão doce que fez meu coração esquecer de bater por um momento — mas espero que compreenda que, no lugar de onde vivemos, os costumes provavelmente sejam diferentes dos seus. Sendo assim, em respeito à senhorita, não posso permitir que cavalgue da mesma forma que nós, homens. Mas caso não se sinta incomodada e, de forma alguma, desrespeitada, posso carregá-la em meu próprio cavalo, como na noite anterior.

Não reconheci nenhum tom de insinuação em suas palavras, assim, quase cedi à tentação de estar em seus braços outra vez. Porém refleti por um momento e concluí que, ou ele me deixara sem saída propositalmente por desejar estar mais próximo de mim em seu cavalo, ou apenas tencionava que eu me tornasse como todos os outros, obediente a ele.

Na dúvida, optei por não correr o risco de estar tão próxima de seu calor novamente, não teria garantias de meus atos se isso acontecesse.

— Pois saiba que, se este é o caso, prefiro arrastar-me desconfortavelmente sozinha "como uma dama" — seus olhos acompanharam meus gestos que simbolizavam aspas sem parecer compreender — até nosso destino, a percorrer o restante da viagem em sua companhia.

— Como desejar! — Respondeu-me friamente. — Mas antes de reiniciarmos nossa viagem, sugiro que no apresentemos, creio que poderá ser útil em nosso convívio. — Identifiquei sua ironia.

Seus olhos não desgrudavam dos meus e fizeram-me esquecer a pergunta.

— Desculpe, não entendi — falei envergonhada por ruborizar.

— Seu nome, senhorita... Você tem um nome, não tem? — Levantou a sobrancelha, e aquele sorriso branco e brilhante regressou aos seus lábios, jogando-me no labirinto outra vez.

— Oh! Claro que tenho... Todo mundo tem nome afinal. Por que eu não teria um? — Percebi que repetia demasiadamente as palavras, mas que não compreendia o que elas significavam.

O que estava acontecendo com meu cérebro que já havia sido tão eficiente em outros tempos? "Diga a ele seu nome!", *DIGA A ELE SEU NOME!*. Meu cérebro, ausente por alguns instantes, retornou.

— Laura. Meu nome é Laura. — Enfim consegui. Respirei aliviada, como se tivesse respondido a uma pergunta que valia um milhão de dólares.

— É um prazer conhecê-la, Laura...?

Mais alguns segundos se passaram.

— Laura Baroni. — *Ah, o inglês e suas formalidades.*

— Laura Baroni de...? — Perguntou-me com uma paciência só usada para se comunicar com crianças com menos de cinco anos de idade, certamente por julgar-me uma tola.

— Brasil, eu venho do Brasil...

— Brasil? — Com sotaque puxado repetiu de forma engraçada.

Ele refletia sobre a informação obtida, mas não parecia familiarizado...

— O que é o Brasil? — perguntou-me interessado.

De onde aquele homem saíra? Ele era tão peculiar, exótico, intrigante e, por que não, estranho em um contexto geral, que eu comecei a me perguntar se ele realmente existia ou se era fruto da minha imaginação. Em tais circunstâncias, eu já não me surpreenderia com mais nada.

Meu semblante confuso foi suficiente para ele concluir que sua pergunta havia sido esquisita.

— Bem, falaremos disso em outra oportunidade. Eu sou Benjamin III, rei de Birth — revelou com uma segurança que não se encaixava em sua afirmação.

Como eu sabia que meus questionamentos não seriam respondidos por ora, simplesmente assenti, e, enfim, retomamos a viagem.

Capítulo 13

Sentada de lado naquele cavalo, sentia-me uma criança de castigo. Não havia possibilidade de aumentar o ritmo, e até meu pobre amigo equino parecia constrangido ao andar naquela lentidão enquanto seus semelhantes esvoaçavam suas crinas através do vento da manhã.

O tal Benjamin permanecera ao meu lado em um silêncio enlouquecedor. Como ele era capaz de ficar tanto tempo sem falar nem mesmo uma palavra?

Precavera-me que não responderia a nenhuma de minhas perguntas, sendo assim, não lhe propiciei o prazer de me ignorar e também me mantive calada, mas, em meus pensamentos, além de medo e preocupações constantes, um turbilhão de dúvidas se acumulava. E havia a fome... Não havia ingerido nem água e nem qualquer tipo de alimento há pelo menos umas 20h. Sentia-me debilitada e, em meu estômago, um nó formara-se causando um enorme desconforto.

De qualquer forma, não daria o braço a torcer e não me humilharia pedindo que me alimentasse, não mesmo! Seguimos assim por mais algumas horas.

O sol forte centralizava-se no céu azul sem nuvens bem acima de nossas cabeças, penetrando em minha pele e fazendo-me transpirar sob a carga do seu manto.

Parei meu cavalo para livrar-me do tecido espesso e aveludado. Ao retirá-lo, senti que era ainda mais pesado em minhas mãos e, em razão da força que fiz estando desidratada e faminta, uma onda abateu-se sobre mim, anulando cada um dos meus membros como se eles não mais existissem. Trouxe com ela uma completa penumbra até meus olhos, fazendo-me desfalecer.

— Senhorita...! — Não ouvi mais nada.

Aqueles olhos castanhos fitavam-me, enormes e amedrontados, bem diante de mim.

Um líquido gelado — supus tratar-se de água — escorreu delicadamente sobre minha testa e, enfim, pude respirar. Senti uma ardência se concentrar no local onde batera a cabeça na noite anterior, levei a ele meus dedos e ao encará-los encontrei uma pequena mancha de sangue que justificava o ardor que se intensificava.

Eu estava em seus braços novamente. Sentia que meu corpo transformara-se em um pedaço gigante de gelatina, estendido sobre a rigidez de suas pernas.

— Beba essa água, sentir-se-á melhor — disse-me em uma expressão nitidamente assustada.

Ofereceu-me gentilmente uma taça prateada, que aceitei imediatamente.

Após beber o máximo que fui capaz, senti-me melhor. Ainda não conseguia encontrar forças nem mesmo para agradecê-lo e permaneci sob os seus cuidados por mais algum tempo. Com sua ajuda, caminhei trocando passos lentos ao redescobrir a função de minhas pernas debilitadas. Em poucos metros, encontramos a sombra de algumas árvores onde, ainda contando com seu auxílio, pude acomodar-me.

— Estenda o manto — ordenou a um de seus homens.

Sobre o veludo macio, com um imenso cuidado, aconchegou-me confortavelmente. Com seu rosto tão próximo ao meu, pude sentir seu hálito doce e, sem desviar de mim seus olhos, causou-me uma reação que fez com que meu corpo esgotado encontrasse um meio de reunir forças, entregando meus pensamentos ao produzir um longo e intenso suspiro.

— Você precisa se alimentar — falou trazendo-me para a realidade.

Concordei com um sinal.

Caminhou até um dos homens do grupo e, em poucos instantes, percebi o cavalheiro se aproximar. Não tinha prestado atenção em nenhum deles devido aos meus pensamentos conturbados por todo caminho.

Era um homem de uns 50 anos e vestia-se da mesma forma que Benjamin era. Era estranho pensar nele como alguém que eu conhecesse a ponto de usá-lo como referência. Seus olhos, pouco enrugados, eram de um azul acinzentado, profundos e bondosos. Emocionaram-me ao olhar-me com imensa ternura, mesmo sem dirigir a mim nenhuma palavra. Era um homem muito bonito. Robusto e com maneiras refinadas, passaria por nobre sem dúvida alguma. Entregou-me um embrulho de tecido branco que continha o mesmo bordado de brasão presente no manto. Dentro dele, algumas frutas e também outro embrulho níveo, que continha um pão de massa escurecida com algumas sementes, que me pareceu muito apetitoso. Consegui sorrir em forma de agradecimento e ele me devolveu um sorriso contido.

Após comer, comecei, de imediato, a sentir-me melhor.

— Como se chama? — Perguntei-lhe com a voz enfraquecida.

O homem olhou para Benjamin com uma expressão de dúvida, parecendo questioná-lo se devia ou não me responder. Acompanhei seus olhos até seu líder e vi que ele acenara com a cabeça, assentindo.

— Thomas Burdwick, senhorita Laura. — Senti vontade de abraçá-lo por dizer meu nome. — Duque de Norfolk.

Não consegui evitar e ri. Sua afirmação despertou em mim uma profunda diversão devido à segurança de que se valera para revelar sua posição de "duque de Norfolk". Como se isso fosse possível!

— Ai, ai... — exprimi ao fim da gargalhada.

Todos me encaravam assustados. Principalmente Thomas, "duque de Norfolk". Ignorei-os e segui com meus gracejos:

— Então precisamos conversar sobre o julgamento de Ana Bolena, creio que tenha sido injusto... Entre outros envolvimentos polêmicos de seus ancestrais. — Outra vez entreguei-me ao riso até encontrar lágrimas...

Suponho que minha condição se revelava tão surreal que eu já estava a caminho da hilaridade.

— Senhorita Laura, está sendo indelicada — interveio o rei com suas chatices.

— Está tudo bem, Majestade! — o hipotético duque manifestou.

Uma intensa troca de olhares entre os dois chamou minha atenção para a chance de que poderiam realmente estar levando aquilo a sério.

Benjamin retirou-se novamente enquanto eu, um pouco mais equilibrada, permaneci na companhia de Thomas.

— Não fala sério, não é? — Questionei-o.

Ele assentiu e, por incrível que pareça, denotava lucidez... Contudo não me apresentava argumentação, nem uma única palavra, e precisei lutar contra a curiosidade, já ciente de que nada me seria respondido por ora.

"*Bem, vou entrar nessa brincadeira*", concluí ao constatar que não havia outro caminho.

— Perdoe-me... Vossa Graça? — Tentei consertar relembrando qual o devido tratamento para com um duque...

Jamais imaginei que isso me seria necessário algum dia. Creio que consegui consertar a má impressão, pois a sombra de um sorriso cobriu seus lábios.

— Alimente-se comigo... — Falei, oferecendo-lhe o embrulho.

Novamente seu olhar voltou-se para o jovem que os liderava, irritando-me por me fazer sentir como uma vítima de peste bubônica aos olhos do medievo.

Benjamin não se manifestou, deixando-me ainda mais furiosa.

— Eles não podem se alimentar? — Questionei diretamente ao senhor supremo do séquito.

— Podem, é claro que podem, porém não em sua companhia. — Sua resposta foi direta.

— E por que não? O senhor continua a sugerir que eu não seja digna? — Continuei a afrontá-lo.

Percebendo que todos os olhares instalaram-se em si a espera de uma resposta, anunciou:

— A senhorita Laura tem razão... Vamos todos aproveitar um momento de descanso e fazer uma refeição. Temos algumas horas de caminho pela frente, e não quero nenhum de meus homens desmaiando por sobre os seus cavalos — falou sorrindo e causando no restante da comitiva — a não ser pelo meu novo amigo, o "duque" —, uma sequência de gargalhadas às minhas custas.

— Quanta honra em diverti-los! — Falei ironicamente, fitando-os com os olhos semicerrados.

Durante a refeição, todos se acomodaram em pedras e troncos de árvores pelos arredores. Calados, devoraram seus mantimentos sem erguer os olhos do conteúdo de seus embrulhos e sem se dirigirem uns aos outros durante todo tempo. Conjecturei que apenas homens se manteriam em silêncio em uma situação como aquela. Se fossem mulheres reunidas daquela forma, certamente tagarelariam sobre os mais diversos assuntos e, mesmo assim, não haveria tempo suficiente para concluí-los.

O pão era delicioso e lembrava o que minha mãe fazia, cheio de grãos. Lembrei-me de minha família... Se soubessem que eu me encontrava naquela situação, como reagiriam?

Eu precisava chegar até o local onde aqueles homens viviam e tentar me comunicar. Na próxima semana, meus deveres em Londres me aguardavam e eu deveria retornar o mais rápido possível. Chegando a um lugar habitado — o que não vira até o momento, —, conseguiria um meio de voltar. Aceitei acompanhá-los, primeiramente, porque não me restavam alternativas. Entretanto, também sentia que um ímã me arrastava para perto daquele homem, que capturara minha atenção e não deixava que minha mente dele se desligasse. Da mesma forma, sentia seus olhos sobre mim, eles não me deixavam.

Ben, como os homens se referiam a ele, além das formalidades, estava em pé a poucos metros de mim. O delicioso vento que corria por entre as árvores desordenava seu cabelo, jogando seu longo topete de um lado para o outro. Com uma das mãos cheia de anéis na cintura, mantinha uma expressão dura e preocupada. Seus olhos procuravam os meus a todo instante, e isso parecia incomodá-lo.

Percebi que ele não se alimentara.

— Benjamin, o senhor não se alimentará conosco? — Pedi educadamente. Mesmo assim, todos os cavaleiros pararam de mastigar para depositarem sua atenção sobre mim, outra vez. *"O que eu fiz agora?"*, pensei desanimada.

Virou-se de costas para mim, sem nem mesmo se dar ao trabalho de formular uma expressão que pudesse me dar qualquer sinal sobre o que havia feito de errado.

— Deve se referir a ele de modo mais respeitoso, senhorita — falou o senhor Thomas, censurando-me, e depois sorriu. — Mesmo sendo jovem, é um bom rei e assumiu a coroa assim que seu pai, o bondoso rei Benjamin II, que Deus o tenha, faltou-nos. Tinha apenas 16 anos quando isso aconteceu e saiu-se muito bem se levarmos em conta a pouca idade. Mas o sangue real corre nas veias de sua família há tantas gerações que não nos surpreendemos com o êxito de seu reinado... — Thomas continuou falando coisas sem nexo sobre uma dinastia e sobre um reino chamado Birth que eu jamais tinha ouvido falar.

Ao notar minha expressão de dúvida, deduziu tratar-se da maneira sobre a forma que deveria referir-me ao jovem e instruiu-me.

— Senhorita Laura, deve referir-se a ele como "Majestade". — Pensei sobre o que me dizia e, embora sem mais opções houvesse decidido entrar naquela "brincadeira", achei que era o momento de lhe falar com franqueza.

— Desculpe, senhor Thomas, mas não compreendo por que faria isso. — Tentei soar calma, mas as voltas da minha mente enlouqueciam-me. — Como poderei referir-me a ele como um rei se não tenho conhecimento sobre seu país, nem sobre sua linhagem? — Respirei antes de prosseguir. — Sabe, senhor Thomas, sou professora de história. Ironicamente, meus maiores conhecimentos são sobre monarquias e nunca antes ouvi falar nesse país chamado Birth e nem na dinastia do seu senhor. Perdoe-me se pareço cética, mas não acredito que seja possível, sendo que não conheço nada a respeito.

O homem que se sentia seguro ao se arriscar em uma conversa amigável comigo, sorriu gentilmente ao alertar-me de algo que, a partir daquele momento, eu lembraria para sempre.

— Minha filha, não é pelo fato de não conhecermos algo que ele não possa existir. — Percebeu que sua observação tocara-me e continuou em meu auxílio. — O rei não se alimentou conosco, pois concedeu a ti sua refeição.

Ah! Sentia-me um pedaço de manteiga exposto ao sol!

— Acho que devo desculpas a ele... — anunciei antes de me retirar.

Lembrei-me também da gentileza ao me ceder seu manto e criei coragem para caminhar, ainda debilitada, em sua direção. No curto caminho, vi seu rosto enrijecer.

— Majestade... — Optei por ser educada, diante da dúvida, era melhor não correr o risco de parecer indelicada. — O senhor foi muito gentil em conceder a mim seu alimento. Saiba que lhe sou grata, mas creio que também deva se alimentar, ainda tem bastante comida para o senhor. — Estiquei-lhe os braços com o embrulho de tecido branco nas mãos.

— Não estou com fome — falou secamente enquanto disparava na direção contrária à minha.

O que eu havia feito para aquele maluco?. Já estava me cansando de tentar ser benevolente. A nova Laura não possuía a mesma paciência da antiga.

Voltou com a face consternada em uma cólera explícita. Nas mãos, carregava o pesado manto e, ao fixar-se ao meu lado, jogou-o sobre meus ombros.

— Senhorita Laura, como já lhe disse antes, muitos de nossos costumes são diferentes dos seus... Entre eles, e quem sabe o mais importante, são as vestimentas, e as suas são claramente desrespeitosas. Por isso, espero não ter de presenciá-la desfilando por entre meu povo com roupas destinadas somente ao uso de cavalheiros, e, como se isso não bastasse, estão aos farrapos! — falou irritado, enquanto suas mãos firmes tocavam minha nuca ao puxar meus cabelos que ficaram presos por debaixo do tecido, arrepiando um por um os pelos do meu corpo. Caminhou para outra direção novamente.

Com seu toque macio e seu rosto tão próximo ao meu, por um instante, quase ignorei seu insulto. Então, ele não havia me coberto com seu manto para me proteger? E também insinuava que eu era uma mulher vulgar? Como eu já não encarava obediência como virtude, pus-me a reivindicar.

Desatei o nó sobre meu peito e joguei seu manto no chão enquanto ele ainda estava de costas, a expressão de espanto no rosto de seus homens entregou que algo de muito sério acabara de acontecer.

— Por que insiste que eu os acompanhe se me julga tão indigna e desrespeitosa, "Majestade"? — Esta última palavra pronunciada lentamente e de forma irônica. — Abandone-me pelo caminho de uma vez, mas não me culpe por nossas diferenças! — O tempo que seu corpo levou para se manifestar, fez meu sangue congelar. E fez-me refletir que, se aquele homem que eu acabara de enfrentar com o desacato de minha atitude se tratasse realmente de um representante de um governo monárquico e arcaico em moldes absolutistas — por mais improvável que isso pudesse ser —, minha sentença poderia ser irreversível.

Mantive o pescoço ereto e não sucumbi ao seu olhar, que me fuzilou ao se fixar em mim.

— Voltem todos às suas montarias! Preparem-se para partir em alguns instantes — gritou autoritário ao seu bando.

E, assim que os homens compreenderam que ele solicitava privacidade e desapareceram instantaneamente, ele pôs-se a andar em minha direção.

Pronto, estava acabado... Ele partiria e me deixaria ali, como eu lhe sugerira. Mesmo apavorada pelo horror que me esperava, não consegui me arrepender por não tolerar ser tratada daquela forma.

— Senhorita Laura, está sob a minha proteção... Entende o que isso significa? — Falou-me educadamente sem apresentar a raiva que eu supunha que sentia. — Não poderei passar o resto do caminho permitindo que se exponha de forma tão grosseira e espero que compreenda. — Exalou um longo suspiro e encarou suas botas ao concluir. — Onde vivo, senhoritas não usam calças, se é que posso chamar de calças esses trapos dos quais faz uso — falou apontando para os rasgos em meu jeans — e nem nada do que sua indumentária é composta. Por isso, entenda, que se de onde vem é comum para as mulheres trajarem roupas cabíveis apenas a cavalheiros, para nós é uma grande ofensa. Rogo-lhe para que respeite e se cubra com meu manto até encontrarmos algo mais apropriado.

Compreendi ao que se referia e já não me sentia tão incomodada.

— Pois então me diga como as senhoras se vestem de onde vem? — Sugeri, imaginando que deveria se tratar de um lugar extremamente antiquado.

— Ora, senhoras usam vestidos que não evidenciem seu corpo — falou constrangido, voltando a encarar as botas. — E apenas vestidos! — respondeu-me prontamente, como se mulheres estarem limitadas dessa forma ainda fosse comum para o restante do mundo.

— Peço que me perdoe pela afronta. E também rogo para que compreenda que nada do que diz faz sentindo para mim, pois há muito tempo que as vestimentas femininas se assemelham as dos homens, e não creio que isso seja desrespeitoso.

— Entendo ao que se refere... — falou parecendo compreender exatamente meu argumento.

— Sendo assim, tomarei mais cuidado e... Minha mochila! Onde está minha mochila? — Ocorreu-me que eu encontrara uma solução.

— Desculpe, não entendo o que diz — falou confuso. Novamente o idioma...

— *My backpack*! — repeti em seu idioma para que entendesse.

— Ah, claro... Mas para que deseja sua bolsa, senhorita?

— Eu tenho um vestido! Não creio que seja como os que as mulheres de seu povo costumam usar, mas acho que será útil.

Avaliou meu pedido e, após alguns instantes, com um assovio estridente, chamou a atenção de um dos seus homens e pediu-lhe para que trouxesse até mim a bagagem.

Agradeci por ser adepta dos vestidos longos, embora possuísse dezenas de curtos, que sorri ao pensar, deixariam o senhor Benjamin e seus discípulos de cabelo em pé.

Era de um algodão leve, perfeito para um dia como aquele. O fundo do tecido preto ficava quase escondido pelas muitas minúsculas flores coloridas que o encobriam. Não havia fendas e nem mesmo era demasiadamente ajustado ao corpo. O decote preocupara-me um pouco, pois era em um estilo *gipsy*, expondo o colo e ombros, mas, ao apresentá-lo ao "rei", ele aprovara, alegando que as mulheres tinham permissão para mostrar essa parte do corpo. *Permissão?* A palavra pesava em meus ouvidos.

Fiquei feliz por lembrar-me da mochila, pois aproveitaria para higienizar-me com os poucos recursos que trouxera.

— Preciso de água e de privacidade, porque, ao contrário do que o senhor possa imaginar, de onde venho senhoritas de respeito não costumam se despir na presença de cavalheiros. — Mais um ponto para mim!

— Oh! Mas é claro que não... Encontraremos água e um lugar seguro. — Falou com o rosto em chamas pelo constrangimento.

— Por aqui, senhorita — disse indicando-me o caminho entre as árvores e entregando-me um cantil. — Se precisar de mim, estarei perto o suficiente para ouvi-la chamar. — Virei meu pescoço para fitá-lo e ele logo consertou o mal-entendido. — Mas longe o suficiente para que tenha privacidade, é claro. — Concluindo, disparou mata afora.

Caminhei pelo menos uns 10 metros entre muitas árvores conforme sua orientação. Ou ele desejava resguardar meu recato, ou distrair-me para poder fugir.

Na mochila eu tinha tudo de que precisava no momento.

Livrei-me das botas e de toda a roupa. Rendi-me aos encantos de um desodorante e também de um creme hidratante que auxiliaria na árdua tarefa de passar mais de 30 horas sem banho. Após minha limitada higienização, enfiei-me às pressas dentro do vestido, nos pés, permaneci dispondo de minhas botas, pois além delas em minha bagagem só dispunha de chinelos e é claro que eu não ousaria afrontar o "rei" desfilando com os pés à mostra. — Esse pensamento me divertiu.

A água do cantil fora suficiente para escovar os dentes e lavar o rosto. Ao lado direito da minha cabeça, quase escondido pelos fios de cabelo, com a ajuda de um pequeno espelho, vi uma pequena mancha que revelava o local do meu ferimento. Ignorando a dor, livrei-me do sangue, assim como dos resquícios de maquiagem.

Nos cabelos não havia muito a ser feito, então os escovei sutilmente no lugar ferido e elevei-os em um alto rabo de cavalo. Ao fim, sentia-me nova e pronta para seguir o curso do meu destino.

Encontrei com Benjamin à minha espera.

Seu olhar percorreu minha figura da cabeça aos pés, seu queixo ficara suspenso por alguns segundos... Tempo suficiente para fazê-lo ruborizar e a mim também.

— Err... Eu... A... A senhorita está pronta! — Engoliu sua opinião sobre mim de modo que vi seu saliente pomo de adão se movimentar.

— Sim senhor. Espero estar ao seu gosto! — Não quis parecer atrevida, então tentei consertar. — Quero dizer, pretendo estar de acordo com seus costumes...

— Oh, claro! Está ao meu gosto! Er... Digo, a gosto de meus costumes... Quero dizer, de acordo com meus costumes... Se me permite, está formidável, senhorita Laura.

Ficamos nos entreolhando firmemente por longos segundos. Meu Deus, como evitar me jogar em seus braços?

Uma força maior aproximava nossos corpos, até que o barulho da galopada de um de seus homens chamou nossa atenção. Estaqueando sua veloz cavalgada, gritou:

— Majestade! Devemos sair deste local imediatamente. Ouvimos há alguns instantes barulhos na mata e temos se tratar de caçadores.

— É claro! Partiremos neste exato momento. Estejam a postos — respondeu-lhe Benjamin em tom bem menos agudo que o seu.

Capítulo 14

Ao aproximarmo-nos do grupo, 12 cabeças viraram em minha direção com olhos arregalados como se testemunhassem uma aparição.

Segurando o vestido pelas pontas, improvisei uma mesura em cumprimento aos senhores. Todos sorriram aprovando minhas vestes e iniciando uma breve e destoada salva de palmas entre sorrisos espontâneos, inclusive o rei.

Começava a sentir-me familiarizada.

— Eu a ajudarei a montar seu cavalo, não quero correr o risco de presenciar novamente uma queda. — Dessa vez compartilhei de seu humor entregando-lhe um sorriso.

Suas mãos apertaram minha cintura através do fino tecido, assim pude senti-las de maneira ainda mais intensa e suponho que ele também tenha experimentado a mesma sensação devido à forma como me fitou em seguida.

Raios ardentes emanaram do sol vespertino no caminho que parecia não ter fim. Ao meu lado, um suposto rei, afortunado pelo mais belo perfil, cavalgou suntuosamente e observou-me discretamente durante todo o percurso.

Após mais algumas horas de cavalgada, sentia-me novamente esgotada, suplicava silenciosamente para alçar de uma vez o lugar que seria o destino daqueles homens. Estava tão focada em meu cansaço e no desejo de me recuperar, que mal percebi que os cascos de meu cavalo traçavam um caminho por minúsculos grãos de areia, estávamos em uma praia.

Andamos mais algum tempo, e a incerteza de nosso destino voltou a assombrar meus pensamentos. Ao longe, avistei alguns homens e deduzi que pertenciam ao mesmo lugar que meus companheiros, em razão das vestimentas nada contemporâneas que também trajavam. Os membros do nosso grupo estaquearam, saltaram de seus cavalos e foram de encontro aos outros, que confirmaram estar à sua espera.

Próximo à margem, aguardando seus tripulantes, descansava um imponente barco de madeiras escuras e velas brancas semelhante, de acordo com o limitado conhecimento que eu possuía sobre embarcações, a uma fragata do século 17.

Parei imediatamente.

O cavalheiro ao meu lado percebeu minha agitação.

— Senhorita, o que houve? — Falou pacientemente.

— O que houve? — Falei enquanto a indignação crescia dentro de mim. — Para onde o senhor supõe que me levará? — Não esperei sua resposta e prossegui entregando meu desespero. — Como ousa aproveitar-se de minha condição para atrelar-me em um barco com destino incerto? De forma alguma continuarei com esta viagem que parece nunca chegar a lugar algum. Embora o senhor não tenha tido nenhum interesse sobre quem eu sou ou de onde venho, saiba que não está carregando um objeto qualquer e que, embora para o senhor ou seus companheiros eu não possua nenhum valor, tenho uma vida além deste deserto que me rodeia nesses últimos dias e tenho pessoas à minha espera. — Com a lembrança de minha família, foi impossível conter o pranto que veio a seguir.

Saltei do cavalo e caminhei sem direção à procura do ar que parecia me faltar.

— Senhorita, por favor, confie em mim! — Ouvi sua voz muito próxima e tive certeza de que estava perto demais quando sua mão pousou em meu ombro.

Continuei a dar-lhe as costas em uma tentativa de proteger o pouco do orgulho que me restava.

— Sei que nada do que diz respeito a mim é do seu interesse, mas quero que saiba que eu tenho pai e mãe, também tenho dois irmãos... — falei com a voz mais segura que fui capaz, contudo não pude mais evitar exprimir toda a tristeza e o medo que sentia. — Valho o mundo todo para eles, assim como eles valem para mim. Mas o senhor não deve saber o que isso significa, não é, "Majestade"? — Seu silêncio fez-me pensar que ele assentira e encorajou-me a lhe encarar.

Ele estava pálido, os lábios em uma fina linha de preocupação, secos e mudos. Continuei:

— Se tivesse conhecimento do valor que uma vida tem, não tomaria vantagem de situações como a minha, sem se importar com as decepções e os medos que carrego. — Meu pranto, que se unia àquele discurso, não me envergonhou e, à medida que se agravou, as palavras os seguiram, fazendo-me prosseguir ao ver seu rosto estarrecido. — Esses últimos dias, ou para ser mais específica, os últimos anos da minha vida, trouxeram fardos que sou incapaz de suportar e deixaram marcas que temo não conseguir apagar. E mesmo que isso não lhe diga respeito, e sabendo que o senhor não se importa com o meu pesar, nem com os caminhos que percorri até o maldito dia em que o encontrei, quero que saiba que eu sou tão valiosa quanto qualquer rei que habita ou já habitou este ou qualquer outro mundo. Por isso não permitirei que ninguém me julgue menos importante estipulando regras fajutas ao estender a mão em meu auxílio. — As lágrimas deram lugar a uma centelha que me preencheu de força. — Estou perdida, não morta. Ainda estou no comando da minha vida e exijo que responda a toda e qualquer pergunta que eu desejar, ao contrário, encontrarei meu próprio caminho sem sua ajuda.

Ao entender que nada mais havia para ser dito de minha parte, encorajou-se em uma explicação.

— Temo ter lhe passado uma impressão distorcida sobre meus interesses em relação a vós — falou capturando meu rosto com a ponta dos dedos em meu queixo e inclinando-o ao encontro de seus olhos que sorriam, ao contrário de seus lábios. — Sei exatamente o valor que cada pessoa possui, aprendi desde muito cedo como cada vida é insubstituível e preciosa. — Segurando minhas mãos, intensificou a força nos dedos no tempo que acentuava nos meus olhos os seus. — E, exatamente por isso, peço-lhe humildemente que confie em mim. Responderei a toda e qualquer pergunta que desejar, mas antes eu gostaria que estivéssemos no lugar onde vivo para poder fundamentar todas as respostas que lhe darei.

Ele estava implorando para não me dar respostas... Era esse o tipo de comportamento que ele imaginava que calaria meus questionamentos?

— Não gaste suas energias e nem mesmo se desvalorize me suplicando algo que não me proporcionará a segurança que busco. Como já disse, existem pessoas para as quais eu sou de extrema importância, e é por elas que não me permito correr riscos.

— Eu compreendo... — enunciou. — Então, se assim deseja, vamos caminhar um pouco enquanto conversamos. — Sem meu consentimento, encaixou seu braço no meu, de modo que nossos corpos ficaram colados.

Meu abatimento não me permitiu contestar.

Eu simplesmente não entendia por que ele não me abandonava. Por que não me deixava ir? E, de algum modo, uma paz estabelecia-se em mim sempre que ele insistia para que o seguisse.

Foi assim que descobri que eu desejava segui-lo e continuar em sua companhia.

— O que quer saber, senhorita? Tem direito a três perguntas! — Aquela voz rouca transformava a mais simples frase em um soneto de Shakespeare, o que causava contínuos nós em meu cérebro.

Devido ao encanto que ele em mim despertava e, consequentemente, o poder que retinha sobre minha consciência, demorei alguns segundos para interpretar suas condições.

— O que quer dizer com apenas três perguntas?

— Quero dizer exatamente isso. Agora tem direito a apenas duas! — Falou-me irritando-me ainda mais. — Eu avisei-lhe que seriam apenas três perguntas, senhorita. — disse-me com os lábios prendendo um sorriso.

— Isso não vale! É jogo sujo e está trapaceando!

— Cara senhorita Laura, garanto-lhe que meu maior desejo no momento seria ficar caminhando com a senhorita até que todas as suas inquietantes questões fossem compensadas com respostas. No entanto, como em breve lhe provarei, sou o líder destes homens, e não há tempo para esclarecer todas as suas dúvidas. E, por isso, meu dever impõe que eu troque sua agradável companhia nesta praia deslumbrante, por um convés lotado de cavalheiros sujos e mal-humorados pelo bem do meu povo.

Seu rosto faiscava de euforia, e ouvi-lo admitir que desejava minha companhia tanto quanto eu ansiava pela sua, fez-me avaliar que duas perguntas eram melhores do que pergunta nenhuma.

— Ok. O senhor venceu! Deixe-me pensar... — precisava gastar minhas chances de maneira inteligente. — O senhor é um rei de verdade, ou apenas um homem comum que acordou um belo dia e decidiu unir uma dúzia de malucos tão loucos quanto o senhor para lhe seguir em uma fantasiosa vida monárquica?

Ele não vira diversão em meu gracejo.

— Oras..., mas é claro que sou um verdadeiro rei... Coroado e ungido! A senhorita realmente pensou em algum momento que eu seria capaz de brincar com algo tão sério? — Ele estava visivelmente incomodado com minha suspeita.

— Ao que me recordo, as perguntas aqui são feitas por mim. — Agora quem sorria era eu, diante da evidente maluquice vinda dele que acabara me atingindo, pois naquele momento eu realmente poderia jurar que ele falava sério. — E falando em perguntas, sua resposta não esclareceu muito a seu respeito.

— Pois não encontro uma forma de ser mais claro que isso, sou um rei, senhorita Laura. Governo um reino chamado Birth e sinto muito orgulho disso.

— Ok, se é isso que diz... Então onde fica o seu reino desconhecido do restante do mundo?

Seu olhar perdeu-se pela praia antes que ele respondesse a minha pergunta, e sua expressão tornou-se dura.

— Meu reino encontra-se exatamente como disse, desconhecido do restante do mundo. Birth fica há algumas milhas daqui, chegaremos lá em alguns dias e poderei lhe comprovar tudo que lhe contei.

— Dias? Está maluco? — Gritei a plenos pulmões. — Não disponho desse tempo! Preciso avisar minha família em no máximo três dias... Não existe a menor possibilidade de continuar esta viagem, retornarei sozinha! — Outra vez, fui atingida pelo rompante da incerteza de meu destino.

Mas não havia mais nada a ser feito, eu deveria encarar minha situação sem depender de ninguém. Minhas escolhas levaram-me até os confins do mundo, puseram-me na companhia de homens que acreditavam viver em um reino sob a liderança de um monarca, e isso por si só já se estendia muito além do que qualquer decisão impensada pudesse gerar. Minha condição ultrapassava os limites da razão, e eu precisava encontrar meios de resgatar primeiramente meu bom senso e minha responsabilidade, principalmente sobre minha vida e minha segurança. Desse modo, abandonaria as loucuras que me cercavam e retornaria ao mundo real. Sozinha!

— Minha decisão já está tomada! Sou-lhe grata por tudo, de verdade... — falei temendo não ser capaz de manter a compostura ante a ideia de nunca mais voltar a vê-lo.

— Não pode fazer isso! Não conseguirá retornar sozinha — protestou.

— Mas é claro que posso! Eu ... — pretendia convencê-lo, mas fui interrompida.

— Venha aqui! Sente-se. — Apontou para uma pedra grande e plana que estava a poucos metros de nós. Fiz o que ele pedira e o permiti narrar seu raciocínio. — Senhorita, diga-me com sinceridade, conhece bem esse lugar?

Pensei por um segundo sem compreender aonde ele pretendia chegar...

— Não, na verdade não conheço absolutamente nada — respondi sem ser capaz de esconder minha frustração.

— Ok... Pelo menos tem um mapa? — Continuou me questionando.

Um simples gesto negativo com minha cabeça foi suficiente para que compreendesse. Levou suas mãos aos lábios bem detalhados enquanto parecia pensar na próxima pergunta.

— Não tem comida, nem água nem um local para dormir, não é mesmo?

— Não! Não tenho nada! — Respondi desesperada por ser submetida à sua tortura. — Não entende que não tenho escolhas?

— Absolutamente! Exatamente por entender sua posição é que não posso permitir que se arrisque de tal forma. Por favor, venha comigo! — Pediu-me enérgico.

Pude ver em seus olhos que ele não era indiferente ao meu padecimento.

— Não posso! Não tenho todo esse tempo. Preciso encontrar um meio de avisar minha família... — Sem mais conseguir encontrar uma forma de reagir, entreguei-me às lágrimas.

Paciente, Benjamin aguardou em silêncio até que meu longo pranto lentamente se dissipasse.

— Senhorita, agora se acalme e, por favor, ouça-me. — Ele estava sereno e suas palavras eram firmes. Concordei reticente. — Temos cerca de duas horas de luz do dia, isso quer dizer que teremos pouco tempo até que encontremos a escuridão e os perigos da noite. Se retornar nessas condições, creio que seus riscos aumentarão significativamente, e, se levarmos em conta o fato de que não tem ideia alguma de qual caminho seguir, podemos concluir que suas chances de sobreviver a esta viagem são reduzidas a quase nada, para não dizer totalmente inexistentes. Compreende o que eu digo? — Sem esperar por uma resposta, prosseguiu. — Temos em torno de três dias e meio de viagem até Birth, e farei o impossível para que possamos chegar o quanto antes. Assim que estivermos lá, imediatamente encontrarei um modo para que se comunique com sua família. Reflita comigo, prefere correr o risco de se atrasar em lhes informar sobre sua segurança ou o risco de que jamais tenham notícias suas novamente? — Suas palavras atingiram intensamente minha consciência. Um medo ainda maior passou a comandar meus pensamentos. Não havia como não concordar com suas considerações, ele estava certo.

Imergi em meu interior em busca de explicações e do entendimento que precisava enquanto acompanhava as pequenas ondas que se formavam no desmedido mar acinzentado à minha frente, Benjamin também se mantinha contemplativo em seus pensamentos.

De longe, pude perceber uma movimentação na comitiva que nos aguardava. Benjamin também pareceu notar, pois sua atitude se tornou agitada, e seus movimentos, apressados.

Rapidamente suas mãos tomaram as minhas. Senti-lo dessa forma foi mais que suficiente para uma descarga de energia ocupar toda extensão do meu ser, como se fios conectados em mim fossem ativados pelo toque da sua pele.

— Senhorita Laura, temos pouco tempo, terei de ser breve, por favor, ouça-me. — A urgência em sua voz arrancou-me do recente devaneio, transferindo sua seriedade para mim. — Sinto imensamente pelos infortúnios a que fora submetida. E desejo que esteja ciente que a maneira com a qual o destino decidiu nos apresentar também me pareceu incomum e admito que causou o mesmo espanto que em vós. Pouco tenho a oferecer para ajudá-la a encontrar o seu caminho, porém garanto-lhe que se me fizeres digno de sua confiança, irei mantê-la segura e livre de qualquer perigo, nem que para isso minha própria vida esteja em risco.

Demasiadas informações atreladas entre si me tornaram incapaz de avaliar o peso que cada uma possuía. Tive que lutar para compreender aquele encadeamento de ideias que ele narrava. E a única mensagem nítida que permeava minha mente era a de que, com ele, eu estaria protegida, e foi ela que designou que eu deveria me manter ao seu lado.

— O senhor tem minha confiança! — As palavras que saltaram de minha boca tiveram origem em meu coração.

Um breve suspiro de alívio escapou de seus lábios antes que ele prendesse meus dedos entre os seus e me arrastasse a caminho do barco.

Capítulo 15

Três homens desconhecidos foram somados ao grupo que eu já conhecia. Todos com os olhos pregados em mim demonstravam tamanho pavor, que mais pareciam estar avistando a própria morte. Contudo, imaginei que minha presença já havia sido anunciada, sendo que pergunta alguma a meu respeito fora feita ao seu senhor, o que não diminuiu o espanto que figurava em cada rosto.

Fui entregue aos cuidados de um dos homens da tripulação, que, silenciosamente, encaminhou-me ao convés, mantendo-se ao meu lado pelo tempo em que todo o restante da tripulação permanecia ausente, creio que tratando de algo de extrema importância devido ao longo tempo que correu antes que se juntassem a nós.

Benjamin surgiu, e o barco pôs-se a navegar.

— Venha, senhorita, lhe apresentarei o *Madeleine* — Falou empolgado, mas, percebendo minha dúvida, apressou-se em explicar. — É o nome do nosso barco, uma homenagem à minha...

— Majestade! — Interrompeu-o um de seus homens — necessito que me acompanhe, senhor.

— Preciso ir, perdoe-me! Thomas irá lhe acompanhar... — E saiu às pressas seguido pelo jovem que nos interrompeu, condenando-me, assim, à dúvida de quem seria Madeleine... Eu sabia que uma das predileções de homens ligados a atividades marítimas era homenagear suas amadas batizando suas embarcações homônimas a elas. Pela primeira vez, ponderei a possibilidade de existir uma rainha em seu reino e senti o gosto amargo daquela alternativa espalhar-se pelos meus sentidos. Ao perceber a aproximação do adorável senhor Thomas, repreendi-me por meus pensamentos.

— Senhorita, será uma grande honra lhe apresentar nossa embarcação — anunciou em meio a um sorriso capaz de distrair-me dos mais diversos problemas que me atormentavam.

Ao seu lado, caminhei sobre o chão de longas e niveladas tábuas de madeira estreita. Mastros, velas e muitas cordas atrelavam-se entre si por toda a extensão do convés. Além disso, havia instrumentos de navegação por todos os lados, assim como objetos que, em sua maioria, eu não saberia identificar. Era a primeira vez em minha vida que pisava em uma embarcação, e absolutamente tudo naquela cena era novidade para mim.

Chegamos a uma pequena escada de ferro branco com poucos degraus que nos levou até um pavimento de nível mais baixo e adentramos uma pequena cabine de madeira escurecida e lustra, também cercada de cordas e ferramentas. Alcançamos uma escada idêntica à que descemos, porém, dessa vez, para chegarmos até uma superfície onde encontrávamos, além de outra cabine, de maior tamanho, variados elementos em madeira que, além de enobrecerem demasiadamente aquele rico espaço, também davam suporte ao ponto principal, o leme.

O "Duque de Norfolk" divertia-me com seu entusiasmo em nosso passeio, sua presença trazia leveza e segurança, e eu lhe era imensamente grata por aliviar minhas inquietações.

Lado a lado, ficamos observando a mansidão da água. Enquanto ouvia suas explicações sobre as funções de alguns daqueles instrumentos, a curiosidade sobre o nome que, entre brasões, estampava vários lugares do barco, ainda me atormentava. Rendendo-me a ela, perguntei-lhe:

— Quem é Madeleine?

Seus olhos cinzentos sorriram antes de me responder.

— Nossa rainha.

— Hum... — Limitei-me sentindo meus músculos enrijecerem diante da ideia.

— A rainha-mãe, mãe de Sua Majestade, o rei Benjamin —. Um largo sorriso permaneceu em seus lábios durante o tempo que levei para entender suas palavras.

— Ah, claro... — Precisei disfarçar o conforto que senti.

Porém ele sem dúvidas já suspeitava sobre o motivo do meu interesse. Mas como era um cavalheiro, não me constrangeu dando continuidade ao assunto.

— Senhorita, ainda há o que conhecer, irei levá-la até suas acomodações.

— Deixe-me continuar daqui, Thomas — anunciou Benjamin, que estava atrás de nós.

Envergonhada, enlouqueci ao considerar que ele poderia ter ouvido nossa conversa e custei a arriscar-me a encontrar seus olhos.

— Claro, Majestade! Tenha a bondade... — falou educadamente ao nos deixar a sós. — Até logo, senhorita.

—Até logo e muito obrigada por tudo! — Respondi ainda embaraçada.

Em um andar inferior ao do convés, ficavam as acomodações da tripulação. Além de muito pequeno e apertado, era também escuro e sufocante. Mentiria se dissesse que não senti medo.

Segui Benjamin em um estreito corredor, lampiões presos nas paredes traziam uma escassa iluminação. Ao abrir uma porta que batia acima de seu pescoço e curvá-lo para entrar, convidou-me a lhe seguir.

Acendeu os candeeiros do interior do que seria um quarto e me surpreendi ao constatar que era maior do que imaginei, e também menos assustador. Pequenas janelas em círculos acalmavam a sensação de prisão que presumi que sentiria. Uma cama ampla e aparentemente confortável ocupava a maior parte do espaço, que contava ainda com uma estante de livros, uma pequena mesa e uma cadeira almofadada. Ao lado esquerdo da porta que adentramos, afastado ao máximo que as medidas permitiam, havia outra porta. Uma enorme esperança me preencheu. Com tantos problemas, eu mal pude pensar sobre como seria passar três dias naquele navio, rodeada por homens, sem ter um banheiro. Mas ao ver a possibilidade diante dos meus olhos, uma expectativa atingiu-me e conduziu-me até ela. Aliviada, observei uma privada e uma tina, as duas de madeira de mogno. Também um móvel no mesmo material forrado de toalhas brancas, sabonetes e loções variadas. Sem palavras, eu apenas sorria enquanto experimentava a deliciosa sensação de privacidade a que teria direito.

— Jamais vi alguém mais feliz por encontrar um banheiro! — Falou Benjamin sem disfarçar a ironia.

— Pois nem eu mesma imaginei sentir tanta realização por encontrar um! — Respondi também me divertindo.

— Sabe, senhorita, você é uma mulher de gostos peculiares... — Um sorriso lindo tomou conta dos seus lábios.

— Majestade, nas condições em que me encontro, não posso me dar ao luxo de grandes ambições — falei de modo mais melancólico do que pretendia.

— Espero sinceramente que aqui encontre pelo menos o mínimo da privacidade e do conforto que merece.

— E eu lhe agradeço por isso — falei com honestidade.

Seus olhos prenderam-se aos meus.

Protegendo-me para não correr o risco de lhe entregar meus sentimentos, desviei do seu olhar. Caminhei até a cama e observei as iniciais BB bordadas na alvura dos lençóis. Analisei novamente os livros e a arrumação do dormitório e...

— Este é seu quarto? — Perguntei-lhe.

Em silêncio, concordou com uma simples menção.

— Mas não se preocupe, ficarei com os outros homens.

— Não precisa fazer isso, eu posso dormir em qualquer outro lugar. Eu...

— Por favor, senhorita Laura, eu insisto! No momento não há muito a lhe oferecer, por isso aceite o pouco que posso fazer por vós.

— Mas entenda que não há necessidade de conceder a mim suas acomodações — insisti.

— Está tudo acertado! Ficará aqui e não há nada que possa fazer para mudar isso. A menos que deseje ficar com o restante dos cavalheiros... — Ele sorria, porém sua insinuação não me pareceu adequada.

— O que quer dizer com isso? — Ele, sem dúvidas, sentiu o furacão que invocara.

— Nada, foi apenas uma brincadeira. Não quis ofendê-la — justificou-se envergonhado e se despediu alegando permitir que eu usufruísse de minha privacidade.

Capítulo 16

De acordo com o que me foi informado por Sua Majestade, um de seus homens preparou meu banho. Enquanto, ao lado de fora do dormitório, o próprio rei garantia minha segurança e zelava por minha honra, joguei meus pertences sobre a cama, despi-me e aconcheguei-me na tina preenchida pela água de temperatura amena e confortável.

Depois de muito tempo imersa no banho, vesti-me novamente com o único vestido aceitável pelos padrões morais dos meus novos amigos e me dirigi ao convés. Penteei meus cabelos ainda úmidos para trás e os prendi com um arco fininho e discreto.

O manto enegrecido do céu reluzia abarrotado de estrelas. Ao deparar-me com tamanha perfeição, optei por aquietar meu coração tomado por incertezas e temores, observando o firmamento sobre nossas cabeças. A lista de perguntas formuladas em minha mente teria de esperar.

— Senhorita Laura, vejo que o banho lhe fez muito bem — gracejou Benjamin, que se aproximara sem que eu o visse. — Porém, por não compreender o motivo, permaneci em silêncio aguardando que concluísse. — Quero dizer que além de fisicamente parecer mais confortável e descansada, parece-me que finalmente está a superar o horror de ter a meus homens e a mim como seus companheiros de viagem.

Sua conclusão surpreendeu-me, eu não imaginava que havia passado tal impressão, então tentei consertar.

— Não, senhor... Não há nada de errado em tê-los como companhia. Sinto muito se pareceu que eu estivesse incomodada, não foi minha intenção. Sou-lhes profundamente agradecida por tudo que estão fazendo por mim — falei rapidamente temendo deixar transparecer o nervosismo que seus olhos grudados nos meus provocavam em meus sentidos.

— Não há o que agradecer, senhorita, não fiz mais que minha obrigação. Ao encontrá-la precisando de ajuda, o que mais poderia fazer? — Suas palavras não eram tão doces quanto eu gostaria, mas eram sinceras, e, naquele momento, a honestidade que transbordava daquele homem era algo que, com certeza, amenizaria os meus medos. Pelo menos por ora. — Agora ouça, creio que esteja faminta. O que gostaria de comer?

— Ora, pelo que vejo temos serviço completo em sua embarcação real? — Brinquei.

— Não tanto quanto eu gostaria. Na verdade, não foi possível que um cozinheiro nos acompanhasse em nossa viagem, assim, como não há nenhum entre nós que domine a arte da culinária, nos foi preciso eleger um chefe gourmet temporário por meio de um sorteio e, desse modo, ficou decidido que seríamos agraciados com os talentos domésticos do soldado Vince. — Ele apontava para um ruivo alto e muito corpulento que, distraído, higienizava seus ouvidos com o auxílio do dedo mindinho. — Ou não... Pensando bem, acho que um novo sorteio seria mais prudente — revelou envergonhado enquanto acompanhava os modos do rapaz, e suas feições exteriorizavam seu desagrado, fazendo-me gargalhar.

Ele buscava por palavras e acabara por também encontrar apenas o riso.

— Por favor, diga-me que ele não teve nada a ver com pão e as frutas que me alimentaram no caminho até aqui? — Perguntei — disse-lhe esquecendo a diversão.

— Então, senhorita... — falou seriamente criando um suspense por não concluir sua resposta de imediato e lá ficou, olhando-me com enormes olhos enquanto estreitava seus lábios mudos em uma linha. Acompanhei seus movimentos, até que, por fim, um largo sorriso abriu-se para uma ressonante risada.

— Como ousa? — Falei também sorrindo sem conseguir evitar partilhar de sua animação.

— Perdoe-me, foi impossível evitar. Mas fique tranquila quanto a isso, sua refeição foi preparada ainda em Birth. Nosso suplício está reservado para os próximos três dias, já que os alimentos feitos no palácio já findaram e nosso sorteio tragicamente nomeou Vince para ocupar o cargo que nos manterá alimentados até nosso regresso.

Pensei por alguns instantes.

— Bem, creio que já não será necessário contar com... — Olhei novamente para o grotesco homem preenchendo-me ainda mais de razão por não o imaginar em uma cozinha — .... com as habilidades do soldado Vince. Posso cozinhar se o senhor permitir.

— A senhorita faria isso? Posso remunerá-la! — exclamou o rei demonstrando mais empolgação do que imaginei.

— Mas de modo algum eu aceitaria! Adoraria ajudá-los e poder retribuir, de certa forma, o que estão fazendo por mim. Será uma ofensa se outra vez mencionar qualquer forma de pagamento.

— Perdoe-me. Fico grato e, sinceramente, aliviado.

Imaginei como seriam as refeições elaboradas por aquele soldado e sorri, também aliviada.

— Creio que todos estão famintos, então posso começar agora.

Seguindo Benjamin, descemos as escadas que levavam ao pavimento inferior da embarcação e caminhamos pelos sinuosos corredores que também levavam aos dormitórios.

— Pronto, é aqui! — Anunciou ao abrir uma porta de madeira para que eu adentrasse.

O local destinado ao preparo das refeições era escuro, frio e absolutamente intocado. Senti um imenso desejo de transformá-lo em um ambiente acolhedor, afinal, seria um excelente modo de distrair-me com atividades que me davam prazer e, mesmo que temporariamente, a única forma possível de habitar um cantinho agradável e o mais próximo de um "lar" que eu teria acesso durante minha peregrinação por misteriosos e desconhecidos lugares.

Lampiões acesos intensificaram minha empolgação. Uma cozinha ampla e equipada — é verdade que com recursos ultrapassados, mas havia certo charme nisso — apresentou-se pronta para ser inaugurada. Uma ilha de madeira centralizava o ambiente, rodeava-a uma porção de balcões, e, em um dos cantos, algo por mim desconhecido e absurdamente rudimentar remetia a um fogão com forno unificados, escuro e grotesco, sem dúvidas, movido a lenha. Eu já começava a deduzir que aqueles cavalheiros sequer sabiam o significado da palavra *gás*.

— Já podemos começar? — Perguntei empolgada.

— A senhorita quer dizer se *você* pode começar? — Respondeu apontando em minha direção.

— Não, quero dizer nós, eu e o senhor mesmo. Mas não se preocupe, suas tarefas limitam-se a preparar um fogo nesta tralha imensa e a me fornecer os alimentos que serão preparados. — Precisei de alguns segundos para compreender que seu silêncio estava acompanhado de uma cara feia.

— Se me permite, senhorita, esta tralha a qual se refere é o que temos de mais moderno e inovador em meu reino.

— Sei... — Constrangida e confusa optei por começar imediatamente a concentrar-me em atividades que desviassem meu foco da realidade labiríntica que vinha vivendo.

O rei pôs-se a instaurar o que solicitei enquanto eu caminhava lutando para entender em que mundo aquele cenário se daria como algo "moderno e inovador".

Observei Benjamin lutar contra a fumaça do seu malsucedido fogo.

— Quer que eu o ajude? — Ofereci auxílio.

— Não há necessidade, posso me virar sozinho — retrucou com os olhos já vermelhos.

— O senhor nunca antes fez um fogo, não é mesmo? — Perguntei enquanto tossia vítima da nuvem negra produzida por sua tentativa.

— Mas é claro que sim! — Respondeu ao mesmo tempo que sacudia de um lado para outro uma toalha branca em meio à fumaça. — Porém, em raras oportunidades e já há muito tempo. Sem dúvidas, se dá a isso minha falta de habilidade.

Imersos no cinzento enevoamento, não percebemos o quão próximos nossos corpos estavam e só o fizemos quando estes fortemente se trombaram fazendo-nos esquecer o que até então nos ocupava. Nossos olhos procuraram-se de imediato como um reflexo, e, por alguns segundos, mergulhamos nas janelas da alma do outro em busca de respostas, de perguntas ou de abrigo... Fato é que minha paixão, loucura, confusão ou o que quer que habitasse em meu coração em relação àquele homem era, aparentemente, correspondido, pois eu via em seus olhos as mesmas dúvidas, as mesmas buscas...

Passei a ver seu rosto com mais clareza e percebi que a fumaça se fora. Sua mão, que prendia o pano entre os dedos, repousou ao lado do seu tronco e, por um segundo, senti que seria tocada, assim, preferi evitar o que poderia nos causar arrependimento, instaurando um assunto enquanto houvesse tempo.

— Pronto! Nada mal, Majestade! Já podemos escolher nosso cardápio, o que acha? — Articulei apressando-me com as palavras. Sentia-me amortecida e ao mesmo tempo em chamas.

— Sim, é claro! A senhorita tem razão! Vou mostrar-lhe a dispensa. Acompanhe-me.

Constrangida, segui-o por uma porta adjunta à cozinha. Lá, diversas prateleiras davam suporte aos vidros repletos de conservas coloridas, sacos recheados de grãos, frutas frescas e ressecadas, vegetais e carnes vermelhas e brancas salgadas suspensas por ganchos metálicos, além, também, de uma grande quantidade de vinhos engarrafados e barris de água.

Em uma cesta, apetitosos cachos de uva salientavam-se além dos limites de sua base. Faminta, caminhei até eles e encaixei alguns grãos entre meus dedos, levando-os aos lábios. Benjamin, compreendendo que há muito eu não dispunha de uma refeição, manteve-se em silêncio assistindo-me degustar a fruta que, no momento, tão exótica e surpreendente me parecia.

— Somos grandes produtores de uva e vinho. Pelo que vejo a senhorita aprova nossos produtos — manifestou-se o rei depois de tanto tempo calado.

— Aprovo sim e muito! — falei distraída compondo em minha mente as opções de cardápio para o jantar daquela noite.

Enquanto elaborava os pratos mentalmente, depositava os alimentos necessários em uma cumbuca de louça em formato arredondado. Preenchi-a com batatas, cebolas roxas, cenouras e vagens, além de temperos em pó das mais diversas cores. Ervas secas e frescas e outras frutas estavam também disponíveis, entre elas o abacaxi, o que foi uma imensa surpresa.

— Abacaxi também é produzido por seu povo? — perguntei incrédula.

— Como pode ver... — Deu de ombros apontando para a fruta em minhas mãos.

— E como isso acontece exatamente? — Minha curiosidade o fez sorrir.

Benjamin apanhou uma cumbuca idêntica à que eu usava e também se pôs a escolher alimentos enquanto sua explicação sobre os modos de cultivo se desenrolava.

— Temos conhecimento limitado sobre o que existe além de nossas fronteiras, porém, há alguns anos, um grupo de botânico dedicou-se a encontrar sabores exóticos que os encantassem e, dessa forma, passamos a produzi-los em nossas terras. É claro, tudo o que fosse possível recriar, pois nem sempre o que nos encanta é possível de ser reproduzido, quem sabe seja nisso que habite o seu maior fascínio... — Suas palavras doces instigavam as sensações que me preenchiam desde o momento em que nos encontramos.

Ainda com sua observação pairando em meus pensamentos, retornamos à cozinha.

O fogo sobrevivera e já não nos prendia em uma nuvem de carbono, abandonei as recentes reflexões e voltei a concentrar-me.

Uma alavanca sobre a pia de madeira jorrava água limpa de maneira antiquada, e ali, após arregaçar as mangas, inundei um refratário com os legumes que utilizaria.

Procurei por uma faca, perfurei um tomate e imediatamente senti o quão maduro estava quando sua polpa amolecida respingou levemente sobre meu vestido. Mesmo sem ocasionar nenhum dano sobre o tecido escuro, Benjamin aproximou-se rapidamente com um pano em mãos e estendeu-me. Aceitei a toalha e, enquanto limpava a região sobre meu abdômen onde os resquícios da fruta permaneciam praticamente ocultos, observei-o se afastar. Alguns segundos depois, voltou com outro tecido em mãos e, pedindo permissão, aproximou suas mãos de minha cintura, onde amarrou firmemente um avental.

Tentei evitar seus olhos, mas a ânsia de encontrá-los novamente foi maior, e lá estavam eles, grandes e profundos, abarrotados de sentimento, irrefreáveis, incontroláveis e irresistíveis.

— Obrigada... — Minha voz era quase inaudível.

— De nada... — respondeu-me também em um sussurro.

— Continuemos? — indaguei tentando aparentar indiferença.

Assentindo em silêncio, deixou-me livre para me afastar, o que fiz imediatamente.

— Perfeito! — anunciei animada ao analisar a mesa posta.

Encontrei o mesmo brasão do manto de Benjamin estampado em cada uma das louças de porcelana fina que compunham o aparelho de jantar. Cada sinal sobre a veracidade da história parcialmente contada fazia-me ser abatida por uma excitação incontrolável.

Um dos soldados foi solicitado por Benjamin para comunicar ao restante do grupo que o jantar seria servido.

Tímidos, os homens da comitiva sentaram-se um a um, mas pelas contas apressadas que fiz, percebi a falta de um deles. Provavelmente estaria responsável por alguma atividade e preferi não mencionar. No centro da extensa mesa, depositei os pratos preparados, preenchendo-a de um colorido harmônico e apetitoso. Segundo Benjamin, as regras de etiqueta vivenciadas por ele deveriam ser ignoradas durante a viagem, pois dizia que não havia necessidade de submeter nenhum dos tripulantes a garçom para que o restante privilegiasse do fato de ser servido à francesa. O assunto era desconhecido por mim, mas gerou um grande debate por parte do grupo e, por um segundo, quase acreditei que tais formalidades possuíssem algum valor. Por fim, exagero ou não, fato é que o suposto rei parecia ser dotado de sensatez e consideração para com os demais, o que gerava um enorme desequilíbrio em um coração molenga como o meu.

Travessas de tamanhos e formas variadas exibiam o menu criado por mim de acordo com minhas experiências culinárias. Caldo de peixe fresco e legumes, carne assada com molho de queijo e ervas como acompanhamento, purê de batatas inglesas e tortilhas de frango. E, como uma surpresa para reduzir as saudades das minhas raízes, abacaxi assado com açúcar e canela. Regado a muito vinho, meu jantar rendeu infindáveis elogios e nos proporcionou um momento de menos tensão, ao contrário dos tantos vividos anteriormente.

Sem muitas opções, como sobremesa recorri ao bom e velho chantili sobre morangos inacreditavelmente grandes e saborosos, que também agradou, e muito, meus companheiros. Depois de dar fim a cada migalha do que lhes foi servido, agradeceram e retiraram-se com minhas contestações sobre a louça que seria lavada. Educados, ofereceram-me ajuda, mas expliquei-lhes que eu necessitava urgentemente distrair-me, e por isso desejava permanecer a sós para organizar a bagunça do jantar. Preenchendo-me com as tarefas que me eram acessíveis no momento, eu me manteria alheia aos horrores que seria submetida se encarasse com clareza minha atual circunstância. Como enlouquecer não traria as mudanças de que eu necessitava — até porque só um milagre as traria de forma imediata —, preferi não dedicar minha energia a analisar minhas condições e encontraria meios de manter-me, é claro que dentro do possível, indiferente ao caos.

— Gostaria de agradecer-lhe imensamente por dedicar-se a tão satisfatória refeição em favor de mim e de meus homens — ouvi a voz do rei às minhas costas enquanto me concentrava na louça em minhas mãos.

— Não me agradeça, é o mínimo que posso fazer depois de toda a proteção e o respeito que destinaram a mim durante o tempo que passei em suas companhias — anunciei sem voltar a ele meus olhos.

Com um pano em mãos, aproximou-se e se pôs a enxugar a louça molhada que eu depositava sobre o tampo do balcão amadeirado.

Por muito tempo permanecemos em silêncio. Cada um em sua função parecia ser grato por estar na presença do outro, e isso nos bastava. Ou quem sabe era apenas a falta de assunto, ou o medo de errar, ou tantos outros motivos capazes de silenciar vozes onde existem corações com sentimentos tão gritantes.

Finalizamos as tarefas, Benjamin caminhou em minha direção com as mangas da camisa enroladas, enxugando as mãos entre o pano e, olhando em meus olhos com intensidade, agradeceu-me novamente pelo jantar.

Capítulo 17

Ao abrir meus olhos, concedi ao meu cérebro um minuto para que se habituasse e compreendesse em que ambiente eu estava. Quando assimilei minha nova realidade, refleti sobre ela mais do que desejava. Fiquei na aconchegante cama por muito tempo estudando, compenetrada, os objetos que arquitetavam o dormitório. Quando a aflição, resultado da reflexão sobre a instabilidade do meu paradeiro ameaçou relegar o bem-estar que uma noite bem dormida havia me proporcionado, decidi que era momento de meditar em uma profunda oração e, outra vez, ignorar a realidade, concentrando-me em esperar apenas o sucesso absoluto que o desfecho daquela interminável situação por mim criada traria.

Uma batida na porta interrompeu meus pensamentos.

Abri e, surpresa, encontrei Benjamin carregando nas mãos uma bandeja e nos lábios, um sorriso, que perdeu ao estudar minha imagem dos pés à cabeça. Eu vestia uma camiseta branca que deixava à mostra minhas pernas, e somente elas — lá íamos nós outra vez...

— Posso ajudá-lo? — perguntei despretensiosamente escondendo minhas pernas nuas atrás da porta.

— Trouxe seu café da manhã, senhorita. Aqui está! — Entregou-me a bandeja sisudo e, em segundos, já havia desaparecido do meu campo de visão.

Os ataques de Benjamin causados pela maneira com que eu me vestia perdiam cada vez mais seu efeito negativo sobre mim. Fechei a porta e não liguei para seus caprichos, pelo contrário, obstinei-me a impor meus próprios costumes apesar de haver me comprometido a compreender sua posição, mas já que me foi requerido que houvesse de minha parte compreensão por nossas diferenças, o mesmo eu esperava dele.

Meus planos iniciais contavam com apenas um final de semana afastada do apartamento que se tornara minha casa em Londres, sendo assim, restavam-me poucas opções de vestuário e, principalmente, eram praticamente nulas as peças cabíveis para me apresentar àqueles senhores. Ou seja, minha única escolha era conquistar a compreensão de Benjamin e torcer para que, pelo menos por algum tempo, ele esquecesse suas maluquices e não complicasse com minhas roupas.

Nossa discórdia roubou minha atenção, assim, levei alguns segundos para assimilar a delicadeza do seu gesto. Café na cama era, sem dúvidas, uma gentileza e uma forma de agradar em qualquer lugar do mundo. Peguei-me sorrindo mais do que deveria...

Sentia-me faminta e tratei de desfrutar imediatamente daquela ocasião tão pouco comum em minha rotina: ficar na cama até tarde e, ainda por cima, saborear da primeira refeição do dia sem hora para acabar, sem ônibus, sem aula e sem absolutamente nenhum compromisso. Era uma sensação rara e merecia ser aproveitada.

Antes mesmo que eu sentisse o sabor do chá que exalava canela pelo ar, um embrulho em meu estômago me obrigou a afrouxar a xícara entre meus dedos, fazendo com que sua porcelana bruscamente se chocasse contra o pires de mesmo material.

Só tive tempo de chegar até o banheiro e despejar o líquido amargo que me causava tal desconforto. O bem-estar já não me acompanhava.

Ainda sentindo o agro que se revelava em minha garganta, voltei à cama e busquei repouso, pretendendo me sentir melhor. Mas a sensação se intensificava, apoiada por intensa fraqueza, calafrios e fortes dores abdominais. Depois de algum tempo, obtive a certeza de que algo estava errado. Minha visão oscilava no tempo em que os enjoos se acentuavam, fazendo-me cambalear de volta ao banheiro. Após outra vez expulsar o amargo que me trazia entojo, sentei-me sobre a madeira do chão, pois em mim não restavam forças suficientes para manter-me ereta.

Calafrios percorriam meu corpo sucessivamente e minhas mãos trêmulas não eram capazes de alcançar a maçaneta em busca de ajuda. Uma penumbra sobrepôs-se à minha visão, e quanto mais se intensificava a escuridão, mais certeza eu tinha de que aquela seria minha despedida da vida.

Devaneios de homens entrando e saindo por uma porta eram constantes. Sentia uma presença, uma companhia permanente ao meu lado, mesmo quando somente o breu me era disponível. Às vezes, mesmo que conturbados, em raros flashes de lucidez, eu encontrava seus olhos amedrontados e tentava lhe pedir ajuda, mas antes que eu obtivesse qualquer retorno, novamente era abatida pela escuridão que cruelmente me privava da nitidez.

Em um desses momentos lúcidos, assisti Benjamin torcer um pano e sobrepô-lo em minha testa. Seus lábios sorriam eufóricos buscando me tranquilizar, e em seus olhos havia desespero. Nos poucos minutos que permaneci afastada do torpor, testemunhei seu zelo para comigo e agradeci por não estar sozinha. De certa forma, acredito que sua devoção e cuidado tenham sido o que me deu suporte nos momentos de escuridão e a força que eu necessitava para me restabelecer.

— Majestade... — Minha voz estava tão fraca e debilitada quanto eu me sentia, mas foi suficiente para despertar Benjamin como se eu utilizasse fogos de artifício.

— Senhorita! Graças a Deus está viva! Oh, céus... Temi que o pior acontecesse, mas já se sente bem, não se sente?! Diga-me como se sente... — Sua voz estava mais alta que o normal, suas mãos percorriam meu rosto sem parar, seus olhos haviam herdado a euforia de seu sorriso, e ele parecia caminhar pelo caminho da loucura e, muito em breve, encontrá-la. — Como se sente? Diga-me o que quer que eu faça! Está com fome? Com sede? — Atropelando as palavras, Ben passava os dedos pelo cabelo desalinhado, assim como todo o restante nele.

— Nada, não quero nada, só que se acalme, já me sinto melhor — falei reunindo o máximo da escassa força que havia em mim. — Obrigada!

O diagnóstico, segundo uma votação da tripulação, afirmou que meu mal-estar se tratava de uma intoxicação por algum alimento, o que afirmaram ser muito comum em ambientes como uma embarcação. Benjamin contou que passei cerca de dois dias desacordada, febril e com profundos delírios.

O sol já quase se punha quando consegui, finalmente, engolir uma porção de frutas variadas sem sentir a necessidade de colocá-las imediatamente para fora.

— Sinto muito por não ter sido de mais valia em nossa viagem, Majestade. Adoraria ter servido ao senhor e aos seus homens e no fim acabei necessitando de seus cuidados. Agradeço-lhe imensamente pelo que fizeram — falei depois de tomar um banho e ser entregue a Benjamin no convés.

Thomas cedera-me gentilmente seu braço para que, com seu apoio, eu conseguisse dar os primeiros passos novamente. Mesmo com minha relutância, o simpático senhor insistira para que eu o acompanhasse em um pequeno passeio, levando-me até o rei.

— Não me agradeça, agradeça a Deus ou a quem quer que venha a reger sua fé, pois, pelos poucos recursos que aqui dispomos, creio que seja um milagre ainda estar viva. — Benjamin parecia realmente aliviado por minha recuperação. — Fico feliz que se sinta melhor e, sinceramente, aliviado. Sei que existem pessoas à sua espera e não suportaria ser, de certa forma, responsável se algo lhe acontecesse. — Suas palavras soavam sinceras e, dentro dos limites de minha exaustão, consegui sorrir-lhe como agradecimento. — Mas a verdade é que o que realmente causou uma comoção generalizada na tripulação foi o fato de não a termos mais como nossa chef e, sem escolhas, voltarmos ao duvidoso talento do soldado Vince.

Desta vez me diverti.

A noite nos alcançou e me preparei para dormir durante o que seria minha última noite em alto mar. Benjamin informou-me que seguiríamos viagem na manhã seguinte. Gostaria de perguntar-lhe quando, enfim, chegaríamos ao nosso destino, mas ele já havia feito tanto por mim que temi soar ingrata, então optei por permanecer calada.

Ainda era madrugada, e a ansiedade pelas descobertas do dia seguinte não me deixava dormir. Por muito tempo, rolei pela cama na tentativa de repousar o máximo possível, já que não sabia exatamente o que esperar da continuidade de nosso trajeto até o tal reino de Benjamin. Devido aos dias em que passei febril e em sono profundo, pude recuperar meu corpo da exaustão que me trouxe até aquela embarcação e já não conseguia adormecer.

Levantei e acendi as velas dos lampiões espalhados pelo cômodo com a chama do lampadário que ficava ao lado da porta de entrada. Com a iluminação necessária, pude organizar meus poucos pertences e preparar-me para prosseguir com minha jornada.

Só desejava contato com minha família, nada mais. Agarrando-me à esperança e ignorando outra vez a realidade, não direcionei minha atenção aos problemas, mas sim, abasteci-me de coragem para permanecer em pé, obstinada a encontrar meu caminho.

Em silêncio, saí do quarto e caminhei até o bico da proa. Inclinando-me sobre sua borda, busquei identificar a linha onde o céu encontrava-se com o mar. Este, porém, mesclava-se ao azul petróleo do firmamento, cujo centro encontrava-se incrustado por milhares de estrelas, transformando a cena em um espetáculo.

Sem que eu houvesse percebido, Benjamin estava adormecido em um canto próximo ao leme, deitado desconfortavelmente sobre a fria madeira do barco. Caído em seu colo, o manto que tantas discórdias nos causara.

As longas pernas cruzadas uma sobre a outra, a camisa semiaberta expondo o peito e a cabeça apoiada sobre o ombro direito, levaram-me a crer que, ao contrário da minha, sua exaustão não fora apaziguada pelo conforto. Retribuir seu gesto era o mínimo que eu poderia fazer. Aproximei-me mais dele e o cobri até acima dos ombros com o pesado tecido.

Mesmo relaxado, seu semblante permanecia abatido e cansado. Soube naquele momento que, rei ou não, aquele homem carregava um imenso fardo. Temi pensar que minha presença aumentara ainda mais quaisquer que fossem suas inquietações.

Acompanhei sua figura por alguns instantes e, se não fosse dotada de um imenso controle sobre meus atos, com absoluta certeza não teria sido capaz de conter o desejo de capturar sua boca com a minha naquele instante. Fechei meus punhos para impedir que minhas mãos alcançassem seu rosto ou puxassem seu corpo até o meu.

Desejos nunca vividos por mim antes quase me levaram a despertá-lo de uma forma pouco educada para uma dama. Respirei fundo, tentado encontrar a antiga Laura que havia sido suplantada em algum lugar dentro de mim.

O estalar das madeiras preveniu-me sobre uma presença. Era Thomas que se aproximava. Voltei-me a ele deixando de lado a contemplação dos belos traços de Benjamin.

— Bom dia, senhorita! Como se sente hoje? — perguntou-me.

— Muitíssimo bem, senhor. Obrigada por perguntar — respondi-lhe, e, por muito tempo a seguir, alternamos nossos mais variados assuntos com serenos silêncios frutíferos para a reflexão e os bons pensamentos.

— Senhor, quando chegaremos ao reino de Birth? — Surpreendi-me ao reconhecer que realmente nos destinaríamos àquele lugar que, até então, eu negara a existência.

Em meus pensamentos, convenci-me de que deveria ser um pequeno povoado afastado, onde costumes antigos eram preservados, e isso explicava, em parte, as grandes diferenças entre mim e o restante deles.

— Em pouco tempo, senhorita. — Seu semblante acalmava-me e exalava confiança e bondade. — Espero que tenha encontrado descanso temporário em seu repouso. Viagens como esta costumam causar extrema exaustão. Alguns dias são precisos para que nos recuperemos.

— Já me sinto melhor e não acredito que terei tempo para mais descanso. Chegando ao seu reino, terei de encontrar uma maneira imediata de voltar a Londres e, com certeza, não me arriscarei a uma viagem sobre um cavalo novamente. — Voltaria em um veículo motorizado, é claro. — Não compreendo como se dispõem a encarar uma longa jornada como esta a cavalo. Espero que essas viagens não sejam tão frequentes, pois lamentaria imaginar que esse desgaste lhes seja habitual.

— Uma viagem a cavalo é sempre a ideal, senhorita, a pé é que realmente iríamos nos desgastar. E não se preocupe, pois não são habituais essas peregrinações.

— São viagens de trabalho? — Minha curiosidade palpitava.

— Podemos dizer que sim — falou comprimindo os lábios, demonstrando a relutância em seguir com sua explicação e isso foi suficiente para que eu não manifestasse a torrente de dúvidas que me intrigavam.

— O senhor tem família? — Evitaria ser pertinente em relação aos assuntos oficiais, então aproveitaria para conhecê-lo melhor.

— Tenho dois filhos, os gêmeos Simon e Phillip — respondeu-me o duque com uma pitada de tristeza no olhar.

Dei-lhe espaço para que prosseguisse quando desejasse e ele assim o fez:

— Minha querida esposa, Lola, faleceu quando lhes trouxe a vida. — Suas palavras estavam carregadas de ternura.

— Sinto muito... Certamente era muito especial...

— Era sim, além de ser muito bonita... Aos 30 anos conseguiu, finalmente, segurar uma gravidez, depois de tantas tentativas fracassadas. Quando enfim Deus lhe concedeu forças para suportar a gestação até que nossos filhos estivessem perfeitamente prontos para o parto, cobrou-lhe a vida como pagamento e a levou para longe de mim, deixando-me dois pequenos embrulhos que passaram a ser as únicas razões de minha existência.

— E o senhor nunca mais se casou?

— Senhorita, com dois bebês e um coração partido era improvável que eu me encorajasse a me aventurar em um romance novamente.

Partilhamos de rápidos resumos sobre nossas vidas enquanto presenciávamos o despertar sucessivo de nossos companheiros. A noite ainda pairava e a hora de prosseguir com nosso itinerário se aproximava.

Em terra, voltamos às nossas montarias.

Antes de inserirmo-nos em uma floresta fechada, o rei insistiu para que eu usasse seu manto. Como o vento da madrugada me causava tremores, não resisti — na intenção de manter meu orgulho — e aceitei-o.

Cavalgamos por cerca de uma hora, lado a lado, enquanto o restante dos homens troteava à nossa frente. Agradeci por ter ingerido uma maçã pouco antes de desembarcarmos, caso contrário estaria ainda mais faminta e debilitada.

A finitude da floresta parecia inatingível, e eu já me enfezava prestes a desistir quando, finalmente, o céu aberto novamente nos brindou, e pude assistir aos primeiros raios do dia que nascia.

— Fique ao meu lado, chegaremos em instantes a Birth, e preciso que confie em mim. — Seu rosto estava muito mais próximo e pude sentir algo além de seu perfume inebriante.

Senti que temia alguma coisa.

Sem pedir permissão, cobriu meu rosto com um tecido vermelho que apanhara em uma bolsa atrelada à cela de seu cavalo.

Não lutei ou questionei, apenas fiz o que me pedia. Já havia ido longe demais para desistir. Não entendia o porquê de seu nervosismo, mas me senti mais segura quando, além de um sorriso encorajador em seus lábios, encontrei também um sorriso no rosto de meu mais novo protetor, o suposto duque de Norfolk, que estava ao meu lado.

— Tudo dará certo. Fique calma, senhorita — falou ternamente.

Limitei-me a assentir.

— Deixe seu cavalo, teremos de ser breves — falou Benjamin, agarrando minha mão.

— Mas meu cavalo? Não posso abandoná-lo! — Constatei a alteração em minha voz quando Ben levou seus dedos aos meus lábios, pedindo-me silêncio.

— Meus homens o trarão para a senhorita, não se preocupe, ele permanecerá em vossa companhia. Apenas faça silêncio e me acompanhe.

— O senhor promete? — Precisava de garantias.

— Sim, eu prometo! — Seus dentes brancos reluziram e me fizeram concordar imediatamente.

Segurando firmemente a minha mão, pôs-se a caminhar, logo em seguida a correr. Entramos em uma fortificação de pedras, que remetia a uma espécie de caverna toda iluminada por tochas.

Caminhamos, em seguida, por cerca de 20 metros, até encontrarmos uma escada dentro da própria fortaleza. O cenário era tão irreal que mais parecia que eu estava sonhando.

Subimos um longo lance de escadas lapidadas nas pedras, em seguida trocamos passos por um longo corredor e galgamos mais algumas escadas. Por fim, entramos em um local amplo que parecia um buraco na terra, iluminado por tochas que Benjamin acendeu antes de puxar uma corda que abriu uma nova escadaria, agora de madeira. Subiu os degraus e arrastou o que pareceu ser uma pesada caixa. Desceu rapidamente e pegou-me pela mão para ajudar-me a subir.

Subi e deparei-me com uma vasta sala.

Na escuridão pude distinguir alguns baús de madeira, tapetes de variadas e coloridas estamparias e uma imensidão de objetos dispostos aleatoriamente.

Puxando novamente a corda, trouxe as escadas que, fechadas, tornavam-se uma porta. Empurrou a grande caixa de madeira, com diversos utensílios sobre ela, e suspirou com o que me pareceu ser alívio.

— Chegamos, senhorita. Preciso que aguarde por alguns instantes aqui. Encontrarei um lugar para que descanse e logo voltarei.

— E os outros? Como entrarão? — inquiri.

— Existem outras entradas..., mas esta é a única que poderia usar sem que ninguém a visse.

— E por que ninguém pode saber de minha presença?

— Acalme-se, logo lhe explicarei.

Disfarçando minha frustração, apenas assenti.

Benjamin acendeu as velas atreladas ao candelabro antes de se retirar por uma imensa porta e a trancar. Ouvi o barulho da chave já exasperada.

Buscando respostas, analisei o que me rodeava. Nada ali fazia sentido.

Era um cômodo arcaico e magnífico ao mesmo tempo. Não havia janelas, deduzi que não costumava ser usado com frequência, e uma atmosfera lúgubre estava instaurada. Minha curiosidade ultrapassou meu receio quando meus dedos trêmulos tocaram levemente um grosso tecido enegrecido que cobria uma grande caixa retangular. Em um minúsculo movimento, removi o pano e, com minha visão limitada pela escassa luz, encontrei o horror estampado nos traços de um animal petrificado. Com um grito estridente, por meio de um salto parei junto à porta por onde Benjamin saíra há poucos instantes, levei meus dedos à boca na pretensão de evitar anunciar minha presença e, suplantando o medo e a excitação, busquei agir com racionalidade lutando para encontrar explicações lógicas para o que vira, porém, acometida pelo espanto, não conseguia identificar com clareza em que condições o tal animal se encontrava.

Ao lado da porta, permaneci abafando o máximo que pude da minha respiração ofegante enquanto aguardava o regresso de Benjamin.

Meus olhos saltados acompanhavam cada detalhe, temendo serem surpreendidos por mais algum inesperado evento. Embora lutasse para encontrar serenidade, pensamentos nocivos importunavam-me.

Estar perdida, longe de casa, sozinha e fragilizada nos faz duvidar de quem somos, de nossa lucidez. Se considerarmos isso, é compreensível que naquele momento eu não estivesse confiante de que coisas boas estivessem à minha espera.

Poucos instantes se passaram até que eu ouvisse as voltas da chave e estarrecida, que eu encontrasse o olhar do rei.

— Senhorita!

— A caixa! A caixa! — Cuspi as palavras apontando na direção do meu medo.

Com um olhar preocupado, ele seguiu a direção indicada.

Sorrateiro, introduziu as mãos esboçando um sorriso nos lábios.

— Uargggg!!!! — Rosnou infantilmente, contudo, outra vez exprimi o espanto por meio de um grito agudo quando novamente cruzava em meu campo de visão a imagem da fera que exibia seus enormes caninos.

Percebendo a zombaria por parte daquele que me acompanhava, pude finalmente relaxar e, assim, atentar-me aos detalhes que antes, assustada, não pude ver.

Benjamin segurava um cabo alongado que dava suporte a uma cabeça de lobo. Notei que pela naturalidade dos detalhes deveria se tratar de um trabalho de taxidermia e, assim, racionalizando, aos poucos consegui por fim me acalmar.

— Acalme-se. — Disse ele ao elevar a mão e ostentar a cabeça de lobo. — Trata-se apenas de um animal empalhado, utilizado pela companhia de teatro do palácio.

Sua justificativa inquietava-me, e, passado o recente assombro, pude então indagá-lo enquanto friamente estudava as feições do animal.

— Está me dizendo que permite que animais sejam mortos para utilizá-los em peças de teatro?

Sua confusão ficou evidente na expressão que me apresentava.

— Não... Sei... Na verdade nunca pensei a respeito. — Falou hesitante parecendo realmente jamais ter avaliado tal questão.

— Pois deveria saber já que se diz ser o rei deste lugar — afrontei-o irritada. — E, por favor, afaste isso de mim. — Levei minha destra até a sua buscando desviar de mim a expressão pavorosa que parecia me encarar.

— Hey, acalme-se, senhorita... Está tremendo... — anunciou prendendo minha mão agitada.

Alguns segundos se passaram no tempo que me dediquei a controlar minha respiração.

— Sente medo de mim? — Sua pergunta soava estranha e descontextualizada, desse modo, a resposta naquele momento era "sim".

— Não. — Menti sustentando meu olhar no seu sem entender por que o medo ainda me preenchia de maneira tão intensa.

Observei-o livrar-se do animal, levar sua mão até a cintura e, em um cinto, onde eu já havia observado uma espada, retirou também uma pistola alongada e com um cabo de prata. Manteve-a em sua mão, aproximou-se ainda mais, e senti o chão se liquefazer sob meus pés.

— Se está insegura, fique com isto, está bem? — Colocou a arma em minha mão enquanto jogava sua espada próxima aos meus pés. — Como lhe prometi, comigo estará em segurança, jamais lhe causaria mal algum. Pegue esta arma e mantenha-a por perto para certificar-se de que está protegida, mas asseguro-lhe que em Birth ela não lhe será útil. Quer me revistar? — Ergueu os braços em sinal de rendição.

O medo dera lugar a um constrangimento que me mortificava. Aquele objeto horrendo em minhas mãos pesava, e eu só desejava me livrar dele.

— Se o que diz é verdade, então por que anda armado? — Questionei.

— Porque, independentemente de qualquer coisa, ainda sou um rei e não posso dar-me ao luxo de ser inconsequente e despreparado. É apenas uma questão de precaução. Assim como desejo a vossa segurança, desejo a do meu povo e a minha própria também.

Suas palavras abrandaram meu medo e minha vergonha. E, mais uma vez, convenci-me de que naquele homem eu poderia depositar minha confiança sem temer uma decepção.

— Sinto muito. Não era minha intenção ofendê-lo. Só estou com medo. Fique com isto, por favor. — Ofereci-lhe o grotesco objeto, e ele se aproximou ainda mais para pegá-lo.

— Eu sei que está. E exatamente por isso quero deixar claro mais uma vez que, se depender de mim, nada irá lhe ferir. — Sua expressão tornou-se séria e, por mais improvável que pareça, ainda mais sexy enquanto eu mergulhava no castanho profundo de seus olhos.

Gentilmente, sua mão cobriu a minha e, ainda me encarando, entrelaçou seus dedos nos meus até que os livrasse da arma enquanto dizia:

— Precisamos ir!

Capítulo 18

Um grande volume de tecido cobria-me da cabeça aos pés, dificultando meus passos, tornando-os reduzidos e me impossibilitando de aumentar a velocidade. A única visão a que tinha direito era das minhas botas pisando em uma superfície que formava triângulos em branco e dourado.

Minha mão estava presa pela de Benjamin, que me arrastava por um longo e desconhecido caminho.

— Por que não me enrolou em um tapete e me jogou sobre suas costas de uma vez? — sugeri com a voz abafada por debaixo do pano.

— Deveria ter pensado nisso, quem sabe assim conseguisse ficar calada por algum tempo — respondeu-me firmemente quase em um sussurro.

Parei meu passo, digerindo sua insinuação.

— O que quer dizer com isso?

— Ora, ande, mulher! Apenas quero dizer que terá tempo para falar quando chegarmos ao seu quarto. — Continuou a me puxar.

— Pois saiba que falarei mesmo e muito! Assim que sua missão de me trancafiar em um calabouço estiver cumprida — ironizei, porém ainda sentia medo das surpresas que me aguardavam.

Sem opções, segui resmungando e tentando acompanhar seus rápidos movimentos. Benjamin ignorou minha provocação, dando continuidade à sua tarefa.

Silenciei-me ao escutar o som que meus passos produziam pelo caminho. Uma sequência de breves *"tac, tac, tac"* lembrava-me que, nos filmes, passos no chão de grandes castelos originavam um ruído idêntico. Isso me entreteve até que Benjamin interrompesse a caminhada. Libertou meu rosto, e pude ver uma descomunal porta dupla de madeira branca entalhada com ramos dourados de heras por toda sua extensão. Girando sua maçaneta alongada de metal nobre do mesmo amarelo, abriu-a e empurrou-me às pressas para dentro.

— Pronto, aqui estamos! Já pode falar o quanto quiser, senhorita — falou-me zombeteiro.

Contudo as palavras abandonaram-me assim que a magnitude do ambiente atingiu em cheio minha visão e, como se um botão em minha consciência houvesse sido acionado, transportou-me de imediato aos lugares que sonhei conhecer durante toda a vida.

As paredes imensamente altas eram cobertas por arte barroca, suavizadas por nuances bege perolado das pilastras nas quatro extremidades do dormitório. Na parede ao lado esquerdo, de onde eu me encontrava estática a observar, uma cama de dossel de madeira escura repousava esplêndida, coberta por uma grossa colcha no mesmo tom de bege das pilastras. Era tão grande que me perguntei quantas pessoas costumavam dormir ali ao mesmo tempo. Em seus pés, um baú da mesma madeira enaltecia o luxo ali presente. Criados-mudos nas duas laterais comportavam candelabros recheados por velas longas e brancas. Um enorme espelho em estilo veneziano também com arabescos dourados descansava ao lado de uma penteadeira refletindo o colorido de flores naturais em tons pastel. Tapetes cobriam toda a extensão do piso e escuras cortinas espessas sobre as janelas estavam amarradas por cordas douradas, deixando a luz do recém-chegado sol invadir e conceder o mais belo brilho a toda beleza unificada naquele espaço. Uma pequena mesa redonda estava acompanhada de duas cadeiras estofadas no estilo *Luís XV,* que eu tanto admirava. Lembrei de minha mãe. De fronte a mim, na outra extremidade do cômodo, uma porta alta de vidraça em estilo francês abria-se para uma varanda de calcário, onde pude notar que uma sequência de pilares bem polidos e idênticos ornamentava a amplitude do recinto. Anexo ao quarto, uma sala de estar igualmente vasta e luxuosa comportava uma enorme lareira, também poltronas forradas com os mesmos motivos da decoração do dormitório, juntamente com um sofá idêntico, que ressaltava a suntuosidade e a pompa.

— Espero que aprecie suas acomodações, senhorita — falou Benjamin ao se dirigir à varanda e cerrar as imponentes portas francesas.

Minha capacidade de comunicação ainda não havia regressado, então permaneci estupefata absorvendo o montante de esplendor a cada nova percepção de meus sentidos.

— Esse lugar é incrível! — Falei com o pescoço jogado para trás para que meus olhos não perdessem nenhum detalhe do imenso lustre incrustado de cristais suspenso na parte central do teto adornado por arte e espessos traçados dourados sobre minha cabeça.

Uma criança na Disney sentiria o mesmo que senti.

— Este é seu quarto, se assim desejar. Poderá escolher outro dormitório se este não for do seu agrado ou redecorá-lo e fazer as mudanças que preferir. Sua privacidade não será afetada. — Ele sorria e parecia feliz por supor que eu permaneceria como sua hóspede, mas não compreendi sua colocação.

— Agradeço. Este lugar é realmente maravilhoso, mas não vejo necessidade de quaisquer mudanças em razão de minha presença, pois partirei o mais rápido possível — falei secamente buscando ser objetiva.

Seu sorriso desfez-se.

— Como queira. Mas preciso alertá-la de que precisarei de alguns dias para preparar seu regresso.

— Não tenho muito tempo..., mas minha urgência está em comunicar minha família sobre minha segurança. Se conseguir esse contato, permanecerei em paz durante o tempo necessário, para a organização de minha viagem de volta, e absolutamente grata.

— Farei o possível, senhorita. Agora me acompanhe, por favor! — Sem maiores atenções aos meus planos de regresso, caminhou até uma porta próxima à cama.

— Aqui poderá tomar banho... Em breve lhe trarão vestimentas limpas e apropriadas para a senhorita.

Notoriamente exausto e com o desassossego fruto de sua responsabilidade marcando seus traços e atos inquietos, seguiu em direção à porta por onde entramos e, sem voltar seus olhos em minha direção, despediu-se:

— Até mais, senhorita. — Fechou a porta abruptamente negando-me a chance de pedir-lhe uma explicação.

Explicação. Era tudo que eu precisava por ora, mas um banho não seria nada mal...

Enquanto descalçava meus pés, pensei que o melhor que poderia fazer era livrar-me de tantos pensamentos, pelo menos até estar totalmente restabelecida.

Ouvi uma leve batida na porta que acreditei se tratar de Benjamin.

— Entre! — anunciei e voltei a sentir a excitação que tomava conta de mim sempre que ele estava por perto.

Surpreendi-me quando uma senhora negra, de uns 60 anos, como sugeriam seus cabelos branco-acinzentados, adentrou timidamente carregando minha mochila e uma enorme pilha de roupas, que depositou sobre uma cômoda.

Era redonda e vestia uma longa saia marrom sobre uma camisa branca de botões forrados até o alto de seu colarinho. Com olhos arregalados demorou-se em observar-me da mesma maneira assustada que todos os outros. Já estava me acostumando com as "calorosas recepções" do povo de Birth.

— Olá! Chamo-me Laura, e a senhora quem é? — Tentei sorrir na tentativa de diminuir o impacto de minha presença, mas foi em vão.

Alguns segundos se passaram até que, finalmente, a mulher encorajou-se.

— Senhorita — falou ao fazer uma mesura que obviamente não pude compreender. — Chamo-me Nancy e estou aqui para servi-la.

Ela estava praticamente ajoelhada em minha frente e embora não compreendesse o motivo pelo qual o fazia, de maneira alguma eu permitiria que alguém se humilhasse daquela forma.

— Por favor, senhora Nancy, não é necessário usar de tantas formalidades. — Peguei em seu cotovelo para ajudá-la a ficar em pé, mas ela se recusou.

— Senhorita, não se preocupe. — Não me olhava nos olhos enquanto se elevava lentamente, provavelmente devido a sua idade e ao seu tamanho.

— Assim está bem melhor! — Fiquei feliz ao vê-la em pé e deduzi que, por hábito, não fora capaz de me encarar, mantendo seus olhos baixos enquanto falava.

— Vou lhe preparar um banho. Enquanto isso, fique à vontade para escolher o vestido que mais lhe agrada.

— O que a senhora acha de me ajudar com a escolha do vestido? Não estou acostumada com esse tipo de vestimenta, para ser sincera, nunca usei um desses em toda minha vida.

Seu olhar assustado e confuso atestou o quanto minha revelação soava incabível, contudo, creio que havia sido orientada a não questionar, pois prosseguiu apesar de seu assombro.

— Sim, senhorita. — Em sua voz não havia revolta, nem amargura, nem nada que poderia explicar o que ela interpretara sobre meu pedido, mas eu sabia que o encarava como uma ordem, o que muito me incomodou.

— Senhora Nancy, desculpe, mas isto não é uma ordem... — Tentei sorrir. — Estou pedindo-lhe para que me ajude e, se a senhora não deseja fazê-lo, não me importo em escolher sozinha.

— Oh, senhorita! Não quis ofendê-la, por favor, perdoe-me. — Seu semblante tornou-se ainda mais horrorizado.

Novamente ela interpretara erroneamente meu desejo de tratá-la como igual.

Ou o cansaço estava me causando sérios problemas de percepção ou as pessoas daquele lugar tinham como sua missão na terra me confundir e me enlouquecer.

— Senhora Nancy, vamos começar novamente, está bem? — Suspirei tentando escolher as palavras certas. — Venho de um lugar muito longe. Lá onde vivo, os costumes são muito diferentes dos que a senhora conhece. Por isso, preciso que me ajude e me auxilie nos dias em que estarei em Birth. Perdoe-me se não soube me expressar, mas não sei "mandar" em ninguém e muito menos creio que tenho esse direito. Então, quando eu lhe pedir algo, espero que a senhora não encare como uma ordem. Estamos entendidas?

— Desculpe, mas não posso tratá-la da forma que me pede. Se alguém descobrir...

— Não se preocupe, será nosso segredo. Quando estivermos sozinhas a senhora me ajudará, quando estivermos na companhia de outras pessoas, me servirá, se assim deseja. O que me diz?

Um sorriso amarelado iluminou seu rosto marcado pelo cansaço.

— Agora vamos nos apresentar devidamente... Com licença — disse ao envolvê-la em um breve abraço. — Chamo-me Laura, e a senhora? — Mesmo envergonhada, acompanhou meu riso.

Aquele lugar, rudimentar em tantos aspectos, de prismas surpreendentes e inacreditáveis, era, sem dúvidas, uma incógnita absoluta. Eu não fazia a mínima ideia de onde se localizava, mas de uma coisa eu tinha certeza, a tecnologia não fazia parte da vida de seus habitantes. Assim, fiquei extasiada quando descobri que o quarto imenso e suas salas — que eram do tamanho da minha casa no Brasil — eram, na verdade, também uma suíte com todas as peças indispensáveis que você espera que componham um toalete, inclusive água encanada e quente, e isso muito me tranquilizava.

Deitei-me imersa na tina de água morna e deleitei-me em um banho tão prazeroso e reconfortante que, apenas quando percebi as extremidades de meus dedos encarquilhados, é que presumi que muito tempo havia se passado.

Quando saí do banheiro às pressas, encontrei Nancy cochilando com o vestido que havíamos escolhido em suas mãos, uma peça em um pálido damasco recheado de flores e ramos branco-perolados. Eu realmente havia perdido a noção do tempo.

— Senhora Nancy — falei baixinho para não a assustar.

Imediatamente ela despertou assustada.

— Senhorita, perdoe-me! Não tive a intenção... — Interrompeu-se ao perceber meu olhar de desaprovação às suas explicações. — Ande, vamos vesti-la — falou contrariada e de mau humor, fazendo-me sorrir.

Se julguei que tempo demais se passara enquanto me banhava, o tempo que levei para me vestir levou uma eternidade.

Como base do pomposo traje, um conjunto de linho branco seria responsável por cobrir meus seios e partes íntimas. A parte superior assemelhava-se a um cropped, de reduzidas mangas capazes de cobrir apenas meus ombros até seu limite aformoseado de gregas rendadas, presentes, do mesmo modo, abaixo dos meus joelhos, onde o mesmo linho constituía um característico calçolão, absolutamente destituído de qualquer sensualidade que lhe pudesse conferir um ar menos antiquado.

Analisar minha opção conduziu-me a insistir para que Nancy me permitisse continuar fazendo uso de minhas próprias roupas íntimas, as quais levaram minha auxiliar à beira da insanidade quando lhe apresentaram a evolução da lingerie.

— Afinal, não vou mostrá-las a ninguém, não é mesmo?! — Falei em tom de brincadeira, mas Nancy não encontrou a mesma diversão.

Um corpete espremeu meus órgãos abdominais fazendo meu busto, já farto naturalmente, empinar-se até praticamente alcançar meu pescoço.

— Sinto-me vulgar com este decote. Não entendo como as mulheres expõem-se desta maneira — reclamei, mas Nancy argumentou dizendo que vulgares mesmo eram minhas roupas de baixo, o que me deixou sem resposta.

O corpete de barbatanas foi coberto pela suave seda do vestido decotado de alças largas ostentando a tez dos meus braços e costas. O tecido marcava minha cintura e caía abundantemente, em comprimento e volume, até o chão. Era de fato desconfortável, mesmo assim, eu estava adorando a experiência.

Analisei minha imagem no espelho, sorrindo pela singularidade daquela oportunidade e sofrendo pelo emaranhado desconexo de acontecimentos.

— Teremos de escolher um penteado adequado, mas seus cabelos são tão belos e comportados que isso não será problema. — Disse Nancy enquanto estudava uma mecha do meu cabelo.

Embora lutasse para me valer de tais momentos de distração para privar meus pensamentos de tantas perturbações, não consegui nada além de poucos segundos de regozijo pela satisfação gerada por meu reflexo no espelho e, rapidamente, fui novamente alcançada pela confusão que cercava todos os meus pensamentos.

Adorava todas as formas de embelezamento, principalmente as que disponibilizavam de tanta pompa como aquelas a que tinha acesso naquele lugar, entretanto, com tantos problemas para resolver e tantas dúvidas, nada parecia fazer sentido. Minha única vontade era a de vestir um de meus pijamas e dormir um sono que me privasse de todo e qualquer pensamento.

— Preciso mesmo de tudo isso? Estou tão cansada... — falei derrotada.

— Em breve, descansará, senhorita. Eu mesma me certificarei que Sua Majestade lhe conceda um tempo para que se recomponha.

— Obrigada! — Esforcei-me para sorrir.

Nancy penteou-me os cabelos e, com mãos ágeis, elaborou uma trança que tinha início sobre minha orelha esquerda e seguia até meu ombro direito, descendo até minha cintura.

Sapatos forrados do mesmo tecido e com pequenos saltos calejaram-me os pés no instante em que os calcei. Extremamente desconfortáveis, eram minha única opção, já que meus coturnos foram alvo de críticas. Optei por ficar descalça.

Desejava aproveitar aquele momento, aquela chance..., mas pouco tempo e muitos problemas conturbavam aquela experiência e roubavam seu brilho. Depois de todo temor pela minha vida, pouco me importava com meus compromissos em Londres ou os motivos pelos quais viajei. Só queria comunicar minha família que estava viva, bem e apaixonada. Meu corpo reagiu com sobressalto em razão do último pensamento e afastei imediatamente a ideia da minha mente.

Antes que eu pudesse me autocensurar, travando uma discussão interna comigo mesma, batidas na porta exigiram-me a atenção. Nancy abriu-a e retirou-se de imediato.

— Esses vestidos são mais bonitos do que confortáveis — declarei ironicamente disfarçando o embaraço quando encontrei o olhar admirado do rei.

— Porém, devo dizer que a senhorita está encantadora! E muito recatada, também. — A ironia agora partia dele.

Revirei os olhos para sua não bem-vinda opinião.

— Que sorte eu tenho por não desejar parecer recatada para o seu agrado, muito menos desejo estar dentro dos padrões deste lugar que o senhor chama de "seu reino". — Ele não pareceu entender as aspas que gesticulei.

Sua resposta veio em forma de um largo sorriso, em meio ao cansaço que sua expressão entregava.

— Senhorita... — Sua voz arrastava-se enquanto seus dedos espremiam os olhos cansados. — Não se ofenda! Foi apenas um elogio... — Venha, sente-se e acalme-se! — Falou dirigindo-se à sala anexa ao quarto. Segui-o em silêncio, ainda taciturna.

— Senhorita Laura, estou muito cansado, fale-me mais sobre você e assim me distraia um pouco...

Por um momento interpretei seu convite como um flerte, mas, após vê-lo de fato interessado pelas histórias que contei, não havia como não admirar seu respeito e cortesia.

Contei ao rei basicamente sobre minha família, meu emprego e nossos costumes. Impressionado, ele parecia uma criança sedenta por mais informações.

— A senhorita refere-se a bailes na corte? — perguntou-me confuso.

— Não, senhor, no Brasil não existe uma corte, nem mesmo um rei. — Por muito tempo expliquei sobre nossa extinta monarquia, o sistema político brasileiro e sua democracia, relacionando-a à sua origem na Grécia Antiga, evidenciando suas transformações e reais significados e apresentando-lhe os diversos modelos de governo espalhados pelo mundo. Era um assunto que realmente intrigaria um governante.

— Voltando às festas a que me referi, como lhe disse antes, não existe uma corte. As festas ocorrem em vários lugares, por vários motivos e de várias formas distintas. Diferentemente do que o senhor deva conhecer, em tais eventos ouvimos vários ritmos de músicas, algumas têm uma banda, outras têm um DJ. — Novamente uma longa pausa para detalhada explicação de cada termo.

— Então, quer dizer que nessas festas as jovens senhoritas podem comparecer desacompanhadas? — Sua expressão aterrorizada provocou-me uma gargalhada.

— Perdão! — me desculpei ainda sorrindo. — Sim senhor! Jovens senhoritas frequentam essas festas sem enfrentarem maiores problemas. É muito comum.

— Oh, céus! Não me diga que... Não pode ser! A senhorita já compareceu a um desses eventos desacompanhada? — Ainda mais assustado, Benjamin tornara-se hilário, e eu já não conseguia parar de rir.

Recompus-me e prossegui ao topar com seu semblante estarrecido.

— Majestade, por favor, entenda! — Procurei pelas palavras, mas era muito difícil exemplificar algo tão banal que aos olhos desconhecidos tornava-se inacreditável.

Expliquei-lhe novamente sobre o papel que as mulheres desempenhavam na sociedade atual com a esperança de que ele entendesse de uma vez a conquista feminina de poder usufruir seu direito à liberdade.

Depois de mais algum tempo, Benjamin já não estava tão assustado. Compreendera de certa forma as diferenças, mas jurou jamais permitir que elas chegassem a Birth enquanto fosse rei.

— Quanto a mim, respondendo-lhe, sim, eu já compareci a festas sem companhia. — Ignorei seu olhar desaprovador. — Embora raramente eu as frequentasse, pois digamos que eu encontre diversão em distrações mais reservadas, por várias vezes já participei de eventos assim, principalmente os da faculdade. Houve um tempo, inclusive, que eu era constantemente convidada a tocar violão e cantar em barzinhos próximos ao campus da universidade, onde se reuniam muitos grupos de estudantes. — Rapidamente e sem entrar em muitos detalhes, comentei sobre o episódio desagradável que vivi naquele período com Carlos Eduardo. Também evitei o constrangimento de contar que a criatura monstruosa que me arrancara do palco à força era meu namorado.

Não sei ao certo se mais proeminente era a indignação de Ben causada pela brutalidade do acontecimento que lhe contei ou a incredulidade por saber que eu tocava violão e cantava.

— Senhorita, sinto muito! Uma dama jamais deveria ser submetida a tal ultraje. Esse cavalheiro deve se tratar de um covarde, sem nenhuma dúvida. — Consolou-me enquanto um filme se passava em minha cabeça.

Ah, se ele soubesse de tudo...

— Tudo bem, Majestade, já passou! — Suspirei, ainda absorta em pensamentos.

— De qualquer forma, sinto muito. — Seu sorriso era, sem dúvidas, sincero, e isso me fazia bem. — Agora, por favor, conte-me de que maneira a senhorita foi se interessar por um instrumento como a guitarra clássica. Apenas cavalheiros as executam em Birth.

— Então... Mais uma das grandes evoluções femininas! — Além da transformação da música como um todo, também lhe contei sobre o fascínio que essa forma específica de arte exerce sobre mim. Ademais, falei-lhe sobre minha dedicação desde muito cedo e as consequências naturais dessa devoção.

— A senhorita está me dizendo que tocava em igrejas e posteriormente passou a entreter o público que frequenta tavernas? — Outra vez a ingenuidade por falta de conhecimento de Benjamin me arrancava gargalhadas, e lá íamos nós para um extenso esclarecimento.

— Agora o senhor entende as diferenças? — Perguntei-lhe após uma aula sobre locais frequentados por jovens. — Contudo, mesmo que essas diferenças tenham acontecido de uma maneira muito natural, o senhor ficará feliz em saber que grande parte dos pais ou das pessoas mais conservadoras não concorda com o tipo de ambiente que se criou. Meus pais, por exemplo, não ficaram muito satisfeitos com o período em que trabalhei tocando na noite. — Sem precisar buscar na memória, a nítida lembrança do amor estampado em cada um dos olhares dos membros da minha família me veio à mente.

Emocionada, caminhei até a janela em busca do ar na tentativa de não me sufocar de saudade e de arrependimento por ferir a quem eu mais amava.

As janelas mantinham-se trancadas, mas no momento eu não tinha forças para discutir com Benjamin, muito menos para lhe implorar por respostas que nunca vinham. Apenas observei o céu azul recortado pelos vidros das janelas francesas, lutando ao máximo para interiorizar o pranto que entregaria minha fragilidade. Em um lugar distante, desconhecido e totalmente misterioso, a última coisa que eu desejaria era demonstrar fraqueza.

— Senhorita Laura, sei que sofre a ausência de sua família... — falou Benjamin quase em um sussurro. — Acredito que executar sua arte a auxilie a sentir-se mais próxima de seu lar e diminua, mesmo que mínima e momentaneamente, o sofrimento que sente. — Com um brilho nos olhos, beijou minha mão e apressou-se porta afora.

Capítulo 19

O quarto imenso traduzia a história em sua decoração impecavelmente elaborada, e, só mesmo concentrando-me nos encantos daquele cômodo, fui capaz de soterrar a ansiedade e o temor pelo desconhecido que abarrotavam meus pensamentos. Apreciei a douração de arabescos que se esparramava pelas paredes encontrando o espesso e bem trabalhado ouro que emoldurava o grande espelho capaz de refletir minha pequenez em meio à grandiosidade do ambiente ao qual fui negligentemente enjeitada.

Havia se passado tempo demais desde que o senhor reinante de Birth deixara-me à sua espera com a promessa de rapidamente voltar.

Sua empregada, a Sra. Nancy, havia trazido algumas frutas e biscoitos com chá. Sem nada dizer, saiu trancando a porta e também não mais retornara.

Tentando calcular há quanto tempo já estava trancada e esquecida, lembrei-me que trouxera comigo meu celular com a bateria ainda cheia — além da sorte de possuir um carregador portátil que me manteria salva por mais alguns dias — e apressei-me em buscá-lo em minha mochila. Sorri ao ouvir o som familiar do aparelho sendo iniciado. A sensação de que tudo o que eu conhecera ao longo da vida havia se transformado em pó foi acalentada pelo simples fato de conseguir ligar o telefone normalmente. Não fui capaz de procurar os números que buscava quando lágrimas anuviaram meus olhos ao me deparar com a imagem da minha família no papel de parede do aparelho. A foto havia sido tirada no último Natal, e aqueles sinceros sorrisos pareciam facas cravadas lentamente em minha estúpida decisão de arriscar-me naquela impavidez irresponsável.

Mais calma, consegui encontrar os números que buscava. Eram 20h35, de acordo com o horário de Londres. Naquele fim de mundo, eu já duvidava que relógios existissem e não me surpreenderia se me deparasse com uma ampulheta para medir o tempo.

A noite chegara a Birth, e com ela as doses extras de apreensão foram evidenciadas por pesadas gotas de chuva que tamborilavam sem parar em meus ouvidos. Sem notícia e sem contato, as portas e janelas continuavam trancafiadas, e as dúvidas sobre minha sanidade aumentavam a cada segundo.

Meu desespero crescente começava a produzir pensamentos que me levariam à histeria. O que esperar em um lugar desconhecido, com pessoas desconhecidas e, sobretudo, estranhas e misteriosas?

Sentia-me em um filme de terror, e ninguém detestava filmes de terror mais do que eu! Ao meu alcance, não havia polícia e nem leis naquele lugar... Novamente o medo substituía minha razão fazendo-me duvidar, apesar das evidências, das histórias que Benjamin contara, e eu temia que ele, na verdade, se tratasse de um psicopata, lunático e perigoso.

A exaustão dos últimos dias, somada ao terror que me assombrava e aniquilava o pouco de viço que ainda me restava, fez-me perceber que já não havia o que ser feito.

Rastejei-me enfraquecida até a cama em busca de descanso e tencionei me livrar daquela roupa pesada e desconfortável, mas não fui capaz. Deitei-me da maneira menos incômoda possível e minha mente continuou à procura das respostas que pareciam nunca ser encontradas.

Quando já havia perdido a noção devido à letargia que se apoderara de meu corpo, um pensamento fixo me carregou até o sono que eu tanto necessitava para fugir da realidade que se tornara insuportável: a lembrança do castanho de seus olhos e a segurança neles enraizada.

Meu torpor não foi enriquecido pelo sossego, ao contrário, adormeci com a sensação de medo que insistia em me acompanhar e acordei ao ouvir uma voz pouco familiar.

— Senhorita, acorde, querida! Precisa alimentar-se.

Minhas pálpebras pareciam estar coladas, esforcei-me para reconhecer as altas paredes que me rodeavam e também a mulher com semblante preocupado que me encarava.

— Nancy! — falei enquanto pulava em seu pescoço e abraçava-lhe, grata por tê-la por perto. — Ajude-me! Eu imploro para que me ajude! Não o deixe me machucar, por favor! A senhora deve saber o motivo pelo qual ele me trouxera até aqui, então me ajude a fugir — tagarelei o quanto pude para aproveitar a chance de ter minha voz ouvida.

— Senhorita, acalme-se, por favor! Venha, sente-se! O que está dizendo? A quem está se referindo?

Agitada, acompanhei-a, como me pedira.

— Ao seu rei! Refiro-me a ele! — falei com a voz firme. — Por que estou trancada neste quarto? Por que estas roupas? Por que não tem telefone neste lugar, nem sinal de celular? Preciso avisar minha família! — Desesperada, ao ouvir meus temores sendo anunciados, caí em prantos nos braços da mulher que, nitidamente, também trazia medo consigo.

— Oh, querida! O que está dizendo? Compreendo que esteve trancada neste quarto por muito tempo, mas a culpa não é de Sua Majestade, quero dizer, na verdade foi realmente ele quem me pediu pessoalmente para não deixar que ninguém soubesse de sua presença no palácio por ora, e também me proibiu de vê-la sem estar em sua companhia ou sem sua permissão, mas acontece que... — Nancy afastou suas mãos quentes, que acalmavam as minhas, e fitou-as enquanto lutava contra as lágrimas que surgiam em seus olhos.

— O que houve, senhora Nancy? — Pedi assustada.

Seus olhos mantiveram-se fixos nas mãos entrelaçadas sobre suas pernas enquanto ela prosseguia.

— Ontem à tarde, o rei Benjamin procurou-me para repassar instruções de sua recepção. Solicitou-me que a auxiliasse no que fosse necessário e, como lhe disse, pediu minha discrição. Ele também pediu para que eu trouxesse os alimentos no horário do chá, mas que preparasse um jantar especial e que lhes servisse em sua suíte assim que ele retornasse de um compromisso que levaria no máximo uma hora. — Sua explicação começava a surtir efeito, e eu já conseguia ouvi-la sem que o pânico violasse meu equilíbrio.

Em contrapartida, o desespero de Nancy parecia só aumentar:

— Isso foi por volta das 14 horas, e agora já passa das 5 horas da manhã sem que tenhamos notícias de nosso amado rei.

Ela concluiu seu relato com um longo suspiro sofrido regado por lágrimas enquanto minhas forças pareciam se esgotar outra vez.

— Oh, senhora Nancy! Não fique assim! — Mesmo sem nada entender, passei de consolada a consoladora. As palavras faltaram-me e fiquei segurando e afagando as mãos gorduchas da senhora de cabelos esbranquiçados que se esmiuçava em preocupação.

Ainda lutando para assimilar os episódios tumultuosos e desordenados, interrompi meu afinco em discerni-los, já que a ausência de respostas havia me deixado à beira da histeria.

Pressionando os dedos com força sobre as têmporas, escolhi as palavras sem saber ao certo o que desejava dizer.

— Senhora Nancy. — Suspirei antes de continuar. — Sua Majestade é um rei jovem e... inegavelmente atraente. — Temi ter ruborizado ao confessar o que pensava sobre Benjamin, mas ela nem pareceu notar em meio à sua ânsia, então tratei de prosseguir rapidamente. — Não é comum que ele usufrua de sua posição saindo para se divertir e... Hã... Passando a noite fora?

Eu não tinha certeza se desejava ouvir a resposta.

Embora assustada sobre os enigmas que me assombravam, o rosto de Benjamin invadia insistentemente meus pensamentos e fui obrigada a lutar contra os devaneios de minha mente ansiando por mais detalhes sobre ele.

— Não, querida, nosso rei nunca passa uma noite longe do Palácio sem que seja relacionado ao seu trabalho.

Respirei aliviada deduzindo que tivera minha resposta, porém Nancy prosseguiu.

— E, se o que se refere é o que penso —, agora era ela quem esbraseava embaraçada —, um rei não necessita se ausentar de seu palácio em busca de distração... Bem, digamos que essas coisas acontecem por aqui mesmo.

— Entendo... — Foi só o que fui capaz de dizer, uma vez que sua revelação realmente me perturbara.

— Mas a intimidade de Sua Majestade não nos diz respeito — disse ela parecendo arrepender-se do comentário. — O fato é que esperei o quanto pude para não desrespeitar sua ordem de vê-la em sua ausência, porém há horas que penso na senhorita esquecida neste quarto, faminta e amedrontada. Ninguém além de mim, da rainha ou de S. Alteza William sabe de sua presença no palácio. Sua Majestade não costuma me dar explicações, mas ele sugeriu que haja algo que não posso saber, então peço para que não me revele nada sem que antes o rei esteja de acordo.

Ela ficou em silêncio por um instante. Outra vez segurou minhas mãos entre as suas, e lá estava a doçura transbordando por seus olhos quando prosseguiu.

— O rei Benjamin importa-se com seu bem-estar, eu garanto-lhe, minha filha. Não conheço as razões para que a tenha trazido até o palácio, mas lhe asseguro que ele é um bom homem. Confie em mim e não tema. Só rogue a Deus para que o mantenha protegido, pois estou a ponto de me afogar de tanta apreensão sem notícias de meu menino.

Sem forças para combater a dor que sentia, Nancy entregou-se mais uma vez ao pranto e, quando cogitei a hipótese de não mais vê-lo, ou ouvir a ronquidão de sua voz, ou sentir o amadeirado de seu perfume, rapidamente compartilhei de sua angústia.

— Precisamos encontrá-lo! — articulei andando de um lado para o outro.

Nancy ainda chorava, obviamente sem me levar a sério. Mas eu falava sério.

— Senhora Nancy, o palácio fica muito distante das demais casas de Birth? — Eu precisava tomar muito cuidado com o que dizer, ou como dizer, pois a maioria das coisas que eu conhecia poderia não fazer sentido algum para os habitantes daquele lugar.

— Não muito, senhorita. Apenas alguns minutos a cavalo.

Ponderei que sua afirmação refletia a ausência de carros, mas ignorei e continuei.

— Quem mais sabe sobre esse atraso do rei?

— Acredito que boa parte do reino já tenha sido informada, pois a rainha colocou todos os seus homens em estado de alerta. A coitada está inconsolável, sentada ao lado da porta à espera do filho.

Minha aflição agravou-se.

— O rei tem amigos próximos, íntimos, que costuma visitar?

— Sim, senhorita, seus amigos de infância, os irmãos Burdwick, Phillip e Simon. — Filhos de Thomas, recordei-me. — Porém os dois já foram avisados e há muito tempo já estão no palácio à espera de Sua Majestade.

Respirei derrotada.

Concentrei-me em esmiuçar a lembrança de meu último contato com o rei e foi assim que percebi que uma informação de extrema importância havia sido negligenciada devido à tensão estabelecida nas últimas horas.

— Um violão! — Gritei extasiada.

Nancy interrompeu sua oração em um sobressalto.

— O que diz, senhorita?

Balancei a cabeça censurando-me por esquecer o inglês.

— *A classical guitar, Nancy*!

— Senhorita, e isso é hora de pensar em uma coisa dessas? Com o palácio todo em desespero por Sua Majestade. Ora, francamente. — Nancy estava furiosa.

— Não é isso, Nancy... Aliás, é exatamente isso! — A dificuldade em explicar era causada pelas ideias confusas, pelo idioma que me atrapalhava em meio ao nervosismo e, principalmente, pela total falta de consciência sobre o que estava acontecendo comigo.

Inspirei uma quantidade significativa de ar e sentei-me em silêncio. Nancy também se pôs reticente ao perceber que eu precisava de um minuto para organizar meus pensamentos.

Sentindo-me preparada, expus o que deduzi ter afastado Benjamin do palácio sem aviso.

— Senhora Nancy, conversando com seu senhor, mencionei que um de meus maiores prazeres é tocar violão. Falamos um pouco sobre música e lhe confessei que sentia falta das conhecidas melodias que costumavam acompanhar-me na maior parte de meus afazeres. Ele pareceu surpreso e curioso, pois alegou não conhecer senhoritas com interesse pelo instrumento. Minha observação foi vaga e sem pretensões, mas em seguida ele se retirou rapidamente argumentando que um violão contribuiria para que eu não me sentisse tão deslocada em seu reino.

Os olhos da senhora esbugalhavam à medida que minha narrativa se estendia.

— Senhorita, gostaria de saber como poderia sentir-se deslocada se o único reino existente é Birth, mas creio que não apenas não tenho esse direito, como também não dispomos de tempo para tais explicações. Devemos nos concentrar em encontrar nosso senhor, e agradeço seu desejo em ser útil, porém sua cabecinha não parece estar em condições de discernir a fantasia da realidade. Ora, tocar violão! Deslocada no reino! — Ela falava para si, como se pensasse alto. — Querida, conheci uma jovem moça como a senhorita que também sofria desses devaneios, sei que são causados por vários fatores, principalmente desilusões amorosas. Coitadinha...

Agora era minha vez de me surpreender com a dedução de Nancy. Ela realmente insinuara que eu enlouquecera por conta de uma desilusão amorosa? Meus olhos semicerraram devido à indignação ao vê-la taxar-me de maluca sem nenhuma discrição, sobretudo pelo motivo suposto.

— Senhora Nancy, com todo respeito... Não estou sofrendo de alucinações, muito menos causadas por uma frustração amorosa. O que lhe contei é algo muito sério e sugiro que encare com a seriedade necessária ou seu reino poderá ficar órfão. — Minhas palavras duras surtiram o efeito imediato que desejei.

— Senhorita, falava sério? Acredita que Sua Majestade realmente possa ter saído em busca do instrumento para presenteá-la?

Involuntariamente senti meu rosto corar com a possibilidade de ser presenteada por Benjamin.

— Já não sei no que acredito, estou apenas tentando ajudá-los. Fui a última a estar com Sua Majestade e me ocorreu que talvez essas informações pudessem ser úteis — falei honestamente dando de ombros ao me sentir derrotada e exausta com toda aquela situação. Quem acreditaria em mim? Ninguém me levava a sério naquele lugar.

— Oh, minha querida, perdoe-me por interpretá-la tão erroneamente. Foi de extrema insensibilidade de minha parte. Sinto-me envergonhada e peço sinceramente para que me desculpe. — Os olhos assustados de Nancy entregavam a ternura de seu coração, somente alguém com tamanha pureza poderia se desculpar de maneira tão enérgica por algo trivial.

— Então, a senhora acredita que não estou maluca? — inquiri já esboçando um sorriso.

— Acredito que esteja falando a verdade. — Nancy retribuiu meu sorriso na medida em que seu desassossego permitiu.

Não era exatamente o que desejava ouvir, entretanto me agradava mais ser uma maluca do que uma mentirosa. E, naquele momento, eu não poderia condená-la, pois nem eu mesma estava certa sobre minha lucidez.

— Ótimo! Então vamos encontrar um meio de trazê-lo de volta. — Tentei demonstrar uma segurança que não sentia, e isso pareceu animá-la.

Expliquei a Nancy meus planos e ela se retirou do aposento, retornando dentro de alguns minutos acompanhada por meu amigo duque.

A longas passadas, o homem atravessou o aposento encarando-me nitidamente preocupado. A fisionomia de fato muito tensa suavizou-se ligeiramente quando uma fagulha de esperança surgiu em sua voz.

— Senhorita Laura, que prazer revê-la! — Beijou delicadamente minha mão impressionando-me com sua gentileza absurda até mesmo em uma ocasião tão desconfortável quanto aquela. — A senhora Nancy mencionou que a senhorita possui uma informação sobre onde podemos encontrar Sua Majestade.

— V. Graça, obrigada por estar aqui. Creio que posso ajudar. — Seu olhar parecia apresentar certo alívio ao ouvir minhas palavras esperançosas. — Sabe onde encontrar um violão em Birth?

Recebi sua afirmativa e após lhe narrar meu ponto de vista, desejei-lhe sorte e observei-o sair apressado acompanhado por Nancy.

Espalhada pelo céu, a névoa esbranquiçada das nuvens era invadida sutilmente pelos raios do nascer do sol que chegara a Birth. Pensei em Benjamin com pesar, pensei na rainha e em seu desespero e, por fim, perguntei-me qual seria o motivo da minha presença naquele misterioso lugar.

Novamente meus questionamentos ficaram suspensos no ar na ausência da elucidação que eu buscava. Caminhei de um lado para o outro arrastando a demasia de tecido do vestido que, por ora, não me agradava nem um pouco. Irritada, corri em direção a Nancy quando adentrou abruptamente o dormitório.

— Alguma novidade? — Perguntei aturdida.

— Não, querida, nada até o momento. Mas o duque Burdwick já reuniu as tropas do rei e saiu à sua procura baseando-se nas pistas que foram informadas pela senhorita. O senhor Phillip e o senhor Simon também o acompanharam.

— E a rainha, como ela está?

— Ela está com sua ama. Encheu-se de esperança quando seu sobrinho, William, saiu correndo à procura do rei assim que Burdwick anunciou sua informação. Ele nem esperou as tropas, foi desesperado em busca de Sua Majestade.

Também me enchi de esperança ao ser informada do ato obsequioso do homem que eu nem mesmo conhecia, mas já admirava.

—— Veja, trouxe-lhe biscoitos e leite. — Nancy mudou de assunto, por certo preocupada com minha alimentação.

— Agradeço, mas não estou com apetite, desculpe.

Ela compreendeu acenando silenciosamente com a cabeça, e permanecemos inertes em nossos pensamentos por mais algum tempo.

Acredito que havia se passado quase uma hora desde que o duque Burdwick partira em busca de Benjamin, quando ouvi um ressonante barulho de cascos de cavalo a baterem secamente no chão, aproximando-se do palácio. Assustada, pus-me em pé de imediato e, em segundos, aproximei-me das altas vidraças, inutilmente, pois permaneciam obstruídas.

Ao procurar Nancy para reivindicar, encontrei-a já ao lado da porta de saída.

— Senhorita, por favor, não saia deste quarto! Espere-me aqui e logo voltarei com notícias.

Sem esperar por qualquer sinal meu, saiu batendo com força a porta atrás de si, fazendo-me sorrir de forma desesperada por sua observação... De que forma sairia se estava presa? Droga! Explodi, deparando-me outra vez com minha impotência.

Senti medo por Benjamin, senti medo por mim. E se estivessem trazendo uma má notícia? Esse pensamento congelou meu sangue, e por um segundo eu parecia não existir. Padeci ao imaginar o que fariam comigo caso o rei não retornasse, e cada vez mais o medo me invadia.

Fraca demais para reunir coragem, apenas aguardei o que o destino reservava, jogando-me sobre a espessa tapeçaria do chão do dormitório, mas não foi necessário nada além de poucos minutos para que esse destino se revelasse.

Em um estrondo, Benjamin escancarou violentamente as portas duplas do aposento e, refletindo nos olhos o desassossego que carregava, aproximou de mim seu corpo debilitado, com resquícios de sangue e marcas de brutalidade a que certamente fora acometido.

Já sem seus característicos anéis, sua mão trêmula segurou fortemente meu punho, caminhou sobre meu braço e repousou em meu rosto.

— Desculpe-me por fazê-la esperar. — A rouquidão de sua voz voltara e, com ela, ira, fúria, e... paixão!

Um ímpeto jogou-me em seus braços e fez-me envolvê-lo no abraço mais terno e seguro que viríamos a conhecer por toda vida. Sem constrangimento, nossos corpos esqueceram que eram desconhecidos e permanecemos desse modo intensamente e por muito tempo.

Desprendi-me quando examinei aterrorizada os sinais de violência evidenciados em sua pele. Sua camisa, em farrapos, expunha manchas avermelhadas e cortes sobre o peito. Onde repousavam as finas tiras de couro de seu colar, restaram apenas sanguíneas feridas causadas, sem dúvida, pelo romper forçado dos adereços em sua pele.

— O que fizeram com você? Quem foi capaz de feri-lo? — Perguntei entre as lágrimas que facilmente fluíam dos meus olhos sem que eu fosse capaz de compreender por que aquela dor era tão minha.

Antes que Ben fosse capaz de responder, Nancy materializou-se subitamente, como seus gritos logo anunciaram.

— Majestade! Senhorita! Oh, céus! — Enquanto censurava-nos pela cena com a qual se deparara, Nancy cerrou rapidamente as portas, ainda mais irritada ao lutar com a fechadura que fora danificada pela entrada épica de Benjamin. — Como ousam achar-se dessa maneira sem importarem-se ao menos em ser discretos?

Envergonhada, distanciei-me do rei.

— Estivemos muito aflitos nas últimas horas, senhora Nancy, e, assim como todos no reino, preocupei-me com o bem-estar de Sua Majestade, e com o meu também, afinal não sei o que seria de mim. Desculpe-me. — Olhei para Benjamin e senti sua expressão endurecer quando finalizei.

Fatigante e vagarosamente, o senhor de Birth ergueu-se com o semblante remetendo a dor que sentia, e precisei controlar o impulso de tê-lo novamente próximo a mim.

— Preciso recompor-me — falou com a voz entrecortada exigindo o máximo de sua capacidade. — Em breve, voltarei, senhorita. Enquanto isso, tente descansar.

— Mas afinal o que aconteceu? O que lhe fizeram?

Não suportei as intrigantes questões que me afligiam a respeito da causa do seu desaparecimento, das agressões que sofrera... Algo muito estranho acontecera, eu não poderia pensar naquela como uma situação corriqueira e ignorei o decoro que sempre me impedia de manifestar-me.

A sombra dos seus olhos parecia se espalhar por toda a sua expressão, realmente algo muito sério estava acontecendo. Sem se mover, Ben permaneceu calado permitindo apenas que eu mergulhasse em seu olhar, que me mantinha como seu alvo fixo, onde procurei por respostas, não encontrando nada além de mais dúvidas.

— Creio que seja equivocado falar a respeito... Ainda há muito que descobrir antes de repassar qualquer informação que possa ter uma conclusão precipitada. — Seu olhar tornou-se mais enérgico, assim como sua voz. — Saí sem a proteção de meus guardas, faço isso com certa frequência e nunca antes encontrei problemas... Porém, ao chegar ao meu destino, fui rendido por um grupo de homens encapuzados, fui drogado e acordei há pouco, graças à bravura de William. — Sua voz estava fraca e ele mal conseguia sustentar seu corpo lutando para equilibrá-lo. — Senhorita, peço sua compreensão para a seriedade deste assunto, como já disse, é algo que nunca me ocorreu antes e ainda estou confuso com tudo isso... Assim, não volte a me questionar ou a tocar nesse assunto, é para o seu próprio bem e, sobretudo, para evitar que seus medos me instiguem a encontrar um culpado a todo custo. Por temor à sua vida, posso correr o risco de exagerar atribuindo culpa a quem não a tem, só pelo desejo de protegê-la. Compreende o que quero dizer?

Ante a sua desesperadora vontade de preservar meu bem-estar, não havia como não concordar com seu pedido.

— É, claro, Majestade... Não voltarei a falar disso, por ora...

— Tente esquecer que algo aconteceu, meus ferimentos são superficiais, e em breve serão apagados, com isso será mais fácil apagar também de sua mente as recordações deste infeliz episódio.

Assenti buscando tranquilizá-lo, entretanto, encontrei em seu olhar a certeza de sua consciência de que não me convenceria tão facilmente a ignorar os acontecimentos nada habituais ocorridos naquele dia.

Despedimo-nos de maneira muito formal, como de costume, nem mesmo nos assemelhávamos às duas almas aflitas que, há pouco, encontraram tranquilidade no encontro com o outro.

Em poucos instantes, encontrei-me novamente sozinha.

Depois de tudo que passei, parecia improvável que o sossego se apresentasse em minha vida como algo permanente. Como um trauma, eu temia involuntariamente que, a qualquer momento, algo deturpasse a trégua das constantes aflições que a vida parecia ter preparadas para disparar em minha direção.

Livrei-me do vestido, desfiz o entrelaçado dos meus fios e estendi-me sobre a cama sem a mínima intenção de adormecer, meu desejo era somente entregar-me à indolência trazida como resultado das batalhas que até ali me acompanharam. Porém, exaurida, acabei dormindo rapidamente.

Quando despertei, sentia-me ansiosa, ciente de que, mesmo em meu sono, fui incapaz de me desligar de Benjamin.

Ouvi leves batidas na porta enquanto permanecia deitada.

— Entre — anunciei com a voz arrastada.

— Senhorita Laura, Sua Majestade pediu-me que lhe avisasse para que o aguarde "trajada de maneira adequada" — Nancy tomava cuidado para se recordar com exatidão do recado dado pelo rei. — Logo ele se juntará a vós e trará alguém. Venha, querida, quero lhe mostrar algo.

Segui Nancy até uma porta situada na lateral do quarto que até então permanecia trancada, segundo constatei em uma verificação no tempo em que fiquei trancafiada. Ingênua a segui sem sequer sonhar com o que me aguardava.

— Senhorita, este é seu quarto de vestir. Sua Majestade pede desculpas pelo atraso e deseja que esteja a seu gosto, caso contrário poderá modificar o que julgar necessário.

Nancy utilizava de uma serenidade e familiaridade para com a surpresa, que acreditei sinceramente que ela entregasse "quartos de vestir" todos os dias às hóspedes do palácio. Fiz gracejo no início, mas não mais quando parei para considerar outras garotas sendo presenteadas por Benjamin.

— Uau! — Foi somente o que pude emitir.

Nancy pôs a cabeça de lado com uma expressão engraçada, sem dúvidas a se questionar que diabos eu acabara de pronunciar.

Pilastras peroladas alcançavam no mínimo quatro metros de altura. À minha frente, uma parede muito extensa dava suporte a uma barra de metal onde vestidos de todas as cores e texturas imagináveis estavam suspensos. Uma tapeçaria quase branca e muito macia acobertava a superfície do piso até os limites do cômodo, espelhos com armação dourada veneziana permitiam que todos os ângulos pudessem ser analisados perfeitamente e um lustre com milhares de cristais trazia além da iluminação necessária, o excessivo luxo presente em tudo que eu havia visto naquele lugar. Alguns balcões espelhados e de pés torneados serviam de base para porta-joias variados e forradas com ostensivas pedrarias, em sua maioria, nunca antes vistas por mim. Outros exibiam perfumes, bolsas, luvas e chapéus de todos os tamanhos e cores possíveis. O que me fez recordar que em minha peregrinação eu havia perdido meu chapéu... Ignorei o pensamento e voltei à minha admiração.

Uma enorme prateleira de sapatos exibia diversos pares lindos, porém eram visivelmente um castigo para os pés, sem exceção. Tentaria evitá-los ao máximo, mas não seria indelicada, desaprovando-os diante de Nancy ou de Benjamin, que, gentilmente, havia-me presenteado com tudo aquilo.

Quando enfim retomei meu juízo, após encarar, incrédula, a realidade inverossímil que Birth me oferecia a todo tempo, aceitei a ajuda de Nancy e escolhemos novamente um modelo "apropriado", como frisado pela ama. Segundo ela, era preciso um vestido formal, como a ocasião pedia. Na minha opinião, todas as roupas que estavam disponíveis para o meu uso eram absolutamente adequadas ao tapete vermelho do Oscar.

Desta vez, escolhemos um vestido verde menta muito claro, de uma renda vazada e quase muito transparente em seu corpete, que, ao contrário do vestido anterior, não era coberto por outro tecido. Para disfarçar uma indesejada provocação, aplicações de pequenos botões de flores cor-de-rosa desbotado brincavam suspensos por sobre o peito e os braços, de um lado a outro por todo o decote ombro a ombro.

A longa saia bordada de pequenas pedras na mesma cor era volumosa e delicada, digna de uma verdadeira princesa. Na cintura, uma fita negra de cetim aprimorava ainda mais o encanto da peça, além de lhe conceber personalidade. Nem nas minhas grifes preferidas de alta costura — cujos modelos eu conhecia apenas por foto das revistas que eu folheava entre suspiros — eu havia encontrado tamanha impecabilidade em todos os quesitos necessários para a elaboração de peças exclusivas e suntuosas como as encontradas naquelas sedas, nos tafetás, rendas, bordados, brocados e tantos outros dispostos enfileirados no quarto de vestir.

Nancy prendeu meus cabelos no alto da cabeça com minúsculos pontos brilhantes e, não me sentindo à vontade para escolher uma joia, preferi permanecer com meus pequenos brincos de drusa e o singelo colar na mesma pedra. A maquiagem, também modesta, só contava com máscara em meus cílios e um batom nude em meus lábios.

Calcei os suplícios em forma de sapatos e aquietei-me para evitar que meu imediato desconforto aumentasse. Nancy permanecia no quarto de vestir organizando a bagunça que fizemos em busca do vestido ideal. Ofereci-lhe ajuda, mas ela me lançou um olhar fulminante e negou-se a permitir que a afrontasse daquele modo. Desculpei-me e saí de fininho antes que fosse tarde demais para mim.

Com a produção concluída, sentei-me sobre o baú almofadado ante os pés da imensa cama. Ali, à espera do rei, deixei-me levar por ponderações pelo que suas inimagináveis respostas — isso se houvesse respostas — poderiam revelar. O que explicaria aquele luxo absoluto? Seu poder soberano? As insistentes dúvidas sobrecarregavam-me física e mentalmente, e decidi pressioná-lo por respostas. Ele não poderia mais adiá-las.

Tal como adivinhasse meus pensamentos, Benjamin adentrou o aposento e, ao estudar minha aparência naquele vestido, um sorriso apropriou-se de seus lábios, o que me levou a crer que ela lhe agradara.

Apesar dos ferimentos, sua beleza e impecabilidade em todos os sentidos eram imutáveis, o que me obrigava a disfarçar seu efeito sobre mim. Minha atenção agora estava absoluta na mulher que o acompanhava.

Era loira, de uns 40 e poucos anos, alta e de uma elegância tão absoluta que seu brilho levou-me a acreditar que ela carregava o próprio sol dentro si. Seus cabelos iluminados estavam presos sobre o alto da cabeça, adornada por cristais que formavam uma pequena coroa. Brincos dos mesmos cristais e um colar idêntico exaltavam ainda mais seu pescoço alongado e faziam-na cintilar esplendidamente. Um vestido amarelo mesclado por flores esbranquiçadas cobria-lhe delicadamente o corpo e parte do mármore sob seus pés com a pequena cauda que formava.

Nos semicerrados olhos azuis a me observar com curiosidade, habitava uma brandura que fora reforçada pelo sorriso que nascia em seus lábios ao caminhar em minha direção.

— Senhorita Laura, quero lhe apresentar minha mãe, Sua Alteza Real, a Rainha-mãe Madeleine.

A mulher que sorria com uma doce leveza no olhar esticou a mão para mim, e por pouco não fiz o mesmo, mas os olhos de Benjamin arregalaram-se de tal forma que imediatamente compreendi meu erro. Lembrei-me das saudações usadas para com a monarquia e tratei de tentar reproduzi-las. Constrangida, ajoelhei-me em uma só perna ao tocar em sua mão e beijar a grande pedra enegrecida do anel que ela ostentava.

Então era verdade! Ele era um rei! Não havia como imaginar que aquela respeitável jovem senhora se tratasse apenas de uma simpatizante da sua causa maluca...

A emoção não permitia que eu enxergasse com clareza, mas se eu não estava enganada, eu estava — não faço ideia de como — diante da família real daquele país, ou reino, como Benjamin o chamava.

— Senhorita, é um prazer conhecê-la. — A sutileza de sua voz remetia à ideia de sinos tocando.

— O prazer é todo meu, Alteza. — A minha, ao contrário, lembrava um grunhido de um animal assustado. Se ela percebeu meu nervosismo, foi educada por não demonstrar.

— Eu gostaria de um minuto em particular com minha mãe e com a senhorita Laura, por favor — falou Ben educadamente.

Nancy e outros dois homens — dos quais eu não havia notado a presença e supus serem guardas, dadas as suas vestimentas — apresentaram uma breve reverência e deixaram o quarto rapidamente.

— Acompanhe-me, querida! Vamos nos sentar para esclarecermos algumas questões que, creio, estejam-na perturbando — falou a mulher em meio a um caloroso sorriso.

Segui-a até a sala de estar sentido uma dor que lembrava pregos sob meus pés. Malditos sapatos arcaicos!

Nem mesmo uma menção ao atentado contra o rei fora apresentada, e compreendi que aquele assunto realmente teria de ser esquecido, por mais difícil que fosse.

Acomodamo-nos nas confortáveis poltronas próximas ao sofá da ampla sala de estar.

— Em primeiro lugar, quero desculpar-me se, de alguma maneira, meu filho — ela lançou um olhar com o canto dos olhos para Benjamin, que não se manifestara até então — ou seus homens a tenham desrespeitado.

Concluí que ele havia lhe descrito os incontáveis atritos que tivemos durante nosso longo percurso e ruborizei ao recordá-los.

— Não se desculpe. Todos foram gentis, na maior parte do tempo, pelo menos. — Espremi os lábios temendo falar demais.

— Eu sei como os homens podem ser indelicados quando desejam. — Sua serenidade começava a consentir que eu me sentisse à vontade em sua presença. — Mas vamos ao que interessa. Antes de qualquer coisa, se me permite, gostaria de saber mais sobre você, sobre sua família e seu reino, digo, seu país. Perdoe-me.

Acho que começamos com o pé direito.

— Chamo-me Laura. Tenho 23 anos e sou professora de história.

Respirei fundo ao identificar curiosidade em Benjamin sobre minha narrativa. Seus olhos faiscavam em busca de mais informações a meu respeito.

— Muito interessante. — Ela estava claramente interessada. — Quer dizer que onde você vive as mulheres têm um ofício?

As diferenças... Novamente elas. Tentei não demonstrar a surpresa que obviamente me alarmava.

— Sim, senhora, todas temos os mesmos direitos civis que os homens. E isso ocorre na maior parte do mundo ocidental hoje em dia. Sei que em Birth os costumes são outros e não desejo, de forma alguma, afrontá-la com minha resposta, é apenas um fato.

— Não se preocupe, querida, nós sabemos que as coisas são diferentes em seu mundo. Não a julgamos por isso. Não é mesmo, Ben? — Sua sobrancelha elevou-se à espera de uma resposta que não passou de um aceno de cabeça. — Agora me conte mais sobre sua família, sua casa, suas roupas.

Naquele momento ela parecia uma adolescente prestes a ouvir da melhor amiga os relatos sobre uma viagem ou sobre um garoto. Sua empolgação cercou-me de segurança, e Benjamin, ouso dizer, parecia constrangido pela excitação e o interesse de sua mãe sobre "o meu mundo".

Uma nova batida na porta interrompeu-me.

Nancy e mais duas mulheres muito jovens, ambas negras como ela, entraram com seus longos vestidos e olhos que pareciam saltar cravados em mim. Traziam bandejas e um carrinho dourado abarrotado de comida. A mesa de centro que me separava de Madeleine e seu filho ficou coberta de pães, bolos, cremes, carnes e frutas. Era tanta comida que me perguntei se eles voltariam a me servir enquanto eu fosse sua hóspede, pois aquele era um banquete para no mínimo uma semana.

O cheiro delicioso de chá invadia todo o cômodo, mesclado aos aromas de todos aqueles pratos. Meu estômago reagiu lembrando-me há quanto tempo eu não tinha uma refeição decente.

— Senhorita Laura, enquanto continua a entreter-me com suas histórias, por favor, sirva-se. Deve estar faminta.

Não havia como considerar cerimônias, eu estava faminta e não desejava disfarçar. Assim, educadamente e em meio aos abundantes assuntos, regozijei-me naquela refeição que duraria horas, não pelo fato da refeição propriamente dita, mas pelo resumo histórico que suas dúvidas geraram e que me foi incumbido de lhes narrar.

Algum tempo depois, ainda durante aquela conversa, peguei-me pensando no quanto nos julgamos sábios e no controle de nossos destinos sem ter consciência do quão grandioso é o universo, que nos reserva surpresas. Lá estava eu, uma pobre mortal, tomando chá com uma rainha curiosa e cheia de bondade e um rei magnífico e poderoso que, por mais que eu tentasse evitar, estava tornando-se o centro do mundo para mim. Reprimi meus pensamentos em silêncio, ou julgar-me-iam ainda mais estranha.

— Senhorita Laura, creio que agora as explicações devam partir de mim. — O tom na voz de Benjamin deixou de ser despreocupado e tornou-se sério.

— Vou deixá-los a sós para que conversem, está bem? — falou Madeleine.

— Obrigada por tudo, Alteza! — Sorri profundamente, grata por sua gentileza.

A rainha-mãe rapidamente se retirou após dirigir-me um olhar piedoso.

Benjamin estava ao meu lado, muito mais próximo que o necessário para instigar meus sentidos, mas ele estava tenso e fui obrigada a me concentrar.

Chegara a hora de compreender aquele pequeno mundo ao qual eu havia sido introduzida por uma vontade maior que a minha.

— Minha cara senhorita Laura, perdoe-me a tardança com que estas respostas chegaram... Em breve compreenderá meus motivos e a dificuldade que encontrei ao buscar pela forma adequada de lhe explicar o que de fato ocorre em Birth. Eu... Eu estou alongando-me novamente, perdoe-me. Tentarei ser direto.

Grudei meus olhos nos seus e senti imediatamente ser também abatida pela mesma inquietação que o consumia. Sem dúvidas, sua revelação tratava-se de algo muito sério.

Seu olhar desviou-se do meu por instantes e, quando sentiu coragem, a mim regressou.

— Birth está muito longe de tudo que você conhece, como já pode imaginar. Mas não somente longe, como também desconhecido... — Fiz a menção de me manifestar, pois não compreendia suas palavras. — Não, por favor, deixe-me continuar. — Concordei em silêncio e o permiti prosseguir. — Há muitos anos, mais precisamente há cerca de três séculos, um cavaleiro chamado George Haigh dera início ao nosso reino. George pertencia à corte do rei George III do Reino Unido, Grã-Bretanha e Irlanda e, além de ser um homem da confiança do rei, era também um grande sábio. Mas não era apenas isso...

"George III recebeu a coroa de seu avô, George II, já que seu pai havia morrido antes mesmo do rei. Casou-se aos 23 anos e viveu feliz por algum tempo em perfeita harmonia com sua esposa, seus filhos e seus súditos. Porém um segredo lhe acompanhou por todos os dias e a ele se deve a 'loucura' que o depreciou até o fim de sua vida. É sobre esse segredo que vou lhe falar.

Antes mesmo de tornar-se rei, George, que tinha verdadeiro fascínio pela natureza e pela vida ao ar livre, costumava cavalgar durante tardes inteiras pelos arredores do castelo. Intercalava suas cavalgadas com caminhadas, passeios que chegavam ao fim somente quando a escuridão já lhe impedia de contemplar o mundo que tanto admirava. Assim, fez muitas amizades e, entre elas, uma especial ganhou seu coração. Seu nome era Chloe Haigh, ela era uma humilde jovem camponesa, e foi exatamente sua simplicidade que encantou ao príncipe.

Ambos eram jovens e tinham o amor pelo ar livre como um ponto de convergência de suas almas. Seus encontros tornavam-se cada vez mais frequentes, e o laço de afeição que os unia ficava mais sólido com o passar do tempo. A sintonia desencadeada pela amizade que nutriam os levou a estabelecer um vínculo que os tocaria profundamente.

George e Chloe não viviam um romance, não se amavam como homem e mulher, mas sim como semelhantes. Mesmo sem vivenciarem uma paixão arrebatadora, o príncipe e sua estimada amiga, por terem a mesma idade, atravessaram juntos os prazeres e desprazeres da adolescência e todas as conturbações, fisiológicas e emocionais, tão naturais dessa fase. Assim, não foi surpreendente que, em uma tarde de chuva inesperada, nos apuros de buscar um abrigo e na necessidade de um corpo para aquecer o que o vento do final do outono havia amortecido pelo rigor, eles entregassem-se completamente um ao outro.

Depois do ocorrido, mantiveram seus constantes encontros apenas como bons amigos e de forma muito natural. Porém, volvidos alguns dias, Chloe desapareceu.

George sentava-se em uma pedra e incansavelmente esperava, sem sucesso algum, por sua chegada. Ele supunha que o motivo que a levara a se afastar era o que havia acontecido entre os dois e enlouquecia sem conseguir encontrá-la, pois, mesmo que não pudesse lhe oferecer uma grande paixão, havia, em seu peito, uma afeição imensa e também o imensurável respeito que ele lhe dedicava.

Decidido a elucidar o mal-entendido que os separava, aproveitou-se de uma enorme tempestade de neve já invernal e saiu com seu cavalo disposto a encontrar Chloe. Sob um capuz para evitar que curiosos o avistassem, encheu-se de coragem e saiu à procura da modesta morada de sua amiga.

Após algumas informações, encontrou a pequena maloca onde ela vivia com sua família e, sabendo que já era tarde demais para voltar atrás, decidiu ir até o fim.

Um homem que figurava o amargor nos traços abriu-lhe a porta e, somente depois de George muito lhe falar sobre si, foi que este permitiu que o príncipe adentrasse o recinto.

Encontrou Chloe deitada sobre uma pele em meio a um aposento que dividia com seus familiares. Seu rosto magro cintilava refletindo as labaredas que se erguiam na lareira improvisada. Ela estendeu-lhe a mão e, entre os tremores que lhe causavam o medo que sentia, George aceitou, aproximando-se.

Ela estava grávida e não contara a família quem era o pai, pois não havia naquela nobre alma nenhuma intenção de se aproveitar das condições do príncipe. Também estava muito doente, mas não havia sido submetida nem mesmo a um diagnóstico médico, pois a família não possuía condições para tais propósitos.

O coração do jovem despedaçou-se ao considerar quão culpado era pela triste sorte de sua amiga, fazendo-o regressar ao palácio com promessas de retornar em breve, como de fato o fez.

George sabia que não haveria meios de tomá-la por esposa, como bem deve saber, casamentos reais não passam de alianças políticas... — Identifiquei que sua afirmação o incomodava tanto quanto a mim. Mas ignorei, minha atenção ansiava pelo desfecho de sua história. — "Mesmo assim, ele faria o melhor que pudesse por ela e por seu filho.

No dia seguinte, ordenou que seu médico pessoal visitasse Chloe. Infelizmente, a conclusão do profissional não foi promissora. Chloe estava entre o quarto e o quinto mês da gestação, e suas chances de sobreviver ou trazer ao mundo uma criança viva eram escassas, pois suas constantes febres anunciavam sinais claros de que um aborto espontâneo poderia ocorrer a qualquer momento. Ela precisaria passar o restante da gestação em absoluto repouso.

Com a permissão devida dos pais de Chloe, George concedeu-lhe uma casa maior para que vivessem pelo resto da vida sem preocuparem-se com o risco de que os desterrassem. A paternidade do filho que Chloe esperava permaneceria como segredo dela e do príncipe. Sem dúvidas seus pais já haviam compreendido quem era o pai daquele bebê, mas tão humildes quanto à filha, não viram nisso uma oportunidade para chantagear o príncipe com o propósito de lhe tirar alguma vantagem, e assim seria por toda a vida.

George visitava-a todos os dias e mantiveram-se unidos por toda a gestação, dividindo suas tardes como, por muito tempo, o fizeram. Chloe permanecia fraca e sabia que seus dias não excederiam o nascimento do seu filho, por isso fazia questão de lembrar a George o quanto ele deveria dizer à criança que sua mãe a amava.

Os meses passavam rápido demais, as olheiras no rosto fino da jovem anunciavam que seu tempo era limitado. Ela estava morrendo, mas não sofria, pelo contrário, nunca antes havia sido tão feliz. Sua bondade e fé não permitiam que se entregasse ao desespero e, assim, George e ela preenchiam suas tardes com risos, confissões e planos para o filho que chegaria.

Mesmo que não houvesse arquitetado de nenhum modo cobrar os direitos da criança, Chloe e seus familiares receberam do príncipe mais que o suficiente para que vivessem de maneira confortável sem se preocupar com nada pelo resto dos seus dias. Por infelicidade, Chloe não viveu o suficiente para usufruir dos regalos a que seu filho teria direito.

Quando o pequeno George Haigh nasceu, sua mãe viveu o suficiente para lhe abençoar. Chloe beijou seu filho ternamente, embrulhou-o em seus braços e adormeceu, despedindo-se para sempre do mundo que conhecia".

Percebendo meus olhos marejados, Benjamin aguardou alguns instantes antes de prosseguir. Também emocionado, concluí que não lhe era habitual compartilhar daquela história com outras pessoas e, por não desejar obstruir o fluxo de sua narrativa, guardei a infinidade de questionamentos que me aturdiam e esperei por suas respostas com a continuidade do que me contava.

Ao contrário de mim, Benjamin já conhecia o fim da história, porém não parecia ser mais fácil para ele. Caminhando até a janela, retomou seu reconto.

— Como já é do seu conhecimento, George III casou-se e constituiu família. Teve alegrias e tristezas no trono, também vitórias e derrotas. Entre elas, as colônias inglesas que perdeu na América.

Eu sentia-me cada vez mais confusa... Percebendo minha expressão caótica, adiantou-se.

— Deve perguntar-se o que Birth tem a ver com isso tudo, não é?

— Sim — respondi, permitindo-lhe continuar.

Ben caminhou em minha direção, sentou-se ao meu lado e pregou seus olhos profundamente nos meus antes de prosseguir.

— Senhorita Laura, George Haigh era um homem simples, sua personalidade fora moldada de acordo com seu convívio com a família materna. As humildes raízes conferiam-lhe um olhar diferente sobre o cenário da época, pincelando seu caráter com valores morais que visavam à igualdade, ao respeito e à valorização da vida.

Apesar da simplicidade, fez parte da corte de seu pai como o mais íntimo e querido dos seus amigos. Foi seu conselheiro apesar da pouca idade e esteve ao lado do rei em suas decisões, tudo isso sem saber que era seu primogênito. Então, quando completou 18 anos, George III convocou-lhe para uma reunião onde lhe concedeu um título de nobreza, faria do jovem um conde com direitos a todas as honras reservadas a um aristocrata. Grato, George Haigh retribuiu-lhe a gentileza com sua fidelidade e dedicação à coroa, mas, para o rei, ver seu filho bastardo incauto sobre suas verdadeiras raízes era como tomar doses diárias de veneno.

Então, após o casamento do jovem com uma das damas da rainha Charlotte, lady Elsie, em meados de 1785, foi revelada a ele a verdade sobre suas origens. Em suma, George Haigh compreendeu os motivos que levaram seu pai a manter o segredo por tantos anos, agradeceu pela verdade e prometeu jamais interferir na dinastia de sua família. Bondoso como sua mãe, não via na descoberta recente um meio de usurpar o trono e nem elaborava planos de tornar-se, um dia, rei.

Mas o desejo de seu pai era de que seu filho mais amado também reinasse, contudo, por vontade de Haigh, não na Inglaterra. — Eu começava a vislumbrar aonde Benjamin chegaria com sua história, mas o deixei concluir. Após uma longa arfada de ar, continuou com os olhos novamente presos aos meus. — "George III faria de seu primogênito um rei inglês, ungido e coroado, reconhecido como seu filho e soberano de seu povo, mas em segredo. Assim, pela necessidade de um local seguro e secreto para que o príncipe por direito governasse, pela necessidade de comportar seus ideais e pela urgência em abrigar as minorias representadas por ele, foi que nasceu Birth, como seu próprio nome já diz".

— Birth é uma ramificação da monarquia inglesa? — perguntei reunindo forças que me permitissem não enlouquecer.

— Exatamente! Birth foi planejada por cerca de quatro anos. O rei e seu filho uniram-se nesse ideal juntamente a uma seleta cúpula de poucos homens da confiança da coroa.

— E a nobreza também descende desse período? Como o ducado de Norfolk...

— Não necessariamente, senhorita... Muitos nobres trouxeram seus títulos da Inglaterra e aqui os mantiveram, mas isso não quer dizer que cada ducado ou condado tenha tido um representante aqui em Birth. Até onde sei, fora uma simples escolha de usar os nomes já existentes... Apenas isso. E é claro que uma nova distribuição de títulos foi realizada, condecorando, assim, aqueles com intenso e determinante envolvimento para a concretização do novo mundo. Por anos, essas pessoas trabalharam veementemente na construção de um novo reino. Com o estampido e os alardes da Revolução Francesa, as ideias iluministas e o declínio cada vez mais concreto do absolutismo se espalhando por toda a Europa, os envolvidos na concepção de Birth, ainda em Londres, decidiram que chegara o momento. Aproveitariam o clima tenso para instaurar os planos estabelecidos. Foram selecionados, além dos mais de 30 componentes do fiel conselho do príncipe, médicos, artistas, professores, trabalhadores do campo e muitos outros que encontraram nas ideias de Haigh uma alternativa de vida, pois, além da aristocracia dominante no cenário da época, raros trabalhadores encontravam meios de viver dignamente no contexto antiquado e limitado, e mesmo Londres sendo um dos principais centros desenvolvidos daquele período, as oportunidades eram destinadas aos mais beneficiados na hierarquia de classes, como bem deve saber. Com isso, ao dispor de uma alternativa na qual todos pudessem encontrar um lugar digno e não mais estar à mercê dos marcos delimitados pela sociedade, engajaram-se juntamente a Haigh e unificaram seus anseios por dias melhores e novas oportunidades acompanhando-o na gênese de um novo mundo. Tudo isso com a benção do rei e contratos que os cercavam de toda a segurança necessária para que nosso povo jamais fosse descoberto.

— E nunca foi? Como é possível que a tecnologia não os tenha descoberto ainda? —Inquiri-lhe tomada pela excitação que fervilhava minhas emoções.

— Nunca, senhorita Laura, e nunca seremos — respondeu-me com segurança.

Comecei a caminhar de um lado para outro na tentativa de utilizar todos os meus sentidos e buscar alguma lucidez no momento que me cercava.

— Como isso é possível? É a maior loucura que já ouvi! — Esbravejei.

— Não, não é. Essa é a mais pura verdade — falou na tentativa de me acalmar. — Ouça-me... — Ainda em pé, olhei em sua direção esperando que concluísse suas argumentações. — George Haigh era filho legítimo do rei, foi reconhecido e era seu, por direito, o trono da Inglaterra. Birth foi criado para Haigh reinar, porque seu desejo não era reinar na Inglaterra. Seu pai mudaria a ordem de sucessão se ele desejasse, enfrentaria escândalos para dar ao seu filho o que lhe pertencia por direito, porém George não quis assim. Foi ideia sua manter em segredo sua origem, mas seu pai só aceitaria cercando-se de garantias de que Birth não seria descoberto e nem submetido às vontades da coroa inglesa, mesmo que póstumas a ele. Foi baseado nesse seu imenso medo de que os ideais de seu filho se tornassem alvo de ataques das futuras gerações monárquicas que ele preveniu Birth das ameaças de descoberta.

— Ainda não entendo como é possível.... — Já me sentia exausta de tanto tentar encontrar sentido em suas palavras.

Benjamin assentiu e seguiu dizendo:

— Birth tornou-se, assim, uma colônia da Inglaterra. Pagamos altos impostos até hoje e, com isso, mantemos nosso segredo seguro, pois valemos mais para eles em sigilo e enriquecendo seus cofres. Mas não é apenas isso... — Seus olhos tornaram-se sombras escuras. — George mudou a linha de sucessão, um documento do próprio rei assegura que sua linhagem foi preservada e prosseguiu em Birth. Assim, a qualquer momento que nos sentirmos ameaçados, podemos reivindicar nosso lugar no trono da Inglaterra, pois somos descendentes diretos de George III.

O tempo transcorria enquanto eu discernia suas revelações. Quando me senti preparada, voltei pronta para bombardeá-lo de perguntas.

— Está me dizendo que pode tomar o trono de Elizabeth II da Inglaterra? — Perguntei com excessiva ironia.

— Exatamente, senhorita, a qualquer momento. Mas como lhe disse, essa não é a intenção. Continuamos seguindo os propósitos de George. É apenas uma questão de segurança — respondeu-me tranquilamente.

— E a rainha tem conhecimento disso? — continuei.

— Obviamente. É um segredo passado com a coroa, e ela o recebeu da mesma maneira que eu há alguns anos.

— Quem mais sabe?

— Creio que apenas seu primeiro-ministro, além de um limitado grupo que presta serviços especiais, nada além de poucas pessoas, certamente.

— Em Birth todos sabem?

— De forma alguma, é um segredo, senhorita. Além de mim, apenas minha mãe, os homens que estavam comigo quando a encontrei e, agora, a senhorita.

— Diga-me exatamente como as coisas funcionam aqui. Perdoe-me, mas não consigo acreditar no que me diz — expressei-me com sinceridade.

— Eu compreendo-a... Já estive em seu lugar, só que o mundo que eu conhecia era apenas este, então pode presumir como é difícil assimilar e aceitar o inimaginável... — Assenti em silêncio, considerando o que o jovem rei passara até compreender. — Em Birth temos conhecimento limitado sobre as invenções e desenvolvimentos tecnológicos criados há muitas décadas no mundo lá fora, mas sabemos que existem meios de sermos descobertos.

— Satélites? Mapas? Aviões? — Interrompi.

— Sim, todas essas máquinas.

— Então o que os impede?

— Meu sangue! Como lhe disse, valemos mais para a Inglaterra em segredo. Não desejo que soe como se estivéssemos em lados opostos, porque de forma alguma estamos. Muito pelo contrário. Não é do desejo de nenhuma das partes que esse sigilo seja quebrado. Ambos ambicionamos permanecer governando nossos povos à nossa maneira. Contribuímos com a coroa da metrópole e não necessitamos de nada que provenha deles, assim, não há razão para discórdia alguma, e pretendemos prosseguir desse modo.

— Então o senhor quer dizer que a própria rainha impede que tecnologias se aproximem de Birth para que não os descubram?

— Isso mesmo! Pelo conhecimento que possuo, e a senhorita deve saber disso melhor que eu, a Inglaterra é um país de grande influência mundial e consegue manter, por seus meios, Birth em segredo.

Olhei para as janelas trancadas e lembrei-me imediatamente dos mistérios que me trouxeram até ali. As perguntas apareciam como um reflexo de tudo que me cercava... Encarando-o firmemente, o sondei.

— Se desconhece o mundo ao qual pertenço, como me explica nosso encontro? O que fazia lá?

Sentia que se fosse capaz de confundi-lo, conseguiria livrar-me daquele pesadelo caótico. Já estava a ponto de esperar que um cameraman acompanhado de uma equipe televisiva adentrasse aquele quarto anunciando que tudo não passava de uma brincadeira, que o luxo excessivo era na verdade cenário e aquele rei era apenas um ator, um homem comum pertencente ao mesmo mundo que eu...

— Por curiosidade. Apenas e simplesmente, curiosidade — respondeu-me constrangido, aborrecendo-me ainda mais por sua resposta sem sentido.

— Está me dizendo que existe um segredo de proporções desmedidas ao qual foi encarregado de proteger e por "curiosidade" o arriscou?

Benjamin parecia uma criança levando uma bronca dos pais.

— Gostaria de ser capaz de explicar os motivos que me motivaram a me atrever nessa loucura, mas não sei... — Sentia verdade em suas palavras e me incomodava presenciar seu desconforto, eu só não compreendia o porquê. — E se eu dissesse que algo maior me movia até nosso encontro, a senhorita acreditaria em mim? — Sua pergunta pegara-me desprevenida, e suas palavras mexiam comigo mais do que eu desejava.

— Não compreendo o que diz... — falei envergonhada fugindo do seu olhar.

— É muito estranho pensar que decidi partir para além das fortalezas de Birth contra a vontade de meus conselheiros, de minha mãe e até contra meus próprios ideais. Uma força superior guiou-me na construção daquela embarcação nos meses que antecederam a viagem. Passamos dias no mar sem rumo, chegamos à terra firme e vagamos por algumas horas sem propósito algum, e então eu a encontrei e, por favor, não me peça para lhe explicar, pois não sei o motivo, mas para mim nossa viagem havia terminado e era hora de voltar.

Benjamin continuou a falar, entretanto, eu já não podia ouvir. Estava incrédula.

Aquilo estava realmente acontecendo? Levei meus dedos até o braço oposto beliscando-o. Não, eu não estava sonhando.

— Por favor, pare — interrompi sua explicação.

Em silêncio, meu anfitrião observou-me levantar desnorteada e sair em busca de ar.

Caminhei analisando meus trajes incomuns, lutando para unir um pensamento a outro. Era impossível uma conexão... Alguns minutos passaram-se e nenhuma palavra fora dita por ele ou por mim.

Eu estava atônita e desorientada, mas, por fim, fui capaz de seguir com uma breve linha de raciocínio. Era evidente que a tão esperada explicação sobre o excêntrico mundo de Birth e seu povo seria surpreendente, porém, nem mesmo na mais exorbitante hipótese eu seria capaz de imaginar do que realmente se tratava.

— Quer dizer que estou em um lugar que o restante do mundo desconhece? E que não é nada menos que uma ditadura cruel?

Não esperei sua resposta, embora Benjamin tenha esboçado uma tentativa. Segui falando mais para mim mesma do que para ele.

— Ou seja, se algo acontecer comigo, minha família jamais saberá? E também pelo que pude entender, não existem meios de comunicação com o restante da humanidade? Então, eu estou realmente presa? — Neste momento eu me referia diretamente a ele. — Como pôde? Isso é sequestro! Seu tirano! Você não tinha esse direito! Como será de hoje em diante para minha família, meus amigos? Os condenará a uma vida destruída por sua vaidade? Condenará a mim por sua vaidade? Por que não me contou antes? — As lágrimas que passaram a fluir simbolizavam minha impotência diante dos fatos. — Por que não me permitiu escolher?

— Senhorita, deixe-me explicar... — Falou em um tom praticamente inaudível ao se aproximar sorrateiramente.

— Não quero suas explicações! Você teve tempo suficiente para informar-me sobre as limitações desse lugar. Não acredito em você! Ordene que me levem de volta, pois é isso que um rei faz, manda em tudo e em todos! Inclusive naqueles que não são seus súditos, assim como eu. — A raiva dera lugar a um sorriso insano, e, sem ponderar quais riscos corria, passei a enfrentá-lo ainda mais. — Acredita que é poderoso e soberano, não é mesmo? Pois eu tenho uma novidade, você pode ser o rei de Birth, mas você não é meu rei!!! — gritei.

Seu olhar fuzilava-me. Evidentemente por não estar habituado a ser questionado ou afrontado, ainda mais por uma mulher, que, obviamente, não tinha direito à voz naquele fim de mundo.

— Pois enquanto a senhorita se encontrar em meu palácio ou em qualquer lugar de Birth, saiba que serei seu rei e, queira ou não, irá me respeitar. Não tema por sua vida, não lhe farei mal algum. Tomarei as medidas necessárias para que regresse o mais rápido possível, não será obrigada a nada.

Suas palavras feriam-me como lâmina, porém a divergência dentro de mim era tanta que duelava entre arrancar seus olhos com minhas próprias mãos ou implorar para que se agarrasse a mim e consolasse-me com seu corpo.

— Durma um pouco, restabeleça-se. Até a noite espero obter uma resposta que lhe agrade. Estará livre de mim muito breve.

Com muita força, fechou a porta atrás de si e desapareceu. Fiquei perplexa a encarar a enorme porta de madeira. Intimamente em choque, minhas mãos tremiam, e podia sentir as batidas do meu coração ritmadas... Mais e mais, até sufocarem minha garganta.

Muito tempo se passou enquanto histórias de ditadores, "supostos salvadores de uma coletividade", transitavam em minhas memórias, eu conhecia a verdade obscura dos regimes totalitários e seus líderes, e, naquele momento, Benjamin apresentava-se como um.

Uma ironia surpreendente, até mesmo patética se revelava, porém.

Eu não desejava me livrar dele...

Sentia-me ligada a ele pela mesma energia a qual descrevera, não compreendia como podia odiá-lo com todas as minhas forças e ao mesmo tempo estar irrevogável e definitivamente encantada por cada fragmento de quem ele era. Eu estava apaixonada por aquele homem!

Simples como dois e dois, um resultado óbvio. Não existiam mais dúvidas quanto aos meus sentimentos. Entretanto as probabilidades de viver o sentimento eram incabíveis. Nada poderia ser feito, afinal, não era apenas um oceano, uma cultura ou um deserto que nos separava, era um mundo escondido pela conspiração de uma das maiores nações do planeta.

Mas e ele, quais eram seus sentimentos? Bem, ele trouxera-me aqui... Perguntei-me, com que finalidade? Quem sabe para transformar-me em sua concubina, sua escrava sexual, afinal era isso que os monstruosos líderes faziam...

Ou quem sabe ele presumiu que seus encantos eram tantos que eu o acompanharia sem valer-me da vida que existia além dele e das pessoas que me cercavam e possuíam a importância maior em minha vida. De qualquer modo, suas demonstrações de afeto eram inconsistentes, confusas e em nada me traziam uma certeza absoluta que confirmasse a retribuição de meus sentimentos, logo, não havia motivo para ilusões de algo que não viria a acontecer e sofrimento antecipado por um amor que não poderia existir, ou melhor, subsistir em meio a tantas diferenças.

Tantos pensamentos e informações absurdas levaram-me à exaustão. Pensei em suas últimas palavras e deduzi que ele encontraria um meio de me levar a Londres, e isso era tudo que importava.

Uma leve batida na porta quase passou despercebida. Ergui os olhos sem o menor entusiasmo. — Nem sua suposta presença iria desvencilhar-me do abismo de cansaço e esgotamento em que eu imergira.

— Senhorita Laura, vamos para a cama, querida. — Ouvi a voz de Nancy.

Capítulo 20

Benjamin estava sentado na cama como expectador de um sono que presumi ter durado dias. A noite havia chegado, pois minúsculos pontos de luz dançavam sobre os candelabros espalhados por todo o aposento, e aquele que me acompanhava conseguia ficar ainda mais magnífico naquela luz. Seus cabelos estavam molhados, e seu perfume amadeirado e penetrante invadia o ambiente. Vestia uma camisa branca de gola atada por um laço sobre o pescoço, um casaco preto alongado com grandes botões prateados e, no mesmo tecido, uma calça muito justa com detalhes também constituídos de fios de prata nas laterais, representando, dessa forma, um monarca do século 18, sem dúvida alguma.

— Como se sente? — perguntou-me retraído.

— Meu corpo está descansado, meu coração segue inquieto — respondi sinceramente.

— Trago uma notícia que, creio, a fará feliz, pelo menos por enquanto.

Um misto de excitação e medo precedeu sua revelação. Ele poderia estar trazendo a notícia de minha partida de Birth, abreviando qualquer chance de manter-me em sua presença pelo menor tempo que fosse, e isso intensificou ainda mais minha descoberta daquele dia.

— Encontrei uma forma para que se comunique com sua família, que os tranquilize de sua segurança. — Por algum motivo seu rosto se iluminou diante da ideia. — Escreva uma carta contando tudo a eles e eu a enviarei.

O aperto em meu peito se dissolveu como neve no sol.

— Obrigada! — falei enquanto um sorriso crescia em meus lábios.

— Mas preciso que se certifique que eles não contarão a ninguém. Estaremos correndo um grande risco. Na verdade, estou expondo-me a um risco imenso desde que a conheci. — Seu olhar demorou-se em mim, fazendo-me esquecer do mundo e levando-me a caminhos tortuosos como toda vez que me via no castanho dos seus olhos. — Peço que me desculpe por tudo, farei o possível e o impossível para que seu retorno ocorra em breve e para que saia ilesa desta experiência. Minha intenção foi somente ajudá-la, a senhorita estava perdida e não havia possibilidade de acompanhá-la a qualquer outro lugar.

Pude identificar a melancolia em sua voz. Olhando para as mãos, seguiu timidamente.

— Não pensei, apenas desejei que ficasse comigo. Perdoe-me, como disse, foi minha vaidade que me levou a isso.

"Ele disse que desejou que eu ficasse com ele?", repeti mentalmente suas palavras para ter certeza que as compreendi. Não arrisquei indagá-lo, nem mesmo seria capaz, pois tê-lo tão perto dificultava meu raciocínio...

— Desejo profundamente ser capaz de consertar o mal que lhe fiz ao trazê-la a Birth. E, mesmo que leve muito tempo, espero que um dia me perdoe. Não estarei mais presente em sua vida, mas, se me desculpar em seu coração, já será de grande valia para mim. — Ficou em silêncio por alguns instantes e, antes que eu pudesse articular os sentimentos em turbilhão, levantou-se. — Seu jantar será servido em breve. Boa noite, senhorita!

Sem me conceder a chance de dar continuidade ao assunto, deu-me as costas deixando-me sozinha outra vez a encarar a fixidez enlouquecedora daquele ambiente magnífico, mas solitário.

Minha vontade de tê-lo cada vez mais próximo não era momentânea e crescia infrene, sem que eu pudesse controlar. Reconhecendo meus recentes tumultuosos dias, percebi que havia tão pouco a perder que valeria a pena me arriscar, afinal, o caos já configurava minha vida mesmo...

Cobri-me com um grosso casaco que encontrei rapidamente no quarto de vestir e caminhei a longas passadas até a porta. Invocando coragem, abri e busquei avistá-lo no longo corredor, mas sem sucesso. No seu lugar, encontrei apenas provas de que aquele era realmente um palácio e senti um desejo de estudar meticulosamente cada detalhe de sua perfeita estrutura, mas meu pensamento estava no rei. Voltei meus olhos para a outra direção e me surpreendi ao me deparar com sua figura bem ao meu lado. A cabeça baixa entre as mãos expressava sua insatisfação, que aumentou quando me viu.

— O que faz aqui fora? Está maluca? — questionou-me com seu olhar desaprovador me empurrando de volta ao cômodo.

— O que o senhor estava fazendo do lado de fora? — revidei tentando lhe compelir, mas minha voz demonstrava mais de minha dor do que eu desejava.

Ele parecia envergonhado e manteve seus olhos baixos enquanto ponderava sobre o que me responder.

— Temo ter sido indelicado e gostaria de me desculpar.

Hesitei por alguns segundos tentando alinhar os pensamentos.

— Prossiga... — falei quando seus olhos me encontraram.

Permaneci tentando parecer indiferente às suas desculpas enquanto permitia que se exaurisse em culpa.

— Então, se posso fazer algo para diminuir o impacto de minhas péssimas decisões em sua vida, peça e eu farei. — Suas palavras carregavam verdade, eu podia sentir.

Novamente trepidei até estar certa sobre o que dizer.

— Não se preocupe, Majestade, só preciso comunicar meus familiares e retornar ao meu lar rapidamente. Em breve as marcas que deixamos na vida um do outro desaparecerão, o tempo se encarregará disso. — Soei mais fria do que pretendia, mas precisava me proteger, não poderia correr o risco de lhe responder com sinceridade e me expor aos seus caprichos, eu não o conhecia e não sabia do que ele era capaz.

Benjamin foi interrompido por Nancy, acompanhada de suas colegas, que traziam o jantar. Certamente por ordens do rei, as mulheres trataram de abrir uma por uma das janelas e portas que me trancafiavam naquele aposento.

Era um pedido de trégua, e eu aceitei-o.

Um sorriso crescente em meus lábios fez de Ben meu expectador. Atento aos meus movimentos, acompanhou-me com seu olhar quando corri para a varanda que apresentaria o exterior do palácio real de Birth.

Nem mesmo agradeci às mulheres que me serviam, tamanha era minha excitação.

Era noite, e havia luz escassa nos arredores da propriedade, apenas pequenos pontos iluminados certificavam de que havia vida além de nós. Contudo, apesar do breu da noite se estender sobre o palácio, a abundância de estrelas e a iluminação dos jardins permitia que eu compreendesse o quão imensurável e esplêndida era a casa real.

A semicircular varanda era muito ampla e orlada por dourados balaústres esculpidos com maestria. Corri até seu limite e pude contemplar as intermináveis janelas e portas que se estendiam do chão até o alto dos quatro andares do palácio. A escuridão não me permitia contemplar inteiramente a residência, mas o que meus olhos viam era o bastante para me certificar de que Benjamin não mentira em nada.

— Então é tudo verdade? Birth realmente existe, e o senhor é o rei deste povo? — Expressei incrédula sobre as palavras que deixavam a minha boca.

— Sim — concordou com a voz quase inaudível e com uma expressão de orgulho camuflada por detrás de seus modos moderados.

— Perdoe-me por duvidar... — Era minha vez de me desculpar.

— Eu a compreendo.

Por algum tempo absorvi e busquei interpretar tantas novas referências daquela cultura oposta à minha. Benjamin, cauteloso, permaneceu calado em sinal de respeito ao tempo que eu necessitava para assimilar seu mundo.

Quando as perguntas voltaram a me inquietar, convidei-o para que me acompanhasse durante o jantar e assim silenciasse, pelo menos, parte do meu desassossego.

Jantamos sem que uma equipe de empregados estivesse presente, o rei, habituado a realizar suas refeições com várias pessoas para servi-lo, compreendeu minhas razões para preferir privacidade e dispensou os que normalmente o acompanhariam em uma refeição.

— Necessito de mais informações... — esclareci para que concluísse que correríamos riscos se outras pessoas ouvissem nossa conversa.

— Sua curiosidade não termina nunca? — Elevou a sobrancelha ao me provocar.

— Jamais! — respondi apresentando, finalmente, um sorriso.

Durante o jantar, no qual degustamos variados pratos à base de peixes e tubérculos com um sabor diferenciado devido aos excêntricos temperos de Birth, conseguimos deixar de lado a acidez de nossas usuais tentativas de diálogo, bem como nossas diferenças. Na verdade, pela primeira vez, desfrutamos de um momento no qual nossas realidades não pareciam tão distintas quanto de fato eram.

Sobre Birth, descobri que viviam em uma monarquia absolutista, exatamente como aquelas que governaram a Europa a partir do século 15. A lei era representada pela figura do rei, que detinha em suas mãos o poder ilimitado como soberano. Diferenças de classe continuavam a existir, mas Benjamin orgulhava-se em relatar que em seu povo não existia pobreza e nunca na história daquele reino houve miséria como no resto do mundo. Entristeci-me ao saber que as mulheres eram educadas em casa e também não as permitiam trabalhar fora do lar, como eu já havia sido informada durante a viagem até ali. Lembrei como, na embarcação, quando mencionei ao rei que era professora, presenciei sua expressão transtornar-se como se eu lhe houvesse confessado a autoria de um crime.

Curiosa sobre a educação de seu povo, indaguei-o sobre a metodologia de ensino que aplicavam, sendo o mesmo método utilizado tanto nas escolas frequentadas por garotos quanto o destinado para senhoritas nos limites de seus lares, e fiquei encantada com o sistema utilizado na educação de crianças e jovens. A interdisciplinaridade permitia que conteúdos distintos fossem correlacionados e, assim, repassados de maneira natural facilitando sua compreensão. Também não poderia deixar de questionar sobre o modo proposto para o ensino de história, já que viviam uma "mentira". Ofendido com o termo que escolhi para definir a realidade que interpretei sobre eles, Benjamin fez questão de se esclarecer energicamente.

— Meu povo vive na realidade que conhece e aprende sobre a história que lhe interessa. De que adianta as muitas informações repassadas no mundo lá fora, se continuam a gerar mais e mais problemas? Novas soluções criadas para solucionar novas dificuldades, e assim um círculo vicioso evolui ininterruptamente em seu mundo. Não escolhi criar Birth, senhorita, também não escolhi ser o líder deste povo, mas gostaria que soubesse que me agarro com amor ao meu encargo e seguirei com os propósitos dos idealizadores deste reino. Embora melhorias sejam necessárias e sempre venham a ser, creio verdadeiramente que mais vale um povo que ignora o que os cerca, do que o povo que estuda e conhece a verdade que o destrói e, mesmo assim, mantém-se incapaz de transformar sua realidade.

Suas palavras faziam sentido, mas a situação daquele povo não era nada convencional e seguia me causando desconforto. Porém optei por me abster de mais tensões. Até porque não seria eu a mudar aquela história.

— Eu compreendo o que diz, não foi minha intenção sugerir que o senhor engana seu povo.

— Mas o fato é que engano, e isso me corrói. — Afundou os dedos no generoso topete como sinal de exaustão antes de prosseguir com sua confissão. — Não me agrada nosso modo de vida sustentado em uma mentira, como a senhorita disse, mas preciso que compreenda que em Birth existe paz, existe ordem e a segurança necessária para que essas pessoas tenham qualidade de vida.

Fiquei em silêncio.

— Mas...? — falou lentamente enquanto suas mãos gesticulavam para que eu iniciasse uma alegação.

Constrangida, censurei-me por nossas muitas discussões.

— Não há nada a dizer, o senhor está certo. Este é o seu povo, e o senhor faz o melhor por eles.

Novamente um silêncio nos prendia em nossos mundos interiores, porém nossos olhares garantiam que não havia nada de individual em nossos pensamentos. Mergulhávamos nos olhos um do outro, onde já era possível nos reconhecer.

— Obrigada pelo jantar, estava delicioso! — tentei descontrair.

— Fico feliz que esteja satisfeita — respondeu antes de iniciarmos um longo assunto sobre a culinária de nossas culturas. Assim, caminhamos até a varanda e nos acomodamos em gorduchas e confortáveis poltronas para prosseguir com as apresentações dos opoentes universos aos quais pertencíamos.

Sobre a história de Birth, foram acrescentados detalhes que saciavam e, em seguida, instigavam ainda mais meu interesse. Para alguém tão apegada à história como eu, um reino escondido do restante do mundo era a maneira mais fascinante de me entreter e evitar que eu enlouquecesse em meio às circunstâncias, mas havia algo ainda mais arrebatador que Birth me oferecia: a companhia do seu rei.

Apeguei-me às questões de meu interesse com o objetivo de não me permitir vacilar e me jogar em seus braços, contrariando minha convencional postura ponderada. Mas mentiria se dissesse que não me sentia tentada a agarrá-lo cada vez que nossos olhares se cruzavam. Desse modo, engatilhava uma pergunta após a outra e assegurava que, distraída com as informações e curiosidades daquele lugar, não cometeria nenhum equívoco.

Soube, assim, que na origem de Birth havia exatamente 900 pessoas. Entre elas, é claro, George Haigh, sua esposa, Elsie, os quatro filhos e os pais e irmãos de Elsie, bem como os avós e tios de George. Outros membros também traziam suas famílias, empregados e agregados. Muitos chegaram ainda crianças ou bebês, e as poucas memórias que mantinham do mundo além dos limites de Birth se perderam quando os pais as "consideraram" imaginação infantil. Já os que já possuíam idade para discernir, eram devidamente orientados a colaborar com as normas.

Uma rígida e secreta seleção definiu aqueles que ingressariam na construção da colônia, e condições que incluíam, até mesmo, pena de morte eram assinadas para manter o segredo a salvo. Assim, todos os escolhidos para ingressar na nova alçada eram responsáveis pelo sigilo que impediria que as gerações futuras conhecessem suas verdadeiras origens.

— Bem, já está tarde e creio que esteja na hora de a senhorita descansar. Amanhã deverá me entregar a carta que será destinada aos seus familiares.

Pensar na realidade me obrigava a lembrar que minha família deveria estar em desespero sem notícias minhas, e eu ali, absolutamente incapaz de alterar as condições para comunicá-los, sem nada ao meu alcance que os pudesse tranquilizá-los.

As batidas descompassadas do meu coração anunciavam que a ansiedade outra vez me encontrara, e o pânico voltava a me assombrar.

Percebendo minha agitação, Ben pediu para que um chá me fosse servido, então Nancy outra vez bateu em minha porta trazendo consigo a calmaria da fusão de suas aromáticas ervas e a paz em seus olhos. Antes de me servir, a pedido do rei, acompanhou-me até o banheiro, onde me auxiliou preparando-me para dormir. Ao retornar ao quarto, Benjamin estava de costas para me oferecer privacidade enquanto eu me deitava. Quando o fiz, virou-se e buscou meus olhos no mesmo instante.

— Boa noite, senhorita Laura! Durma bem e sonhe comigo...

Seu pedido gerou uma série de batimentos descompassados em meu peito. Também um constrangimento que me impediu de encará-lo nos olhos.

— Vou sonhar... — revelei embaraçada.

Bebi o chá servido por Nancy enquanto me dividia entre a lisonja e o temor despertados em mim. Criei coragem e olhei em seus olhos.

— Pense em mim e acabará sonhando comigo! — reforçou alimentando ainda mais a confirmação de que seu coração acabara de encontrar um lugar para mim.

Assenti exigindo meu máximo de comedimento.

Algo no composto de ervas de Nancy efetuava uma imediata desconexão de minha consciência com minhas perturbações, assim, tranquilamente, observei Benjamin delicadamente depositar um beijo em minha testa, sentar-se em uma poltrona ao meu lado e presentear-me com um afetuoso sorriso.

Aos poucos, meus olhos cansados já não eram capazes de se manter atentos às gentilezas do rei, então, lentamente, a beleza de seus traços perfeitos esmaeceu-se, fixando-se apenas em algum lugar do meu inconsciente.

Capítulo 21

Os feixes de luz que ocupavam o dormitório pincelavam com seu dourado a mobília e acaloravam minha coragem para enfrentar o novo dia que despontava.

Encarei a bergere vazia ao meu lado com a imagem de Benjamin na madrugada anterior permeando minha mente com clareza. Seu cuidado apaziguou minha insegurança, e, graças à sua atenção, pude desfrutar de uma noite de sono tranquilo, porém sem sonhos.

Atravessei lentamente o cômodo em direção à porta que se abria para a varanda. Ela permanecia destrancada, e isso fez com que meu coração encontrasse um motivo a mais para se abarrotar de admiração pelo rei. Apesar das minhas desconfianças, eu precisava admitir, ele era um bom homem.

Minutos sozinha foi o máximo de que pude dispor, pois, em pouco tempo, Nancy já me servia o café, preparava meu banho e me assessorava na escolha do que vestir. Trazia um bilhete do rei — um convite para que me juntasse a ele e à rainha-mãe.

Quando Benjamin chegou aos meus aposentos, encontrou-me trajando um belo vestido de seda bege coberto integralmente por uma renda metálica dourada que reunia milhares de traços e flores. A ele, adequei colar e brincos que, segundo as informações de Nancy, consistiam em diamantes em lapidações esmeralda. Nos pés, sapatos tão desconfortáveis quanto todos os outros incomodaram-me desde o instante em que os calcei, mas não reclamei, afinal, não iria correr uma maratona com eles.

— Espere um momento! — falei para Ben me divertindo com sua reação ao me analisar dos pés à cabeça.

Aproveitaria para concluir o que Nancy havia interrompido e para visualizar o que a noite havia impedido. Caminhei ignorando o desconforto em meus pés até chegar à varanda.

— Uau! — exclamei absorta. Outra vez Nancy expressava-se confusa por minha reação.

O gramado mais parecia um veludo verde estendido na imensidão do paraíso, onde os fragmentos que formavam cada elemento presente na paisagem transmitiam a impressão de terem sido cuidadosamente escolhidos por mãos divinas.

Cercado pelo concreto do palácio, um enorme chafariz centralizava-se no campo verdejante. À esquerda, árvores formavam um bosque tão extenso que, da varanda, era impossível ver seu limite. Próximo a ele, um labirinto verde como o de Chatsworth House podia ser visto. Já à direita, um imenso gramado percorria por metros que se tornavam quilômetros de extensão da mais perfeita ordem e simetria.

Benjamin aproximou-se quando eu ainda estudava a cena e lutava para acreditar no que meus olhos viam.

— Majestade, isto é maravilhoso... É simplesmente lindo! — falei procurando seus olhos, que ainda permaneciam me examinando.

— É realmente maravilhoso! A mais bela visão com a qual já fui contemplado...

Seus olhos em mim e um sorriso indecoroso demonstraram que ele não se referia ao jardim. Pegou minha mão, levou-a até os lábios e, beijando-a, arrancou-me qualquer resquício de oxigênio.

— Fico feliz que tenha gostado! Agora me diga, como passou a noite?

— Dormi bem e já me sinto muito mais disposta.

— E... Sonhou comigo? — pediu com seus olhos tão vidrados nos meus que me impossibilitaram de respirar com leveza.

— Não sonhei... — falei com sinceridade.

— Creio que tenha feito algo errado então! — Ele sorria largamente.

— Não! Eu fiz tudo o que me disse, pensei muito em vós... — Novamente me sentia uma adolescente mortificada pelo embaraço. — Mas e o senhor, sonhou comigo? — Era minha vez de demonstrar que também desejava estar em seus pensamentos.

— Provavelmente sim, porque dormi muito bem. Mas já faz muitos anos que não me recordo dos meus sonhos.

— Ah, mas isso não vale... Precisa lembrar-se e contar! — exprimi sorrindo.

— Mas é claro que vale! O que julgo injusto é sua afirmação, pois tem certeza de que não me encontrou em seus sonhos.

— Estou sendo sincera, o senhor que está trapaceando.

— De maneira alguma, pois desse modo revelaria à senhorita que me recordo...

— Pode ser... — falei após morder meu lábio inferior analisando seu argumento, que acabei por concordar.

— Essa noite precisa se esforçar mais, está bem? — Ele estava mais próximo, passava a exceder os limites presentes até então. — Venha comigo, minha mãe nos aguarda, e no caminho poderá conhecer melhor o palácio — falou parecendo também compreender que nosso flerte traria consequências.

Uma infinidade de guardas enfileirava-se pelos corredores a nos seguir, creio que o atentado sofrido pelo rei os tenha levado a aumentar ainda mais a segurança da família real, mas tal questão se tornou um mero detalhe quando minha percepção apegou-se ao palácio de Birth, que me era apresentado.

A magnitude do corredor à nossa frente era indescritível, amplo e extenso. Diversas portas duplas seguiam uma sequência do lado direito em todo o comprimento da passagem. Do lado esquerdo, em frente a cada uma das entradas, mais portas, agora em estilo francês em formato oval, abriam-se para o jardim, deixando entrar uma luz amarelada que cintilava sobre o dourado de várias estátuas e dos detalhes nas paredes. Lustres de cristais cobertos por velas trilhavam todo o centro do teto.

Entre giros e passos descoordenados, atravessei deslumbrada o corredor que levaria até uma das inúmeras aberturas que alcançavam o domo central. Lá, uma escadaria existente somente em sonhos era dividida em três longos lances, sendo o centralizado ladeado por outros dois em direções opostas. Candelabros enfeitavam cada extremo dos corrimãos em tons neutros e terrosos, e, nos últimos lances de degraus, estátuas tão divinas quanto às de Michelangelo Buonarroti agregavam ainda mais beleza ao espetáculo que era a arquitetura deste palácio.

Precisava de concentração para não tropeçar em meu queixo.

— Benjamin, isso é magnífico... É o lugar mais lindo do mundo. — Minha cabeça dançava em busca de detalhes que eu não queria perder.

— Agora sabe, de maneira reduzida, como me senti ao conhecê-la — falou acariciando minha mão.

Interna e silenciosamente fragmentei-me com sua declaração liberando gritinhos de êxtase, dançando e pulando, sentia-me indo até o céu e voltando.

— Não seja exagerado — falei constrangida evitando seu olhar.

Temia estar tão rubra a ponto de parecer uma adolescente.

Um silêncio embaraçoso ocupou o espaço, logo, Benjamin desatou a falar dos planos de minha apresentação para romper o clima tenso.

— Apenas comunicarei aos curiosos que a senhorita viveu longe da corte e nada mais. — Ele fazia tudo parecer tão simples.

— Mas e minha família? As pessoas questionarão minhas raízes.

— Isso não importa, saberão apenas isso. Sou o rei, não preciso me explicar.

— Se o senhor diz... — falei tentando abandonar de uma vez a Laura que buscava ter e dar explicações o tempo todo.

Chegamos ao cômodo conhecido como "salão das flores", que descobri ser tão impecável quanto o resto. Mesas, poltronas e sofás estavam distribuídos para confortar a realeza. As portas e janelas abertas traziam a brisa da manhã ao ambiente.

O rosa antigo das paredes harmonizava com o bege salpicado de pequenas flores dos estofados e bergeres. Duas mesas redondas estavam cobertas por toalhas brancas até o chão, sobre elas, além de candelabros, alguns livros e um conjunto de chá na mesa próxima a uma lareira.

Madeleine levantou-se assim que meu viu e veio ao meu encontro.

— Então, senhorita, o que achou do palácio de Birth? — perguntou-me, mas, sem esperar minha resposta, prosseguiu. — Tenho certeza de que, assim que conhecer o restante do reino, mudará sua ideia e desistirá de sua partida.

— Mãe! — protestou Benjamin constrangido. — Já conversamos sobre isso, a senhorita Laura deixou pessoas à sua espera.

— Perdoe-me, querida, eu apenas gostaria que soubesse que é bem-vinda em nossa casa para ficar o tempo que quiser. — Madeleine era uma criatura adorável.

Benjamin tentou se manifestar novamente, mas eu o interrompi.

— Agradeço, Alteza, mas minha família realmente está à minha espera, infelizmente não tenho escolha. — Meus anfitriões não pareciam felizes com minha partida, e de certo modo aquilo me fazia feliz. — Mas ainda me restam alguns dias, e espero aproveitar ao máximo minha estadia em Birth. — tentei animá-los.

— Mas é claro que sim! Conhecerá o restante do reino, faremos um passeio ainda hoje! Iremos até a cidade onde se concentra todo o comércio do nosso reino. Faremos compras!

Madeleine desatou a falar, e novamente tive que compará-la a uma garota ávida por aventuras. Também percebi que as senhoras e senhoritas com ideias do século 18 tinham suas semelhanças com as mulheres do século 21.

Benjamin ouvia os planos da rainha e mantinha-se impassível.

Perguntei-me se ele pensava o mesmo que eu. Será que também tinha consciência de que alguns dias felizes poderiam ser vividos por nós, mas que estávamos condenados a uma vida inteira separados?

Esforçava-me para acompanhar a agenda que Madeleine havia preparado para me entreter, quando Nancy surgiu fazendo uma reverência e anunciando uma convidada.

— Majestade, Vossa Alteza, lady Margot Tampest.

Uma jovem e bela mulher, de escuros cabelos longos e encrespados adentrou a sala apresentando uma mesura. Ignorando minha presença, desfilou com um vestido vermelho que fazia parte de um conjunto harmônico de acessórios que a deixava deslumbrante. De maneira muito íntima, dirigiu-se a Benjamin e à rainha.

— Majestades, que prazer revê-los!

— Lady Tampest. — Benjamin e Madeleine a cumprimentaram sem o mesmo entusiasmo que lhes era oferecido.

— Deixe-me apresentá-la à senhorita Laura. — Madeleine não escondia a alegria em exibir-me.

— É um prazer conhecê-la, senhorita! — falei encontrando seus olhos verdes que pareciam esmeraldas brilhantes, porém seu brilho não impediu que a lembrança dos olhos de Carlos Eduardo me invadisse a mente. Pareciam censurar-me e atacar-me silenciosamente.

— Não me recordo de tê-la visto na corte — falou acidamente sem se dar ao trabalho de se apresentar com a mesma educação que lhe ofertei.

— Isso porque a senhorita Laura reside muito longe da corte — interveio Benjamin.

— E a qual família pertence? Creio que sejam nobres as suas raízes — insistiu a mulher que semicerrava os olhos e atribuía ironia a suas palavras.

— Uma família que vive afastada da corte, certamente não os conhece. A senhorita Laura será nossa convidada por algum tempo. Agora, se nos dá licença, temos alguns planos para o dia de hoje — sentenciou Benjamin sem deixar lacunas para que a jovem ousasse prosseguir com seus questionamentos.

— Que boa notícia! Então eu os acompanharei, afinal, já tem alguns dias que não nos encontramos para um passeio, Majestade — falou com um sorriso malicioso nos lábios.

Presumi que ela e o rei eram mais que amigos, em virtude disso, um sentimento que eu desconhecia me preencheu.

— Desculpe, lady Tampest, mas não será possível, temos alguns assuntos pessoais para tratar com a senhorita Laura — interrompeu Madeleine, parecendo consternada pela falta de pudor da moça.

Benjamin estava pálido, supus ser a confirmação de sua culpa.

— Oh, é claro. Não desejo ser inconveniente. Aguardarei ansiosa seu convite para um de nossos agradáveis passeios, Majestade, afinal, sempre nos divertimos tanto! — Uma gargalhada exagerada seguiu sua insinuação. — Até mais, Alteza! — despediu-se de Madeleine efusivamente, em minha direção, apenas um leve maneio com a cabeça.

Uma forte fisgada em meu peito se alastrou como gelo trincando o caminho por onde passava. Benjamin não se manifestou, e isso só fortalecia a certeza de que ambos dividiam uma relação mais estreita do que pura amizade. Educado até demais, acompanhou a jovem que se desmanchava em sorrisos no caminho que trilhavam. Já sozinho, demorou a procurar meu rosto, obviamente envergonhado.

— Desculpe pela interrupção de nossos planos, a senhorita Margot tende a ser efusiva por vezes. Mas não se preocupe, ninguém a aborrecerá enquanto estiver sob meus cuidados — falou Madeleine baixinho. Ela estava se tornando uma das minhas pessoas favoritas no mundo.

O rei retornou mantendo-se taciturno.

— Gostaria de me acompanhar até o jardim? — perguntou-me parecendo incomodado.

Escondendo meu desagrado, sorri e concordei, afinal, não havia cobranças a serem feitas, independentemente dos meus sentimentos. Éramos apenas amigos, ou nem isso...

— Desejo ver meu cavalo! — anunciei.

— Mas é claro! Eu a acompanho — respondeu Benjamin.

Conforme combinado, Madeleine nos aguardaria no jardim até que retornássemos das baias.

Deixamos o salão das flores por uma porta francesa ligada diretamente ao jardim que recebia o delicioso toque ensolarado. Avistei o gramado sob elaborados grupos de plantas com flores púrpura, amarelas e lilases que transformavam o lugar em uma obra de arte.

Calados, caminhamos lado a lado permitindo-nos mergulhar em nossas próprias convicções. Busquei controle para evitar agir com hostilidade e dediquei-me a apreciar as maravilhas existentes em Birth.

Nos estábulos, ainda em silêncio, mantivemos a atenção voltada aos nossos cavalos. Era incrível como em pouco tempo eu já podia sentir um profundo carinho pelo animal que me acompanhou no tempo em que vaguei perdida durante a conturbada viagem até aquele reino.

— Precisamos encontrar um nome para você! — sussurrei ao animal que me encarava com aqueles magníficos olhos parecendo me compreender. — Em breve voltarei!

Banalidades sobre a alimentação dos animais foi o ápice de nossos breves murmúrios que nem poderiam ser considerados um diálogo. Evitei olhar em seus olhos ou me demorar em seus traços que, tão precisamente delineados, eram um anestésico para meus sentidos. Quando encontramos Madeleine, Benjamin precisou se ausentar após um chamado, concedendo à rainha-mãe e a mim um momento de privacidade para uma conversa do interesse feminino.

— Senhorita Laura, como são os casamentos em seu país? — perguntou-me a rainha, sempre interessada em minhas histórias do mundo fora de Birth.

— Bem, deixe-me pensar. Os casamentos continuam a ter os mesmos princípios, a diferença é que nos dias de hoje o divórcio é uma opção e, por isso, eles não são um contrato vitalício obrigatório e tendem a durar menos. Os números de dissoluções de matrimônios crescem a cada dia.

Sua expressão mortificada me divertiu.

— Mas isso é algo muito grave e muito triste também — declarou estarrecida.

— Na verdade o divórcio se tornou um ótimo recurso mal-usado, principalmente para nós, mulheres. Na história do mundo, nossos desejos foram suplantados pelas vaidades masculinas, desde sempre nos impuseram que fossemos obedientes e submissas aos homens, que, em sua maioria, usufruíam dos privilégios de sua condição de regozijar-se dos prazeres do mundo, com atitudes que feriam suas esposas e não lhes permitia reclamar. Traições, violência doméstica, o direito de voz negado, todas essas situações tornaram as mulheres meros objetos usados para que homens pudessem gozar das coisas da vida, enquanto uma dócil e infeliz esposa os aguardava com o jantar preparado. — A rainha nem piscava ao acompanhar meu raciocínio. — Ao mesmo tempo que as mulheres conseguiram encontrar um meio de serem igualmente respeitadas, casamentos tornaram-se descartáveis, pois elas descobriram que também poderiam almejar a felicidade e passaram a ter uma alternativa.

— Então a maioria dos divórcios é provocada pelas esposas? — perguntou-me com os grandes olhos azuis arregalados.

— É muito relativo. Mas creio que os motivos que levam homens e mulheres a se separar são diferentes, e existem tanto homens cautelosos quanto mulheres levianas. Isso é, sem dúvidas, uma questão de caráter, mas o gênero, algumas vezes, evidencia algumas características específicas.

— A senhorita é tão jovem e tão sábia. — Não havia críticas em suas palavras.

— O mundo além deste reino é um lugar bastante interessante. Hoje temos acesso a meios de analisar e, assim, compreender o ser humano, mas, ao contrário do resultado benéfico que isso deveria trazer, as pessoas estão cada vez mais distantes umas das outras, e isso é uma das coisas que mais me assustam lá fora.

Em silêncio, refletimos por um momento, sentamo-nos em um dos bancos que permitiam assistir ao espetáculo da natureza à nossa frente.

Voltando minha atenção ao que discutíamos, inquiri:

— E em Birth, existe divórcio? — Eu também tinha minhas curiosidades.

— Não, de forma alguma! Nossa religião não permite de modo algum que o que Deus uniu seja desfeito pela vontade do homem.

— Mas, pelo limitado conhecimento teórico que possuo, a Igreja Anglicana foi fundada pela necessidade de Henrique VIII divorciar-se de Catarina de Aragão. Com isso, não seria natural que em Birth, que é uma consequência da Inglaterra, as brechas existentes nos contratos matrimoniais que permitem sua dissolução também sejam válidas?

— Sim, se Birth fosse anglicana, mas nossa religião oficial é Católica Apostólica Romana e, embora representemos um Estado laico, com liberdade de culto, todas as religiões devem respeitar a cláusula que prevê o impedimento do divórcio.

Meus neurônios achavam-se em um nó.

— Alteza, essa foi uma sugestão de George Haigh? Mas a Inglaterra já era anglicana no século 18...

— Sim, a senhorita está certa. Mas a família Haigh não era protestante e, devido aos fortes laços religiosos, seu representante determinou que em Birth a religião oficial da família real conservaria as raízes dos seus. Com a criação de Birth algumas medidas foram tomadas, dentre elas a que estabelece a proibição do divórcio, segundo o que é do nosso conhecimento, para a manutenção da ordem.

— Perdoe-me a confusão, mas o que quer me dizer é que todos em Birth tem direito a escolher sua religião, porém, todas estas devem respeitar o casamento como algo imutável?

— Exatamente! — pontuou parecendo feliz por finalmente verificar minha compreensão. Sua expressão alterou-se e seu olhar se perdeu antes de prosseguir. — Sabemos que nem todas as mulheres têm a sorte de encontrar um cavalheiro adequado como marido. Aqui, a maioria dos casamentos é arranjado pelas famílias. Nós, mulheres, não temos muitas opções de escolha. — Sentia que algo a perturbava.

— E as mulheres são felizes? — tentei descobrir.

Ela respirou fundo.

— A maioria é, ou pelo menos acredita ser. Mas como lhe disse, nem todas têm a sorte de encontrar um bom marido. Há algum tempo, veio até mim uma moça muito jovem que desposara de um senhor bem mais velho por vontade do pai. — Sua expressão tornara-se sombria ao se recordar. — Era um homem de posses, porém, além de muito velho, era rude e maltratava-a com frequência. Marcas de violência cobriam-na da cabeça aos pés, e ela rogou por ajuda arriscando vir até o palácio em uma terça-feira que atendíamos o povo. Na época, meu marido ainda era vivo e concordou que eu a ajudasse. Ela passou alguns dias trabalhando como ama no palácio, mas o velho apareceu e reivindicou sua posse sobre ela, e, como ele estava em seu direito, deixei-a ir. — A expressão de dor tomava todo o rosto da rainha. — Mas sempre penso nela e no tratamento que recebeu após seu regresso... Encontrei-a diversas vezes na igreja aos domingos, mas ela não ousou dirigir-me o olhar, sempre muito coberta, creio que para esconder as marcas de maldade que o homem deixava em seu corpo. — Ela fixou os olhos em mim por um instante antes de continuar. — Agora falando com a senhorita, um leque abriu-se diante de mim. Eu poderia criar condições de proteger mulheres em situações como essa. — Um leve sorriso ameaçou tomar seus lábios.

— Mas é claro que pode — incentivei-a.

Antes que pudesse concluir seus planos, seu filho surgiu convidando-me para uma cavalgada.

Aceitei imediatamente seu convite. Madeleine acompanhou-me de volta a uma das salas do palácio, onde botas de montaria me seriam entregues.

Calçada adequadamente, despedi-me da rainha e, acompanhada por uma porção de guardas, retornei por um dos imensos corredores da casa real. Ainda atônita pela exuberância do recinto, caminhei distraída ao estudar com precisão as estátuas entre outras diversas formas de arte que ocupavam o espaço.

Minha admiração terminou quando a figura de Margot Tampest brotou em meu campo de visão.

Com um sorriso irritante, andou em minha direção.

— Mas olha quem encontro por aqui! A... hã? — Ela espremia os olhos fingindo resgatar em algum lugar da mente meu nome.

Ignorando sua provocação e usando de minha péssima educação — a qual eu aprendera a utilizar naquele momento — passei por ela sem lhe dirigir nem ao menos um olhar e a deixei lá plantada, certamente remoendo-se em fúria. Sentindo-me triunfada com meu modo de agir, segui meu caminho e não volvi a ela meu olhar.

Depois de alguns metros, alcancei as portas que levavam ao jardim. Meu coração batia desordenado, era meu corpo reagindo ao inconveniente de estar na presença daquela mulher. Minha aversão a ela era o prenúncio da infeliz relação que dividiríamos no futuro.

Com meus pensamentos ainda em Margot, assustei-me ao topar com Benjamin no jardim.

— A senhorita está bem? Parece que viu um fantasma! — indagou-me preocupado.

— E vi!

Em silêncio e com uma expressão confusa, fez uma menção de prosseguir com as perguntas, mas o interrompi alegando que não havia nada com o que se preocupar. Não deixaria tão óbvio o ciúme que sentia, não desejava lhe dar o gosto.

A cavalgada contribuiu de maneira muito positiva, aliviando meu estresse. Aliás, pareceu agir beneficamente também sobre o rei, que, assim como eu, parecia não desejar conversar e expor o que o incomodava. Cavalguei da maneira "apropriada" às damas até o ponto em que nos afastamos o suficiente para ter privacidade, depois, após a permissão de Benjamin, cavalgamos da maneira "apropriada" a um ser humano, velozmente e por muito tempo. Prendi meus dedos tão firmes nas rédeas que pude sentir o ardor das cordas em minhas mãos mesmo me valendo de espessas luvas de couro. Após um profundo olhar entre o rei e eu, saímos em disparada entregando, naquela ação, todas as vontades reprimidas que nos abarrotava, assim como os medos, as tensões e as dúvidas que tanto aturdiam a ambos.

Capítulo 22

Quando regressamos, cerca de uma hora depois, sentia-me exausta, porém aliviada. E muito faminta também.

O almoço foi servido em uma impecável sala de jantar, menos suntuosa e mais íntima do que o restante das acomodações, contudo, igualmente bela. Além da realeza e daqueles que a servia, um homem ao qual eu não havia sido apresentada estava presente.

— Senhorita Laura, este é meu primo, duque de York, William.

Devia ter mais ou menos a mesma idade de Ben, era alto, encorpado e com cabelos levemente dourados e ralos. Olhos esverdeados e uma completa apatia nos traços. Seu título não me impressionou tanto quanto da primeira vez que ouvi a referência a um ducado inglês.

— É um prazer conhecer tão bela jovem — exprimiu delicadamente sem grandes emoções.

Era aquele o jovem que havia salvado Benjamin, sentia por ele gratidão e admiração.

Nada me foi acrescentado além da breve explicação oferecida por Benjamin no momento do seu retorno. O desenrolar da história me foi omitido, e apenas a coragem de William fora narrada pelo rei, que expressava profunda gratidão por sua prova de lealdade.

Sentei-me defronte ao homem desconhecido, sorrindo genuinamente em sua direção sempre que nossos olhares se encontravam. Ele realmente parecia ser merecedor de todo o meu respeito.

O primeiro prato era de um caldo amarelado, sua aparência não era nada apetitosa, mas descobri que se tratava de uma sopa fria de legumes e me surpreendi aprovando-a ao saboreá-la. Já o segundo, além de não parecer saboroso, era realmente assustador, uma pequena ave — que descobri se tratar de uma codorna — em uma posição estática, que mais parecia ter levado um susto, estava pronta para ser devorada ao lado de batatas assadas. Comi as batatas e ignorei o pobre animal, que não me parecia nada feliz em tais condições. Benjamin notou, mas não falou nada, apenas se divertiu com um sorriso discreto.

William passou a maior parte da refeição em silêncio, vez ou outra se arriscava em alguma pergunta referente às minhas origens, porém, sem parecer curioso e intrigado como todos os outros que denotavam espanto ao me encarar. Entretanto, sem que nada eu pudesse revelar, o duque de York mantivera-se como todos os outros, sem absolutamente nenhuma informação.

Terminada a refeição, a pedido do rei, retiramo-nos até nossos respectivos aposentos para nos preparar para o passeio que Madeleine havia programado. William ouviu atento aos planos para nossa tarde, mas como não foi convidado, não ousou submeter-se ao papel ridículo de incluir-se como fez Margot e apenas observou em silêncio.

Para transitar de um cômodo a outro dentro do palácio eram necessários alguns minutos. Perguntei-me se alguém em Birth já havia inventado os patins e me imaginei deslizando pelos imensos corredores para me deslocar de maneira mais prática e menos dolorosa, pois meus pés novamente padeciam aos sapatos de salto.

— Dentro de alguns minutos, retornarei para apanhá-la — falou Benjamin quando chegamos ao meu quarto.

— Está bem, Majestade! — Apenas concordei, calando assim o desejo de lhe falar mais.

Seus punhos fecharam-se com força enquanto, em silêncio, ele permanecia estático.

— Até logo! — anunciou antes de se retirar.

Outra vez, mil perguntas sem respostas invadiam-me... Perturbavam-me por não haver respostas sobre seus sentimentos em relação a mim. Ponderei a respeito do que seus olhos pareciam anunciar. Sem que eu pudesse evitar, um sorriso de esperança surgiu em meus lábios com a lembrança de sua revelação sobre seu desejo de me levar com ele até seu reino.

Quando deixamos o palácio, avistei uma carruagem preta, adornada pelo dourado do ouro que parecia estar presente em tudo naquele reino. Era tão majestosa que outra vez acreditei estar em um devaneio. O brasão de Birth estampava a porta, e cavalheiros vestidos com elaborados trajes azul-marinho auxiliavam-nos até ela por uma escada acarpetada de um rubro tecido. Ao meu lado, Benjamin sustentava minha mão com delicadeza, enquanto Madeleine era acompanhada por um dos servos.

— Eu não acredito nisso! É apenas um sonho, não pode ser real! — murmurei divertindo Benjamin.

— Pois acredite, senhorita Laura! É assim que as coisas são em Birth. Tenha a bondade — falou o rei ao me apresentar seu meio de transporte.

Acomodamo-nos sobre as espessas e confortáveis almofadas de veludo vermelho. A rainha estava ao meu lado, enquanto, em minha frente, eu tinha a visão privilegiada de seu filho, cujos olhos pareciam tão interessados em mim quanto os meus estavam nele.

Embora sua forma denotasse a um passado longínquo, surpreendi-me com o conforto e rapidez da carruagem. Era sem dúvida alguma, uma grande evolução.

— É verdade que em seu país as carruagens não são movidas por cavalos? — perguntou-me Benjamin como um garoto curioso.

Madeleine, abismada, também voltou sua atenção para mim à espera de uma resposta. Suas expressões divertiram-me, assim como a pergunta.

— Na verdade, há muito tempo elas foram substituídas por carros — respondi ainda sorrindo.

— E como seria isso? — perguntou Benjamin interessado.

— São como carruagens, só que muito modernos. Alguns atingem até 300 km/h.

Minha revelação os espantou. Eles não imaginavam quantas invenções realmente inusitadas e surpreendentes ainda desconheciam.

— Mas isso é uma grande invenção. Que animais tão rápidos são usados nessa tração? — indagou seriamente me obrigando a lutar contra uma gargalhada que ameaçava sair.

— Na verdade, esses veículos são motorizados e movidos a gasolina, não a tração animal, e a gasolina é extraída do petróleo.

— E o petróleo é?

— Petróleo é um combustível fóssil que é utilizado para gerar energia a partir de sua queima. Gasolina e diesel são alguns dos seus derivados.

Fiz uma analogia com o álcool produzido pela cana-de-açúcar, que fez Benjamin compreender ao que eu me referia.

Uma longa explicação sobre um assunto que eu não imaginava dominar, surpreendeu-me quando descobri que eu entendia o suficiente para deixar Ben e a rainha fascinados. Eles já consideravam procurar petróleo em Birth, quando lhes adverti sobre a triste realidade da poluição.

Entre explicações sobre as diferenças de nossos mundos, percorremos um caminho por magníficas paisagens de campo e aldeias, e, em minha mente, um único lugar surgiu como referência do que meus olhos viam, Cotswolds. A cadeia de pequenas colinas no centro da Inglaterra — que eu conhecia apenas por fotos das pesquisas que fiz — era o que mais se aproximava da arquitetura presente nas ruas de Birth. Eu gostaria de ser capaz de exteriorizar o que via, mas nada do que meu limitado vocabulário possuía seria suficiente.

Além de belo, era organizado, limpo e, sem dúvidas, um excelente lugar para se viver. Pela primeira vez, vi Birth como realmente era, uma sorte para os privilegiados que lá viviam. Toda vez que as provas do caráter de Benjamin me eram apresentadas por meio das boas condições em que seu povo vivia, minha admiração por ele aumentava, e eu agradecia a sorte de tê-lo encontrado.

Ao desembarcar da carruagem, novamente contando com a ajuda e com o olhar penetrante de Benjamin, pude assistir à organização de guardas enfileirados que aguardavam para proteger a realeza. Sentia-me em meio a um filme de época. Damas, cavalheiros e crianças vestidos da maneira mais formal possível nos cercavam, e imediatamente cobriram-me com seus olhares curiosos.

Discrição não parecia fazer parte da etiqueta daquele povo.

"Quem é a senhorita que acompanha a família real?", ouvi dizer uma senhora de cabelos grisalhos.

Entre as saudações aos monarcas, murmurinhos especuladores sobre minha presença espalhavam-se entre a multidão.

Embora desejassem a atenção do rei e da rainha, todos eram contidos e civilizados. E creio que a grande maioria saiu satisfeita, pois Benjamin e Madeleine retribuíram as gentilezas de cada um.

O caminho até o interior de uma das lojas foi longo para meus acompanhantes. Com os sapatos apertando meus tornozelos e esmagando meus dedos, tratei de sair de fininho e procurar um lugar para sentar-me. Apenas indiquei a Benjamin com um gesto que os esperaria dentro do prédio.

Era uma loja de decoração. Surpreendi-me novamente com a evolução independente de Birth. Os objetos eram incríveis, refinados e distintos. A loja, toda coberta por uma madeira muito escura, reluzia com os cristais das taças e dos vasos onde impecáveis arranjos coloriam o ambiente, com as prateadas bandejas e com uma porção de outros produtos.

— Olá, senhorita, no que posso servi-la? — Perguntou-me um homem calvo de pequenos olhos por trás de um par de óculos de vidro espesso.

— Olá! Estou aguardando a rainha Madeleine e o rei Benjamin. Será que o senhor teria um lugar para que eu pudesse me sentar enquanto os espero?

— Ora, mas que honra receber convidados de Sua Majestade. Acompanhe-me e lhe mostrarei onde descansar.

Atravessei a loja seguindo os passos do gentil senhor, porém, antes de desfrutar das acomodações que me ofereceria, uma indesejada presença deturpou meu sossego.

— Senhorita Laura, enfim os encontrei! — Era uma voz conhecida e pouco agradável. Margot.

— Lady Margot.

Não desejando repetir a grosseria de mais cedo, apresentei-lhe uma breve reverência contra minha vontade, pois presumi que caso não o fizesse, ela poderia desconfiar que eu não pertencia àquele lugar. Quanto às suas palavras, não compreendi ao que se referia, afinal, nada havia sido revelado sobre nossos planos para aquela tarde.

— Sua Majestade pediu que eu os encontrasse na vila, entretanto, pensei que não viessem mais. Como demoraram! — falou provocando-me.

Quer dizer que ele a convidara para nosso passeio? Quem sabe eu não era a única a receber sua atenção. Com um nó que se formara em minha garganta e uma dor impertinente nos pés, com certeza aquele não era um bom momento.

— É uma pena que ele a tenha feito esperar. Sinto muito! Se me dá licença, aguardarei Ben e a rainha em outro lugar. Até mais, senhorita — falei antes de me dirigir ao responsável pelo estabelecimento, que ainda me aguardava.

— Você quer dizer Sua Majestade, o rei? — repreendeu-me ela.

— Sim, foi exatamente o que quis dizer. Perdoe-me — tratei de tentar consertar.

— É claro, também me pego esquecendo-me das formalidades, uma vez que somos tão íntimos, isso acontece — Falou insuportavelmente expansiva. — Então irei com a senhorita. Assim, aproveitamos para nos conhecer melhor enquanto aguardamos "Ben".

Caminhamos alguns passos até algumas poltronas dispostas entre candelabros e vasos de cerâmica absurdamente belos. Entretanto nem as belezas distribuídas no recinto eram capazes de minimizar meu desconforto com a péssima companhia de Margot, eu poderia compará-la à dor que os sapatos me causavam.

O homem, infelizmente, voltou a seus afazeres, deixando-me à mercê da desagradável mulher. Seus seios pareciam saltar do vestido ainda mais decotado que o meu, e seus lábios, afogueados pelo carmim que os cobria, revelavam-se prontos para me atacar.

Tentei ignorar, mas sua beleza era incontestável, e fui incapaz de negar para mim mesma que não poderia me surpreender se Benjamin se sentisse atraído por ela.

— O que está achando de suas acomodações no palácio, senhorita Laura? — Margot tentava coletar informações, e eu me sentia em um campo minado.

— São ótimas, obrigada pelo interesse — tentei ser educada.

— Concordo com a senhorita, o palácio real é o sonho de toda garota, sorte a minha poder frequentá-lo assiduamente. Na verdade, Sua Majestade e eu fomos criados juntos, somos muito próximos. Diria até que somos mais do que simples amigos, você sabe... — Uma gargalhada desnecessária enfatizou ainda mais sua figura repulsiva.

Isso explicava o fato de ele tê-la convidado para o passeio. Sua intenção era me tirar do sério, e ela conseguia com suas indiretas, que confirmavam minhas suspeitas sobre a estreita relação entre ela e o rei.

— Engraçado, Sua Majestade não me falou nada a seu respeito — respondi a sua provocação, e era a verdade.

— Ora, querida, não se pode acreditar em tudo que um homem fala, sobretudo quando se trata do rei — revidou.

Ela tinha razão, Benjamin poderia muito bem ser como qualquer outro, e parecia muito provável que minha atração por ele cobrira meus olhos para quem ele realmente era, um soberano com um reino inteiro de mulheres aos seus pés. Como eu poderia me iludir? Sem dúvidas, suas gentilezas não eram restritas a mim.

Baixei meus olhos para refletir sobre as insinuações de Margot e, quando os elevei, encontrei Benjamin sorrindo ao caminhar em minha direção. Seu sorriso desfez-se ao se deparar com lady Tampest, que não esperou uma oportunidade para atacá-lo.

— Majestade! Que prazer revê-lo. — Sua reverência exagerada era digna de pena.

— Lady Tampest, o que faz aqui? — respondeu a ela secamente.

Ele provavelmente temia que sua máscara fosse descoberta sem que antes pudesse aproveitar de maneira mais intensa a companhia da exótica garota do mundo que lhe despertava curiosidade. As coisas estavam ficando claras para mim.

— Ora, não seja grosseiro. A senhorita Laura pode pensar que o senhor não sabe tratar uma mulher, o que não é verdade! — insinuou-se.

Madeleine juntou-se a nós e percebi que eu tinha uma companheira fiel quando, com um olhar de reprovação, cumprimentou friamente Margot.

— Senhorita Laura, perdoe-me pelo tempo que a fizemos esperar — falou Madeleine.

— Não se incomode, aproveitei para conhecer esta belíssima loja. Estou encantada! — Sua presença reconfortava-me.

— Fico feliz que tenha gostado! Há algo que queira comprar? Venha, escolha o que quiser! — falou pegando-me pela mão e me arrastando para longe da víbora, percebi que Benjamin fez o mesmo.

— Obrigada, Alteza, mas não há nada de que eu precise, olhar será o suficiente — respondi sem graça.

— Ora, vamos, querida. Escolha algo que não a permita nos esquecer — sussurrou-me a rainha.

Suas palavras eram doces, mas feriram-me e a ela também, pois percebi sua entonação melancólica.

— Não é preciso, Alteza, pois eu nunca os esquecerei. — Falei com pesar, porém com sinceridade.

— Pois então eu mesma escolherei! Benjamin, ajude-me — anunciou Madeleine.

Lady Margot, que havia sido ignorada, já estava novamente ao meu lado. Respirei fundo para não arrancar aqueles malditos sapatos que me perturbavam e jogá-los em sua cabeça.

Desfilamos pelos corredores entremeio ao clima nada agradável instalado após a chegada da convidada de Benjamin. Enraivecida, controlei minha ira ignorando tanto o rei quanto sua "mais que amiga". Fiquei ao lado de sua mãe, que, apesar de minha relutância, fez questão de separar alguns mimos para que fossem entregues no palácio.

Ben seguia-nos parecendo incomodado.

Margot mantinha-se sorrindo como se tivesse sua presença desejada e continuou a me infernizar com sua companhia.

— A rainha é realmente muito bondosa não é mesmo, senhorita Laura? — Pelo menos aquele assunto não era tão inconveniente e preferi responder-lhe educadamente.

— Sem dúvidas, e muito generosa também. Se não fossem estes sapatos apertando-me os pés, eu com certeza poderia usufruir de maneira mais proveitosa deste agradável passeio — falei sinceramente.

Repentinamente, deixou-me falando sozinha e dirigiu-se à rainha.

— Oh, Alteza, estou tão feliz por conhecer a senhorita Laura. Ela é realmente muito agradável. Adoraria poder contribuir para que sua estadia na corte seja a mais prazerosa possível, por isso gostaria de levá-los a um lugar que, com certeza, deixará minha nova amiga fascinada. É aqui perto, podemos ir andando. — Observei-a incrédula perguntando-me se havia escolas de interpretação em Birth ou se aquele teatro era um dom natural de Margot.

Sem reação, percebi que aquela tal Margot mostrara definitivamente que não estava ali para perder, e seu jogo era sujo.

— É muita delicadeza, lady Tampest. Será uma ótima maneira de demonstrarmos à senhorita Laura o quanto ela é bem-vinda na corte. Não é mesmo, querida? — Perguntou-me Madeleine, que caíra em sua armadilha.

Não tive escolhas a não ser aceitar e agradecer, afinal, ainda não tinha liberdade para sentir-me confortável revelando tudo que me incomodava naquela situação.

Benjamin, que se mantinha calado pelo constrangimento de ter suas duas opções próximas a ele num mesmo momento, ofereceu-me seu braço, e fui obrigada a passar por cima do meu orgulho e aceitar, em virtude do amaldiçoado par de calçados que amargamente condenava meus pés.

Margot não pareceu gostar do que viu, e isso suavizou, em parte, a imensa raiva que eu sentia.

A intragável mulher, aproveitando-se de minha condição desconfortável, decidiu fazer um tour por Birth. Forjando um tratamento amável, disse que se sentiria muito feliz em apresentar-me seus lugares preferidos na cidade, e lá estava eu, com os pés calejados e doídos, de braços dados com um homem que mal havia aprendido o caminho do meu coração e já começava a parti-lo ao meio e uma víbora cruel e habilidosa que decidira levar-me para uma peregrinação como método de tortura.

Além disso, também descobri que o consumismo não era um mal que afetava apenas as mulheres do século 21. Madeleine comprara a vila inteira, e a maioria das aquisições eram presentes para mim.

Algum tempo depois, eu já não encontrava prazer nem mesmo nas construções da cidade ou nas peculiaridades apresentadas na singular cultura de Birth. Quando Madeleine e Margot entraram em uma joalheria, finalmente pude procurar um banco para me sentar, e Benjamin acompanhou-me sem que eu o convidasse.

A população já havia se acostumado com a presença da realeza naquele dia, e as poucas pessoas que nos cercavam concentravam-se em seus afazeres sem desviar sua atenção para o rei.

— A senhorita está bem? — Perguntou-me sem jeito.

Por que ele tinha de ser tão lindo? Era praticamente impossível seguir ignorando-o quando tudo dentro de mim saía de ordem com sua presença.

— Na verdade, estou cansada e, sinceramente, estes sapatos estão acabando com meus pés — revelei-me exausta.

— Então voltaremos imediatamente! Também estou exausto, ainda não entendo por que lady Margot insiste em nos levar a todos esses lugares, na verdade, não compreendo nem por que ela está conosco.

Como ele conseguia ser tão cínico? A ira voltou a se instalar em mim, e ele percebeu.

— A senhorita quer conversar? — Ele parecia confuso.

— Não, apenas quero voltar e tirar estes sapatos.

— Sim, é claro. Devia ter dito antes que não se sentia bem, eu não a deixaria desconfortável por tanto tempo.

— Com certeza o senhor não suporta a ideia de que algo me incomode... — Ele sentiu a ironia em minhas palavras.

— Não compreendo o que quer dizer, senhorita.

Madeleine e lady Margot aproximaram-se e puseram fim a nossa breve conversa.

— Mãe, voltaremos imediatamente, a senhorita Laura deseja repousar — anunciou Benjamin.

Em seguida, solicitou a um de seus homens que trouxesse a carruagem.

— Mas é claro, querida! Também desejo descansar, afinal, lady Tampest não teve piedade de meus pobres pés ao sugerir uma longa caminhada como esta. — A antipatia da rainha pela moça ficava cada vez mais evidente.

Margot, dissimulada como era, sorriu sem jeito.

— Perdoe-me, Alteza, minha intenção foi a melhor possível.

Madeleine não se deu ao trabalho de responder. Em poucos minutos, a carruagem parou do outro lado da rua.

— Até mais! Obrigada pela gentileza em acompanhar-nos. — Surpreendi-me com minha calma ao me dirigir a Margot.

— Lady Tampest — despediu-se Benjamin formalmente.

A mulher, que, obviamente, esperava mais, ficou estática a observá-lo. Nesse momento, ele caminhou até mim enquanto eu me dirigia ao veículo.

— Com licença — falou passando seus braços por baixo da parte posterior de meus joelhos, elevou-me sobre suas costas e atravessou a rua carregando-me sem nenhuma cerimônia.

— O que pensa que está fazendo? — perguntei incrédula.

— Estou sendo um cavalheiro, ora. — respondeu-me tranquilamente com a voz entre um riso.

— Coloque-me no chão, está me envergonhando — contestei irritada.

— Seus pés me agradecerão! E a senhorita deveria fazer o mesmo... — rebateu alargando seu sorriso.

Madeleine também sorria e parecia se orgulhar da atitude do filho.

Quem não gostou da demonstração de cavalheirismo do rei foi Margot. Encontrei sua expressão encolerizada e pude identificar as faíscas lançadas por seu olhar enraivecido. Um mau presságio acompanhou aquele longo instante em que nos encaramos.

Capítulo 23

Após um longo banho relaxando cada um dos músculos submetidos anteriormente à tortura, decidi impor-me sobre algumas condições para que minha estadia em Birth fosse menos exasperada do que havia sido até o momento. Em primeiro lugar, precisava avisar minha família sobre minha segurança de uma vez, só assim seria possível livrar-me do peso que havia em meu peito, o qual me impedia de desfrutar das gentilezas recebidas. Em segundo lugar, impor-me-ia sobre meus costumes, obviamente de maneira respeitosa e em circunstâncias adequadas, porém não submissa, e retornaria às minhas boas, velhas e confortáveis roupas, que me aguardavam esquecidas na mochila. Contaria com o bom senso de Benjamin para que não tratasse disso como a maior das catástrofes e começaria por um dos meus pijamas, que, ao contrário dos metros intermináveis de tecidos usados nas camisolas em Birth, não me fazia acordar com o corpo em um nó.

Embora ainda um tanto envergonhada com a atitude do rei de me jogar sobre seus ombros como se eu fosse uma mercadoria, era impossível evitar o sorriso malicioso que surgia em meus lábios ao recordar da cólera figurada no rosto de lady Tampest por sua galanteria, ou presunção. Não havia dúvidas de que, naquele momento, seus pensamentos foram dedicados a elaborar uma morte lenta e dolorosa para mim. Um arrepio inesperado substituiu a diversão, e acabei não encontrando mais graça em tê-la como rival na disputa pelas atenções do rei.

Atravessei as portas vidradas que separavam a varanda do dormitório, procurando afastar a inquietação. Ao deparar-me com o vento que lembrava que o verão tornar-se-ia outono muito em breve, analisei meu pijama cinza de short e regatas justos ao corpo e optei por não arriscar ser vista daquela forma, mesmo que a varanda fosse uma entre centenas e estivesse a uns 20 metros do chão. Voltei ao dormitório em busca de algo para me cobrir e recorri ao chambre nada convencional que encontrei. Longas mangas aveludadas arrastavam-se pelo chão juntamente com sua cauda, o níveo do tecido mesclado ao dourado concedia extremo luxo à peça, que, em sua parte frontal, apresentava bordados que seguiam da parte superior até o limite da cauda.

Senti-me sendo abraçada pelo suave toque do veludo em meu corpo seminu. Inexplicavelmente e como em tão raras vezes, sentia-me plena. Sentia saudade dos meus e deles não desligava meus pensamentos e preces nem por um segundo. Contudo, em meu âmago, algo palpitava em um claro aviso que meu tempo em Birth era finito, e minha sorte, por ser escolhida para vivenciar aquela extraordinária experiência, era uma espécie de dádiva, por isso eu deveria, eu tinha a *obrigação* de regozijar dela ao máximo e sem culpa.

Acompanhei um sol esplêndido que se punha distribuindo centelhas afogueadas pelo céu enquanto meditava e preparava-me inconscientemente para um destino que se apresentaria, em breve, absolutamente inimaginável. Eu mal sabia que minha vida nunca mais seria a mesma.

Senti a presença de Ben. Aproximando-se, ficou em silêncio por alguns instantes ao meu lado, compartilhando do remanso com que aquele fim de tarde nos presenteava.

Meus cabelos, muito longos, sobrepostos no grosso veludo, foram vagarosamente carregados por suas mãos até cobrirem minhas costas.

Fechei meus olhos entregando-me ao seu toque. Sem ser capaz de evitar, procurei seu rosto.

Puxando para si os punhos cerrados, o rei lutava contra o desejo que, sem dúvida, era o mesmo que o meu. Mas se ele lutava é porque algo o impedia, então tratei de me restabelecer para fazer o mesmo. Após fechar ao máximo o decote do roupão, permaneci com os braços cruzados sobre o peito para garantir que nenhuma porção de pele ficaria à mostra e retornei para o interior do cômodo ainda receosa pelo clima tenso que se criara.

Um assunto que já havia sido programado para discutir com o rei veio-me à mente para tranquilizar os ânimos, ou não.

— Majestade, preciso entrar em contato com minha família. O senhor falou que enviaríamos a carta ainda hoje, não posso mais esperar... — Minha atenção voltou-se apenas ao meu pedido e, novamente, lá estava meu desespero por imaginar o caos que eu causara em minha casa.

— É claro, senhorita. Vou tomar providências urgentemente — falou sem conseguir me convencer.

— O senhor tem algo em mente? — Não precisei de sua resposta quando uma brilhante ideia me ocorreu. — Já sei o que faremos! — Interrompi-o e continuei: — O senhor havia dito que poderia enviar uma carta para meus familiares, certo? — Aguardei que concordasse com um movimento de cabeça e prossegui sem deixar espaços para suas colocações. — Apenas ouça!

Contrariado por não estar habituado a seguir ordens de ninguém, o rei ouviu meu plano em silêncio. Quando concluí, além de fascinado, Benjamin estava absolutamente intrigado com as invenções do mundo moderno.

— Senhorita Laura, está me dizendo que com este aparelho é possível capturar nossas imagens em movimento e nossa voz e enviá-los a outras pessoas? — Ensinar lições sobre o século 21 ao rei de Birth era sempre divertido.

— Exatamente! Este aparelho chama-se telefone celular e meu plano é conseguir me comunicar com minha família por meio de um vídeo. Como eu já lhe disse, ainda disponho de bateria, pois trouxe comigo um carregador portátil que permite efetuar uma recarga mesmo sem energia elétrica. Só será necessário fazer essa gravação, e o resto é com o senhor.

Após alguns segundos avaliando minhas palavras, Benjamin concordou.

— Desse modo, enviarei um de meus homens até Londres, e lá chegando ele contará com a colaboração de algumas pessoas para que este aparelho seja entregue nas mãos de seus familiares o mais rápido possível.

Com um enorme sorriso, lhe expressei minha gratidão e continuei:

— E não esqueça que necessito de um retorno. Na carta que acompanhará o telefone, pedirei à minha família para que me enviem um vídeo de resposta e assim poderei seguir com mais tranquilidade os dias que estarei em Birth.

De repente, ocorreu-me que, se o rei possuía poderes para deslocar um de seus homens até Londres, então certamente ele também era capaz de me levar de volta à Inglaterra imediatamente. Quando questionado, sua explicação foi rápida e direta:

— Ora, não pense que será tão simples enviar um de meus homens a Londres. Muito menos introduzi-la em um navio, cercada por cavalheiros despreparados para uma viagem tão longa e, não esqueça, uma viagem secreta. Já lhe prometi que voltará muito em breve, eu a trouxe até aqui, então eu a levarei de volta, não se preocupe.

— Mas, senhor... — tentei argumentar, mas Benjamin secamente ignorou minha alegação.

— Por diversas vezes fui acusado de tê-la trazido a Birth sem seu consentimento, sem que lhe tivesse permitido escolher. E está absolutamente correta, eu não tinha esse direito. Portanto, creio que caiba a mim a incumbência de conduzi-la em segurança de volta a Londres. Compreendo sua impaciência, meu reino é, de fato, antiquado e retrógrado, mas gostaria que soubesse que faremos o possível para que tenha um tratamento digno no curto período em que estiver conosco.

Suas palavras feriram-me, e me perguntei se meu desejo de regressar era uma ofensa a ele.

— Compreendo, Majestade. Por favor, não pense que não sou grata... — Não pude completar, pois fui interrompida, ele estava visivelmente ressentido.

— Não se preocupe, senhorita Laura. Se desejar se juntar a nós, o jantar será servido às 8h da noite. Até mais.

Fechei meus olhos enquanto ele se dirigia à porta, havia sido indelicada e precisava consertar aquilo.

Quando sua mão já havia alcançado a douração da maçaneta e aberto parte da porta, consegui chegar a tempo de encobri-la com a minha. Seus olhos buscaram os meus de imediato, tornando minha respiração custosa.

— Espere! — falei procurando evitar que minha voz vacilasse. — Preciso de sua ajuda.

Receoso, levou alguns segundos até que, em silêncio, assentiu e acompanhou-me. Em minha frente, assisti seu tronco esguio atravessar a tapeçaria a longas passadas e elegantemente se acomodar em uma das muitas bergeres estofadas. Embaraçada por sua acusação, procurei pela melhor maneira de iniciar uma conversa.

Envolta no volumoso roupão, procurei por minha mochila enquanto Benjamin me observava desconfiado. Caminhei até ele e me sentei ao seu lado e, quando fiz, acidentalmente o pesado veludo escorregou deixando livre uma amostra de minhas pernas.

Mais uma vez, seus punhos estavam fechados com força, então rapidamente as cobri e me desculpei. Em seus olhos, o brilho que comumente me deixava intrigada em relação às suas reais intenções comigo.

— Este é o aparelho que lhe falei. — Rapidamente, mostrei-lhe o celular com o intuito de desviar sua atenção de minhas pernas. Após ser apresentado a funções para ele inéditas e inacreditáveis, já não parecia mais tão zangado. Entretido, precisei arrancar o telefone de suas mãos ou não restaria carga suficiente para gravar o vídeo que acalmaria a minha família e a mim. Acomodei-me em uma das poltronas e, sobre uma pequena mesa de pés torneados, posicionei o aparelho em minha direção. Já nervosa, olhei para Benjamin, que estava à minha frente com os braços cruzados e com um olhar fixado em mim enquanto se movia lentamente, senti minhas mãos úmidas.

Não era uma simples filmagem. Eu precisava tranquilizar minha família e garantir que eles não interpretariam aquele vídeo como um sequestro ou algo do tipo. Eu também deveria demonstrar uma segurança que não tinha certeza se sentia, deveria acalmá-los, mas, para isso, precisaria estar calma.

Busquei concentrar-me, mas a imagem de tudo que me levou até Birth passou como um trailer bem diante dos meus olhos, era como se eu pudesse sentir, novamente, sob meus pés os degraus que atravessei até chegar ali... Fui incapaz de evitar e corri para os braços do rei, abraçando-o com toda a força que aquele desespero encorajava.

Vagarosamente, senti seus braços fortes entregarem-se e também me envolverem.

— O senhor promete que nunca me fará mal? — perguntei-lhe já molhando sua camisa branca com minhas lágrimas.

Sem hesitar, doces palavras confortaram-me.

— Nunca! Jamais farei ou permitirei que alguém o faça, confie em mim. — Senti sua verdade e só não permaneci em seus braços pelo resto da vida, pois priorizava o conforto daqueles que aguardavam, certamente angustiados, por notícias minhas.

Alguns minutos permitiram-me voltar à razão. Já mais calma, liguei a câmera frontal e inspirei a máxima quantidade de ar que meus pulmões suportaram. Com a voz trêmula, iniciei o vídeo usando o português, o que fez com que os olhos de Benjamin aumentassem em seu rosto.

— Olá, mãe, pai, Luiza, Antônio... — Precisei de mais alguns segundos e uma nova arfada de ar. — Sei que devem estar preocupados sem notícias minhas, mas antes de explicar quero que se acalmem e que saibam que estou em segurança. Como já havia lhes dito, saí de Londres para conhecer Chatsworth House e suas redondezas. A viagem foi tranquila e muito útil para a nossa área, pai. — Sorri, já me sentindo mais à vontade. — Acontece... — pousei meu olhar sobre as mãos trêmulas na busca pelas palavras adequadas. — ... que, em um de meus passeios, acabei me perdendo... Sim, eu consegui! Mas graças a Deus fui encontrada, salva e estou muito bem, como podem ver! — Tratei de, imediatamente, assegurar-lhes sobre o meu bem-estar. — Este lugar onde eu estou é um pouco peculiar, também é muito remoto e antiquado. — Procurei por Ben temendo magoá-lo outra vez, mas um segundo foi preciso para que eu lembrasse que o rei não entenderia minhas palavras. — Aqui não temos acesso aos meios de comunicação que estamos habituados, por isso peço que leiam atentamente a carta que lhes enviei e a respondam. Em alguns dias estarei de volta a Londres e entrarei em contato imediatamente, ainda não retornei, pois o... o... há, o responsável por este lugar já está providenciando minha volta e para isso necessita de alguns dias.

Menos atribulada, procurei por meu anfitrião, que, com ar de seriedade, encarava-me. Mesmo calado, era possível sentir seu apoio e, de certa forma, algo de terno revelava-se em seus olhos, que não me deixavam nem por um segundo.

— Agora quero lhes apresentar a essa pessoa incrível que tanto tem me ajudado. — Chamei o rei que, desajeitado, posicionou-se atrás de mim. — Por favor, diga oi para a minha família! — Encorajei-o.

— *Hi!* — disse Benjamin perplexo enquanto estudava sua imagem boquiaberto na tela.

Foi impossível não rir. Tratei de capturar imagens de meus aposentos para que minha família se certificasse que eu contava, ao menos, com um teto sobre a cabeça e, também, porque se eu prosseguisse filmando o rei com aquela expressão hilária e pavorosa, ao contrário de tranquilizá-los, eu os mataria de preocupação.

Provavelmente, pelas imagens do aposento, deduziriam que eu estava em um hotel de luxo, e só Deus sabe de que forma interpretariam a presença de um homem desconhecido comigo. Como o drama era uma herança genética em minha família, presumi que uma das possibilidades de suas deduções seria de "tráfico internacional de pessoas".

Precisaria ser muito clara e específica na carta que acompanharia o vídeo.

— Bem, então é isso. Estou morrendo de saudades, não vejo a hora de estar aí. — Algo em minhas palavras não soou sincero, mas prossegui. — Penso em vocês o tempo todo e sei que também pensam em mim e que muito provavelmente enlouquecerão a partir de agora, mas vocês me conhecem e sabem que não estou mentido. Acreditem, logo estarei de volta, mas, por ora, quero desfrutar deste lugar e desta experiência ao máximo. Amo vocês mais que tudo neste mundo. Recebam meu amor e me perdoem por preocupá-los. Beijos em seus corações.

Com a câmera já desligada, pude voltar às lágrimas e com elas permaneci por um longo tempo.

Calado, Benjamin sentou-se e assistiu ao meu lamento. Contribuiu com sua atenção e amparo silenciosos, ele não tinha consciência do bem que me fazia o simples fato de estar presente.

Quando não mais sentia o mundo ruir sob meus pés, elevei meu rosto ao encontro do seu olhar, minha aparência sem dúvidas não estava muito agradável, então procurei pelo grande espelho encontrando meus olhos diminutos faiscando, meus lábios inchados e demasiadamente vermelhos.

— Como se sente? — perguntou-me delicadamente o rei.

— Melhor — respondi com a voz ainda embargada.

— Fico feliz em saber! Em menos de duas horas o jantar será servido, acredita que consegue escrever a carta neste tempo?

— Claro, Majestade! Começarei agora mesmo.

— Ótimo, assim posso enviá-la ainda hoje.

Observei-o dirigir-se à porta e, quando a alcançou, respondi ao impulso e lhe chamei.

— Majestade — seus olhos encontraram-me no mesmo instante —, obrigada!

Com um pequeno gesto, saiu e fechou a porta às suas costas. Joguei-me na cama afundando-me na loucura que se instalara em minha vida e lá fiquei até encontrar coragem para, na carta, exteriorizar de forma adequada tudo que havia vivido, porém, para isso, seria necessário compreender o que eu vivia, e esta era a única coisa que parecia me ser negada irrevogavelmente.

 Precisei de muito tempo, cautela e concentração. Por fim, preferi ser direta e prática, já que minha atual condição seria potencializada se me dedicasse às mais intensas reflexões. Ainda aturdida pela emoção a qual fui abatida durante a escolha das palavras que enviaria à minha família, tratei de buscar pelo vestido ideal para o jantar, esperando que a tarefa me acalmasse.

 Entreguei a caixa contendo as importantes informações que chegariam ao Brasil a um dos homens que estivera conosco em minha vinda a Birth, Adam. Parecia de extrema confiança, como de fato deveria ser, ou não estaria incumbido de tamanha responsabilidade. Com cuidado, tratei de recomendá-lo minuciosamente acerca do quanto deveria priorizar a tranquilidade da minha família, atestando-lhes, sobretudo, minha segurança. Expus-lhe o máximo possível de informações sobre os acontecimentos que me levaram ao seu reino e até mesmo decidi tirar uma fotografia ao seu lado, para que desse modo meus familiares se certificassem sobre nossa relação.

Capítulo 24

Já pronta e mais calma, desci lentamente os infinitos degraus que levavam ao domo central do palácio, em uma das mãos, segurava o tecido cor de pele, semelhante a uma renda devorê flocada de arabescos de veludo vermelho por toda peça, que muito rente se estabelecia desde o centro de meu pescoço e, descendo, esculpia meu colo, cintura e quadris, estendendo-se por uma modesta cauda. Nos pés, após as queixas do rei, Nancy surgiu com um modelo almofadado em demasia levando-me a enchê-la de beijos e abraços de agradecimento. "Não esperaria outra atitude daquela jovem!", disse a ama quando lhe narrei o ocorrido daquela tarde, demonstrando que também não simpatizava com Margot.

Enfeitei-me com enormes rubis no centro do ouro branco dos brincos escolhidos, assim como no anel em minha destra. Especialista no assunto, Nancy dividiu ao meio meus cabelos em duas grossas mechas que prendeu em um coque sobre minha nuca, já no alto da cabeça, o ouro branco iluminava o castanho a partir de um discreto arco. Sentia-me uma princesa e, apesar de recordar as explicações fundamentadas que justificavam aquelas experiências, eu permanecia sem saber direito o que acontecia em minha vida.

Ignorando outra vez minhas sensações, concentrei-me na noite que viria e senti-me segura para enfrentar um jantar em um palácio, sentando-me à mesa a convite de um rei. O último pensamento me distraiu, porém, ao me deparar com a figura de Benjamin de Birth aos pés da escada, esqueci da diversão.

Seus fartos e castanhos fios ainda estavam molhados e penteados para trás, exibindo as lapidadas feições que me faziam questionar sobre sua veracidade constantemente.

— Senhorita... — a chama em seus olhos me dizia que minha imagem também lhe agradara — não tenho palavras para defini-la, está especialmente bela esta noite!

— Obrigada, o senhor também não está nada mal! — Tentei soar espontânea, mas a verdade é que, a cada nova aproximação, meus sentidos eram jogados em uma espiral, e eu perdia minha capacidade de discernir.

— Acompanhe-me, por favor — falou com delicadeza.

Encaixei meu braço no seu e percorremos o saguão. Quando chegamos a uma linda sala de estar que eu ainda não conhecia, seu perfume já havia invadido e tomado conta da minha sensatez.

A sala possuía um autêntico formato circular, intercalado em toda sua extensão por enormes portas e vidraças veladas por um fino voil. Nas paredes, além do típico branco e dourado das pilastras, traziam também um pálido azul esverdeado que perpetuava do alto do teto estendendo-se até o chão, revelando o salmão dos arabescos que lhe estampavam.

Dois grandes e dourados candelabros de chão sustentavam velas que iluminavam outros dois suportes com flores naturais. Acomodados em cada um dos lados do ambiente, dois estreitos espelhos partiam de pequenas mesas de ouro fixas na parede e se elevavam até se aproximarem do teto. Uma mesa redonda e uma escrivaninha decoradas com o mesmo metal nobre também se revelavam encantadoras. Cadeiras rodeavam-nas, assim como bergères e divãs espalhados por todo recinto, todos brincavam com o azul esverdeado e o salmão dos arabescos, assim como o tapete que acobertava o chão amadeirado.

Contrariada, desprendi-me de seu braço.

— Alteza! — Cumprimentei com uma reverência Madeleine que, em um impecável vestido lilás, era a personificação da elegância. E, conseguinte, seu sobrinho William. — Meu senhor!

Meu sorriso cresceu quando avistei a presença do duque Thomas Burdwick e de seus simpáticos, idênticos e incrivelmente bonitos filhos, os gêmeos Simon e Phillip.

Dois louros muito altos e robustos que possuíam uma genuína leveza nos olhos verdes como os do pai, caminharam em minha direção. Lábios finos e sorridentes ostentavam dentes perfeitamente alvos e alinhados que contrastavam ao enlourado dos fios da barba. Sem dúvidas haviam herdado a índole incensurável de Thomas.

— Simon, Phillip, esta é a senhorita Laura — apresentou-me Benjamin.

— Majestade, ela é realmente tão encantadora quanto o senhor descreveu — falou em tom descontraído Simon, ou Phillip.

A revelação sobre a admiração de Ben deixara-me nervosa, e eu não era capaz de distingui-los.

— Muito prazer! — Falei temendo estar com o rosto tão corado quanto o de Benjamin.

Beijaram educadamente minha mão e afastaram-se rapidamente permitindo que Thomas fizesse o mesmo.

— Senhorita Laura, quanta alegria revê-la. Se me permite, está ainda mais encantadora. Entretanto — agora sua voz era um sussurro —, devo confessar-lhe que sou um grande admirador dos trajes inusitados que vestia quando a encontramos. Uma mulher de personalidade, sem dúvidas!

— Muito obrigada, senhor, fico feliz por saber que pelo menos alguém é sensato e compreende as diferenças entre nossos costumes.

Encarei Benjamin, que conversava com os gêmeos. O duque seguiu meu olhar e soube a quem eu me referia.

— Minha filha, ele entende-a mais do que imagina... Acredite em mim.

— Eu acredito! — respondi com sinceridade, era a voz do meu coração que falava.

Benjamin deduziu que se tornara o assunto entre nós e, em um segundo, já estava em pé ao meu lado.

Thomas cumprimentou seu soberano, e Benjamin saudou-o com a mesma consideração, seu respeito e a admiração pelo homem eram palpáveis.

— Majestade, como se sente? — perguntou o duque referindo-se ao ataque que sofrera. Sua testa estava vincada de preocupação.

O castanho dos seus olhos era transformado em uma nuvem escura quando algo o aborrecia.

— Já me sinto muito bem e sou grato por perguntar! — Sua declaração não convenceu nem a mim nem ao duque, evidentemente. — Amanhã, na reunião com os senhores, meus conselheiros, abordaremos essa questão. Hoje, creio que não haja necessidade de discutirmos algo tão banal. — O rei apresentou-me um sorriso amarelo, fazendo-me sentir inoportuna.

Eu sabia que aquele não era assunto para discutir na frente de uma estranha. Desde seu pedido, respeitei-o e evitei questioná-lo, como solicitado, então achei que seria o momento de deixá-los a sós.

— Majestade, Vossa Graça, com sua licença — falei em meio ao sorriso que disfarçava meu incômodo.

Benjamin pareceu não entender os motivos pelos quais eu desejava me retirar.

— Senhorita, por gentileza, fique — pediu sisudo.

Busquei avistar Madeleine, que parecia também estar à minha procura, pois chegou bem a tempo de me salvar da situação embaraçosa.

— Minha querida, está tão bela! — elogiou-me.

— Obrigada, Alteza! — respondi recebendo da rainha o mais terno sorriso.

— Senhores... — falou Madeleine ao se aproximar do seu filho e de Thomas.

Sua saudação foi respondida por breves mesuras.

— Devemos nos dirigir à sala de jantar, onde os convidados aguardam.

No mesmo instante, olhei para Benjamin. Entendendo minha dúvida, o rei aproximou-se.

— Não se assuste, são poucas pessoas. Basicamente meus conselheiros e seus familiares — explicou.

— E por que o senhor não me avisou? — Eu sorria enquanto falava para disfarçar minha fúria.

— Porque não havia necessidade. Confie em mim! Agora ouça — afastamo-nos dos demais e ele prosseguiu —, como lhe disse, será um jantar para poucas pessoas, mesmo assim, existem formalidades. Como ninguém a conhece, a senhorita será anunciada como uma moradora de Birth que não frequenta a corte. Quando indagada sobre sua família, responda apenas que reside com seus pais e irmãos no campo. Não saia do meu lado, é o único modo de nos proteger.

— Como julgar melhor, Majestade. Mas saiba que odeio ter de mentir. — Ele percebeu meu aborrecimento.

— Ei! — Suas mãos apressaram-se em tocar meu rosto, obrigando-me a encará-lo. — Não pense que esta situação é mais confortável para mim do que é para você. Essas mentiras incomodam-me tanto quanto a vós, mas não temos opções.

Mesmo com o calor do seu corpo sufocando meus pensamentos, foi impossível não pensar no segredo que carregávamos e no risco que corríamos.

Dei-lhe as costas, caminhando para perto da rainha, que, acompanhada por Thomas Burdwick, conseguia ficar surpreendentemente ainda mais radiante. No curto caminho até eles, peguei-me admirando-os enquanto ponderava sobre meu sentimento por Ben.

Thomas respeitosamente beijava a mão de Madeleine, que, encantada, recebia suas atenções, até que percebeu minha presença e, embaraçada, desvencilhou sua mão que estava entre as dele, fazendo-me sinal para que me aproximasse.

— Venha, senhorita, acompanhe-me! — Madeleine seguia em direção à porta atrás dos outros quando Benjamin se aproximou.

— Mãe, se me permite, a senhorita Laura entrará comigo — anunciou sem me consultar.

— Entrarei? — perguntei surpresa, enquanto ele seguramente me puxava para junto de si.

— Sim senhorita. Entrará em minha companhia e seremos anunciados juntos. — A palavra *juntos* ecoou em minha mente tempo suficiente para me forçar a evitar um sorriso bobo que nasceria em meus lábios.

— Oh, querido! Tem certeza?

Madeleine questionou-o. Ela parecia receosa.

— Tenho, mãe, não me importa o que irão pensar. A senhorita Laura é minha convidada, e não permitirei que se sinta deslocada em minha corte — protestou sem arrancar os olhos de mim. — Aceita minha companhia, senhorita?

Abstendo-me da minha antiga mania de me privar das oportunidades, justifiquei que ambas as companhias atenuariam o impacto daquele momento, porém, se Benjamin como rei desejava entrar comigo, eu seria grata por sua consideração.

O duque de Norfolk foi anunciado, seguido de seus filhos e de William. As portas foram fechadas e a rainha-mãe foi chamada. Antes de sair, seu olhar carinhoso me encontrou e, mesmo em silêncio, eu senti sua ternura.

— Recebam agora, Sua Majestade Real o rei Benjamin III de Bitrh, acompanhado de sua convidada, senhorita Laura Baroni — Ouvi uma grave voz masculina proclamar quando enormes portas se abriram para um salão imenso e suntuoso.

Apertei fortemente a mão de Ben, que sustentava a minha. Dezenas de olhares curiosos caíram sobre mim, e um burburinho imediatamente ressoou, questionando minha presença.

Tentei sorrir, mas sentia que meus músculos haviam se tornado pétreos, e, quando me deparei com o tamanho da sala de jantar — outro cômodo do palácio que eu desconhecia —, meu desespero multiplicou. O conceito de *algumas pessoas* de Benjamin precisava ser urgentemente redefinido. Havia, no mínimo, 80 pessoas, ou seja, *um pouco* a mais do que eu esperava encontrar. Em pânico, imaginei-me desfilando entre eles, submetida àqueles olhares ao longo das dezenas infindáveis de metros que se estendiam à nossa frente. Felizmente, meu acompanhante desacelerou seu passo e, assim, fui capaz de respirar mais tranquilamente.

Assim que nos estabelecemos ao lado direito do salão, em um lugar reservado à realeza anfitriã, fui surpreendida pela efusiva recepção da intolerável lady Margot.

— Majestade, senhorita Laura!

Uma reverência exagerada a tornou ainda mais patética aos meus olhos. Contudo precisei admitir que, apesar de vulgar, ela havia acertado em suas vestes. O cetim verde envolvia sua figura alta e encorpada, mangas acampanadas muito amplas caiam abaixo de seus joelhos, e um decote quadrado exibia, além dos seios quase inteiramente à mostra, uma grande pedra de esmeralda suspensa. Com a pele muito branca, quase translúcida, e cabelos negros presos em um penteado, seus enormes olhos de gato esverdeados tornavam-se ainda mais salientes.

Benjamin não pareceu estudar sua imagem tão detalhadamente quanto eu. Apenas a cumprimentou de modo educado e, rapidamente, voltou a dedicar sua atenção a mim, deixando-a furiosa por não haver brechas para que permanecesse em sua companhia.

— Como pode ver, até que somos civilizados em Birth, não é mesmo? — sussurrou-me mais próximo de meu ouvido que o necessário.

Além de me causar arrepios, provocou um sorriso que me fez esquecer a inconveniente presença de Margot que, sem alternativas, afastara-se.

— Majestade! — saudou o rei um senhor gorducho e calvo, com bigode enegrecido de modo nada natural e vestido de forma ainda mais antiquada do que os outros homens. Uma espécie de bermuda escura chegava até seus joelhos, encontrando uma meia branca que seguia até os sapatos pretos lustrosos.

Com ele, uma senhora magra e insossa que, sem discrição nenhuma, submeteu-me ao mais meticuloso exame. Seus dentes eram grandes demais, assim como seu nariz curvado e, em contrapartida, seus olhos pequenos e enrugados a deixavam ainda mais disforme. Além do mais, não gostei da maneira como me estudava, mesmo assim, esforcei-me para tratá-la da melhor forma possível.

— Lorde John Thompson e lady Freya Thompson. — Quase não segurei o riso ao avaliar o quanto o nome combinava com ela. Pelo menos consegui sorrir sem esforço. — Conde e condessa de Wealth, conheçam a senhorita Laura Baroni — apresentou-nos o rei.

Ao ouvirem meu sobrenome desconhecido, as feições nada simpáticas tornaram-se ainda mais medonhas.

— Não me recordo de conhecer esse sobrenome. A senhorita não frequenta a corte e não pertence à nobreza, sua família provém do comércio? — Lady Thompson encarregara-se de me intimidar com o interrogatório que eu tanto temia.

— Lady Thompson, desculpe interrompê-la, mas creio que estejam servindo seu vinho favorito — falou Benjamin elevando o pescoço, como se sua altura já não o permitisse enxergar todo o salão. — Por favor, aqui! — Chamou um dos empregados. — Sirvam o lorde e sua esposa como se estivesse servindo a mim e também os deixe à vontade para que escolham algumas garrafas como presente.

— Oh, Majestade, quanta gentileza de sua parte! — Derreteu-se lady Freya, que devia se tratar de uma grande fã de vinhos, pois de imediato esqueceu-se do inquérito que me faria e seguiu o rastro do pajem acompanhada de seu marido.

— Parabéns, Majestade! Vejo que é um rei muito generoso — falei de maneira mordaz.

— Como um bom rei, conheço as necessidades de meus súditos e garanto-lhe que nobres arruinados são capazes de qualquer coisa por umas garrafas de um bom vinho. Ainda mais se tratando dos Thompson... Digamos que, comparados às outras pessoas, eles apreciem demasiadamente as bebidas alcoólicas, especialmente as de maior valor.

Aquele sorriso estonteante estava lá, a plácidez em seus olhos também. Em tão pouco tempo eu já era capaz de decifrar aquele homem e, naquele momento, eu sabia que minha presença ali lhe fazia tão bem quanto tê-lo comigo enchia meu coração de felicidade.

Muitos homens e mulheres me foram apresentados, alguns amáveis, outros nem tanto. Quando muito curiosos, Benjamin tratava de nos esquivar das perguntas, e eu já me sentia mais segura. Como ele mesmo dissera: "Eu sou o rei! Saberão apenas o que desejo que saibam".

Uma melodia suave invadiu o salão, e notei que havia uma orquestra executando impecavelmente uma de minhas peças favoritas de Haendel. Absorta e fascinada pela feliz coincidência de poder ouvir um som tão familiar naquele lugar, nem percebi quando Margot Tampest se aproximou novamente.

Desta vez ela não estava sozinha, acompanhavam-na seus pais e irmãos. Um homem de ralos cabelos louros, de no máximo 50 anos, estatura mediana, olhos muito verdes e bochechas avermelhadas, encarava-me com um sorriso dissimulado. Sua esposa justificava a beleza de Margot. Pele alva, os mesmos olhos de felino da filha, mais alta que seu esposo, esguia e elegante em um vestido dourado de mangas longas e rendadas. Transcendia sarcasmo, e eu sentia seu julgamento a meu respeito. Os garotos, um de aproximadamente 20 anos e o outro de no máximo 18, carregavam as feições do pai, entretanto possuíam certa beleza. O mais velho avaliava-me dos pés à cabeça com olhos de um predador que acaba de encontrar sua presa.

— Senhorita Laura, quero que conheça Connor Tampest e sua esposa Lady Georgia Tampest. Conde e condessa de Success. Seus filhos, Andrew e Riley. Lady Margot já lhe foi apresentada.

— Sim, Majestade, e posso dizer que já a considero uma grande e querida amiga — falou Margot intrometendo-se e usando de toda sua capacidade artística.

Um sorriso amarelo foi minha resposta.

— Muito prazer em conhecê-los — falei educadamente desconsiderando a antipatia mútua que surgira entre mim e aquelas pessoas.

— Majestade, se me permite, onde encontrou tal formosura? — manifestou-se o conde aproximando-se de mim com certo exagero.

Antes que Ben pudesse responder, o homem prosseguiu:

— A que família pertence, senhorita? Onde residem?

Não havia como responder a tais perguntas sem mentir, e, mesmo que eu tentasse enrolar, não tinha conhecimento algum sobre Birth. Sem palavras, demorei-me em busca de uma ideia que não veio. Todos me encaravam como se eu fosse um animal diferente e exótico em um zoológico, até que Benjamin outra vez me salvou. Ou melhor, salvou mais a si mesmo que a mim, pois, se a verdade fosse descoberta, ele tinha muito mais a perder.

— A família da senhorita Laura mora no campo — falou Benjamin naturalmente. — Agora, se nos dão licença, o jantar será servido. Fiquem à vontade!

Benjamin ofereceu-me seu braço e arrastou-me às pressas junto de si. Ele desejava nos afastar para que pudéssemos proteger nosso segredo, mas o que mais me angustiava era um alarme soando dentro de mim, alertando-me para me cercar de cuidados com aquelas pessoas.

Se o jantar seria servido naquele momento, eu não sei, mas, após um sussurro do rei com um servo, as ordens para que ocupássemos nossos lugares à mesa foram imediatas. Não como ordens propriamente ditas, mas parecia ser assim que os convidados interpretavam, afinal, a disciplina e polidez de todos os atos dos moradores de Birth era impecável e extremamente regrada, pelo menos até aquele momento.

Uma mesa alongava-se por pouco mais de 10 metros de comprimento, sobre ela um tecido branco e uma sequência de pedestais de ouro onde arranjos de flores cor-de-rosa, lilases e azuis matizavam-se harmoniosamente com o jogo de jantar elaboradamente situado em conjunto com o cristal das taças e a luz dos candelabros. Rodeando-a, estavam os cavalheiros enegrecidos por suas vestes e as senhoritas e senhoras imersas em nuvens coloridas da musselina, seda e algodão de seus vestidos.

Por um momento, acreditei estar na corte dos Romanov, na Rússia imperial do século 19.

O rubro cômodo, de paredes acarpetadas imensamente altas, ostentava no teto ilustrações de anjos ricamente detalhadas em ouro, além de uma continuidade de lustres compostos por diversos braços apresentando velas que concediam a dramaticidade que tornava aquela cena incomparável a tudo que eu já havia visto.

Os convidados do palácio sentaram-se à mesa preenchendo-a. O rei ocupava seu lugar na ponta. A um lado a rainha, e do outro eu.

Na nívea porcelana dos pratos, a aba era delimitada por um filete de ouro que, entrelaçado, formava as iniciais BBIII — Benjamin III de Birth. A ostentação e o apego em relação ao sangue real também ficavam evidentes no idêntico monograma bordado em dourado no guardanapo preso pelo brasão da família real.

Os pratos frios baseados em vegetais foram servidos, seguidos de peixe com molhos exóticos e apetitosos. A culinária de Birth havia me conquistado.

Todos pareciam apreciar o banquete tanto quanto eu, pois nada falavam, diferentemente das refeições às quais estava habituada. De certa forma, aquele silêncio me tranquilizava, pois receava por mais perguntas para as quais eu não tinha respostas.

Como se adivinhasse meus pensamentos e desejasse deturpá-los, Benjamin anunciou:

— Eu gostaria de fazer um brinde!

Sua voz ecoou, e todos os olhares voltaram-se para ele instantaneamente. "Que não seja para mim! Que não seja para mim!", implorei mentalmente.

— Um brinde à minha estimada e encantadora convidada, senhorita Laura!

— *PUTA QUE PARIU!*, bradei, também mentalmente, é claro...

Os convidados puseram-se em pé a brindar com seu rei. Completamente mortificada pela vergonha, fiz o mesmo.

— Eu vou matá-lo! — sussurrei-lhe em meio a um sorriso forçado enquanto meu nome era pronunciado unissonante pelos convidados.

— Como me julgou um mau anfitrião, senhorita, eu precisava melhorar minha imagem. — respondeu-me ao pé do ouvido deleitando-se com meu constrangimento.

Fui incapaz de permanecer furiosa e lhe devolvi um sorriso.

Ao perceber que todos ainda me observavam, encontrei um olhar destacado dos demais que fez com que meu sangue congelasse, Margot encarava-me enfurecida.

Buscando parecer indiferente ao nervosismo causado pela exacerbada exposição, voltei a me sentar rogando para ser esquecida durante o resto da noite. Procurei concentrar-me somente na refeição para evitar ser o centro das atenções novamente. Como se fosse possível. Os rumores causados pelo brinde continuavam a se espalhar pela mesa, era como se todos houvessem despertado e estivessem dispostos a opinar e comentar sobre a gentileza do rei para comigo. Já falei que a discrição certamente não era um dos fortes daquela sociedade?

— Realmente temos muita sorte em conhecê-la, senhorita Laura! — Margot, meu maior pesadelo, manifestara-se e eu já esperava o pior. — Conte-nos mais sobre você, estamos sedentos por informações a seu respeito. — Um sorriso largo e dissimulado deixava claro que ela suspeitava de algo, que farejava além dos demais.

A maldade de Margot era clara, contudo, embora ardilosa, eu deveria admitir sua perspicácia. Ela reconhecia minha relutância em responder às questões sobre meu lugar de origem e, interrogando-me daquele modo, só esperaria por um deslize para triunfar sobre mim.

— Ora, mas é claro! — delonguei sem saber o que falar.

No mesmo momento, um criado aproximou-se e depositou em minha frente o prato seguinte, descobrindo-o fui surpreendida pelo horror. Pedaços ensanguentados de um animal cru estavam dispostos de maneira nauseante. Na borda da porcelana branca, das palavras *"DEAD KING"*, escritas com sangue, escorria o líquido rubro.

Desesperada, procurei por Benjamin imediatamente. Seu rosto estava pálido, assim como os lábios, que rapidamente se agitaram emitindo gritos sobre algo que não pude identificar, e, em segundos, um aglomerado de guardas irrompeu bruscamente pelas portas do salão.

— Levem a rainha! — ordenou Benjamin a um dos soldados.

Com força, agarrou minha mão e me arrastou em meio a uma barreira composta por vários homens de sua escolta.

— Majestade, por aqui! — falou um dos guardas durante o trajeto. — Aguarde-nos neste corredor enquanto os homens inspecionam seu gabinete.

Ben concordou e, em poucos segundos, um soldado permitiu que nos dirigíssemos ao gabinete.

— Iremos para lá, tragam minha mãe imediatamente, juntamente com meu primo, Thomas e seus filhos. O restante deverá ficar sob proteção no salão, não permita que ninguém se retire — determinou o rei, que, mesmo assustado, mantinha-se contido e astuto.

Dessa vez, seguimos um trajeto diferente do que aquele que até ali nos trouxera. Adentramos uma porta que alcançava um caminho de contínuas e labirínticas escadas até chegarmos ao gabinete real.

Ao entrarmos, fui pega de surpresa pelos braços fortes de Ben me puxando para si e me embrulhando em um abraço muito bem-vindo.

— Você está bem? — perguntou aflito.

Sua expressão estava atormentada.

— Estou bem, mas não entendo. Aquela mensagem não era para mim, o senhor viu o que estava escrito? — Lembrei-me das palavras "REI MORTO", e temi por ele.

— Sim, eu vi! Eu não tenho ideia do que pretendem com isso, nem o porquê de o recado estar em seu prato. Devem ter trocado na hora de servir. Gostaria de lhe dar respostas, mas não as tenho. — Ele não tirava seus olhos de mim, fitava-me de um jeito incomum. — Mas ouça, vou protegê-la, como lhe prometi! — Ele estava perturbado com a ideia de que algo pudesse me acontecer, quando a ameaça havia sido claramente dirigida a ele.

Madeleine entrou acompanhada pelo lorde Thomas e seus filhos.

— Benjamin... Senhorita Laura! — Correndo em nossa direção, a rainha uniu-nos em um único abraço, surpreendendo-me pela relevância de minha figura.

— Por Deus, meu filho! O que está acontecendo? Quem atenta contra sua vida? — Chorando muito, Madeleine manteve-se unida ao filho e a mim como se eu fosse sua velha conhecida, ou até mesmo membro de sua família.

Benjamin, é claro, não tinha respostas. Seu silêncio confirmou o que eu já havia constatado. Mesmo conhecendo pouco sobre ele e sobre seu reino, eu sentia algo além das costumeiras esquisitices que vinham ocorrendo em minha vida. Não era só a minha vida que necessitava de atenção e cuidados, naquele momento eu soube que um intento, uma organização, ou seja lá como se chamava aquilo, sobrevinha como ameaça à sua vida e ao seu reinado.

— Como os senhores estão? E onde está Will? — perguntou Benjamin aflito ao verificar o bem-estar de Thomas e seus filhos.

— Estamos bem, Majestade, quanto ao seu primo, os guardas estão trazendo-o, fique tranquilo. Ele mesmo desejou ajudá-los em uma rápida busca aos arredores do castelo.

— Maldição! Guardas! Busquem William imediatamente, digam-lhe que é uma ordem do rei. — Vociferou caminhando de um lado para o outro inquieto. — É uma estupidez arriscar-se desse modo.

A porta irrompeu-se e Margot adentrou em prantos, acompanhada por guardas e por sua família.

— Majestade! — Correu para os braços do rei como os velhos conhecidos que eram, ou algo mais... — Como podem ameaçá-lo dessa forma? — Suas lágrimas e seu lamento exagerado prenderam-no a ela por longos segundos, que para mim pareciam infindáveis.

Não tolerando vê-los daquele modo, tratei de amparar a rainha, levando-a para a outra extremidade do cômodo.

—Venha, Alteza! Sente-se comigo. — Encaminhei Madeleine e solicitei a uma ama que lhe servisse chá para que se acalmasse.

Margot, de quem o rei já havia se afastado, estudando meus movimentos, intrometeu-se.

— Senhorita, como ousa oferecer algo para que Sua Alteza Real beba sem antes pedir que um provador ateste sua segurança?

Por um momento, não entendi sua insinuação. Então me lembrei que reis e rainhas tinham suas refeições e até mesmo suas roupas submetidas a uma espécie de teste antes de serem oferecidos a eles.

— Perdão, é claro! — Muito envergonhada, foi apenas o que fui capaz de dizer.

Margot, sem dúvidas, não deixaria meu equívoco passar despercebido e, aproveitando dos olhares que já havia atraído para mim, continuou:

— Todos sabemos que existe um enorme cuidado para evitar que qualquer perigo se aproxime de Sua Majestade, o rei, bem como de sua mãe, a rainha Madeleine. Pergunto-me com qual pretensão sugira que nossa rainha beba algo sem que sua criada o prove, especialmente instantes depois de nosso rei sofrer um atentado contra sua vida.

— Perdoe-me, não foi minha intenção.

Procurei imediatamente a tranquilidade nos olhos de Benjamin, mas ela não estava lá. Ao contrário, certa desconfiança surgiu quando, por um segundo, ele pareceu ponderar as palavras de minha acusadora, assim como todos que ali estavam, à exceção de Madeleine e Thomas, cujos olhos demonstravam que mantinham a mesma opinião ao meu respeito.

— A senhorita Laura é nova na corte, ainda não está acostumada aos nossos hábitos — por fim bradou a voz do rei, mesmo que já invadido pela dúvida sob o veneno de Margot.

Suas palavras acalmaram os olhares acusadores e temerosos, contudo sua hesitação quanto à minha integridade feriu-me profundamente e precisei respirar fundo, transformar meu coração em um rochedo e implorar forças aos céus para não fraquejar perante aquela mulher sedenta pelo meu fim. Ao lado do rei, ela representava muito bem seu par, ambos unidos contra mim. Era dessa forma que eu os via naquele momento.

— Mas é claro que a senhorita Laura não está habituada! Venha, querida, sente-se comigo, necessito de sua companhia — falou Madeleine repleta de compaixão.

Fiz o que ela me pedira e, já acomodada ao seu lado, encontrei o olhar de Benjamin aturdido e confuso. Ignorei-o.

Margot, ainda não satisfeita, observando a atenção do rei sobre mim constantemente, tratou de prosseguir com suas insinuações e tentativas de injúria.

— Oh, mas é claro que foi sem nenhuma intenção. Apenas perco a cabeça quando o assunto é o senhor e sua proteção — declarou agarrando-se à mão do rei.

Repudiei-a pelo espetáculo desnecessário.

— Assim como a de sua mãe! Porém, se me permite, acho de extrema necessidade que seus convidados sejam alertados sobre os hábitos da corte e, principalmente, sobre as leis, como a que se refere à pena de morte aos traidores!

— Chega, Margot! O que insinua? O que quer dizer? — explodiu Bem — Explodiu Bem, livrando-se asperamente de suas mãos.

No mesmo instante em que Benjamin parecia finalmente se posicionar sobre as indiretas de Margot, William entrou carregado por guardas, um dos olhos muito inchados pelo que apresentava ser uma lesão causada por uma briga.

O rei correu ao seu encontro dando as costas a uma Margot petrificada após seu grito.

— O que houve? — Perguntou a um dos guardas.

— Majestade, lorde William saiu sem a companhia de seus homens. Enquanto fazíamos uma inspeção nos arredores do castelo, o encontramos assim, agredido e já desfalecido.

— Tragam uma enfermeira e não deixem ninguém sair desta sala até que eu esteja de volta.

— Não! Benjamin, não saia, é muito arriscado, filho! — Madeleine gritou aflita.

— Mãe, fique calma. Lembre-se que é meu dever!

Ignorando o pedido da rainha, solicitou seus homens e seguiu em direção à porta. Antes de sair, voltou-se para mim caminhando a passos largos.

— Espere aqui, logo estarei de volta e preciso que prometa que estará em segurança, ou não terei motivos para retornar. — Seu pedido fez meu coração acelerar descompassado ainda mais bagunçado entre sua recente desconfiança e sua declaração inesperada.

— Eu estarei!

Assentiu discretamente e, transformando em estilhaços o que restava da minha sensatez, beijou ternamente o topo de minha cabeça antes de correr acompanhado por Simon, Phillip e seus guardas porta afora.

Meu pobre coração confuso batia desorientado. Seu carinho recente apagava toda e qualquer impressão negativa que eu vinha alimentando sobre ele devido aos comentários maldosos de Margot, que, enfurecida, assistia aos amáveis gestos do rei dedicados a mim.

Encontrei nos olhos de Benjamin, escurecidos pela angústia, a veracidade sobre ser seu motivo para retornar em segurança, assim, mesmo que eu soubesse que a vida era cheia de incertezas e equívocos, a partir daquele momento, Benjamin de Birth tornava-se uma constante entre as inúmeras indefinições que rondavam minha vida.

Apressei-me até Madeleine, que, mesmo em desespero, mantinha-se impressionantemente forte. Thomas também se aproximou, e permaneci junto a segurança e a proteção que eles me proporcionavam em meio à presença da víbora Margot Tampest, especialmente após ouvir as palavras que Benjamin não fez questão alguma de ocultar.

Ela não tirava seus olhos de mim, e cada vez eu via menos graça em tê-la como rival.

William teve suas roupas rasgadas para tratar um ferimento em seu ombro, e seu rosto estava coberto por uma vermelhidão, além do olho, muito inchado. Repousava ao lado da lareira de fogo brando, sobre um divã almofadado com uma extensa camada de pele animal branca.

A enfermeira que o socorria era uma moça de crespos cabelos avermelhados presos sob um toucado, de quem os presentes no gabinete não tiravam os olhos, na esperança de que William se recuperasse e ofertasse informações a respeito de seus agressores.

Foi impossível não me comover ao ver seu corpo estendido, imóvel e agredido. Sua coragem de arriscar-se pela vida do seu primo e rei era absolutamente louvável.

Acompanhando a enfermeira que tratava seus ferimentos e assessorando o trabalho da jovem, estava Nancy. Quis abraçá-la em busca de conforto quando a vi chegar, porém lembrei-me de nosso combinado sobre nossa amizade na presença de outras pessoas e não o fiz.

Já era tarde da noite, e perguntei-me como uma senhora naquela idade era capaz de trabalhar continuamente por tanto tempo. Lembraria de perguntar a Ben sobre os horários de seus funcionários. Mesmo não desejando intrometer-me em assuntos que não me diziam respeito, nutria tanto carinho por ela e sabia de sua total dedicação pelo rei, que me sentia no direito de me envolver.

A mesma jovem muito bonita que acompanhou Nancy ao meu quarto quando cheguei a Birth entrou logo depois. Ao caminhar em direção ao ferido, apresentou uma exagerada mesura a Margot. Observei quando seus olhares se cruzaram e um leve sorriso apontou nos lábios de ambas. Meus sentidos captaram uma cumplicidade e, por algum motivo, relacionei-a à antipatia que a moça demonstrara por mim naquele dia.

Madeleine bebericava o chá — provado por sua ama — ansiosamente esperando o regresso do filho. Ao seu lado, o duque compartilhava de seu sofrimento, cujo alívio foi encontrado no regresso dos homens, cerca de meia hora depois.

Correndo em minha direção, Benjamin aparentava estar bem. Precisei lembrar-me da agressão sofrida no dia anterior e que ainda lhe deixava sinais para não me assustar.

Em silêncio, ambos encontramos alívio em nossas presenças, e assim palavras não foram necessárias. Madeleine, ao meu lado, em orações agradecia o retorno do filho, e foi Thomas quem solicitou informações.

— Nada, não encontramos absolutamente nada! Percorremos os jardins, vasculhamos grande parte dos cômodos, interrogamos os servos e não encontramos nenhum sinal — respondeu Benjamin expressivamente angustiado pelo fracasso de suas buscas.

— Interrogou o chef de cozinha que preparou a refeição? — perguntei intrometendo-me.

Todos os olhares pousaram em mim.

— Sim, e também o empregado que a serviu e o provador. Nenhum me dispôs informações úteis. Até onde sabem, estavam servindo naquele prato o mesmo que havia nos outros.

Pensativa, permaneci analisando suas palavras, assim como a maioria dos presentes.

— Porém — disse o rei, centralizando-se para que fosse observado por todos. Sua voz era alta e muito clara. Todos o ouviam — não terminamos. Esta noite ninguém sairá do palácio, meus homens estão em alerta máximo, e pela manhã um interrogatório minucioso será realizado na sala do trono. Eu, a rainha e meus conselheiros estaremos lá ao nascer do sol para averiguar toda e qualquer informação, até que tenhamos encontrado o autor desse delito. Durante esta noite, nossos convidados serão acomodados e estarão em segurança. Agora, sugiro que descansemos, pois um longo dia nos aguarda amanhã.

Comentários espalharam-se, contudo ninguém ousou se opor às ordens do soberano, até porque Benjamin não parecia disposto a permitir que alguém interferisse em seus métodos.

— Fique aqui e me aguarde, a acompanharei até seu quarto — disse antes de se retirar.

— Sim senhor — concordei enquanto voltava minha atenção para a rainha, que se aproximava.

— Querida, sinto muito pelo infortúnio desta noite. — Suas palavras eram pesarosas e sinceras.

— Alteza, por favor, não sinta, não é sua culpa. Desejo que saiba que sou grata por sua hospitalidade e por seus cuidados. E saiba que eu jamais faria qualquer coisa para ferir...

— Não, querida, por favor! Jamais pensaríamos mal de você, esteja certa quanto a isso. Não dê ouvidos a essas besteiras. Algumas mulheres não são tão afortunadas com um coração tão verdadeiro e corajoso quanto este que a mantém firme mesmo nas circunstâncias em que a senhorita se encontra, isso as enfurece. Saiba identificá-las e não se deixe intimidar. Agora me dê um abraço.

Confortei-me nos braços daquela que era uma rainha-mãe grandiosa antes por sua bondade do que por sua posição. Foi preciso muito controle para não desabar em lágrimas de gratidão por tanta luz que ela me transmitia.

— Agora, se me permite, preciso repousar. Vejo-a amanhã.

— Sim, tente descansar, farei o mesmo. Boa noite!

— Boa noite, senhorita!

Despedi-me de Thomas e de seus filhos. Benjamin estava junto de William, que repousava desacordado, repassando orientações aos empregados. Os familiares de Margot já haviam se retirado, entretanto, ela permanecia rodeando o rei como uma raposa.

Assim que quase todos já haviam partido e me encontrei a sós, Margot aproximou-se, para minha infelicidade.

— Senhorita Laura, está muito tarde e creio que esteja cansada, afinal, suponho que seu dia tenha sido exaustivo. — Imediatamente meus pés me lembraram de mais um dos motivos pelos quais eu a detestava. — Sua Majestade deve se demorar e pediu-me para aguardá-lo, então já pode se retirar.

Por um momento senti a raiva me invadir e, por pouco, não considerei suas palavras. Então, lembrei-me dos conselhos de Madeleine.

— Oh, não se incomode, milady. Sua Majestade já está se aproximando e pode me dizer com suas próprias palavras que não deseja minha companhia, a qual, diga-se de passagem, ele acaba de solicitar.

Eu não conseguia acreditar que estava disputando a atenção de um homem... Mas sim! Estava...

Sua pele avermelhada por natureza fervilhava de cólera e, sem dúvidas, constrangimento por ter sido pega. Desse modo, tive minha confirmação sobre sua armadilha. — Bem, eu tinha meus motivos, Margot era intragável e ardilosa.

Benjamin notou que algo a incomodava.

— Lady Margot, ainda aqui? — A pergunta do rei foi mais que suficiente para entregá-la, e isso a deixou ainda mais embaraçada. — O que houve? Por sua aparência, suponho que o jantar não lhe tenha caído bem. Chamarei uma das amas para lhe acompanhar.

Sem esperar por respostas, Ben afastou-se e voltou com a moça que suspeitei ser íntima de Margot. Na companhia do rei, certamente evitaram compartilhar sorrisos e gracejos.

— Desejo que acompanhe lady Margot até a ala dos hóspedes. Ela não parece sentir-se bem, creio que devido a uma má digestão, então lhe sirva chá. E não esqueça de dispor de toalhas e...

— Um balde! — incentivei Benjamin, sendo impossível resistir à diversão daquela cena patética que Tampest protagonizava.

— Sim, exatamente! Um balde ao lado de sua cama caso seja necessário. Boa noite, senhorita! — sentenciou o rei sem que houvesse alternativas para Margot reformular outro meio de me indispor com o rei.

Em outra situação, menos dolorosa e angustiante, eu sem dúvidas não reprimiria o riso que sua expressão provocava.

Capítulo 25

— Foi um longo dia! — falei exausta enquanto nos aproximávamos do domo central, aos pés da escada.

— Pois saiba que ainda tem mais — disse Ben deixando-me na dúvida sobre interpretar positiva ou negativamente sua afirmação.

Reticente, permaneci com os olhos pregados nele à espera de uma explicação.

— Fique tranquila, meu plano é que seu dia tenha um final feliz — Falou em meio a um sorriso que começava a apagar os rastros produzidos pelo recente horror que havíamos vivido. — Afinal, precisamos aproveitar o pouco tempo juntos que nos resta...

Ignorei o lamento que acompanhava suas palavras, não queria mais pensar na dor.

— E posso saber de que maneira pretende fazer com que isso aconteça? Por acaso lembra-se que estamos em perigo, sobretudo o senhor, Majestade?

— Absolutamente, não é algo tão simples de esquecer, mas estar em sua companhia já torna esse fardo muito mais fácil de suportar. E, se este é o único tempo que dispomos, este terá de servir. Venha! Há algo que desejo lhe mostrar.

Tomou minha mão e subiu rapidamente os degraus arrastando-me com ele. Percebi algo diferente em seu sorriso, e eu não compreendia de que modo um homem como ele, principalmente nas atuais circunstâncias que vivia, era capaz de cintilar tão nitidamente de uma hora para outra. Alguma coisa o preenchia e resplandecia, e, se eu não estivesse muito enganada, poderia jurar que era minha presença em sua vida.

Seguimos correndo até meus aposentos, e sua mão não me deixou em nenhuma parte do longo caminho.

— Espere aqui! — pediu-me quando finalmente chegamos e me sentei na cama, ofegante.

Sua dedicação fez-me sorrir, um sorriso manifestado pela leveza que minha alma obteve ao testemunhar a excitação presente em nós. Sem dúvidas, a euforia do rei representava sua reciprocidade, e eu já não sofria pelas adversidades e objeções.

Quando se dirigiu à sala anexa, pude contemplar o ambiente iluminado apenas por velas sobre os lampadários distribuídos. As janelas abertas traziam o agradável frescor do vento da madrugada.

Quando retornou, carregava em suas mãos um enorme embrulho.

— Tenho um presente para a senhorita. Peço que perdoe o atraso.

— O que é isso? — Surpresa e admirada por seu gesto, inicialmente não assimilei suas palavras, contudo um milésimo de segundos foi o suficiente para que eu suspeitasse do que se tratava. — Benjamin! — Não havia como considerar formalidades.

— Espero que a ajude no tempo que passará em meu reino. — Explicou-se à medida que eu desfazia o laço rosado da enorme caixa branca.

— Majestade... — Limitei-me a dizer quando meus olhos encontraram um violão branco e dourado, incrustado de pequenas pedras brilhantes por todo seu contorno. — Ele é... é magnífico! O instrumento mais lindo que já vi!

Retirei-o da caixa e estudei sua sofisticada e peculiar beleza por muito tempo, descrente do que meus olhos viam. Porém foi impossível não recordar dos maus momentos que passei sem notícias suas e, principalmente, que sua agressão fora causada pelo seu desejo de me presentear.

— O senhor arriscou-se por mim, temo associar este presente incrível com os maus momentos que passara devido a isso.

— Senhorita, não, por favor. Ouça-me, independentemente de onde eu pretendesse chegar, eles me encontrariam. A menos que não tenha apreciado minha escolha...

— Não... De forma alguma! Estou encantada, grata e lisonjeada por tanta consideração.

— Então, devo dizer-lhe que me sinto afortunado por poder lhe proporcionar alguma alegria. Não quero, de forma alguma, que se lembre de Birth como um período sombrio em sua vida e, já que não voltaremos a nos ver, quero que saiba que estarei aqui pronto para servi-la no tempo em que passarmos juntos, para que, assim, só guarde boas lembranças de mim, já que, infelizmente, é somente o que posso lhe oferecer, lembranças...

Não resisti ao pranto desencadeado por suas palavras e, tentando minimizá-lo, concluí:

— Só levarei coisas boas de Birth. Jamais esquecerei o que fez por mim. — Limpando as lágrimas e temendo transformar aquele momento em um martírio, lutei para prender-me às agradáveis surpresas que aquela noite me trouxera. — Então, sugiro que aceite minha mais sincera gratidão e receba uma pequena homenagem. Peguei meu violão e sentei-me sobre o tapete defronte a enorme porta, recebendo a deliciosa brisa que invadia o ambiente.

— Hmm... — Trepidei. — Creio que será necessário vinho, ou qualquer bebida alcoólica que possa me oferecer.

— Mas é claro, senhorita! Assim como os músicos do palácio merecem ser servidos, também a vós deve ser oferecido todo o necessário para que se sinta confortável na execução de sua arte.

Benjamin era sempre tão formal, até nas coisas mais banais. Sorri com o exagero de sua observação e confesso que suas peculiaridades deixavam-me ainda mais encantada.

Atendendo ao meu pedido, dirigiu-se novamente ao outro cômodo enquanto eu ponderava sobre qual canção lhe apresentar. Uma, em especial, já estava ecoando em minha mente e, mesmo que ela entregasse meus sentimentos, seria minha escolha.

Retornou carregando uma bandeja com duas taças de prata e um jarro de vinho. Gentilmente me serviu antes de se sentar em minha frente.

— Um brinde à mulher mais bela e fascinante que virei a conhecer por toda a vida — falou erguendo sua taça e enchendo-me ainda mais de exultação.

Sem palavras, sorvi o máximo que pude do vinho para encontrar coragem de olhar em seus olhos depois de nosso flerte e também para me auxiliar em minha performance.

— Tentarei lhe retribuir a gentileza, espero que goste... — falei com a voz trêmula e precisei de outro longo gole de vinho.

Nem minhas apresentações públicas deixaram-me tão nervosa.

Dedilhei as notas que produziram exatamente o som que eu desejava, revelando que o instrumento encontrava-se perfeitamente afinado. Com os olhos do rei pairando sobre mim, declarei meu amor por ele com as palavras de Elvis Presley.

"Wise men say

Only fools rush in

But I can't help falling in love with you

Shall I stay?

Would it be a sin

If I can't help falling in love with you?"

Sua aprovação veio com o olhar doce, encantado e faiscante, sensibilizando-me. Aproximou-se demais me impedindo de pensar com racionalidade.

— Sua voz... Não há nada que a defina. Essa canção... E seu talento... Senhorita...

— Majestade...

Sucumbi imediatamente ao desejo de provar da sua boca, que, gentilmente, apoderou-se da minha. Seus lábios macios exigiam mais, e eu lhe retribuía deslumbrada pelo gosto do seu beijo. Suas mãos prendiam meu rosto como se houvesse alguma chance de me perder e, em meus pensamentos, eu só desejava que aquilo jamais chegasse ao fim.

Em seus braços, crescia o desejo de ir mais além.

Mesmo consciente de que nossa história não seria afortunada nem mesmo com a possibilidade de um futuro, meu anseio era de permanecer em seus braços e me entregar. Porém Benjamin, como o incomum cavalheiro que era, respeitou-me e demonstrou ir contra seu desejo.

— Quero que seja minha... Quero mais que qualquer coisa que já desejei. Mas compreendo que nada posso lhe oferecer, embora eu queira. Não irei forçá-la a nada. — Seus olhos lampejavam de excitação, mas suas palavras alertaram-me para a realidade que eu havia esquecido e me machucavam profundamente, pois, independentemente do desfecho que nossa história teria, eu estava disposta a abrir mão dos ideais de uma relação duradoura... Mas ele não parecia pensar do mesmo modo.

Sua hesitação, sob meu olhar, representava sua compreensão de que eu buscava um relacionamento que ele não poderia me oferecer, dada, sobretudo, a sua posição. Respirei fundo e me desvencilhei de seus braços antes de prosseguir utilizando ao máximo do meu orgulho.

— Não há um futuro para nós, vivemos em mundos diferentes e jamais poderemos mudar isso sem pôr em risco seu reinado e seu povo. É seu dever encontrar uma rainha, filha de Birth como vós e com ela governar, viver e deixar herdeiros para seu trono. — Encarar a verdade era doloroso, porém, necessário. — Prefiro que saia agora, e, por favor, perdoe-me por esquecer que o senhor se trata de um rei.

— Senhorita, não foi isso que eu quis dizer — argumentou pondo-se à força em meu campo de visão.

— Eu sei exatamente o que o senhor quis dizer. — Falei enquanto ainda sentia o gosto de sua rejeição.

Em poucos segundos, ele comprovou compartilhar de minha opinião ao sair e bater à porta atrás de si.

Sem nem mesmo conseguir chorar para desatar o nó preso em meu peito, tirei as intermináveis peças de roupa com a ajuda de uma ama que o rei pedira para que me servisse e busquei conforto em um banho que ela preparara.

Pus uma longa camisola de seda — nem buscaria minhas exigências quanto às minhas vestes — e aconcheguei-me na cama, já sentindo sua ausência. Um pesadelo com correntes passou a me assombrar, lutei para despertar e, assustada, acordei de sobressalto.

Minha realidade estaria mais segura e agradável se, em minha frente, a silhueta de uma mulher em meio à escuridão não estivesse a me encarar, demorei para compreender que eu já estava acordada e que aquilo não se tratava de um pesadelo.

— Quem é você? O que você quer? — sussurrei ainda temendo se tratar de uma alucinação.

— Afaste-se do rei! — falou a voz estridente e inconfundível. Margot.

— Você é louca! O que faz em meu quarto? Saia ou vou gritar! — ameacei.

— Afaste-se do rei e da corte, volte ao tugúrio de onde saiu e nunca mais se aproxime de Benjamin. — Ela agora se aproximava.

— Não se preocupe, porque não estarei em seu caminho. Em breve partirei e terá as atenções do rei só para você, milady. Agora saia do meu quarto!

— Que bom que nos entendemos... É louvável que tenha consciência de que não pertence à corte, olhe para você... Uma qualquer, sem título e sem berço.

— Saia agora ou a ponho para fora à força — ameacei desejando que ela escolhesse a segunda opção.

Em silêncio, caminhou até a porta, mas antes de sair ainda ousou me intimidar.

— Se não sair do meu caminho, por bem, terei de removê-la. — Suas palavras surtiram o efeito desejado, e senti que ela era realmente capaz do que dizia.

Capítulo 26

Rolei na cama por muito tempo remoendo suas ameaças e o que afirmava sobre minha origem. Margot não sabia de nada, mas estava certa, em Birth eu era apenas uma qualquer. Um sono turbulento e carregado me atingiu quando não suportei mais o cansaço, e despertei com a presença de Nancy e sua habitual amabilidade.

— Senhorita Laura, o rei a espera para o café da manhã — falou com doçura.

— Diga a ele que não irei, sinto-me indisposta e prefiro fazer minha refeição sozinha — falei mesmo sabendo que poderia parecer hostil.

— Sim, querida! Deseja algo para que se sinta melhor?

— Por ora, apenas um banho será suficiente — respondi absorta ao buscar na memória os muitos acontecimentos da noite anterior.

— Já preparei seu banho, está à sua espera.

— A senhora é um anjo! — falei grata por encontrar carinho em suas compassivas feições.

Deitei-me na banheira tentando relaxar, mas ainda estava sob o efeito das palavras de Margot, e milhares de pensamentos sobre suas atemorizações me afligiam. Após o banho, contei com a ajuda das amas para me vestir de acordo com a escolha de Nancy.

O negrume do tecido era estampado por vermelhas flores ramadas, muito justo da cintura ao colo. Ajustavam-se também as longas mangas que me cobriam os braços. Sofisticado e sério, adequava-se a uma grande ocasião.

Quando, por fim, maquiei-me apenas com longas pinceladas negras sobre os cílios e um rubro batom nos lábios, ouvi a voz de Benjamin, saí do quarto de vestir e encontrei-o admirado por minha figura.

— Majestade. — Fiz uma reverência para intensificar que eu sabia exatamente qual era meu lugar em sua vida.

— Senhorita, vejo que acertei na escolha de suas vestes. Está deslumbrante!

— O senhor escolheu minha roupa? — falei ironicamente demonstrando minha insatisfação por tal petulância.

— Hoje é um dia importante, só queria ajudá-la. — explicou-se.

— O senhor é o rei, tem o direito da escolha, ao contrário de reles mortais como eu — explicitei meu descontento, confesso que com uma pitada de drama.

— Senhorita... Se se refere à noite passada, preciso falar-lhe. Por favor, ouça! -me! — Seu semblante estava ainda mais consternado que em outras ocasiões preocupantes, e nem mesmo sua convencional elegância sobrepôs-se ao seu abatimento. Realmente tratava-se de um grande dia o que ele teria pela frente, e a última coisa que eu desejava era tornar-me um fardo ainda maior em suas costas.

— Agora não! Sei perfeitamente que o senhor tem problemas muito maiores para dedicar sua atenção, veja sua aparência! Precisa resolver as questões que põem em risco sua vida, e, ao que se refere à noite anterior, conversaremos em um momento mais oportuno e menos tumultuado.

— Acha que é isso que me consome?

Sua voz estava mais elevada que o habitual. Percebendo sua alteração, aproximou-se e diminuiu o tom ficando, dessa forma, quase inaudível enquanto argumentava com os olhos firmes nos meus.

— É você! Só você é o que me importa... Tenho um reino para governar, pessoas dependem de mim, um segredo depende de mim, e mal sou capaz de pensar em todos esses assuntos quando em meu pensamento só existe você.

Sua dor tornou-se ainda mais evidente, assim acentuando meu pesar. Sua revelação era sincera, e a certeza de um sentimento em comum adquiriu minha convicção, preenchendo-me de ternura, e com isso o convencimento de que me tornar o centro do seu mundo não era algo que eu poderia desejar, não naquele momento. Não seria sensato e nem justo com tantos riscos, mesmo que em mim o amor por ele já houvesse se apoderado de tudo, nele eu haveria de conseguir evitar que o mesmo acontecesse.

— Majestade, o dia já nasceu e seu compromisso com seus súditos o aguarda. Se me estima tanto quanto diz, peço que não dificulte ainda mais as coisas, por favor! Governe Birth como sempre fez e não permita que eu me sinta ainda mais culpada por bagunçar sua vida. Estarei aqui quando terminar e, se desejar, poderemos conversar e, quem sabe assim, sinta-se melhor.

— Como pode pensar que eu a deixaria aqui? Por que acha que eu mesmo escolhi o que vestiria? A senhorita virá comigo, estará sempre ao meu lado no tempo que passar em Birth — revelou enfático surpreendendo-me com seu desejo.

— Mas não pertenço a Birth, não quero parecer intrusa — falei recordando o amargor das palavras de Margot, sem com ele poder dividir meu temor por suas ameaças para não lhe causar ainda mais preocupações.

— Preciso de você, por favor, acompanhe-me! Esteja ao meu lado neste momento! — Ele agora segurava minha mão. — Além do conforto em tê-la por perto, não a deixarei longe dos meus olhos com possibilidade de um assassino à solta na corte. — Em seus olhos, aquela névoa escura presente sempre que algo o perturbava.

Caminhei de um lado para o outro em silêncio, esforçando-me para encontrar razão em tudo o que ele dizia.

— Tem certeza de que não irei atrapalhar? — perguntei desejando realmente saber em que lugar me encaixar em sua vida.

— Escute, senhorita! — Sua voz era firme. — Não sei por quanto tempo terei a honra de tê-la ao meu lado, mas sei que não existe tempo que seja suficiente para que eu desfrute inteiramente da alegria de sua companhia. Então, não pense jamais que é, de alguma forma, um empecilho. Despreze minha companhia, mas nunca a sua. Meu maior desejo é que fique comigo. — Seus argumentos deixaram-me sem ar e convenceram-me a concordar em acompanhá-lo. — As amas e meus guardas lhe escoltarão até a sala do trono, onde eu a esperarei.

Sua mão pousou sobre a minha enquanto a outra delicadamente envolveu minha cintura e, sem importar-se com os guardas ao alcance da nossa vista, beijou-me os lábios trazendo-me outra vez a sensação de que nos conjugávamos em um só ser.

Capítulo 27

A sala do trono, de um tamanho colossal, era tão suntuosa, sofisticada e imponente quanto se espera ao ouvir sua denominação. Devo admitir que nem eu esperava tanto. Seguindo os mesmos motivos de outros cômodos da casa real, era predominada pelo vermelho aveludado e ouro por todos os lados. Um tapete nas mesmas cores acobertava integralmente o chão, e, sobre ele, cadeiras douradas estavam dispostas dos dois lados, formando, assim, um corredor, por onde deduzi que os interrogados fariam sua passagem. Uma escada de quatro degraus ladeada por duas estátuas de ouro de suntuosos tigres siberianos em tamanho real levava a um tablado onde dois enormes tronos de ouro descansavam soberanamente. Sobre eles, pairava o brasão real estampado no veludo da parede.

Em cada um dos lados do estrado, um móvel entalhado em ouro era acompanhado por um enorme espelho veneziano. Sobre eles, presos na magnificência do teto rebuscado por formas variadas, extraordinários lustres cintilavam com seus cristais suspensos.

O salão já contava com inúmeras pessoas, entre elas, ao lado da rainha, o rei, figurando no ponto mais alto da cena que meus olhos encantados observavam. Benjamin cobria-se com um manto muito espesso que também possuía a tonalidade escarlate. Bordadas em ouro desde o alto até a cauda, folhas de louro esparramavam-se e encontravam-se com linhas sinuosas entre pequenas cruzes recamadas impecavelmente na parte central da peça. O rebuço consistia em uma pele branca com pequenas manchas negras como nos típicos trajes da realeza. Além do manto, uma coroa cravejada de pedras preciosas adornava sua cabeça.

Precisei lembrar-me de respirar, pois sua imagem era inacreditável. Nunca antes eu o havia visto daquela forma e, ali, pela primeira vez, convenci-me de que ele se tratava verdadeiramente de um rei.

Seus olhos encontraram os meus, e percebi nossos pensamentos imediatamente sintonizados. Sentindo meu nervosismo, assentiu com um leve movimento encorajando-me a atravessar o tapete vermelho que se alongava à minha frente.

Minha excitação não me permitiu atentar para a voz que anunciava meu nome, apenas um eco em algum lugar da minha mente confusa alertava-me que minha presença não passaria despercebida. Olhares das mais diversas naturezas recaíam sobre mim naquele curto caminho que parecia não ter fim.

Benjamin veio em meu socorro, e agradeci infinitamente por ter seu braço para me apoiar. Madeleine apenas sorria e transmitia seu carinho sentada em seu trono, envolta em seda cor de amora e ornada por joias reluzentes.

O rei seguiu ao meu lado até alcançarmos a primeira cadeira na fileira, onde seus conselheiros se acomodavam. Demasiadamente próxima de Sua Majestade, não tive dúvidas de que o lugar escolhido para mim gerara a insatisfação na maioria dos demais. Creio que ninguém conseguia compreender que diabos o rei fazia carregando-me com ele para todos os lados, nem eu mesma compreendia.

Acomodei-me com sua ajuda e, quando percebi, seus joelhos dobraram-se permitindo que sua boca alcançasse meu ouvido para sussurrar.

— Fique ao meu lado e lembre-se que preciso de você. — Sua revelação atingia cada parte do meu ser, e com muito esforço não lhe revelei o que meus pensamentos gritavam. Eu o amava! Contudo precisei recorrer ao meu bom senso para me certificar que aquele não era o momento ideal, assim, apenas concordei com meus olhos ainda atentos aos seus.

Beijando minha mão e tornando o simples ato um espetáculo com uma plateia vidrada em nossos movimentos, Benjamin retornou para o seu trono, arrastando a cauda de tecido felpudo atrás de si.

Em pé em frente ao trono, iniciou seu discurso.

— Meus senhores... — Todos lhe reverenciaram, inclusive eu, embora com um pequeno atraso devido à minha falta de prática, e ah, sim! Devido ao pequeno detalhe que era não ter a mínima ideia do modo como me comportar em uma corte de um reino escondido do restante do mundo. — Hoje nos reunimos para tratar de um assunto que já é de vosso conhecimento. Algo desagradável vem se repetindo há alguns dias e roubando nossa costumeira tranquilidade, da qual tanto me orgulho por poder conceder aos meus súditos como seu rei e que vem sendo ameaçada por alguém que está entre nós, seja no palácio ou fora dele. Por isso, antes que se inicie o interrogatório, darei a chance de que se manifeste aquele que dispõe de alguma informação que possa instaurar um caminho que nos leve até o autor desses atentados contra vosso rei.— Um enorme silêncio predominou o ambiente calando o recente murmúrio e as especulações tão habituais em grandes círculos. — Nada? Ninguém possui informações para seu senhor? — A voz de Benjamin já não soava moderada como de costume. — Então, teremos de recorrer a uma maneira mais eficaz de obtê-las. Guardas, tranquem as portas! — ordenou. — Tragam-me o menino!

A mesma dúvida que me assombrava parecia culminar todos os presentes.

Um lindo menino negro trajado de forma muito modesta atravessou o tapete acompanhado por um dos guardas. Assustado, mantinha sua cabeça baixa enquanto se dirigia ao rei.

— Como é seu nome, garoto? — pediu Ben tendo apenas silêncio como resposta. — Garoto...?

— Responda a Sua Majestade! — falou bruscamente o guarda, criando em mim enorme aflição pela maneira nada gentil com que submetiam a criança a tal situação.

— Sebastian, Majestade. — falou o pequeno com a voz que anunciava o medo que sentia.

— Sebastian, conte-nos o que sabe! — requereu o rei com ares de quem sabia aonde iria chegar.

O menino mantinha-se com a expressão atemorizada encarando fixamente os sapatos surrados que calçava, sem coragem de erguer os olhos. Em silêncio, todos, inclusive o próprio rei, respeitaram os minutos necessários para que o pequeno encontrasse firmeza para prosseguir.

— Sei apenas que uma mulher me procurou e pediu-me para encontrar um animal na floresta e o entregasse a ela.

— Muito bem, Sebastian! E você sabe me dizer quem era essa mulher? — perguntou o rei exigindo o máximo de seu equilíbrio.

— Não, Majestade, ela estava com o rosto coberto.

Caminhando lentamente, Benjamin ponderava sobre as informações que obviamente não lhe surpreendiam, pois por certo ele já havia interrogado o menino antes.

— Pois bem, garoto, conte-nos então, detalhadamente, como aconteceu.

— Sim senhor! — Sentindo-se um pouco mais seguro, gradativamente iniciou sua narrativa. — Ontem pela manhã, próximo às 10h, quando eu estava no estábulo escovando os cavalos, uma mulher que usava uma enorme capa preta se aproximou com um véu negro sobre o rosto e me perguntou se eu poderia encontrar um animal pequeno na floresta em troca de algumas moedas.

— E você aceitou? — falou o rei.

— Sim, Majestade, mas eu jamais imaginei que isso poderia trazer qualquer perigo para o senhor. Eu juro! Por favor, acredite em mim! — explicou-se o pobre com a voz embargada lutando contra o pranto que ameaçava romper.

Próximo à porta, onde vários servos mantinham-se em pé, a ama que acompanhava Nancy e que parecia ser próxima à Margot chorava baixinho em uma dor lancinante observando o menino. Era, sem dúvidas, seu filho, pois, além de ser tão bonito quanto ela, seu desespero revelava que laços os uniam.

— Acalme-se, Sebastian, só peço que não omita nenhum detalhe. Conte-nos como foi a entrega do animal.

— Sim senhor... Fui até a floresta e levei comigo uma gaiola, nela, carreguei até o palácio a raposa que encontrei, e, como a moça havia me instruído, deixei o animal na parte interna onde são guardados os equipamentos de montaria. Deixei-o lá, saí e não voltei a ver a moça.

— Como foi o pagamento?

— A moça me pagou duas moedas de ouro no momento em que concordei.

— Essa moça estava bem trajada? Parecia uma nobre ou uma serva? — prosseguiu o rei com os olhos pregados no garoto.

— Era sem dúvidas uma nobre, Majestade — respondeu Sebastian com convicção.

— Por enquanto é só, obrigado por seu esclarecimento.

Sem olhar para trás, Sebastian correu para a mulher que deduzi ser sua mãe. Recebendo-o em seus braços, ela o chamou de filho enquanto o envolvia em um abraço em meio ao pranto de ambos. Notei que ela ergueu os olhos e, com a expressão abatida, manteve-os firme em uma direção por um longo tempo. Segui seu olhar e encontrei Margot, que, discretamente, também a encarava.

Um clima nada agradável tomou conta da sala do trono. Um por um dos presentes foi chamado para prestar esclarecimentos, todos em vão. Ninguém além do menino parecia ter algo para dividir com o rei, até que lady Margot foi solicitada.

— Lady Margot, tem algo a declarar? — perguntou secamente Benjamin.

— Majestade, até o momento não havia nada, mas, após o relato desse menino, algo me ocorreu... — Intensificando exageradamente o pesar que sentia sobre os infortúnios do rei, limpou as forçadas lágrimas antes de prosseguir. — Ontem, pela manhã, quando os visitei, pude perceber que sua hóspede, a senhorita Laura, havia estado no estábulo, obviamente não estou acusando-a, porém penso que ela possa ter avistado alguém suspeito...

Dissimulada, Margot atraiu a atenção de todos para mim, acusando-me descaradamente. Sem reação, apenas aguardei meu álibi, pois Ben acompanhou-me aos estábulos e nos mantivemos juntos por toda a manhã. Mesmo assim, meu temor em relação à sua capacidade de me prejudicar aumentava a cada momento e, embora certa sobre a confiança do rei em mim, foi impossível não sentir o efeito de sua injúria.

— Não creio que a senhorita Laura tenha presenciado algo que eu mesmo não presenciei, já que a acompanhei aos estábulos e com ela permaneci durante toda a manhã. — Respirei aliviada, ao contrário de Margot, embora muito se esforçasse para manter sua postura moderada. — Mas me pergunto o que a senhorita fazia nos estábulos ontem pela manhã...

A pergunta deixara-a consternada, mas como a boa atriz que era, conseguiu livrar-se das suspeitas do rei.

— Oh, Majestade, creio que não me expressei corretamente. Eu não estive nos estábulos, apenas reparei nas botas de montaria da senhorita Laura e deduzi que ela poderia ter presenciado algo que fosse de seu interesse.

Senti uma vontade súbita de gritar para que todos naquela sala ouvissem sobre sua visita ao meu quarto no meio da noite e suas ameaças, entretanto, eu sabia exatamente qual era o meu lugar em Birth e não poderia arriscar o segredo que carregávamos sem antes saber até que ponto ela iria para me afastar do rei. Seria mais prudente esperar um momento a sós com ele para definir de uma vez qual era meu papel em sua vida e qual era o de Margot. Pela experiência em monarquias que eu havia adquirido ao longo da minha carreira como historiadora, eu sabia que conspirações faziam parte de uma corte, porém ser vítima de uma era totalmente novo para mim.

— Compreendo... — continuou Benjamin com seus pensamentos evidentemente muito distantes. — Se não tem mais nada para declarar, pode retirar-se, por gentileza —— anunciou demonstrando quanto restara de sua paciência.

Antes que Margot retornasse ao seu lugar a pedido do rei, Madeleine, que até então apenas observara, aproximou-se do filho e dirigiu-se a ela, inquirindo-a.

— Lady Margot, tenho uma pequena dúvida. — Os olhos de Margot arregalaram-se.

— Sim, Majestade — falou tentando disfarçar o nervosismo evidente.

— Estive com meu filho e a senhorita Laura por boa parte da manhã de ontem, inclusive pouco antes de saírem para cavalgar. Recebemos sua visita muito antes disso, desse modo, pergunto-me o que fazia rondando o palácio após nossa despedida. Por favor, esclareça.

Madeleine contava com um coringa que passara despercebido em razão de meu nervosismo. Margot empalideceu e precisou recorrer outra vez ao seu incrível poder de persuasão para tentar se livrar das amarras que ela mesma criara.

— Alteza, esqueceu-se que sou uma convidada assídua da corte e também uma colaboradora? Ontem, pela manhã, após nosso encontro, participei de uma reunião para definir o tema do próximo baile. Assim, antes de retornar para nossa propriedade, dirigi-me à galeria para encontrar as outras senhoritas e vi a senhorita Laura em um dos corredores com seus trajes de montaria.

— Isso é verdade, senhorita Laura? — perguntou-me a rainha-mãe.

— Sim, Majestade... — Concordei, pois afinal era a verdade.

Margot sorria e desenrolava seus argumentos cautelosamente, mas eu sentia seu nervosismo além do que ela aparentava, eu só não sabia distinguir se ele era gerado pelos questionamentos em uma situação que afligia a todos, ou por estar de fato envolvida nos atentados contra o rei. Pela primeira vez, encarei seu envolvimento como uma possibilidade. Entretanto me perguntei de que forma Margot se beneficiaria atacando Benjamin. Além do mais, ela parecia nutrir sentimentos por ele... Por ora, seria improvável obter qualquer resposta, mas eu me manteria atenta a todos os detalhes.

— Está bem, lady Tampest, agradeço seu relato. — A rainha não parecia satisfeita.

Um dos guardas se aproximou de William e o encaminhou até a cadeira centralizada em frente aos tronos, onde o ajudou a se acomodar.

Cumprimentou o rei, que, prontamente, indagou-o sobre a noite anterior, quando ele, sozinho, saiu em busca do autor da ameaça.

— William, ontem à noite o senhor foi atacado quando, sem a companhia de suas tropas, saiu aos arredores do palácio buscando encontrar o mentor do atentado contra mim, seu rei. Então peço que nos conte o que viu, ou o que conseguiu descobrir.

— Sim, Majestade! Porém lamento não dispor de nenhuma informação. — Sua voz oscilava figurando a inquietação provavelmente provocada pela lembrança. — A preocupação com sua segurança e o desejo de evitar que algum perigo chegasse até Vossa Majestade me cegou e, sem pensar em mais nada, saí com a pretensão de encontrar o responsável pelos ataques, mas ele foi mais ágil e me encontrou antes. — Com uma leve menção, Benjamin induziu-o a continuar. — Quando me dirigia ao jardim das fontes, alguém se aproximou pelas minhas costas e me atacou com fortes golpes, levando-me à inconsciência em poucos segundos e impedindo-me de identificá-lo.

O rei avaliou as palavras do primo novamente sem se surpreender com as informações que este possuía. Certamente, ele já havia conversado com William também.

— Não tem mais nada a declarar? Não se recorda de mais nada? — inquiriu Benjamin impaciente.

— Não, senhor, perdoe-me, Majestade.

— Já pode se retirar, William. Obrigado!

Com a retirada de William, a palavra voltou ao rei.

— Uma corte com mais de 100 residentes, entre eles hóspedes, servos e trabalhadores que por aqui passam todos os dias, e ninguém viu e nem ouviu nada que possa nos direcionar nesta busca? — Um sorriso irônico surgia em seus lábios. — Como ousam julgar-me tão erroneamente acreditando que não encontrarei tal conspirador? Saibam todos, a partir de hoje, meus homens estarão presentes ocultamente na vida de cada um dos senhores, dos nobres aos criados. E, assim que provas concretas me forem apresentadas, cuidarei pessoalmente do verme que presumiu ser capaz de dominar e ameaçar minha vida e meu reinado. Seu sangue envaidecerá minhas mãos quando eu lhe arrancar de sua existência miserável.

Um lado desconhecido de Benjamin imperava sobre sua habitual doçura e, mesmo já o tendo presenciado em outros momentos de cólera, nunca antes eu o vi sendo dominado pelo ódio de maneira tão ávida a ponto de desejar tirar uma vida.

Mesmo que a situação de fato requeresse uma medida drástica, existiam outros meios de punir quem quer que fosse o culpado. E conhecendo e amando o coração bondoso de Benjamin, eu sabia que suas palavras não eram verdadeiras, mas, bem no fundo, temi precisar convencê-lo disso.

— Alguém mais deseja se pronunciar? — perguntou Madeleine observando o nervosismo do filho, que se servia de vinho em uma bandeja que um criado lhe oferecia. Suas mãos vacilantes conduziam a taça prateada até os lábios sedentos pelo alívio que necessitava.

— Sim, Majestade! — Ah não! Margot outra vez...

Todos olharam em sua direção, atrás de mim duas ou três fileiras, mas eu apenas ouvi sua voz sem lhe dar a satisfação de encará-la.

— Pergunto-me por que sua convidada, a senhorita Laura, não fora interrogada como os demais?

O agudo penetrante do som da sua voz era tão detestável quanto seu desejo em me atormentar, e, novamente, todos os olhares estavam em mim. Eu me acostumaria com aquilo em algum momento?

Tranquila pela leveza de minha consciência, não tive tempo para pensar em uma forma de me defender e nem precisei, pois, ao ouvir as palavras de Margot, Benjamin interrompeu o gole de seu vinho e abandonou imediatamente sua taça. Em segundos, subtraiu os degraus do tablado e, com uma expressão assustadora, dirigiu-se a mim, porém seus olhos estavam em Margot e eles não pareciam felizes por isso.

— Acompanhe-me, senhorita Laura — exigiu-me sem tirar os olhos de Margot.

Minha tranquilidade recente transformou-se em apreensão. Segui o rei e, conforme seu pedido, sentei-me na cadeira dos interrogados situada no centro da sala.

— Senhorita, por favor, fale-nos claramente e para que todos ouçam sobre o seu dia de ontem. — Assentiu encorajando-me ao constatar minha relutância.

Lutando para bloquear qualquer pensamento que avaliasse o fato de que minha fala a todas aquelas pessoas tornava minha presença ainda mais evidenciada, contei-lhes detalhadamente sobre o dia anterior, evitando obviamente mencionar as conversas que tive com o rei e a rainha sobre o segredo que compartilhávamos.

— Então, nos poucos momentos em que não estive em sua companhia, a senhora Nancy ou a rainha mantiveram-se ao seu lado? Além da infinidade de guardas que a acompanham... — perguntou-me, confirmando o que eu havia dito.

— Sim senhor — respondi para que todos ouvissem.

— Senhora Nancy, é verdade que esteve na presença da senhorita Laura em todos esses momentos? — Perguntou à ama, que havia se aproximado sem que eu percebesse.

— Sim, Majestade! Exatamente como disse a senhorita Laura — confirmou a mulher.

— E, em algum momento, observou algo suspeito? Algum recado ou alguma conversa com um mensageiro ou com qualquer outra pessoa? — insistiu o rei.

— Não, senhor, ninguém além de Vossa Majestade ou da rainha-mãe.

— Alteza, a senhora percebeu algum comportamento suspeito no tempo em que esteve na companhia de nossa convidada, a senhorita Laura? — perguntou em meio a um sorriso escarnecedor à sua mãe, que também respondeu utilizando de ironia.

— De modo algum, Majestade! A senhorita Laura tem toda a minha confiança, posso lhe assegurar. — Minha estimada amiga me oferecia um olhar de cumplicidade, tranquilizando, assim, meu coração.

Benjamin caminhou em direção às fileiras, ficando em frente aos seus lordes e encarando Margot, assentada às costas dos senhores.

— Está satisfeita agora, milady? Há mais alguma insinuação que deseja fazer em relação à minha convidada? — Irônico, Benjamin não ocultava seu desagrado.

— Não, Majestade, perdoe-me se o ofendi, eu só desejava... — Tentou usar de seus argumentos maçantes e repetitivos novamente, mas Ben a interrompeu abruptamente.

— Sim, milady, já sei... Só desejava me proteger! Mas entenda de uma vez que não necessito de sua proteção e muito menos de suas tentativas de me aconselhar, para isso tenho meus conselheiros. Mantenha-se em seu lugar e só venha até mim quando dispuser de provas. Até lá, ordeno que se afaste da corte.

Sem importar-se com as contestações de Margot e de outras pessoas que também protestavam contra sua atitude, Ben caminhou em minha direção.

Meu alívio, dada a defesa do rei, não era absoluto, ao contrário, iria, sem dúvidas, intensificar o ódio que Margot nutria por mim e reforçar seu desejo de me atingir a qualquer custo.

— Você está bem? — perguntou-me baixinho com o rosto transtornado.

Concordei discretamente sem ousar me manifestar.

— Espero ter sido claro sobre as consequências que esses atos de vandalismo terão. A partir de hoje, viverão sob minha diligência e, a menos que respostas me sejam dadas, terão suas vidas e suas privacidades invadidas até que eu ponha minhas mãos nesse ser maldito que se atreveu a trair seu rei. Encerramos por aqui.

Permaneci imóvel na cadeira enquanto assistia aos demais se retirarem rapidamente sob as ordens do rei. Entre os olhares e cochichos destinados a mim, um em especial, o de Margot, fuzilava-me com promessas silenciosas de vingança.

— Venha, querida! — solicitou-me Nancy, encarecida.

Acompanhei-a em direção à saída e percebi que Benjamin, Madeleine, William e os Burdwick permaneciam onde estavam. Quis olhar para trás para encontrar algum alívio em Benjamin, mas não o fiz. Não sabia exatamente o que pensavam de fato sobre mim, então preferi proteger meu orgulho, pois, no fundo, se eu estivesse em seus lugares, não seria uma surpresa desconfiar de alguém desconhecido que, repentinamente, surgisse ocasionando dúvidas e curiosidades devido ao mistério que representava.

Fora do salão, no extenso corredor dos lustres, muitas pessoas concentravam-se em pequenos grupos. Debatiam sobre o que haviam presenciado, e suas expressões entregavam suas opiniões a meu respeito. Novamente pondo-me em seus lugares, não pude julgá-las por isso.

Capítulo 28

Caminhei em silêncio ao lado da ama seguindo em direção às escadas que levariam aos meus aposentos. Quando cheguei aos pés da escada, ouvi passos de salto alto se aproximarem e desesperei-me. "Margot!", presumi, mas surpreendi-me ao encontrar uma moça de minha estatura, com sardas que salpicavam suas rosadas bochechas salientes abaixo de grandes olhos castanhos esverdeados e simpáticos, assim como seu sorriso fácil.

— Senhorita Laura, é um grande prazer conhecê-la. — falou desviando rapidamente o olhar parecendo vigiar caso alguém se aproximasse. — Chamo-me Emily Cornwel e preciso lhe falar.

— Acompanhe-me — falei constatando sua urgente necessidade de privacidade.

Subi os degraus ao lado de Nancy, e Emily nos seguiu em silêncio.

Um vestido bege pálido harmonizava-se perfeitamente com a pele alva de Emily e seus longos cachos acastanhados. Um decote ababadado ladeado por ramos acobreados em pedraria demarcava sua pequena cintura e fazia seus seios parecerem maiores do que eram de fato.

Sem dúvidas, uma bela jovem, considerei ao vê-la adentrar o dormitório a meu pedido. Além disso, uma energia agradável parecia acompanhá-la e passou a instaurar-se também em mim a partir de sua chegada. Devido ao temor que usurpava minha paz desde que, metaforicamente, lançaram-me à fogueira no recente episódio na sala do trono, senti-me grata pelo bem-estar que sua presença trazia.

— Vou deixá-las a sós, senhorita! — declarou Nancy já se retirando.

— De forma alguma, Nancy! Desejo que fique e acompanhe-me ao ouvir o que lady Emily tem a me dizer. Não tenho segredos com o rei e quero que a senhora se certifique disso para lhe assegurar caso seja novamente interrogada. Além do mais, a senhora é minha amiga! — E, virando-me para minha nova companhia, acrescentei — Se importa?

— Se a senhora Nancy tem sua confiança, não vejo problemas.

— Sim, Nancy possui minha total confiança — falei sorrindo para minha querida amiga e ama que, acanhada, demonstrava nos olhos a gratidão por reconhecer minha afeição.

Pensei em Nancy e em quantas pessoas haviam valorizado sua presença ou o fato de tê-la por perto. Estudei por um segundo suas feições e traços fortes, uma beleza singela e desprovida de artifícios, mas admiravelmente engrandecida pela resplandecência de sua alma indulgente e repleta de uma lealdade despretensiosa.

— Senhorita Laura? — Emily obrigou-me a deixar de lado minhas conjecturas a respeito de Nancy.

— Desculpe-me! Tem minha atenção... — declarei envergonhada por parecer desatenta ou desinteressada, quando não era o caso. — Vamos nos sentar.

Dirigimo-nos à sala de estar e lá nos acomodamos, inclusive Nancy, após minha insistência.

— Estou aqui para dizer-lhe que, mesmo que para a senhorita minha opinião não seja relevante, afinal, nem nos conhecemos... desejo verdadeiramente que tenha consciência que acredito na sua inocência nesses atentados contra Sua Majestade — falou surpreendendo-me com sua franqueza. — Como não é uma frequentadora da corte, por certo não conhece a cada um da mesma maneira que eu, que vivo entre os nobres. Por favor, não se ofenda!

— Prossiga! É apenas um fato. — Determinei ao constatar que não havia maldade ou arrogância no que dizia.

Cordial, Emily continuou:

— Como lhe disse, confio em vós mesmo que algumas questões que causaram dúvida tenham sido levantadas na sala do trono mais cedo. O que quero dizer é que acho que sei o motivo pelo qual a senhorita foi de certa forma atacada no interrogatório. — Entendendo meu desespero silencioso por respostas, Emily pulou diretamente para a parte em que justificava sua confiança em mim mesmo sem me conhecer. — Conheço esta corte e as pessoas que fazem parte dela há muitos anos, inclusive Sua Majestade, e são tão claros seus sentimentos pela senhorita que isso acaba por gerar interesse e fascínio no que lhe diz respeito, porém a evidente paixão que vós despertastes no rei também lhe trará inimizades e perigos.

— Refere-se à Margot? — inquiri sem rodeios.

— Exatamente! — respondeu-me também com franqueza.

— Isso não é novidade para mim. Margot não faz questão alguma de esconder seu descontentamento sobre minha relação com Benjamin, a menos que estejamos na presença da Realeza, é claro.

— Então, também desconfia que esses ataques sejam obra de Margot?

Prendi meus pensamentos revirando minha memória em tudo que havia se passado quando estive junto dela, mas nada me parecia certo e irrevogável além das manifestações sobre sua insatisfação em relação a mim.

— Não sei... — finalmente consegui dizer. — Não acredito que ela seria capaz de se arriscar como uma traidora apenas para me prejudicar.

— Pois pense nisso, senhorita Laura, existe muito em jogo, e Margot não está disposta a perder.

— Perder o que, exatamente? — perguntei a Emily quando Benjamin adentrou o quarto como um raio, impedindo-a de me responder.

— Majestade! — Falamos em uníssono.

Nancy e Emily pareciam crianças pegas fazendo arte e, em poucos segundos, usaram das desculpas mais medíocres para desaparecerem no mesmo instante.

A sós com ele e ainda receosa pelo circo criado por Margot e sua insistência em me incriminar, sentia-me temerosa de que suas incisivas tentativas surtissem efeito e o levassem a afastar-se de mim. Não acreditava realmente que isso pudesse vir a acontecer, afinal, Benjamin expunha a toda corte sua confiança e proteção a mim. Porém, ao analisar minha condição de estranha infiltrada de forma sigilosa entre um povo que de um modo geral me era desconhecido, até mesmo as maiores banalidades pareciam criar forma e força capazes de trazer medo e insegurança aos pensamentos já demasiadamente conflituosos.

Refleti sobre o que senti ao enfrentar os olhares e cochichos maldosos no corredor dos lustres. Senti-me sozinha contra todo um reino. Ali, sem família e sem ninguém realmente meu, temi não mais poder contar com a proteção do rei, ou pior, perder a convicção de ser alguém com quem ele realmente se importasse.

Aquele sentimento de abandono e de fraqueza perante as maldades fadadas a mim ameaçou meu equilíbrio, mas por pouco tempo. Exigindo o máximo de minha fibra, impedi que o medo do que viria me assombrasse e aniquilasse minha luta antes mesmo que eu provasse a mim mesma o tamanho da minha força. Eu tinha uma conta a acertar comigo, devia-me uma resposta, então julguei uma conspiração na corte um bom modo de superar meus limites.

— Como se sente, Majestade?

— Confuso.

— Pelo menos não posso acusá-lo de ser hipócrita. — Não resisti em alfinetá-lo.

— O que diz? — Em silêncio estudou minha insinuação por um momento, parecendo realmente confuso. — Não, senhorita! Não me refiro a vós, de forma alguma!

— Tudo bem, não posso culpá-lo... — Falei a verdade.

— A senhorita não sabe o que diz! Não entende o que representa para mim, não é mesmo? — Falou encarando-me firmemente nos olhos. Em silêncio deixei-o prosseguir. — Entende que sou o responsável por estas pessoas e que a elas devo respostas?

— Mas é claro que entendo! Não lhe peço para ser inconsequente ou leviano com seu povo. A questão aqui não é referente a eles, e sim a mim!

— E o que mais devo fazer para demonstrar a dimensão de meus sentimentos por vós? O que ainda não fiz para provar-lhe que eu trocaria qualquer coisa para tê-la comigo nem mesmo que fosse por um dia a mais? — Sua devoção esclarecida simplificava minhas inseguranças e eu já não me lembrava dos motivos pelos quais sofria.

— Sou assim realmente tão importante quanto diz? — Eu desejava ouvi-lo mil vezes a declarar-se.

— Sua importância em minha vida ultrapassa minha capacidade de lhe expor o que sua presença representa para mim. — Um longo suspiro deixou meus lábios devido à sua confissão.

— Sinto o mesmo por você — confessei o que em meu coração se esclarecia.

— Eu a amo! — Enrouquecida e apaixonada, sua voz revelou o que seus olhos e seu corpo há tanto tempo já anunciavam.

— Eu também o amo! — declarei sentindo-me incrivelmente confortável e plena, como sempre imaginei que o amor tivesse de ser.

Além do arrebatamento e do desejo desenfreado que se abatia sobre nossos corpos quando juntos, eu sentia o amor fiel e seguro que eu tanto almejei conhecer.

Que essa sensação faça morada em mim, pedi em meus pensamentos no tempo em que senti o dedilhar de seus dedos em meu pescoço. Levei meu indicador até seus lábios, examinando sua perfeição antes de prendê-los suavemente entre meus dentes e sentir sua língua avançar sem impedimento, demorada e atrevida de encontro a minha, enquanto sua mão corria livre por meu corpo extasiado por finalmente entregar-se à vontade que me rendia desde que nele pus meus olhos.

Após o longo e acalorado encontro de nossos corpos unidos pelo beijo, Benjamin anunciou:

— Tive uma ideia! Espere-me aqui, em um segundo voltarei!

Sorrindo sozinha e absorta na felicidade que sentia, caminhei até a varanda para receber o sol do meio-dia. Em poucos segundos, Benjamin estava às minhas costas preso em minha cintura.

— Quer cavalgar comigo? Podemos almoçar no campo, apenas nós dois. — Seu convite vinha acompanhado de um sorriso lindo, tornando-se irrecusável.

— Sim, Majestade, seria um prazer!

— Já providenciei tudo, podemos ir quando estiver pronta.

— Que pretensão a sua de que eu aceitaria seu convite!

— Digamos que eu tenha meus meios de convencê-la!

Sorri largamente ao sentir o caminho de beijos que ele trilhava em meu pescoço.

— Ah, senhorita... Seu sorriso! Continue a sorrir, pois assim ilumina meu mundo e traz sentido à minha existência.

Capítulo 29

Após ser orientada pelo rei a vestir algo confortável, escolhi um look de minha preferência, afinal seríamos apenas nós dois.

Um short jeans soltinho e desfiado com uma camisa branca de algodão e minha inseparável bota eram tudo que eu precisava para desfrutar do nosso passeio.

Obviamente, não me atreveria a atravessar o palácio naqueles trajes, então me cobri inteiramente com um vestido de abotoaduras em toda sua parte frontal, que facilitaria quando eu estivesse pronta para dele me libertar.

Ben, assim como os outros, não suspeitou, pois, para manter meu disfarce, precisei cavalgar "como uma dama" até o ponto onde me certificaria de nossa privacidade e, assim, poderia sentir-me à vontade para usufruir devidamente da maneira que eu estava acostumada a montar.

— Majestade, tem certeza de que mais ninguém nos verá a partir daqui? — perguntei enquanto emparelhava meu cavalo ao lado do dele a certa altura do caminho.

Um sorriso brincou em seus lábios alertando-me de suas suspeitas.

— Ninguém além de soldados de minha confiança que farão nossa segurança. Mas por que pergunta, senhorita?

Relutei em responder-lhe, mas não resisti e lhe confessei:

— Bem, o senhor orientou-me a me vestir confortavelmente — falei erguendo minha perna desnuda em meio à abertura do vestido. Benjamin, com enormes olhos, exteriorizava um misto de espanto, diversão e admiração antes de soltar uma gargalhada.

— Senhorita Laura, o que posso dizer... Sinta-se à vontade e alegre este pobre homem! — falou ainda sorrindo.

Após certificar-me novamente que não me executariam por tal ato e da sua confirmação quanto à privacidade que seus homens nos ofereciam, senti-me preparada para lhe revelar o figurino preparado especialmente para agradar... a mim! E esse pensamento muito me divertiu.

Parei meu cavalo sob a copa de uma árvore que ameaçava em breve findar seu verde. Libertei-me ao desabotoar cada um dos botões forrados que me aprisionavam em uma abundância de tecido. Guardei as vestes em uma mala presa à cela do animal e me voltei para seu rosto que, admirado, observava-me.

— Podemos continuar agora! — Exclamei prendendo novamente as rédeas entre meus dedos.

Porém Benjamin precisou de alguns segundos para se refazer, afinal, aos olhos do povo de Birth, não havia nada de natural em minha atitude ou na maneira como eu me apresentava. No entanto, naquele momento eu só desejava me aproximar ao máximo de quem eu realmente era, apenas uma simples garota, com meus 20 e poucos anos, loucamente apaixonada por um homem incrível, sem me preocupar com os títulos ou com os mundos que nos separavam e nos obrigavam a seguir as regras que não criamos. Regras impondo diferenças que simplesmente não existiam, não ali, não em meio ao nosso sentimento. Sem segredos ou conspirações.

E, convenhamos, um short e uma camisa não era exatamente o protótipo do fim dos tempos.

— Hoje seremos apenas Laura e Ben. Espero que seja o suficiente — falei desejando explicar-lhe meus motivos, mas não foi preciso quando constatei que ele desejava tanto quanto eu deixar de lado as diferenças que insistiam em nos perseguir. — A partir deste ponto mais ninguém poderá nos ver? — Reforcei para assegurar-me que não seria detida por atentado ao pudor e apedrejada em praça pública.

— Está segura, senhorita... E linda como nunca!

Devolvi seu elogio com um sorriso carregado do amor que por ele eu guardava, e assim continuamos nosso passeio. Entreguei-me à sensação de bem-estar, flutuando com a declaração de reciprocidade dos seus sentimentos sem saber ao certo o que era realidade e o que era fantasia, afinal, eu havia descoberto meu próprio conto de fadas.

Atravessamos um bosque cujas árvores filtravam os raios de sol das primeiras horas da tarde, tornando ainda mais agradável nossa cavalgada. Por fim, chegamos ao nosso destino.

Uma tenda de tecidos brancos como as nuvens do céu havia sido integrada na planície de um campo infinitamente verde e vasto. Sob ela, uma longa mesa coberta por toalhas brancas e um banquete de frutas e outros alimentos mesclavam-se ao colorido vívido das mais diversas flores do campo.

— Isso é... — tentei explicar-lhe a alegria que sentia ao analisar cada detalhe. — É lindo, Benjamin!

Meu amor era tão grande que um ônus o acompanhava, o ciúme. Imaginei quantas mulheres já não haviam sido presenteadas por ele daquela forma, afinal, montar espetáculos daqueles porte para um rei era tão simples quanto comprar uma rosa em um semáforo no Brasil. Tentei resistir, mas o sentimento falou mais alto e precisei me certificar antes de prosseguir.

— O senhor costuma presentear todas as suas conquistas com esse tipo de declaração?

— Fico feliz que tenha apreciado... — falou agarrando-se ainda mais à minha cintura. — Sim, senhorita, certamente mobilizo minha corte sempre que encontro alguém e, inclusive, abdico de minhas funções diplomáticas para entregar-me aos prazeres de conduzir jovens senhoritas a acreditar que as amo. — Um sorriso largo acompanhava seu gracejo, e em seus olhos encontrei a segurança que necessitava.

Senti-me constrangida pela infantilidade de minha dúvida...

— Obrigada, eu amei! De verdade!

Retribuí sua lisonja com um longo beijo. Sua mão escorregou por baixo do leve algodão de minha camisa e seu toque abraçou a pele das minhas costas despertando em mim a vontade de tocá-lo da mesma forma, mas censurei-me por não julgar aquele o local adequado para mais intimidade. Afinal, eu não me arriscaria mesmo com suas certificações de que estaríamos a sós, pois, em algum lugar por perto, havia guardas prezando por nossa segurança, e, gentilmente, afastei-me de sua boca.

Caminhei explorando mais de perto cada mimo preparado para os momentos que ali passaríamos. Encontrei uma surpresa ainda maior quando me deparei com meu violão sobre um dos bancos de madeira próximos à mesa.

— O que é isso? — perguntei enquanto sorria.

— Bem, desejo contratar seus serviços como instrumentista e cantora, então presumi que teria um tempo livre em sua agenda de concertos e poderia me conceder a satisfação de ouvi-la outra vez. É claro que mediante contrato e remuneração.

— Mas é claro, meu senhor, onde eu assino? — falei compartilhando de sua diversão.

Sentei-me sobre o banco com o violão nos braços ao mesmo tempo que Ben nos servia de vinho branco, perfeitamente adequado para a ocasião.

— O que deseja ouvir, Majestade? — perguntei-lhe como auxílio na escolha de uma canção.

— A sua voz! — declarou inundando-me de vaidade.

— Como desejar...

Contribuí com o momento demonstrando o quanto eu o amava com uma das mais lindas canções de amor que eu conhecia, *Something*, de George Harrison, escrita para sua amada e musa inspiradora, Pattie Boyd. Aliás, não só sua, pois Eric Clapton também canalizou sua paixão devastadora por ela, criando hinos que traduziram e embalaram romances ao longo das décadas.

Benjamin encarava-me em silêncio, suas reações às canções que eu lhe apresentava me emocionavam. Eu sentia que ele era tocado por elas assim como eu fui um dia e sentia-me afortunada por poder lhe proporcionar o conhecimento das obras que, talvez em outras circunstâncias, ele jamais viesse a conhecer.

— Essas serão as nossas músicas e, quando estivermos longe, pensarei no que elas dizem como prova da existência do sentimento que vivemos nesses poucos dias — declarei antes de deixar de lado meu violão e ir até ele.

Sentei-me em meio às suas pernas, posicionadas uma em cada lado do estreito banco de madeira e partilhei do seu silêncio enquanto acariciava levemente seu pescoço.

Calados, permanecemos por muito tempo usufruindo de um momento em que as palavras eram dispensáveis.

Mal tocamos na comida durante toda tarde. Contentamo-nos em aproveitar de maneira intensa a sorte de termos nossos caminhos cruzados no infinito acaso, ou não, que cercava nossos destinos.

— Promete que não se permitirá esquecer-se de mim? — Sua voz interrompeu meus pensamentos quando eu estava deitada em seu peito sobre um manto jogado no gramado.

Analisei sua expressão apreensiva e intensifiquei outra vez a retribuição do sentimento que eu lhe oferecia.

— Prometo! Jamais o esquecerei, nem mesmo se assim o desejasse... — respondi sentando-me para poder lhe encarar mais precisamente. — Como pode presumir que eu o esqueça depois de despertar em mim tanto amor?

Seus dedos enlaçaram-se entre os meus com firmeza, e seu hálito doce confundiu-se com o meu perfume quando, outra vez, restituí a imposição da sua boca com um beijo. Senti seu corpo sobre o meu e me deparei com seus olhos iluminados ao sentir minha pele, que sua mão tocava.

Um barulho ensurdecedor nos alertou que não estávamos sozinhos. Tratava-se, sem dúvidas, de um tiro. Benjamin, por reflexo, agarrou-se a um manto de linho e cobriu-me da cabeça aos pés em uma fração de segundos. Mal pude compreender o que acontecera antes de minha visão ficar restrita àquele pano sobre meus olhos curiosos e amedrontados. Imediatamente retirei o tecido, procurando descobrir o que estava acontecendo.

Vi Benjamin caminhando em minha direção enquanto um ruído de um trote acelerado atentava-nos para a chegada de alguém.

— São meus guardas, algo aconteceu e precisam de mim. O tiro foi um alerta de que se aproximarão. É um sinal. — explicou e depois correu seus olhos por toda minha figura antes de concluir. — Preciso resguardá-la de ser vista nas condições que se encontra nestes trajes. — Compreendendo suas razões, permaneci coberta conforme sua sugestão.

Com suas proporções muito superiores às minhas, Ben não encontrou dificuldades para, ainda preso em minha cintura, carregar-me em seus braços enquanto os meus envolviam o seu pescoço.

— Preciso que se vista com a roupa com a qual deixou o palácio — disse em um tom suave.

Obviamente entendi sua colocação e fiz o que ele pedira, sobrepondo o vestido sobre minhas inapropriadas vestes.

A guarda real chegou rapidamente. Preferi conceder-lhes privacidade esperando pelo rei junto de nossos cavalos, que, afastados, alimentavam-se atrás da tenda. Aproveitei para acariciar meu grande amigo e companheiro de fuga. Refleti sobre ser obra sua o fato de estar em Birth e todas as alegrias que vinha sentindo naquele dia, ou pelo menos até o momento.

Aguardei ansiosa o retorno de Benjamin para descobrir os motivos pelos quais seus homens o procuraram. Em poucos minutos, ouvi o galopar acelerado de sua guarda e o observei se aproximar.

Seu aborrecimento era explícito.

— Perdoe-me, mas precisamos voltar! — Ele estava pálido e aturdido.

— Sim, claro! Mas o que aconteceu? — perguntei dividindo seu assombro.

— Não sei direito... — Ele realmente parecia confuso. — Parece que algo muito sério aconteceu nas propriedades de alguns nobres... — As palavras lhe faltavam.

— O que, Benjamin? Por Deus, o que houve? — Minha voz denotava a dúvida que crescia em mim juntamente com o espanto por vê-lo de tal forma.

— Não sei ao certo... — falou com a voz enfraquecida.

Minha expressão assemelhou-se à dele, e as palavras também me deixaram.

— Precisamos ir! — anunciei.

Com um leve aceno, ele assentiu. Com sua ajuda, montei meu cavalo e seguimos rumo ao palácio em uma velocidade desmedida enquanto seguros de nossa privacidade, mudando minha posição de montaria no mesmo ponto em que anteriormente o fiz. Em poucos minutos penetramos o bosque, rapidamente chegamos à enorme propriedade real e atravessamos os jardins infinitos do palácio, até, finalmente, alcançarmos o amplo e extenso caminho acinzentado de calcário que se alongava à nossa frente indo de encontro à escada central.

Depressa, deixamos nossas montarias e aproximamo-nos do grupo de homens que aguardava a chegada do rei. Além do elevado número de guardas, percebi a presença de alguns dos cavalheiros que acompanhavam Benjamin e o duque de Norfolk quando me encontraram. Eram, sem dúvidas, homens de sua confiança. Ademais, estavam ali muitos dos nobres que eu havia conhecido na noite anterior. Em meio a eles, os gêmeos Burdwick, apoderados de sua imensurável gentileza. Já, em contrapartida, precisei suportar os olhares maliciosos e insinuantes do conde Tampest.

Benjamin não se dispôs a tratar de seus assuntos num primeiro momento. Deduzi que já estaria tudo combinado ao vê-lo dirigir-se a um dos gêmeos.

— Simon, acompanhe a senhorita Laura e certifique-se de sua segurança até o meu retorno — pediu com os olhos pregados nos meus ao novamente montar seu cavalo.

Acompanhado dos outros, partiu sem voltar a mim o seu olhar.

Concluí que algo de extrema importância havia ocasionado seu egresso sem nem ao menos partilhar comigo as questões que o afligiam. Considerei que seria mais prudente de minha parte compreender e aceitar meu lugar na vida e no reino de Sua Majestade, não era educado buscar informações sobre assuntos que não me diziam respeito.

Perdida em meio a tantas sensações e sentimentos oscilantes, preferi concentrar-me em algo que me proporcionaria prazer na ausência de Benjamin e não julguei nenhuma forma mais apropriada que uma boa caminhada.

Levaria meu cavalo até a baia e buscaria usufruir de um momento de paz após as recentes turbulências.

Aproximei-me mais do animal e, acarinhando-o, apoiei minha cabeça sobre a sua, demonstrando-lhe como era grata pelos caminhos que ele percorrera e que me levaram até Benjamin, mesmo que em meio a tanto caos.

— Precisamos de um nome para você, meu amigo! — falei para o cavalo que me encarava com seus enormes olhos.

— Como disse, senhorita? — Uma voz masculina soou, assustando-me.

Simon! Havia esquecido completamente de sua presença.

— Perdoe-me, não foi minha intenção lhe ser indiferente. Eu conversava com meu cavalo... — expliquei-lhe.

— Não se incomode, senhorita — respondeu-me sorrindo, provavelmente me achava maluca.

— Vou levá-lo até a baia — falei referindo-me ao animal.

— Posso pedir que o levem para a senhorita, não há necessidade de se desgastar.

— Não, obrigada! Prefiro ir caminhando, aliás, preciso de uma caminhada — confessei.

— Entendo... Nesse caso, se me permite, a acompanharei — ofereceu-me, gentil.

Concordei e iniciamos nossa caminhada.

Subitamente, a voz de Margot revelou-se, fazendo-nos interromper nossos passos e voltar nossos olhares em sua direção. Despedi-me dos momentos de paz que eu havia articulado.

— Senhorita Laura e Simon... Juntos? Que inesperado! — Seu sorriso irônico e sua pergunta cheia de insinuações eram mais do que eu poderia suportar.

— Aonde quer chegar, Margot? — dirigi-me a ela sem disfarçar a aversão que sentia.

— Apenas suponho que o rei ficaria surpreso se eu lhe contasse que sua querida e protegida senhorita Laura encontra-se na companhia de seu confiável e amado amigo pelos arredores do palácio. — Enquanto falava, Margot gesticulava parecendo realmente acreditar nas bobagens que dizia.

— Não se incomode, milady! Foi Sua Majestade em pessoa quem me incumbiu da tarefa de acompanhar a senhorita Laura, que, inclusive, milady gostará de saber, estava com o próprio rei em um almoço no campo preparado especialmente para os dois. Romântico, não é mesmo? — interferiu Simon provocando em minha mente a palavra *xeque-mate*.

Evitei o sorriso que a ocasião pedia por não desejar que Margot possuísse ainda mais motivos para me detestar.

Margot digeria e aceitava os fatos recém-descobertos quando me veio à mente que ela nem deveria estar ali.

— Creio que o rei ficará muito mais surpreso com sua permanência na corte, pois, ao que me recordo, a senhorita havia sido afastada por ordens do próprio, não é mesmo?

Ela ignorou minha acusação dando-me as costas, e iniciamos novamente nossa caminhada.

— Que belo cavalo, Senhorita Laura! — Ainda a ouvi dizer a distância.

Sua voz mantinha o habitual tom ameaçador assim como os seus olhos, que encontraram os meus quando olhei para trás. Neles, promessas silenciosas anunciavam que eu não poderia contar com sua resignação.

— Vamos, senhorita, não dê importância para os caprichos de Margot — pediu Simon.

Consenti e seguimos a caminho das baias. Tentei disfarçar, mas no fundo eu temia que ela desejasse me punir, eu só não imaginava o tamanho da sua crueldade.

— Como sabia sobre nosso almoço no campo? — perguntei a Simon quando o assunto regressou aos meus pensamentos.

— Esqueceu-se que Sua Majestade e eu somos grandes amigos? — disse ele.

— Então devo imaginar que poucas pessoas saibam? — continuei.

— Até o momento acredito que sim, mas, graças à minha língua comprida, agora lady Tampest também já tem conhecimento... — censurou-se.

— O senhor só desejava me ajudar, e sou-lhe grata.

— Sua Majestade tem grande estima pela senhorita, e ele é como um irmão para Phillip e para mim. Não pensei antes de falar... Minha intenção era apenas protegê-la como certamente o rei faria.

— Eu compreendo e, como lhe disse, agradeço-lhe. Quanto a Margot, não se incomode, não permitirei que suas insinuações e tentativas de coação interfiram em minha vida no tempo que passarei em Birth. — Soube que falara demais quando a dúvida se instaurou na expressão de Simon. — No palácio de Birth, quero dizer — tentei consertar.

Será que Benjamin havia contado nosso segredo para seus melhores amigos? Afinal, o pai dos gêmeos, Thomas, sabia de tudo. Na dúvida, optei por permanecer em silêncio nas questões a respeito do mundo além de Birth. Simon não pareceu perceber minha confusão e isso me assegurou para que eu continuasse mantendo a discrição.

Deixei meu cavalo em sua baia, despedindo-me ternamente antes de sair.

— Amanhã encontraremos um nome para você! — sussurrei.

Seus enormes olhos pareciam responder-me.

Simon manteve-se ao meu lado o tempo todo. Descobri que, assim como seu pai, ele era uma adorável companhia e lhe cedi um ponto a mais quando confirmei minhas suspeitas de que Margot não lhe caía em graças. Em suas próprias palavras, ela era uma mulher manipuladora e traiçoeira.

— Faz parte do meu trabalho inspecionar e averiguar traços de caráter, senhorita, não pense que a julgo por maldade. É algo incontrolável, um hábito. E, é claro, nem sempre acerto, pois não sou vidente. Mas chego muito perto disso. — Sua simpatia era contagiante.

— Não se preocupe! Eu acredito e, além do mais, concordo plenamente com as conclusões que chegou sobre lady Margot. Mas fiquei intrigada, qual é sua profissão?

— Sou advogado. — Imediatamente pensei em Luiza e involuntariamente deduzi o quanto aqueles dois combinariam se pertencessem ao mesmo lugar.

— Hmm... Que interessante! Mas diga-me, lorde Simon, existem muitos casos a serem solucionados em Birth?

Antes de sua resposta, um sorriso confuso perdeu-se no ar. Ele havia percebido a maneira que me referi ao seu reino, mas foi elegante o suficiente para não a apontar. Preferi não correr o risco de entregar o segredo daquele lugar e ignorei seus sinais.

— Bem, existem inúmeros, mas na verdade sou o advogado oficial da coroa, desse modo, só costumo solucionar casos que estejam ligados à monarquia — prosseguiu parecendo preferir não se inteirar de meus motivos para questioná-lo sobre Birth daquele modo.

— Desculpe-me, mas continuo curiosa... — confessei envergonhada por possuir tantas perguntas.

— Sinta-se à vontade para perguntar o que desejar, senhorita — respondeu educado enquanto retornávamos ao palácio.

— Em uma monarquia absolutista, existe a necessidade de um advogado para defender uma coroa que já possui todo o poder em si?

— É uma ótima observação e vejo que se interessa e entende do assunto mais do que qualquer outra mulher. Realmente impressionante. — Em silêncio permaneci sem saber ao certo se havia me exposto em demasia, suspirei aliviada ao obter sua resposta. — Mas respondendo sua pergunta, sim, existe a necessidade de um advogado. Sua Majestade, metaforicamente, é o pivô de um imenso e interminável jogo de xadrez. Desse modo, sua presença está sempre relacionada à vida de seus súditos, e isso implica diretamente em suas ações. Para que o rei não precise se aprofundar em problemas desnecessários e criados apenas com o objetivo de conquistar sua atenção, nós lhes concedemos o respaldo necessário para que ele não seja aborrecido com pequenas causas e desajustes que não precisem verdadeiramente do seu precioso tempo.

— Ok, mas ainda estou confusa. — Esperei sua permissão, que veio com um pequeno consentimento e prossegui. — Sua Majestade não trata desses pequenos "desajustes", como o senhor mesmo disse — ninguém em Birth parecia compreender meus gestos simbolizando aspas —, durante as terças-feiras, quando recebe seus súditos na sala do trono e, com eles, seus agrados, felicitações, convites e reclamações?

— Sim, exatamente. Porém, existem casos que necessitam de um olhar mais profundo. Por exemplo, há cerca de dois meses, um artesão que trabalha para um comerciante se dirigiu até o rei buscando auxílio, pois seu chefe, o comerciante proprietário do estabelecimento, não o havia remunerado de acordo com as leis de trabalho. Nesse caso, após a reclamação ser feita, as duas partes devem se apresentar de acordo com os horários determinados por Sua Majestade, entretanto, o comerciante em questão não o fez, e é aí que meu trabalho surge. Meu dever é contribuir para o cumprimento das leis. Compreendeu, senhorita?

— Claro! E estou fascinada por tanta organização e dedicação — falei sinceramente, pois de fato ficara maravilhada por conhecer um modo de vida em sociedade com tamanha funcionalidade, onde, de certa forma, a vida era mais leve, os riscos menores, e as chances de ser feliz eram evidentemente maiores.

Em meus pensamentos, foi impossível não pensar sobre o difícil e, sem dúvidas, perigoso momento em que viviam Benjamin e seus súditos com os recentes ataques e as ameaças feitas à coroa de Birth. De qualquer forma, a diferença com o cotidiano em que vivíamos no Brasil era considerável. Havia pouco sobre aquele reino que eu realmente conhecesse, mas, por algum motivo inexplicável, eu sentia-me mais segura do que já me sentira em qualquer outro lugar do mundo.

— Senhorita, caso deseje mais alguma coisa, por favor, não hesite em me procurar, estarei no palácio nas próximas horas — anunciou quando adentramos as enormes portas do palácio.

Agradeci sua atenção e caminhei até meu quarto, onde esperaria o retorno de Benjamin.

Capítulo 30

Encontrei Nancy preparando um delicioso banho, como se lesse meus pensamentos. Cuidadosa como sempre, fez questão de pentear meus cabelos enquanto meu corpo relaxava na água morna da qual emanava o perfume de flores.

— Sua Majestade nunca antes ostentou nos olhos tão intenso brilho! Creio que saiba que a senhorita é o motivo, não é mesmo? — perguntou-me a ama com a leveza dos dedos que tocavam minhas mechas.

— Acha mesmo, Nancy? — respondi interrogando-a também, assim como uma adolescente insegura reage ao seu primeiro amor.

— Se eu acho? Eu tenho a mais absoluta certeza, menina! — A entonação que embalava sua afirmativa revelava sua aprovação sobre nossa relação.

Só fui capaz de suspirar e por muito tempo a deixei sem resposta, imersa em minha nuvem particular, da qual eu não conseguia descer desde que ouvi do rei que ele também me amava.

Enquanto me vestia apenas com o roupão de veludo, lembrei-me de Emily e de nosso assunto inacabado.

— Nancy, consegue contato com lady Emily Cornwel? — perguntei.

— Sim senhorita! O que deseja?

— Que a traga ao palácio! Preciso terminar nossa conversa — expliquei.

— Como quiser, querida! Será solicitado ao mensageiro que lhe comunique sobre seu desejo de vê-la agora mesmo.

— A senhora não existe! — anunciei empolgada.

Seu semblante confuso em razão da expressão que usei me rendeu um sorriso.

— Quero dizer que a senhora é o máximo! É maravilhosa, é a melhor! — Precisei de termos mais próximos à sua realidade para que minha ama compreendesse o quanto eu a admirava.

Olhando-me profundamente, Nancy parecia ponderar as palavras que diria.

— Obrigada, querida... Sei que sou apenas uma criada e não me interessa invadir a privacidade de meus senhores, mas algo de misterioso perpetua no ar desde vossa chegada. Independentemente do que seja, devo dizer-lhe que a admiro e que espero, com sinceridade, que esta imensa luz que a acompanha nunca mais nos deixe. Todos os sentimentos bons que afirma a meu respeito são absolutamente correspondidos. Eu muito a estimo, minha filha!

Pensei em revelar-lhe meu segredo, mas lembrei-me que ele não era apenas meu, então hesitei. Em vez disso, abracei-a com carinho, desmanchando-me de alegria pela sorte de também tê-la encontrado.

— Aproveite para descansar, senhorita, enviarei o mensageiro até lady Emily agora mesmo — disse antes de sair.

Caminhei sem pressa até a sala adjunta e esparramei-me em uma bergere em busca de descanso. Um sorriso bobo que não abandonava meus lábios por conta de meus pensamentos atrelados a Benjamin desapareceu assim que pensei que, naquele momento, minha família estaria perto de receber as notícias que lhes enviei.

Ben havia me explicado o trajeto que seu encarregado faria para entregar meu recado: o tempo que insistiu para que eu aguardasse até que ele encontrasse um meio para que me comunicasse com meus familiares foi o necessário para que ele entrasse em contato com a coroa inglesa. Segundo ele, a limitada relação que mantinham era baseada no pagamento dos impostos e uma ou outra informação sobre o mundo fora de Birth, de modo que houve imenso espanto da própria rainha Elizabeth quanto ao seu pedido inusitado. Temendo uma possível ameaça ao seu trono, a rainha precisou ser convencida de que não havia má intenção na atitude do rei de Birth, assim, a soberana precisou encarar como ordem o desejo de seu suposto rival no trono, quando este impôs sua vontade alegando tratar-se de algo imprescindível e de extrema urgência, e subtrair as idas e vindas das cartas que trocavam, aceitando rapidamente o pedido que lhe era feito.

Benjamin explicou-me que, após nossa conversa na praia, compreendeu meu suplício em informar minha família. Astuto, arquitetou um plano que me possibilitaria avisá-los de meu paradeiro: um de seus homens ficou na Inglaterra com o intuito de imediatamente solicitar a autorização e o apoio para a realização do plano traçado. Comunicou-se por carta com a rainha, que, urgentemente, compreendeu a seriedade do fato e mandou lhe buscar. O representante do rei foi encontrado e levado até Londres no mais absoluto sigilo, lá, negociou de acordo com o desejo de seu rei e, quando enfim foi capaz de exortar Elizabeth, regressou a Birth — de maneira mais rápida, chegando no dia seguinte já que pode contar com o transporte modernizado cedido pela monarca. Carregando o material que lhe entreguei, Adam viajou com dois companheiros durante toda a noite, aportando na tarde do dia seguinte em Londres, onde um jatinho particular e secreto o aguardava para conduzi-lo diretamente ao Brasil, no endereço de meus pais.

Tanto empenho por um simples vídeo se deu devido à seriedade com que este deveria ser entregue. Minha família não poderia simplesmente receber tal gravação via um aplicativo qualquer, sem contar no risco que corríamos caso essas imagens se perdessem e chegassem a mãos erradas. O aparelho celular deveria sair de Birth e chegar diretamente até minha família, acompanhado de pessoas de confiança que levariam tranquilidade aos destinatários, que certamente buscariam por ajuda de autoridades se recebessem tais notícias sem devido acompanhamento e esclarecimento.

No máximo em dois dias, o mensageiro estaria de volta, e eu rogava para que trouxesse com ele o conforto que eu tanto necessitava.

— Senhorita Laura! — chamou Emily, certamente não pela primeira vez.

— Ah! Olá, perdoe-me, por favor! — desculpei-me.

— Não se incomode! Queria me ver?

— Sim! Na verdade, estou me sentindo sozinha e pensei que poderíamos continuar a conversa que iniciamos mais cedo — expliquei objetiva.

— Claro que sim! Fico feliz que tenha me chamado! — revelou com um enorme sorriso nos lábios.

Sua presença me confortava, e eu comprovava o que sentira quando a conheci, eu realmente gostava daquela garota!

Sentamo-nos na varanda, onde era possível apreciar o sol ameno e agradável que precedia o entardecer. Ainda coberta apenas pelo chambre, sentia-me perfeitamente à vontade na companhia de Emily, que não parecia ser importar com tantas formalidades quanto o restante de seus conterrâneos.

Beberiquei o chá que Nancy nos havia servido e fui direto ao assunto que me intrigara mais cedo.

— Ao que se referia quando disse que Margot não estava disposta a perder? — perguntei sem rodeios.

— À Sua Majestade, obviamente! — respondeu-me pragmática, como se eu tivesse a obrigação de saber.

Sua resposta desencadeou uma pulsação desenfreada e involuntária em meu peito.

Precisei respirar fundo antes de prosseguir, temia pelos rumos que nossa conversa tomava, mas não poderia desmoronar na frente de uma estranha, independentemente da simpatia que por ela eu nutrisse.

— Não entendo o que quer dizer... — revelei entremeio a um gole do chá, tentando parecer indiferente.

— Como pode não saber, senhorita Laura? — Emily demonstrava tamanha estranheza que o primeiro pensamento que me ocorreu foi que Benjamin e Margot só poderiam estar vivendo um romance de conhecimento do povo.

Uma aflição desesperadora travou-me no impasse de não saber se seria pior ignorar a verdade e me arriscar a ser enganada por Benjamin ou terminar de ouvir e lançar-me nas incertezas que abalariam toda a felicidade que eu vinha sentindo.

Emily escolheu por mim ao continuar.

— Margot carrega como certeza absoluta que será rainha de Birth desde que foi capaz de formular suas primeiras palavras. Não é segredo para nenhuma de nós, só não entendo como a senhorita não sabe disso.

Meu sangue fervia.

— Esqueceu que venho de longe? Minha vida é afastada da corte, então não creio que tenha a obrigação de conhecer as pretensões amorosas de jovens nobres! — explodi, descontando em Emily a raiva que suas palavras me causavam.

— Não, senhorita, é claro que não tem a obrigação. Desculpe-me, não a quis ofender... — explicou-se constrangida causando-me profundo arrependimento por minha grosseria.

— Não, por favor! Eu que lhe devo desculpas... Por favor, eu apenas não estou habituada... Perdoe-me... — tentei explicar, mas não foi preciso, Emily percebeu minha confusão e meu desconforto com a situação.

— Eu compreendo-a. Deixe-me ser mais clara, por favor! — falou-me com delicadeza antes de prosseguir com as informações que eu tinha cada vez menos certeza se queria ouvir. — Lady Margot é filha de uma das mais poderosas nobres da corte, sua mãe é prima de Madeleine, e ela nasceu e cresceu ouvindo de seus pais que é a candidata mais apropriada para se casar com Sua Majestade. Unindo esses incentivos com sua preponderância e segurança exacerbadas, temos a receita perfeita para a concretização de uma certeza que a acompanha ao longo da vida, será rainha de Birth casando-se com o rei Benjamin.

Já não conseguia disfarçar meu incômodo. Engoli a ânsia de esbravejar e preferi ponderar as palavras e não me arriscar ainda mais expondo meus sentimentos.

— Eles estão prometidos? — Era assim que eles chamavam ali, não era?

— Não que eu saiba! — pontuou Emily. — Vejo que ficou perturbada, mas creio que não tenha compreendido. Esse desejo é único e exclusivo de Margot, e por isso lhe disse que ela não está disposta a perder. Sua Majestade está evidentemente apaixonado por você e, sendo assim, a senhorita acaba de anular qualquer chance que ela tenha de realizar suas pretensões de casar-se com o rei e subir ao trono de Birth.

Eu estava começando a compreender, mas precisava me sentir segura.

— Existe ou não uma relação entre Benjamin e Margot? — Falei da maneira mais direta que pude olhando profundamente em seus olhos.

— Não sei ao certo, mas admito que as investidas de Margot são muito claras. Ela costuma flertar com o rei e persegui-lo descaradamente durante qualquer evento na corte. Também se apresenta quase que diariamente utilizando as mais medíocres desculpas para se fazer sempre presente no palácio.

Lembrei-me da intimidade com que conversaram quando a conheci.

— E o rei lhe retribui essas atenções?

Um enorme sorriso surgiu em seu rosto deixando-me ainda mais confusa.

— Senhorita Laura está com ciúmes! — deduziu Emily enquanto batia uma inaudível sequência de palminhas, tal como uma criança.

Um longo suspiro foi minha resposta.

— Querida, não ouviu o que lhe disse? Sua Majestade está nitidamente caindo de amores por você! E eu nunca o vi dessa maneira antes. Quanto a Margot, ele jamais retribuiu suas investidas, mas como lhe disse, não lhe posso garantir que não haja uma relação entre ambos, ou algum tipo de compromisso secreto baseado na formação de uma aliança política por meio do matrimônio, mas, de verdade, acho improvável. Nunca ouvi nada a respeito e tenho quase certeza de que não passa de uma relação idealizada por Margot, contudo sabemos que nosso rei é um homem absolutamente atraente e que, segundo os falatórios que permeiam a corte, tem uma extensa lista de conquistas. Desse modo, não posso atrever-me a garantir que não tenha havido de fato algo entre eles, mas acredite em mim, acho muito improvável.

"Uma vasta lista de conquistas". As palavras de Emily ecoavam sucessivamente em meus pensamentos, e a dúvida gerada que me acompanharia a partir de então reclamava insistentemente: seria eu mais uma em sua lista?

Outra vez, uma longa arfada de ar me foi necessária para que eu fosse capaz de prosseguir sem comprometer minha sensatez.

— Compreendo... — falei velando a confusão que na realidade me habitava e permitindo que Emily prosseguisse com sua explicação.

— Ótimo! Então, continuando, o que quero dizer é que a incontestável atração que Sua Majestade tem demonstrado por vós obviamente está pondo em risco os planos de Margot, e todos que a conhecem sabem o quanto ela pode ser ardilosa e traiçoeira para conquistar o que deseja. Desse modo, ligando sua chegada à corte aos acontecimentos recentes, poderia lhe jurar que existe um dedo de lady Tampest aí no meio.

"Ligando sua chegada à corte aos acontecimentos...". Outra vez, as palavras de Emily pairavam em meus pensamentos por tempo suficiente para me assustar.

Eu não havia pensado daquela forma, mas era muito claro que qualquer um poderia apontar a relação entre os acontecimentos e minha recente presença. Em pé, caminhei em silêncio avaliando o turbilhão de fatos expostos por Emily.

— Quando cheguei ao palácio, Benjamin sofreu o primeiro atentado, porém Margot não sabia de minha presença, ainda não nos haviam apresentado — fundamentei tentando basear-me na coerência.

— Hmm... — Emily balbuciou parecendo considerar meu argumento. — Pode ser que realmente não haja indícios, mas então com que interesse ela faria as acusações que fez hoje na sala do trono? Pois, ao tentar relacioná-lhe ao atentado, ela estaria prejudicando uma autêntica investigação.

Novamente, ficamos em silêncio para refletir sobre a questão levantada por minha nova amiga. Ao recordar dos acontecimentos da noite passada, julguei pertinente compartilhar com ela a acusação no gabinete real, quando Margot insinuou que eu tentara envenenar Madeleine e também sobre sua assombrosa aparição em meus aposentos no meio da madrugada.

Furiosa, foi Emily que passou a caminhar de um lado para outro enquanto se desassociava cada vez mais da imagem de senhoritas bem-educadas que eu pensei ser uma regra para as moças de Birth.

— Não! Não é possível que aquela bruxa perversa tenha ousado ameaçar-lhe desse modo! — esbravejava ela.

Após uma interminável lista de adjetivos nada educados e tampouco atualizados, Emily finalmente se acalmou. Expliquei-lhe que preferi não aborrecer Benjamin com mais problemas e por isso não lhe contei sobre as ameaças de Margot, e ela compreendeu, porém me fez prometer que o deixaria a par da situação assim que possível.

Somente quando constatamos que o sol, há muito, já havia se posto, foi que percebemos há quanto tempo estávamos ali.

— Espero revê-la em breve! — falei abraçando a moça, que correspondia com ternura.

— Eu também! E saiba que não precisa temer, estarei aqui se precisar! — assegurou-me.

Capítulo 31

Sentada indolente em uma poltrona e sem conseguir desconectar-me das descobertas referentes a Benjamin, tentei disfarçar os motivos que me atormentavam sorrindo e concordando com tudo que era dito durante o chá que precedia o jantar.

William, muito abatido e ainda marcado pela agressão que sofrera, pouco falara. Perguntei-me por que o rei não retornara com ele, mas evitei indagá-lo, novamente por não desejar parecer intrusa.

Além de mim e do duque de York, Madeleine parecia também tentar esquecer os problemas da corte que a aborreciam, e, sem entusiasmo, debatíamos trivialidades no intuito de amenizar o que de fato nos desagradava.

— Boa noite! — anunciou a voz masculina do rei arrancando-me de minha inércia.

De repente, meu coração saltitava, dava piruetas, sambava e sapateava dentro do peito. Ele estava mais lindo do que eu me lembrava, e eu chegava a pensar que havia alguma fonte da beleza em Birth, pois, a cada novo encontro, eu via nele uma nova minúcia para me apaixonar. Eu jamais me acostumaria com a primazia e polidez de cada uma de suas características.

"Concentre-se, Laura!", censurei-me mentalmente.

— Majestade! — Ofereci-lhe uma mesura.

— Olá, senhorita! — Cumprimentou-me enquanto depositava um beijo suave sobre minha mão. Nos olhos semicerrados firmes nos meus havia promessas silenciosas. — Como tem passado?

— Bem, obrigada! — respondi do único modo adequado para a ocasião. — E o senhor? — Eu realmente desejava saber sobre seu dia e os motivos pelos quais se afastou do palácio por tanto tempo.

— Sinto-me melhor agora que estou em sua presença! — Surpreendeu-me ele com sua franqueza ignorando os demais.

As palavras de Emily voltaram a me atormentar e, deduzindo que seu galanteio não estava restrito a mim, apresentei-lhe apenas um sorriso forçado.

— Por favor, traga-me uma taça de vinho — dirigiu-se Ben ao seu pajem. — Acompanha-me, senhorita? — perguntou-me.

— Não, obrigada! — respondi.

Na verdade, tudo o que eu desejava era um momento a sós com ele, pois ansiava por inteirar-me dos motivos que o roubaram de mim naquela tarde e, admito, desejava saber se seus sentimentos por mim não seriam passageiros e se eu não faria parte da sua maldita "extensa lista de conquistas", que não saía da minha cabeça.

Calei os inconvenientes que me atormentavam e mantive-me em silêncio na maior parte do tempo. Educadamente, respondi às indagações de meus anfitriões, porém permaneci mais compenetrada em estudar os movimentos do rei e relacioná-los com as informações recentemente obtidas.

— Propriedades inteiras de alguns de meus lordes foram incendiadas — revelou-me arrancando-me instantaneamente de meus devaneios.

Em seus lábios, um sorriso estranho harmonizava com a escuridão de seus olhos.

— O que o senhor está dizendo? — revidei assustada.

— Exatamente isso! — Seu olhar desviou do meu por alguns instantes. — Três propriedades foram incendiadas hoje à tarde, e foi por isso que precisei deixá-la. — Em seus olhos, que a mim já haviam retornado, pude ver que se desculpava como se houvesse alguma maneira de culpá-lo por sua ausência.

— Benjamin! — consegui dizer com imenso pesar enquanto repousava minhas mãos sobre os lábios sem ser capaz de falar mais nada.

Um silêncio abateu a sala e, por algum tempo, apenas consegui observar o rei,

que mantinha os olhos cravados na tapeçaria.

— Eu sinto muito! De verdade! — finalmente consegui dizer.

Toquei levemente a tez de sua mão imóvel sobre o apoio de braços da poltrona. Ainda calado, ele apenas assentiu.

— O senhor conseguiu descobrir quem cometeu o crime? — continuei.

— Estamos investigando. Já apuramos algumas pistas e creio que em breve saberemos quem foi o autor ou os autores.

— Certamente a mesma pessoa que atentou contra sua vida — apontei o que certamente já se estabilizara como certeza.

— Sem dúvidas! Mas, se não se importa, não quero mais falar sobre isso. Esses inconvenientes já me mantiveram afastado de vós por tempo suficiente.

Benjamin definitivamente não parecia se importar com as presenças de William e Madeleine. Ele parecia muito seguro em publicar o que dizia sentir a meu respeito.

— Está certo! Não irei importuná-lo se essas questões o desagradam, o senhor já teve um dia difícil por hoje...

O jantar foi servido e o silêncio permaneceu durante toda a refeição. Vez ou outra, algum comentário banal partia de alguém, mas não perdurava o suficiente para resgatar nossos pensamentos desnorteados.

— Bom, foi um longo dia, creio que devemos descansar. Vamos, senhorita, eu acompanho-a até seus aposentos!

Benjamin poderia ser um pouco mais discreto, afinal não eram nem 8 horas da noite e ele já não era capaz de disfarçar seu desejo de ficar a sós comigo. Preocupei-me com o que Madeleine iria pensar, afinal, eu devia respeito.

— Apreciarei um pouco mais a companhia da rainha Madeleine. Não se incomode, eu mesma encontrarei meus aposentos. Obrigada e boa noite, Majestade! — afirmei desapontando-o.

Nitidamente decepcionado, desejou boa noite aos presentes e se retirou em seguida.

Degustei uma deliciosa sobremesa de creme branco com frutas vermelhas em calda enquanto deixava o tempo passar. Logo percebi que Madeleine também desejava repousar, então me despedi e caminhei até meu quarto.

O dia havia sido intenso, e eu ainda tentava refletir sobre tantos acontecimentos. Nancy respeitou meu silêncio enquanto ajudava-me a vestir uma das camisolas longas e muito ampla. Outra vez tentei alegar que, em minha opinião, havia tecido em demasia, mas a ama garantiu-me que era perfeitamente apropriada para um descanso confortável, além de ser muito adequada para uma senhorita. Ah! Nancy e suas preocupações com minha honra!

Abotoei os botões que trilhavam um caminho do centro do meu tórax até o meu pescoço. Nancy escovava meus cabelos quando, após algumas batidas, Benjamin adentrou o aposento.

— Por favor, deixe-nos sozinhos — requereu à ama.

Conforme lhe foi solicitado, Nancy deixou-nos a sós. Observei o rei trancar a porta e caminhar em minha direção. Fiquei imobilizada, em pé ao lado da cama sem compreender o que acontecia.

Provocando-me, sua boca pairou sobre a minha por um instante, antes de exigi-la totalmente. Sua língua doce caminhou por sobre meu lábio inferior lentamente e enroscou-se na minha por diversas vezes a seguir. Suas mãos grandes e fortes alcançaram minha nuca, desceram até minhas costas e permaneceram intensas em minha cintura. Deitando-me sobre a cama, senti seus dentes mordiscarem meus lábios, meu queixo e meu pescoço, distribuindo um leve arrepio por toda a superfície do meu corpo. Meus dedos passaram por seus cabelos e seguiram para seu pescoço, onde habilidosamente desatei o nó de sua camisa e expus o peito definido coberto pelo colar que se destacava em meio à luz das velas e que substituíra aquele que lhe causou ferimentos ao ser brutalmente arrancado. Com seu corpo sobre meu, pude sentir o meu efeito imediato sobre ele, que mergulhou entre meus seios, libertando-os à força da camisola e percorrendo com suas mãos sobre minhas pernas até chegar às minhas nádegas.

Fomos interrompidos por uma batida nada sutil na porta. Benjamin pulou de cima de mim apressadamente.

— Desculpe-me, senhorita. Eu não devia tê-la... Desculpe. Por favor, cubra-se, terei de abrir a porta e ver o que desejam.

Assenti e, enquanto ele caminhava constrangido em direção à porta, lutando com as tiras de tecido em seu pescoço, tratei de recompor-me como pude. Minha camisola estava rasgada nos seios, os botões já não existiam, e o tecido estava escancarado. Eu já procurava o que iria inventar como desculpa para aquele estrago. Disfarcei-me por debaixo das cobertas e rezei para não ser Madeleine na porta.

Benjamin voltou a passos largos. Sentou-se ao meu lado na cama e falou ao fitar o chão.

— Devo ir até a casa de um de meus empregados, a filha dele não está bem e precisam de minha ajuda.

— Sim, é claro que deve ir. Posso ajudá-lo em alguma coisa?

Com as mãos entrelaçadas sobre as pernas, manteve-se sério.

— Senhorita, eu respeito-a. Acredite em mim e, por favor, perdoe-me, não quis desrespeitá-la. Eu só... Eu não sou capaz de me controlar quando estou em sua presença. Mas prometo que isso nunca mais vai se repetir. Não vou desonrá-la.

Em devaneios por toda a situação e principalmente por sua nova declaração, levei um tempo até compreender o que ele dizia. Perguntei-me se ele realmente se referia à minha virgindade e achei graça.

— Não se preocupe, eu não fiz nada que não desejasse...

Seus dentes apertaram-lhe os lábios daquele jeito sexy, segurando um sorriso. Também sorri.

— E quanto à minha honra, garanto-lhe que não vai desrespeitar-me, o senhor não será o primeiro homem da minha vida.

Seu rosto transfigurou-se e ele se pôs em pé de imediato.

— Desculpe, como eu disse, tenho de ir. Perdoe-me, por favor! Boa noite, senhorita — expeliu apressadamente as palavras e se dirigiu à porta.

Aquele homem me enlouqueceria! Eu já não compreendia mais nada... O que estava acontecendo? *Nada, você só acabou de contar para um rei, em quem você deu uns amassos agora mesmo e que vive em uma sociedade que parou de evoluir no século 18, que você não é mais virgem!*

— Benjamin, sobre isso, eu gostaria de explicar que... — tentei falar.

— Em outra ocasião, senhorita. Boa noite! — interrompeu-me e saiu em disparada.

Fiquei sentada por muito tempo tentando assimilar o que havia acontecido recentemente.

Em minha boca permanecia intacto o gosto do seu beijo, e meu corpo ainda faiscava com a lembrança do seu toque, mas a maneira como ele reagira diante de minha confissão atormentava-me.

Ainda existiam tantas coisas entre nós, principalmente as que não tínhamos conhecimento sobre o outro. Decompus sua explicação a fim de encontrar mais respostas, mas as inesperadas revelações que me foram feitas, somadas à minha eminente partida e à sua provável atração por mim apenas contribuíam para fortalecer meu suplício.

O tempo parecia ter parado, preocupei-me com sua demora. Ao que pude compreender, ele saíra para ajudar uma menina doente, e seu atraso me perturbava, pois, mesmo sem conhecer, temia pela criança.

Chamei Nancy e lhe pedi que me preparasse um chá, tentaria relaxar e esquecer tantas preocupações que, insistentes, não me deixavam.

— Jamais vi alguém tão avesso aos trajes de dormir quanto à senhorita — disse a ama enquanto examinava a camisola rasgada em suas mãos.

Precisei concentrar-me para não sorrir.

— Ah... A respeito disso, devo lhe contar que senti algo se movendo e temi se tratar de um inseto, então, desesperada, acabei por me livrar do tecido da forma mais apressada que pude.

— Uhum... — balbuciou em meio a uma expressão que, com clareza, dizia-me que não fui convincente.

Vesti-me com uma nova camisola, dessa vez não reclamei do exagero de pano, não queria induzir Nancy a mais reflexões sobre minha infundada desculpa.

Sentada na cama, com alguns dos meus pertences, fui abatida por uma nostalgia ao encontrar minha agenda com inúmeras fotos de minha família. Entre lágrimas, rezei implorando para que Deus me permitisse encontrá-los novamente.

Depois da oração, meus pensamentos tornaram-se leves, e concluí que a força que me guiou em outros momentos deveria permanecer blindada e que, por mais árduos que fossem os dias que estavam por vir, eu não poderia esmorecer. Quando eu voltasse para a segurança do meu lar, com o coração aos pedaços por me despedir de Ben, independentemente do que eu representasse em sua vida, a minha teria sido tocada profundamente pelo amor que ele em mim despertara.

O tempo continuava se rastejando lentamente sem nenhum sinal do rei. Quem sabe ele simplesmente não voltaria, o que até era esperado, pois notei a decepção que lhe afligira ao descobrir que eu já havia estado com outro homem, e era exatamente por isso que eu insistia em esperá-lo. Gostaria de poder lhe explicar. Se, mesmo assim, ele julgasse-me, provaria ser igual a todos os outros e dessa forma indigno de meu amor.

Fui até a janela e permaneci encantada a observar um céu tomado de estrelas, esperaria o sono chegar e tentaria a ele me entregar sem mais pensar em nada.

Girei nos calcanhares para voltar à cama e dei de cara com o rei parado em pé a me observar, e meu coração saltou impetuosamente.

— Você me assustou! — resmunguei.

Ele estava com o casaco nas mãos, as mangas da camisa enroladas, os cabelos bagunçados e um semblante abatido, nitidamente exausto.

— Desculpe, só não quis interromper, e você é sempre uma visão tão bela que devo aproveitar as oportunidades e admirá-la enquanto a tenho por perto.

Ele queria me admirar! Temi transparecer o quão boba suas palavras me deixavam. Respirei fundo, não poderia perder o foco sempre que estava em sua presença, ainda mais agora que ele supunha que eu não passava de uma rapariga. Era assim que eles chamavam no século 18, não era?

— Você está bem? Conseguiu ajudar a filha de seu empregado? Você demorou!

Ele suspirou aliviado.

— Sim, ocorreu da melhor forma possível! Ela estava febril, e eles não encontravam maneiras de diminuir sua temperatura, então, levei meu médico pessoal e ele conseguiu controlar a febre.

— Que notícia boa! Sinto-me aliviada... No que diz respeito a crianças sempre nos abalamos.

— Então você gosta de crianças? — perguntou-me abandonando seu casaco em uma cômoda e sentando-se próximo à janela.

— Se eu gosto? Eu tenho verdadeira paixão por elas! Sou professora, esqueceu?

Já não me sentia tão aflita, meu sorriso foi correspondido e iniciamos uma longa conversa sobre meu trabalho social no Brasil, juntamente com minha família. Ben ficou extasiado com minhas histórias, respondi suas dúvidas, e ele parecia analisar todos os projetos que lhe citei.

— Conte-me mais sobre você, quero saber tudo a seu respeito — incentivou-me, e eu aproveitei para lhe esclarecer o que antes o deixara intrigado.

Falar sobre Carlos Eduardo foi como jogar ácido em uma ferida adormecida.

— E foi assim que cheguei até você — pontuei ao final de toda minha longa jornada.

Ben caminhava de um lado para o outro, com os punhos cerrados e o rosto tomado por uma cólera assustadora.

— Ele a agrediu? — Inquiriu com a voz em um murmúrio.

— Benjamin, já passou. Não importa mais! — tentei acalmá-lo.

— Não importa, Laura? — Era a primeira vez que ele me chamava somente pelo nome. — Ele tocou-a! Ele tirou sua honra e depois a agrediu! Seu pai ou seu irmão não a defenderam? — perguntou-me como se suas palavras fizessem algum sentido.

— Benjamin, acalme-se, as coisas não são mais assim, já lhe expliquei isso. As pessoas não defendem a honra de donzelas com derramamento de sangue no século 21.

— Pois a sorte dele é essa, porque se estivesse em Birth eu o mataria com minhas próprias mãos.

Sua raiva era intensificada a cada instante. Seus dedos agarravam as espessas mechas de seu cabelo e poderia jurar que ele estava perdendo seu juízo.

— Perdoe-me, mas não é fácil aceitar que outro homem já esteve com a senhorita... Como permitiu que ele a tocasse sem que antes estivessem casados?

Sua raiva com certeza não era tão voraz como a minha a partir de sua pergunta.

— Como permiti? Você quer saber como permiti? — Agora quem exteriorizava indícios de insanidade era eu. — Quem sabe porque não vivo na droga de um reino moralista, preconceituoso e que se esconde do restante do mundo para poder tratar mulheres como suas propriedades e lhes negar seus direitos! — Arfei ferozmente.

— Pelo menos aqui não as agredimos! — rebateu ele.

— A menos que elas mereçam, não é mesmo? — Encarei-o ao gritar as palavras.

— Pois saiba que em Birth as mulheres são instruídas desde cedo a terem um comportamento adequado, sendo assim, não são guiadas pela insensatez — continuou ele, invocando um vulcão dentro de mim.

— E eu obviamente sou inadequada e insensata, assim como todas as mulheres que não vivem em Birth. Obrigada por me lembrar disso, Majestade! Acredito que o mesmo acontece com os homens daqui, não é mesmo? Todos são castos e incapazes de tocar em uma mulher antes do santo matrimônio, assim como seu rei puritano e conservador! — Ele reconheceu a lógica de minha acusação.

— Não quis ofendê-la — falou buscando minha mão.

— Mas ofendeu! — falei enquanto, bruscamente, não permitia que me tocasse.

— Senhorita, entende o quanto me incomoda tudo o que me contou? Não a estou julgando. Apenas sugeri que se esperasse até o casamento, teria uma chance de conhecê-lo melhor e, assim, desistiria antes de permitir que ele a tocasse. Foi apenas uma forma de encontrar um meio que lhe evitasse tanto sofrimento. — Seus olhos estavam eufóricos.

Encarei-o com o máximo de fibra que pude reunir.

— O senhor nunca teve nenhuma mulher em sua cama? — Minha pergunta o pegara desprevenido.

— Isso é totalmente diferente! — falou encarando a parede.

— Diferente por quê? O que nos difere? — Pus-me à força em seu campo de visão.

— As regras são diferentes para homens e mulheres. — Ele permanecia retraído.

— Quer dizer que não se tratava de donzelas as senhoritas que o senhor teve o prazer de receber em sua intimidade real? — Eu não tinha certeza se queria realmente ouvir.

Sua resposta envergonhada levou alguns segundos antes de ser revelada.

— Quando um homem atinge certa idade, algumas coisas lhe são impostas... — Levantou os olhos e continuou. — E não, não se tratava de donzelas.

Meu desejo era entregar-me às lágrimas que me causava ouvi-lo confessar suas reais intenções comigo. Precisei novamente de coragem para não esmorecer.

— Então eu seria apenas mais uma, não é mesmo? Mais uma para entretê-lo e servi-lo?

Eu sorria, mas não havia graça nenhuma naquilo. Buscando minimizar a humilhação que já tinha ido longe demais, continuei:

— Diferente do senhor, a decorrência de uma péssima escolha levou-me a um profundo arrependimento, entretanto, jamais me senti indigna, pois sei os motivos que me levaram a errar, e esse erro trouxe-me aprendizado, e com ele prometi a mim mesma nunca mais ceder às vontades de um homem que não me merecesse. — Analisei-lhe da cabeça aos pés. — Que bom que tivemos essa conversa, obrigada por esclarecer as coisas para mim.

Saí pisando firme até a cama. Droga de lugar, eu não tenho nem direito de me esconder!

— Senhorita, por favor! Não é nada disso. A senhorita não é como as outras, não é como nenhuma outra. Ninguém no mundo se compara a você! — Deitada na direção oposta a ele, deixe-o exaurir-se em culpa. — Ouça-me, se não quiser nunca mais falar comigo, entenderei, mas quero que saiba que se a trouxe comigo é porque soube o quanto era especial desde que a peguei em meus braços enquanto estava desacordada. Sei que deve estar me comparando ao sujeito mau caráter que a agrediu, por sempre machucá-la e regressar em busca de perdão, mas juro pelo meu reino, pela alma de meu amado pai, que jamais a machucaria! Juro também que não tenho dúvida alguma em relação ao teu valor e à tua honra. — Sua voz estava embargada. — A senhorita, nesses poucos dias, mudou toda a minha forma de encarar a vida, e justamente por isso fiquei tão perturbado ao imaginar que alguém foi capaz de feri-la. Por favor, eu imploro que me perdoe.

— Vá dormir, Majestade, o senhor está cansado. Não temos mais nada para conversar.

Ouvi seu intenso suspiro de derrota e seus passos até a porta. Agarrei-me ao meu orgulho para certificar-me de que havia tomado a decisão certa, não havia dúvidas quanto a isso. Jamais permitiria que alguém me magoasse novamente. Jamais!

Capítulo 32

Seu dedo indicador deslizou sobre os meus lábios lentamente, desceu delineando meu queixo e demorou-se em meu pescoço. Arfando, sentia-me absolutamente envolta em sensações nunca vividas antes. As fitas entrelaçadas no decote que mantinham meus seios cobertos foram desfeitas, cumprindo assim seu objetivo de expô-los. Seus olhos mantinham-se firmes nos meus enquanto os lábios aveludados acarinhavam meu peito e abdômen...

Despertei ainda arquejante. Feixes de luz iluminavam parcialmente o cômodo, e seu restante em total breu assegurava que a madrugada ainda se fazia presente. Compreendi que sonhava e senti falta do corpo junto ao meu em minha recente alucinação.

Levantei-me em busca de ar, acendi algumas velas com os dedos ainda trêmulos e me dirigi à varanda. Estava frio lá fora, mas meu corpo incendiava e eu não sabia como controlá-lo.

Precisava caminhar e espairecer, ou enlouqueceria.

Livrei-me da camisola que me sufocava e vesti apenas o roupão aveludado sobre meu corpo nu. Sentia-me mais confortável desse modo, porém ainda inflamada e incapaz de controlar a excitação que me tomava por inteira.

Vagarosamente, abri a porta e caminhei pelo corredor abarrotado de guardas silenciosos a me observar. Atravessei o palácio e cheguei ao caminho de lustres que comportava portas que levavam ao jardim.

— Aonde vai, senhorita? — perguntou-me um dos guardas que, imóvel, preservava a passagem. Ele era um entre centenas.

— Preciso tomar ar fresco, não me sinto bem — argumentei.

— Se precisa de ajuda, posso chamar Sua Majestade ou sua ama se preferir — propôs o homem fazendo-me pensar ainda mais no indivíduo que me perseguia até mesmo em sonho.

— Não será necessário importuná-los, um pouco de ar será suficiente — tentei convencê-lo.

— Se assim prefere... — Rendeu-se abrindo a porta e permitindo minha saída.

O vento da noite estava carregado, mesmo assim caminhei sem rumo em meio ao jardim pouco iluminado. Vi as luzes das fontes e caminhei até elas.

Meus cabelos, desgrenhados pelo sopro impiedoso, emaranhavam-se em meu rosto molhado de lágrimas, e uma dor desconhecida enraizava-se em meu peito.

Eu amava-o e desejava-o... A incapacidade de encontrar dúvidas sobre o quanto eu ansiava por ser sua atingia em cheio o mais profundo do meu ser, criando reações físicas que comprovavam o quanto aquele sentimento havia sido cimentado em mim.

Ele disse que me amava e jurou ser para sempre, correspondendo assim ao mesmo que habitava em mim. Então por que me magoava? Por que insistia em julgar os passos que me trouxeram até ele? Por que havia uma imensa lista de conquistas que indicavam que eu era apenas mais uma? Tantas perguntas sem resposta, tanto para considerar, e meu coração obcecado ignorava a todas elas e seguia aos gritos dentro do peito, era dele o meu amor.

Sentei-me sobre as pedras que rodeavam a fonte de onde a água era jorrada em meio aos dourados querubins esculpidos. Enxuguei as lágrimas e fechei meus olhos entregando-me à busca de uma quietude. Sua imagem surgiu imediatamente e, com ela, a vontade de sentir outra vez suas mãos me tocando.

Abri meus olhos evitando me iludir novamente com sonhos, mas a realidade pretendia me tentar.

Benjamin caminhava a passos largos em minha direção, a camisa abria-se e os cabelos agitavam-se com o movimento da brisa, a firmeza de sua expressão anunciava o que sentia.

Enérgico e emudecido, trouxe seus lábios aos meus, recebi-os sem titubear e lhe devolvi todo o desejo que me oferecia.

— Quero que seja minha... — Revelou pausadamente com os olhos presos nos meus enquanto suas mãos detinham meu rosto para que dele eu não me perdesse.

Suspensa em seus braços e ainda confinada em seus beijos, atravessamos as portas francesas ignorando os olhares dos guardas. Alcançamos o topo das escadas, onde voltei ao solo e pude sentir seus braços envolvendo-me sem que nem por um segundo me separasse da sua boca. Da mesma forma, seguimos por todo o caminho até meu quarto.

Ao fechar a porta, sitiou-me com seu corpo já evidenciando sua excitação, ergueu e prendeu com força meus braços com uma só mão enquanto a outra já alcançava minhas pernas por debaixo do roupão. Impulsionou-se sobre mim quando minha boca o buscou insaciável. Libertando minhas mãos para abrir o robe que eu vestia, fiquei livre para desabotoar os botões de sua camisa. Entre minhas pernas, carregou-me no colo até a cama, onde, com delicadeza, reclinou meu corpo que queimava e despiu-se sem afastar de mim seus olhos, que faiscavam.

— Quero que seja minha... — repetiu.

— Eu serei sua! — declarei extasiada como nunca antes me sentira.

Seus olhos exploraram o meu corpo antes de tomá-lo por inteiro. Ao senti-lo por completo, suas mãos intensificavam-se em minhas nádegas e sua boca dividia-se entre seus beijos e suas declarações. Ele também me amava.

Nossos corpos encontraram o que buscavam temporariamente no prazer, mas não era o suficiente e, outra vez, preenchiam-se de desejo sem que houvesse um meio definitivo de saciá-los.

Quando o sol nasceu, já esgotados, contemplamo-nos no silêncio por um longo tempo.

— Durma bem, sonhe comigo — falou com a voz mais rouca que o habitual.

— Prometo tentar... — respondi.

— Lembre-se do que vivemos hoje e sonhará. Você precisa se esforçar!

Assenti em silêncio antes de pedir.

— E você, sonhará comigo?

— Óbvio. — Sua resposta divertiu-me no tempo em que arrancava um suspiro dos meus lábios.

Ofereci-lhe um sorriso antes do sono nos atingir por completo.

Preguiçosamente, estendi meus membros o máximo que pude antes de abrir os olhos, quando o fiz, não encontrei meu rei. Sentei-me na cama ainda confusa e me deparei com uma amostra do paraíso. Flores brancas, das mais variadas, cobriam toda a extensão do cômodo, desde o quarto até a sala anexa, onde minha visão podia alcançar. Arranjos diversos, em vasos imensos e minúsculos estavam espalhados pelo chão, sobre os móveis, nas janelas e na varanda, além de pétalas a salpicar niveamente os estofados e a cama onde eu estava perplexa a observar.

Nunca antes havia me sentido tão elevada, nada no mundo que eu conhecia antes de Benjamin me trouxera tal sensação. Respirei e busquei me certificar que não sonhava, uma batida na porta me trouxe certeza.

Com um sorriso difícil de disfarçar, caminhei até a porta enquanto vestia o roupão.

Lá estava ele, com uma rosa branca nas mãos e todo amor que me oferecia evidente nos olhos e escancarado no sorriso.

— Bom dia, senhorita! — anunciou portando o melhor dos humores.

— Bom dia, Majestade! Como passou a noite? — Me diverti.

— Da mesma forma que pretendo passar minha manhã... — revelou já me prendendo em seus braços.

Sentindo que em breve não teria condições de agradecer pela gentileza das flores, desprendi-me de sua boca e o levei até a cama.

— Eu amei as flores! Eu... — Procurei pelas palavras. — Eu o amo!

— Isso não é nada se comparado ao meu desejo de lhe demonstrar a imensidão de meus sentimentos por vós. Porém, por mais que eu busque por formas adequadas de expressar meu amor, não as encontro, e só posso continuar sentindo e lhe dizendo a todo instante que a amo e rogando para que creias em mim e no respeito, na admiração e na alegria que sinto por tê-la encontrado.

— Eu padeço do mesmo infortúnio de não lhe poder expressar o quanto tem de vós em mim. Não encontraria meios de demonstrar-lhe o meu amor nem mesmo com a imensidão de mundo que há lá fora. Mas o amo, e nem a distância e nem o tempo hão de findar o que carrego em meu coração. — Seu rosto transfigurou-se, e senti que minhas palavras alertaram para algo que havíamos evitado mencionar na noite anterior — Não falemos de coisas tristes... — propus, tentando evitar estragar aquele momento mágico. — Vamos aproveitar nosso tempo! O que acha de passarmos o dia no quarto? — Arqueei uma sobrancelha e o fiz sorrir.

— Devo concordar que a senhorita tem ótimas pretensões para o nosso dia! Poderia por gentileza, oferecer-me uma amostra de que forma pretende convencer um homem tão ocupado como eu a cancelar seus compromissos e permanecer em sua companhia?

Sentei-me em seu colo, prendendo-o entremeio às minhas pernas, libertei os botões de sua camisa e abri meu roupão.

— Hmm, deixe-me pensar em uma maneira de convencê-lo...

— Eu me rendo... — Anunciou enquanto afundava os dedos em minhas coxas.

Seus lábios deixaram os meus e concentraram-se em meu pescoço, que eu expunha para que seu acesso fosse livre. Suavemente, deslizei sua camisa até sentir a pele de seu peito tocando levemente na rigidez dos meus mamilos, aonde seus lábios também chegaram.

Desatei seu cinto e elevei-me permitindo que se despisse por inteiro, enquanto o fazia, prendi com força seus cabelos e senti seus lábios percorrerem meu abdômen. Em seguida, entranhou-se intensamente em mim, trazendo-me outra vez a certeza de que somente imersa na fusão de nossos corpos eu me sentia plena.

Brinquei com as mechas de seu cabelo durante o tempo em que nos mantínhamos calados. Um sorriso apegara-se aos meus lábios desde a noite anterior, e não havia meios de dele me libertar, tranquilizava-me saber que o mesmo ocorria com o rei, pois o alvo de seus dentes permanecia mais exposto que o habitual em um largo sorriso tão bobo quanto o meu.

Apanhei uma pétala branca entre as muitas esparramadas sobre a cama e a analisei com ternura.

— Eu nunca me senti tão feliz antes... Você não imagina a dimensão da gratidão que sinto por tê-lo encontrado e o quanto sua presença motivou entendimentos sobre coisas que eu julguei jamais compreender. — Percebendo minha necessidade de expor o que sentia, Benjamin permaneceu calado e atento ao que eu dizia. — Nunca antes eu senti que deveria me entregar, também como nunca antes senti plenitude ao fazê-lo. Preciso que saiba que não há motivos para sofrer porque já estive com outro homem, pois não houve, de nenhuma maneira, nada que se compare ao que tive com você.

— Laura, por favor, não precisa disso... Eu compreendo! — falou com carinho.

— Não, por favor, deixe-me continuar. Preciso lhe falar enquanto ainda o tenho... — Suspirei buscando controlar minha respiração, que se tornara pesada ao encarar novamente a realidade que em breve nos encontraria. — Não quero passar o resto dos meus dias lamentando por não lhe ter dito o quanto de amor passou a ocupar meu coração desde que o conheci. Também quero que saiba que, embora eu o tenha culpado por ter me trazido a Birth, na verdade algo em mim também apontava para este como o caminho certo a seguir. Algo também me guiou na direção do nosso encontro e, assim que o vi, pude, pela primeira vez na vida, encontrar algo que realmente tocasse a fundo o meu coração por mim, e só por mim!

Passei pelos dias dedicando-me a levar alegria e conforto àqueles que necessitavam. Vivi feliz com meus familiares e nunca houve nada em minha vida que não fosse motivo para agradecer e preservar. Porém uma lacuna permanecia sem que eu encontrasse um meio de preenchê-la, e cheguei a deduzir que eu não seria capaz de amar profundamente alguém. Pensei que o problema estivesse em mim, mas quando o conheci foi como se meu destino se revelasse, como se meus olhos finalmente fossem libertados da venda que os restringia de ver o que de fato o mundo me oferecia — seus olhos estavam úmidos e fixos em mim, sua emoção comoveu-me e certificou-me da importância que eu também apresentava em sua vida. — E agora que sou sua, já não desejo ser de mais ninguém, pois sei com absoluta convicção que o mundo jamais se apresentará tão compatível aos meus anseios novamente. E já que não voltaremos a nos ver e o futuro nos submeterá a encontrar abrigo em outras pessoas, carreguemos conosco a certeza de que só o faremos para descarregar a frustração de não estarmos com quem de fato pertencemos e a quem de fato nos pertence.

— Somos nossos, Laura, somos um! — sussurrou-me e voltou a me beijar.

Capítulo 33

Ainda que nossos planos para o dia se resumissem em consumar nosso amor incansavelmente, meu parceiro em questão se tratava de um poderoso e ocupadíssimo homem, ao qual eram atribuídos diversos compromissos. Nosso café da manhã chegou trazendo também incumbências que o rei não poderia deixar de cumprir, e quando cogitou fazê-lo precisei ignorar meu próprio desejo e convencê-lo a exercer suas tarefas.

— Então venha comigo! — sugeriu enquanto me observava a caminho do banho.

Concordei imediatamente, pois obviamente passar a maior parte do tempo em sua companhia era tudo o que eu mais desejava.

Quando saí do banho, Benjamin já não estava. Nancy aguardava-me para, como sempre fazia, auxiliar-me em minha preparação. Um sorriso envergonhado decorava seus lábios e causava-me certo constrangimento.

— Como passou a noite, minha querida? — perguntou-me quando sua curiosidade sobrepôs-se à sua timidez.

Precisaria ser sincera, estava louca para compartilhar minha alegria com alguém e além de tudo eu a adorava e confiava em sua discrição.

— Maravilhosamente bem, Nancy! — Meu sorriso exagerado contou o restante. — Eu o amo! Estou perdida e absolutamente apaixonada por seu rei...

— Meu rei, senhorita? Outra vez? — indagou-me recordando a mesma expressão usada por mim no dia em que cheguei a Birth e que Benjamin havia desaparecido.

Tentei consertar.

— Quero dizer *nosso rei*. Mas como você já deve ter percebido, mantemos um relacionamento, e é difícil continuar a encará-lo como meu soberano.

— Sim, minha querida, eu compreendo! Fico muito feliz por vós!

Felizmente, consegui contornar o deslize e tratei de concentrar-me no que vestiria para não mais correr o risco de vacilar. Como estaria ao lado do rei em seus compromissos, precisaria me vestir adequadamente. Encontrei o que buscava ao deparar-me com um vestido que remetia ao medievo. Encantou-me assim que nele pus meus olhos, dramático, denotava toda a singularidade da época.

Um tecido bege muito claro trazia aplicações peroladas quase imperceptíveis sobre as mangas ajustadas até o antebraço, onde surgia um volume que alcançava meus punhos e concluía-se em delicadas camadas arredondadas sobre o dorso de minhas mãos. O tecido fino ajustava-se em meus seios no decote quadrado e, logo abaixo, caía levemente sem exageradas opulências. O encanto ficava por conta do robe de veludo azul marinho sobreposto ao bege do vestido, bem como seus cordões dourados e transpassados que estreitavam a peça em minha cintura.

Pedi para Nancy tecer meus cabelos em uma trança baixa no centro das minhas costas. Nas joias, optei pela discrição de pequenos diamantes nos brincos e colar e, na maquiagem, diversas camadas de máscara negra sobre os cílios compensavam a palidez de meus lábios acentuados apenas pelo brilho rosé em tom pastel.

Os sapatos já haviam sido submetidos a melhorias em termos de conforto, contudo continuavam a não me convencer a confiá-los para grandes peregrinações como a proposta por Margot. Escolhi um par de saltos baixos no mesmo azul do vestido e também adornados por fios dourados e sai às pressas ao encontro do homem da minha vida.

Ao vê-lo, impecável como sempre, respirei fundo controlando o impulso de meu coração ao recordar nossa intimidade. Temi ruborizar. Aproximei-me do topo da escada, onde ele me aguardava, e ofereci-lhe uma pequena reverência.

— Olá, Majestade!

— Olá, senhorita Laura! — Aproximando-se do meu ouvido, sussurrou: — se eu já não a tivesse visto nua, diria que nunca esteve tão linda!

— Benjamin! — censurei-o sorrindo.

— Pronta? — indagou-me oferecendo seu braço.

Assenti e dirigimo-nos à saída do palácio. Encontramos Madeleine, que, alegremente, desembarcava da carruagem real em um vestido em tons terrosos, como sempre, muito adorável e elegante.

— Bom dia, senhorita! Como tem passado?

Observei Benjamin segurar um sorriso e ignorei-o temendo acompanhá-lo em seus gracejos.

— Olá, Alteza! Muito bem, obrigada!

— Oh, querida! Está radiante! — bajulou-me.

— Digo o mesmo de vós! — retribuí seu elogio.

— Obrigada! — agradeceu-me a rainha enquanto abraçava-me carinhosamente e se despedia, o mesmo fez com seu filho.

— Minha mãe a adora! — declarou Ben quando a rainha-mãe já havia partido.

— E eu a ela! — respondi com sinceridade.

— Se meu pai estivesse vivo, certamente seria mais um a cair de amores pela senhorita.

Lisonjeada, agradeci em meio a um sorriso antes de prosseguir.

— Eu adoraria tê-lo conhecido e sem dúvidas retribuiria sua admiração, já que sua mãe deixou muito claro que você herdou dele todo esse charme...

Uma malícia percorreu sua face quando seus lábios rasgaram-se num sorriso.

— Senhorita, não me desconcentre, por favor! Tenho compromissos à minha espera, e não seria prudente abandoná-los ao acaso e retornar ao palácio em sua companhia para pôr em prática nossos planos iniciais para o dia de hoje — falou divertido fazendo-me também sorrir largamente.

Quando chegamos ao estábulo, dividi com Ben meu desejo em encontrar um nome para meu cavalo.

— O que acha de Destiny? — perguntei enquanto matava a saudades do animal que eu não via desde o dia anterior.

Benjamin olhou-me entre olhos semicerrados, evidenciando sua análise.

— Fale mais sobre isso, senhorita...

Compreendendo o quão sugestiva era minha proposta, sorriu ao afastar-se de sua montaria. Posicionando-se atrás de mim, envolveu-me pela cintura e descansou seu pescoço em meu ombro embalando-me lentamente enquanto eu ainda adulava meu cavalo.

— Destiny, pois foi a forma como ele se apresentou em minha vida, revelando meu destino... — expliquei.

Neste momento, Ben puxou-me para si, voltando a ele o meu rosto.

— Nosso destino! — corrigiu-me. — Concordo absolutamente com sua escolha!

Beijou-me com paixão antes de me auxiliar a montar no recém-batizado Destiny, lembrando-me que a mesma conduta, quando nos conhecemos, fez-me desejar matá-lo.

— Não pense que esqueci seu atrevimento em me tomar em seus braços para que montasse da forma que julgava "adequada" — alfinetei.

— A verdade é que a senhorita morria de vontade de estar em meus braços. Vamos, admita! — provocou-me, presunçoso.

Incrédula, estreitei meus olhos fixos nele tentando demonstrar incômodo, porém acabei por sorrir, sendo incapaz de negar o óbvio, que meu amor era dele desde que o vi pela primeira vez, ou até mesmo antes...

Cavalgamos vagarosamente lado a lado, já que minha posição "apropriada" de montaria não me permitia correr, então aproveitei para maravilhar-me com as belezas da natureza de Birth. O dia contava com um sol ameno e agradável, e eu o sentia como reflexo da paz que eu carregava dentro do peito. Sem olhares curiosos, nas desertas vielas que adentrávamos vez ou outra, eu emparelhava meu cavalo ao do rei para receber dele seus beijos e devolver suas declarações.

Alcançamos o primeiro vilarejo, próximo ao reino, pertencia ao ducado de Richmond. Percorremos as ruas que nos levaram à propriedade do duque, recebendo dos habitantes calorosas demonstrações de carinho por seu rei e, inacreditavelmente, por mim também.

A placidez que permeava pelas ruas de Richmond parecia não mais se achar na grande propriedade de seu principal representante.

Tobby Eymor parecia esperar por seu soberano repleto de ansiedade e nervosismo, pois, assim que o avistou, correu ao seu encontro deixando atrás de si uma fortaleza de pedras quase em ruínas. As vidraças estilhaçadas assustavam assim como o negrume das paredes carbonizadas.

Ouvir Benjamin narrar sobre os incêndios era completamente diferente de presenciar as atrocidades cometidas, principalmente ao topar com o medo presente nos olhos de uma das vítimas.

Tobby, um homem jovem, de no máximo 35 anos, denotava cansaço e uma aparência esgotada. Nos olhos rasgados, um apático cinza predominava isento de qualquer brilho. Os gestos moderados, roupas simples e a voz fraca contribuíam para minha surpresa ao descobrir que aquele homem se tratava de um duque.

— Majestade! — falou reverenciando seu rei.

— Tobby! — exprimiu Benjamin com os olhos assustados enquanto amarrava nossas montarias.

Ben havia me informado que, das três propriedades incendiadas, Richmond era a mais próxima do palácio e a única que ele ainda não havia visitado, pois foi a última a ser atacada, pouco após o entardecer do dia anterior. Ele e seus homens retornavam de Devonshire e do condado de Devon — as outras duas propriedades atacadas, das quais teve conhecimento do ocorrido durante nosso passeio — quando foram avisados do incêndio do qual a propriedade do duque Tobby Eymor havia sido alvo.

Benjamin enviou seus homens para conceder respaldo aos Eymor ainda durante a noite anterior, porém preferiu não comparecer de imediato, pois, segundo ele, sua presença não alteraria os fatos, e tudo o que precisavam no momento poderia ser provido por seus homens. Também admitiu, emocionando-me, que já não se encontrava em condições de prover auxílio aos seus súditos e precisava retornar o mais rápido ao palácio e, em mim, encontrar motivos para continuar.

Abandonei meus pensamentos quando o duque se aproximou.

— Senhorita, é um prazer! — O homem beijou minha mão quando o rei nos apresentou.

— Vossa Graça, é um grande prazer! Sinto muito pelo ocorrido — falei com pesar.

Desolado, apenas assentiu e voltou-se ao rei.

Percebendo a gravidade da situação, optei por deixá-los a sós, para conceder-lhes a privacidade necessária. Ben concordou, despediu-se e, na companhia de Tobby, desapareceu em meio ao que restara da residência.

O longo caminho até Richmond permitiu que eu obtivesse de Benjamin uma espécie de aula sobre Birth. Enquanto eu o aguardava, aproveitei para caminhar e refletir sobre a visão que tinha do reino após seus relatos.

Em Birth, havia extensos gramados espalhados por todos os lados, o verde surgia predominante, e, para uma amante de belas paisagens como eu, era uma verdadeira dádiva a oportunidade de desfrutar daquele imenso e magnífico espetáculo que me rodeava.

Sem pressa, em meio a tantos pensamentos, percorri um caminho levemente íngreme chegando ao topo de uma colina pouco elevada. Sentei-me para descansar e aguardar o retorno de Benjamin enquanto, metaforicamente, aplaudia a criação de George Haigh. Ele realmente originara um mundo um pouco mais justo, ou, pelo menos, um pouco menos injusto, dentro de todas as limitações tratando-se de seres humanos vivendo em sociedade. Refleti como, apesar dos esforços para a criação de uma sociedade melhor, a vaidade prevalece e acaba por culminar sempre em uma enorme distorção de valores e de objetivos a serem atingidos, quando tudo o que se pede é que apenas procurássemos nos ver como iguais e que pudéssemos perder essa estranha mania de procurar estar sempre em evidência e em uma disputa desenfreada por elementos que nos diferenciem uns dos outros.

Porém, entre os fatores que me faziam crer que Birth era uma alternativa de mundo, estavam as leis daquele reino. Sua constituição era imposta de maneira igualitária a todos os seus filhos e era, de certo modo, reconfortante saber que, pelo menos ali, as regras existiam para lembrar os indivíduos dos limites da liberdade dos seus atos, do respeito esperado para uma boa convivência e, acima de tudo, pelo fato de que, independentemente da posição ou poder aquisitivo, todos estavam sujeitos aos mesmos direitos e às mesmas punições. Outro motivo que muita alegria me causava era o fato de a educação ser imposta como algo substancial. Ela era uma exigência e estava ao alcance de todos. O fato incômodo é que as meninas não podiam frequentar escolas e eram educadas em casa por professores, contudo eram educadas! Desse modo, eram livres para pensar, para expor suas opiniões, para participar efetivamente das conversas dos senhores e dos debates sobre economia ou sobre os esportes que ali existiam, entre uma infinidade de outras coisas.

Conversar com o rei permitiu que a mim fosse desmistificada uma série de opiniões errôneas que, equivocadamente, eu havia formado, e pude compreender que Birth havia sido fundada por personagens ambientados em uma Europa antiquada e absolutamente distinta e contrária ao mundo que temos hoje além de suas fronteiras. Compreender que aquele reino evoluíra independente dos avanços externos facilitava a compreensão para fatores até então para mim revoltantes, como o fato de uma mulher não ter direito a uma profissão, remunerada e valorizada. Contudo atenuei meu desconforto ao constatar que era apenas uma questão de tempo para que as filhas de Birth obtivessem tal direito, isso se assim o desejassem.

Meus pensamentos regressaram ao rei, afinal, poucos instantes era tudo que eu dispunha sem tê-lo permeando minha mente como protagonista, no entanto, algo assustador passou a habitar minha reflexão. Lembrei-me das palavras de Emily, suas orientações para atentar-me em relação às acusações de Margot que tentavam ligar minha chegada à corte aos atentados contra a vida do rei.

Nuvens carregadas ocultaram a luz que emanava tão agradavelmente até então e, de repente, tornaram o céu uma imensidão plúmbea de imensa sombra.

Um vento intenso e inesperado surgiu varrendo o que encontrava em seu caminho, envergando árvores mais frágeis e embalando folhas secas em pequenos redemoinhos.

De longe, observei o caminho que Benjamin, afoito, traçava em minha direção com seu corpo de encontro ao incessante vendaval que se agitava por todos os lados.

— Vamos para um lugar seguro! — exprimiu assim que me alcançou, enquanto estendia-me sua mão.

Em poucos segundos, conduzia-me colina abaixo com passos apressados.

Rumamos ao jardim da residência destruída até o encontro de nossas montarias.

— Espere-me aqui, senhorita! — Antes mesmo de que meus lábios confirmassem minha aprovação, Ben desapareceu correndo com Destiny em direção aos fundos da propriedade.

Sem nada entender, aguardava seu regresso quando pesados pingos de chuva desandaram em um torrencial sobre mim e sobre tudo ao meu redor.

Dei falta de meu cavalo quando avistei Ben retornando sozinho em uma disparada para fugir da chuva.

— Onde está Destiny? — perguntei confusa.

— Está na baia e em completa segurança, não se preocupe! Logo voltaremos para apanhá-lo. Mas, antes, vamos fugir deste temporal e nos abrigar em um lugar mais agradável que a baia do duque de Richmond. Venha! — Outra vez elevou-me para montar, desta vez em seu cavalo. — Em uma só montaria, chegaremos antes, pois, nas condições que prefiro que a senhorita cavalgue, não encontraríamos abrigo nunca.

Concordei com sua colocação e observei-o montar e posicionar-se atrás de mim. Aproximou seu corpo já banhado pela chuva do meu igualmente molhado de maneira que sentia os músculos do seu braço roçarem nos meus sempre que firmemente movimentava as rédeas. Apoiei minhas costas na rigidez do seu peito, e, mesmo que muito veloz voássemos por entre o vento gelado, nossos corpos explodiam em uma ardência explicada apenas pela proximidade da nossa pele.

No caminho, os pingos intensificavam-se encharcando-nos mais e mais. Após atravessarmos os campos e o bosque, finalmente alcançamos o caminho de pedras que levava à entrada de uma belíssima residência, onde buscamos abrigo.

Em tijolos avermelhados, uma edificação de três andares ostentava janelas brancas subsequentes, além de varandas e muitas torres que a assemelhavam a um pequeno castelo. Imersa em uma paisagem fantástica, entre árvores, flores e uma nascente, mais parecia que eu acabara de encontrar uma fortaleza em um mundo mágico.

Queria atentar-me aos detalhes arquitetônicos da incrível construção, mas confundi meus sentidos e desnorteei-me assim que senti seu toque.

Suas mãos apoderaram-se dos meus seios e sua língua acrescentava umidade à pele do meu pescoço, privando-me de qualquer contato com o mundo terreno. Impressionava-me o nível de entrega ao qual eu me rendia devido à química que nos unia, tão profunda e sobrenatural quanto o amor que sentíamos.

Impelindo contra mim seu corpo com força, senti sua mão agarrar a barra do meu vestido, desvendando minha perna coberta por meia de seda branca até a altura das coxas. Quando o desejo nos atingiu inteiramente, Ben desmontou rapidamente do cavalo e ofereceu-me seus braços para que eu o acompanhasse. Adentramos o recinto confinados em um beijo molhado e irresistivelmente sexy. Com seu corpo cercando o meu enquanto me apoiava em uma mesa, Ben agilmente elevou meu vestido e pôs-me sobre o móvel antes de posicionar-se entremeio as minhas pernas e aconchegar-se entre meus seios após desabotoar cada um dos botões do meu vestido.

Despi-o de sua camisa encharcada, que deixava escorrer lentamente a água da chuva sobre os esculpidos traçados de sua musculatura e desprendi seu cinto movida pela ânsia de senti-lo plenamente. Sua boca macia novamente rendeu a minha e, durante mais de uma hora, fui apresentada a inimagináveis níveis de luxúria que nunca antes fui capaz de presumir que existissem.

— Seja bem-vinda a Greatness, residência de férias da Coroa — exprimiu Ben no tempo em que ainda me mantinha em seu abraço.

— Preciso admitir que o senhor possui excelentes meios de apresentar residências aos seus convidados. Seria um sucesso no mercado imobiliário! — diverti-me antes de, ainda nus e somente envoltos em lençóis, sairmos em um tour pela casa.

Greatness, uma propriedade da Coroa em Richmond, que ficava a poucos quilômetros de distância do palácio de Birth, pertencia à família real há três gerações, desde que Benjamin Haigh, avô de Benjamin, comprou para sua esposa, uma camponesa a quem muito amava.

— Aqui, meus avós podiam viver seu amor sem se envolver nas intrigas da corte. — Benjamin exprimia certa melancolia na voz.

— Sorte deles... Encontraram um lugar para viver seu amor. — Respondi sem conseguir evitar demonstrar o pesar que sentia, pois, afinal, não seríamos agraciados com a mesma sorte.

Silentes, percorremos por entre os infinitos cômodos daquele que parecia ser uma versão em miniatura do palácio real. A decoração impecável, o ambiente intimista e acolhedor, parecia mais aconchegante que o luxo excessivo na casa oficial da realeza, fazendo-me compreender rapidamente as razões para os avós de Benjamin o elegerem como seu lar.

— Devemos sair depressa, o sol voltou e com ele, as chances de prosseguirmos com nosso itinerário.

— Ainda tem mais? — Perguntei ansiosa.

— Sim, preciso que conheça um lugar... — Não pude identificar, mas sabia que algo diferente se manifestava em sua voz. — Venha, vamos trocar essas roupas por outras limpas e secas.

Capítulo 34

Ainda em Richmond, cavalgamos por cerca de mais 20 minutos em um trote acelerado cortando encantadoras paisagens pelo percurso.

O céu, novamente pesado, anunciava que em breve voltaria a desaguar.

Alcançamos as ruínas do que parecia já ter sido uma belíssima residência e abrigamo-nos sob a marquise do que, provavelmente, um dia fora um domo central.

Deixamos a montaria e acomodamo-nos em um banco que repousava centralizando uma ampla varanda que se alargava na parte frontal do que restara da residência. Envolvidos em um manto que trouxemos de Greatness, beijamo-nos e acarinhamo-nos por muito tempo, sem que de fato Benjamin revelasse a razão da penumbra em seus olhos e na agitação que se manifestava por todo seu corpo.

— Sua pele brilha, assim como seus olhos e seus cabelos.

Rouco, pôs-se a elogiar-me. Seus dedos exploravam lentos e suaves por sobre o tecido em meu braço. Nos lábios, um sorriso ameno anunciava que não apenas de desejos infrenes e de entrega absoluta aos prazeres do corpo se alimentava nossa relação. Meu amor era compensado igualitariamente, e a certeza de despertar emoções tão profundas e honestas naquele que, para mim, era a mais pura personificação de qualidades que se espera encontrar em um par, trazia-me a sensação de que naquele momento meu coração sorria.

— O senhor sabe que é o motivo do brilho dos meus olhos, não?! — devolvi, encaixando meus dedos entre os seus.

Posicionada entre suas pernas, seus braços envolviam-me enquanto permanecíamos protegendo-nos do vento gélido que varria tudo que nos cercava. Procurando meu rosto, inquiriu-me a divertir-se.

— Só dos olhos? Há outros responsáveis pela pele e cabelo?

Sorri antes de concluir.

— Ah, sem dúvidas! Costumo manter um rei responsável por cada parte do meu corpo. O senhor restringe-se à região dos olhos!

Os dentes expostos no sorriso trombaram-se antes dos lábios se encontrarem, incapazes de manterem-se afastados pelo menor tempo que fosse, buscavam-se incansavelmente sem conseguir acreditar que de fato mereciam a sorte de estarem juntos.

Uma energia que transcendia de Benjamin atestava, assim como suas ações e gestos de carinho intermináveis, a reciprocidade do meu amor.

— Feche os olhos! — pediu-me com os dedos já restringindo minha visão.

— Aonde vai me levar? — perguntei curiosa.

— Apenas venha comigo!

Uma das mãos vendava-me os olhos, e a outra se agarrava à minha cintura. O tecido apenas protegia nossos corpos da corrente de ar gelado que se introduzia pelas aberturas da degradada residência. Paciente, acompanhou com seus passos os meus, que eram lentos e temerosos. Não demoramos mais do que alguns minutos para alcançar a surpresa.

Quando abri meus olhos, encontrei ruínas e rosas como um par que perfeitamente se adequava. Uma escada concretada em "L" elevava-se por inúmeros degraus, seu corrimão de ferro apresentava colunas bem ornamentadas que serviam de base para os enroscados caules das roseiras caindo em sucessivos e despretensiosos cachos por todos os lados. No alto da escadaria, uma grande abertura, no que um dia fora uma parede, apresentava resquícios das pedras que a constituía, e, por ela, surgia a escassa luz que já substituía o recente torrencial.

As acinzentadas reminiscências da antiga construção avivavam-se ao rubro das roseiras que, não somente nas escadarias, exibiam-se também galgando as altas paredes, alcançando o teto, cercando as aberturas e despetalando-se sobre a pedraria do chão.

— Isto é lindo! — Balbuciei extasiada.

De mãos dadas com o rei, dirigimo-nos ao topo da escada. Atravessamos a abertura bruta e encontramos uma pequena varanda semicircular que outrora dependia da passagem por uma porta francesa cujos estilhaços de vidro ainda se encontravam na parede ao lado.

Sentados, acomodamo-nos no aconchego de nossos corpos outra vez.

— Há muitos anos não venho aqui. — Percebi a entonação melancólica na voz de Ben.

— Mas este é um magnífico lugar... — declarei incentivando seu desejo de compartilhar os motivos de sua dor.

Seu olhar recaiu no que nos rodeava antes de prosseguir.

— Nem tudo são flores em Birth, minha querida... — contraiu com força suas mãos, revelando sua visível inquietação. — Esta casa pertenceu ao meu tio Edwin, irmão gêmeo de meu pai. — Um suspiro pesado reforçava seu desconforto. Em silêncio, apenas o observei. — Passei boa parte da minha infância nesta propriedade, cresci ao lado do meu primo William, filho de Edwin, e sob os generosos cuidados de sua esposa e mãe de Will, lady Violet. — Percebendo que não lhe agradava compartilhar suas memórias e que não se tratava de boas recordações, concedi-lhe um olhar de amparo para que se sentisse seguro. — Eu matei meu tio, Laura!

Demorei alguns segundos para que as peças desconexas dentro de mim causadas por sua revelação se encaixassem novamente. Apertei com força sua mão e assisti à escuridão de seus olhos, seu semblante contorcia-se por um sofrimento que parecia rasgá-lo ao meio.

Em choque, tardei-me em compreender. Ele se revelava um assassino? Não, eu devia ter interpretado errado.

— Não compreendo o que quer dizer, Ben — declarei assustada.

— Exatamente o que eu disse, eu matei Edwin... Tirei sua vida!

Novamente, seus punhos cerrados com força provocavam contínuos espasmos de terror que se manifestavam em minha expressão. Eu era incapaz de disfarçar meus temores.

— Por que fez isso? O que está dizendo? — perguntei enquanto automaticamente meu corpo se afastava do seu.

— Não! Fique aqui, preciso falar...

Fiz o que me pedira sem desviar dele meu olhar assustado. Porém, lutando ferozmente contra o desespero que, latente, estava aos gritos em meu interior.

— Preciso me acalmar, ou não conseguirei terminar. Nunca antes falei sobre isso com ninguém... — Meus pensamentos já elaboravam milhões de razões e formas, e em nenhuma delas eu era capaz de acreditar.

— Você não é um assassino, Benjamin! Você não pode ter... — Não conseguia dizer as palavras. — Simplesmente não pode! — Exprimi com meu corpo outra vez articulando uma fuga.

— Ouça-me primeiro, depois poderá me julgar — implorou prendendo com viço minhas mãos.

Meus sentidos não respondiam aos meus comandos, que pediam calma.

— Se me ama tanto quanto eu a amo, eu peço, por favor, para que me escute.

Respirei fundo e recorri imediatamente ao meu amor por ele, que ocupava todo meu coração e que concederia forças para que eu continuasse em sua companhia.

— Diga-me o que precisa dizer. — anunciei mais friamente do que desejava.

Assentiu discretamente, esfregou os dedos nos olhos que ameaçavam desaguar e lançou seu olhar por todos os cantos da propriedade antes de voltar a mim e prosseguir.

— Meu pai Benjamin II, e seu irmão, Edwin, nasceram gêmeos. Como deve presumir, não havia meios de atestar uma gravidez com duas crianças, e foi uma grande surpresa quando o parto precisou continuar após o nascimento do primeiro filho do casal real, meus avós, Benjamin I e Agness. Eles planejavam um futuro para o filho varão que idealizavam, e sua alegria foi redobrada com a vinda de um segundo herdeiro. Ao nascer, meu pai recebeu uma marca que o diferenciaria do irmão: furaram-no a orelha esquerda e a adornaram com uma pequena pedra de rubi. Desse modo, garantiriam que a linha de sucessão fosse respeitada, era dele o trono. Como eram idênticos, essa medida foi necessária para garantir a correta ocupação no trono reservada ao primogênito, que recebeu o nome de seu pai, pois o substituiria no trono.

"Ambos compartilharam não apenas a barriga da mãe, mas dividiram-se como a mesma alma que habitava dois corpos, também iguais. Gostavam das mesmas coisas, lutavam pelos mesmos ideais e não foi uma surpresa quando se apaixonaram pela mesma mulher, Madeleine, minha mãe. A partir de então, já não dividiam seus anseios, e sim, competiam por eles.

O amargor por não herdar a coroa passou a culminar o amor fraterno de Edwin por meu pai, e, depois que este oficializou o pedido de casamento à minha mãe, já prometida a ele, seu irmão passou a não mais conseguir esconder a raiva que nutria por seu lugar de infante.

Meu avô morreu quando os gêmeos tinham 22 anos, e meu pai tornou-se rei. Casou-se com minha mãe, assim como Edwin desposou lady Violet Eymor, irmã do duque que a senhorita conheceu mais cedo. Ela e o irmão, que era apenas um bebê na época, ficaram órfãos muito cedo e de maneira trágica. Quando a duquesa de Richmond deu à luz ao seu filho, Tobby, uma complicação no parto lhe tirou a vida, e o duque, que muito a amava, não soube como seguir sem a companhia de sua esposa e se enforcou, deixando os filhos sozinhos no mundo.

Tobby tinha apenas 8 anos quando Violet, com 21, aceitou o pedido de casamento de Edwin.

Rejeitando seu lugar de infante, mudaram-se para esta propriedade e se tornaram duque e duquesa de Richmond. William e eu nascemos com poucos anos de diferença, e cada seio familiar foi tomando forma, trazendo a esperança de que o tempo se encarregaria de cicatrizar as antigas disputas entre os irmãos, mas não foi o que aconteceu...

À medida que os anos passavam, Edwin parecia só fortalecer a insatisfação por não se tornar rei e por não se casar com a mulher que amava. Passou a não frequentar a corte e mantinha-se enclausurado neste quarto. — Apontou para a porta situada às nossas costas. — Como eu havia dito, passei boa parte da minha infância nessa residência, pois minha tia Violet fazia questão de me receber para que eu fizesse companhia a William e a Tobby, que viviam isolados do restante da família e do povoado. Meu tio quase nunca era visto, nas raras vezes em que se fazia presente, era possível constatar a agrura que o consumia. Por diversas vezes, expulsou-me daqui e, em todas elas, encontrei abrigo e proteção em Violet, que, corajosamente, enfrentava-o em minha defesa. Pobre William, jamais recebeu qualquer manifestação de apreço do pai...

Meus olhos saltados das órbitas eram o perfeito reflexo da ansiedade que me consumia. Não me arrisquei em obstruir seu relato e permaneci calada e imóvel.

— Quando completei 16 anos, meu pai fez questão de me acompanhar até Richmond para convidar seu irmão e a família para comparecerem à festa que seria realizada no palácio. Seria uma tentativa de trégua, a qual recebeu apoio de todos que conosco viviam. Lembro-me perfeitamente desse dia... — O olhar de Benjamin outra vez se espalhou pelo local, como se em cada parte residisse uma lembrança. — Fomos recebidos por minha tia nesta sala de estar onde hoje só restam as roseiras. William e Tobby acompanhavam-na e ambos se encheram de gratidão pelo convite que trazíamos. — A voz do rei, costumeira em sua sensual rouquidão, já não conseguia manter-se constante e, por diversas vezes, vacilou. — Edwin surgiu no topo desta escada. — Outra vez, acompanhei seu gesto, que apontava na direção ao nosso lado. — Ele parecia-se tanto com meu pai... Ainda consigo vê-los, encarando-se profundamente... Porém, eram como dois extremos de uma mesma forma... — Movimentando as mãos, ele empenhava-se em tentar reproduzir o que pairava em sua mente. — Não sei se consegue me compreender? — Inquiriu-me, e eu apenas concordei em silêncio. — Eu jamais vi Edwin sorrir, em contrapartida, jamais vi meu pai furioso.

Enquanto falava, suas recordações palpáveis criavam imagens tão nítidas aos meus olhos, que eu poderia jurar que estava com ele naquela sala, naquele dia...

— Ele lentamente desceu os degraus e, a cada passo que se aproximava de nós, trazia uma energia densa que passava a carregar o ambiente. Meu pai disse: "Olá, irmão!", sorriu!". Sorriu um sorriso sincero e recebeu um silêncio assustador como resposta. Com a tensão que se instalara, Violet preferiu conceder aos irmãos um momento a sós para que conversassem e convocou a William, Tobby e a mim para um passeio por seus jardins. Caminhamos pelos arredores da casa, e ela, com sua infinita delicadeza, apresentou-me suas estimadas roseiras. Ela amava rosas!

Um longo suspiro deixou seus lábios quando em mim um crescente desespero se manifestou.

— Com a ajuda de uma tesoura, minha tia podou um grande ramo de flores para que eu o entregasse à minha mãe em seu nome. Sua bondade era tanta que, mesmo consciente dos sentimentos de meu tio em relação à minha mãe, ainda assim Violet a estimava e a respeitava.

Passado algum tempo, retornamos ao interior da residência e constatamos um silêncio atípico. Encontramos meu pai desacordado sobre uma cadeira. Nenhum empregado percebera alguma agitação, pois Edwin os prevenira para que lhes concedessem privacidade. Ele caminhava de um lado para outro lentamente, tinha em sua posse uma pistola, que apontou em nossa direção assim que percebeu nossa presença. 'Mantenham-se calados e me ouçam', foi o que ele disse. Temerosos, permanecemos em absoluto estado de choque ouvindo-o narrar seus planos: 'dirão a todos que seu rei padeceu de um mal súbito que o levou a óbito, encontrarei um meio de alterar os exames que comprovarão o envenenamento. Serei o novo rei, como manda a lei, e a justiça finalmente será feita!'. Violet agarrava-se àquelas rosas enquanto seus lábios puseram-se a acusar Edwin: 'assassino', gritava incessantemente. Edwin sorria vertiginosamente. Ele aproximou-se dela e declarou que não a desejava como rainha, como também nunca a desejou como mulher. Disparou três tiros em seu peito com uma frieza que até então eu presumi ser impossível existir. Ela caiu abraçada àquele ramalhete como se as flores fossem capazes de abrandar seu sofrimento, na frente do seu filho e do seu irmão que tanto a amavam e tanto necessitavam de seus cuidados e proteção. Ao vê-la daquele modo ao lado do corpo do meu pai e constatar a crueldade causada àqueles garotos, fui atingido por uma onda de cólera que me cegou... Além disso, creio que, no fundo, eu sabia que seria o próximo a ser morto para que seu intento pudesse ser alcançado. Então, simplesmente agarrei com força o cabo de prata da pistola que eu carregava e atirei em Edwin".

A expressão da mais profunda derrota estampava suas feições. Levei meus dedos até seu rosto, mas ele me impediu de tocá-lo. Respeitando sua dor, recolhi minha oferta de consolo e o deixei livre para concluir.

— Voltei aqui sozinho algum tempo depois desse dia e, com minhas próprias mãos, plantei estas roseiras na sala de estar. Trouxe-lhe aqui para enterrar de uma vez por todas os pesadelos que me acompanham. De hoje em diante, a luz que a senhorita conferiu à minha vida será espalhada pelo máximo de lugares possíveis por este reino. Só sua presença foi capaz de atenuar os horrores que me acompanhavam desde então. Sei que sou um assassino e certamente não mereço um coração tão bondoso e puro quanto o seu, mas acredite, eu adoraria ser digno desse amor que diz sentir por mim. Precisava contar-lhe a verdade, pois não seria justo permitir que se apaixonasse por alguém como eu.

— Oh, Ben! — foi apenas o que consegui dizer antes de me enroscar entre suas pernas e embrulhá-lo em um abraço, que era tudo que eu poderia lhe oferecer por ora como prova do meu amor, do qual ele certamente era merecedor, embora não concordasse comigo.

Depois que o tempo muito se alongou permeado pela quietude com a qual tentávamos nos confortar, pus-me em pé e lancei-lhe meu braço estendido como um convite para voltar.

Ben parecia ter pedido uma luta da qual dependia sua vida, parecia ter recentemente vivenciado outra vez aqueles momentos e ter sentido na pele cada uma das dores novamente. Matava-me testemunhar seu suplício, principalmente quando a mim se desculpava e inferiorizava-se como não merecedor da profunda admiração que originava o sentimento de proporções infindáveis que por ele eu nutria.

Prendendo firmemente meus dedos nos seus, avancei em sua dianteira encorajando-o a me acompanhar enquanto descia as escadas da sala das rosas. Seus olhos prenderam-se inseguros nos meus quando lhe lancei um olhar de incentivo. Nos meus lábios, um sorriso desejava anunciar que eu não lhe condenava, não o julgava e jamais o poderia fazer dado o âmbito absolutamente adverso ao qual havia sido exposto.

Atravessar aquele cômodo após ouvir os relatos sobre todo o horror do qual ele fora palco, não era algo fácil, mas eu precisava ser forte por ele, pois seu intento de ali retornar em minha companhia era um recurso desesperado de tentar apagar os traumas que o perseguiam e, se fui escolhida como um motivo de agradáveis recordações, daria meu máximo para que elas fossem de fato capazes de, pelo menos, minimizar o árduo fardo que carregava.

Quando enfim alcançamos a porta de saída, acariciei seu rosto.

— Meu amor por vós só cresce, Majestade! E não pense o senhor que haverei de ignorar o sentimento que lhe pertence por qualquer razão que seja, e não seria por ser vítima e, sobretudo, herói de uma triste história que eu lhe negaria o meu coração. Não mesmo!

— Eu não a mereço! — Incomodava-me a confiança que acompanhava sua afirmação.

— Realmente não entende, não é mesmo? — inquiri sem esperar resposta. — Como pode não perceber o sentido que trouxe à minha vida? Como pode presumir que eu o julgue pelo sofrimento do qual foi vítima? Seu desconforto com essa situação e a dificuldade em retomar sua vida desde então só fortalece a certeza do quanto é virtuoso e íntegro. — Prendi seu rosto entre minhas mãos quando seu olhar de mim desviou. — Benjamin, não estarei para sempre aqui, por isso preciso que me certifique de que não mais irá se censurar por um erro que não lhe pertence... Por favor, faça-o por mim! — Lentamente seu rosto se moveu concordando discretamente. — Vamos? — Meu convite foi aceito, e assim prosseguimos sendo surpreendidos no caminho pela chuva impetuosa que irrompera.

O vento frio acentuava o desconforto causado pelo tecido úmido em meu corpo. A proximidade de Benjamin na mesma montaria no caminho até Richmond permitia que eu não congelasse.

— Não conseguirá cavalgar sozinha até o palácio. Quando estivermos em Richmond, pedirei que lhe tragam vestes limpas para que possa seguir viagem, assim minimizaremos os riscos de adoecer — informou-me com a voz entrecortada pelo vento que nos atingia. — A menos que concorde em seguir comigo assim como estamos. Desse modo, posso pedir que levem Destiny para você imediatamente.

Pensei por alguns instantes até meu corpo começar a anunciar que não suportaria o restante do caminho naquelas condições. Uma sequência de espirros confirmou nossas suspeitas, e Ben de imediato se manifestou.

— Não correrei o risco de vê-la outra vez em devaneios febris como presenciei na embarcação. Ficaremos em Richmond até que esteja devidamente vestida.

Concordei e subtraímos o território que ainda faltava ser transcorrido em poucos minutos. O vento álgido corria desenfreado quando os resquícios da chuva brindavam o céu com um róseo anuviado provocado pelo pôr do sol prenunciado.

Topamos com a guarda real que estava à nossa espera no ducado e seguimos a caminho das baias.

— Pobre Destiny, deve presumir que eu o tenha abandonado... — refleti em voz alta.

— Ele certamente sabe que o ama e que em breve retornaria! — confortou-me. — Espere-me aqui, irei solicitar vestimentas para a senhorita.

— Aproveitarei este tempo para me desculpar com Destiny — anunciei sorrindo ao observá-lo se afastar, meu desejo era de que se sentisse melhor.

Uma aba cobria todo o longo e estreito corredor que levava até a entrada principal das baias. Agradeci por ainda poder contar com a luz do sol, pois ao contrário temeria percorrer sozinha aquele trajeto.

Segui na direção que ele havia me instruído e, quando enfim a alcancei, custei a acreditar no que via. Inicialmente, demorei a entender e apenas analisei confusa a figura de Destiny tombado no chão.

Seus membros estavam estirados, os olhos e a boca abertos, e absolutamente nenhum sinal de vida lhe envolvia. Demorei-me em elaborar uma coerência lógica e quando, por fim, o fiz, um desespero despontou em meu peito.

— Benjamin!!! — bradei com a máxima força que pude. — Destiny!!! Ouça-me, por favor! — implorei ao cair de joelhos ao seu lado e impelir com força minhas mãos tentando "acordá-lo".

Os impetuosos golpes que proferi em seu couro acastanhado não pareciam surtir efeito. Ao deparar-me com a ineficácia de minha tentativa, mergulhei em absoluta angústia. Não podia ser...

— Ben!!! — voltei a exigir o máximo dos meus pulmões.

Alguns segundos depois, Benjamin surgiu.

— Laura! O que aconteceu? — Seus olhos encontraram rapidamente o motivo do meu desespero. — Oh, céus! — Seu espanto petrificou sua expressão e levou alguns segundos até que ele obtivesse condições de pedir ajuda. — Guardas! — clamou em tom elevado enquanto se aproximava de Destiny.

Experiente, levou seus dedos até os olhos do animal, seguidamente abriu sua boca e continuou submetendo-o a um exame. Seus guardas chegaram rapidamente e, de imediato, foram-lhes requisitadas informações. Hunter, chefe da guarda real, respondeu pelo grupo.

— Nada, Vossa Majestade! Não vimos nenhuma movimentação estranha! — explicou-se um dos homens. — A verdade é que nos concentramos em vossa segurança e da senhorita Laura. Dessa forma, permanecemos no patrulhamento dos arredores das ruínas de Richmond e só retornamos para este lado do ducado quando o senhor também o fez.

Benjamin ouvia atento enquanto meus joelhos dobraram-se sem mais suportar a sensação nauseante gerada por tão dolorosa condição.

— Ele está morto? — perguntei já sabendo a resposta, porém desejando profundamente me agarrar à dúvida.

Ben assentiu amargurado e pôs-se de joelhos ao meu lado. Abraçou-me com força quando meu pranto se intensificou.

— Foi ele, Ben... Ele quem me levou até você... Ele guiou-me em sua direção... — Acompanhando o banho de lágrimas, um ardor excruciante exprimia-me a garganta e roubava-me a voz e as condições de manifestar a dor que eu sentia, e como sentia!

O grupo de guardas aproximou-se e iniciou as buscas por sinais do que poderia explicar o ocorrido. Permaneci ao lado do meu estimado amigo até que Benjamin, não metaforicamente, de lá me arrancasse. Gritei, debati-me e agitei-me para que permitissem que eu continuasse ao seu lado, assim como ele esteve ao meu quando tanto precisei...

— Meu amor, eu sinto tanto! — falou Benjamin com a voz sufocada.

Seu abraço não amenizava a lâmina dilacerante que estraçalhava meu coração.

Capítulo 35

— Obrigada, Ben, mas não desejo me juntar a vós no jantar. Não serei uma boa companhia esta noite — respondi ao seu convite.

Aproximou-se ainda e prendeu meu queixo entre seus dedos, fazendo-me encará-lo.

— A senhorita é sempre uma boa companhia, e, se não se importa, pedirei que me sirvam no quarto e permanecerei ao seu lado. Não quero me afastar, Laura... — Seus olhos imbuídos de um pesar sincero somavam-se ao meu desgosto.

Concordei sem ser capaz de me sentir melhor nem mesmo com suas palavras de carinho.

Minha mente estava impregnada pelas cenas de horror que vivi. As imagens de Destiny sendo carregado e enterrado em uma cerimônia que solicitei não paravam de desfilar em meus pensamentos. Ele ficaria em Richmond para sempre e não me acompanharia em meu caminho de volta. Eu lutava para esquecer, mas era impossível...

Benjamin mal tocou na comida. Observei-o desolado e lhe pedi para que se deitasse ao meu lado. Ele assim o fez.

Despiu-se primeiro, depois a mim. Permiti que me livrasse da camisola enquanto olhava profundamente em seus olhos em busca de conforto. Abraçamo-nos e permanecemos em silêncio, remoendo nossas inquietações e esperando ansiosamente para que o sono nos encontrasse e nos permitisse abandonar os rastros daquele dia.

O calor do seu corpo agia como calmante e, lentamente, um torpor recaiu sobre mim. Ao contrário do que presumi, não tive pesadelos e nem mesmo bons sonhos, somente um breu absoluto que, ameno, concedeu-me um pouco de paz, pelo menos durante o sono.

— Por que alguém faria isso com ele? — perguntei enquanto Ben despertava vagarosamente e, antes que pudesse expressar uma colocação, continuei. — Por que um pobre animal indefeso? Que tipo de monstro seria capaz? — Minhas palavras estavam carregadas de revolta.

— Eu não consigo explicar ou entender a maldade dos homens, minha querida... — justificou-se. — Mas farei o que puder para descobrir e punir quem cometeu esse crime. Confie em mim. Agora vamos! Precisa alimentar-se e preparar-se para receber a carta de seus familiares, creio que antes do próximo amanhecer já a tenha em mãos.

Uma excitação fez-me estremecer. Admiti sua razão, pois eu realmente precisava estar pronta para a chegada das notícias que tanto ansiei por receber.

Antes de sair da cama, Ben depositou um beijo suave em meus lábios. Vestiu seu roupão, que havia sido entregue com o restante dos seus pertences na noite anterior, e solicitou a presença de Nancy, que, já à espera de seu chamado, logo se apresentou.

— Bom dia, Nancy, nos prepare um banho, por favor. — Requisitou o rei me fazendo corar.

— Sim, senhor, Majestade! — respondeu a ama me dirigindo um olhar atônito.

— O que pensa que está fazendo? — reclamei quando ela nos deixou a sós.

— Dormimos no mesmo quarto, Laura. Não acredita que seja segredo nossa relação? — revidou-me com um sorriso nos lábios.

Havia lógica em seu argumento.

— De qualquer forma, não me recordo de tê-lo convidado para um banho... — devolvi tentando também me divertir.

— Ah! Então negará a este pobre homem um simples banho? E somente um banho! O que supõe que eu desejaria estando nu ao seu lado em uma banheira? — Ele agora estava novamente sobre a cama. — Que pensamentos pecaminosos transitam nesta cabecinha, hein? — A ponta do seu dedo indicador tocou levemente minha têmpora esquerda.

Sua presença e a oferta do seu imenso amor eram o melhor motivo para que eu pudesse sorrir outra vez.

— Já está pronto, Majestade! — anunciou Nancy fazendo sua presença ser notada.

— Ah! Mas é claro! Muito obrigado, Nancy! — Ben agradeceu sem graça, tentando disfarçar após desvencilhar-se do beijo no qual estávamos imersos.

— Obrigada, senhora Nancy! — Também agradeci envergonhada assistindo a ama nos deixar a sós.

— Onde estávamos mesmo? — perguntou-me com um largo sorriso enquanto voltava a procurar meus lábios.

Antes que o beijo nos levasse a avançar as etapas como sempre acontecia, Ben passou seu braço na parte posterior de meus joelhos enquanto o outro apoiava minhas costas. Carregou-me em seu colo até o quarto de banho com seus olhos aficionados em mim. Eu retribuía-lhe o mesmo fascínio.

Com delicadeza, deitou-me na água cálida, ajoelhou-se às minhas costas e puxou para si meus cabelos até libertá-los de seus dedos para que caíssem suspensos sobre a borda da banheira.

Senti o calor e a umidade da sua língua, que dançava lentamente em minha orelha, quando sua mão outra vez buscou meus cabelos e entrelaçou-os, puxando-os com leveza. Senti meus músculos enriquecerem quando os arrepios causados por seu toque se espalharam, apressados, por minha pele.

Reclinei meu pescoço para lhe permitir acariciar minha nuca e sua boca a alcançou. Seus dedos intensificaram-se com força prendendo ainda mais as mechas e, poucos segundos depois, ele já havia se despojado do roupão e se juntado a mim no banho.

Fazer amor com Benjamin foi a experiência mais intensa que pude conhecer. Era renovador, febril e impetuoso. Ocupava-me com sensações distintas que se complementavam entre si tornando-me a mulher que sempre desejei ser.

Permaneci extasiada na banheira e o observei, nu, a secar-se com uma toalha. Distraído, enxugou os cabelos enquanto eu lutava para acreditar que toda aquela perfeição, há pouco, ofegava junto de mim.

— O que está olhando, senhorita? — perguntou-me quando se desprendeu de sua alheação.

Semicerrei os olhos, analisando-o uma vez mais antes de concluir minha reflexão a respeito de sua figura.

— O senhor é o homem mais lindo que já tive o prazer de contemplar. Parabéns! — ironizei tentando mostrar descaso.

— Sinto-me honrado que pense dessa forma. Sabe que o mesmo se deve à senhorita, não é?

— Também me considera um homem lindo? — Não resisti à piada.

— Vejo que seu habitual humor já dá sinais de um regresso! — rebateu fazendo-me recordar do que me aturdia.

— Você me faz sentir assim! Possui esse poder de acalentar minhas inquietações, e é por isso que o amo tanto! — declarei-me abertamente.

— Venha! Eu a ajudarei.

Ofereceu-me as mãos e eu as aceitei. Buscou outra toalha e passou a movê-la sobre minha pele, trazendo-me cuidados aos quais nunca antes tive acesso.

— Como eu viverei sem você? — perguntei pensando realmente de que modo suportaria sua ausência enquanto encontrava seu olhar no espelho.

Pela primeira vez, Ben calou-se. Não havia o que ser dito.

Permanecemos concentrados em nossos pensamentos até nos dirigirmos ao quarto. De lá, Benjamin seguiu ao encontro de seus afazeres após despedir-se de mim com amor e anunciar que me aguardaria em alguns instantes no salão das flores.

Dispensei a ajuda de Nancy depois de seu auxílio com o espartilho e sentei-me no assento almofadado em meio ao quarto de vestir.

Penteei meus longos fios analisando, naquele cômodo, todo o aparato provido para meu regalo, entre eles, os objetos de decoração comprados pela rainha e dispostos carinhosamente como um mimo a mim destinado. Adorava a experiência de viver naquele mundo rodeada pelos elementos que figuravam meus sonhos, mas não sentiria falta de nada daquilo. Só sofreria por ser privada de viver ao lado de Ben. Trocaria todo aquele luxo excessivo sem titubear por uma vida simples ao seu lado, mas eu sabia que isso jamais se tornaria real. Sua responsabilidade com seu povo era irrevogável, e eu jamais poderia sugerir o contrário, assim como ele também jamais o faria.

Por ora, disposto ao meu alcance estava apenas o dever de viver intensamente ao seu lado no tempo que nos era permitido.

Optei por definir o que trajar e não mais me atentar às mesmas questões sem solução que, insistentes, invadiam-me os pensamentos.

Pretendendo evitar exageros, escolhi um modelo de tecido opaco cor de pêssego com mangas longas e estreitas, decote traspassado e ajustado no busto e cintura. Com caimento, possuía pouco volume, sendo assim compatível ao meu desejo de não tornar evidente minha presença.

Joguei sobre os ombros um encorpado xale, pois a chuva do dia anterior suscitara uma onda de frio inesperada, e, como Benjamin já havia me prevenido que teríamos programações externas naquele dia, preferi evitar padecer do infortúnio de, outra vez, estar desprevenida e suscetível ao vento cortante que trazia o outono de Birth.

Troquei passos sem pressa alguma pelos infinitos corredores que me levariam ao encontro de meus anfitriões. Pelo caminho, esbarrei com diversos funcionários que me surpreenderam por estarem em maior número que o habitual. Carregavam flores, móveis, ferramentas e todo tipo de parafernália possível. Distrai-me ao observá-los e consegui, desse modo, sentir-me melhor. Em alguns instantes, eu estava um pouco mais próxima da Laura que costumava ser e, aos indivíduos que cruzavam meu caminho devido às suas tarefas, eu destinava meus cumprimentos e meus votos de que tivessem um bom trabalho. Fiquei curiosa para saber qual seria o motivo de toda aquela movimentação e tratei de acelerar meus passos para encontrar o rei e questioná-lo quanto à razão de todo o alvoroço naquele início de manhã.

Ben estava à minha espera e correu ao meu encontro quando me avistou.

Diferentemente do que vestia um pouco antes, quando se despediu de mim no quarto, agora trajava outras roupas, estando tão impecável quanto lhe era usual.

Vestia uma estreita calça preta com botas como de costume, além de uma camisa verde militar escura e discreta onde, sobre o peito, amarras cruzavam-se, e integrando o figurino, um colete de enegrecido veludo que ostentava um caminho sequente de redondos botões muito escuros. Duas tiras de couro trançado recamavam ambos os lados do indumento, assim como estruturadas ombreiras, que garantiam que a peça lhe conferisse toda a elegância dos trajes de um cavalheiro da modernidade europeia.

— Como se sente, meu amor? — sussurrou-me ao pé do ouvido.

— Melhor, obrigada!

— Senhorita Laura! Sinto muito por sua perda! — Madeleine veio ao meu encontro e me prendeu em um abraço. — Sei do enorme apreço que sentia por aquele animal e desejo que saiba que muito me entristece e me envergonha que algo tão monstruoso tenha ocorrido sendo nossa convidada. Faremos o possível para descobrir e punir o culpado.

— Obrigada, Majestade! Mas, por favor, não se culpe! Creio que esse crime esteja relacionado com os anteriores, dos quais Benjamin também foi vítima. Estamos todos em risco, pelo que vejo.

— Também quero que receba minhas condolências, senhorita Laura. Sinto muitíssimo pelo ocorrido — disse William de forma carinhosa.

Pela primeira vez desde que fui esclarecida sobre sua história, no dia anterior, pensei no que Ben me contara a seu respeito e senti sua dor, sua perda...

— Obrigada, Vossa Graça! — Dirigi-lhe um sorriso sincero, e ele o retribuiu.

Sem ter me alimentado devidamente nas últimas 24 horas, sentia-me faminta e deleitei-me com o generoso café da manhã servido no palácio.

— Está preparada para o grande evento amanhã, senhorita? — Questionou-me William, levando-me a recordar a agitação que encontrei nos corredores.

— Isso justifica a quantidade de trabalhadores espalhados pelo palácio! Do que se trata? — Três pares de olhos atônitos recaíram sobre minha figura.

— Senhorita Laura! Esqueceu-se da festa mais importante do ano? — enrolou o rei tentando me enviar sinais com os movimentos de sua expressão.

— É perfeitamente compreensível que tenha esquecido do Festival da Vida depois do que ocorreu ontem — interpôs-se em meu auxílio a rainha-mãe.

— Mas é claro que a senhorita Laura não poderia recordar depois de tudo que aconteceu recentemente, e também pelo fato de nunca ter participado do Festival, não é mesmo? — Ben novamente intercedeu por mim, porém deixando-me ainda mais confusa.

Um sorriso amarelo ocupou meus lábios, sendo a mais adequada expressão para o que se passava em minha cabeça.

— Oh, céus! Não creio! — admirou-se William.

Concordei em silêncio completamente confusa.

— Mas, senhorita, creio que isso se deva ao fato de viver com seus familiares afastada em demasia da corte, não é mesmo?

— É claro! Exatamente por isso! — novamente interferiu Benjamin reforçando com suas palavras meu discreto aceno, a única maneira que fui capaz de encontrar para me manifestar.

— Não desejo, de forma alguma, parecer insistente, mas pergunto-me onde vive sua família, já que até o momento suas raízes são um segredo... — William foi diretamente ao ponto, deixando-nos ainda mais exasperados.

Um silêncio perturbador foi quebrado pela voz do rei, outra vez mediando aquele estranho diálogo.

— Senhorita Laura, incomoda-se se compartilharmos com Will a verdade? — perguntou-me com uma tranquilidade incompatível às palavras que saíam de sua boca.

Desconcertada, assenti sem saber se era o correto a fazer. Ben mal esperou minha opinião para iniciar sua explicação.

— Will... Como bem dissestes, as raízes da senhorita Laura estão sendo mantidas em segredo.

Lançou-me um olhar de cumplicidade, bem como para sua mãe antes de prosseguir. Madeleine estava, sem dúvidas, tão aflita quanto eu, e era possível detectar a densa energia que recaíra sobre nós.

— Os motivos que nos levam a conservá-las assim se dão pelo fato da dificuldade financeira que sua família está a enfrentar. Por isso achei que seria uma boa oportunidade para Laura conhecer a corte e viver conosco por algum tempo.

Ben ficou em silêncio assistindo ao embaraço de Willian. Como este não se manifestou, o rei aproveitou para reafirmar seu desejo de que não voltasse a haver questionamentos sobre minhas origens.

— Na verdade, há muito mais, mas creio que não seria prudente e nem delicado tratar da intimidade de um seio familiar que não nos diz respeito. Sabe melhor do que ninguém da imensa atenção que oferto aos meus súditos, e, por isso, prefiro que, agora que já possui um embasamento sobre os motivos da vinda da senhorita Laura para a corte, possa lhe conceder privacidade e não mais a aborreça com perguntas, ou que permita que alguém o faça.

O dom para a retórica era, sem dúvidas, um dos maiores talentos do rei, e ele nem mesmo deixou seu primo pensar nas infindáveis palavras que se seguiam. Restou a William concordar imediatamente e esquecer o que fora dito. Foi impossível não se compadecer por seu constrangimento, assim tentei minimizar a indelicadeza de Benjamin.

— Tudo bem, Vossa Graça! Agradeço seu interesse de qualquer forma — falei com gentileza.

William assentiu parecendo estar grato por minhas palavras. Voltando-me para Madeleine, sorri.

— O café estava delicioso! Obrigada! — agradeci depois de me sentir satisfeita.

— Fico feliz que tenha sido do seu agrado, senhorita! — afirmou Madeleine. — O que acha de um passeio pelo jardim para acompanharmos os preparativos do Festival? — convidou-me.

— Eu adoraria! — Declarei.

— Com licença, Majestades, Vossa Graça, senhorita — anunciou Hunter, cumprimentando a cada um dos presentes.

— Seu olhar correu até encontrar-se com o do rei, e ambos pareciam se comunicar sem palavras. Percebemos o momento propício e nos retiramos, mas, antes de sair do recinto, destinei a Benjamin um sorriso amoroso e recebi sua reciprocidade.

Capítulo 36

Já a sós com Madeleine, pude respirar aliviada pela saída encontrada por Benjamin para despistar o interesse de William por minha origem.

— Alteza, por gentileza, peço que me explique do que se trata esse evento para que não corramos mais riscos de nos expor como aconteceu há pouco. Ainda bem que se tratava de William, devemos agradecer, pois ao contrário não estou certa se seríamos capazes de contornar sem suscitar dúvidas de maior perigo para o nosso segredo.

— Está coberta de razão, minha querida! Não mais podemos nos arriscar desse modo. Explicarei tudo e com muito prazer! — concordou ela, encaixando seu braço no meu para seguirmos com nosso passeio.

Uma movimentação tão intensa quanto à interna agitava os jardins do palácio. Caminhamos sobre as acinzentadas pedras do caminho entre os gramados enquanto Madeleine, com sua extrema gentileza, apresentava-me uma aula sobre a cultura de seu povo.

— Minha querida, amanhã, dia 4 de setembro, é o dia que comemoramos a vida em Birth. Nós, que conhecemos a verdade por trás da história contada para o povo, sabemos o que, de fato, influenciou a escolha desse dia, e é sobre isso que irei lhe falar.

"Em 4 de setembro de 1789, pouco mais de dois meses após a tomada da Bastilha na França, os idealizadores deste reino pisaram nestas terras de maneira definitiva. O projeto estendia-se há cerca de oito anos, e esse tempo foi devidamente aproveitado para que, de fato, nada ocorresse contrário aos planos dos envolvidos.

Quando enfim chegaram aqui, já possuíam uma estrutura tão sólida que nos permitiu dela desfrutar até os dias de hoje. Birth foi uma benção para todos aqueles que se arriscaram nessa aventura, por isso esse dia marca o início da construção deste novo mundo.

Infelizmente, como já sabe, nosso povo não pode ter conhecimento desses fatos que vos narro. Porém nosso único intento de manter este sigilo é em benefício dessa mesma população que o ignora. Nada no empenho de monarcas como meu filho ou meu falecido esposo está ligado a interesses capitais, tampouco a benefícios pessoais. Fazemos parte de algo muito maior, senhorita, e creio que seja nosso dever manter a segurança e a boa qualidade de vida destas pessoas.

As palavras de Madeleine comoviam-me, pois era muito fácil identificar sua verdade. Elas, sem dúvidas, surgiam em seu coração, onde havia uma bondade legítima.

— Eu admiro-os mais a cada dia, Alteza! Sou franca em revelar que num primeiro momento custei a acreditar nos relatos de Benjamin, contudo pude reconhecer em cada uma das pessoas com as quais tive o prazer de conviver nestes dias que elas são realmente afortunadas por viverem em Birth. No mundo onde vivo não existe um lugar para valorização de um bem maior em nome da população. Poucos grupos detêm o poder e o utilizam em prol de seus próprios interesses. Há tanta injustiça e sofrimento além destes muros... — Respirei fundo para continuar. — Desejo de coração que a senhora e seu povo jamais venham a conhecer esses horrores tão habituais lá fora.

— Eu sei que deseja, minha filha! E como eu gostaria que fosse uma de nós... Que sua vida e sua família fizessem parte de Birth.

— Não lamentemos! Entre os bilhares de habitantes deste mundo, fui escolhida por esse extraordinário destino para conhecê-los. Sou infinitamente grata por isso.

— Da mesma forma nos sentimos: gratos por ter a honra de conhecer tão encantadora criatura. Carrego um imenso carinho por vós em meu coração e, certamente, a levarei em meus pensamentos pelo resto dos meus dias.

— Oh, Madeleine!

Ignorei as formalidades e afundei no abraço que me oferecia. Sentia seu carinho maternal e desejei a sorte de tê-la por perto para sempre.

— Atrapalho? — A voz de Benjamin surgiu nos atentando para a realidade.

— Não, filho! — respondeu a rainha livrando-se das lágrimas com o dorso da mão.

Também enxuguei meu rosto antes de encará-lo.

— Só estávamos brindando a este surpreendente destino que nos presenteou com a vinda da senhorita Laura.

Sorri lisonjeada.

Ele buscou minha mão, levou aos seus lábios e, lentamente, deixou um beijo.

— Quisera eu que esse mesmo destino nos apresentasse um meio de não nos punir com uma despedida... — Seu tom melancólico revelava seu pesar, tão intenso quanto o meu.

Precisei de ar outra vez.

— Poderíamos ter atravessado os dias e partido definitivamente deste mundo sem jamais ter conhecimento de que, em algum lugar, existiriam pessoas com as quais nos sentiríamos tão plenos e felizes. Agradeçamos a isso e aproveitemos o tempo que nos resta.

— A senhorita está certa! Sempre está! — O sorriso de Benjamin anunciava que era hora de esquecer as lamentações, e assim o fizemos.

Caminhamos de braços dados, Benjamin ladeado por sua mãe e por mim. Cruzamos o jardim das fontes e seguimos pelo extenso gramado até encontrarmos a área que serviria de cenário para o Festival.

Consecutivas tendas coloridas espalhavam-se lado a lado por toda a área. Em cada uma havia grupos de pessoas empenhando-se em decorá-las, entre outras tarefas.

Quando avistavam a família real, exibiam sorrisos largos e reverências em meio às suas ocupações.

— Para que servem estas tendas? — perguntei curiosa.

— Cada grupo étnico apresentará suas produções de artesanato entre outras formas de expressão da própria cultura — respondeu Benjamin sem ser capaz de esconder a satisfação.

— Isso é incrível! — compartilhei de seu orgulho. — Mas... quando se refere à cultura, o que quer dizer?

— A idealização de Birth não foi restrita aos ingleses, senhorita... No século 18, como deve saber, a Europa mantinha intenso contato com o Novo Mundo, descoberto ainda no início da modernidade, além de comercializar com o Oriente desde o medievo, e, é claro, recebia influências das variadas culturas que existiam na própria Europa. Com isso, uma pluralidade étnica já fazia parte da vida em Londres e, ao ingressar nesse renascimento em Birth, a cada cultura foi atribuído o devido respeito, em todas as questões.

— Inclusive religiosas? — indaguei com episódios como a Noite de São Bartolomeu ou mesmo as próprias Cruzadas protagonizando meus pensamentos.

Embora já tivesse conhecimento parcial que me foi repassado pela rainha-mãe, gostaria de ouvir do rei sua colocação acerca dos possíveis conflitos.

— Sim... Existe liberdade de culto religioso, embora a religião oficial da família real seja a católica. Aqui, cada membro do nosso povo dispõe de condições de erguer sua própria capela, sinagoga ou qualquer templo que lhe permita o encontro com seu Deus, pois, segundo o próprio George Haigh, a única diferença que encontramos nessas divindades são seus nomes.

— E não há conflitos, mesmo com os esforços e incentivos para que haja ordem e respeito?

— Senhorita, o segredo para um povo viver em paz é a transformação de sua mentalidade, e os que aqui chegaram já possuíam o desejo de criar um futuro oposto ao passado. Certamente conhece os infortúnios gerados pelas religiões ao longo da história, assim como os primeiros integrantes de Birth os conheciam, e essa foi uma das principais razões para a fuga do mundo lá fora. As gerações posteriores a eles foram moldadas com princípios de tolerância e luta pela paz, essa é nossa lei maior.

— Birth parece um sonho... — assegurei sem mais precisar de explicações, sentia-me satisfeita. — Agora, conte-me como se realizará essa cerimônia de comemoração...

— É claro... Durante todo o dia, confraternizaremos neste local e, à noite, assistiremos ao encerramento do Festival com a ópera em um palco que planejei especialmente em sua homenagem. — Outra vez Ben derretia meu coração com suas demonstrações de afeto.

— Ao que se refere? — Novamente minha curiosidade.

— Será uma surpresa, então terá de esperar... — alertou-me sem permitir que eu prosseguisse.

— Senhorita, acalme-se! Asseguro que a espera valerá a pena — aconselhou-me sua mãe intrigando-me ainda mais.

— Senhorita, tem algo que precisamos conversar. — A expressão de Ben já não era tão animada.

— Claro, o que aconteceu? — inquiri já assustada.

— Os deixarei a sós enquanto conversam e aproveitarei para me certificar que tudo está correndo como esperado — anunciou Madeleine antes de se afastar.

— O que está havendo, Ben? — insisti.

Após um longo suspiro que revelava certa inquietação, ele prosseguiu:

— A senhorita estava presente quando um dos meus guardas me procurou, lembra-se disso? — questionou-me.

— Sim, é claro! Foi há pouco tempo... — respondi objetiva.

Ele assentiu antes de prosseguir:

— Ordenei uma profunda investigação sobre a morte de Destiny, e aquele guarda me trouxe algumas informações.

Ben não parecia estar acompanhado de sua costumeira segurança. Na verdade, ele parecia prestes a desmaiar.

— Você está pálido! Conte-me o que houve!

Ele respirou demoradamente e enfiou os dedos no topete trazendo-me a sensação de que enlouqueceria.

— Nessa averiguação, foi encontrado isto... — Ele apresentou-me um colar que carregava uma medalha de ouro. — Este colar pertenceu à lady Lola, a esposa falecida de Thomas Burdwick. Este colar acompanha Simon desde que ele era apenas um garoto, e eu sempre o ouvi manifestar a importância que possuía em sua vida.

Analisei suas palavras.

— Está sugerindo que Simon tenha matado Destiny? — Minha voz falhou.

Ben alisou o queixo e permaneceu me olhando com enormes olhos assustados até ser capaz de se manifestar.

— Não! Obviamente não estou! Simon é como meu irmão, e conheço sua integridade. Ele jamais cometeria uma atrocidade dessas! — explodiu atraindo olhares curiosos dos que nos cercavam.

Permaneci estarrecida por sua indelicadeza.

— Perdoe-me, por favor! A senhorita não tem culpa... — desculpou-se buscando minha mão.

— Então não compreendo. — Gesticulei demonstrando minha confusão.

— Já enviei um mensageiro até sua casa. Ele em breve comparecerá ao palácio e poderá se explicar. — Enquanto falava, tremia incontrolavelmente. — Laura, a morte de Destiny está sem dúvidas relacionada aos atentados que venho sofrendo, assim como com as propriedades incendiadas. A senhorita é capaz de imaginar o que isso significa?

Outra vez considerei o que me dizia.

— Acalme-se, Majestade! Espere-o chegar, ele certamente terá uma boa justificativa.

— Assim espero! — Suspirou profundamente, porém não parecia estar menos aturdido.

— Voltemos ao palácio, aqui não é o melhor lugar para discutirmos esse assunto — sugeri também abatida por sua agitação.

Capítulo 37

— Majestade, lorde Simon Burdwick — anunciou o guarda abrindo a porta da biblioteca.

— Majestade, senhorita Laura! — Simon cumprimentou-nos sorridente.

— Simon! — Respondemos em uníssono sem a mesma animação que nos era ofertada.

— Mas então, o que deseja discutir com tamanha urgência? — Ele permanecia sorrindo, parecendo divertir-se como nas outras vezes em que o vi.

Benjamin e eu entreolhamo-nos.

— Solicitei sua vinda ao palácio para tratarmos de um assunto um tanto desagradável — revelou Ben incapaz de olhar nos olhos do amigo.

O semblante do jovem passou de animado para confuso.

— Encontrei isto — exprimiu Benjamin apresentando o colar nas mãos ainda trêmulas.

Um sorriso ainda maior despontou nos lábios de Simon.

— Graças aos céus! Onde o encontrou? Procurei por toda parte... — Ele de fato parecia não saber o que estava acontecendo, ou fingia muito bem...

Ben arfava e lutava em busca de autocontrole.

— Quando o perdeu? Recorda-se? — questionou-o.

— Na verdade não. Dei por sua falta ontem, porém não me recordo de onde posso tê-lo perdido.

O rei dirigiu-me seu olhar colérico.

— Simon, serei direto. — A voz de Ben revelava sua ira. — Esteve em Richmond ontem?

Ele analisou as palavras antes de responder.

— Não, ontem não estive em nenhum lugar além da minha casa. — Simon dirigiu-se diretamente e de forma muito constrangida ao rei. — Na verdade, passei o dia tentando me recuperar da noite anterior, então na maior parte do tempo dormi.

Benjamin analisou sua explicação em silêncio.

— Esteve com algumas damas? — Sua pergunta direta trouxe imediatamente para mim o olhar de Simon.

— Sim... — assumiu envergonhado e de maneira quase inaudível.

— E posso julgar que se embriagou...? — Continuou Benjamin.

Simon apenas assentiu, estava mortificado.

Benjamin pôs-se a caminhar pelo cômodo ignorando a expressão de dúvida do seu amigo.

— Lembra-se com quem esteve à noite? — assumi o interrogatório.

Simon parecia desejar que um buraco surgisse sob seus pés. Antes de me responder, dirigiu um olhar ao amigo, desejando autorização para tratar de tais assuntos comigo. Ben encorajou-o.

— De algumas me recordo... — Seus olhos mantinham-se cravados no chão, e se a situação não fosse tão drástica, eu sem dúvidas me entregaria ao desejo de gargalhar por vê-lo rubro e constrangido ao compartilhar suas aventuras sexuais com uma "ingênua e puritana" senhorita.

— Prossiga. — Incentivei-o.

Ele procurava pelas palavras adequadas e permanecia petrificado pelo embaraço.

— Uma das moças com quem "conversei" naquela noite era uma velha amiga. Chama-se Karolyn, inclusive Benjamin a conhece.

Olhei para o rei e identifiquei seu desconforto. Ele desejava explicar-se e precisei guardar minha diversão por vê-lo corar envergonhado. Percebendo seu erro, Simon apressou-se em repará-lo.

— Trata-se de uma jovem muito decente, obviamente e... e...

— Já compreendi, Simon — interferi ao constatar que ele não seria capaz de concluir seus argumentos. — O fato é que meu cavalo foi morto ontem à tarde em Richmond, e seu colar foi encontrado no local. Tem alguma ideia de como isso aconteceu? — falei da maneira mais direta que fui capaz.

A expressão de Simon tornou-se dura. Estudou minhas palavras por um tempo antes de se dirigir ao seu rei.

— Não compreendo... Isto é um interrogatório? Acha mesmo que eu seria capaz de uma perversidade dessas?

Ficamos em silêncio por alguns instantes. Olhei para o rei e constatei sua incapacidade de prosseguir.

— Simon, não estamos o acusando de nada. — Minha voz entregava meu nervosismo. — Mas precisamos de sua ajuda para compreender como isso aconteceu.

Ele moveu a cabeça concordando.

— Compreendo, mas poderiam ter sido diretos, não há necessidade de tantas delongas. Sou seu amigo e seu advogado, Majestade. Poderia contar com meu trabalho em uma investigação... — As palavras de Simon feriam a Benjamin, afinal ele realmente era um dos homens de sua confiança, seu advogado e...

A palavra transportou-se diretamente para o dia em que Simon me acompanhou até as baias.

— Margot! — anunciei em um ímpeto.

Os dois homens lançaram-me um olhar de dúvida.

— O que está falando, Laura? — questionou Benjamin.

Em silêncio e perdida em meus pensamentos, foi minha vez de percorrer, desassossegada, o cômodo.

— Foi ela! Víbora monstruosa! — praguejei alheia aos olhares sobre mim.

— Senhorita Laura! — Ben surgiu em meu caminho prendendo com delicadeza meus braços e forçando-me a procurar seus olhos. — Hey, o que está dizendo? Por que está tão nervosa?

— Foi Margot que matou Destiny! Não tenho dúvidas! — Respondi-lhe sem rodeios. Ben permaneceu em silêncio, permitindo-me explicar. — Simon, recorda-se que anteontem encontramos lady Margot nas baias?

— Sim, perfeitamente!

Desprendi-me das mãos de Benjamin e caminhei até ele, precisava olhar em seus olhos para prosseguir.

— Também se lembra que houve um momento de hostilidade entre nós? E isso o inclui.

Nada além de poucos segundos foram necessários para que concluísse sua reflexão, respondendo-me.

— Sim, também me recordo. Aonde quer chegar, senhorita Laura? — inquiriu-me. Para um advogado, o raciocínio de Simon era demasiadamente lento, ou a lentidão era um resquício de sua ressaca.

— Prestem atenção! — preveni-os. — Quando estávamos no campo e fomos avisados sobre os incêndios nas propriedades, voltamos às pressas para o palácio e, antes de partir, o senhor — passei a olhar firmemente para o rei — me deixou-me sob os cuidados de Simon.

— Exatamente, recordo-me desse fato. — Benjamin estava de acordo.

— Ótimo! Pois bem, no caminho até as baias, para onde levaríamos Destiny, encontramos com Margot — lembrei-me de sua presunção e outra vez me sentia vítima de um sentimento horrível que somente aquela megera era capaz de em mim despertar. — Ela, imediatamente, manifestou uma insinuação maldosa sugerindo que Simon e eu estivéssemos a sós sem seu conhecimento. — Ele concordou novamente e pude continuar. — Incomodados, lhe inquirimos sobre o que fazia nos arredores do palácio uma vez que sua presença havia sido banida da corte.

A expressão de Benjamin ainda denotava dúvida, já Simon parecia saber exatamente aonde eu queria chegar.

— Então ela falou algo sobre seu cavalo... — interferiu Simon resgatando a memória.

— "Que belo cavalo, senhorita Laura", foi exatamente o que ela disse! — reproduzi suas palavras, das quais me lembrava com perfeição, sem conseguir evitar deixar minha voz aguda e irritante como a dela.

— Mas como acredita que ela possa estar envolvida, senhorita?

— Simon, quem além de Margot teria interesse em machucar Destiny para me atingir? — Ele considerou meu argumento. — E, o mais importante, incriminando-lhe ela se vingaria por ter me protegido. Desse modo, ela conseguiria prejudicar a ambos de uma só vez.

— Faz sentido, mas não consigo acreditar que lady Tampest seria capaz de tanto... — admitiu o Lorde. — Isso é uma monstruosidade!

— Essa garota é um monstro! — afirmei. — Agora, pergunto-me como ela conseguiu seu colar. Precisamos conversar com as damas que lhe fizeram "companhia" naquela noite. Sem dúvidas, foram subornadas por Margot.

— Senhorita, por favor, vá com calma... — falou o rei, que até então não havia se manifestado. — Precisamos de provas, não podemos sair acusando sem qualquer embasamento.

Meu sangue ferveu.

— O senhor a está defendendo, é isso mesmo? — O sorriso que acompanhava minhas palavras não era de diversão.

— Não, senhorita... Eu apenas estou tentando...

— Apenas está tentando defender uma assassina! E o que é pior, está duvidando de mim... E de Simon! — bradei tomada pela raiva.

— Não é nada disso, Laura, ouça-me! — pediu-me carinhoso sem se importar com a presença do lorde. Suspirei profundamente tentando me acalmar.

— Lembra-se a qual conclusão chegamos? — Ele não esperou minha resposta. — A morte de Destiny está, sem dúvidas, relacionada aos outros atentados que Birth vem sofrendo. Então preciso compreender quais benefícios Margot Tampest teria com minha morte, por que ela se envolveria em todos esses crimes...

Avaliei sua colocação e não, não tinha uma resposta. Mas lembrei-me de minha conversa com Emily.

Caminhei até uma esbranquiçada bergere absorta nas ideias que se difundiam em mim sem que eu pudesse controlar. Sentei-me e lutei para organizá-las antes de prosseguir.

— Majestade.

Olhei firmemente em seus olhos. Ele já estava acomodado na bergere ao meu lado.

— Não sei dos motivos que a impulsionam, porém algo dentro de mim se alarma quando a vejo. Sei que isso não é suficiente, mas há algo que desejo que saiba... Na noite em que o senhor sofreu o atentado durante o jantar, fui acusada de tentar envenenar a rainha-mãe abertamente por Margot. O senhor estava lá e inclusive me defendeu. — Ele assentiu calado. — Após sua saída do meu quarto naquela noite, quando eu já havia adormecido, ela veio visitar-me. Ameaçou-me claramente dizendo que, se eu não me afastasse de vós e não saísse do seu caminho, ela mesma me removeria. Exatamente com essas palavras...

— Por que não me contou isso antes? — perguntou-me com uma expressão indecifrável.

— Não tive oportunidade. Mas a questão aqui é até onde ela irá para me prejudicar? Eu, sinceramente, não sei. O senhor mesmo já testemunhou diversas vezes suas acusações, como pode ainda duvidar?

— Senhorita Laura, se me permite, eu compreendo a colocação de Sua Majestade. Essa brutalidade contra seu cavalo está diretamente ligada aos outros acontecimentos, e preciso ser sincero, não creio que uma "disputa pelo coração de um homem" poderia induzir alguém a agir dessa forma. Ademais, com qual intenção Margot machucaria Ben se ela deseja se casar com ele?

Não consegui evitar analisar a expressão não surpresa de Benjamin. O interesse de Margot por ele não era segredo mesmo!

— Eu não a conheço e não sei do que ela é capaz, mas, diferentemente dos senhores, não ignorarei suas ameaças — demonstrei minha insatisfação.

— Pensemos! Deve haver uma explicação... — Simon tentava amenizar os ânimos.

— Com licença, Majestade, preciso de sua atenção. — Hunter, o guarda corpulento, invadiu bruscamente a biblioteca, causando furor em Ben.

— O que pensa que está fazendo? — Sua voz elevou-se reprimindo o homem.

— Perdoe-me, Majestade, mas preciso tratar com vós algo de extrema importância.

— Espero que o suficiente para justificar esta intromissão. — Benjamin assentiu desconfiado e acompanhou o guarda.

— Por favor, deem-me licença.

Observei-o se retirar e voltei meus olhos para Simon. Implorei mentalmente para que tudo se resolvesse rapidamente e para que as incabíveis acusações contra ele fossem explicadas. Sentia tanto carinho por ele e por sua família que me matava pensar que algo os pudesse ferir.

Após alguns minutos, meus pensamentos foram interrompidos pela imagem de Benjamin correndo em direção a Simon. Aproximou-se trombando com ele fortemente, e com o punho cerrado acertou diversas vezes a face do amigo.

Simon, confuso, tentou afastá-lo, mas sua raiva era tamanha que, em poucos segundos, já o havia tombado no chão e, invadido por uma cólera assustadora, pôs-se a golpeá-lo com muita força.

— Traidor!!! — Benjamin vociferava.

— Benjamin!!! — gritei e corri na direção dos dois. — Está maluco! Pare com isso! — Ele não me ouviu. Agarrou Simon pelo colarinho da camisa e, violentamente, jogou-o contra uma estante de livros. O rosto ensanguentado de Simon recebeu vários golpes a seguir e, sem pensar, introduzi-me entre eles. — Pare agora com isso!

Não resisti e comecei a chorar. Com o pouco que pude reunir de forças, empurrei meus punhos contra seu peito.

— Pare! Você vai matá-lo!

Arfando, Benjamin pregou seus olhos em mim. Empurrei-o uma vez mais. Senti algo desagradável em relação a ele... Ajoelhei-me ao lado de Simon, que caíra no chão desmaiado.

Benjamin havia desfigurado seu rosto.

— Simon! Fale comigo! Por favor! — Voltei meus olhos encharcados para Benjamin. — Está satisfeito agora? Como pôde fazer isso?

Ele permanecia calado e seus olhos estavam assustadoramente escuros. Minhas mãos ensanguentaram-se com minha tentativa de acudir ao lorde.

— Laura... — Ben falou enquanto trazia suas mãos para perto de mim.

— Não ouse tocar em mim! — Arfei entre lágrimas, empurrando-o com força.

Corri até a porta e pedi ajuda ao guarda que, há pouco, solicitara a presença do rei.

— Encontre ajuda! Traga uma enfermeira, é urgente! — Meu desespero não o fez considerar minhas palavras. — O que está fazendo? Depressa! — ordenei com fúria, mas ele permaneceu imóvel.

— Senhorita, lorde Simon irá para a prisão.

Suas palavras geraram uma forte pontada no meu peito. Olhei além de Hunter em busca de ajuda, mas só encontrei um grupo de guardas que marchava em nossa direção. Regressei rapidamente à biblioteca.

— O que está acontecendo aqui? Por que fez isso com Simon? — gritei entre as lágrimas que fluíam ainda mais abundantes.

— É ele o traidor, Laura. Descobrimos tudo.

Sua atenção perdeu-se de mim e se dirigiu à porta às minhas costas. Busquei o que seus olhos viam e encontrei o grupo de guardas adentrando o recinto.

— Levem-no! — Exigiu o rei aos homens.

Assisti petrificada ao grupo de homens se aproximar do jovem desacordado. Brutalmente, ergueram-no segurando-o pelos pés e mãos. Benjamin assistia a tudo com o rosto contorcido em uma dor dilacerante.

— Quem cuidará dele, Ben? — perguntei recebendo seu silêncio. — Quem cuidará dele, Benjamin? — bradei com intensa força e encontrei todos os olhares sobre mim.

— Ninguém! — respondeu-me da mesma forma brusca.

— Então eu mesma cuidarei! Prendam-me com ele! — Expus meus braços em sinal de rendição.

— O que pensa que está fazendo? Vai defender este bandido? — inquiriu-me enquanto seus guardas aguardavam o desenrolar do acontecimento.

— Estou protegendo seu amigo! Coisa que você deveria estar fazendo.

— Não se meta nisso, Laura! — alertou-me.

— Não se meta você comigo! Deixe-o aqui e peça a alguém para atendê-lo agora! — enfrentei-o.

— Ele é meu prisioneiro, e o tratarei como julgar adequado.

— Não ouse desrespeitar a importância que Simon e sua família têm. Se não fizer por ele, faça-o por Thomas. — Olhei firmemente em seus olhos e, nos meus, ele pôde encontrar a mesma ira que o possuía. — Eu jamais o perdoarei se não fizer o que estou pedindo.

Seu olhar permaneceu intenso no meu por um longo tempo.

— Tragam uma enfermeira. — Rendeu-se por fim.

Um soldado retirou-se enquanto os outros depositavam o corpo desfalecido de Simon sobre um sofá.

Benjamin sentou-se no chão entregando-se. Ignorei-o e aproximei-me de Simon.

Pouco tempo depois a jovem que também cuidou de William surgiu carregando um pequeno baú. O olhar da moça esquivou-se do meu. Permiti que ela se aproximasse de Simon, mas permaneci ao lado de ambos. Outras duas mulheres chegaram trazendo um recipiente com água e toalhas. Após limparem os ferimentos e o medicarem com algumas ervas, vi Simon abrir os olhos com muito custo e o impedi de se manifestar.

Ele balbuciou algumas palavras, mas parecia delirar.

— Shh... Acalme-se, Simon, precisa descansar agora — sussurrei.

Seus olhos encontraram-me e soube que ele me entendia.

Respirei aliviada por vê-lo com vida. Com a calma lentamente recaindo sobre mim, pude pensar com clareza. Ben, sem dúvidas, tinha seus motivos para atacá-lo daquela forma e, pensando assim, quase me entreguei ao desejo de correr para os seus braços. Mas não poderia concordar com aquela brutalidade, então apenas o observei sentado estático e desolado.

Dirigi-me ao guarda que estava próximo à porta junto do restante dos homens.

— Prendam-no como o rei ordenou, mas em um lugar confortável onde ele possa continuar recebendo os cuidados de que necessita. Depois que se recuperar, façam o que Sua Majestade desejar — falei determinada sem permitir que me contrariassem, e nem um dos presentes o fez.

Eu conhecia o coração do rei o suficiente para saber que, no fim daquele pesadelo, ele ainda me agradeceria por não ter permitido que ele entregasse Simon ao acaso nas condições em que ele o deixou.

De cabeça erguida, tentei disfarçar meu coração em cacos dentro do peito. Retirei-me da sala sem me despedir de ninguém e nem mesmo olhei uma última vez na direção de Benjamin. Porém a imagem de sua derrota pessoal era muito clara. Ele ficara despedaçado, sustentado apenas pela parede às suas costas, do contrário, sei que nem mesmo teria forças para manter-se em pé.

Sentei-me na varanda, também mal conseguindo suportar o peso dos meus ossos. Contemplei a luz do meio-dia naquele precedente de tarde de temperaturas baixas e brilho opaco.

Meus inúmeros pensamentos tão habituais a me enlouquecer, destacando-se simultaneamente, foram abatidos por um torpor que os impediu de se sobressaírem à total inércia que transformava minha mente, naturalmente tão ativa, em uma tela em branco. Meus olhos pousaram em uma pilastra que dividia em dois o azul do céu, e dela não desviei meus olhos até a figura de Madeleine surgir, obrigando-me a regressar à realidade.

Permaneci paralisada, olhei em seus olhos e me senti incapaz de manifestar qualquer emoção. Com seus movimentos moderados, a rainha-mãe sentou-se ao meu lado e, concedendo-me o tempo que eu necessitava, seguiu também em silêncio.

Aos poucos, a agitação dos fatos recém-ocorridos voltou a me perturbar. Madeleine então percebeu tal alteração. Puxou-me para o seu peito e prendeu-me entre seus braços enquanto assistia ao pranto que eu lutava para controlar.

— Como está Benjamin? — pude enfim revelar o que me atormentava.

Um intenso suspiro antecedeu sua resposta.

— Destruído. — Sua voz soava firme.

Afastei-me do seu colo e mergulhei outra vez no azul dos seus olhos sem nada conseguir dizer. Eu não sabia como organizar meus pensamentos a ponto de convertê-los em palavras. Ela sentia minha agrura e compadecia-se dela.

— Senhorita... Preciso que saiba que Benjamin não me impeliu a vir até vós. Porém mesmo assim o fiz, pois preciso de sua ajuda. — Ela parecia temer vacilar e empenhava-se em manter-se firme.

— Diga-me de que modo lhe posso ser útil, por favor! — declarei apiedando-me de seu infortúnio.

Um pequeno sorriso anunciou sua gratidão.

— Benjamin está desolado... — Seu olhar perdeu-se por um instante antes de prosseguir. — Nem mesmo os atentados contra sua própria vida o consumiram de modo tão intenso. Eu só o vi assim antes quando meu esposo faleceu.

— Eu sei — concordei com a imagem de Benjamin jogado no chão da biblioteca revelando-se claramente em minha mente.

Ela assentiu e voltou a me olhar intensamente.

— Esses garotos são como irmãos. O laço que os une é tão profundo quanto os de sangue, e Benjamin não suportará essa traição, não sem ser vítima de um grande trauma. — Ela já não parecia tão forte.

— Alteza, crê mesmo nessa traição por parte de Simon? — Questionei-lhe.

Como eu já previa, acenou fervorosamente em negativa.

— Não acredito, mas isso não quer dizer que não seja verdade. As provas são legítimas, perturbadoras, e não consigo encontrar um meio de explicá-las.

— A única prova é o colar de Simon encontrado em Richmond — afirmei confusa.

Madeleine levou as mãos ao rosto surpresa por minha falta de conhecimento.

— Não, querida! Não! — Ela repetia incrédula e demonstrava também seu receio em me esclarecer os fatos que eu ainda ignorava. — Venha comigo, por favor! Preciso que veja por si.

Sem nada compreender, segui-a enquanto atravessava as portas da varanda, retornando ao quarto. Sem me dizer nem mais uma palavra, percorremos o longo corredor partindo para o lado oposto de meus aposentos. As portas subsequentes eram intermináveis ao longo dos, no mínimo, 30 metros que percorremos até, por fim, alcançarmos a última delas.

Com a permissão dos guardas que o protegiam, adentramos o aposento.

Deparei-me com uma sala de estar arredondada e, em uma de suas curvas, uma lareira trabalhada em ouro, assim como o restante dos traços que preenchiam as altas paredes brancas interrompidas pela abertura de uma porta recortada por vidros, que se abria para uma varanda à minha frente.

Madelaine orientou-me a segui-la até o aposento adjunto depois de um pequeno corredor.

Inacreditavelmente, o cômodo era duas vezes maior e mais suntuoso que o oferecido a mim, e já havia presumido ser impossível existir, em termos arquitetônicos, algo mais esplendoroso que meu dormitório. Mas, como estávamos em Birth, tudo era possível...

Eu conseguia imaginar aquele quarto pertencente a Luis XIV da França ou a Ludwing II da Baviera, ou a qualquer outro poderoso monarca europeu.

As paredes não só eram imensas, elas eram desmedidamente imensas. Uma proporção surreal. Nelas, havia espessas cinzeladas de ouro que esculpiam diversas formas.

Já no chão escuro e amadeirado, havia negros arabescos desenhados. Outra lareira apresentava-se ao lado esquerdo, e, sobre ela, um enorme espelho refletia a riqueza dos aparatos dispersos pelo cômodo. Poltronas douradas e o luxo de seus estofados ostentavam-se, harmonizando-se aos muitos candelabros de generosas bases de chão rebuscadas no mesmo metal precioso. Na parte central do quarto, revestindo a parede, veludo vermelho brocado com fios dourados era exibido detrás de uma elevada e gigantesca cama adornada por um dossel suspenso no alto da parede. Defronte a ela, uma extensa pilastra abaulada de ouro reforçava que aquele era definitivamente os aposentos de um rei.

No teto, transmitindo inexplicável paz, cores amenas entre o dourado presente traçavam querubins em um céu plácido. No ponto central, um arredondado e deslumbrante lustre dependurado e recheado por velas e cristais concluía o espetáculo.

A extensão do quarto era tanta que não pude compreender todos os elementos disponíveis no tempo em que cruzava de uma extremidade à outra.

— Este é o quarto de Benjamin? — Desejei certificar-me.

— Exatamente! Preciso que veja uma coisa, por esse motivo a trouxe aqui — respondeu-me a rainha, dirigindo-se a uma mesa que passara despercebida em meu exame.

Ela situava-se próxima à outra porta que levava à varanda, também estava cercada de bergeres e, sobre ela, havia vários pertences do rei, entre eles papéis, caneta, tinteiro e um candeeiro menos ostensivo que o restante.

Madeleine abaixou-se e, do chão, elevou uma caixa de madeira pondo-a sobre o móvel. Abriu-a e solicitou que eu me aproximasse.

Relutei em compreender o que via e, só quando uma explicação acompanhou a demonstração da rainha, foi que, enfim, assimilei.

— Além do colar de Simon encontrado em Richmond, também o acompanhavam os colares de couro que foram arrancados de Benjamin quando o capturaram, assim como seus anéis de prata, entre eles o anel com o qual foi presenteado durante sua coroação e que, anteriormente, pertenceu a todos os monarcas que lhe sucederam. — Por fim, Madeleine retirou do caixote uma folha de papel amarelado enrolada e presa por uma alva fita de cetim.

Senti seu nervosismo quando ela relutou em desfazer o laço e passou a me encarar fixamente. Finalmente o fez, e pude compreender o motivo de sua hesitação, do mesmo modo que finalmente compreendi o que levara Benjamin a agredir Simon tão violentamente.

O desenrolar da folha revelou muitas outras entremeio a esta, e em todas elas aparecia meu rosto ilustrado entre variadas escritas com declarações doentias: "Laura será minha!", "Laura me pertence!". Insanidades desse tipo foram reforçadas por uma mecha da crina de Destiny presa por uma fita.

— Onde encontraram isto? — forcei minha voz para conseguir ser ouvida.

— Escondido entre os pertences de Simon em seus aposentos na propriedade dos Burdwick. — Madeleine respondeu claramente abalada.

Olhei uma última vez para meu rosto perfeitamente figurado naquela folha. Nada fazia sentido. Entreguei-me à confusão que passara a me possuir e sentei-me em uma das poltronas. A folha ainda estava entre meus dedos, mas eu já não tinha mais coragem para continuar a fitá-la.

— Compreende agora os motivos que levaram Benjamin a agredir e prender Simon? — inquiriu-me sentando-se ao meu lado.

Levei meus dedos às têmporas tentando amenizar as fortes fisgadas que sentia. Sentia-me desnorteada.

— Sim, compreendo seus motivos... Mas não pode ser... Não consigo acreditar — anunciei com sinceridade, pois de fato não conseguia considerar aquela loucura.

— Eu sei, querida! Também não encontro uma explicação lógica...

— Majestade! Ouça-me, por favor! — Interrompi-a. — Isso não é possível! Estive na presença de Simon raras vezes e ele sempre se mostrou um perfeito cavalheiro, inclusive encorajando-me a viver meu romance com seu rei. Além do que, como ele foi capaz de retratar-me com tamanha precisão sendo que mal nos conhecemos? Isto é trabalho para um artista profissional. Simon pelo menos desenha? Ele tem esse dom? — Perguntei tentando buscar uma falha nas provas.

Ela assentiu com pesar.

— Sim, minha cara! Sinto muito, mas a verdade é que Simon é um exímio artista, e não é segredo que este é um dos seus principais passatempos.

Sua afirmação dificultava ainda mais as coisas, pois eu sabia que nada naquela maluquice possuía a mínima coerência, e alguma coisa se mantinha inquietante dentro de mim, prevenindo-me que a mentora daquela sandice era Margot.

Respirei fundo antes de compartilhar com a rainha minha interpretação sobre os fatos. Revelei-lhe o que me levava a suspeitar de Margot Tampest expondo todos os momentos conflituosos que vivemos e, outra vez, intervim a favor de Simon.

— Temo que ele seja vítima de uma injustiça — falei por fim.

Madeleine estudou minha declaração por tempo o bastante para me deixar ainda mais aflita, pois eu precisava de seu apoio.

— Não posso negar que tenha boas razões para suspeitar de Margot. Eu pessoalmente sei o quanto ela pode ser cínica. Porém até então só julguei que suas intenções se resumissem em conquistar a atenção do meu filho, mas não posso ignorar que ela apresenta um risco eminente depois de saber que a ameaçou.

— Benjamin não lhe contou sobre isso antes? Eu dividi com ele essas suspeitas — pedi a ela tentando compreender se havia alguma chance de Benjamin estar protegendo Margot.

— Não, ele não comentou nada... Mas creio que seu esquecimento seja devido a essas provas tão autênticas contra Simon que lhe foram apresentadas. — Ela tentou reparar, mas não me convenceu.

— Perdoe-me, Majestade, mas eu expliquei esses fatos a Benjamin antes mesmo dessas provas chegarem até ele e não senti que ele, de fato, tenha acreditado em mim.

Seu silêncio fortaleceu minhas suspeitas. Eu precisava tê-la como aliada já que Benjamin estava cego e prestes a cometer o maior erro da sua vida.

— Eu não tenho dúvidas que Simon é inocente, sei que minha palavra tem pouco valor, mas não vou contrariar minha intuição! — Minhas palavras soaram mais enérgicas do que pretendia, mas isso não pareceu incomodar a rainha-mãe.

— Precisamos falar com Benjamin, fazê-lo avaliar seus argumentos, pois são realmente pertinentes... Além do que, confio em vós, senhorita Laura! Afinal, compartilhamos um segredo e devemos nos unir.

Olhei com doçura para ela.

— Obrigada, Alteza! Seu apoio é muito importante para mim.

— Não me agradeça, estamos do mesmo lado, querida.

Assenti em silêncio recuperando as forças para ingressar na batalha que nos aguardava.

— O que sugere que façamos? — indaguei.

Madeleine pôs-se em pé a rodear-me com passos lentos.

— Hmm, deixe-me pensar... — Mordiscou os lábios concentrada. — Começaremos investigando Margot. Espere-me aqui, por favor! — Correu para a porta retornando alguns segundos depois.

— E então? — perguntei curiosa.

Apresentou-me a palma da mão solicitando calma. Respeitei seu pedido e, em alguns minutos, com a licença da rainha, um guarda adentrou o dormitório.

Era jovem, com cerca de 20 e poucos anos, louro, alto e magro. Vestia-se como os outros membros da guarda real: calças pretas e justas, botas e uma armadura de bronze. Sobre ela, um manto azul marinho com bordas tecidas com fios dourados transpassava-se em seu pescoço e caía mais alongada na parte posterior.

— Majestade, senhorita! No que posso ser útil?

— Soldado Noah, preciso de sua discrição... — Iniciou Madeleine. — Conhece lady Margot Tampest?

— Sim, Majestade.

— Ótimo! Preciso que faça um levantamento sobre suas atividades nos últimos dias, que suborne seu mensageiro e intercepte suas cartas. Assim que tiver qualquer informação, retorne ao palácio e me procure. — Madeleine não se parecia em nada com a ingênua rainha que julguei ser.

— Sim senhora! — assentiu o rapaz que, após uma mesura, retirou-se rapidamente.

— Alteza, os traços destes desenhos são notoriamente peculiares. Existe uma personalidade muito presente nos detalhes. Acredita que consegue outros trabalhos de Simon para que possamos compará-los? Até mesmo algumas cartas para compararmos com esta caligrafia? — sugeri voltando a analisar as folhas em minhas mãos.

— Mas é claro! É uma ótima ideia! Providenciarei isso o mais rápido possível.

— Excelente! — pontuei devolvendo os retratos e os outros objetos à caixa. — Enquanto as notícias de Margot não chegam, poderíamos solicitar a presença do duque de Burdwick e até mesmo de Phillip. Eu gostaria de lhes prestar minha solidariedade, pois certamente estão desesperados.

— Sim, querida! Encontrei com o duque antes de lhe procurar, ele está perdido e tão desalentado quanto nós.

— Pobre homem, não merece passar por isto! — Sentia imensa dor por seu pesar.

— Sei disso, Thomas é um querido amigo, e a ele devo inúmeros favores... Vamos, querida, vamos procurá-lo!

Capítulo 38

— Alteza, onde está o rei? — perguntei a Madeleine enquanto caminhávamos lado a lado até o primeiro andar do palácio.

— Benjamin foi com seus soldados até as propriedades atacadas em busca de mais evidências — respondeu-me prontamente.

— Hmm... E... ele está bravo comigo? — continuei insegura.

Ela voltou seu rosto para mim e sorriu.

— Não, senhorita Laura! Ele a compreende, confie em mim!

Concordei calando o desejo de exprimir o quanto eu desejava tê-lo comigo. Sentia tanto por não o confortar em sua dor... Mas precisava ser firme para que compreendesse os motivos que me levaram a censurá-lo, além de que me perturbava profundamente constatar sua falta de interesse sobre as acusações que fiz a Margot. Para ser sincera, temia que ele a defendesse com o propósito de não desejar correr o risco de dificultar seus planos futuros de matrimônio. Um mero pensamento sobre o assunto era suficiente para desencadear desconfortáveis sensações que se expandiam em mim. Fui obrigada a ignorá-las quando William nos abordou ao pé da grande escadaria.

Após nos saudar, foi direto ao assunto.

— Tia, encontramos mais algumas evidências que apontam para Simon como o mentor dos atentados. — Madeleine encorajou-o a prosseguir. — Uma gaiola, que acreditamos ter sido a utilizada para raptar o animal servido ao rei no jantar, foi encontrada na propriedade do duque de Norfolk.

A rainha parecia ter perdido a voz. Sem que eu percebesse, Thomas também se aproximou. Seus olhos carregavam a mais profunda tristeza.

— Como se sente, Vossa Graça? — perguntei tomada de compaixão.

— Minha querida, sinto-me decepcionado e perdido. Mas o que posso fazer? — Deu de ombros evidenciando sua debilidade perante os fatos.

— Sinto muito, Thomas, mas teremos de torturá-lo para obter sua confissão — revelou William.

— Não! O senhor não pode submetê-lo a essa penitência! — interferi atraindo todos os olhares.

— Perdoe-me, senhorita. Esse também não é meu desejo, mas precisamos proteger nosso rei — objetou William.

— Eu sei disso, mas lhe dê mais tempo. Permita se defender! — tentei convencê-lo.

— Senhorita Laura, não se ofenda, por favor, mas precisamos fazer nosso trabalho. Como chefe do exército, não posso deixar que interfira em nossas decisões. Sei que suas intenções são as melhores, porém estamos atravessando um momento muito delicado e lhe garanto que estamos procedendo da forma correta e visando única e exclusivamente à segurança de nosso soberano.

Meu desejo era lhe contar sobre minhas suspeitas acerca de Margot, mas não me sentia segura para lhe revelar meus planos elaborados com o apoio da rainha-mãe.

Precisávamos ganhar tempo... Graças aos céus, a rainha parecia ler meus pensamentos e se manifestou.

— William, não tome nenhuma decisão sem o consentimento meu e do meu filho. A senhorita Laura tem razão, Simon merece a chance de se defender.

"Obrigada, Madeleine!", agradeci mentalmente.

Thomas parecia ter perdido sua alma e não esboçava qualquer reação.

Contrariado, William não teve escolhas senão aceitar.

— Sim, senhora Alteza! Farei o que me pede! Perdoem-me se fui rude, estou à beira de enlouquecer devido a este caos. Simon também é como um irmão para mim e, sinceramente, não sei mais o que pensar... — desculpou-se Will recebendo nossa compreensão.

Phillip adentrou as portas centrais do palácio com sua fisionomia transfigurada.

— Como ousam acusar meu irmão? — Ele dirigia-se a William. — Quem lhes garante que essas provas não foram plantadas pelo verdadeiro autor desses crimes?

A ferocidade escorria de suas palavras. Um grupo de guardas o rodeou, e uma aflição ainda maior passou a habitar-me. Ele tinha direito de se manifestar e estava coberto de razão. Ah! Como desejei ter poder naquele momento para me fazer ser ouvida, mas, para minha condição de intrusa, eu já havia ido longe demais e precisei contar com minha sintonia com Madeleine para que ela intercedesse por Phillip como eu faria em seu lugar.

— Agora irão me prender também? Pois façam isso! Prefiro acompanhar Simon na prisão a ficar assistindo esta injustiça ser cometida. Meu irmão é inocente! — Sua voz libertava-se arranhando sua garganta em uma dor tão nítida que Madeleine e eu o acompanhamos em seu pranto.

— Pare com isso, Phillip! Por favor, meu filho! — interveio Thomas. — Não crie mais problemas ou não poderá ajudar seu irmão.

Phillip ouviu seu pai e calou-se. Energicamente, desvencilhou-se das mãos dos guardas que o prendiam e saiu porta afora.

Olhei para Madeleine e ela pareceu compreender meu desejo.

— William, como já disse, não faça nada sem meu conhecimento! É uma ordem! — falou autoritária.

Seu sobrinho assentiu envergonhado e se retirou.

— Venha, Thomas! Você precisa se acalmar... Vamos, senhorita! — Convocou-me também, e a segui em direção ao salão das flores.

Já acomodados, Nancy serviu-nos chá. Observei as mãos de Thomas incapazes de prender a pequena xícara firmemente.

— Acalme-se, senhor. Precisa ser forte neste momento — tentei reconfortá-lo.

— Obrigado, senhorita!

— Thomas, sinto-me impotente diante de tudo isso que está acontecendo. Preciso que saiba que estamos lutando para provar a inocência de Simon, mas infelizmente ainda não estamos obtendo êxito... — disse a rainha de modo que se pôde constatar a tristeza em sua voz.

— Eu sei disso, Alteza, e agradeço-lhe — resmungou o duque desanimado.

— O senhor recorda-se de algum comportamento suspeito de Simon nos últimos dias? — interferi.

— Não, senhorita, não há nada que me induza a encontrar veracidade nessas provas. Nem mesmo um fato que colabore para que eu desconfie do meu filho... E sou sincero quando digo isso — respondeu-me finalmente com firmeza.

Em silêncio, permanecemos individualmente buscando algo de útil para contribuir em favor da justiça.

— Posso vê-lo? — requeri subitamente.

— O que pretende, senhorita? — inquiriu-me a rainha.

Pensei por um instante, pois nem eu mesma sabia.

— Não sei ao certo, mas creio que necessito fortalecer essa certeza sobre sua inocência. Quem sabe, se conversarmos, ele possa se lembrar de algo importante.

Os olhares de ambos se mantiveram fixos em mim no tempo em que analisavam meu pedido.

— É uma boa ideia! Afinal, Simon não conseguirá se defender estando isolado de todos — concordou Madeleine.

— A senhorita não teme se arriscar? — perguntou-me o duque hesitante.

Exibi um sorriso discreto avaliando o quão bondoso era aquele homem, que, mesmo naquele momento, importava-se com meu bem-estar.

— Não, meu senhor! De forma alguma — declarei com segurança.

— Pedirei que um guarda a acompanhe até a torre. Preciso de um momento com Thomas para lhe explicar sobre nossos planos, mas em breve iremos ao seu encontro.

— Ótimo! — assegurei.

Destinei um "até logo" ao duque e me dirigi acompanhando Madeleine até encontrarmos com Hunter.

— Acompanhe a senhorita Laura até a torre e a conduza até a cela do lorde Simon, por favor — solicitou educadamente a rainha, recebendo um sinal discreto do homem.

— Mas antes... Acha que posso levar comigo os desenhos que encontraram? — pedi à rainha.

— Creio que não haja mal nisso... Vamos até os aposentos de Benjamin, eu acompanho-a.

— Ótimo! — anunciei antes de segui-la.

Capítulo 39

Caminhamos por todo o pavimento inferior do palácio, atravessando o domo central aos pés da grande escadaria principal e chegando a um infindável corredor de grandes janelas vidradas na lateral esquerda. Na parede oposta, a metade de baixo apresentava-se revestida por retângulos de madeira delimitados por traços de ouro que exibiam, em seus centros, círculos com as letras B entrelaçadas, também em dourado. Já na parte superior, enormes quadros ilustrados com adoráveis obras de arte ornavam, em sequência, toda a extensão da passagem, que ainda contava com assentos estreitos e alongados, além de lustres metálicos que pareciam um buquê de velas incrustado no amadeirado do teto entalhado.

Continuamos nosso caminho ingressando à esquerda em outro longo corredor que possuía uma porta dupla de madeira esculpida que se abria para um enorme pátio solar.

Era rodeado pelas altas paredes do palácio, de um lado pilastras que sustentavam varandas superiores, do outro, imensas janelas em estilo francês. Outras diferentes formas arquitetônicas também se revelavam à minha volta, entre elas, a entrada pela parte externa do pátio, localizada a cerca de 50 metros de onde eu estava. Muros altos de pedra ladeavam uma enorme porta de madeira rústica, sobre ela a construção seguia em um vão semicircular coberto por uma cúpula em tons de azul. Seguimos na direção contrária à entrada, alcançamos uma abertura que dava para uma escada estreita e arredondada e, ainda com Hunter em minha dianteira, pus-me a reproduzir seus passos.

Era um lugar úmido e escuro, a escassa luz ficava por conta de candeeiros fixos nas paredes de pedra.

No terceiro lance de escadas, deparei-me com um acesso que conduzia ao local onde ficavam as celas. Lado a lado, estendiam-se ao longo de um corredor, cerradas por grotescas e escurecidas grades de ferro. O local era tão escuro e úmido quanto às escadas e só não se apresentava ainda mais negativo devido à infiltração de luz por minúsculas aberturas nas paredes.

Atrás de Hunter, percorri o corredor tornando-me alvo de gritos, vaias e assovios. Embora sentisse medo, mantive minha cabeça erguida e, determinada, ignorei os muitos insultos que se dirigiam a mim.

Fui incapaz de evitar manter meus olhos intensos na figura de um dos prisioneiros. Era muito alto e forte e estava, assim como a maioria do restante, em pé junto às grades. Vestia-se com camisa de linho muito suja e calças de veludo com aplicações prateadas quase em farrapos. Certamente, aquele não era um lugar adequado para manter trajes limpos e conservados.

Mantinha seus olhos em mim da mesma maneira que os outros presos, porém de forma mais intensa. Ao contrário de seus companheiros, permaneceu calado a me observar e gerou um profundo desconforto quando dirigiu a mim um sorriso de cobiça induzido por sua clara presunção.

Não era um homem feio, tampouco poderia ser comparado à beleza de Benjamin, mas havia certo charme em suas feições e em seus modos atrevidos, que colaboraram para o incômodo que eu sentia. Os cabelos negros e longos estavam desgrenhados, a barba por fazer fortalecia a impressão de descuido, assim como todo o resto de sua aparência.

Os olhos pareciam ser esverdeados por debaixo de sobrancelhas arqueadas, sendo a esquerda interrompida por uma significativa falha em um risco diagonal. Pele dourada, rosto quadrado e lábios encorpados definiam aquele homem de, no mínimo, 40 anos e demasiada insolência por insistir em encarar-me tão abertamente enquanto repuxava os lábios em um sorriso irritante.

— Senhorita, aqui está lorde Simon — indicou Hunter fazendo-me focar novamente no que me levara até ali.

Até porque, quando coloquei meus olhos em Simon, fui incapaz de pensar em qualquer outra coisa.

Adentrei com passos lentos a cela. Um enorme silêncio passou a se espalhar pela prisão, e assim pude ouvir apenas o ruído do tecido da barra do meu vestido arrastando-se pelo chão bruto e sujo. Hunter desapareceu para nos conceder privacidade.

Simon estava sentado em uma cama estreita notavelmente desprovida de conforto. Seu corpo estava apoiado na parede de pedras, e seu rosto dilatado trazia as marcas dos golpes de Benjamin. Seus olhos estavam fechados e sua mente certamente alheia ao que lhe rodeava, desse modo, só se atentou à minha presença quando me aproximei e toquei de leve seu braço.

— Simon, como se sente? — perguntei com a certeza sobre suas condições evidentes em sua aparência.

Seus olhos estavam inchados, e uma vermelhidão intensa os envolvia. Com muito esforço, abriu-os parcialmente.

— Não sei por que estou passando por isso, senhorita. Simplesmente não entendo... — Uma lágrima acompanhou suas palavras causando-me ainda mais compaixão.

— Também não entendo, por isso estou aqui! Para que juntos possamos encontrar uma solução para provar que não é o autor desses crimes.

— De que modo poderei provar minha inocência se Sua Majestade nem mesmo concedeu-me a oportunidade? — Sua voz arrastava-se, e constatei a dificuldade que ele enfrentava em se comunicar. — Ai! — gemeu ao tentar se mover para olhar diretamente em meu rosto. — Senhorita, serei decapitado por um crime que não cometi e que jamais o faria. Entende o que isso significa? — perguntou-me após ser capaz de reunir as forças necessárias.

— Claro que entendo, é por isso que vim a vós. — Ele olhou-me descrente, e tentei lhe explicar minha visão dos fatos. — O senhor já sabe o motivo que levou Benjamin a agredi-lo daquela forma? — Ele gesticulou em negativa. — Eu também ignorava tais motivos até recentemente, mas descobri que foram encontrados, entre seus pertences, os colares e anéis do rei roubados durante o primeiro atentado. Porém... — hesitei constrangida. — O pior se dá porque também foram encontrados desenhos me retratando e... fazendo declarações de amor doentias por mim... Veja! — apresentei-lhe as provas em minhas mãos.

A expressão de Simon por si já decretava a verdade e sua honestidade ao tempo que analisava os retratos.

— Mas eu nunca a retratei! — explodiu. — Jamais faria tal coisa, nem mesmo tenho interesse em vós, com todo o respeito, senhorita — assenti confortável por sua afirmação. — Perdoe-me, a senhorita é uma bela mulher, mas Benjamin a ama, e eu nunca nutriria sentimentos pela mulher por quem meu melhor amigo e rei é apaixonado! De modo algum!

— Eu sei disso! É loucura!

— Esses desenhos nem mesmo se parecem com os meus... — confirmou aliviando-me pela possibilidade de uma falha nas provas que pudesse representar uma chance para sua vida.

— Ótimo! Foi exatamente o que pensei... Simon, ouça-me, a rainha-mãe também nos apoia, e juntas estamos investigando Margot. Estamos traçando um plano que pretende revelar a verdade e, para isso, preciso de todas as informações que puder me conceder.

Ele ficou em silêncio enquanto lutava para restaurar na memória algo que pudesse ajudar. Contudo, seu estado debilitado lhe limitava, e outra vez presenciei seu pranto.

Sentia-me impotente assistindo a seu pesar sem conseguir solucioná-lo de uma vez. Era uma espécie de tortura testemunhar seu sofrimento sem possuir poder suficiente para livrá-lo de tanta angústia e humilhação.

— Oh, Simon! — Não aguentei e o abracei tentando consolá-lo. — Por favor, acredite em mim! Encontraremos provas para inocentá-lo! — falei com ele ainda entre meus braços.

Pobre homem...

— Laura... — identifiquei imediatamente a raiva na voz de Benjamin. — O que faz aqui? — Sua indignação era muito evidente.

Desvencilhei-me de Simon e encorajei-me a encará-lo. Aquela não era exatamente a maneira que eu desejava ser encontrada por ele...

— Ben, ouça-me! — tentei dizer, mas fui interrompida.

— Não há nada que possa dizer! Nada! — respondeu-me ríspido. — Afaste-se dela! — Empunhado de uma pistola, referia-se a Simon.

— Benjamin! Está maluco? Solte essa coisa! — gritei exasperada.

— Saia daqui, Laura! Preciso resolver algumas questões com meu fiel amigo, e depois conversamos. — Ele apontava a arma para Simon ao meu lado e dele não tirava os olhos.

Sem pensar, enfrentei-o.

— Pois não sairei! Atire também em mim!

Pus-me na dianteira de Simon para protegê-lo. Eu sabia que Ben jamais me machucaria e, embora fosse arriscada, aquela era a única forma de salvar sua vida.

— Irá defendê-lo, Laura? — Suas palavras anunciavam sua mágoa.

— Benjamin! O que é isto? — Madeleine surgiu enviada por anjos. — Solte esta arma! Vai acabar machucando alguém!

— Não se envolva nisso, mãe! Eu sou o rei! — revidou ainda com os olhos presos em Simon e com a pistola em nossa direção.

— E eu sou sua mãe e estou ordenando que solte esta arma! — Já falei que Madeleine era uma das minhas pessoas favoritas no mundo?

Simon assistia a tudo inerte. Seu desalento era tanto que ele nem mesmo tinha capacidade para revidar.

O duque acompanhava Madeleine e assistia imóvel àquela triste cena. Senti que se preparava para interferir.

— Majestade, com todo o respeito, ouça-me, por favor!

A voz de Thomas era quase um sussurro. Ben desviou seu olhar e, ainda nitidamente colérico, transferiu-o para o duque. A arma permanecia apontada para Simon e para mim.

— Vou ouvi-lo, mas antes retire Laura de junto de Simon — pediu Benjamin.

Madeleine tomou a dianteira e veio em minha direção.

— Abaixe esta arma agora, Benjamin! Ou também ousará apontá-la para sua mãe? — anunciou a rainha ao meu lado e, consequentemente, também na mira de Ben.

Benjamin moveu seu braço lentamente até finalmente segurar a pistola ao lado do quadril.

Pude enfim respirar. Não só eu, mas todos nós, inclusive o rei, que, certamente, não se sentia mais confortável que os outros.

Corri para perto de Benjamin e envolvi sua cintura em meus braços. Não me importava com os olhares, eu desejava tê-lo o mais próximo possível, mas meu abraço não foi correspondido.

— Eu te amo! Confie em mim! — murmurei em seu ouvido.

Senti seus braços retribuírem meu gesto. Busquei seus olhos. Ele respirou fundo, porém não respondeu minha declaração.

Levei meus dedos até os seus, que prendiam aquele objeto horrendo e, vagarosamente, libertei-o de sua mão. Entreguei-o a Hunter, que observava a tudo pronto para auxiliar caso a vida do rei estivesse em risco, e retornei com todos aqueles pares de olhos presos em mim.

— Majestade, preciso que ouça com atenção o que temos para lhe dizer — arriscou-se Thomas, narrando parcialmente os motivos que nos levavam a crer na inocência de Simon.

Mais calmo, Benjamin ouviu a tudo atentamente, mas eu via na imensa escuridão dos seus olhos que ele ainda não estava convencido por completo.

Temendo que nossos planos fossem descobertos, decidimos por continuar a conversa em uma sala protegida do palácio. Simon permaneceria na cela por mais alguns instantes, pois, com a ajuda de Madeleine, implorei para que Ben permitisse que ele ficasse em um lugar mais confortável até se recuperar. Eu já havia requerido isso anteriormente, ainda na biblioteca, mas William teria ordenado que Simon permanecesse na mais absoluta reclusão para evitar qualquer chance de um novo atentado. Era compreensível, pois proteger a coroa era sua tarefa como chefe do exército de Birth.

Retiramo-nos da cela e dirigimo-nos pelo corredor, outra vez meus olhos pousaram no prisioneiro que roubara minha atenção. Ele permanecia a me encarar e constatei, novamente, algo de misterioso que o cercava. Rapidamente, voltei meu rosto e minha atenção à nossa frente, pois poderia ser mal interpretada, e a última coisa que eu desejava era ver Benjamin outra vez com alguém na mira de sua pistola por minha causa.

Enquanto o rei caminhava à minha frente, observei-o tomada pela certeza de que o amava e que nem mesmo o mundo que nos separava poderia mudar tal fato. Sentia que, independentemente dos acontecimentos que nos sitiavam continuamente, nosso amor seria, para sempre, inalterável.

Ao retornar ao palácio, reunimo-nos os quatro nos aposentos do rei a portas trancadas. Lá estavam as provas para serem novamente analisadas, e era o local mais seguro para projetarmos a melhor forma de pôr em prática nossos planos.

Capítulo 40

— Espero que jamais duvide novamente de meus sentimentos, principalmente de minha fidelidade — reprimi Benjamin enquanto estávamos deitados lado a lado em sua cama.

Madeleine e Thomas haviam nos deixado a sós após nossa reunião, permitindo que repousássemos das recentes batalhas encontrando o abrigo que somente nossa paixão era capaz de oferecer.

Olhei para o teto e tentei sentir a mesma paz que envolvia os anjos traçados naquela magnífica cena.

— Não duvidei de vós, duvidei de Simon após tantas provas que o acusavam. — Subitamente pulou do meu lado e se acomodou entre minhas pernas por sobre meu vestido. — Laura, eu seria capaz de suportar que Simon atentasse contra minha vida, mas jamais lhe pouparia se ele estivesse disposto a roubá-la de mim. Sinto pelo que vou dizer, mas saiba que eu o teria matado naquele momento se não tivesse o protegido.

— Não diga uma coisa dessas, Ben... Ninguém merece morrer assim, e o que é pior, ninguém merece matar. Você é o homem mais honrado e bondoso que conheci, não permita que lhe tornem um monstro, muito menos em favor de mim. Eu lhe peço!

— Eu sei que está certa... Já passei por isso antes, e asseguro-lhe que não me orgulho. — Seu olhar perdeu-se em recordações que eu sabia exatamente quais eram. — Agora, senhorita... ajude-me a esquecer tantos problemas. Ajude-me a não me arrepender por não ter aproveitado ao máximo sua companhia — falou no caminho que o traria à minha boca.

Seu beijo era urgente e, rapidamente, fui também atingida pelo desejo que o consumia. Nossa pressa não permitiu que nem mesmo nos despíssemos por completo, e só precisei que sua mão adentrasse por debaixo do meu vestido e encontrasse minha intimidade para que, em seguida, eu já estivesse pronta para recebê-lo. Seus lábios não abandonaram os meus por nem mesmo um segundo, e, quando alcançamos o ápice de nossa entrega, tive, outra vez, a comprovação de que somente a ele pertencia meu coração, meu corpo e meus sentimentos mais profundos.

— Eu a amo! Incansável, inalterável e infinitamente. Saiba que é seu e somente seu meu coração! — Outro longo beijo pontuou suas palavras.

— Eu o amo da mesma forma, juro que amo! — respondi com meu corpo ainda extasiado.

Após acomodar-se ainda ofegante ao meu lado, Ben instantaneamente pareceu se recordar de quantos compromissos o aguardavam e, suprimindo o recente clima de romance, falou:

— Precisarei encontrar alguns de meus Lordes que estão à minha espera. Posso encontrá-la em uma hora para almoçarmos? Já são duas horas da tarde e ainda não nos alimentamos desde o café da manhã...

— Sim, senhor, Majestade! Vá para seus compromissos que ficarei na companhia de sua mãe. Ainda temos alguns assuntos para discutir.

— Vocês formam uma ótima dupla, suspeito que até mesmo poderiam dominar o mundo juntas! — falou divertido.

— Mas é claro, inclusive, esse é nosso próximo plano! — Sorri ao dizer-lhe.

Recebi um beijo doce do rei e o observei se afastar.

Permaneci jogada sobre a cama relutante em abandonar aquele conforto. Sentia-me exausta, mas precisava abordar alguns assuntos com Madeleine.

Dirigi-me ao primeiro andar do palácio e decidi buscar ar fresco antes de me encontrar com a rainha, afinal, não havíamos marcado um encontro, então eu poderia caminhar pelos jardins sem fazê-la esperar.

A agitação para o Festival da Vida mantinha-se intensa nos arredores do palácio. Deparei-me com um grupo de crianças negras vestidas com trajes típicos africanos e meus olhos sorriram tanto quanto meus lábios ao observá-las. Elas ensaiavam uma coreografia ao som de tambores e chocalhos.

Eles preservavam suas culturas!

Mesmo parecendo impossível, amei ainda mais Benjamin por ser rei de um lugar onde havia espaço para todos, sem preconceitos. Sentei-me em um banco e as assisti flutuar envolvidas por túnicas coloridas nas mais vivas cores, ritmadas em passos idênticos e sincronizados enquanto cantavam uma canção que eu não compreendia, mas sabia que era feliz.

Quando terminaram, bati palmas demonstrando minha aprovação. Seus dentes imaculados contrastavam aos coloridos dos colares, turbantes e outros acessórios que as adornavam.

Entre elas, uma pequena garota que não tinha mais que 5 anos chamou minha atenção pela desenvoltura com a qual se apresentava. Era absolutamente linda, tinha olhos grandes e atentos, e encrespados fios escuros lhe emolduravam o rosto gorducho.

Não resisti e me aproximei carregando uma flor vermelha que roubei de um arbusto.

— Com licença, posso parabenizá-la? — perguntei sentando-me em meus calcanhares para me adequar ao seu tamanho.

Tímida, ela disse que sim.

— Para você! — Ofereci a flor e vi seus olhos brilharem.

— Para mim? — perguntou surpresa com uma voz que parecia uma dublagem de desenhos animados.

— Sim, para você! Porque amei sua apresentação e acho, inclusive, que é uma magnífica dançarina! — revelei sem conseguir disfarçar o enorme sorriso no meu rosto.

Meu dia havia sido tão pesado até então que aquele era o melhor momento para encontrar uma doçura como a daquela garotinha.

— Obrigada! — respondeu-me, levando-me a sorrir outra vez por sua voz.

— De nada, você a mereceu! E... posso saber como se chama? — pedi observando uma mulher se aproximar.

Ela acenou com a cabeça antes de responder.

— Chamo-me Sihan, e milady? — perguntou julgando-me nobre.

— Eu chamo-me Laura! — respondi vendo-a sorrir. — Olá! — cumprimentei a mulher que a acompanhava e que descobri se chamar Azalee; era igualmente bonita e Sihan era sua filha.

Elogiei o número que apresentariam e prometi estar ansiosa por vê-las no dia seguinte.

Despedimo-nos, e segui em direção ao salão das flores pelas portas com acesso pelo jardim. Não me sentia disposta o suficiente para contornar todo o palácio e entrar pela porta principal. Estava enfraquecida por ainda não ter me alimentado e subtrairia boa parte do caminho seguindo pelo caminho entre os canteiros do jardim.

Pelo caminho, desviei de trabalhadores do palácio que passavam por mim às pressas carregando os mais diversos artefatos. Flores, tecidos, cadeiras, tapetes... Era uma verdadeira infinidade de coisas.

O vento daquela tarde atingiu-me em cheio quando me senti menos agitada que há pouco me sentia. A adrenalina não havia permitido que eu compreendesse o quanto o outono em Birth poderia ser severo. Esfreguei minhas mãos tentando aquecê-las quando alcancei as portas do salão. Elas estavam abertas, mas cobertas pelas cortinas de seda coral e azul. Uma voz conhecida preveniu-me que eu não deveria entrar.

— Olá, Alteza! Fico agradecida pelo convite para o chá! — Margot referia-se a Madeleine?

— Olá, minha querida! Eu que agradeço sua disponibilidade após esses acontecimentos terríveis.

Sim! Era a rainha que falava.

Embora eu condenasse aquele comportamento, algo parecia prender meus pés no chão e não me permitia ser mais forte que minha curiosidade.

— Estou tão feliz que tenha aceitado meu convite! — bajulou-a.

— Digo o mesmo, Alteza! Ora, até parece que eu poderia ser afastada definitivamente da corte, não é mesmo? — Sua voz parecia estar mais irritante que o normal, e meu maior desejo era entrar naquela sala e fazê-la engolir cada uma das palavras que dizia.

— Mas é claro que não, Margot! Vós sois parte fundamental deste palácio, e é por isso que a chamei aqui, pois preciso de sua ajuda. — O tom usado pela rainha tornou-se solene.

— Estou aqui para servi-la! — Derreteu-se em meio à uma nauseante gargalhada.

— Eu sei, querida, por isso preciso de sua discrição. Serei breve e direta. — Um silêncio espalhou-se e temi ser pega, mas antes que eu pudesse me mover, a voz de Madeleine brindou para me assegurar que elas permaneciam imersas em seu assunto. — Como bem sabe, meu filho está agindo motivado por alguns impulsos ultimamente, e temo que esteja pondo abaixo seu reinado por má influência de nossa hóspede, a senhorita Laura. — Minhas mãos passaram a tremer assim como todo o restante do meu corpo.

— Sim, infelizmente Sua Majestade foi enfeitiçado por aquela mulherzinha sem classe e sem berço, porém Benjamin tem sentimentos por mim, e ela não será capaz de persuadi-lo por muito tempo.

— Víbora! — resmunguei.

— Sim, realmente ela o enfeitiçou, mas não estou tão otimista quanto vós e penso que Benjamin possa fazer uma loucura, casando-se com ela! Estou desesperada!

— Oh! Mas não é possível que Benjamin se deixe envolver desse modo por essa mulher! — Seu despeito era evidente. — Não pode deixar que isso aconteça, Majestade! Acha mesmo que ele ousaria desposá-la? — inquiriu assustada.

— Sim, não tenho dúvidas, ele inclusive já convocou uma reunião com seus conselheiros, e creio que amanhã mesmo ele fará o pedido durante o Festival da Vida.

Apoiei-me em uma das paredes temendo não suportar o peso do meu corpo. Mas mal podia digerir uma informação e outra rapidamente surgia das vozes do interior do cômodo ganhando minha atenção.

— Preciso que me ajude a eliminá-la! — falou com determinação a rainha-mãe.

— Não acredito que Benjamin seria capaz! Eu que deveria ser sua esposa! — Margot tornara-se histérica.

— Acalme-se ou não poderá me ajudar. Preciso de seu auxílio e, francamente, Margot, não compreendo como diz ser a esposa ideal para o rei, sendo que assiste às investidas da senhorita Laura sem se opor! Como pode simplesmente entregá-lo de bandeja para essa qualquer sem se valer de sua posição... — Madeleine utilizava termos que não lhe eram habituais, e isso só fazia crescer meu nervosismo.

Margot choramingava como uma criança mimada, tão patética.

— Mas eu fiz! Fiz tudo que pude... Ameacei-lhe, fui até seus aposentos, tentei incriminá-la de diversas formas e mesmo assim ele só tem olhos para ela. — Seus gritos agudos atravessavam as paredes e, por um segundo, achei que estilhaçariam todos os vidros do palácio.

Madeleine demorou-se em outra longa pausa angustiante antes de prosseguir.

— Ótimo... Fico feliz por saber disso... Contudo precisamos de mais. Tem alguma sugestão? — Madeleine em nada se parecia com a rainha bondosa e gentil que eu conhecia.

— Deixe-me pensar... — Margot parecia estar menos ensandecida, creio que devido à urgência em arquitetar uma estratégia para remover-me da vida de Benjamin. O vento continuava a me atingir somando-se assim aos calafrios que o nervosismo me causava. — Já sei! — bradou a voz da megera. — Poderemos incriminá-la pelos atentados que vêm acontecendo contra a vida do rei, desse modo, ele não só não se casará com ela como também a prenderá por traição e a matará, eliminando, assim, qualquer chance futura de uma reconciliação.

Eu vou entrar e prender com toda minha força os cabelos de Margot entre meus dedos, depois, vou arrastá-la por *todas* as centenas de cômodos deste palácio e a farei desejar nunca mais pisar nesta corte pelo resto dos seus dias!!! Acalme-se Laura, ou dará motivos reais para ser presa! — passei a ser vítima de um insano conflito interno.

— Acha que isso será possível? Afinal, Simon está sendo acusado desses crimes... — manifestou a rainha.

— Creio que sim, apenas precisamos fazer com que pareçam amantes — sugeriu prontamente Margot.

— E como faremos isso, exatamente? — Madeleine deixava-me ainda mais confusa.

— Senhorita Laura, o que faz aí, menina?

Dei um enorme pulo e levei minha mão ao coração como se pudesse segurá-lo para que ele não pulasse da minha boca.

— Nancy, está maluca? Quer me matar? Shhhh!!

— Pus minhas mãos calando os lábios da ama, que me olhava com enormes olhos assustados. Meu susto foi tanto que temi que Madeleine e Margot tivessem nos ouvido.

— Vamos, corra! — ordenei puxando Nancy atrás de mim.

Na metade do caminho, parei de correr.

— Disfarce, Nancy e siga-me. — Continuei meus passos seguidos pelos da ama, e quando me senti mais segura, a ela retornei. — E então, Senhora Nancy, o que desejava me procurando? — Indaguei como parte do disfarce.

Nancy seguia confusa dirigindo olhares ao nosso redor sem nada entender.

— Hã... O modista aguarda-a em seus aposentos para que prove o vestido que usará amanhã durante o Festival da Vida — revelou perdida.

— Mais vestidos? Não acha que tenho o suficiente? — inquiri voltando minha atenção ao que dizia.

— Vestidos nunca são demais, senhorita, este em especial é para uma grande ocasião, e deve ser grata a Sua Majestade por mimá-la desta forma.

As palavras de Nancy fizeram-me parar o passo na metade da escada. Refleti sobre o que dizia.

— Nancy, sou grata ao rei, mas isso não quer dizer que eu deva concordar com seus exageros. — Minha cabeça não se desligava dos momentos anteriores. — Esqueça! Vamos de uma vez.

Pobre Nancy, seguiu meus passos atrapalhados sem hesitar.

Quando chegamos aos meus aposentos, minhas mãos ainda tremiam. Não desejei evidenciar minha ansiedade e busquei tratar da maneira mais natural possível o homem que me aguardava.

— Senhorita Laura, este é Mason Turner, o modista da corte — anunciou a ama.

— Senhor Turner, esta é Laura... — apresentou-me constrangida sem mais informações para fornecer ao homem.

Mason era alto e absolutamente magro e aparentava ter cerca de 30 e poucos anos. O cabelo liso e louro destacava-se pelo exagero de seu topete. Os olhos eram castanhos e pareciam sempre atentos aos mínimos movimentos que lhe cercavam. Os lábios finos ajustavam-se ao minúsculo nariz entre as maçãs do rosto bem definidas e sardentas. Era, sem dúvidas, uma figura simpática.

Vestia-se do mesmo modo que os outros cavalheiros, mas não passara despercebida sua extravagante elegância obtida por meio de uma perfeita harmonização de tons de vermelho vivo do casaco e calças aliados ao alvo de uma camisa de gola ababadada e às abotoaduras em dourado que certificavam seu bom gosto e a delicadeza dos seus modos.

— É um grande prazer conhecê-la, senhorita! E permita-me dizer que nunca antes vi tamanha beleza — adulou-me como deveria fazer com todas as suas clientes.

— Obrigada, senhor Turner! O prazer é todo meu — respondi simpática. — Vamos, sente-se para que possamos conversar melhor.

— Obrigado! — Agradeceu-me e acomodou-se na poltrona que lhe ofereci. — Então, senhorita, tive o prazer de receber do próprio rei uma mensagem solicitando meus serviços e vim o mais rápido que pude para atendê-la. — Fui incapaz de evitar corar.

— Sua Majestade é muito gentil — mencionei discretamente. — Sinceramente, creio que já haja vestidos demais para meu uso, mas se o rei insiste que me vista com algo mais elaborado, assim o farei.

Lembrei-me de Carlos Eduardo e suas implicâncias com a forma que eu me vestia. Para ele, eu sempre estava inadequada e me negar a usar o que ele impunha era motivo para longas e desgastantes discussões. Com Benjamin era diferente, eu sabia que ele apenas desejava me paparicar e, se não permitia que eu me vestisse com as roupas que trouxera do "meu mundo", era porque dessa forma estaríamos correndo imenso risco de ter nosso segredo descoberto. Além do mais, eu adorava o fato de ter de escolher um fabuloso vestido por dia.

— Vestidos nunca são demais, senhorita! Não diga uma coisa dessas na presença de um modista! — Mason criticou-me divertido, obrigando-me a lhe voltar minha atenção.

Ele tinha a mesma opinião de Nancy, e perguntei-me se todas as senhoritas de Birth seguiam à risca a ideia de que "vestidos nunca são demais".

Devido à urgência da ocasião, Mason trouxera um modelo semiacabado para apresentar-me como opção.

— Caso não lhe agrade, poderemos confeccionar um totalmente novo. Nem que para isso eu tenha que ficar sem dormir durante horas.

Meus olhos pousaram na peça suspensa em suas mãos e rapidamente me fizeram concordar em elegê-lo imediatamente como escolha. Era incrivelmente bonito, o que agradeci imensamente por não necessitar me concentrar em uma escolha. Algo de importância maior exigia minha atenção.

Após o vestir, Mason ajustou-o ao meu corpo com a ajuda de alguns alfinetes, assim meus pensamentos voaram de encontro à minha amada mãe. Senti meus olhos umedecerem e determinei-me a não sucumbir à fraqueza.

— Então é este! Farei os ajustes necessários e amanhã mesmo o entregarei em suas mãos.

— Excelente! Agradeço sua atenção e até amanhã — falei temendo parecer grosseira, mas eu já não suportava adiar concentrar-me nas questões que me aturdiam.

Capítulo 41

Enfim, encontrei-me a sós, mas não levou nem alguns minutos, e Nancy se apresentou pedindo licença e anunciando a presença da rainha-mãe.

Meu coração novamente ameaçou sair aos pulos do peito.

Madeleine trazia um sorriso indecifrável nos lábios. Observou a ama se afastar e veio em minha direção.

— Senhorita Laura, minha querida! Como se sente? — Ela parecia-se com a mulher por quem eu sentia imenso carinho.

Antes que eu pudesse lhe responder, uma nova batida na porta nos interrompeu. Era o rei, fiquei feliz que estivesse ali para que ouvisse nossa conversa.

— Olá, meu amor! — falou Benjamin com doçura depositando um beijo suave em meu rosto. — Mãe — cumprimentou a rainha.

— Consegui! — revelou Madeleine atiçando meus sentidos. — Margot caiu direitinho e confessou quase tudo.

— Eu sei! Consegui ouvir parte da conversa. A senhora foi ótima, e por um momento até acreditei que me detestasse... — falei conseguindo finalmente respirar mais aliviada.

— Ora, senhorita. Laura, não diga uma coisa dessas... Só Deus sabe do autocontrole que necessitei para permanecer bajulando Margot e falando aqueles horrores sobre vós. Por um momento achei que perderia minha classe... — Madeleine parecia exausta e sua revolta estava estampada em suas feições.

— Vocês formam uma dupla e tanto! — gracejou Benjamin.

Corri até a rainha e a abracei.

— Obrigada por acreditar em mim! — sussurrei em seu ouvido.

Uma piscadela da rainha certificou seu apoio à minha causa.

— Agora, será que podem compartilhar comigo suas descobertas? Estou curioso — disse o rei sentando-se em um dos sofás.

— É claro, filho... Mas antes preciso de uma taça de vinho. Não sabem o quanto é difícil suportar aquela garota por mais de cinco minutos. Pobre Benjamin se a desposasse! Seria seu fim conviver com aquela criatura insuportável.

Madeleine estava hilária, parecia menos rainha e mais mãe e, embora a situação em si não requeresse nenhuma diversão, foi impossível não sorrir ao vê-la de modo tão natural, despojada de sua habitual seriedade e postura de rainha. Após um generoso gole, ela olhou-nos e voltou a sugar o líquido até virar a taça sem nenhuma cerimônia.

— Ah! Agora sim! — Anunciou fazendo-nos rir.

Conforme combinamos mais cedo, abordei Margot fazendo-a acreditar que eu não aprovava a relação de vocês. Assim, induzi-a a assumir todas as acusações feitas por Laura. — Seu tom revelava quão sérias eram as informações obtidas. — Ela revelou que tentou, de todas as formas, incriminá-la, que a ameaçou durante a noite que passou no palácio, e quando solicitei uma sugestão para separá-los definitivamente, ela respondeu-me que deveríamos responsabilizá-la pelos atentados em parceria com Simon, como se fossem amantes.

Benjamin pôs-se em pé.

— Maldita! Isso sim é traição! Isso sim é motivo para decapitar alguém — vociferou com os punhos cerrados.

— Ben, Margot é uma mulher ensandecida pelo ciúme... — tentei acalmá-lo.

— Laura, não a defenda! — revidou com olhos coléricos.

— Eu não a estou defendendo! — Afirmei.

— Mantenham a calma — interveio a rainha. — Ainda não terminamos. Precisamos de mais provas para concluir que Margot está envolvida nos atentados. Eu assegurei-lhe que estaria a favor de qualquer coisa para evitar o pedido de casamento que "ocorreria" amanhã. Ela certificou-me que encontrará um meio de fazê-lo, e creio que em breve virá a mim com alguma proposta e, assim, entregará de uma vez sua autoria nos atentados. É claro, se forem de sua responsabilidade.

Ficamos em silêncio analisando as informações.

— Poderia Margot e Simon estar envolvidos? — inquiri a Benjamin.

Nem eu mesma acreditava no que dizia, mas precisava me cercar de segurança para não cometer nenhum equívoco.

— Não creio, sinceramente. Margot nunca caiu nas graças de Simon — assegurou o rei.

— Também não creio, algo me diz que Simon está sendo sincero. — A intuição de Madeleine farejava como a minha.

= Mas poderiam ser culpados por ambos os crimes sem estarem envolvidos... — considerou Ben.

Voltamos ao silêncio do recinto e do turbilhão inquietante de nossas reflexões.

— É prematuro afirmar, devemos esperar os próximos passos de Margot. Se nos precipitarmos, correremos o risco de sermos injustos — falei tentando aliviar os ânimos.

— Está certa! Tentemos esquecer esses aborrecimentos por algum tempo. Precisamos alimentar-nos, senhorita, nosso almoço aguarda! — Ben fez-me recordar que eu estava faminta.

— Claro, vamos! — concordei.

— Estão certos! Vão se alimentar e tentem descansar, também o farei. Para isso, preciso de um banho e de mais vinho. — Descobri, nesse dia, o quanto a rainha apreciava vinho.

Capítulo 42

— Lagostas em Birth? — Perguntei incrédula.
— Aprecia lagosta, senhorita?
— Sim, mas poucas vezes tive condições de degustá-las... Custam os olhos da cara no Brasil.
— Como "os olhos da cara"? Isso é alguma forma de consegui-las? — A pergunta de Benjamin fez com que o vinho embargasse em minha garganta e precisei tossir por diversas vezes entre a gargalhada que sua inocência ocasionara.
— Não, meu amor... — falei com doçura. — Quando digo os "olhos da cara", refiro-me ao alto custo com que são comercializadas e, desse modo, assemelham-se ao valor de nossos olhos. É uma metáfora.
— Graças a Deus! Mas não compreendo a graça disso — continuou, sisudo.
— Esqueça! — Eu ainda ria muito para seguir explicando.
Depois dos diversos pratos, saboreamos nossa sobremesa em um dos bancos do jardim. Um enorme Frozen com diferentes tipos de chocolate, creme e avelã com os sabores mais intensos que já senti.
— Hmm, isso sim deveria valer os olhos da cara! — murmurei em meio à magnífica experiência gastronômica.
Por fim, Benjamin riu da expressão que usei — tão estranha para ele.
— Senhorita, disseste que em raras oportunidades teve condições de saborear lagostas, por quê?
Por um momento não compreendi sua pergunta.
— Porque, como eu disse, são muito caras, e não tenho condições para tais extravagâncias.

— Extravagâncias? — Ele parecia atônito.

— Sim, esse tipo de alimento no Brasil é tido como um gasto desnecessário, pois a maioria da população tem apenas o básico para se nutrir. Mas por que quer saber? — perguntei curiosa.

— Porque, como rei, não compreendo como meu povo pode se alimentar diferente de mim. Embora eu seja mais afortunado que todos os outros, não consigo encontrar um sentido em ter acesso a alimentos que eles não têm.

— Prossiga — incentivei-o.

— Não é nada demais, apenas quero dizer que, aqui, todos possuem condições de comer como os da realeza e todos comem lagostas de acordo com sua vontade, desde meus servos até meus lordes. Independentemente das diferenças, que certamente existem entre as classes, no que se refere à alimentação, todos são iguais e podem usufruir de tudo aquilo que a natureza nos oferece. E isso é tido como direito previsto em lei.

Prendi meus dedos nos seus e lhe ofereci o mais afetuoso sorriso.

— Isso é admirável, Ben! Sinto orgulho de você!

— Esse é apenas o meu trabalho.

— Eu sei disso, mas a maioria das pessoas não pensa em nada além de seus próprios interesses.

— Quero lhe mostrar uma coisa, acho que vai gostar.

Ben tomou-me pela mão e nos dirigimos a Hunter, que estava em uma das portas do palácio.

— Traga meu cavalo — solicitou ao guarda.

Pensei em Destiny e minha alegria desapareceu.

— Não fique triste! Por isso não a levei até as baias...

Seu abraço a seguir tentou confortar-me, mas não foi possível, e outra vez senti meus olhos encharcados de saudade e de pesar.

— Hey! Estamos trabalhando nisso, e se foi realmente Margot quem matou Destiny, prometo que farei justiça.

— Algo me diz que foi, e temo não recusar o desejo de fazê-la pagar por isso. Eu perdoaria suas acusações e seu ciúme, mas matar um animal é... — Não consegui terminar e afundei em seus braços recriminando os pensamentos de vingança que passavam por minha cabeça.

— Acalme-se, estou do seu lado, não esqueça que faria qualquer coisa por você. Encontrarei um jeito de atenuar sua dor — consolou-me com ternura.

Mais calma, montei o cavalo do rei com ele às minhas costas. Sem me dizer a direção, cavalgamos pela propriedade do palácio até encontrarmos uma planície.

Deixei a montaria com sua ajuda, e caminhamos por entre algumas árvores quando encontrei a surpresa. Mal acreditei no que via.

Um enorme caminho de verdes variados, roxos e outras diversas cores se estendia até meus olhos o perderem de vista. Era uma horta gigante, e ali ficava toda a produção do palácio. Em um dos lados havia estufas feitas com tecidos finos em enormes tendas e sem dúvidas poderiam alimentar muitas pessoas.

— Não há nenhuma interferência, Laura, nossos produtos são absolutamente orgânicos. Não produzimos venenos em Birth, por que faríamos uma coisa horrível dessas? — respondeu-me Ben quando lhe falei sobre a realidade dos agrotóxicos. — Temos terra o suficiente para dividir com os insetos e com os animais nossos alimentos.

"Como eu amo esse homem!", era só o que eu conseguia pensar.

— Todo o povo se alimenta daqui? — perguntei.

— Não, a maioria tem sua própria produção em suas terras, mas, para aqueles que desejam, este é um lugar livre ao qual todos têm acesso. Assim como aos pomares — revelou apontando para o outro lado, que continha uma imensa quantidade de árvores.

— Vamos até lá!

Caminhamos de mãos dadas sobre aquela abençoada terra que gerava e nutria tantos frutos. Tudo em Birth parecia um sonho...

Reconheci boa parte das inúmeras frutas lá produzidas. Ben aproveitou para me elucidar sobre minha surpresa quando encontrei abacaxi na embarcação no caminho a Birth.

Nos anos em que Birth foi planejado, um grupo de botânicos viajou por todos os continentes em busca dos alimentos que lhes despertassem o interesse, assim, estudaram seus modos de cultivo e todas as necessidades para que pudessem ser reproduzidos e continuassem a florescer nesta terra distante. Com isso, foi-me justificado a existência não somente do abacaxi, mas também da figueira, da bananeira — sim, encontrei banana em Birth! — e tantas outras frutas, coloridas e perfumadas, saborosas e ao alcance de todos.

Meu respeito e admiração pelo trabalho realizado por Benjamin só cresciam.

Sem formalidades, o rei recostou-me em uma das árvores e passou a me beijar com intensidade. Eu não queria ceder às suas investidas ali, em meio ao pomar, e precisei lutar contra as tentativas de traição do meu corpo prestes a entregar-se...

— Vamos! — anunciei antes que fosse tarde demais.

Benjamin concordou e retornamos ao palácio.

O pôr do sol exibia-se tingindo de matizes alaranjadas a longínqua imensidão do céu sobre nossas cabeças.

— Me segure! — Adverti-o antes de saltar do cavalo e cair em seus braços.

Ante o palácio de Birth, deixamos nossa montaria e corremos em direção a uma das portas principais.

— Preciso de um banho! — anunciei esgotada.

O dia havia sido longo e agitado, e eu sabia que muito ainda estava para acontecer e que os dias que se sucederiam trariam novos desafios, além do grande evento na corte, do meu retorno à Inglaterra e, sobretudo, das notícias sobre minha família, que inquietamente eu aguardava.

— Isso é um convite? — Perguntou-me sugestivamente.

— Benjamin! Você só pensa nisso! — Reprimi-o escondendo o quanto me alegrava seu incansável desejo por mim.

— Perdoe-me, Laura, mas, para ser sincero, sim! Sim! Mil vezes sim! Por mim adentraríamos seus aposentos agora e de lá não sairíamos nunca mais.

Meu coração transbordava de enlevo totalizando-me e refletindo em meus lábios, que sorriam, assim como meus olhos.

— Não me instigue, por favor! Sabe que não resistirei... — No tempo em que lhe falava, o ímã que não permitia que nos afastássemos outra vez nos uniu e, sem atentar para os olhares que nos cercavam, observei seus lábios se aproximarem dos meus.

— Majestade! — Trovejou a voz de Margot como um pesadelo sendo anunciado.

Afastamo-nos subitamente e lhe concedemos nossa atenção.

Estava envolta em um grosso tecido verde azulado. Os cabelos cascateavam cachos largos e volumosos. Excesso de joias douradas e maquiagem revelavam que seu intento era destacar-se. Porém, aos meus olhos, sua constante soberba sombreava sua figura e entregava o que de fato havia em seu interior: arrogância, amargura e perversidade.

Permaneci em silêncio e apenas assenti quando dela recebi o mesmo olhar de desdenho que eu mesma lhe transmitia. Não desejava lhe ser hostil, contudo Margot possuía uma aspereza que se derramava por toda sua pessoa, tornando-a incompatível às minhas virtudes. Sentia-me capaz de detectar todos os motivos que nos tornavam opostas uma da outra e não havia nada nela que despertasse minha admiração ou meu respeito.

Apenas Carlos Eduardo foi capaz de revelar em mim sentimentos de ordem negativa e, mesmo ele, com seus infinitos defeitos, em algum momento incitara certa afeição de minha parte, ou, ao menos, piedade. Já Margot não parecia ser constituída substancialmente do que me preenchia, sua maldade tomava-a por inteira, e pude me certificar disso desde que a vi pela primeira vez.

— Lady Tampest — saudou-a Benjamin de maneira mais educada do que julguei necessário.

— Vejo que já é do seu conhecimento que sua mãe pessoalmente também me convidou a retornar à corte? — Revelou efusiva tentando me intimidar.

Também? Tal palavra ecoava insistentemente sem que eu conseguisse encaixá-la nas informações que detinha.

— Sim! E peço que perdoe a forma como lhe tratei, temo ter sido injusto — seguiu nauseantemente o rei.

O sorriso nos lábios rubros da megera alargou-se.

— Oh, Majestade! Mas é claro que o perdoo! Afinal, tenho recebido suas correspondências, e muito me alegra saber que não tenhamos nos mantido afastados.

Olhei para Benjamin, que corava sem encontrar as palavras certas para prosseguir.

— Senhorita Laura, perdoe-me. Vejo que minha relação com o rei não era do seu conhecimento. Então, permita-me dizer que, em breve, faremos um anúncio muito importante e, como hóspede do palácio, quero que saiba que será um prazer tê-la conosco quando revelarmos ao nosso povo o futuro do rei de Birth. — Margot sublinhava as palavras com um sorriso sarcástico.

Refleti atônita acerca do que dizia, meus lábios mantinham-se mudos, e não havia nada que eu considerasse favorável para utilizar em minha defesa. Benjamin omitira que ainda se comunicava com ela, eu só não entendia por quê, não depois de tudo que havíamos descoberto. Perguntava-me se ele ainda considerava a pretensão de desposá-la, afinal, em pouco tempo eu partiria, e todos os motivos que levaram Margot à sua transgressão já não existiriam mais. Sentia-me perdida. Por que ele não se manifestava? Eu não sabia...

— Os deixarei a sós para que prossigam com seus planos mais à vontade. Com licença! — Foi tudo que pude dizer.

— Laura, eu a acompanharei

Ben tentou redimir-se. Seus olhos estavam aflitos.

— Não será necessário!

Impedi-o dando-lhes as costas e seguindo em direção à escada principal. Enquanto caminhava ouvi com clareza quando Margot o convenceu a não me seguir, e ele assim o fez. Eu não tinha condições de permanecer e assisti-lo pôr em prática seus propósitos que requeriam o máximo de sua atenção à inescrupulosa Margot Tampest.

Os intermináveis corredores do palácio naquele momento pareciam situar meu quarto ainda mais distante de mim. Sentia-me exausta. Finalmente cheguei aos meus aposentos, e Nancy apresentou-se em seguida.

— Nancy, querida, poderia preparar-me um banho, por favor? — solicitei enquanto me despia.

— Mas é claro que sim, senhorita Laura! Vejo o seu cansaço estampado em seu rosto... Deixe-me ajudá-la.

Hábil, a ama desfez rapidamente as amarrações libertando-me das barbatanas do espartilho que parecia me sufocar. Preparou-me o banho e me acompanhou para lavar meus cabelos como sempre fazia questão.

Depois, penteou-os e me apresentou algo que enfim me permitiu sorrir, meu pijama de algodão cinza, de shorts e blusa de alças finas que me traziam o conforto e o resgate de minha personalidade que se perdia em meio a tantas transformações.

Ela havia-o lavado em segredo, a fim de evitar que as senhoras da lavanderia do palácio se deparassem com tamanha indecência de minhas roupas de dormir. Em segredo, também lavava minhas roupas íntimas, que causariam o mesmo espanto, ou até mais.

— Já lhe disse que é um anjo? — papariquei-a.

Seu sorriso era o maior dos confortos. Como eu a adorava!

— É um grande prazer servi-la, minha filha! Sabe disso, não? — Posso fazer mais alguma coisa pela senhorita?

Assenti acomodando-me em uma poltrona.

— Sim, pode me trazer mais vinho? — A ama olhou para o jarro prateado sobreposto em um móvel ao meu lado. — Nancy, precisarei de mais do que há neste jarro, acredite em mim! — afirmei.

— Como desejar, senhorita! — Ela parecia contrariada, e divertiu-me com sua expressão confusa.

— Obrigada! — Agradeci refletindo o quanto desejava relaxar, e certamente o vinho seria a companhia que eu necessitava.

Poucos minutos após Nancy se retirar, um mensageiro veio até mim com um bilhete. O carimbo vermelho revelava o remetente. Senti uma agitação correspondente à qual somos tomados quando recebemos uma mensagem via aplicativo no celular. Sorri ironicamente.

Enchi uma taça com o vinho do jarro e sorvi um generoso gole antes de conhecer o conteúdo do bilhete. Fui até a sala adjunta ao dormitório e lá me acomodei sobre a maciez de um espesso pelo esbranquiçado que parecia um manto jogado sobre um dos estofados. A lareira havia sido acesa a pedido de Nancy, criando um ambiente agradável e capaz de promover o conforto e a paz que eu buscava por ora.

Respirei fundo e descolei o envelope. Encontrei a impecável caligrafia que já conhecia e atentei para o que dizia.

> *Precisamos conversar, há algumas coisas que desejo lhe explicar. Por favor, não esqueça que a amo e que tudo que estou fazendo é para o nosso bem. Assim que puder, estarei em seus braços! Se assim a senhorita permitir, é claro...*
>
> *Com amor, Benjamin.*

Embora a lisonja causada por suas palavras houvesse acalentando meu inquieto coração, fui incapaz de não o criticar por não compartilhar seus planos comigo. E, sem que eu pudesse evitar, pensei nas palavras ditas por Margot... Ela sugerira que, em breve, anunciaria sua união com o rei, e eu não compreendia em que parte dos nossos planos isso havia sido mencionado, menos ainda, o porquê seria conveniente fazê-lo.

Quando senti o desconforto motivado por esse pensamento me atingir, bebi o restante do líquido da taça e assim permaneci pelas horas seguintes.

Nancy trouxera o suficiente para que eu passasse a me sentir melhor, mais leve e definitivamente mais à vontade — estou amando esta sensação! Não sei por que não faço isso com mais frequência!

A bebida era algo absolutamente ocasional em minha vida, mas naquele momento sentia-me tão relaxada vestindo meu pijama, esparramada com os pés cruzados sobre uma mesa e empunhando uma taça cheia de vinho que, após a quarta, já nem mesmo lembrava os motivos que me incomodavam.

Benjamin surgiu inesperadamente e demorou-se a me observar. Sem compreender por que o fazia, segui em silêncio também o encarando. Porém sua imagem apresentava-se trepidando, e lutei com meus olhos para que captassem com exatidão sua figura, mas não adiantou.

— Laura, você está bem? — disse ele finalmente.

— Sim! E você? — Eu não entendia por que minha voz não parecia sair dos meus lábios...

Benjamin não respondeu, fez uma careta confusa e veio até mim. O prisma desfocado e nuvioso se mantinha e me perguntei se estava sonhando.

— Você está bêbada? — Perguntou olhando-me com uma expressão esquisita quando se aproximou.

— Mas é claro que não! Estou apenas relaxando, como pode ver. Você é que não me parece bem... O que está acontecendo, Benjamin? — Defendi-me de sua acusação, afinal, eu me sentia tão plena e confortável, ao contrário dele.

Outra vez seu semblante revelou-se confuso. Ele agarrou o jarro de vinho e averiguou a quantidade que ainda guardava, em silêncio eu apenas acompanhava seus movimentos.

— A senhorita tomou um destes sozinha? — inquiriu com enormes olhos sobre mim, apresentando-me o frasco em sua mão.

Exigi meu máximo para conseguir lhe mostrar dois dedos que lhe indicaram que na verdade aquele era o segundo jarro que eu havia esgotado.

— Dois destes? — Seus olhos ficaram ainda maiores.

Afundei no sofá envergonhada e assenti sem dizer nem mesmo uma palavra.

— O que está acontecendo com as mulheres deste palácio hoje? Primeiro minha mãe e agora a senhorita! Ah, tenha santa paciência!

Como eu não compreendia nada do que Benjamin dizia, comecei a considerar a hipótese de estar embriagada, como ele sugeriu.

— Venha! Vou levá-la para a cama... — anunciou o rei, mas foi interrompido por Madeleine, que adentrou o quarto.

— Olá, meus queridos! — disse ela em meio a um enorme sorriso.

Sua pele, naturalmente tão branca, estava coberta por um rubor intenso na região das bochechas e seus olhos pareciam menores e muito mais brilhantes.

— Que roupa é esta, senhorita Laura? — Ela parecia divertir-se com meus trajes.

— Olá, Majestade! — respondi lhe retribuindo seu bom humor.

— Mãe, eu pedi que a senhora repousasse e me esperasse em seus aposentos — interveio o rei enfurecido.

— Ora, Benjamin! Que grande estraga prazeres você está me saindo. Por que eu ficaria trancada em meus aposentos sozinha se posso aproveitar a agradabilíssima companhia da senhorita Laura? Não é mesmo, querida?

— Mas é claro! Fico feliz que esteja aqui! — falei ainda sorrindo.

Benjamin parecia estar tomado por um humor contrário ao nosso.

— Poderíamos até mesmo brindar este momento com vinho! — bradou a voz da rainha levando seu filho ao desespero.

— Está maluca, mãe? Já chega, vocês duas! Ninguém mais vai beber hoje, é uma ordem! — Ele estava irado.

Madeleine e eu entreolhamo-nos.

— Benjamin, após tudo que a senhorita Laura e eu passamos hoje, e por que não, nos últimos dias, como ousa nos negar essa forma de alívio? — Madeleine realmente usava um bom argumento e, quando dei por mim, já estava batendo palmas e sorrindo em profundo apoio às suas palavras.

— Exatamente, Benjamin! Como pode nos negar um pouco de paz e tranquilidade... e vinho? — Eu novamente não encontrava uma conexão entre minha voz e minha boca.

Ele parou de falar e de se mover. Ficou apenas dividindo seu olhar entre mim e sua mãe por algum tempo antes de desistir e se retirar. Fiquei triste porque desejava que pudéssemos conversar, mas ao mesmo tempo queria continuar sendo consumida pelo torpor que anestesiava minhas tensões. Já sua mãe não pareceu se importar nem um pouco.

— Precisamos de mais vinho! — revelou a rainha divertindo-me.

Capítulo 43

— Eu sabia que isso terminaria desta forma! Veja! Está pálida e não consegue segurar nada no estômago... Por que não me ouviu, Laura? — Benjamin não conseguia ficar calado, e em nada me ajudavam seu julgamento e seus intermináveis "eu a preveni".

— Na hora pareceu uma boa ideia... — falei envergonhada após engolir, contra vontade, uma mistura de ervas preparada por Nancy.

Cheirava tão mal quanto seu gosto era amargo, mas trazia promessas milagrosas de uma melhora quase instantânea. Assim, minha única opção foi ingerir o mais rápido possível o líquido escuro e gosmento na esperança de uma recuperação que findasse de uma vez os enjoos, as tonturas e o vômito constante. Este último teve como espectador o próprio rei, que, contestando minhas objeções, dispensou todos os empregados, exceto Nancy, cuja companhia implorei, e manteve-se ao meu lado com seus cuidados e suas broncas.

— Agora tente descansar, teremos um longo dia amanhã! — Senti seu carinho quando acomodou meus cabelos molhados após o recente banho sobre o pomposo travesseiro e me cobriu deixando meu corpo descoberto apenas do pescoço para cima.

— Como está a rainha? — Lembrei-me da minha companheira, que, certamente, estava em piores condições.

Madeleine acabou exagerando assim como eu. Pelo menos tivemos êxito em nossa missão de afogar nossos problemas, pois, ao que me recordava, durante nosso "porre" não houve espaço para lástimas.

Na verdade, logo após a chegada da rainha, Nancy reabasteceu o jarro de vinho, e presumimos que seríamos capazes de também esgotá-lo, mas, antes disso, fomos abatidas pela letargia que nos fez adormecer lado a lado no sofá.

Acordei do sono nauseante e corri até o banheiro despejando o que me causava mal-estar. A rainha permaneceu desacordada no sofá. Não percebi quando Nancy se aproximou para me dar auxílio.

Depois de me ajudar, desconsiderou minhas contestações e chamou o rei. Permaneci no banheiro muito mais tempo do que desejei e durante todo o tempo recebi as atenções de Benjamin até que me senti capaz de caminhar até o quarto.

— Minha mãe também foi "socorrida", fique tranquila. — Ben confortou minhas preocupações.

— Você está bravo? — perguntei.

— Mas é claro que estou! Sabe o quanto eu precisava de sua companhia hoje? Assim como a de minha mãe! Colocaríamos em prática nossos planos para desmascarar Margot, e eu não precisaria mais fingir que a tomaria por esposa... Fugi dela o quanto pude, mas não poderia ser indelicado e colocar em risco nossa investigação, assim, por culpa sua, precisei tratá-la com lisonjas.

Permaneci em silêncio sem saber o que pensar. Havia sido inconsequente, e Ben tinha razão. Mas eu não lhe devia desculpas, afinal, só decidi tomar vinho e relaxar para esquecer os planos ocultos que manteve sem meu conhecimento, causando meu imenso desconforto e humilhação perante Margot.

— Se compartilhasse seus planos comigo, isso não teria acontecido — falei ignorando seu olhar.

— Mas você não concordaria! Precisei omiti-los, pois certamente se oporia, e essa era a única forma de manter Margot distraída até que tivéssemos provas concretas para acusá-la.

— Isso não faz sentido, Benjamin! Ouvi quando sua mãe falou a Margot que você pretendia pedir minha mão amanhã, e esse foi o maior motivo para incentivá-la a admitir que tramou contra mim.

— Laura, se Margot estivesse certa de que amo você, sem dúvidas evitaria se expor. Por isso, assim que ouvi seus argumentos na biblioteca, tratei de enviar cartas para que ela pensasse que eu estava apenas me divertindo com vós, enquanto seria ela quem eu tomaria por esposa.

— Isso não parece uma suposição... — revelei sentindo a dor que tal ideia gerava.

— O que? Acha mesmo que eu a quero como esposa?

— Acho que ela é adequada.

— Pois eu não! Margot não me interessa, nunca me interessou. Ela é apenas o nome que eu ouvi desde criança como o ideal para o papel de minha esposa e consorte. Apenas isso!

— Não acredito em você! Não acredito em nada que envolva mentiras e omissões. Deixe-me a sós, não quero mais ouvir seus argumentos.

— Não fala sério? — indagou-me sisudo.

— Absolutamente sério! Retire-se, por favor!

— Laura, não faça isso... Eu preciso ficar ao seu lado!

— Faça como quiser, afinal, o senhor sempre faz. — Desisti sentindo-me esgotada demais para prosseguir.

Ignorei sua presença, acomodei-me o mais confortavelmente que pude e aproveitei a trégua dos enjoos para descansar. O xarope passou a fazer efeito, e isso incluía uma intensa sonolência, que fez com que tudo ficasse borrado por alguns instantes até se apagar por completo.

Abri lentamente meus olhos e encontrei os raios de sol precursores da manhã que chegava. Já não mais sentia meu organismo reagindo aos maus tratos aos quais o submeti na noite anterior quando decidi encontrar meios, digamos, arriscados, de relaxar.

Sem dúvidas era graças aos cuidados milagrosos de Nancy que me sentia muito melhor, completamente lúcida e restabelecida, contudo, vitimava-me uma ressaca moral que palpitava esforçando-se para ser notada enquanto eu tentava agrilhoá-la convencendo-me de que não havia motivos para constrangimento. Afinal, quem nunca exagerou na bebida por desejar ignorar algo que o perturbe? E outra questão de grande relevância e consolo era o fato de não haver me descomedido sozinha, a rainha-mãe também sentia que esquecer os problemas seria muito válido nas atuais circunstâncias que vivíamos.

Quando me sentei na cama, encontrei algo que fez meu peito comprimir. Benjamin estava dormindo entre o meio e os pés da cama, sobre a alvura das cobertas espessas de lã e completamente vestido. Lembrei-me de tê-lo impelido a se retirar do quarto durante a madrugada, mas parecia que ele havia ignorado minha irritação. Mesmo recordando os motivos que me aborreciam, fiquei feliz por vê-lo ao meu lado.

— Ben... — falei baixinho, pois na verdade queria mais alguns instantes para observá-lo enquanto se entregava à trégua de suas tantas inquietações.

Deixei meus dedos avançarem sem impedimento pela perfeita superfície da sua pele, toquei seus lábios e, sem conseguir mais evitar, uni-os aos meus.

Meu beijo o fez despertar assustado, mas quando por fim seu olhar me encontrou, seu amor por mim imprimiu em seu semblante a felicidade correspondente ao sentimento que me ocupava por completo e lhe exibi um sorriso em sinal de rendição.

Viver com Ben não me causava desgastes, não me oprimia e nem mesmo intimidava. Havia entre nós uma cumplicidade decorrente da naturalidade com que as consequências do amor que sentíamos emergiam em favor do conforto de estarmos na presença um do outro. Somente nele eu podia encontrar a segurança para confiar minhas emoções mais intrínsecas e pessoais. Ele recebia-as, e restituía-me com a mesma sinceridade de sentimentos, julgando-me o melhor lugar para depositar tudo que de mais verdadeiro existia em seu coração.

— O senhor dormiu a noite toda desconfortavelmente, por que não se deitou ao meu lado? — Perguntei com meus lábios ainda muito próximos dos seus.

— A senhorita pediu que eu me retirasse... — Seus olhos estreitaram-se em mim.

— O senhor pediu Margot em casamento — revidei aproximando-me ainda mais.

Acenou em negativa energicamente antes de morder os lábios e fitar-me com paixão.

— Eu jamais faria isso! — anunciou antes de me puxar para si e me beijar intensamente.

Concedi plena liberdade para que suas investidas se intensificassem e, quando jazíamos nus, fui pega por seus fortes braços, que me suspenderam em seu colo, e conduzida até a cabeceira de arabescos dourados, onde, absolutamente sem nenhum recato, posicionou-me defronte a esta e até ela levou cada uma de minhas mãos com delicadeza.

— Segure com força!

Às minhas costas, murmurou no meu ouvido as palavras entrecortando-as e salientando nossa excitação. Com sublimidade, encaixou seu corpo no meu, e assim mantivemo-nos imersos outra vez na única maneira que julgávamos justa para legitimar o amor que nos unia...

— Agora irá me ouvir? — Minha cabeça repousava em seu peito, e sua pergunta me fez procurar seu rosto.

— Devo suspeitar que tenha me seduzido com esta finalidade? — tentei fazer graça.

Ele abriu um largo sorriso, porém não o manteve.

— Eu falo sério, Laura. Preciso que confie em mim, pois muito me entristeceram suas desconfianças.

Enchi meus pulmões de ar e mantive-me calada avaliando o que me dizia.

— Eu confio em vós! O senhor bem sabe... — admiti por fim.

— Era exatamente o que eu desejava ouvir! — Anunciou ao abraçar apertadamente. — E precisarei de toda sua confiança no dia de hoje. Se nosso intento é que Margot seja responsabilizada pelos crimes que cometeu, deveremos nos unir.

— Está bem... Prometo não deixar que minhas diferenças com Margot venham a atrapalhar, pondo em risco nosso propósito.

— E também, se puder manter-se longe do vinho, eu ficaria grato! — divertiu-se. — Ou nossos planos irão por água abaixo como aconteceu ontem após ter sido abandonado pela senhorita e por minha mãe. — Sua delicadeza disfarçava que, no fundo, ele estava incomodado.

— Pensando desse modo, acho que lhe devo desculpas...

— Não há necessidade, já passou... — disse carinhosamente. — Mas, pensando bem, acho que a senhorita realmente deveria me recompensar pela noite solitária à qual fui condenado...

— Ainda mais?

Capítulo 44

— Senhorita Laura, Mason Turner está aqui para entregar seu vestido — informou-me Nancy.

— Peça para que aguarde um momento, por favor!

— Os deixarei à vontade e irei aos meus aposentos para me preparar. Já são 7h30 da manhã, e precisamos estar prontos antes das 9h, pois é o horário de abertura do Festival — comunicou-me o rei. — Aguardo a senhorita aos pés da escadaria em uma hora, consegue estar pronta nesse tempo?

— Creio que sim! Já estou com os cabelos secos e escovados, só preciso me vestir e me maquiar.

— Para ficar ainda mais linda? — Abraçou-me com ternura.

— Para ser apresentada ao seu lado de maneira que se orgulhe de mim.

— Eu orgulho-me em tê-la comigo independentemente do que vista. — Seu olhar recaiu nostálgico antes de prosseguir. — Hoje, estará sentada ao meu lado como se fosse minha rainha, e meu maior desejo no mundo todo seria que pudesse sê-la pelo resto de nossos dias.

Engoli a necessidade de chorar que se anunciava.

— Me faria muito feliz se isso acontecesse! Mas mesmo que não me tornasse sua rainha, se eu fosse apenas sua esposa, isso seria mais que suficiente para viver o resto dos meus dias em absoluta felicidade e plenitude.

— Eu sei, meu amor, eu sei... — Entregamo-nos a um beijo brando, delicado, mas cheio de sentimentos. — Amo você!

— Também o amo! — Minha voz falhou.

Benjamin saiu do quarto e precisei respirar fundo e esquecer nossas lamentações.

A partir de um sinal, a ama convocou a entrada do estilista real.

— Senhorita Laura! É um prazer revê-la, se me permite, está ainda mais adorável —paparicou-me Mason.

Imaginei que sua boa educação não permitia que usasse de mais franqueza, pois a ressaca estava evidente em minha figura.

— Obrigada pela gentileza!

Acompanhando-o, um guarda robusto trazia nas mãos uma enorme caixa branca, em seu centro um laço dourado atestava o quanto era compatível com tudo que existia em Birth.

— Em que lugar podemos depositá-la, senhorita? — Perguntou Mason.

Olhei à minha volta.

— Na cama, se não se importa...

— É claro, querida!

O guarda dirigiu-se ao móvel e com cuidado a posicionou em seu centro. A pedido de Mason, aproximei-me e, após seu incentivo, desfiz o laço e removi a parte superior.

Avistei a riqueza de detalhes que somada se tornava uma obra de arte. Embora eu tivesse contribuído com algumas ideias para a peça, o grande talento de Mason fez do traje algo absolutamente inusitado.

Com cuidado, apanhei o tecido e estudei suas minúcias elaboradas com precisão. Deslizei meus dedos suavemente e senti os minúsculos cristais que se esparramavam sobre o tecido de um bege muito claro e perolado.

— Senhor Turner, isto é... Meu Deus! — Procurei pelas palavras. — É muito além do que imaginei, desculpe, nem mesmo sei o que dizer...

— Fico feliz que tenha gostado, senhorita Laura! Agora vamos, prove-o! Estou ansioso!

— Mas é claro, também estou ansiosa! Vamos, Nancy, ajude-me, por favor! — solicitei recebendo a imediata companhia de Nancy até o quarto de vestir.

De acordo com meu desejo, a criação de Mason não contava com exageradas opulências em volumes e espessuras. Quando me vi no espelho, mal pude acreditar.

A peça era composta por um cetim perolado na cauda e lateral. Sobre ele, uma delicada e meticulosa renda brilhava com pontos de cristais espalhados. Nas mangas longas, somente a renda vazada adornada por relevos de arabescos e cristais alcançava o dorso de minha mão. O mesmo pano de destacados arabescos emoldurava um decote profundo que revelava boa parte dos meus seios e descia centralizando a parte frontal, evidenciando de maneira quase que insignificante a pele que encobria. Sobre meus ombros, uma linha de arabescos estendia-se sobre o alto do meu colo, e nela tinha início uma longa e esvoaçante capa de musselina no mesmo tom que se arrastava ao me seguir.

— Vós pareceis um anjo, senhorita. Laura! — Anunciou a ama ao me avistar vestida.

— Nancy, assim me constrange...

— Ora, não seja boba! É a mais pura verdade!

— Obrigada, querida! Agora me ajude a calçar os sapatos.

Um par de saltos muito altos acompanhava as vestes, e fora igualmente criado e confeccionado por Mason. Cobria-me os pés com a mesma renda e exibia ainda mais cristais. Sentia-me cintilar!

Caminhei com passos lentos até o aposento e, quando encontrei Mason, seus elogios foram ainda mais exagerados que o habitual.

— É um anjo! Sem dúvidas a mulher mais linda que Birth já viu! — engrandecia suas manifestações com intensos gestos expressivos.

— Obrigada, Mason! — Aproximei-me e segurei em suas mãos referindo-me a elas. — São realmente mágicas! Seu trabalho é incrível!

— Oh, querida! Sem dúvidas este não será o último vestido que confeccionarei para vós. — Uma piscadela acompanhou suas palavras.

Ele mal sabia que seria o primeiro e último. Disfarcei meu desconforto e, com sua licença, voltei ao quarto de vestir para finalizar minha produção.

Dividi ao meio o castanho de minhas longas mechas, uma trança baixa iniciava-se em minha nuca e descia até minha cintura. Uma tiara de brilhante muito discreta e delicada adornava minha cabeça, e brincos nas mesmas pedras exibiam-se suspensos em cada orelha. Delineei com precisão meus olhos destacando as laterais em uma discreta curvatura enegrecida, camadas de máscara avolumaram meus cílios, blush corou minha pele, e um batom neutro enalteceu o formato encorpado dos meus lábios.

Perfumei-me com meu próprio J'adore e procurei um relógio para me certificar que não seria indelicada chegando antes da hora, eram 8h27, e eu precisaria me apressar para não deixar Benjamin esperando.

Quando deixei meus aposentos, encontrei Madeleine, que vinha ao meu encontro.

De longe a avistei levar as mãos à boca e expressar com sua delicadeza a impressão sobre minha imagem.

— Magnífica! — dizia ela entre uma sequência de palmas improvisadas.

— Obrigada, Alteza! Mas olhe para a senhora, simplesmente maravilhosa! — retribuí seu elogio sem pecar no exagero, afinal, ela era uma belíssima mulher e, especialmente naquela ocasião, apresentava-se ainda mais deslumbrante desfilando um traje tão típico da modernidade.

Ao contrário do meu, era muito amplo e certamente cobria uma crinolina que lhe concedia tal volume. Fora o modelo mais rococó que a vi vestindo, obviamente, a ocasião pedia. Sua elegância ficava por conta do monocromático veludo azul cobalto, o decote coração chegava aos ombros e descia em bufantes mangas que se estreitavam abaixo dos cotovelos e alcançavam seus punhos. Ao estudar sua imagem, fui transportada de volta ao meu mundo, pois acompanhava seu traje um xale de espesso tecido perolado com bicos de renda suspensos que remetiam à figura de Scarlett O'hara de *E o vento levou* em uma pintura que vi por diversas vezes em minhas pesquisas sobre o filme. Embora Madeleine não se parecesse com Vivien Leigh, foi impossível não me surpreender pela feliz coincidência.

— Em nada parecemos com as mulheres que ontem mesmo se entregaram aos prazeres do álcool, não é mesmo?! — Seu senso de humor estava, como sempre, excelente.

— Nem me lembre disso, passei parte da noite tentando segurar as paredes de meus aposentos para que parassem de rodar em torno de mim — confessei.

— Pois saiba que as paredes e demais objetos do meu dormitório também insistiram em se mover sem que eu pudesse controlá-las. Será isso uma coincidência?

O sorriso que acompanhava suas palavras não era de arrependimento, pelo contrário! Acompanhei seus gracejos enquanto percorríamos os corredores.

— Senhorita, mesmo que tenhamos tido motivos que justificam nosso exagero na noite de ontem, não posso deixar de pensar que adiamos nossos planos em relação à Margot, então sugiro nos reunirmos durante o café da manhã para debater as questões que ainda necessitam de atenção, pois será improvável que tenhamos tempo durante o restante do dia em meio às festividades.

Ouvi com atenção sua colocação e concordei com absolutamente tudo.

Do alto da escada, encontrei um par de olhos ansiosos que aguardavam minha chegada. Tudo nele parecia irreal, sua figura era, sem dúvidas, fruto de cuidadosas escolhas que tornavam cada um dos seus traços encantadoramente perfeitos e complementares entre si. A escolha de seus trajes também indicava que aquele não era um dia qualquer e, como representante de seu povo, apresentava-se adequadamente vestindo um grosso gibão em tons de marrom com mangas de couro trabalhado em linhas inclinadas e verticais em couro mais escuro que chegava até abaixo de seus quadris, onde se encontrava com calças muito justas e botas altas nas mesmas cores. Os botões cerravam até próximos ao seu pescoço e seguiam em um colarinho diminuto e aberto que tornava aparente a gola de uma camisa ababadada impecavelmente branca enquanto um colar de sequentes placas quadradas de ouro recaía sobre seu peito com um pingente de pedras em seu centro. Cintos de couro transpassavam-se em sua cintura e davam suporte à espada e à pistola, das quais ele nunca se afastava.

Na cabeça, uma coroa aberta de ouro arrematada com pequenas pedras de brilhantes assegurava sua postura heráldica, além de suscitar novamente em mim questionamentos quanto à sua veracidade.

Na companhia da rainha, desci lentamente as escadas deixando voar às minhas costas a capa da fina musselina. Fitei-o sem conseguir disfarçar meu encanto dirigindo-me a ele enquanto a rainha seguia para a sala de jantar, onde nos aguardaria.

— A senhorita está adorável! — Suas palavras plainavam em meio ao sussurro de sua voz.

— Obrigada! O senhor também está encantador! — falei enquanto sorria.

— Tento esforçar-me para ficar à sua altura e não a envergonhar. — respondeu dando de ombros e sorrindo.

Aproximei meus lábios do seu ouvido e também sussurrei.

— Na minha terra, diriam que o senhor está um gato!

— Gato? Como o animal? — perguntou-me com sotaque carregado e uma expressão confusa.

— Sim, exatamente! Mas creio que não seja o melhor momento para lhe explicar sobre expressões utilizadas para traduzir o quanto eu lhe considero atraente.

— Está bem! Em outro momento falaremos disso, pois temos algumas questões mais urgentes.

— É claro, Majestade! — concordei sem mais fazer graça, e nos dirigimos ao encontro de Madeleine.

No caminho, enquanto atravessávamos os corredores, perguntei a Ben sobre o estado de Simon, inicialmente ele ficara sisudo e constatei sua insatisfação por meu interesse, contudo logo percebeu o quanto era desnecessária sua implicância e me informou que o lorde já se sentia melhor.

— E o senhor o tem visitado? — arrisquei.

Ele permaneceu em silêncio, demorando-se em encontrar as palavras que necessitava.

— Ainda não tive coragem... Não me sinto preparado para encará-lo — assumiu transfigurando a segurança e entusiasmo que apresentava recentemente.

— Eu entendo, afinal ainda é tudo tão recente — consolei-o.

— Tudo ainda conspira contra Simon e, infelizmente, não posso negligenciar esses fatos ignorando-os.

— Eu sei disso, Ben! Mas precisamos manter a calma, só assim encontraremos o culpado sem cometer injustiças.

Em silêncio, ele assentiu antes de abrir a porta da sala de jantar para que entrássemos.

Os resquícios da embriaguez pareciam ainda estar presentes, pois Madeleine e eu restringimos nosso café da manhã aos líquidos e frutas frescas tentando minimizar a desidratação gerada pelo excesso.

— Recebi cartas de Margot... — anunciou Madeleine nos pegando de surpresa.

— E o que diziam? — Inquiri largando o garfo de prata sem mais me atentar à refeição. Benjamin mantinha-se calado.

— Duas delas são para Benjamin... — Madeleine parecia incomodada e, instantaneamente, também passei a ser culminada por uma sensação de desconforto. — Uma terceira não está endereçada e foi encontrada por Noah no lixo da propriedade dos Thompson.

— Como Noah as conseguiu? — indaguei.

— Ele já subornou seu mensageiro, mas ela não tem se comunicado com ninguém desde ontem, quando as solicitei. Contudo Noah passou a vasculhar pistas nos arredores da propriedade dos Tampest e encontrou estas três correspondências, que muito podem nos ajudar.

— Posso vê-las? — perguntei arriscando encontrar algo desagradável.

Ben ainda não se manifestara e apenas acenou concordando quando a rainha procurou seu olhar.

Madeleine arrastou pela mesa um envelope que prendi entre meus dedos inquietos.

Ignorei os olhares e pedindo licença me retirei da mesa. Caminhei até uma poltrona em um dos cantos da enorme sala, sentei-me e com pressa retirei um dos papéis dobrados.

Vossa Majestade, rei Benjamin III

É com enorme satisfação que lhe comunico que tem meu perdão. Como poderia negá-lo se compreendo os motivos que o levaram a um precipitado e equivocado julgamento de minhas reais intenções?

Conhecendo-o tão bem quanto o conheço, sei que tal ira em relação à minha pessoa não surgiu de vosso coração, mas sim fora inserida venenosamente por alguém com quem tens passado demasiado tempo e de quem temo tenha se tornado vítima.

Creio que, agora que finalmente estejas se libertando das amarras dessa senhorita, possamos recomeçar do momento em que nossos caminhos foram ardilosamente separados.

Com amor, Margot Tampest.

De maneira discreta, respirei diversas vezes lutando contra um aperto de ansiedade que centralizava meu peito. Invoquei coragem e desdobrei um segundo papel.

Vossa Majestade Real, rei Benjamin III

É com grande pesar que me atrevo a informar que minhas suspeitas em relação à sua hóspede, a senhorita Laura, estão se confirmando.

Há pouco estive com meu pai, que me garantiu que a viu se dirigindo à torre do palácio para encontrar seu amante, Lorde Simon Burdwick.

Peço encarecidamente que perdoe esta intromissão, mas o vejo enfeitiçado por essa mulher e incapaz de perceber o perigo que sua presença representa em vossa vida e em vosso reinado.

Saiba que tens em mim muito mais que um ombro amigo e que sempre estarei disposta a interceder pelo bem de meu rei e de Birth.

Com amor, Margot Tampest.

Procurei Benjamin e deparei-me com seus olhos atentos em minha direção, eles imploravam silenciosos para que eu me aproximasse, mas ignorei-os e voltei à carta que ainda não havia sido lida.

Quando a abri, descobri que se tratava de um texto criptografado. Mesmo sem conhecimento direto com a técnica, já havia estudado de maneira superficial o conjunto de modificação codificada de textos, pois era um hábito muito comum na antiguidade.

Decifrá-lo estava além da minha capacidade.

Olhei para Madeleine e Benjamin, que me encaravam, pus-me em pé e caminhei em sua direção.

— E então? — inquiriu Ben.

— Veja você mesmo! — falei tentando ocultar a insatisfação em minha voz. — Agora entendo por que o senhor foi até a torre ontem e também o motivo de tanta raiva ao sugerir que Simon e eu estivéssemos tendo um caso... — exprimi consternada.

Ele tentou falar, mas o interrompi.

— Como pôde dar ouvidos à Margot?

— Eu não sei... De repente, fiquei cego pela raiva! — explicou-se envergonhado.

— Não é momento para tratar desses assuntos, temos coisas mais importantes para resolver — tentei amenizar, pois não desejava criar complicações em um dia que carecia de toda a atenção de seus governantes.

Benjamin baixou os olhos e pôs-se a analisar o conteúdo das cartas de Margot.

— Estas cartas são semelhantes às que recebi de Margot, devem ter sido descartadas por algum detalhe. Já esta — falou prendendo a carta repleta de letras confusas entre os dedos — está codificada!

Entreolhamo-nos durante o tempo em que avaliávamos individualmente qual a melhor decisão a tomar.

— Não teremos tempo de decifrá-la, o Festival irá começar — anunciou a rainha.

— Já sei — interveio Ben — Iremos entregá-la a Norton enquanto participamos das celebrações. — Minha expressão de dúvida sobre quem seria Norton foi suficiente para que Benjamin esclarecesse. — Norton é um importante professor da universidade e trabalha conosco no palácio quando necessário.

— E este tipo de criptografia é comum em Birth?

— Nem tanto, por isso estou tão intrigado. Volto em um minuto! — Anunciou e caminhou até a porta.

— Será que conseguiremos encontrar provas suficientes contra Margot? — perguntei a Madeleine.

— Oh, querida! Esqueceu-se que Margot já confessou as armações que instaurou contra vós? Nossa intenção é somente encontrar provas que a impilam a confessar quem são seus aliados e, caso não as encontremos, ela será responsabilizada por suas confissões a mim. Fique tranquila! Hoje é um dia importante e a senhorita está deslumbrante, não deixe que esses problemas ofusquem seu brilho.

Apenas assenti concordando com suas palavras que haviam sido proferidas em meio a um sincero e ameno sorriso.

— Agora, se me dá licença, encontrarei Thomas para prosseguir com minha tentativa de persuadi-lo a acompanhar-me ao Festival. Compreendo os motivos que o levam a não desejar comparecer, afinal, todos o estão julgando, assim como a seus filhos, contudo é meu dever demonstrar ao povo que a coroa não dará as costas a esse homem que tanto nos serviu.

Seu reconhecimento e carinho por Thomas aliviavam meu coração, pois ele era, sem dúvidas, merecedor de tamanha consideração.

— Está coberta de razão, Alteza! Agora vá até ele e convença-o! — encorajei-a.

— Farei isso, querida! Até logo! — anunciou já a caminho da porta, onde cruzou com seu filho, que fazia o caminho inverso.

— Pronto! Já pedi aos guardas que procurem por Norton e que o encaminhem a mim assim que possível. Agora devemos nos dirigir ao jardim, a celebração terá início em instantes. — Os compromissos que o aguardavam nos obrigaram a deixar de lado os inúmeros problemas e seguir o itinerário das festividades. — Vamos? — inquiriu-me oferecendo seu braço.

Aceitei e nos encaminhamos em direção à porta, ingressamos no longo corredor enquanto, em meus pensamentos, eu analisava nossa condição.

— Como será quando encontrar sua futura esposa e rainha? — perguntei e o observei semicerrar os olhos parecendo não compreender.

— O que quer dizer?

Olhei ao meu redor enquanto refletia sobre a forma adequada para expor o que pairava em meus pensamentos. Encontrei sua face novamente e lhe disse por fim:

— Refiro-me à forma que sua futura esposa se sentirá após todas essas claras demonstrações que viemos ostentando nesses dias... Nosso relacionamento não é segredo para ninguém, então me pergunto como será para ela saber que o senhor já apresentou alguém antes de desposá-la? — falei da maneira mais sucinta que fui capaz.

— Eu não me importo! Sinto pelo infortúnio de quem quer que venha a cumprir esse papel de minha esposa e consorte, pois jamais a amarei como amo você.

Respirei profundamente.

— Tem certeza de que não serei motivo de arrependimento?

Um lindo sorriso alargou-se em seu rosto enquanto seus olhos se iluminavam.

— Eu nunca tive dúvidas disso! — falou por fim tocando delicadamente meu rosto com a ponta dos dedos.

Sentia-me inflada pela delicadeza de suas palavras, mas nossa alegria não perdurou por mais que alguns segundos. Quando voltei meus olhos ao corredor que trilhávamos, deparei-me com Margot. Seus olhos de felino estavam prestes a me devorar, nos lábios muito vermelhos, um sorriso assustador e insano tentava encobrir seu visível desejo de me maldizer.

Senti o braço de Ben ficar ainda mais rijo indicando que estava ali para me proteger.

— Fique tranquila, ela não fará nada contra a senhorita — tentou me acalmar.

Apenas assenti sabendo que no fundo nem mesmo ele acreditava no que dizia.

Ela vestia-se de cetim marrom com exageradas opulências. Diversos bordados em branco traçavam flores espalhadas pelo excessivo volume do seu vestido. Além de pedras preciosas e babados também alvos desde as mangas até o barrado suspenso em bicos de renda. Os cabelos caíam-lhe sobre os ombros em cachos moldados com certa demasia em sua precisão, a maquiagem também pecava pela exorbitância, ficando novamente muito evidente seu desespero em conseguir atenções para si.

— Majestade! — falou sorrindo enquanto oferecia uma reverência.

— Olá, lady Tampest! — respondeu o rei com grande seriedade.

— Senhorita Laura. — cumprimentou-me sem ser capaz de esconder a insatisfação em ver-me na companhia de Ben.

Madeleine aproximou-se acompanhada por Thomas. Com imensa ternura e ignorando os olhares maldosos de Margot, abracei-o e, outra vez, ofereci-lhe minha amizade e força no que fosse preciso.

Minha intimidade com o duque foi mais que bem-vinda para Margot embasar seu intento de me apontar como amante e cúmplice de Simon.

— Rainha-mãe, poderia conceder-me um momento, por gentileza? — Referiu-se Margot à rainha.

Madeleine instantaneamente correu seu olhar por Benjamin e por mim.

— Não temos tempo, lady Margot! Em alguns minutos seremos anunciados — retorquiu Ben intrometendo-se.

— Não levará mais que alguns instantes, tenho certeza! — contrapôs sua mãe.

Madeleine sabia o que fazia, conseguiria mais informações e, ao mesmo tempo, daria a Margot a impressão de que ambas estavam do mesmo lado.

— Nos deem licença, por favor! — pediu Madeleine enquanto Margot me apresentava a expressão que certificava sua ilusão a respeito do apoio da rainha.

Aproveitei para trocar algumas palavras com Thomas.

— Sim, estive há pouco com meu filho... — Sua tristeza parecia ter lhe envelhecido alguns anos.

— E como ele está? — perguntei-lhe rogando em silêncio por notícias que aliviassem minhas preocupações em relação a Simon.

As respostas não foram verbais, apenas uma escuridão apática nos olhos do duque confirmava o real estado em que seu filho se encontrava.

Madeleine voltou em seguida, ainda na companhia de Margot, que carregava uma expressão mais rude que seu normal.

— Todos prontos? — Foi a pergunta da rainha, que parecia desejar partilhar comigo os motivos que levaram Margot a procurá-la.

Concordamos e nos posicionamos ante a porta principal. Assim que o guarda que resguardava a entrada permitiu a passagem, Margot atravessou-a pisando firme e salientando a impressão de que algo a atormentava.

Com uma discreta indicação, Madeleine fez-me compreender que desejava ter comigo um minuto a sós. Seguindo seus modos moderados, aproximei-me da rainha.

— Ela teve a audácia de impor que deveria ser ela a acompanhar o rei e que ao seu lado pretendia assistir ao Festival da Vida. — As mãos da rainha trepidavam. — O pior foi não poder lhe dizer a verdade, que Benjamin não a ama e jamais a tornará sua rainha e esposa. Então, disse-lhe apenas que ele havia escolhido a vós para acompanhá-lo e que já era tarde demais para convencê-lo do contrário — sussurrou.

— Fez bem, Alteza! — Devolvi-lhe aos cochichos.

Ansiei por mais informações, mas os senhores já estavam a postos e nos aguardavam para o compromisso.

— Depois lhe deixarei a par do restante. — Certificou-me enquanto respirava fundo tentando se refazer.

— Sim, é claro! Mas agora se acalme, seu povo a espera! — Sorri disfarçando meu próprio nervosismo.

Benjamin movia as mãos em um convite para tomar meu lugar ao seu lado, esse motivo me fez sorrir com sinceridade.

A rainha saiu primeiro, de braços dados com o duque Thomas, dirigindo-se às escadas que os levariam ao povo que os aguardava. Minutos depois, foi a nossa vez de reproduzir tais passos. De braços dados com o rei, apertei com força meus dedos em seus tríceps tentando encorajar-me a seguir em sua companhia.

A porta novamente foi aberta. Cruzando-a, caminhamos sobre um tapete vermelho largo limitado pela escadaria que surgia. Quando chegamos ao topo da escada, pude atestar o limite do manto margeado nos respectivos lados por um mar de pessoas, todas concentradas em nossa aparição. Paramos no topo, Benjamin acenou sorridente provocando uma chuva de palmas e saudações ensurdecedoras.

Era sem dúvidas uma recepção pertinente a um rei! Foi impossível não sorrir e me sentir envaidecida pela sorte de testemunhar aquela linda cena.

Com passos lentos, descemos os degraus, aproximando-nos ainda mais dos presentes, que se mantinham eufóricos pela presença de seu soberano. Atravessamos o longo corredor entre a multidão, tendo ainda à nossa frente Madeleine e Thomas, que já concluíam o seu caminho. O carinho oferecido por todas aquelas pessoas fora estendido a mim, e no percurso recebi dezenas de flores coloridas em meio a votos de felicidade, saúde e vida longa.

Ao fim do caminho, quatro cadeiras bem ornadas de madeira entalhada descansavam com seus estofados aveludados, cor de carmim. Em duas delas, Madeleine e Thomas já se situavam a observar as comemorações à sua volta. Nas outras duas, Benjamin e eu acomodamo-nos.

— Uau! — exprimi perplexa.

Estávamos na metade dos jardins do palácio e, desse ponto até a casa real, havia centenas de tendas vermelhas e douradas ladeando o extenso tapete vermelho que recentemente havíamos atravessado. Todas elas exibiam suas singularidades nas formas, cores, na decoração e, principalmente, nas plaquinhas que expunham o nome que representava cada uma.

Entremeio a elas, mesas rodeadas de cadeiras e bancos distintos, canteiros recheados de flores coloridas e, sobretudo, o ponto alto do cenário: um lindo, colorido e enorme carrossel de dois andares.

— Vou encarar essa vossa manifestação como algo positivo a respeito do nosso evento — disse o rei chamando minha atenção para sua presença.

Sorri antes de responder.

— Não tenha dúvidas de que se trata de impressões positivas. Estou adorando tudo isso!

— Pois saiba que é só o começo, até a noite teremos diversas atividades, inclusive uma surpresa que preparei para vós.

Não consegui responder sua gentileza, pois os habitantes de Birth formaram uma fila para saudar seu rei. Todos bem trajados e sorridentes, aproximavam-se com a permissão dos guardas, que também os organizavam. Todos os cumprimentos eram também oferecidos a mim, e eu retribuía-lhes com a alegria genuína que sentia. Depois de muito tempo e de haver recebido a quase todos, Benjamin tocou meu braço de leve.

— Venha, quero que veja de perto do que nosso Festival é feito!

Acompanhei-o e aproximamo-nos de uma das barracas, ela exibia uma infinidade de doces em formato de corações com dizeres de amor confeitados, pareciam ser deliciosos e estavam suspensos por fitas coloridas por toda a aba da tenda. Além deles, uma banca de madeira com muitas pequenas divisórias que continham os mais variados e apetitosos derivados do açúcar. Reconheci alguns, como as amêndoas açucaradas, macarons coloridos e caramelos. Deixamos a tenda com diversos sacos de papel recheados de sabor.

— Isso deveria ser uma das maravilhas do mundo! Se Antípatro fosse um crítico culinário, e vivo, sem dúvidas deveria vir a Birth! — falei enquanto sentia o açúcar se derretendo em minha boca.

— Quem? — Indagou-me o rei, que também degustava suas guloseimas.

— Antípatro de Sídon foi um grego a quem é atribuída a lista em que constam as sete maravilhas do mundo antigo. — Sua expressão denotava que a dúvida ainda estava presente, então continuei. — Essa lista supostamente relata locais conhecidos por Antípatro nos quais havia obras arquitetônicas que ele considerara majestosas e dignas de representar o que de mais belo havia sido construído pelo homem.

— E esses monumentos existem até hoje? — continuou com suas curiosidades enquanto prosseguíamos caminhando por entre sua gente e degustando os adoráveis doces.

— Apenas um deles, as pirâmides de Gizé. Fica no Egito e atrai milhares de pessoas fascinadas por sua história. Eu mesma adoraria conhecer...

— Estou intrigado, senhorita! Poderia ser mais específica?

— Sua sorte é que esse é meu ofício e adoro contar essas histórias. Então, um breve resumo... — Um enorme sorriso iluminou seu rosto. — O senhor já teve acesso a um mapa mundial, não é mesmo? — Esperei sua afirmativa antes de prosseguir. — Então, existe um país chamado Egito que se concentra no continente africano e que contém uma pequena extensão na Ásia. O Egito foi uma das maiores civilizações do mundo antigo. Esse mundo antigo a que me refiro, trata-se de um recorte temporal feito por historiadores que abrange desde 4 mil a.C. até o ano 476 d.C., quanto à escolha dessa data é assunto para outra aula. — Sorri pelas palavras que escolhi para lhe explicar. — Nessa civilização existiam faraós, e eles eram, assim como o senhor, os soberanos de seu povo. No Egito, acreditava-se que existia vida após a morte, uma espécie de reencarnação, assim, quando os mortos retornassem à vida, seria necessário um encontro com o corpo material e tudo aquilo de palpável que julgavam necessário. Um ritual, chamado mumificação, e que também é assunto para outra aula, zelava a boa conservação dos corpos, e as pirâmides eram construídas para abrigá-los, bem como os pertences de grandes personalidades, pois obviamente nem todos os habitantes tinham condições para levantar uma pirâmide.

— Seu mundo tem boas histórias, senhorita Laura!

Observei seu comentário.

— Benjamin, esse também é seu mundo... Suas origens tiveram início no mesmo mundo que o meu, esqueceu?

— Eu sei disso, Laura, mas não posso pensar dessa forma. Como rei deste lugar, tenho a obrigação de acreditar na história que me foi contada.

— Eu entendo o que diz! Mas...

— Não! Por favor, esse assunto nos levará a refletir sobre coisas que certamente nos aborrecerão, e hoje é um dia de festa! Desejo vê-la sorrir e aproveitar e não mais a importunarei com minhas curiosidades!

— Está bem! Mas saiba que é sempre um prazer elucidá-lo sobre qualquer assunto.

Desviei dele minha atenção quando encontrei uma tenda de artesanatos que me conquistaram assim que pus meus olhos no bronze que moldava bonecos, vasos, jarros, adagas e muitas outras reproduções impecáveis.

Nas tendas seguintes, encontrei relógios de diversos tamanhos e modelos em ouro e prata. Também me surpreendi pela riqueza das porcelanas, das joias e dos tecidos. Havia instrumentos musicais que fiz questão de experimentar com os olhos do rei me admirando, além de aves de rapina, acessórios para damas e cavalheiros, entre tantos outros produtos criados e fabricados por um povo que carregava nos olhos e no sorriso a evidente alegria por poder apresentar seu trabalho.

Nas tendas de alimentação, dividia-me entre os doces, os salgados pãezinhos e massas fritas com temperos peculiares e deliciosos, além de frutas frescas e variadas. Mantive-me afastada do vinho, mas não resisti e me entreguei a pequenas bebericadas de licores com sedutores aromas sempre com o olhar de supervisão do rei.

O festival seguia sua programação e chegara a hora da abertura dos espetáculos artísticos. Fomos encaminhados até o jardim que ficava ao lado das tendas, onde um grande palco havia sido edificado para comportar as apresentações.

Sentei-me ao lado do rei, Madeleine e Thomas permaneciam conosco, estando nossas acomodações à frente das demais.

Movi meu pescoço buscando olhar os habitantes de Birth que se acomodavam às nossas costas e de longe pude identificar o olhar fulminante de Margot sobre mim. Outra vez senti medo, pois, embora eu detestasse admitir, eu realmente temia por saber que ela não desistiria tão facilmente do rei..

Ignorei seu olhar e continuei a observar a multidão. Parecia que todos os olhares estavam sobre mim desde o momento em que cheguei.

— Espero que aprecie a arte de meu povo! — falou Benjamin levando meu olhar até ele.

— Eu certamente ficarei ainda mais encantada do que já estou!

Cortinas de veludo preto abriram-se para um grande cenário, e, nem na maior das minhas aspirações, eu presumiria que aquele seria o início de uma magnífica peça teatral, tampouco que teria a sorte de assistir um de meus contos preferidos de Shakespeare: *Noite de Reis*. Minha querida amiga Emily vivia Viola, e vê-la tornar-se Cesário tanto me divertiu como me surpreendeu quando descobri que ela era uma excelente atriz, além de ter sua carreira reconhecida, pois descobri que em Birth essa era uma profissão muito valorizada e admirada.

— Eu adorei saber disso! Estou muito surpresa! — Admiti depois que Benjamin me contou.

— Existem grupos de teatro muito sérios em Birth, e nosso povo muito os estima! — respondeu-me ao pé do ouvido enquanto aplaudíamos de pé ao belo espetáculo que se encerrava. — Agora iniciaremos o banquete, espero que ainda consiga se alimentar depois de tudo que a senhorita ingeriu.

— Isso é uma crítica? — respondi-lhe fechando o cenho.

— De forma alguma, são apenas meus votos para que possa experimentar a culinária que cada grupo étnico nos apresentará.

— Muito me alegra a valorização das diferenças culturais existentes em Birth... —respondi refletindo que entender o mundo de Ben era tão complexo quanto apresentar a ele o meu.

— Sim, afinal, essa foi uma das motivações que ocasionaram a criação de Birth, um lugar com o respeito e o espaço para essas diferenças.

— Então, ao contrário dos ideais da Revolução Francesa, essa não foi uma luta pelo direito de serem todos iguais, mas sim, pelo direito de serem diferentes? — perguntei maravilhada com a ideia.

— Exatamente!

Minha alegria foi interrompida ao toparmos com o clã Tampest bem na nossa frente, exceto Margot, que devia estar sobrevoando os céus de Birth montada em sua vassoura.

— Majestade! — anunciaram em uma só voz entremeio a uma coreografada mesura.

Não tiveram a educação de me cumprimentar e apenas destinaram seus olhares agastados em minha direção.

— Não cumprimentarão esta bela mulher que me acompanha? — repreendeu-os o rei.

Temi ruborizar.

— Oh, mas é claro! Apenas não me recordo de já a ter conhecido... — dissimulou descaradamente Georgia Tampest.

— Pois eu jamais esqueceria uma beleza como esta. Como tem passado, senhorita Laura? — adiantou-se Andrew Tampest.

Respondi comedida observando o olhar de fúria que Benjamin dirigia à audácia de Georgia.

— Senhorita Laura, perdoe-me! Sinceramente não me recordei que já havíamos sido apresentadas. Presumo que, ao contrário de meu filho, sua beleza não tenha sido tão marcante para mim.

Observei quando Benjamin cerrou os punhos com força e ameaçou intervir por mim, mas o detive prendendo meu braço com mais força em volta do seu.

— Não se preocupe, Vossa Graça, na verdade fico até feliz por não ter minha beleza me representando o tempo todo, é realmente cansativo — Benjamin segurou o riso.

Vi Georgia engolir os desacatos que desejava lançar aos quatro ventos para me depreciar.

— Bem, temos de ir. Até mais! — despediu-se Ben puxando-me para que eu seguisse seus passos.

— Adeus! — falei rapidamente antes de desaparecer do alcance dos olhos maldosos daquela família que não escondia a frustração que minha presença causava aos seus planos.

— Está se saindo uma autêntica perita em despertar o ódio dos Tampest, exceto Andrew, que não disfarça o desejo de cortejá-la.

— Hum, está com ciúmes? — perguntei ironicamente.

— Não brinque com isso, Laura, eu o desafiaria a um duelo por sua honra se fosse necessário.

Parei de caminhar obrigando-o a me ouvir.

— Eu já lhe disse o que penso sobre honrar jovens senhoritas por esses meios, não disse?

Seu olhar recaiu sobre suas botas, e ele parecia envergonhado, como uma criança que acabara de levar uma bronca.

— Está bem! Esqueça isso!

Dediquei-lhe uma piscadela atestando que concordava em esquecer o assunto. Com passos lentos sobre a grama fofa, caminhamos no sentido oposto ao palco.

Encontramos grande quantidade de mesas dispostas conseguintes por sobre toda a extensão da imensa área. Eram longas, de madeira branca e pés torneados em estilo provençal. Dois bancos compridos como a mesa acompanhavam a cada uma, e sobre elas se ostentava delicada porcelana, assim como uma bem polida prata e o fino cristal das taças. Flores miúdas e branquejadas recheavam vasos de vidro e completavam o encaixe de elementos em tons suaves contrastados com o verdejante gramado. Desintegrada da sequência que igualava todas as mesas, uma única situava-se de maneira díspar. Com menos lugares e pomposas cadeiras no lugar dos bancos, esta se igualava em forma e cor com as demais, contudo, reduzida em tamanho, comportava somente quatro lugares destinados à realeza e aos seus convidados.

De longe, encontrei a cozinha improvisada que o dedo do rei indicava, um amplo espaço havia sido erguido de maneira provisória e oferecia praticidade para o desenvolvimento adequado das atividades propostas pelo evento.

Assim como os demais, acomodamo-nos em nossos lugares e aguardamos o momento de sermos servidos. Defronte a nós, uma bela imagem resumia o povo de Birth em seu dia de festa, e por muito tempo permaneci a observá-los absorta em devaneios frutos da minha incapacidade de acreditar que aquele mundo realmente existia e, principalmente, que estava ali, bem diante dos meus olhos.

Um por um, os pratos começaram a chegar. Reconheci comidas típicas de diversos lugares, já outras, jamais imaginei que pudessem existir. Cada grupo que nos servia era representado por um membro caracterizado de acordo com sua etnia e, ao final da refeição — que não durou menos de duas horas —, foi realizada uma espécie de votação, na qual cada um de nós escreveu em um papel o nome do grupo étnico cuja culinária nos havia conquistado de maneira especial.

As etnias eram representadas por nomes que simbolizavam algo trazido pelos primeiros habitantes de Birth, e precisei anotá-los para votar de maneira correta.

Entre os pratos que degustei, tornei-me vítima da dúvida que se apresentava sempre que um novo me era servido, e o desempate só ocorreu quando provei um prato chamado kiwi, de origens africanas e baseado em camarão, feijão e massa frita. Fez-me recordar o acarajé baiano, e, depois de repeti-lo, elegi-o como meu favorito.

Tinteiros, penas e caixinhas de madeira com pedaços de papel amarelados foram entregues após saborearmos a sobremesa. A votação deveria ser rápida para adiantar a contagem dos votos, que seria feita por um membro do conselho do rei em cada uma das mesas. As pessoas pareciam excitadas, e eu não compreendia que tipo de prêmio daria àquelas moças tanto motivo para corar em meio a entusiasmados sorrisos.

Em nossa mesa, a contagem foi realizada pelo conde Gordon em poucos instantes devido ao reduzido número de pessoas. Ele fez algumas anotações e se afastou em direção a uma bancada de madeira escura montada a alguns metros da mesa onde estávamos. A cada conclusão dos votos, o responsável por cada mesa se dirigia ao encontro de Gordon e daqueles que o acompanhavam e lá aguardavam o restante dos nobres.

Após cerca de 20 minutos, os homens estavam todos com seus resultados. Mantiveram-se atrás da bancada por no mínimo mais 10 minutos e, finalmente, anunciaram que o resultado havia sido definido.

Novamente, moçoilas escondiam entre as mãos o rosto risonho e enrubescido, arrumavam seus cabelos, coloriam seus lábios e cochichavam umas com as outras em meio à ansiedade visível pelo resultado da votação.

— Qual é o prêmio? — inquiri a Benjamin.

Seus olhos encararam-me parecendo aflitos e, quando seus lábios se separaram a fim de responder minha pergunta, a voz do conde Gordon vibrou do nosso lado, calando-o.

— O resultado da votação nos revelou que nesse ano a etnia escolhida foi a... Polonesa!!!

Uma euforia espalhou-se por algumas mesas e vozes uníssonas exclamavam urros vibrantes e acalorados de comemoração.

— Sou eu! — falou Ben invocando em mim a dúvida por presumir que havia entendido errado devido ao excessivo barulho que nos cercava.

— Pode se aproximar a representante da Polônia! — Outra vez a voz de Gordon nos interrompia.

Todos os olhares alcançaram os passos de uma jovem que desfilava entre seu povo e se dirigia a nós.

O que Benjamin queria dizer com "sou eu"? Eu estava ficando com medo...

— Como se chama, senhorita? — perguntou Gordon à moça, que não tirava os olhos de cima de Benjamin.

Era alta, magra e com longos cabelos de um louro acobreado e cacheado que lhe cobriam as costas. Os olhos eram grandes e verdes, os lábios avolumados e em demasiada largura sorriam afoitos para seu rei. As bochechas avermelhadas destoavam do azul esverdeado do vestido que trajava.

— Candice, miLorde! — respondeu! — Respondeu com segurança sem remover nem por um segundo os olhos da direção de Benjamin, que demonstrava certo desconforto.

— Candice Whelk, de Richmond, é a nova rainha do Festival da Vida! — bradou alta e clara a voz de Gordon.

Um bramido ensurdecedor ecoou a partir das palmas e das vozes do povo que parecia felicitar a moça.

Benjamin aplaudia sem demonstrar emoção, seus olhos buscavam os meus e eu não compreendia o que queriam me dizer.

Candice apresentou-se, saudou o rei e a rainha, jogou sobre mim um olhar desafiador enquanto eu permanecia incauta sobre o que movia aquelas pessoas em suas manifestações de alegria.

Coroaram-na com uma guirlanda de pedras e declararam-na Rainha da Vida, o povo aclamou, e a ela foi oferecido o lugar ao lado do rei.

— Querida, acompanhe-me, por favor! — falou-me Madeleine buscando minha mão.

Assenti e a segui, mas antes destinei a Benjamin um olhar que resumia minha confusão. A expressão que ele me apresentou não contribuiu com a segurança que eu precisava.

Dirigimo-nos ao palácio e o adentramos.

— Senhorita, creio que não lhe foi explicado o significado dessa simbólica coroação — iniciou a rainha.

— Não, na verdade não faço ideia do que está acontecendo.

— Eu sei, por isso a trouxe aqui. — Ela segurou minha mão e me transmitiu um olhar sereno. — A coroação da Rainha da Vida se trata de uma tradição que existe desde o primeiro ano de Birth, assim como o próprio Festival. Consiste na escolha do melhor grupo étnico a partir do banquete servido e, com isso, esse mesmo grupo elege uma representante que será nomeada rainha do Festival do ano. Essa moça é apresentada ao rei, mantém-se ao seu lado durante uma hora, conhece o palácio e as acomodações reais. Basicamente é isso. Certamente nada que lhe traga preocupações.

Respirei aliviada.

— Não vejo nenhum problema, Majestade! Só não entendo por que Benjamin não me contou antes e principalmente porque parece estar incomodado com essa situação.

— Ele deve ter se esquecido desse detalhe, afinal, houve tanta agitação nos últimos dias... Mas há algo que explica o desconforto que percebeste em meu filho... — Elevei uma sobrancelha e mantive-me reticente. — Essa moça chamada Candice... — Ela hesitou. — Bem, primeiro preciso lhe confessar que, para o povo e dentro das tradições da nossa cultura, existe uma ideia de que a moça escolhida poderá encantar ao rei... E, assim, tornar-se rainha, como já aconteceu em algumas raras ocasiões durante a história do Festival. Ou a outra opção, que parece mais suscetível, é que essa moça atraia o rei e com isso passe a viver com ele algum tipo de relacionamento, que se torne sua preferida, entende o que quero dizer?

Assenti silenciosamente, pois sabia exatamente o que dizia, mas não tinha coragem de reverter meus pensamentos em palavras naquele momento. Madeleine deixou que seu olhar recaísse sobre suas mãos, sua recente tranquilidade não mais a acompanhava. Parecendo desejar esconder seu rosto de mim, afastou-se e pôs-se de costas enquanto falava.

— No terceiro ano do meu casamento, um festival coroou uma garota chamada Blair... — Um silêncio incômodo substituiu sua narrativa e entregou seu final.

— Oh, Alteza! Eu sinto muito... — falei incomodada por sua situação.

— Foram muitos os anos em que Blair viveu como favorita do rei, inclusive, muito o acompanhou em eventos e viagens. — Ela transcendia a dor que a lembrança lhe causava e precisou de uma longa arfada de ar antes de prosseguir. — Até que foi trocada por outra favorita, que por sua vez também foi trocada por outra e assim meu marido e rei gastou seus dias. — Ela apresentava o forçado sorriso que não lhe permitia expor mais da mágoa que trazia.

— Pensei que ele fosse um bom homem... — falei sobre as impressões que tive.

— E era! Imensamente bondoso e compassivo, mas sua vaidade superava tais virtudes. Era aventureiro e muito atraente, as mulheres não resistiam.

Precisei de coragem para tirar uma dúvida.

— A senhora amava-o?

— Não sei, sinceramente. Poucas vezes usamos essas palavras, e eu realmente não sei se cheguei a conhecer seu significado. Mas chega desse assunto! — anunciou a rainha arrancando-me de meus pensamentos. — Tem outra razão pela qual a trouxe aqui. — Ela voltava a me encarar demonstrando tranquilidade. — Querida, preciso que confie em mim.

— Sim, eu confio — revelei e aguardei que prosseguisse.

— Ótimo! Então, essa moça, Candice... Não é seu primeiro ano como rainha do festival. — Ela desviou seu olhar por um segundo. — Sua etnia foi vencedora há dois anos, e assim como hoje, ela foi a escolhida para representá-los.

— E isso está dentro das regras? — indaguei.

— Sim, está! Mas a questão é que meu filho e ela se conheceram e tiveram um rápido envolvimento...

Senti um aperto despontar em meu peito. Respirei fundo permitindo que Madeleine concluísse.

— Nada sério, garanto-lhe que Benjamin não teve intenções sérias a seu respeito, e não lhe falo isso como se fosse algo meritório, e sim porque sei que Candice insistiu e cercou Ben na tentativa de convencê-lo a se manter ao seu lado quando ele decidiu se afastar.

— Então ela permanecerá ao seu lado durante uma hora?

— Sim, querida! Mas tenha certeza de que não é algo que deva preocupá-la.

— Eu entendo... Devo ser franca e assumir que ter ao lado do homem que amo uma bela mulher com quem ele já se envolveu não é algo muito agradável, mas é apenas uma hora e, acima de tudo, confio nos sentimentos de Benjamin. Não se preocupe, eu ficarei bem! — Eu estava sendo sincera.

— A senhorita é de fato uma mulher e tanto! Retornemos à festa!

Já ciente dos motivos que ignorava, senti-me mais confiante para retornar ao local dos festejos e já procurava meios de me ocupar durante a hora que o rei disponibilizaria a acompanhar sua ex-amante. O termo encontrado pesava em minha mente.

Seguindo a rainha, cheguei à mesa da realeza sentindo-me deslocada, afinal, Benjamin teria nova companheira na próxima hora, e com ela em pé, já ocupando o lugar ao seu lado, foi impossível não me sentir desconfortável. Contudo poucos segundos mantiveram-me concentrada em minha desfavorável condição, pois, antes mesmo que eu me propusesse a me retirar, Benjamin tomou-me pela mão e dirigiu-me à cadeira onde há pouco eu tinha como meu lugar.

Parecendo ignorar a multidão que nos cercava, dobrou seus joelhos e, pondo-se ao meu lado, sussurrou com ternura:

— Minha mãe já lhe explicou o que significa essa tradição, não é mesmo? — Assenti concordando enquanto mergulhava dentro dos seus olhos em busca da segurança que sempre me ofereciam. — Então, devo lhe dizer que tradições podem ser quebradas! — Dito isso, retirou-se do meu lado e retornou ao centro do estrado, reassumindo sua posição de autoridade.

— Agradeço a participação de todo o povo de Birth! A festa continuará! — Sua voz elevada foi ouvida e respondida com um uníssono "Vida longa ao rei!".

Benjamin voltou-se na direção de Candice, que o aguardava com um enorme sorriso de excitação.

— Por favor, acompanhe-me, lady Whelk! — Após requisitar a companhia da jovem, Ben dirigiu-se a mim. — Senhorita!

Ofertou-me seu braço atraindo sobre nós todos os olhares. Aceitei e acompanhei seus passos sem nada entender. Outra vez se voltou a Candice, que já não parecia excitada, mas sim, prestes a desmaiar.

— Siga-nos, por favor. — Pediu à moça sem maiores atenções.

O constrangimento de Candice havia sido transportado para mim, e foi impossível não sentir pena da pobre garota que havia tido suas expectativas publicamente devastadas.

— Ben, por que está fazendo isso? — Não resisti e perguntei.

— Fazendo o que, exatamente? — Ele estava passando dos limites e, ao perceber minha irritação, tentou argumentar. — Não a deixaria sozinha para passar momentos a sós com alguém que já viveu essa experiência. Todos em Birth sabem qual é o objetivo de uma etnia que elege todos os anos a mesma representante e, como de minha parte não há nenhum interesse em relação à lady Whelk, acho justo que a senhorita esteja ao meu lado, pois essa é a minha vontade e, aqui, minha vontade é uma lei absoluta.

Ambíguas sensações invadiram-me. Sentia-me aliviada por tantas demonstrações do amor de Benjamin, mas a confirmação do seu despotismo por vezes me incomodava.

— Da mesma maneira que foi sua vontade envolver-se com Candice no Festival há alguns anos, não é mesmo? — Semicerrei meus olhos ao apresentar-lhe minha visão dos fatos.

Ele interrompeu seus passos e seu rosto foi traçado pela cólera. Respirou fundo e declarou.

— Não é hora para falarmos sobre isso, Laura. — Ele tinha razão.

— Concordo com o senhor, mais tarde conversaremos sobre isso. — Ele pareceu perceber o tom ameaçador do qual me vali, pois seu rosto corou.

Voltei meus olhos a Candice, que nos seguia mortificada pela situação e, mesmo sabendo que ela também era uma rival nas atenções do rei, foi impossível não me apiedar de sua infeliz sorte. Estaqueei o passo e lhe estendi a mão.

— Venha, junte-se a nós! — Envergonhada, ela aceitou meu braço e seguiu conosco no caminho até o palácio.

— Você é muito bonita, Candice! Já lhe disseram isso?

Meu desejo era fazê-la sentir-se melhor, porém, creio que minha escolha de assunto não foi apropriada. Candice não conseguiu evitar que seu olhar repousasse sobre Benjamin.

— Algumas vezes — respondeu-me ela.

A tensão entre nós tornava-se densa, eu quase podia tocá-la.

— Obrigada! — agradeceu meu elogio. — A senhorita é realmente tão bonita quanto disseram, a fama de sua beleza espalhou-se pelo reino. — Seu tom tornou-se mais sério, mas não identifiquei maldade no que dizia.

— Ora! É um grande exagero, apenas isso... De qualquer forma, obrigada! —Anunciei sentindo o desconforto se dissipar, porém Ben ainda se mantinha calado, e seus pensamentos eram indecifráveis.

Adentramos o palácio e concentramo-nos em assuntos sobre a decoração da casa real, essa foi a maneira encontrada para contrariar a negativa situação que nos confinava. Candice quase não falava e, vez ou outra, perdia o controle sobre seus sentidos e, indiscretamente, fixava seus olhos no rei entremeio aos suspiros que lhe escapavam por entre os lábios.

Certamente o amava e eu não podia julgá-la por isso, pois sabia o quanto era árdua a tarefa de resistir aos encantos do rei de Birth. Além de que, para seu povo, seria esplendoroso ver uma plebeia tornar-se rainha e conquistar o amor do seu soberano.

Afastei os pensamentos que se tornavam incômodos e concentrei-me no caminho que trilhávamos pelos corredores do palácio.

Chegamos ao dormitório real e me surpreendi ao identificar a familiaridade de Candice com os aposentos.

— Majestade, seus aposentos mantêm-se exatamente como me recordo, vejo que não fizeste quaisquer alterações.

Meus olhos correram para Benjamin sem que eu pudesse esconder o desconforto tão evidente neles.

— Er... Es... Estão como sempre estiveram — disse encontrando dificuldade com as palavras.

Perguntei-me quantas mais já haviam passado por sua cama, mas outra vez ignorei a curiosidade masoquista que se escondia em meu inconsciente e que se revelava sempre que possível para me atormentar. Eu não sabia como trabalhar com algo tão novo para mim quanto o ciúme, um sentimento até então desconhecido.

Acompanhá-los no passeio pelo palácio remetia à sensação de interferir em algo, como se eu os estivesse atrapalhando, era degradante.

— Acho que vou beber água, estou com muito calor — falei a primeira coisa que permeou meus pensamentos.

— Sente-se bem, senhorita? Aguarde um instante, eu mesmo lhe sirvo. — Benjamin compreendia meu desagrado e fez-me considerar que eu não havia avaliado a questão de que, em Birth, existiam empregados em todos os lados para encher jarros com água fresca a todo instante.

Com alguns passos ele se aproximou de um aparador que sustentava um longo e prateado jarro, entornou o líquido translúcido em uma taça de cristal e o trouxe até mim.

— Beba, se sentirá melhor!

Seus dedos tocaram os meus mais intensamente que o necessário. Contrariada, fiz o que me pedira sem saber ao certo se deveria permanecer em sua companhia.

— Acho que lady Candice já não se surpreenderá com o restante do palácio, já que o conhece tão bem, então creio que seja o momento de retomarmos as festividades. — A voz de Ben soava autoritária.

Um silêncio constrangedor se fez antes que a moça concordasse, nitidamente contrariada.

— É claro, Majestade! — limitou-se a dizer.

Benjamin retirou-se e foi até a porta, em poucos instantes retornara acompanhado de Hunter.

— Lady Whelk, Hunter lhe acompanhará de volta ao jardim. Obrigado por sua participação, tenha uma boa festa! — disse Benjamin de forma seca e direta.

Candice mantinha-se incrédula e desnorteada, assim como eu.

Oferecendo uma reverência enquanto sua face evidenciava o esforço que fazia para não demonstrar o desespero que sentia, Candice saiu na companhia do guarda.

Benjamin correu ao meu encontro de imediato.

— Perdoe-me por isso, por favor! — falou acariciando meu rosto.

Respirei lentamente.

— Pobre moça, não deveria tê-la tratado desse modo. Ela tinha direito a esse tempo com o senhor, foi mérito do seu grupo a conquista do título.

— Acha mesmo que me importo com as tradições do Festival? Acha mesmo que trocaria sua companhia ou a deixaria sozinha para cumprir protocolos culturais?

— O que está dizendo, Benjamin? Não ficarei aqui por muito tempo, como arrisca se indispor com seu povo por minha causa?

— Laura, eu não me importo! E, se quer mesmo saber, lady Candice não é essa garota inocente a qual faz questão de parecer, tive sérios problemas com ela no passado, e me incomodou o fato de ela novamente ter sido a escolhida para representar seu grupo. Sinto que sua presença vem sendo sutilmente imposta em minha vida, e isso é algo que não vou admitir.

Analisei suas palavras.

— Que problemas Candice lhe trouxe?

Ele sustentou seu olhar preso ao meu por algum tempo, sentiu-se desconfortável e o elevou pensativo.

—Ela disse que esperava um filho meu...

Sua resposta pegara-me de surpresa.

Uni meus lábios em uma linha fina ponderando sobre o que dizer. Precisei de ar.

— Então devo deduzir que vocês... — Não senti coragem para prosseguir.

Em silêncio, moveu a cabeça assentindo.

— Tudo bem, não é nenhuma surpresa para mim. — Não consegui evitar um meio sorriso irônico que acompanhava minha afirmativa.

— Posso contar-lhe a história? — Ele parecia irritado.

— Como desejar. — Tentei demonstrar-lhe indiferença.

Observei-o. Ele buscava controlar suas emoções, já o conhecia o suficiente para identificar o esforço que fazia para evitar o uso do seu autoritarismo em minha presença, e, na verdade, de certa forma, divertia-me saber que seus sentimentos por mim o impediam de agir comigo como costumava agir com os demais.

— Muito bem! O que ocorreu foi que, após esse maçante ritual de apresentar meu palácio a Candice no ano passado, ela insistiu em se fazer presente na corte nos dias que se seguiram. Não me importei em recebê-la e, em certas ocasiões, até mesmo julguei sua companhia agradável, contudo, à medida que os dias se passavam, nossa relação tornava-se estreita, e suas investidas evoluíam. Perdoe-me por fazê-la ouvir essas coisas, mas estou tentando ser honesto... — Imaginei o que viria a seguir, mas não demonstrei o quanto me sentia incomodada. — Na época foi difícil resistir, e acabamos nos envolvendo.

— Vocês transaram? — Perguntei já em posse da resposta.

Seus olhos cresceram incrédulos por minha ousadia de perguntar tão abertamente. Ainda mais irritado, Benjamin levou os dedos agitados até o queixo e lá os moveu insensatamente até finalmente concordar.

— Sim, senhorita Laura — foi apenas o que disse.

— E então? — instiguei para que continuasse.

Ele respirou fundo antes de fazê-lo.

— Tivemos três encontros, e eu já não sentia vontade de vê-la novamente, por quase dois meses ela continuou a se apresentar no palácio com certa regularidade e, em todas as oportunidades, eu ignorei-a, até o dia em que ela teve uma conversa com minha mãe e a ela revelou que estava grávida. Minha mãe procurou-me de imediato, cobrou minha responsabilidade e diante da situação sugeriu que eu a desposasse. Porém eu havia tomado os devidos cuidados e decidi ter cautela antes de tomar qualquer decisão. Expliquei meu plano à minha mãe, e ela o aprovou. Dois dias depois, convoquei Candice para uma reunião que também contava com a presença da rainha, e esse detalhe pareceu contrário aos intentos da garota, que desejava se encontrar a sós comigo, o que fortalecia minhas suspeitas, pois uma voz incansável alarmava que ela ainda não estava grávida, mas que seu plano era firmar um compromisso e, a partir de então, obter as condições necessárias para tornar real a gravidez que anunciava. Uma segunda presença inesperada trouxe os motivos necessários para que Candice desistisse do plano, meu médico pessoal, doutor Steven Karl, também foi convidado, mas sua participação nem mesmo chegou a ser solicitada, pois ao compreender que seria submetida a um exame clínico, Candice revelou que suas regras haviam descido naquele mesmo dia, que o acontecido não passara de um engano e que seu objetivo ali era o de noticiar-me sobre as novidades. Desejei puni-la por traição, mas confirmar que havia mantido relações com ela me obrigaria a tomá-la por esposa e, assim, minha única alternativa foi deixá-la livre.

Eu já não via Candice pelo mesmo prisma, e eram perfeitamente compreensíveis as razões que faziam Benjamin tratá-la com indiferença. Busquei sua mão e entre seus dedos introduzi os meus com intensidade, envolvi sua cintura com força e repousei meu rosto em seu peito, senti seus braços também me envolverem e permiti que aquele abraço revelasse que o bem já estava novamente entre nós.

Capítulo 45

Muito mais leve, retornei ao festival na companhia do rei. As atividades da tarde iniciaram-se com as apresentações étnicas que eu aguardava ansiosamente desde o dia anterior e, aos poucos, eu sentia que tudo tornava ao seu lugar, trazendo-me, outra a vez, a sensação de alento pela oportunidade de viver aqueles momentos.

Em confortáveis tronos cobertos por uma tenda, acomodei-me novamente na companhia da realeza e de Thomas, que mantinha uma expressão austera e preocupada que me lembrava, a todo instante, das condições em que Simon se encontrava e que estava diretamente ligada aos muitos problemas que nos aguardavam. Quando coloquei meus olhos no grupo de descendência africana que adentrava o centro do palco, por alguns instantes esqueci que coisas desagradáveis tinham lugar no mundo.

O colorido intenso cobria aquelas pessoas, imbuídas da graça que lhes era natural, enchendo Birth de luz e vida com suas alegres canções e coreografias impecavelmente executadas. Entre fitas de cores vivas, davam as mãos e giravam cultuando seus deuses mencionados pelas lindas vozes roucas que se espalhavam por meio das músicas que cantavam. Os alvos sorrisos, em conjunto, apresentavam-se perfeitamente enquanto belas notas eram alcançadas com as vozes que se uniam na melodia.

Ao fim da animada canção, o grupo sentou-se formando uma roda centralizada por um único membro que em pé permaneceu. Uma belíssima jovem vestia uma longa saia verde e uma blusa coral, na cabeça um turbante de muitas cores afirmava sua indiscutível figura esplendorosa, a qual foi enaltecida quando sua voz bradou ao abandonar seus lábios. Uma dramática canção lembrava as cantadas pelos africanos escravizados que expressavam suas lamúrias no blues do século 19. A voz exprimia com exatidão os sentimentos que habitavam sua intérprete e chegou ao meu coração impossibilitando-me de conter as lágrimas que corriam infrenes por minha face. Benjamin percebeu minha emoção e prendeu seus dedos nos meus para me certificar que compreendia os motivos das minhas lágrimas. Amei-o ainda mais por isso.

Aplaudi-as em pé e trouxe comigo os que me acompanhavam, todo o restante do povo nos seguiu, e juntos oferecemos ao grupo as saudações que sua emocionante apresentação merecia. Agradeceram e retiraram-se com a mesma infinita graça que se manteve presente ao decorrer da apresentação.

Hunter aproximou-se, sem que me atentasse à sua chegada.

— Majestade — referiu-se a Benjamin.

— Sim, Hunter...

— Entreguei a Norton a correspondência de lady Tampest...

— E então? — Benjamin não era capaz de esconder o nervosismo, que se estendia a mim.

Hunter diminuiu o tom de voz enquanto seus olhos buscavam a segurança de que não estavam sendo supervisionados.

— Ele não reconhece a escrita, Majestade... Disse jamais ter visto algo semelhante.

— Diabos! — explodiu Benjamin... — Peça a ele que busque respostas neste tempo, não quero ninguém à espera de um milagre. Devemos trabalhar até descobrir.

— Sim senhor. — Hunter retirou-se rapidamente.

— Ben, acalme-se... Margot em breve deixará alguma pista, ela confirmará sua culpa em pouco tempo e com isso confessará quem são seus cúmplices.

Seu olhar vagava sem me encarar, perdido, refletia seus pensamentos também confusos. Ao fim de sua distração, voltou-se para mim.

— Está certa! Com ou sem a interpretação dessa escrita, Margot logo será apanhada.

— Exatamente! Então, por ora, sugiro que esqueçamos isso... Vamos divertir-nos um pouco. — Sorri tentando lhe passar segurança. — O que é isso? — falei apontando para uma sequência de mesas sobrepostas com tabuleiros de xadrez.

— É um campeonato de xadrez. A senhorita joga?

— Mas é claro! Poderia inclusive desafiá-lo para uma partida.

— Senhorita, não faça isso... — Uma malícia surgiu em seus olhos, e me divertiu.

Benjamin solicitou uma mesa a mais, já que as posicionadas já abrigavam seus participantes confirmados.

Com seu adorável cavalheirismo, puxou a cadeira para que eu me sentasse e pôs-se defronte a mim. Seus olhos mantinham-se provocantes, e eu já nos imaginava conduzindo aquele jogo de forma mais íntima.

— Qual será meu prêmio? — flertei.

Ele prendeu um sorriso.

— O que desejar, fique à vontade para escolher.

Pensei em suas palavras.

— Não há nada que eu queira que ainda não tenha conquistado...

— Então poderá ter mais do que já é seu.

Não consegui evitar o largo sorriso desenhado por meus lábios.

— Ótimo! E vós, o que deseja?

Ele pensou por um momento.

— Sua pergunta me levará a uma reflexão que me impedirá de controlar meus pensamentos, e teremos de abandonar o jogo antes mesmo de o iniciarmos.

— Então poderá me informar quando finalizarmos... Isso se conseguir me vencer.

Nosso flerte manteve-se presente ao longo do jogo, o qual confirmou que minha capacidade não superava a experiência estratégica de um verdadeiro rei, que me venceu rapidamente e sem muito esforço.

— Não sofra, querida, pois lhe garanto que raras vezes tive uma parceira tão à altura.

— Não me agrada sua piedade! Sei reconhecer a superioridade de um adversário.

Suspendeu as mãos no ar denotando rendição.

— Perdoe-me se considero seu potencial como competidora...

— Diga-me de uma vez, o que quer como prêmio? — Uma sensualidade desconhecida estava presente em minha voz.

— Quero a certeza de que nunca me esquecerá. Uma promessa! — Seu pedido surpreendeu-me e de certa forma constrangeu-me por imaginar que seria mais... físico, digamos assim. — Não pense que a ter em meus braços não passou por minha cabeça, mas não é só disso que meu amor por vós é feito. Laura, eu amo-a tanto que me mataria saber que o tempo e a distância apagarão minha passagem por sua vida. Quero que prometa que daqui a muitos anos, quando estiver bem velhinha e sua alma aos poucos abandonar seu corpo físico, se lembrará do amor que vivemos e recordará destes dias com a mesma intensidade que os vivemos hoje, assim como eu o farei.

Uma ebulição de sentimentos bons sufocou meu coração e transbordou pelo meu sorriso.

— Eu prometo!

Busquei sua mão sem valer-me do que nos cercava. Éramos só nós dois...

— Prometo que meu primeiro e meu último pensamento de cada dia será você, até o dia que Deus me permitir pensar. Nada será capaz de interferir ou mudar isso. O amarei para sempre como hoje eu o amo.

— Então me permita retribuir sua promessa. — Ele prendeu seus dedos com mais intensidade e repousou seu olhar febril no meu, igualmente apaixonado. — A amarei todos os dias da minha vida e jamais permitirei que tomem o seu lugar. Onde estiver saiba que estarei com meu pensamento em vós e que nem mesmo a força do tempo abrandará a força do que vivemos. Nada mudará em meu coração, Laura! Nunca!

— Eu o beijaria agora se pudesse...

Seu sorriso cresceu.

— Então teremos de encontrar uma solução.

Um aceno com a cabeça apontava a direção a seguir. Caminhamos discretamente entre a multidão e chegamos ao palácio outra vez. Nossos passos sincronizados rumavam ao gabinete oficial do rei, onde ele costumava receber seus lordes. Entramos, e Benjamin trancou a porta, sem esperar por sua iniciativa libertei-me da capa de renda que cobria meus ombros e o mesmo fiz com o vestido enquanto já o tinha como expectador. Seus olhos dançavam acompanhando meus movimentos e me encorajavam a prosseguir. Completamente nua, exceto por meus sapatos — esquecidos propositalmente —, sentei-me sobre a mesa coberta por seus pertences e aguardei que se aproximasse. Ele assim o fez. Com seu braço, varreu os objetos do móvel e, no espaço criado, estendeu sutilmente meu corpo, que o esperava ansioso. Despiu-se do espesso casaco e do restante do traje, restando apenas os adereços que enalteciam sua excêntrica imagem. Com delicadeza, afastou minhas pernas e aproximou seu rosto tocando sutilmente a parte interior de minhas coxas. Seus lábios e língua brincavam sem pressa em um ritual incandescente antes de finalmente chegar à minha intimidade e lá se demorarem até trazer a mim o céu. A satisfação por me proporcionar tal prazer faiscava em seus olhos e colaborava para o desejo que em mim não se dissipara, ao contrário, só crescera.

Elevando-me, sentei-me sobre a mesa e o observei se aproximar ainda mais. Segurou com força meu corpo, envolveu-me em seus braços e penetrou-me com sutileza enquanto voltava para si meu rosto para que dele a minha boca não se desprendesse.

Nossos corpos moviam-se no ritmo do desejo que se tornava incontrolável, e novamente cheguei ao ápice, dessa vez, em sua companhia.

Enquanto em silêncio nos vestíamos, recordei-me sobre as relações que mantive com Kadu. Eu não desejava refletir sobre tais questões naquele momento, mas era inevitável não os comparar. Benjamin jamais me beijava sem que, com muita intensidade, tocasse meu corpo, sem que deixasse transparecer o quanto dele ansiava por cada pedaço meu. Seus dedos afundavam em meus braços, em minha cintura, em minhas pernas, mantinham meu rosto preso para que dele eu não desviasse meu olhar. Seus beijos eram contínuos e prendiam meus lábios com força sempre que o fim parecia estar próximo, como se ele desejasse guardá-los para sempre, já que o fim era sempre iminente.

Durante nossas relações, Kadu nunca me beijava e, quando o fazia, trazia em seu hálito a prova do fracasso que éramos como casal em forma do desagradável gosto de cigarro e bebida que em mim despertava profunda repulsa. Seu toque jamais fora intenso e jamais fora profundo a ponto de fazer transcender meu desejo em ondas involuntárias que se espalhassem por meu corpo como acontecia sempre que Benjamin me tocava.

Compará-los era reconfortante e, mesmo ciente do destino contrário que nos manteria afastados, eu sabia com absoluta convicção que a chegada de Benjamin em minha vida representava a cura dos infortúnios do meu passado. Sem ele eu jamais conheceria o gosto do prazer, jamais tocaria o céu, não teria acesso aos sorrisos mais sinceros e não provaria da sensação de ter um coração pesado de tanto amor. Benjamin resumia-se no motivo pelo qual minha vida passou a ter sentido, ele era a razão para eu mudar quem costumava ser, ele era minha razão.

Enquanto nos vestíamos, abandonei minhas recentes reflexões e voltei toda minha atenção a uma questão inadiável que havia se passado despercebida em meio à agitação dos últimos dias, embora não saísse dos meus pensamentos. Assim, aquele era o momento perfeito para elucidar-me em torno do meu paradeiro real.

— Onde estamos? — interpelei-o olhando firmemente em seus olhos.

Era uma questão simples, contudo Benjamin não compreendeu.

— Em Birth...? — Ele estava ainda mais confuso que eu.

— Geograficamente — especifiquei.

— Ah... É claro! — respondeu constrangido pela desatenção.

— Seus olhos correram o aposento chegando a um determinado ponto na parede oposta antes de tornarem a me encontrar.

— Me acompanhe! — solicitou.

Um quadro na parede apresentava um mapa que analisei minuciosamente. Era um mapa de Birth, porém não somente...

Benjamin levou seu dedo indicador até a borda posterior da moldura, onde, encaixando-o com precisão, passou a movê-lo fazendo com que o tamanho do mapa de Birth diminuísse em meio a um mapa que trazia outras muitas localizações, estas me eram familiares. Um mapa mundial.

Aquela técnica representava o antecessor do zoom presente nas imagens do século 21, e muito me impressionara, com isso, já não sabia se minha surpresa maior se dava devido às inúmeras e interessantíssimas invenções de Birth, ou por descobrir que este pequeno reino se tratava de uma ilha imersa em meio ao Oceano Atlântico Norte, entre Irlanda e a Groelândia.

Capítulo 46

A noite já havia chegado, e as atividades ainda teriam sequência. Uma longa fileira de carruagens alongava-se em frente à porta principal do palácio e, com um tanto de pressa, Benjamin a uma delas me conduziu sem responder aos meus questionamentos sobre nosso destino.

— Recorda-se da surpresa que havia lhe prometido? — disse ele reticente.

Apenas sorri e o acompanhei. O trajeto durou mais de meia hora, e minha excitação ganhava força a cada minuto que passava. Os beijos do rei colaboravam para que o tempo corresse da melhor forma possível, e eu não tinha motivos para queixar-me da demora. Finalmente, o veículo suspendeu o movimento.

— Preciso vendá-la para que tudo corra da maneira que planejei. — Suas palavras atestavam o zelo para comigo.

Assenti e permiti-o cobrir meus olhos com uma faixa de veludo negro. Com sua ajuda, deixei a carruagem e segui com passos lentos o caminho no qual era conduzida. Vozes distintas e animadas elevavam-se por todos os lados, nem uma deixava pistas sobre o que aconteceria a seguir.

Depois de alguns minutos sentindo meus pés tocarem uma vegetação macia que presumi se tratar de um tipo de relva, fui induzida por Benjamin a prender meus braços em seu pescoço. Suas mãos atrelaram-se em minha cintura e elevaram-me até que pude sentir uma superfície rígida sob meu corpo. Confirmei, após o contato dos saltos do meu sapato com material da base que nos sustentava, que se tratava de madeira. Ainda de mãos dadas com Ben, caminhei sorrateiramente sentindo no chão elevações subsequentes até encontrar um obstáculo elevado que nos fez estaquear. Senti a leveza de um tecido tocar em meu rosto e, entre ele, introduzi-me até que as mãos do rei me levaram a acomodar-me em um plano almofadado que remetia a um estofado. Senti sua presença ao meu lado e, após alguns segundos, estávamos nos movendo.

Libertando meus olhos, permitiu que encontrasse as luzes que pairavam em pequenos balões flutuantes que rumavam de encontro ao céu estrelado.

Olhei ao meu redor, estávamos em uma gôndola, cercados de inúmeras outras e, em nossa frente, uma gigantesca estrutura sobre água erguia-se em um palco iluminado por centenas de luzes de velas e tochas.

As palavras não chegavam aos meus lábios, embora eu me empenhasse em reproduzir o que se passava em minha mente.

— Isto é para a senhorita!

Suas palavras não foram capazes de despertar em mim condições de comentar o que meus olhos viam, nem mesmo conseguia lhe agradecer. Por muito tempo, fiquei inerte, absorvendo cada pequeno detalhe da imensidão de perfeição com a qual ele me havia presenteado. Apenas um sorriso absolutamente tolo expressava minha perplexidade e confirmava que sim, eu estava encantada!

Contemplei, além das gôndolas, a imensa estrutura fluvial que se erguia no imponente palco.

Dois homens remavam vagarosamente e, de costas para nós, consentiam a privacidade que necessitávamos. Aproximamo-nos do palco em um lugar que julguei estar destinado para o rei, e uma chuva de fogos de artifício surgiu para abrilhantar ainda mais o que imaginei não poder ser melhorado.

— É a coisa mais linda que já vi! — Pude enfim exprimir.

— Fico feliz que tenha gostado.

Benjamin estirou-se sobre o estofado e puxou-me para perto de si. Recostamo-nos em espessas almofadas e, em meio às nossas carícias, ouvi o familiar som do violino que introduzia *Canon In D*, de Johann Pachelbel, meu nirvana em termos de música clássica.

Uma orquestra composta por homens perfeitamente trajados executava, em sequência, melodiosas sinfonias de grandes compositores do período barroco, algumas desconhecidas por mim, mas, sem exceções, despertavam as emoções mais intrínsecas que, discretas, invadiam-me, tornando-se perenes em minha alma.

— Eu sabia que o Festival deste ano seria o mais especial para mim, desse modo, julguei necessário um espetáculo à altura de minha mais estimada convidada. Sei o quanto a música tem um lugar especial em sua vida e por isso desejei surpreendê-la com este concerto.

— Benjamin, eu não o mereço!

Meus olhos refletiam a certeza do que meus lábios afirmavam. Eu observava-o incrédula, aquele era um momento que excedia as expectativas de qualquer garota... Era mais que presumi que pudesse existir.

— Não diga isso, Laura! Não sabe o quanto me incomoda não encontrar meios suficientes de demonstrar o quanto a amo. Olhe para tudo isso. — Seu rosto varreu o lago ocupado pelas gôndolas e me fez seguir seu olhar. — Não é nada, absolutamente precário e insuficiente. Não resume nem mesmo uma parte do amor que lhe dedico.

— Seu amor faz de mim a mulher mais realizada e completa, todo brilho que minha vida tem veio por meio de sua chegada. Conhecê-lo trouxe sentido para minha existência e só olhando nos seus olhos eu sou capaz de reconhecer meu lugar no mundo.

A noite estendeu-se abarrotada de lindas canções, beijos apaixonados e promessas de jamais esquecermos o amor que dividíamos. Após a última sinfonia, outra chuva de fogos coloriu o céu, surpreendendo-me ainda mais. Em mim, o êxtase tornava-se incontrolável e novamente eu me sentia presa em um labirinto de irreais sensações. Fortalecendo meu deslumbramento, a orquestra reproduziu com louvor a canção de Elvis Presley que apresentei a Benjamin: *Can't Help Falling In Love With You*. Isso explicava seu pedido para que eu escrevesse as cifras da música e lhe entregasse em uma partitura.

— Cante-a para mim, quero ouvir sua voz! — Solicitou-me com imensa ternura convencendo-me imediatamente.

Ao fim, seu beijo sedento ameaçou minha razão e precisamos recorrer ao nosso bom senso para evitar uma exposição. Pacientes, aguardamos que todas as gôndolas se retirassem, pois nosso intento era permanecer com nossos corpos entrelaçados apenas com a imensidão do céu como testemunha. Os lábios de Ben arrastavam-se sobre a pele do meu pescoço, seus dedos atravessavam meu cabelo, e seus olhos encaravam-me serenos em meio à luz trêmula dos candeeiros espalhados pela gôndola.

O cansaço do longo dia se manifestou conduzindo-nos em um letárgico e profundo sono. Algumas horas depois, despertei com os beijos de Ben em minha face.

— Senhorita, é hora de voltar ao palácio.

Ainda sonolenta, respondi-lhe com um sorriso preguiçoso. Levei meus dedos aos olhos para retirar o excesso de maquiagem que certamente ficara depositado na região e tentei me manter apresentável dentro do possível. Ben não parecia notar meu desalinho, pois seus olhos ainda se mantinham encantados a me observar.

Deixamos a gôndola e pude conhecer o que antes havia sido privado de minha visão. A escuridão causada pela venda me impossibilitava de enxergar com clareza, mas pude identificar que não se tratava de um local urbanizado.

Os remadores embarcaram em uma carruagem e seguiram seu caminho após despedirem-se do rei com uma saudação. Nosso cocheiro posicionou-se e, acompanhada de Ben, dirigimo-nos para fazer o mesmo, porém uma presença se aproximou discretamente. Com seu imenso e espalhafatoso vestido, Margot surgiu por detrás de uma árvore, mas demorei alguns segundos para compreender que ela de fato estava presente. Os resquícios do sono confundiam-me, e a realidade só retornou efetivamente a mim quando avistei em suas mãos uma pistola que ela apontava em minha direção.

Em um rápido reflexo, Benjamin tomou a dianteira, protegendo meu corpo com o seu. Margot encarou-o com uma expressão assustadoramente insana e desequilibrada enquanto apresentava um sorriso demente. Onde estava a guarda real naquele momento, por Deus?

— Afaste-se dela ou o matarei também, e não quero fazer isso, Majestade! Ou como poderemos nos casar? — Ela prosseguia sorrindo.

— Margot, abaixe essa arma agora mesmo. É uma ordem! — anunciou Benjamin em tom autoritário.

— Não! — revelou com uma fala pausada enquanto maneava a cabeça com euforia em sinal de negativa.

Seus olhos estavam imensos e as pupilas pareciam artificiais devido à dilatação anormal que apresentavam. Neste momento, caminhou até ficar cara a cara com o rei, desviou seu corpo e, com o braço livre, chegou aos meus cabelos agarrando-os com imensa força. Benjamin empurrou-a, assim como a mim.

— Corra, Laura! — Ordenou-me.

Ouvi um disparo que me obrigou a interromper minhas intenções de fuga, por sorte, fora na direção do lago.

Ela estava caída, mas ainda empunhava a arma e me mantinha como seu alvo. Dessa vez, Benjamin não estava perto o suficiente para me proteger.

— Senhorita Laura, eu preveni... — Sua expressão resumia a loucura que a impelia. Fechei meus olhos quando tive a certeza de que minha vida seria arrancada de mim e ouvi seu disparo...

Não senti dor, não senti nada... Mas sentia-me morta. Uma questão de milésimos de segundo durou uma eternidade, e eu permanecia alheia à realidade que me rondava. Ouvi os gritos de Margot e consegui enfim abrir meus olhos. Eu estava viva! Benjamin também, ele prendia-a entre suas pernas tentando prender seu corpo, que se debatia descontrolado.

Vi o cocheiro ajoelhado com as mãos envolvendo a pistola e compreendi o que acontecera durante meu lapso de inércia.

— Solte-me! Serei sua esposa, Majestade! — Margot gritava ainda denotando uma diversão causada por seus delírios.

Atestei a segurança do homem que nos salvara, felizmente não havia sido ferido.

Senti-me ciente dos fatos e fui influenciada por uma imensa revolta quando compreendi que poderia estar morta devido à vaidade e à presunção de Margot Tampest, ou poderia ter perdido meu grande amor para sua insanidade, ou até mesmo, ter testemunhado a morte de um inocente, que bravamente arriscou sua vida.

Cega pela raiva, caminhei na direção de Margot e Benjamin. Ele estava sentado sobre ela, ainda lutando para mantê-la presa. Aproximei-me e, assim como ela fizera comigo minutos antes, agarrei com o máximo de minha força as mechas do seu cabelo.

— Você jamais machucará alguém novamente! — Puxei com ainda mais força, obrigando-a a ouvir o que eu dizia. — Jamais se casará com Benjamin! Jamais será rainha! Jamais!

— Eu a matarei, encontrarei um meio de não permitir que se case com o rei! — ameaçou-me.

— Cale-se, Margot! Você será morta! Você pagará por seus crimes com sua vida medíocre! — Benjamin cuspia as palavras com a face desfigurada pela cólera que o possuía.

— Ordenarei que a matem! Quando menos esperarem, eu os surpreenderei... — voltou a ameaçar-me.

Suas palavras só foram atenuadas pelo conforto de saber que eu não permaneceria em Birth, contudo não pude evitar sentir a veracidade com que eram proferidas.

O barulho dos cascos dos cavalos soou urgente, e, em poucos instantes, a guarda real já abandonava suas montarias e se aproximava de nós. Não compreendo como não nos acompanhavam antes, mas presumia que desejavam conceder-nos privacidade a pedido do rei.

— Levem-na diretamente para a prisão, será executada ao amanhecer.

Sem mais conseguir controlar, desandei em lágrimas. Corri ao encontro do rei e, em seus braços, pude entregar-me sem reagir ao desalento desesperador do qual me tornei refém.

Margot debateu-se enquanto a amarravam, e a levavam em uma das carruagens da guarda real.

Sem condições de revelar o que sentíamos, Benjamin e eu permanecemos abraçados e imersos no mais absoluto estado de choque. Seus guardas cobriram-me com um manto, dirigiram-nos a carruagem e nos escoltaram de volta ao palácio em uma viagem que pareceu ter durado dias. No caminho não conversamos, a não ser para nos certificarmos da segurança do outro. Mantemo-nos afundados no pesadelo que vivemos sem condições de reagir ao trauma da experiência de quase morte.

Quando enfim adentramos os portões da casa real, uma agitação atestou que as notícias já haviam chegado à corte. Benjamin carregou-me em seus braços, desviando de todos os olhares amedrontados que nos assistiam. Madeleine correu ao nosso encontro e nos prendeu em seu abraço quando Ben pôs-me em pé ao seu lado. O pranto lamurioso da rainha emocionava a todos os presentes.

— Estamos bem, mãe! Vamos para os meus aposentos, precisamos de privacidade. — Benjamin segurava intensamente em minha mão.

Thomas também surgiu com a face estarrecida e, após o convite do rei, também nos acompanhou.

Chegamos ao dormitório do rei seguidos pelos guardas, que marchavam em sentido de alerta, a tensão instalada era alarmante, muito contrária ao clima de paz presente durante todo aquele dia de festividades. Acomodamo-nos nas reconfortantes poltronas e, aos poucos, nossa capacidade de discorrer sobre o ocorrido regressou. Relatamos o horror causado por Margot e acompanhamos o temor figurar-se nos olhos da rainha e do duque.

— Eu sempre desconfiei da sanidade de Margot Tampest, mas jamais presumi que sua loucura fosse tão descomedida — comentou a rainha.

— Se Margot tivesse tirado a vida da Laura... — Ben tinha dificuldade em prosseguir. — Eu mesmo acabaria com a sua utilizando dos métodos mais cruéis que o homem já inventou. — Suas mãos fechadas e a raiva presente na voz demonstravam que suas palavras não eram apenas promessas.

— Eu compreendo o que diz e agradeço seu zelo... — Olhares complacentes foram-me dirigidos e certificaram de que todos ali compartilhavam de minha opinião. Porém... — Os olhares sobre mim se intensificaram. A reação obtida me fez procurar pelas palavras adequadas. — Peço que volte atrás na decisão de executar Margot... — Os olhares agora pareciam incrédulos por meu pedido. — Por favor, não me olhem dessa forma. Benjamin sabe exatamente qual é a minha opinião sobre tirar a vida de alguém, não creio que tenhamos esse direito e não acho que devamos sujar nossas mãos com um julgamento que não nos cabe. — Eles permaneciam vidrados em mim sem exprimir nem mesmo uma única palavra. — Mantenha-a reclusa para sempre, mas não a tire de seus familiares, não os faça pagar por erros que não lhes pertencem. — Pensei em minha própria família.

— O que está dizendo, Laura? — A rispidez não estava oculta na voz do rei. — Não estamos no seu país, aqui as coisas são diferentes. Não permitimos que assassinos vivam entre nós, não permitimos que traidores e conspiradores respirem o mesmo ar que o povo decente e fiel ao seu rei.

— Benjamin, isso não tem nada a ver com a fidelidade que seu povo lhe dedica. É sobre tirar vida de pessoas que estamos falando — revidei.

— Como ousa sugerir que meu povo não deve fidelidade a mim?

— Não foi isso que eu disse!

— Mas foi o que quis dizer! Que de acordo com sua "opinião" — ele agora reproduzia os sinais de que tantas vezes o confundiu. O momento não me permitiu me divertir — o rebelde que se voltar contra mim não merece ser penalizado com a perda de sua vida.

— Mas é claro que não! Ninguém merece perder a vida, muito menos por ordens suas, afinal, você não é Deus!

Percebi que invocara uma tempestade. Madeleine também e, desse modo, introduziu-se entre nós tentando acalmar nossos exaltados ânimos.

— Parem com isso agora! Ou desejam realizar os desejos de Margot de vê-los separados? É exatamente isso que ela espera que aconteça, que vocês não consigam viver o amor que sonham. Parem ou não importará se viva ou morta, ela atingirá seu objetivo.

— A senhora está certa, mãe. Perdoe-me, Laura...

— Também peço desculpas, este definitivamente não é o melhor momento para debatermos os rumos da vida de Margot.

Ben assentiu com uma expressão derrotada.

— Está certa! Hoje não tenho condições de pensar em mais nada.

— Então, por favor, não decida nada esta noite! Eu imploro! — Pedi com carinho tentando convencê-lo a não se precipitar.

Seu olhar mostrava a contrariedade.

— Está bem. Por hoje não decidirei nada...

Sorri o máximo que minha condição permitia e lhe agradeci com um abraço.

— Vamos dormir! Em breve amanhecerá, e teremos mais um longo dia pela frente — determinou Ben, todos concordaram.

— Mas antes, preciso saber se o mensageiro já retornou com notícias de minha família — pedi esperançosa.

— Não, querida, ainda nada — respondeu-me Madeleine pesarosa.

Capítulo 47

Benjamin segurava minha mão enquanto caminhávamos por um lugar repleto de corpos cobertos por tecidos brancos. Pessoas pareciam estar ali para o reconhecimento destes, algumas desmaiavam, e uma sensação pesada me acompanhava. Em um estalo, pisávamos sobre as madeiras de uma casa destruída em meio a uma total escuridão...

— Ben!!! — gritei em meio ao martírio que me sufocava.

Ele demorou alguns segundos para despertar.

— Laura! — Sua voz assustada bradou.

Eu não o via em meio à penumbra do quarto, rapidamente ele esticou seus braços para acender a vela ao seu lado.

Agarrei-me ao seu corpo e compartilhei meu recente pesadelo.

— Acalme-se, foi só um sonho... Você está assustada por tudo que passamos hoje, não tenha medo. Estou aqui.

— Foi horrível, Ben... Não consigo esquecer, foi real...

— Não, meu amor! Acalme-se e logo você esquecerá.

Tentei fazer o que ele me pedira, mas a sensação que me acompanhava não me permitia encontrar alento. Permanecemos abraçados, e suas palavras de carinho lentamente controlavam os tremores que se estendiam por meu corpo.

— Está me devendo muitos sonhos, sabia? — Sua voz soava divertida com o intuito de distrair-me... — Nunca consegue sonhar comigo, e, quando finalmente o faz, é um pesadelo...

Um leve sorriso brilhou em meus lábios e, depois de muito tempo sob seus cuidados, pude enfim adormecer.

Acordei sentindo-me ser estrangulada pela pesada sensação negativa do que restara dos acontecimentos da noite anterior impregnados em meu subconsciente. Benjamin não estava ao meu lado na cama, e, sozinha, a impressão de medo ganhava força.

— Senhorita Laura, minha menina! — disse Nancy entre as lágrimas enquanto vinha ao meu encontro após entrar no dormitório do rei.

— Nancy! — exprimi também chorando tal qual uma criança.

— O que fizeram com você? — Ela buscava em meu corpo marcas físicas do ocorrido da noite anterior, e assisti seu alívio por não encontrar.

— Eu estou bem, pelo menos fisicamente. Mas... — Voltei ao pranto. — Foi horrível...

— Deus cuidará do seu coração e apagará as marcas desse insulto contra sua vida. Tenha calma, minha filha, o tempo cura as feridas. — O carinho de Nancy era reconfortante.

— Onde está o rei? — inquiri temendo por sua resposta.

Nancy desviou seu olhar, provavelmente já tinha conhecimento de tudo.

— Está resolvendo algumas questões, querida. Pediu-me para que eu ficasse ao seu lado até que ele retornasse.

— Que horas são? — Meu pensamento estava longe, e a ama compreendia o porquê do meu interesse pelo horário.

— São 8h05 da manhã, querida.

— Ele matará Margot!

Meu corpo acompanhou minhas palavras e, em um pulo, eu estava em pé. Ela não negou as intenções de Benjamin.

— Nancy, prepare-me um banho rápido, mas, antes, peça para que me tragam um vestido adequado para o dia de hoje.

— Sim, senhorita, como desejar!

— Ah! — Voltei meu rosto em sua direção. — Não quero um vestido preto, ninguém morrerá hoje! — determinei com a voz firme, precisava acreditar no que dizia.

Corri para o quarto de banho e me despi, escovei meus dentes e esperei que Nancy preparasse a tina. Optei por não lavar meus cabelos, demoraria uma eternidade até secá-los, então os prendi em um coque alto e muito firme, tão sério quanto o momento que vivíamos.

Um vestido de veludo vinho foi meu escolhido, o sobrepus com um casaco de pele perolado para me resguardar do frio que parecia estar ainda mais intenso devido ao meu estado emocional.

Sem joias e com maquiagem suficiente apenas para esconder as profundas olheiras, marchei até a porta, respirei fundo e encorajei-me a enfrentar algo que nem eu mesma sabia exatamente o que era.

Caminhei pelo longo corredor e me dirigi ao gabinete do rei. Ouvi um barulho de passos e voltei para trás meu rosto, um pequeno grupo de guardas me acompanhava. Quando cheguei ao meu destino, percebi que minha escolta estaqueara a alguns metros de distância. Já prevendo qual eram as ordens de Benjamin, dirigi-me ao oficial que guardava a entrada do gabinete em um sussurro.

— Preciso ver o rei.

— Sua Majestade já partiu para a praça, senhorita — informou-me.

Meu coração acelerou, assim como todos os meus sentidos.

— Preciso de uma carruagem, agora!

— Perdoe-me, senhorita, mas não tem ordens para utilizar o transporte real.

— O que está dizendo? Sou convidada do rei, posso utilizar uma carruagem!

— Perdoe-me, como eu disse...

— Ah! Esquece! — Interrompi-o, não perderia tempo convencendo-o a me ajudar e levantando suspeitas dos que me observavam.

Corri na direção da porta principal do palácio. Lá chegando, encontrei um deserto incomum, apenas poucos guardas faziam ronda, além daqueles que me seguiam.

"Preciso livrar-me dessa segurança!", repetia as palavras mentalmente buscando um meio de efetivá-las.

Voltei às pressas para o dormitório do rei, Nancy seria minha salvação. Ao observar-me adentrando o quarto, sorriu.

— Perdoe-me, senhorita!

— Por que não me disse que estou sendo vigiada?

— Foram ordens de Sua Majestade, querida. Perdoe-me.

— Não a perdoarei, Nancy! — falei bruscamente.

— Senhorita, é para o seu bem... — Tentou consolar-me.

— Não, Nancy! Não é para o bem de ninguém! Preciso que me ajude a impedir essa loucura... Eu imploro!

Os 10 minutos seguintes foram dedicados a convencê-la a ser minha cúmplice em uma fuga. Finalmente consegui, mas utilizei de chantagens baratas e até mesmo fingi um desmaio.

Em pouco tempo, atravessei o palácio escondida entre lençóis brancos na base inferior de um carrinho de metal que costumava acompanhar a ama em todas as suas atividades. Agradeci pelas proporções do meu corpo serem adequadas às minhas necessidades naquele momento.

Conforme o plano, fiquei escondida na lavanderia até que Nancy solicitasse a um dos lenhadores que trouxesse um cavalo. Nos fundos do palácio havia uma saída com um número menor de guardas, pois geralmente só trabalhadores e funcionários faziam sua passagem por aquela rota. Cobri-me com capa negra de capuz que protegia minha identidade, montei o animal e segui o mapa que me levaria até a praça principal, lamentando profundamente a falta de um GPS.

"Uma localização via aplicativo de celular viria a calhar *neste* momento", refletia enquanto parava para analisar os esboços feitos por Nancy em uma folha de papel.

Felizmente, o trajeto era simples e rápido e, em cerca de 20 minutos, já havia atravessado as ruas também desertas da vila de Birth. Poucos metros à frente, encontrei o aglomerado de pessoas à espera do espetáculo bizarro que estava programado, isso se já não houvesse sido consumado, pois temia não chegar a tempo.

Interrompi o trote acelerado do cavalo em um ponto mais elevado que a multidão. De onde eu estava era possível enxergar com clareza a estrutura montada para aquele circo de horrores. Um filme passou em minha cabeça: Ana Bolena, assim como minha rainha preferida, Mary Stuart, e a rainha da França, Maria Antonieta, em uma guilhotina... Eu poderia mudar o rumo daquela história.

Arranquei a capa e fiz minha presença ser notada. Destaquei-me por usar outra cor de vestes que não fossem negras como o restante da multidão e, aos poucos, todas as cabeças voltaram-se para mim.

A figura do rei, sentada em uma cadeira próxima à sua vítima, que já estava devidamente posicionada para receber sua pena, elevou-se. Caminhou até o centro do pináculo e me observou. Encarei-o e puxei as rédeas do meu cavalo para que marchasse vagarosamente, a multidão abriu-se para minha passagem enquanto eu não tirava de Benjamin meus olhos.

Quando, finalmente, alcancei a frente do palco, vi nos olhos do rei a insatisfação por minha atitude. Não me importei.

Meus olhos pairaram sobre Margot, vendada, com a cabeça sob a lâmina suspensa e com os braços presos. Precisei de muito controle para comandar meus sentidos, respirei fundo e deixei minha montaria.

Subi os degraus da escada que levavam ao alto da estrutura, troquei passos seguros até a figura do rei e, em sua frente, posicionei-me. O silêncio comprovava a surpresa do povo e demonstrava a ansiedade por conhecer o desfecho daquele acontecimento.

— O senhor prometeu, Majestade!

— Laura, não faça isso! — Seu olhar espalhou-se sobre a multidão para deixar claro ao que se referia.

— Eu não me importo com o que vão pensar, isso é entre você e eu.

— Isso não lhe diz respeito. Aqui eu sou a lei!

— Então esqueça as promessas que lhe fiz e saiba que jamais me recordarei do nosso amor. O apagarei da minha vida por manchar a admiração que sempre senti por vós.

— Você não faria isso, não conseguiria! — instigou-me.

— Pague para ver! — Enfrentei-o.

— Laura, ouça-me...

— Benjamin, não me decepcione. Irá se arrepender. — Permaneci valendo-me de toda minha resignação. — Ouça-me... — falei com carinho. — Creio que Margot não seja a única mentora dessa sequência de crimes, como bem sabe... Ao tirar sua vida, perderá a chance de descobrir quem é seu aliado, e corre o risco de continuar como alvo de uma conspiração... Querido, confie em mim!

Em poucos segundos, acompanhei a expressão de Benjamin transfigurar-se. Seus olhos observavam um ponto fixo entre a multidão e algo indecifrável permeou seu rosto.

— Laura, olhe! O soldado Adam chegou com notícias de sua família.

Não compreendia suas palavras, minha ansiedade ocultava o que dizia, e senti dificuldade em assimilar quais eram suas intenções. Supus que se dedicava a me confundir para obter êxito em sua tarefa de carrasco.

Sorri com desdém.

— Realmente crê que eu seja tão tola assim? — continuei a enfrentá-lo.

— Laura! Estou falando sério, veja você mesma... — A palma de sua mão apontava no sentido para o qual ele queria conduzir minhas atenções.

Automaticamente, segui sua indicação e pude atestar suas palavras. O soldado reproduzia meus movimentos anteriores, porém de forma mais enérgica, galopava entre a multidão. Suas mãos sinalizavam a ansiedade em alcançar seu rei e propagavam a pressa de nos entregar suas notícias. Rapidamente, lancei meu olhar para o homem mascarado que executaria Margot, ele estava pronto. Voltei-os para o homem que cavalgava entre o povo e senti-me presa na desconcertante missão de salvar minha inimiga ou ir ao encontro das respostas que ansiosamente aguardava.

— Benjamin, salve-a! Por favor! — implorei unindo minhas mãos às suas em sinal de trégua. — Lembra-se da conversa que tivemos em Richmond?

Concedi-lhe tempo para compreender o ponto no qual eu desejava chegar. Seu olhar desviou do meu assim que compreendeu.

— Ninguém merece morrer assim e ninguém merece matar, Ben. — Neste momento seus olhos estavam nos meus. — O senhor disse que se sentia indigno pela morte de Edwin... Deseja mesmo ter mais sangue em suas mãos?

Meu suplício não trouxe resposta, o sino da igreja ecoou marcando 9h, e pude sentir a energia massiva que se formara ao chegar o momento que todos aguardavam. Todos se punham em pé, uma oração nostálgica deixava os lábios de cada um dos presentes, a regê-los, um líder religioso que, coberto de um manto negro, personificava o terror ali instaurado.

Minha agitação crescia à medida que Adam, após deixar sua montaria, aproximava-se de nós. O soldado alcançou-nos, abandonou às pressas seu cavalo e trocou passos apressados em nossa direção. Ele tinha informações que requeriam urgentes atenções, e meu coração, aflito, desobedecia aos meus comandos que pediam calma.

Meus argumentos cumpriram sua função. Percebendo meu desespero, Benjamin finalmente se compadeceu e, com um gesto sucinto, interrompeu os gemidos chorosos que abatiam seus súditos.

— Margot Tampest terá sua vida poupada, por ora...

A voz de Ben elevou-se e sobressaiu-se entre aqueles que ainda rezavam. Um burburinho ainda maior surgiu ressoando por todos os cantos.

— Porém, seu castigo será ainda mais conveniente à sua culpa... Para provar que ninguém atentará contra a vida de seu rei, Margot será destinada a viver enclausurada para que morra aos poucos, de forma lenta e sofrida.

Embora soe frio, ao deduzir que minha missão ali já havia sido cumprida, corri na direção de Adam e o inquiri, levando comigo todos os olhares da população, que, certamente, estava sem entender nada do que acontecia no lado de cima do tablado.

— Diga-me, encontrou minha família?

O homem assentiu.

Parte do peso que eu carregava se dissolveu rapidamente.

— Como eles estão? — voltei a interrogá-lo.

Sua fisionomia não estava tão positiva quanto eu esperava.

— Precisamos conversar em um local seguro, senhorita. Peço que me acompanhe até o palácio, lá teremos privacidade.

Procurei por Benjamin e o vi discutindo com seus conselheiros. A família Tampest manifestava-se das mais variadas formas, e o tumulto já instaurado só ganhava força. Vali-me da confusão para sair de forma menos notória do que foi minha chegada.

Desci as escadarias seguindo o rastro do guarda, montamos em nossos cavalos e, em alguns segundos, já me via atravessando o gélido vento que me atingia. "Tudo isso para salvar minha inimiga...", esse era o pensamento que ecoava em minha mente, obviamente ladeado pela euforia por receber informações sobre minha família.

Na metade do caminho, senti dificuldade para respirar e precisei controlar meu nervosismo, pois do contrário não seria capaz de prosseguir. O vento cortante rasgava minha garganta, meus olhos lacrimejavam, e meu corpo tornava-se rapidamente um bloco de gelo.

Mentalizei o rosto de cada um dos meus familiares, desse modo conquistei a coragem para continuar.

Ao adentrar os portões do palácio, pude enfim respirar mais aliviada, contudo ainda me sentia propensa a desabar a qualquer momento. Felizmente isso não aconteceu e, quando me vi, já deixava o cavalo e descontava com rapidez os degraus que levavam à porta de entrada.

Adam seguiu meus passos com agilidade, sua urgência era assustadora.

— Vamos para o Salão das Flores, lá temos permissão para entrar e também a segurança de que não nos ouvirão — falou.

Concordei e segui ao seu lado.

Ao adentrar o salão, busquei pelo móvel que comportava as bebidas e servi-me de água.

— Fale-me tudo! — requeri antes de sorver o líquido que preenchia a taça em minha mão trêmula.

O homem assentiu em silêncio, ele parecia cauteloso.

— Após uma longa viagem e muitas conturbações diplomáticas, pude enfim encontrar sua família. — Sua fala era pausada o bastante para me enlouquecer. — Localizamos sua residência e nos dirigimos em absoluto sigilo até ela. Quando lá chegamos, infelizmente já estávamos no auge da madrugada e foi impossível não os assustar. Sua mãe sofreu uma indisposição momentânea devido ao impacto de nossa inesperada visita, mas já passa bem. — Ele percebeu minha inquietação e reforçou —senhorita Laura, confie em mim, ela passa bem.

Respirei buscando no fundo dos seus olhos a verdade, lá a encontrei, entretanto, algo mais estava presente...

— Confiarei! — Tentei acreditar nas palavras que saíam da minha boca. — Por favor, prossiga.

— Sim, é claro... — Novamente grandes pausas dramáticas potencializavam minha conturbação. — Então, devo ser sincero e dizer-lhe que levou muito tempo até que todo seu núcleo familiar encontrasse condições de me ouvir. A senhora Baroni e a senhorita Luiza estavam demasiadamente agitadas, choravam e tentavam se comunicar com as autoridades de segurança a todo o momento.

Imaginei a cena e pude sentir o mesmo medo e desespero aos quais eles foram abatidos. Meu coração sofreu uma vez mais.

— Por sorte, seu irmão, um cavalheiro muito sensato, compreendeu com mais facilidade o motivo de nossa chegada inesperada e, com seu auxílio, conseguimos, finalmente, apresentar o objeto com imagens e sons que a senhorita a eles destinou. Quando, por fim, tivemos a oportunidade de compartilhar uma conversa amigável e um pouco mais tranquila, a manhã já se fazia presente, e foi nesse momento que lhes apresentei a mensagem que enviastes.

— E então? — perguntei afoita.

— Novamente precisei acalmá-los, eles supunham que a houvessem raptado, o que já era de se esperar, como previmos.

Joguei-me em uma das poltronas, minhas pernas já não suportavam sustentar meu corpo. Nesse momento, a porta abriu-se severamente e encarei a presença que tanto necessitava. Benjamin caminhava a largas passadas ao meu encontro, pôs-se de joelhos aos meus pés e acarinhou minhas mãos.

— Estou aqui, meu amor! Acalme-se, por favor!

— Obrigada! — agradeci verbalmente e reproduzi os agradecimentos por mil vezes em minha mente.

Tê-lo ao meu lado era um conforto inexplicável.

— Continue, por favor! — solicitei.

Adam acomodou-se em uma poltrona ao meu lado e discorreu sobre o restante da história que me trazia.

— Senhorita, sinto em informá-la que existem algumas questões desagradáveis das quais precisa ter conhecimento.

Meu sangue congelou e eu podia senti-lo se espalhando por minhas veias e amortecendo cada parte do meu corpo. Não consegui falar, Benjamin o fez por mim.

— Ao que se refere? — Sua voz não apresentava a força que lhe era habitual.

O homem baixou os olhos, lutou para controlar sua respiração e escolheu as palavras que lhe pareciam mais adequadas.

— Seu pai está hospitalizado, pois sofreu um atentado.

Senti o mundo desmanchar-se em torno de mim... Minha mente girava, os pensamentos e as interrogações chocavam-se entre si e, ao mesmo tempo, eu não conseguia sentir ou exprimir absolutamente nada.

Finalmente, meu corpo reagiu à informação com lágrimas que, abundantes, fluíam sem que eu as pudesse controlar.

— Ele está vivo? — Nem acreditei quando finalmente consegui lhe inquirir.

— Sim, pelo menos até minha partida estava... Porém seu estado é delicado. — Meu pranto intensificou-se, meu medo já não era meu, não me pertencia... Ao contrário, eu pertencia a ele, pois ele me tomava por inteira.

Ainda de joelhos, Benjamin buscou meu corpo e me prendeu em seus braços acompanhando minhas lágrimas. Um pensamento invadiu minha mente, aliás, um rosto muito conhecido.

— Carlos Eduardo! — Meus lábios deixaram escapar...

Adam compreendeu o que eu dissera e concordou. Em alguns instantes, tive a confirmação, Kadu era o autor do crime e, para minha infelicidade, não me senti surpresa.

Sem me desvencilhar das lágrimas nem por um instante, entre soluços e tremores, pedi a Adam que relatasse o que aconteceu, ele então sugeriu que eu assistisse ao vídeo enviado por minha família. Concordei, porém, sabia que não veria meu pai na gravação, sabia que não ouviria sua voz, quem sabe nunca mais...

Com muito esforço, pude enfim ligar o aparelho. O tempo que levou para que a imagem do protetor de tela surgisse foi tão torturante quanto quando ele me mostrou as faces mais amadas por mim, toquei com a ponta do meu dedo o canto superior da tela, lá, os olhos azuis mais bondosos e gentis que conheci por toda a vida sorriam em sintonia com seus lábios. Levei os meus até seu rosto e beijei entregando o amor que meu coração, já morto, sentia.

— Pai.... — falei baixinho, buscando as migalhas que sobraram de mim.

— Tenha fé, Laura! Não se entregue, meu amor! Acredite que ele irá se salvar! Adam já lhe disse que ele está vivo e é isso o que importa. Trabalhe com o que temos no momento e, no momento, seu pai tem chances de sair desse pesadelo. Ele precisa de sua fé, não desanime. — Teria de me agarrar às suas palavras, ou, pelo menos, tentar.

Procurei pelo ícone de imagens e vídeos e logo identifiquei a última gravação. Respirei fundo e abri para reproduzi-la.

Minha mãe estava sentada entre Antônio e Luiza, vestia seu chambre azul e apresentava as fundas olheiras causadas pela dor que a consumia. Antônio estava coberto por um casaco tão escuro quanto seu semblante, abatido, não lembrava em nada o garoto mais divertido que a vida me apresentou. Luiza então... Jamais a vi sem seu brilho e segurança, estava apagada como um dia cinza, seu suplício escancarado nos olhos inchados e, nos lábios, além da cor, faltavam-lhe as palavras, outrora tão abundantes.

— Laura, minha filha querida e luz da minha vida... — iniciou minha mãe com ambas as mãos divididas entre meus irmãos. — Foi fácil perceber que ela não estava em seu estado normal quando as palavras enroladas deixaram os seus lábios, certamente a haviam medicado. — Estou lutando para compreender o que está acontecendo com você, juro que estou me esforçando, dando meu máximo para acreditar nas palavras deste homem, assim como nas suas ao nos enviar este vídeo. Porém, preciso ser sincera e confessar que nada disso faz sentido para mim... Aliás, minha vida já perdeu o sentido e, hoje, somente a esperança de poder vê-la outra vez e ter seu pai vivo e feliz ao nosso lado é o que traz acalento à minha alma. Rogo para que o nosso bom Deus faça de tuas palavras verdade, rogo para que ele salve seu pai e me devolva o amor da minha vida, e rogo para que, em breve, estejamos juntos, unidos em nosso amor. — As lágrimas impediram-na de prosseguir, e, do outro lado da tela, o mesmo me corroía.

— Acalme-se, mãe! — disse Antônio com ternura.

Percebendo que ela já não possuía as mínimas condições necessárias para continuar se comunicando, foi a vez de ouvir o que meu amado irmão tinha para me dizer.

— Oi, Lau...

Ouvi sua voz fria enquanto ele se esforçava para sorrir e esconder que seu desespero se assemelhava ao de nossa mãe. Conhecendo-o tão bem, era evidente que ele se dedicava em desempenhar um papel que orgulharia nosso pai em sua ausência.

— Como você já deve ter percebido, as coisas aqui não andam tão bem quanto de costume... Demoramos muito tempo decidindo se contaríamos a você o que de fato aconteceu com o pai e, no fim, decidimos juntos que devemos essa honestidade a você, a situação é grave demais para que possamos enfeitá-la ou escondê-la com o intuito de ganhar tempo até seu retorno... Então, conhecendo-a tão bem, sugerimos que seu novo amigo esteja ao seu lado agora e que com muita intensidade ele segure sua mão e lhe ofereça todo o apoio do qual você tanto irá necessitar. — Já banhada em lágrimas e anestesiada pela imensa dor, mal senti o toque firme das mãos do rei, que se prostrava ao meu lado anunciando seu apoio e amor mesmo sem compreender o sugerido por meu irmão. — Há cinco dias, o pai não voltou para casa após uma aula particular... — Antônio não mais controlava o desespero insistente em sua voz. — Recebemos uma ligação da polícia informando que ele havia sido encontrado desmaiado ao lado do carro no estacionamento de uma farmácia no centro da cidade, ferido por três facadas...

— As lágrimas interromperam-no e em coro seu pranto alarmado se uniu ao de minha mãe e de Luiza, os acompanhei sem mais suportar. Ainda chorando, ele esforçou-se para continuar.

— Após uma breve investigação, as câmeras de segurança do local foram analisadas e Carlos Eduardo descoberto... Ele já está preso, mas sua pena ainda será sentenciada por mim. Nem que essa seja a última coisa que eu faça em minha vida! Vingarei o que ele fez a ti, ao pai e a todos nós. Eu juro! — Um sentimento até então inexistente passou a habitar o coração de meu irmão e, embora pareça improvável, não me opus às suas promessas.

— Acalme-se, Tom! — suplicou Luiza, desmanchando-se de pesar. — Laura, volte o quanto antes! Por favor! Precisamos de você... Eu a amo. — Antes que sua dor fosse somada ao meu tormento, Luiza encerrou a gravação, abandonando-me em um abismo constituído pelas piores sensações que conheci na vida.

— Preciso voltar! — balbuciei exigindo o máximo dos meus pulmões, mas não era suficiente...

Minha voz havia sido suplantada pelo desespero, quanto mais eu lutava para exprimir minha necessidade de retornar, mais me sentia presa em um inferno interiorizado em meu peito, do qual eu temia jamais conseguir me desprender.

Benjamin, assustado, repetia meu nome incansavelmente, buscando, dessa forma, manter-me conectada à realidade que ele percebia que se afastava de mim e para a qual eu já não sabia se desejava voltar, pois dividia-me entre o medo real que me esperava para enfrentá-lo e as trevas presentes em mim que sufocavam todo o sopro de vida que um dia me motivara a viver.

— Seja forte, Laura! Encontraremos um meio de levá-la de volta ao Brasil, eu prometo!

A promessa do rei desencadeou em mim a capacidade de respirar novamente. Mergulhei em seus olhos e lhe ofertei minha gratidão sem palavras, um gesto singelo com a cabeça confirmou que ele sabia que a única maneira de me manter lúcida seria a esperança de reencontrar meus familiares.

Madeleine juntou-se a nós, sua face refletia o que via na minha. Indagou-me a respeito do que me afligia, mas não pude lhe dizer, apenas aceitei seus braços caridosos que me acariciavam na tentativa de acalentar o que não poderia ser amenizado.

Benjamin foi breve ao narrar os fatos e, ao conhecer meus motivos, Madeleine apegou-se ainda mais intensamente à minha mão.

— Oh, querida! Não se desprenda de sua fé, não deixe que sua esperança se esvaia. Ainda existe uma solução e seria errado agir como se não houvesse. Mentalize coisas boas e elas se materializarão. Quando retornar ao seu lar, seu amado pai já estará curado e certamente poderá lhe agradecer pessoalmente por seu retorno. — Sua observação fomentou ainda mais minha culpa.

— Mas isso aconteceu por minha causa, tudo de ruim que está acontecendo é por culpa minha... — consegui enfim dizer e, ao afirmar minha responsabilidade, outra vez me sentia covarde e temia enfrentar as consequências do mal gerado por minhas infelizes escolhas.

Eu sabia que precisava ser forte, voltar para o Brasil e apoiar minha família, mas se houvesse uma opção de adentrar em um modo inerte que me poupasse de testemunhar a dor que causei sem que isso acarretasse mais peso em minha consciência, naquele momento eu o faria — *enfrente! Desafie seus limites e volte para apoiar sua família! Somente dessa forma encontrará a paz. Se não deseja fazer por você, faça-o pelos seus, afinal, eles merecem e esperam, pois só conhecem a garota forte e destemida que realmente é, e é o retorno dela que eles aguardam.*

Avaliei cada palavra, sequei minhas lágrimas e rezei pedindo coragem.

Em poucos instantes, Benjamin ausentou-se com o propósito de providenciar minha partida. Antes de sair, ao despedir-se de mim, foi impossível não constatar uma tristeza evidente que ele lutava para mascarar com uma falsa austeridade.

Adoraria ter condições de embrulhá-lo em um abraço e protegê-lo com o meu amor das dores impregnadas em seus olhos, que, incapazes de disfarçar, entregavam o que de fato ele sentia quando, com uma voz firme, afirmava que meu retorno estaria pronto em breve e que ao lado dos meus eu estaria dentro de poucos dias. Contudo, naquele momento, nada me favorecia, e eu já não me via hábil para consolar quem quer que fosse... Assim, permiti que ele se afastasse de mim sem ser capaz de, pelo menos, dirigir-lhe um olhar que certificasse que, independentemente do que acontecesse, ainda seríamos nós... Eu simplesmente não conseguia...

Capítulo 48

Os ponteiros do relógio de parede pareciam-me pesar mais que chumbo, arrastando-se demoradamente enquanto eu me encontrava sentada numa poltrona à borda de uma lareira que crispava em labaredas ineficazes contra os tremores sucessivos que não eram gerados pelo frio, mas pelo medo.

Mais que medo, uma espécie de pânico petrificava meus sentidos e exigia de mim absoluto e total discernimento no imenso labirinto que eu trilhava sentindo as ameaças investidas contra minha lucidez.

O itinerário da viagem de volta seria semelhante ao da vinda a Birth, ou seja, lento e cansativo. Obviamente, menos incerto, mas, de qualquer forma, exigiria ao máximo meu autocontrole e minha força, elementos difíceis de manter a salvo quando surgia, em minha mente, o rosto de meu pai, acompanhado das expressões assustadas de minha mãe e meus irmãos, além de ainda precisar lutar contra o desespero que me afligia ao encarar que tudo que eu teria de Benjamin seriam algumas horas, depois disso, só restariam as lembranças dos dias em que, ao seu lado, vivi...

Com os olhos já exaustos de tanto desaguar, mantive-me sozinha, após pedir à rainha-mãe que me permitisse ficar a sós com minha dor, presa ao sentimento pernicioso que fortalecia minha incapacidade de alterar os fatos.

Meu maior desejo naquele momento era o de ser capaz de fechar meus olhos e, ao abri-los, encontrar-me em casa, ao lado dos meus e com a confirmação do bem-estar de meu pai. Sem dúvidas, a ausência de Benjamin pouco a pouco mataria uma parte de mim, porém era ainda mais assustador prever os dias que ainda teria pela frente, presa ao convés de uma embarcação, sem contato com meus familiares, sem contato com Birth... E com tempo e razões suficientes para remoer todos os acontecimentos que me conduziam até aquele momento, quando minha vida se tornara um grande e inexplicável emaranhado de fatos nada convencionais.

Fui informada que o almoço seria servido dentro de alguns minutos, mas ignorei Nancy sem nem mesmo lhe agradecer. Ela, certamente, compreendia meus motivos, então não me detive à culpa por não lhe dar o tratamento que sempre merecera. Não conseguiria nem mesmo se quisesse.

Madeleine surgiu em meu campo de visão sem que eu pudesse acompanhar sua chegada. Insistiu para que eu a acompanhasse durante a refeição, mas após minha relutância, compreendeu e, carinhosamente, deixou um beijo em minha testa antes de me deixar novamente a sós, como era da minha vontade.

Muito tempo após sua retirada, a porta foi aberta com certa brutalidade e, dessa vez, foi impossível não perceber que alguém se aproximava.

Benjamin marchava em minha direção, às suas costas o mesmo grupo de homens que compartilhava do seu segredo o seguia. A porta fora trancada, atestando a necessidade de privacidade.

— Senhorita, como se sente? — Sua preocupação com meu bem-estar novamente mesclado ao sofrimento pelo prenúncio da nossa despedida.

Ignorei os olhares que nos cercavam e entreguei-me a um beijo banhado em lágrimas. Não consegui falar, então lhe revelei mais uma vez todo o meu amor naquela nítida demonstração do desespero que sentia por ter minha vida injustamente sendo afastada da sua.

Injustiça era a palavra que melhor definia nosso destino. Enquanto sentia seus braços lentamente envolverem meu corpo e se entregarem, também, aos últimos momentos que compunham nossa história, perguntava-me a razão que fez com que a vida permitisse que eu encontrasse o que busquei durante tanto tempo com o único propósito de negar-me a permanência do homem dos meus sonhos ao meu lado.

Meu objetivo não era voltar-me contra minha fé, mas o vislumbre de um futuro sem ele se apresentava intimidante demais para que eu pudesse me manter fortalecida e encorajada como costumava ser. E, ali, imersa em uma integração de todos os sentimentos que nos uniam, obtive a infeliz confirmação de que eu jamais voltaria a ser a mesma e que as chances de ser feliz novamente eram tão assustadoras quanto improváveis.

Minhas constatações mutilavam, aos poucos, o que me restava de força. Desesperada, afastei-me do rei e voltei a me jogar sobre a bergere que daria suporte ao meu corpo indefeso contra as inúmeras aflições gritantes dentro da minha cabeça.

Ajoelhado defronte à minha figura apática, ele também lutava contra seu inferno interior. Era evidente o esforço que fazia para manter-se firme diante da ruptura a que seríamos forçados, e seguia lutando para despertar em mim motivações para prosseguir no longo caminho que eu tinha pela frente.

— Acalme-se, meu amor! Sua viagem já está programada e, dentro de algumas horas, estará iniciando a jornada que a levará de volta para sua família, como lhe prometi...

Como eu queria não o amar... Como eu desejava ser indiferente a ele... Passei a implorar para que houvesse um meio de arrancar qualquer resquício da enorme devoção que eu nutria por aquele homem. Fechei com força meus olhos e levei minhas mãos até eles como se desse modo pudesse não mais encontrá-lo quando novamente os abrisse. Mas ele ainda estava lá, e cada um dos seus traços só fazia ecoar mais e mais em cada canto da minha consciência a certeza de que eu jamais o esqueceria ou deixaria de amá-lo.

Batidas urgentes na porta arrancaram-me à força de meus devaneios. Hunter abriu-a permitindo a entrada de William, que, afoito, prevenia Benjamin da presença de um grupo de Lordes que desejavam ter com ele um momento.

— Eles não aceitaram sua decisão e já estão organizando seus militares para combater o exército real caso o senhor não mude de ideia. — As palavras de William não faziam sentido para mim.

— Não posso me dedicar a esses assuntos no momento, Will — bradou energicamente a voz do rei. — Convoque uma assembleia para amanhã, hoje não resolveremos tais questões.

— Benjamin, perdoe-me a insistência, mas preciso que reavalie sua decisão. Compreende que os nobres contrários à abolição estão a se organizar militarmente para atacá-lo imediatamente? — Os olhos opacos de William estavam carregados de temor.

— O que está acontecendo, Ben? — perguntei tomada pela dúvida que crescia infrene.

Ele suspirou com intensidade antes de se esquivar de uma resposta.

— Ouça-me, Laura. Não creio que lhe seja útil absorver mais problemas. No momento, prefiro que não se envolva e que vá para os seus aposentos e procure descansar.

Cansada demais para bater o pé e desejar respostas, simplesmente aceitei que ele tinha razão e me retirei, concedendo privacidade para que discutissem seus problemas.

Ao chegar ao meu quarto, livrei-me do vestido, desprendi meus cabelos e pedi a Nancy que me preparasse um banho. Depois de muito tempo em que fiquei imersa em água morna, entregue à tentativa de me acalmar, deixei a banheira sabendo que não encontraria nenhuma solução imediata e milagrosa para os meus problemas.

Vesti minha camiseta e deitei-me ainda presa aos pensamentos maçantes que me consumiam, era impossível livrar-me deles.

Tentei dormir, mas rolei de um lado a outro sem encontrar o sono. Busquei meu telefone e, por muito tempo, fiquei analisando as imagens que surgiam a cada toque na tela. Os olhos banhados acompanhavam os movimentos dos meus dedos. Nos lábios, prendia os gritos de desespero que, insistentes, ameaçavam sair a todo o momento, até que um barulho subsequente de trotes de cavalo invadiu o dormitório.

Pus-me em pé de imediato e corri até a varanda buscando a razão para tal alarde. O fim da tarde aproximava-se e um pôr do sol sanguíneo coroava a energia densa que permeava aquele longo dia margeando sobre uma comitiva que se aproximava do palácio, na qual reconheci alguns lordes e, rapidamente, relacionei sua chegada às prevenções que William fazia ao rei anteriormente.

Debrucei-me sobre o parapeito de concreto para conhecer a recepção que aqueles homens encontrariam, avistei Benjamin cercado por guardas empunhando espingardas em sinal de alerta.

Ele fez um breve movimento com as mãos e, em instantes, seus homens compreenderam o recado e abaixaram as armas.

Muito seguro, caminhou entre os cavalos que davam suporte àqueles que pareciam desejar questioná-lo sobre algo e, referindo-se a um lorde, trocou algumas palavras antes de retornar para o interior da casa real e ser seguido por boa parte dos homens.

Somando-se à aflição que já encontrara abrigo permanente em meu peito, temi pela vida do rei de Birth. Em outra oportunidade, não me arriscaria envolvendo-me nos assuntos diplomáticos, porém minha partida como algo concreto e muito próximo me encorajou a estar ao seu lado a qualquer custo.

Entrei às pressas dentro do vestido do qual, há pouco, despira-me, joguei um xale negro de bicos bordados sobre os ombros e calcei os sapatos rapidamente antes de sair trocando passos apressados pelos corredores. Uma agitação incomum mobilizava guardas em todos os cantos, e deduzi que, em breve, algum dentre eles obstruiria minha passagem e me forçaria a retornar ao meu quarto me mantendo trancada por ordens do rei.

Assim, elevei o tecido que estava sobre meus ombros até minha cabeça e a cobri buscando manter-me no anonimato.

Uma grande movimentação ocupava todos os cômodos por onde meu olhar recaía. No corredor que levava ao gabinete oficial, uma enorme aglomeração de guardas protegia a entrada do seu escritório particular, que estava de portas abertas, sendo possível ouvir vozes alteradas em meio à confusão.

Quando me aproximei, consegui fazer-me ser vista por Benjamin, que pareceu furioso ao constatar minha presença. Antes que ele pudesse chegar a mim, um de seus oficiais, que não pude reconhecer, trouxe com força seus dedos, que afundaram em meu braço, retirando-me com rigidez do caminho que me levaria ao rei.

— Ai! O que está fazendo? — gritei contra sua violência.

— Você está louco?

Foi a vez de Benjamin contestar a atitude do homem que, de repente, parecia assustado e diminuto perante seu soberano. Em segundos, ele materializou-se ao nosso lado, trazendo em si uma fúria que o levou a agir de maneira impensada e sem que houvesse meios de detê-lo, assisti-o esbofetear o guarda munido de imensa crueldade, pois mesmo após sua queda e sua clara rendição, o rei manteve-se irredutível com o punho fechado a suceder uma série de golpes sobre a face consternada do homem que nada fazia para se defender.

— Pare com isso, Benjamin! Pare agora! — gritei quando não mais suportei assistir àquele horror.

Levei minhas mãos aos olhos, não tinha condições de continuar como expectadora daquela lamentável cena, tampouco me sentia capaz de intervir em favor da vítima.

Quando ele finalmente parou, olhou-me com uma raiva que não era destinada a mim, porém, exasperou-me do mesmo modo, sua mão detinha o sangue daquele homem... Analisei a cena e fui incapaz de lhe dirigir uma palavra sequer... Outra vez, demonstrei meu desequilíbrio deixando as lágrimas fluírem livremente.

Benjamin teve sua ira crescente e seus olhos estavam cobertos por um manto negro de maldade. Não o reconheci.

Fiquei em pé buscando cada um dos olhares que se voltavam para mim.

— Ela é a culpada! — gritou um velho de expressão ranzinza, levando os outros homens a concordarem, também me acusando.

— Desde a chegada dessa moça, as ideias do rei já não são mais suas! — Fortaleceu os insultos de outro homem.

— Calem-se! — gritou Benjamin em meio às acusações que me dirigiam. — Senhorita... — Ele continuou voltando-se para mim, mas foi interrompido.

— Abolir a escravidão e se voltar contra seu conselho pelas ideias de uma mulherzinha qualquer... Ora, francamente! — continuou o mesmo velho enfadonho que iniciara aquele ultraje.

A palavra *escravidão* não havia sido mencionada desde que eu chegara àquela terra...

— Do que eles estão falando? — Perplexa, indaguei Benjamin rogando por uma explicação capaz de abrandar minhas desconfianças.

— Esse não é o melhor momento para conversarmos sobre isso, Laura — preveniu-me Benjamin em meio aos olhares de uma enorme plateia aparentemente sedenta por meu fim. Não era a resposta que eu desejava.

Procurei à nossa volta por Madeleine, ela, sem dúvidas, justificaria aquele absurdo, mas não a encontrei. Vi Nancy, que observava a tudo com temores estampados nos traços e nos gestos apreensivos. Ao seu lado, a empregada que supus manter laços de amizade com Margot também evidenciava desassossego. Elas eram negras...

Não... Escravidão africana não deveria ser uma das características daquela sociedade que eu tanto admirei. Por alguns segundos, dediquei-me a resgatar da memória lembranças sobre a classe servil de Birth e não... Não poderia ser...

Todas as pessoas que vi servindo a outras eram negras... Como eu pude deixar isso passar despercebido? Que tipo de monstro eu fui por não identificar esse imenso absurdo, esse sacrilégio bizarro?

Caminhei até Nancy, peguei em suas mãos e lhe perguntei temendo pela resposta: — Nancy, a senhora é uma escrava?

— Sim, querida! — respondeu-me como se aquilo fosse corriqueiro e natural.

Imediatamente voltei meus olhos ao senhor absoluto daquele disparate. Ensandecida pelo asco que me invadia, sorri colericamente ao encará-lo.

Gesticulei imprecisamente ao balbuciar palavras que nem eu mesma compreendia. Sentia nojo, pavor, repulsa... Censurei-me por minha tolice, pela idealização que alimentei sobre um homem que trazia em seu título a prova de sua hegemonia para com o restante do mundo. Sua soberba, sua indiferença ao sofrimento alheio...

Olhei para cada um dos pares de olhos fixados em minha direção e dei a eles mais motivos para retratarem-me como algo que representava um efeito negativo sobre suas vidas, sua organizada hierarquia, sua repugnante vaidade estruturada em um modelo que subjugava, inferiorizava e diminuía aqueles a quem não deram escolhas senão lhes servir após criarem e cimentarem discursos destorcidos e incabíveis.

Eu odiava a cada um deles, inclusive Benjamin.

— Essa foi a coisa mais patética, sórdida e lamentável com que já tive que conviver. — Sublinhei as palavras com um sorriso fruto de minha frustração ao olhar diretamente para o rei.

Além dele e dos homens que guardavam seu segredo, nenhum outro presente compreendia ao que eu me referia, pois, para eles, um sistema escravocrata era algo consolidado em sua sociedade, e, devido a isso, jamais compreenderiam minha fúria.

Ao constatar o motivo da minha indignação, Benjamin correu em minha direção empurrando os que estavam em seu caminho.

— Por favor, precisa me ouvir!

Ele buscou meu rosto com suas mãos, que ainda ostentavam o sangue que consolidava ainda mais a imagem que dele eu teria a partir de então. Um homem violento, tirano e insensível. Livrei-me delas rapidamente.

— Nunca mais toque em mim! Nunca mais pense em mim, eu morri para você a partir deste momento! — proferi entre os dentes antes de sair correndo sem destino certo.

Insistente, ele seguiu meus passos.

— Laura, espere! Laura, ouça! — Em segundos, ele já havia me alcançado, embora eu lutasse para me evadir de sua presença. Novamente suas mãos marcadas pelo horror me tocavam, afligindo-me ainda mais pelo repúdio que eu lhe destinava.

— Solte-me agora! Não me force a odiá-lo ainda mais! — revelei enfatizando o máximo que pude de minha raiva.

Eu não mentia.

— Não fale uma coisa dessas, você precisa compreender o porquê dessa rebeldia de meus lordes, eu posso explicar-lhe. Eu...

— Cale-se! Eu não quero saber... Eu o desprezo! — continuei entre lágrimas que ignorei ao seguir com o meu objetivo de esclarecer o quanto eu podia carregar de aversão a uma pessoa que concordasse com a ideia de escravidão, principalmente uma escravidão baseada na dominação de uma etnia.

Pela primeira vez, vi Benjamin chorar, algo que ele jurou ser impossível. Seu pranto indicava sofrimento, mas não me comovia.

Agradeci por conseguir lhe expressar com exatidão qual seria meu sentimento por ele a partir daquele momento e me retirei. A confirmação de que ele já não mais possuía um lugar em meu coração o petrificou em meio ao corredor e, assim, pude caminhar desnorteada no sentido do meu dormitório. Eu nem mesmo era capaz de discernir meu caminho, andei amortecida até que Nancy irrompeu ao meu auxílio.

Caminhamos em meio ao tumulto que se tornara aquele lugar até alcançarmos as escadas, onde suspendi meus passos e voltei-me à minha querida amiga, envolvendo-a em um abraço.

— Como ele pôde? Como foi capaz de compactuar com uma maldade dessas? — perguntei-lhe.

— Querida, perdoe-me, mas não compreendo sua revolta. O que há de errado? Todos sabemos que as coisas sempre foram assim, nós sabemos que este é o nosso lugar...

Analisei suas palavras e um aperto imenso em meu peito impediu minha capacidade de respirar com leveza. Pior do que ter seus direitos negados era saber que os faziam acreditar que negá-los era correto. Exatamente como a ideologia que moldava o campo social nos séculos anteriores e que foram responsáveis pelas inúmeras mortes dos povos africanos e seus descendentes.

A escravidão era uma das maiores atrocidades do homem na terra, uma das maiores dívidas ainda vigentes e que jamais possuiria meios de ser quitada em prol das populações dos diversos países de um continente maravilhoso, alvo de uma corrida imperialista motivada por uma cobiça vulgar daqueles que detinham o poder justificando-o ser da vontade de Deus.

Enquanto enlouquecia, detive-me aos traços cansados de Nancy, imaginei como havia sido sua vida, a vida de seus antepassados... Minha dor só crescia.

— Nancy, não acredite nesses disparates! Isso é mentira! Todos pertencemos ao mesmo lugar, independentemente de quaisquer características que possam nos diferenciar.

Ela manteve-se calada, parecendo avaliar minhas palavras. Certamente, raras vezes alguém a havia alertado sobre a realidade, e tudo soaria novo e confuso naquele momento.

Voltamos ao trajeto que nos levaria aos aposentos do qual, em pouco tempo, eu me despediria e, no caminho, propus-me a instruir a ama de como deveria lutar por sua liberdade.

Nossa conversa esclareceu que as condições de vida dos escravos de Birth era bastante distinta da realidade daqueles que atravessaram os mares no porão de um navio negreiro com destino aos mais variados cantos do mundo.

Ela também me assegurou que, desde o governo do pai de Benjamin, muitas coisas haviam sido feitas em termos de melhorias às vidas dos negros de Birth, e que o desejo do rei, naquele momento, era convencer seus lordes a apoiarem sua decisão de alforriar todos os que viviam nessa condição.

— Não me interessa se ele quer mudar agora, Nancy! Quanto tempo seu governo manteve essa estrutura ridícula?

— Mas, senhorita...

— Chega, Nancy! Não quero ouvir mais nada! — falei de forma dura para que compreendesse que eu não mudaria minha opinião a respeito do rei. — Só me prometa que lutará! Que não mais aceitará esse crime que comentem dia após dia contra sua raça.

Enquanto sugeria a Nancy de que modo deveria encarar sua condição a partir daquele momento, vi a porta ser aberta permitindo a passagem de Madeleine. Não sabia como tratá-la depois das lamentáveis descobertas que fiz. Tentaria manter minha educação.

— Senhorita, precisamos conversar, querida... — Sua doçura não se sobressaía à seriedade em sua expressão.

— Perdoe-me, Alteza, mas nada do que venha a dizer mudará o que sinto.

— Mas eu preciso que me ouça, já que insiste em ignorar Benjamin... — Ela foi interrompida quando um guarda anunciou a presença de Adam, que adentrou o recinto informando-me imediatamente sobre minha partida.

— Senhorita, está pronta? Partiremos em alguns minutos! — Comunicou-me, mantendo-se parado ao lado da porta em sinal de prontidão.

— Sim, estou! — declarei através de meus instintos, que acusavam que aquele era o momento de fugir de uma vez por todas da loucura que compunha aquele lugar.

A rainha não se opôs, no fundo eu sabia que ela era uma boa pessoa e que de certa forma também torcia para que eu voltasse à normalidade da minha vida o mais rápido possível.

Olhei ao meu redor em busca dos meus pertences e não encontrei nada além de uma mochila... Analisando dessa forma, compreendi o quão artificial havia sido minha passagem por Birth. Nada ali fazia sentido, nem todo o luxo, nem a beleza, nada era meu, nem verdadeiro ou duradouro. Era como um castelo de cartas... Sorri ao obter tal conclusão.

Após apanhar minha mochila, entreguei a Adam, que a esconderia até estarmos longe dos olhos do povo de Birth.

Abracei Nancy com profundo carinho e dela me despedi antes de me dirigir a Madeleine.

— Obrigada por tudo, Alteza!

Queria ter condições de abraçá-la e certificá-la que nada em mim mudara em relação à admiração e ao afeto que eu lhe dedicava, contudo seria hipocrisia de minha parte se dissesse que ainda a via da mesma forma. Ela parecia entender, afinal, era uma pessoa dotada de bom senso.

— Que Deus a acompanhe, minha filha! — Sua voz vacilara, e pude testemunhar o esforço que fizera para não desabar diante da ideia de nunca mais nos vermos.

Também precisei ignorar a angústia que espremia meu coração ao constatar que tudo tinha chegado ao fim da pior maneira possível.

Ao dar-lhe as costas e dirigir-me à porta, encontrei Benjamin. Paralisei.

Olhei fundo em seus olhos pela última vez, enxerguei neles uma vida que poderíamos ter tido, nossos filhos, nossos netos, nosso amor consolidado e eternizado. Não encontrei nada em sua figura que eu não houvesse amado mais que a mim. Nada que me tocasse mais profundamente... Era possível sentir os aromas, os sabores, ouvir as palavras e as músicas que constituíam a história que estruturei em meus pensamentos naqueles poucos segundos.

Sentia-me decepcionada, enganada, trapaceada ao conhecer sua verdadeira alma enegrecida por uma obsessão pelo poder. Ele era um perfeito representante do despotismo, tal qual os personagens lendários e históricos que estudei durante a vida.

Gostaria de ter discernimento para, naquele momento, avaliar minha vida e o propósito de sua presença nela, mas havia sido submetida a tantos conflitos naquele curto período de tempo que já não era capaz de resgatar coerência e adquirir respostas, até porque elas já não fariam sentido, não havia mais sentido em nada.

Entre as voltas da minha mente, uma única e imutável certeza se estabelecia para sempre, por mais que eu quisesse odiá-lo, esquecê-lo e repudiá-lo, ele seria eternamente o único amor da minha vida.

Encontrei nos seus olhos uma infinidade de alegações, desculpas e declarações, da mesma forma que creio que ele tenha visto nos meus, mas a dor era mais forte e nos calou.

Ao atravessar a porta e passar por ele, reprimi meu corpo ao máximo, controlei cada impulso que me incitava a ajoelhar-me em sua frente e desmentir as juras de ódio que lhe fiz, mas minha mágoa e meu orgulho falaram mais alto, conduzindo-me a voltar para minha realidade sem que antes ele pudesse saber que meu coração ficaria em suas mãos, no reino de Birth para sempre.

Capítulo 49

Indiferente ao mundo que me cercava, cavalguei na companhia de Adam e outros dois homens por cerca de uma hora. Sobre o xale que ainda trajava, acumulou-se o pranto que me acompanhou por todo o percurso.

Ao aceitar a ajuda de Adam e deixar minha montaria, lembrei-me de Destiny, e o pranto voltou a assolar-me. Meus companheiros assistiam a minha lamúria sem nada dizer. Respeitosos, permitiram-me o momento que eu necessitava para assimilar, recordar e sofrer.

Voltei meu corpo e encarei o caminho que trilhamos até chegar ao limite do reino, pois lá ficariam as melhores e as piores sensações que vivi. Minha história com Benjamin lapidada em cada um dos lugares que vivemos nosso amor, nossas brigas sombreando os cantos que as testemunharam, e um enorme espaço preenchido pela infinidade de incertezas, coincidências e indagações que, somadas, convertiam-se naquilo do que era composta a nossa paixão.

Adentramos o barco e, de imediato, recorri aos aposentos do rei, que continuariam a me acomodar. O clima outonal estava gélido e ainda mais intenso devido à minha falta de vigor. Livrei-me do vestido e voltei a vestir-me apenas com minha camiseta, envolvi meu corpo em um cobertor e me deitei em busca de um sono que esperava que tivesse uma duração de dias.

Antes de entregar-me ao cansaço, recordei com alegria da oportunidade de me despedir do senhor Thomas. Enquanto acompanhava Adam pela saída oculta do palácio, encontrei o lorde na sala que continha a escada com acesso para nossa "fuga". Embora minhas impressões a respeito da nobreza de Birth tivessem mudado com minha descoberta referente à escravidão, sentia-me incapaz de odiar Thomas, Madeleine, Simon e todos que, de alguma forma, contribuíssem com a covardia de seu rei.

"Vá em paz, minha filha! Saiba que lhe serei grato pelo resto dos meus dias por toda a bondade que dedicou ao meu filho". Lembrei-me de suas palavras com imenso pesar e lamentei por saber que já não estaria lá para continuar a defender a integridade e inocência que eu sabia que cabiam a Simon. Mas sua inocência ficara evidente após a prisão de Margot e, em breve, ele poderia receber sua justiça.

Como garantia, consegui deixar um bilhete para que Thomas entregasse a Benjamin.

> *Majestade, Benjamin III*
>
> *A partir de hoje, não mais estarei ao seu lado para lembrá-lo do compromisso que temos para com a vida e o bem-estar de nossos semelhantes. Desse modo, venho implorar para que se recorde de mim nos dias que se sucederão e não mais invoque seus princípios de superioridade quando for necessário julgar alguém.*
>
> *Então, caso ainda exista em seu coração algum sentimento para comigo, utilize-o em prol de uma transformação em sua mentalidade e, consequentemente, na do seu povo.*
>
> *Rogo-lhe para que poupe as vidas de Simon e Margot, lembrando-o que ninguém merece morrer e muito menos matar. Julgue-os com sabedoria.*
>
> *Laura Baroni*

Apesar da mágoa incrustada veementemente em meu peito, sentia-me confiante ao acreditar que Benjamin não se desprenderia tão cedo do seu amor por mim e, assim, realizaria meu pedido. Agarrei-me a isso como meu único consolo em meio àquele absoluto acúmulo de adversidades que insistia em destinar-se a mim incessantemente.

Fechei meus olhos dilatados e ardidos.

A sensação mais presente e o meu maior desejo eram que, se eu pudesse, naquele momento, libertar-me-ia do meu próprio corpo, pois sentia cada um dos meus nervos sendo contorcidos, convertendo-se em uma aflição estridente que me impedia de encontrar qualquer tipo de paz em mim.

Não queria morrer, mas queria fugir, jogar-me ao mar, lançar-me de um penhasco, entrar em um modo de total amortecimento dos meus sentidos... Reprimi meus pensamentos, era errado pensar daquela forma, era injusto sabendo que tantas pessoas no mundo sofriam. Logo eu, que vi tantas dores de perto em meus projetos sociais, as mais diversas formas de humilhação, de doenças... Deus! *Preciso* de forças...

Não encontrei a apatia que buscava, somente um leve cochilo no qual eu ouvia com imensa clareza a voz de Benjamin, que repetia o que ele sempre me pedia antes do sono: "durma bem, sonhe comigo. Se esforce, pense em mim, lembre-se das nossas músicas e assim me encontrará em seus sonhos".

Em meu devaneio, respondia-lhe como nos dias anteriores: "eu me esforcei, fiz tudo que me pedira, mas não consigo sonhar com você...". Sua voz novamente surgiu: "então você está fazendo algo errado, ou pensando em outra pessoa mais especial que eu". Sorri denotando o quão absurda era sua insinuação antes de prosseguir com nosso diálogo: "não existe ninguém que seja mais especial que você para que eu possa sonhar". De repente, sua imagem surgiu em minha mente, eu podia vê-lo perfeitamente...

Estávamos sentados na varanda das ruínas de Richmond, abraçados, exatamente como no dia que visitamos a propriedade.

— E você, sonhou comigo? — inquiri tocando seu rosto.

— Com certeza! — respondeu-me devolvendo minhas carícias.

— Então, diga o que... — Eu já sabia sua resposta, mas queria ouvir de novo.

— Não me recordo, mas dormi bem e isso se deve sem dúvidas ao fato ter sonhado com vós.

Sorri largamente pela repetição de um diálogo que mantínhamos dia após dia.

— Isso não vale! É trapaça! — fingi um incômodo que não sentia.

— A senhorita sabe que há muito tempo não me recordo dos meus sonhos, mas sempre sei que a encontrei em um deles quando desfruto de um sono tranquilo e feliz.

Ouvir sua voz tão próxima fez-me acreditar que o encontraria quando abrisse meus olhos, mas, ao contrário, somente a solidão, da qual eu seria cativa pelo restante da minha vida, estava a acompanhar-me.

Um barulho na porta deteve minha atenção.

— Um momento, por favor! — anunciei ao elevar-me lentamente da cama e me vestir de forma adequada.

— Olá, Adam — cumprimentei o guarda.

— Senhorita Laura, já está muito tarde e ainda não a vi se alimentar. Por favor acompanhe-me até a cozinha, temos refeições que foram preparadas ainda no palácio, não precisará se desgastar, apenas se alimente.

— Obrigada, Adam, mas não desejo comer nada. Só preciso de um pouco de paz e algumas horas de sono.

Ele parecia incomodado por ser contrariado, eu sabia que eram ordens de Benjamin, que sempre se preocupara com minha alimentação.

— Mas, senhorita... — Tentou convencer-me.

— Por favor, não insista mais. Nem mesmo possuo forças para discutir com o senhor... — falei com sinceridade.

Adam mordeu os lábios reprimindo a continuidade de seus argumentos.

— Então, boa noite, senhorita! Caso precise de alguma coisa, estaremos às ordens.

— Obrigada, Adam.

Ele retirou-se imediatamente, e eu, como um animal assustado, retornei ao ninho que me abrigava, constituído pelos fios dos meus medos e os ramos das minhas decepções.

Após, outra vez, valer-me de minha camiseta, deitei-me à procura do esquecimento que nem mesmo o sono parecia me proporcionar, mas era ainda o meio mais eficaz de fazer o tempo passar.

Certamente dormiria rapidamente, afinal, meus problemas haviam me exaurido, e eu sempre adormeci com muita facilidade. Contudo, naqueles dias, meu problema não era dormir, e sim, acordar...

Sonhei com meu pai em um enorme campo de cordeiros. Ele lia um livro enquanto os animais o cercavam. Vestia branco da cabeça aos pés e carregava nos lábios um sorriso enorme que parecia ser fruto de sua leitura. Do outro lado do campo, eu estava de braços dados com Benjamin, acenamos diversas vezes com a intenção de chamar sua atenção para que eu pudesse apresentá-los, mas ele se mantinha com os olhos fixos no livro em suas mãos, e nem por um instante obtivemos seu olhar.

Quando compreendi que era um sonho, tentei abrir meus olhos, mas meu cérebro não obedeceu aos meus comandos. Um desconforto caiu sobre mim no tempo em que fiquei no absoluto escuro retorcendo-me para despertar. Embora essa sensação tenha durado poucos segundos, parecia que levara muito mais, e, quando por fim abri meus olhos, novamente encontrei o breu do quarto, que reforçava minha angústia.

Rapidamente, levantei-me e busquei por fósforos junto a uma das muitas velas disponíveis no quarto. Com a chama já acesa, introduzi meu dedo no prato que lhe dava suporte e me dirigi ao banheiro, onde joguei água no meu rosto já molhado pelas lágrimas.

A interpretação que fiz do sonho assustara-me ainda mais. Pensar que meu pai poderia... Não! Não poderia nem mesmo pensar.

Ignorei tais reflexões com firmeza, respirei fundo e sorri ao afirmar repetidas vezes: "meu pai ficará bem! Tudo dará certo!".

Temendo voltar a dormir e me encontrar novamente em uma alucinação como a recente, vesti um grosseiro roupão do rei que encontrei em seu armário. Aconcheguei-me a ele ao máximo e me surpreendi por constatar seu cheiro amadeirado distribuído pelo tecido da gola. Elevei-a até meu rosto, onde meu olfato pode se deleitar e, por alguns segundos, senti-lo mais próximo de mim.

Tentei não chorar novamente, lutei para me recompor e saí do dormitório sem saber exatamente o que buscava.

Subi as escadas que dariam ao pavimento superior e me deparei com um frio intenso trazido em uma corrente de vento que emaranhava meus cabelos e gelificava tudo que encontrava pelo caminho. Ignorei a sensação de desconforto e rumei à proa para me nutrir das lembranças de dias antes, quando ali estive com o rei. O céu, tão estrelado quanto estava naquelas noites, agora parecia mais distante e, em sua imensa perfeição, indiferente às minhas dores, parecia desejar lembrar-me que meu sofrimento não alterara sua suntuosidade e que eu deveria compreender minha insignificância.

Naquele momento, senti raiva de tudo que me cercava, de tudo que me compunha...

Como nunca fui dotada de sentimentos de rebeldia e ingratidão para com o universo, lamentei ao constatar que minha triste sorte poderia me levar a um caminho que eu muito temia, o de uma intensa e profunda amargura.

Insatisfeita com minhas recentes suposições, preferi retornar ao dormitório e, outra vez, lançar-me na incerteza de um sono que eu rogava para que não me trouxesse ainda mais motivos para padecer.

Já acomodada, antes de fechar meus olhos, ainda envolta no traje de Ben para não me afastar do seu perfume, um pensamento fez-me sorrir, supus que ele ficaria surpreso e feliz ao saber que, outra vez, encontrei-o em um sonho... Eu mal sabia que, a partir de então, isso se tornaria corriqueiro em minha vida.

Benjamin estava ao meu lado, trilhávamos o caminho da entrada de uma casa normal, creio que no Brasil, pois em nada se assemelhava à arquitetura de Birth. Aquela era sua casa, e ele apresentava-me à sua mãe, como se eu não conhecesse Madeleine, e, em seguida, à sua avó. Sorri ao ser apresentada a ambas e o mesmo recebi de sua parte. Era noite e havia outras pessoas que não pude identificar, ele vestia-se como um jovem ocidental do século 21, com bermuda jeans, camiseta e tênis. Sorria com imensa ternura, e seus olhos diminuíam, tímidos e cheios de amor. Apresentava-me sua casa, que não se parecia com seu palácio, evocando em mim profunda alegria pela proximidade de nossos mundos. Em um flash, estávamos segurando mangueiras de jardim e molhando-nos como duas crianças.

Embora tenha me sentido mortificada ao entender que tudo não passara de um sonho, pude, pelo menos, sorrir por ter sido agraciada com alguns minutos de felicidade em meio à dor constante que me aprisionava, mesmo que fosse apenas uma ilusão.

A luminosidade que invadia o cômodo sugeria o extenso período de tempo que passei imersa em sono profundo. Não me sentia preparada para enfrentar o mundo, então apenas permaneci por horas e mais horas com meu corpo estendido sobre a cama.

Meus companheiros de viagem não se manifestaram, certamente Adam os havia prevenido sobre minha relutância em seguir seus conselhos e me alimentar. Assim, somente agradeci por não precisar me explicar e permaneci trancada naquele quarto durante o dia todo. Passei tantas horas dormindo que o sono parecia se arraigar mais e mais a mim, de modo que minha fraqueza passara a substituir minha antiga energia e, com isso, padeci de poucas horas ativas e com o discernimento necessário para avaliar com racionalidade as questões que compunham o imenso fardo que eu carregava.

Assisti o sol se pôr e a noite chegar, enquanto avaliei que nunca antes — a não ser durante o tempo em que estive perdida e em viagem com Benjamin, pois não havia recursos para tais propósitos — passara um dia sequer sem tomar um banho, escovar meus dentes e me dedicar à minha higiene pessoal, que sempre encarei como um religioso ritual. Porém naquele momento, isso não me parecia errado e nem mesmo despertava em mim qualquer tipo de desconforto, pois estar jogada sobre aquela cama, sem forças, sem ânimo, expectativas e condições físicas e psicológicas de seguir com minha normalidade, era o único meio de continuar existindo.

A noite chegara trazendo um sonho que eu gostaria de não recordar...

Fiz uma ligação para Benjamin avisando-o que eu o encontraria em breve em uma lanchonete. Estava na companhia de minha mãe quando cheguei ao local e o vi do andar de cima do estabelecimento. Ele não parecia me ver, mas apresentava pressa ao puxar uma quantia de cigarros de uma carteira em sua mão. Vestia-se novamente como um homem contemporâneo, usando um moletom e calças jeans bege. Rapidamente, desapareceu do meu campo de visão como se fugisse de algo. Desci as escadas de madeira, deixando minha mãe acompanhada de uma mulher que não identifiquei e dirigi-me ao local onde há pouco eu o via. Ele não estava mais lá. Um crescente desespero tomou conta de mim. Temendo parecer inoportuna, caminhei até um grupo de garotos concentrados em frente a uma televisão e os inquiri.

— Vocês viram o Benjamin? — Não me referia a ele como um rei.

— Ele vai demorar... Quem é você? — respondeu-me um garoto que parecia saber exatamente quem eu era e evidenciava, dessa forma, a razão da partida de Ben.

— Uma amiga...

Meus pulmões não pareciam compreender sua função e, embora eu lutasse para inspirar da maneira correta, permanecia sentindo que a quantia de ar que tinha disponível não me era suficiente. Levei muitos minutos até me acalmar e finalmente concluir o simples processo, que, no momento, representava-me um imenso obstáculo.

Novamente a sombra da noite se estendia sobre mim e, outra vez, despertei com o coração em uma agitação que seguia por todo meu corpo, inclusive em minhas mãos, que eram incapazes de manter-se firmes.

O mal-estar fatigante não fora abrandado com facilidade, e cheguei a temer por minha vida, pois o ritmo no meu peito certamente ultrapassava o aconselhado, e, nem mesmo quando enfrentei meus maiores dilemas com Carlos Eduardo, experimentei uma sensação semelhante. "Acalme-se, Laura! Acalme-se", tentei convencer-me. "Respire com calma... Sua família precisa de você!". Lembrá-los trazia ainda mais medo, os batimentos perseguiam meus pensamentos, refletindo meus temores.

Senti uma vertigem e um horror ainda maior se distribuir sobre cada porção do meu corpo, levando-me a gritar por ajuda antes que fosse tarde demais.

— Socorro! — Minha voz não tinha força suficiente para encontrar ajuda.

Levantei-me apressada, obstinando-me em conseguir abrir a porta, quando finalmente o fiz, cambaleei sobre o chão do corredor assistindo à imprecisão com que se apresentavam as paredes que me ladeavam.

— Socorro!

Voltei a implorar, mas ninguém me ouvia e, outra vez, exigi meu máximo para continuar em pé, lutando por minha sanidade, lutando por minha vida. Agarrei-me a uma barra de metal fixada na parede e ensaiei alguns passos apressados, mas minhas pernas não foram capazes de fazer seu trabalho e, novamente, entreguei-me caindo sobre a madeira do piso.

Abri meus olhos e encontrei o rosto de Adam, que, atônito, encarava-me, ele carregava-me em seus braços.

Capítulo 50

— Senhorita Laura! Perdoe minha intromissão, mas preciso preveni-la sobre esses seus maus hábitos... — falou enquanto abria a porta do dormitório em posse de uma bandeja preenchida com alimentos diversos.

Eu já havia sido rude demais, então o permiti seguir com seus "puxões de orelha".

— Sei que atravessa um período difícil em sua vida, mas entregar-se deste modo em nada lhe trará benefícios. Ainda tens pela frente uma longa viagem e necessita se restabelecer com urgência, sua família espera-a, eu vi com meus próprios olhos o amor que lhe dedicam...

Adam estava certo, suas palavras não eram novidade para mim, mas eu simplesmente não conseguia... Porém, após o susto da noite anterior, prometi a mim mesma que me esforçaria mais, ou corria o risco de causar um dano irreparável à vida daqueles que tanto amava.

Apesar de não me sentir disposta para me alimentar devidamente, esforcei-me para engolir um mingau de arroz preparado por meu guardião. Passei muito tempo sem ingerir absolutamente nada, então sabia que seria um processo lento até obter novamente a regularidade dos meus hábitos alimentares.

Quando terminei, solicitei ao outro homem que nos acompanhava, Roy, que preparasse um banho, pois essa seria uma boa maneira de recomeçar. Roy tinha cerca de 40 anos, era maduro e muito sério, como todos os outros treinados pela coroa de Birth para comportar seu segredo. Mesmo ocupando os cargos mais importantes do reino, meus três guardiões não pareciam se incomodar em desempenhar as mais variadas funções a pedido de seu rei e, assim, atenciosamente me ofereciam seus serviços repletos das mais diversas finalidades, incluindo as terapêuticas.

Não creio que meu pesar tenha sido amenizado, mas, ao encarar minha irrefutável necessidade de manter-me em pé, comprometi-me com os que me acompanhavam e, principalmente, comigo mesma em tentar me restabelecer para seguir o meu caminho.

Durante o banho, longe dos olhares cuidadosos de Adam, Roy e Ettiene, voltei às lágrimas. Censurei-me, mas ainda me sentia em meio ao martírio e sabia que não fugiria dele tão cedo. Após muito analisar meu passado, meu presente e o futuro que me esperava, decidi que deveria me esforçar mais, doar-me e encontrar um meio de me fortalecer. Tais promessas me acompanhariam pelos dias que viriam, pois os períodos trevosos não deixariam de comparecer, então, a cada abatimento que me golpeava covardemente, eu buscava inverter minha dor em uma força que eu sabia ser inexistente, mas profundamente imprescindível para a sequência da minha história.

Ao sair do banho, decidi o que usar como impulso para meu propósito, uma conexão com meu mundo e a tentativa de um adeus definitivo à vida que desfrutei em Birth. Passaria a vestir-me com as roupas da antiga Laura, sabia que minha decisão não seria bem aceita de imediato, mas era necessário me reencontrar.

Calças jeans, camiseta preta e meu coturno concederam-me um leve conforto. Bem, já era um começo...

Encontrei a luz da manhã como algo que só havia em minha lembrança, nem parecia que fazia apenas dois dias que estávamos em alto-mar, pois a sensação era de um reencontro com o mundo. Sorrisos despontaram nos lábios dos homens que me acompanhavam, e me ver trajando algo incabível para sua cultura não pareceu incomodá-los, o que foi um tanto quanto intrigante...

— Que prazer revê-la nestas condições, senhorita! — anunciou a voz grave de Roy.

Acenei discretamente esforçando-me para também lhes apresentar um sorriso que, infelizmente, não perdurou por mais que poucos segundos.

— Não os incomodam minhas vestes? — Não resisti e perguntei.

Entreolharam-se antes de Adam responder.

— Senhorita Laura, tivemos contato suficiente com o seu mundo para não encararmos seus costumes como ofensa, tranquilize-se quanto a isso, pois sabemos compreender nossas diferenças. E saiba que entre nós terá todo o respeito que merece.

Pela primeira vez em dias, senti algo de bom verter do meu coração, fazendo um sorriso um pouco mais convincente surgir em meus lábios.

Preferi ficar na companhia deles, temendo retornar ao quarto, onde parecia que meus fantasmas estavam ao meu aguardo. Ouvi-os narrar histórias engraçadas, falar sobre suas vidas e suas aventuras como funcionários do mais alto escalão do rei, apenas como expectadora, pois eu não desejava compartilhar nada sobre mim, queria, na verdade, esquecer de mim.

Após minha insistência, permitiram que eu os auxiliasse na preparação do almoço, que já viera praticamente pronto de Birth. Alimentei-me como no café da manhã, fazendo um extremo esforço para conseguir ingerir pequenas porções de carnes e legumes.

Após a refeição, Ettiene favoreceu-me com uma acomodação próxima à proa. Uma rede de pano presa em um suporte específico para esse fim balançou-me vagarosamente enquanto meus guardiões tiravam um cochilo em seus aposentos. Durante o tempo em que me permaneci sozinha, uma luta interna precisou ser instaurada dentro de mim. Desviei pensamentos, ignorei lembranças e controlei lágrimas teimosas que, quando me venciam, acumulavam-se em meus olhos contra meu desejo. Apesar de tudo, sobrevivi.

Desse modo, passei o restante da tarde. Meu corpo estava suspenso pelo tecido que me embalava, e, ignorando relógios para não correr o risco de me decepcionar pela lentidão que o tempo levava para passar, quando dei por mim, observei a transferência de localização do sol, que em pouco tempo, deixaria mais um dia para trás.

A noite não se revelou com a mesma sutileza. Precisei ignorar a bruma carregada de incertezas que ela parecia me oferecer e deduzi que seria necessário o máximo da minha obstinação para avançar com o desígnio de prezar por minha vida.

Depois do jantar, em que me alimentei relativamente melhor, encorajei-me a voltar aos meus aposentos. Temia que um sonho como o da noite anterior se repetisse...

Agarrei-me novamente ao roupão de Benjamin e adormeci sem sonhos, nem pesadelos, nem nada que me acompanhasse além da sua voz ecoando entre um sorriso: "durma bem, sonhe comigo!".

Ao acordar, sentia-me menos aflita, mas a dor ainda estava lá, como um enxame de abelhas pronto para me atacar ao primeiro toque. Preferi não correr o risco e rumei imediatamente a um banho e posteriormente ao café da manhã, no qual apenas algumas frutas me apeteceram.

— Senhorita, comendo feito um passarinho, irá desaparecer! — alertou-me Adam.

Nem havia percebido o quanto de peso havia perdido desde o início da minha aventura, principalmente nos últimos dias, e pude certificar sua observação ao perceber que meu jeans já não se ajustava ao meu corpo como antes.

— Tem razão, Adam! Em breve recuperarei os quilos perdidos e espero que muitas outras coisas que deixei pelo caminho... — Soei melancólica, não pude evitar.

— Senhorita, se me permite, há algo que eu gostaria que soubesse...

Ele parecia constrangido. Respirei fundo e o permiti falar. Supunha que seria relativo a Ben, mas o deixei prosseguir, pois não desejava parecer grosseira. Acenei concordando.

— Creio que sua partida de nosso reino tenha causado imensa dor a vós e à Sua Majestade... — Seus olhos aumentaram na proporção que desenrolava sua narrativa. — E, pelo que pude constatar, estás a carregar uma profunda mágoa por descobrir que, em Birth, vivemos em um sistema escravocrata. — Ouvir tais palavras me conduzia diretamente ao ápice do meu rancor, precisei de equilíbrio para permitir que continuasse. — Contudo, como um filho fiel de Birth, bem como e, sobretudo, fiel ao meu senhor, sinto que devo elucidá-la sobre questões que desconhece para que não pense que todos os moradores, governantes e representantes do reino em geral compartilham dessa crença. — Engoli seco um discurso pronto, não me sentia hábil para um debate. Assim, ele teve espaço para continuar. — A escravidão africana chegou a Birth com seus primeiros habitantes, como deve deduzir, porém creio que não saibas que esses escravos levados até lá também participaram da idealização do nosso mundo. Certamente não será novidade para a senhorita que as pessoas que viviam em tais situações sofriam os mais diversos abusos em todos os cantos do mundo, inclusive na Inglaterra do século 18, embora em menor escala que no restante do mundo.

Entretanto a construção de uma sociedade com melhores condições não estava restrita aos brancos europeus, esse desejo também se estendia aos escravos vítimas dos maus tratos. Os homens de poder comprometidos com a formação de Birth selecionaram um grande número de cativos, geralmente com os quais já mantinham laços afetivos de outros tempos, e os permitiram também desfrutar desse novo mundo. Uma vez lá, embora ainda com uma escravidão vigente e hereditária, passaram a ter direito a uma constituição com uma extensa lista de itens que os protegia. — Meus olhos estreitavam-se à medida que suas palavras chegavam a mim e minha curiosidade ganhava força. — Esse sistema se manteve por muitos séculos e nunca em nossa história houve um relato sobre a morte de um escravo por negligência ou mesmo violência. De qualquer forma, Benjamin II não concordava com a permanência desse sistema e, em seu governo, lutou contra seus lordes para abolir definitivamente a escravidão, porém foi vencido por seu conselho. Sinto-me feliz em poder dizer que ele conseguiu promulgar uma nova lei, que certamente lhe será familiar, a Lei do ventre livre. — Minha respiração passava a ficar mais leve. — Já seu filho, nosso rei, prosseguiu com os intentos de seu pai, e, desde o início do seu governo, mantém uma guerra ferrenha com a parte do seu conselho que o desaprova. — Adam ficou mudo por alguns segundos, apenas assistindo a minha reação.

Por alguns instantes, não consegui pensar com clareza para ser capaz de formular algo adequado a declarar, apenas suspirei profundamente enquanto integrava os inúmeros pensamentos que vagavam em minha mente.

Quando dei por mim, uma dúvida que havia sido camuflada por meu orgulho se manifestou sem que eu pudesse mais evitá-la.

— O senhor acha que fui injusta com seu rei? — perguntei mesmo sabendo que guardava a resposta dentro mim.

— Sim, sem dúvidas, senhorita... — respondeu Adam sem titubear.

Outro longo suspiro deixou meus lábios...

— Se me dá licença, preciso refletir sobre tudo que me disse... — anunciei antes de me retirar.

Caminhei em direção à rede de pano deitando-me sobre ela e, dessa vez, consegui aconchegar-me. Uma paz acompanhava-me e pus-me a avaliar cada uma das palavras de Adam, dessa forma encarei Benjamin como o via desde que o conheci, quando, mesmo sem nada saber a seu respeito, apaixonei-me. Sua bondade, sua pureza e honestidade, novamente ilustradas através do faro dos meus instintos, apontavam para ele como o único homem no mundo dotado das características que busquei encontrar em uma pessoa. Sim! Ele voltava a reinar em meu coração.

Apesar do peso em minha consciência, sentia-me mais leve. Obviamente estava aturdida pelo arrependimento de ter negado ao nosso amor a despedida que merecíamos e também por ter lhe causado dor quando ele parecia ser inocente das acusações que lhe dirigi. Porém, novamente se fortaleciam em mim as virtudes que me faziam amá-lo com tanta devoção e, assim, em meu mundo as cores voltavam a aparecer, os sons ressurgiam com nitidez e a minha alma outra vez se encaixava em meu corpo, fazendo-me renascer...

Respirei com leveza pela primeira vez em dias, e um sorriso despontou em meus lábios.

Ele era merecedor do meu amor... A certeza de antes voltara para me consolar!

Um ímpeto elevou-me, fazendo-me correr em direção ao dormitório. Encontrei papel e caneta em minha mochila e deixei que meu coração ditasse as palavras que atenuariam a dor causada ao meu grande e único amor.

Uma carta não consertaria o estrago que causei, mas pelo menos lhe certificaria sobre a permanência de meus sentimentos. O mesmo dirigi à Madeleine, minha mais estimada e querida amiga... Lembrei-me de quantas vezes me defendera perante Margot, das inúmeras vezes que me oferecera seus carinhos maternos, das nossas conversas, suas curiosidades e *Ah*... Como pude tratá-la daquela forma? Passei a censurar-me, mas assim como em relação a Benjamin, aliviava-me o fato de voltar a vê-la com a mesma admiração de antes.

Contudo foi impossível não encarar a realidade...

Nunca mais beijaria seus lábios, seus olhos, sua face... Não tocaria o céu através do seu corpo entranhado no meu, não ouviria a serenata produzida por sua voz dizendo-me "Senhorita Laura", não sentiria seus braços envolvendo minha cintura e proclamando seu amor por mim, mesmo que em silêncio.

Sentiria falta do olhar apreensivo que o perturbava quando era incapaz de resistir e me buscava entre a multidão. Sentiria saudades de vê-lo relutar contra o amor por mim que o tomava por completo, mesmo contra sua vontade. Seu ciúme desnecessário, manifestação do seu apego, da exigência de minha existência como pertencente a ele, do seu orgulho estampado no sorriso ao exibir-me como sua. Das declarações disfarçadas de cuidado, dos cuidados disfarçados de declarações... Da admiração desenhada em sua expressão ao conhecer meus devaneios, minhas teorias. Da seriedade com a qual encarava meu ofício quando lhe narrava as histórias que ele desconhecia. Do fascínio que nele despertei evidente na insegurança que lutava para esconder. Do amor doce, calmo, infrene, cruel, maçante... Ao encontrá-lo, encontrei também um mundo de novos significados, de novas sensações. Deparei-me com o vazio que me ocupava sem que eu soubesse, da escassez que me acompanhava ao longo dos anos, do desprovimento de conhecimentos que carreguei no tempo que me julguei tão cheia de certezas.

Benjamin de Birth não fora apenas um homem a quem amei, fora também, e principalmente, a resposta para todas as minhas inquietações, o resultado das minhas buscas, as certezas das minhas indagações, a chave para os meus dilemas, o prêmio pelo meu martírio, o sentido da minha vida.

Todos os detalhes estariam preservados e protegidos em um local seguro dentro de mim. Por meio deles, alimentaria minha alma nos anos que estavam por vir. Não me permitiria esquecê-los ou negligenciá-los pelo menor tempo que fosse, exercitaria minhas lembranças para que pudesse agarrar-me a elas quando partisse deste mundo com a certeza de que um dia, mesmo que por pouco tempo, amei e fui amada em plenitude e reciprocidade.

Creio que todas as pessoas deveriam viver tal sentimento, mesmo que fosse por uma única vez na vida.

Capítulo 51

O restante do dia transcorreu durante meu refazimento. Minha busca por equilíbrio começava a surtir efeito e eu já me sentia preparada para retornar ao meu lugar, perto da minha família, que, certamente, ofertaria toda a força que eu necessitava para prosseguir, do mesmo modo que encontrariam em mim a fortaleza que sempre representei a cada um deles, sobretudo meu pai.

A noite impedia-nos de enxergar com exatidão o oceano que nos cercava, já havia passado das 22h quando ancoramos em uma ilha e demos início à preparação da continuidade de nossa viagem. Trinta minutos depois, meus poucos pertences já estavam reunidos para me acompanhar, e um adeus definitivo ao meu mundo secreto se anunciava.

— Adam... — chamei atenção do guarda enquanto lhe entregava minha bagagem. — Posso ficar com isto? — Apresentei-lhe o roupão de Benjamin em minhas mãos.

Um sorriso nasceu em seus lábios, resultado de uma tranquilidade que irrompia por constatar que sua missão havia sido cumprida quando percebera que meu coração já perdoara seu rei.

— Mas é claro, senhorita!

— Obrigada! — falei aconchegando-me à peça entre minhas mãos. Enrolei a porção de tecido guardando-a em uma bolsa de pano que Roy encontrara, seria minha recordação material da aventura que vivi.

— Nossas montarias aguardam-nos, está tudo pronto para partirmos — informou-nos Ettiene.

— Assentimos em silêncio e rumamos ao egresso.

Olhei para cada detalhe da embarcação rezando para jamais me esquecer de cada fragmento que compunha meu sonho vivido. Em uma marcha lenta e nostálgica, acompanhei com os olhos e revivi meu amor por Benjamin e o que senti ao seu lado na viagem que nos levara para o lado de lá, ao encontro de seu mundo. Meus dedos seguiam os contornos por onde eu passava, e a cada toque eu buscava obter um pouco mais de certeza de que aquilo não havia sido um sonho.

Quando, enfim, meus pés tocaram a areia, lancei meu olhar para o barco e, sem sentir dor, deixei as lágrimas correrem livremente. Sentia-me grata... Nem confusa, nem arrependida, nem mesmo me achava sendo vítima de uma injustiça como pensara dias antes. Somente agradecida por ter sido escolhida entre milhares e milhares de pessoas para protagonizar a história de amor mais linda que o universo já contou.

Ali, tive certeza de que tudo acontecera como deveria, afinal, nada fora ensaiado.

Nossas falas, nossas brigas, os sorrisos sinceros e despretensiosos... Um acúmulo de acontecimentos autênticos que, integrados, resultavam em um relacionamento que jamais poderia ter sido programado ou idealizado nem mesmo no mais criativo dos meus sonhos e, mesmo assim, fora perfeito em toda a sua forma e apesar de todas as suas limitações.

"Wise man say

Only fools rush in

But I can't help falling in love with you..."

A trilha sonora do sentimento que compartilhamos foi cantarolada baixinho, com a voz embargada pelo meu pranto solto e contínuo no tempo em que fotografava com meus olhos as últimas imagens que me conectavam aos sonhos que ali eu deixaria.

Com absoluta nitidez, seu beijo tocou meus lábios e eu poderia jurar que ele estava comigo naquele momento...

Adeus, Majestade...

Capítulo 52

Segurei com força as rédeas do cavalo e respirei fundo antes de seguir com a nova etapa da peregrinação que me levaria ao encontro da minha antiga vida.

Avaliei cada uma das etapas que haviam sido mencionadas por Roy ainda na embarcação.

Cavalgaríamos por cerca de duas horas, até encontrarmos com um acampamento montado especialmente para o meu retorno. Quando estiveram no Brasil, há poucos dias, os homens de Benjamin já haviam sido instruídos a planejar meu retorno, que poderia acontecer a qualquer momento, devido a isso, fora organizada a "Operação Laura" — sorri quando Roy a citou. A operação contava com um grupo de agentes secretos da coroa inglesa, o mesmo grupo responsável por estabelecer as relações entre metrópole e colônia. À nossa espera, além dos homens que me levariam a Londres, também estava um helicóptero, que trataria de me levar à capital inglesa da forma mais rápida possível.

Sentia um frio congelar meu corpo sempre que refletia que minha modesta viagem a Derbyshire, com o simples intuito de conhecer a propriedade que abrigou, Mary Stuart, havia sido a porta de entrada para o meu envolvimento em uma conspiração mundial.

Em determinada parte do trajeto, adentramos uma trilha em meio à floresta que nos obrigou a diminuir o ritmo, o que agradeci, já que, há mais de meia hora, cavalgávamos em um compasso frenético.

Mantive-me ao lado dos outros, que, como eu, cavalgavam no limite que a estrada permitia. Desviávamos de árvores e arbustos diversos no tempo em que permanecíamos presos em nossas introspecções. Depois de muito tempo em que passamos isolados em nossas reflexões, entreguei-me ao murmúrio sussurrante de uma melodia qualquer como sempre fazia quando necessitava encontrar um pouco de paz.

— Senhorita Laura... — Irrompeu a voz de Adam em meio à minha distração.

— Sim, Adam — respondi após os segundos necessários para que eu regressasse à realidade.

— Sua voz é muito bonita! — elogiou-me revelando que ele e seus amigos haviam compartilhado do meu recente devaneio.

— Obrigada... — agradeci envergonhada.

— Se me permite, há algo que Sua Majestade pediu para que eu lhe entregasse, e creio que este seja o melhor momento... — continuou estaqueando seu trote e levando a mim e aos outros a acompanhá-lo.

Concordei em silêncio, ele apenas via meu rosto por meio da luz da enorme lua que nos guiava na absoluta escuridão e por meio da chama do pequeno lampião suspenso em suas mãos.

— Ettiene... — Adam recorreu ao colega, que parecia já saber do que se tratava. Observei a rápida movimentação de ambos e, em poucos instantes, um saco de tecido escuro transformado em um embrulho me foi entregue. Nem mesmo precisei abri-lo antes de identificá-lo.

Meu violão!

Sorri ao correr meus dedos e desfazer o nó que o prendia enquanto um misto de sentimentos emergia feito um vulcão incontrolável. Imediatamente, meus pensamentos transportaram-me de volta há poucos dias, quando de Ben afastei-me para sempre sem que sequer lhe ofertasse um abraço como meio de finalizarmos devidamente nossa relação. Seria apenas um adeus apropriado e eu lhe neguei...

Guardei o instrumento e retomamos nossa viagem sem que mais comentários fossem proferidos, contudo minha agitação crescia e a consciência da minha falha passava a ganhar um lugar de destaque em meus pensamentos. "Como eu pude?", repetia sem parar em minha mente.

Subitamente, a melodia de antes voltou a se destacar transformando-se em uma canção capaz de traduzir com exatidão a maneira como eu me sentia naquele momento. Sem me importar com a presença de Adam, Roy e Ettiene, cantei *Creep* como se eu mesma a houvesse escrito a partir de minha experiência com Benjamin, pois ela era a forma mais adequada de verbalizar minha admiração, meu amor e minha culpa. Sobre meu cavalo, que se arrastava, parecendo constrangido pela cena ridícula que eu protagonizava, mantive-me cantando e, ao chegar ao refrão, não mais suportei e, aos gritos que acompanhavam meu pranto, proclamei minha condição de "verme", despertando profundo assombro em meus companheiros, que, com as cabeças voltadas em minha direção, não desgrudavam de mim seus olhares assustados e complacentes.

Sem dúvidas, uma das cenas mais patéticas da minha vida.

Capítulo 53

— Não se sinta envergonhada, senhorita, não há nada de mal em expor seu amor e seu sofrimento... — consolou-me Roy depois que cavalguei aos gritos por muito tempo, avaliei a cena, — e os palavrões, — e desculpei-me com todos.

— Mas é claro que não deve se desculpar. Além de quê, como eu já havia dito, sua voz é muito bonita — Adam tentou me acalmar. — Poderia continuar com seu martírio, inclusive, foi uma satisfação ouvi-la. — Além da gentileza, senti também sua ironia.

— Obrigada, mas acho melhor não... — proferi ainda encabulada, envergonhada.

— Ora, senhorita, conhecemos as máquinas que os carregam durante as viagens, e, em todas elas, existe um dispositivo que emana canções como se carregasse orquestras completas dentro de si. Não vejo o porquê de não nos agraciar com uma viagem mais agradável na companhia da sua linda voz — revelou Ettiene fazendo-me sorrir largamente.

— Está se referindo a carros e rádios, Ettiene? — perguntei tentando controlar o riso.

— Sim, senhorita. E apreciamos muito tal invenção... Não é mesmo? — inquiriu aos seus companheiros, que concordaram estupefatos pelos avanços que lhes foram apresentados.

Seguimos nosso percurso de maneira mais tranquila e ritmo diminuto por mais alguns quilômetros, nesse tempo, distraí-me com as engraçadas opiniões que tinham meus acompanhantes a respeito do conhecimento que obtiveram do meu mundo.

Dentre as pessoas que pude conhecer em Birth, certamente aqueles três cavalheiros se encaixavam entre as que haviam conquistado minha amizade e minha confiança.

Cerca de 30 minutos depois, chegamos, finalmente, ao nosso destino, por ora.

Em meio à escuridão, a luz de algumas velas revelava o local escolhido para a estrutura montada como palco da "Operação Laura". Sempre sorria ao encarar minha relevância naquela cena.

Ao aproximarmo-nos, pude visualizar uma tenda de tecido bege, com cerca de cinco metros de largura, de onde saíram dois homens. Apresentamo-nos com todas as formalidades exigidas pelas circunstâncias após deixarmos nossas montarias.

Os dois homens pareciam, assim como os que me acompanharam até ali, não ter mais de 50 anos. Também eram altos e encorpados, de expressões austeras e reservadas.

Steven Creig era muito bonito. Olhos pequenos e suaves alinhavam-se perfeitamente a um nariz bem delineado e lábios finos que se adequavam aos contornos de sua face. Os cabelos, de um castanho quase cinza, estavam perfeitamente penteados em um topete discreto, e de forma alguma parecia estar abrigado por um acampamento em meio ao nada, pois além de uma fisionomia bem tratada, ainda trajava um terno preto, assim como a gravata bem alinhada e sapatos lustros como se estivesse pronto para comparecer em um baile a *black-tie*.

Tão apresentável quanto Steven, porém menos atraente, era Nicholas Bettany. Parecia ser um pouco mais velho, além de calvo, face arredondada e com grandes olhos azuis, nariz avantajado e lábios encorpados.

— Seguiremos daqui milorde. — Referiu-se Nicholas a Adam. — Já está tudo pronto. — Uma certa hierarquia parecia consolidar a relação do grupo, e a hegemonia dos homens de Birth era muito evidente.

— Sim, Nicholas. Permaneceremos no acampamento para descansar durante a noite e regressaremos a Birth antes do amanhecer.

Steven e Nicholas voltaram à tenda e, em poucos segundos, retornaram com pequenas malas escuras. Apanharam minha mochila e meu violão antes de solicitarem minha companhia para seguirmos.

Naquele momento, compreendi que mais uma etapa havia sido concluída. Além de precisar obedecer a uma separação forçada do homem que amava, ainda havia o martírio de vivê-la aos poucos e de forma agonizante.

Olhei para Roy, Ettiene e Adam uma última vez. Meus olhos novamente entregavam minha condição. O pesar estampado em cada uma das faces me comovia ainda mais e, ignorando as formalidades, abracei a cada um com intensidade.

— Agradeço por tudo que fizeram por mim, jamais os esquecerei... — falei enquanto me afastava.

— Seja feliz, senhorita — falou Roy, que, de maneira muito doce, também perdia a luta contra as lágrimas.

Caminhei alguns passos e voltei a eles meu corpo antes de seguir definitivamente.

— Digam a Benjamin que o amo e o amarei para sempre! — gritei sem me importar que Steven e Nicholas tivessem conhecimento sobre meus sentimentos.

— Ele saberá disso, senhorita. Pode acreditar! — afirmou Adam.

Acenei enquanto meu pranto se intensificava, acompanhando-me no caminho que trilhava seguindo meus novos guardiões.

Em poucos metros, avistei com os olhos encharcados um enorme helicóptero preto, eu jamais havia visto um em toda a minha vida e, se não estivesse tão preenchida pela melancolia, certamente sentiria medo de ingressar em uma viagem a bordo de uma máquina daquela proporção, embora já tivesse viajado algumas vezes de avião, aquilo parecia ser diferente, mais imponente, mais agressivo.

Steven e Nicholas, como piloto e copiloto, acomodaram-se à minha frente, assim, tive privacidade para, silente, chorar ininterruptamente por boa parte do caminho.

O cansaço da viagem, aliado ao esgotamento por encarar o fim de mais um estágio do meu regresso, fez-me adormecer, e, quando enfim despertei, pude encarar do alto as luzes de Londres, que pareciam ter se multiplicado para me receber. Na verdade, precisei de alguns segundos para compreender que eu é que havia me afastado do mundo desenvolvido e não mais estava acostumada com suas características.

Pensar nisso me fez lembrar que ali eu teria meios de me comunicar com a minha família e, de repente, algo de bom passou a invadir meu coração.

— Senhor Bettany. — Pelo microfone, chamei o homem com quem não havia trocado uma única palavra durante a viagem, assim como com seu colega.

— Sim, senhorita — respondeu-me de imediato.

— Eu preciso de um telefone! Preciso falar com minha família.

— É claro. Assim que aterrissarmos, terá o que desejar. — Ele não parecia compreender minha urgência.

— E isso vai demorar? — tentei denotar minha apreensão.

— Cerca de 20 minutos, senhorita.

— Ok. Obrigada, de qualquer forma — agradeci enquanto suspirava derrotada.

"Acalme-se, Laura! São só mais alguns minutos". Lutei contra a insistência da minha ansiedade.

Vinte minutos tão longos se estenderam ao seu máximo e, quando eu já estava prestes a cometer o inconveniente de pedir "ainda vai demorar muito?", observei a organização para a aterrissagem, que trouxe um misto intenso de excitação e medo.

Alguns minutos depois, o helicóptero pousou na cobertura de um prédio no centro de Londres. Outro grupo de homens já estava à nossa espera. Fui apresentada a todos eles, mas não me recordo seus nomes, pois minha atenção estava única e exclusivamente voltada para o fato de qual dos presentes me emprestaria um telefone.

Enquanto debatiam as questões correspondentes à Operação, aproximei-me do Senhor Bettany.

— Hey... — sussurrei. — Telefone. — Continuei ao gesticular com os dedos o que simbolizava meu pedido.

Nicholas apresentou-me a palma de sua mão, pedindo-me calma. Sem escolhas, assenti novamente.

— Senhorita Laura. Em que local estava hospedada no tempo em que ficou em Londres? — Inquiriu-me Steven.

— No hostel Free Road... — Respondi rapidamente, eu tinha pressa.

— Ok. E creio que os seus pertences ainda estejam lá, não é mesmo?

— Steven fez-me pensar em algo que eu ainda não havia avaliado. Sumir por tantos dias certamente era motivo para que os responsáveis pelo hostel se desfizessem de todas as minhas coisas, porém efetuei o pagamento adiantado de alguns meses, então passei a acreditar que não teria uma surpresa negativa quando lá chegasse. E, mesmo que não estivessem, esse era o menor dos meus problemas no momento. Fiz um gesto confirmando, e o senhor Craig prosseguiu.

— Senhorita, sua passagem de volta já está comprada, nosso desejo seria acompanhá-la até o Brasil, mas acreditamos que, para não levantar suspeitas, seja necessário que regresse por meio de um voo comercial comum, pois seu visto ainda está vigente, e assim não terá maiores problemas.

Eu não havia avaliado as burocracias naturais de minha condição no país, mas tranquilizei-me pela maneira sucinta explanada por Steven.

— Sim, senhor Craig. Creio que essa seja a melhor forma.

— A deixaremos no hostel, mas seu voo sairá em duas horas, e creio que não terá tempo para descansar.

— Ótimo! Não quero perder tempo, quanto mais rápido melhor.

Steven Craig concordou e analisou o brilhante relógio no pulso esquerdo antes de prosseguir.

— São 4h57 da manhã, senhorita. Estaremos em frente ao hostel às 6h em ponto para levá-la ao aeroporto.

Despedimo-nos do restante do grupo, e permaneci com a companhia apenas de Steven e Nicholas outra vez. O suntuoso prédio de luxo era, na verdade, um hotel e, quando inquiri ao senhor Craig pelos motivos de escolherem um local tão visado para a aterrissagem, sua resposta foi convincente.

— Ninguém sabe de onde viemos, senhorita. Existe uma torre de tráfego aéreo responsável por nossos voos secretos. Fique tranquila, temos pessoas de nossa confiança aqui e, para os demais, somos apenas como todos os outros que transitam pelos corredores deste hotel todos os dias.

A recepção do estabelecimento era imensa, a atravessamos rapidamente alcançando a saída, onde uma limusine nos aguardava. Adentramos o veículo e rumamos para o hostel.

— Agora, alguém poderia, por gentileza, emprestar-me um telefone? — pedi mais uma vez.

— Sim, é claro — disse Nicholas, que parecia ter esquecido.

Meus dedos tremiam enquanto eu discava apressada. Enquanto chamava, percebi os olhares de Nicholas e Steven a me observar. Eles assistiam à minha inquietação e não duvido que tenham ouvido a pressa com que meu coração batia dentro do peito.

— Alô! — A voz de minha mãe...

Caí no mais profundo pranto.

— Mãe! — Meu oxigênio parecia desaparecer.

— Laura! — Creio que o dela também, pois, por alguns segundos, não mais ouvi sua voz. — Onde você está, meu amor? Por favor, não desligue... — Seu medo ficou tão evidente que parecia me partir ao meio.

— Eu não vou, estou voltando, mãe...

— Graças a Deus!

— Como está meu pai? Diga-me que ele está bem! Por favor!

— Oh, querida. Sim, ele está reagindo. Fique tranquila, não pense nisso agora. Fale-me de você, alguém a machucou? O que aconteceu? Explique-me, por favor!

— Não consigo não pensar, fale-me sobre ele... — Uma enorme difusão de sentimentos parecia me sufocar. Tentei me acalmar.

— Ele ainda está hospitalizado, mas seu quadro está se estabilizando aos poucos. Em breve estará conosco, tenho certeza disso. Agora me fale onde você está! — exigiu.

— Mãe, estou em Londres. Em pouco tempo saio daqui e amanhã, antes da noite, já estarei em casa com vocês.

Ela já não conseguia falar, parecia não acreditar que aquilo estava realmente acontecendo, assim como eu...

— Conte-me o que aconteceu, Laura. Precisamos saber de você, pois nada do que nos disseram faz sentido...

Eu compreendia suas razões para me indagar daquela forma. Mais calma, consegui prosseguir com nosso diálogo.

— Eu encontrei alguém, mãe... O homem da minha vida. Mas preciso olhar em seus olhos para lhe contar. Confie em mim, tudo que lhe disse no vídeo é verdade e o resto lhe explicarei quando estivermos juntas.

— Sim, é a Laura... — Ouvi minha mãe dizer, e de repente a voz de Antônio surgiu.

— Lau! É você? — Ele também chorava, incrédulo.

— Sim! Sou eu...

— Onde você está? — inquiriu-me, mas, antes que eu pudesse respondê-lo, foi a vez de Luiza.

— Lau! Meu Deus, é você? — Quase não compreendi suas palavras cortadas pelos soluços do seu pranto.

— Sim, sou eu, Luiza...

O restante do diálogo seguiu dessa forma, enquanto eles disputavam pelo telefone eu lhes assegurava que em breve estaria de volta. Quando percebi já estávamos em frente ao hostel, precisei desligar para poder chegar o mais rápido possível em casa. Tranquilizei-os quando disse que manteríamos contato durante a viagem e, após uma série de juramentos que afirmavam minha segurança, encerramos a ligação.

Embora aturdida e muito emocionada, um peso imenso havia sido removido das minhas costas ao conseguir, depois de tanto tempo, acalmar aqueles a quem eu mais amava.

Suas vozes ainda ecoavam em meus pensamentos e, mesmo chorando, confusa e abalada, despedi-me e saí às pressas do veículo, lançando-me para o interior do hostel visando retornar o mais rápido possível ao Brasil.

Como previ, meu quarto estava como eu havia deixado e, em 15 minutos, eu já havia feito minhas malas — tempo recorde para mim.

Conectei meu telefone celular à energia, precisava continuar o contato com minha família, pois eles certamente não mais conseguiriam adormecer aquela noite.

Olhei ao meu redor, recordei-me do dia que, animada, planejei minha viagem a Derbyshire... O destino era algo engraçado... Creio que tão inexplicável e mágico que tornava difícil encará-lo com seriedade.

Ao ser apresentada ao meu, condenava-me por ter escolhido um caminho que me traria tanto sofrimento, o maior que senti em minha vida. Separar-me de Ben só não era pior que o temor pela vida do meu pai, contudo, devo confessar, envergonhada, que meu coração sentia quase uma dor equivalente. Censurei-me por pensar dessa maneira, mas eu não era capaz de evitar e, novamente, padecia ao ter meus pensamentos divididos entre minha dolorosa despedida de Birth e a condição em que encontraria meu pai.

A probabilidade de estar realmente vivendo aquele martírio era tão remota que eu chegava a pensar que nunca havia saído do Brasil, e que, a qualquer momento, meu despertador acordar-me-ia para que eu iniciasse mais um dia normal, comparecendo à escola, cuidando dos meus alunos, ajudando minha mãe, indo até o lar para visitar minhas crianças...

Nada parecia real, mas a dor que eu trazia no meu peito pelo amor que deixei em Birth era a prova física de que o que eu vivi não fora um sonho e, quem sabe, minha única e eterna conexão com Benjamin.

Minhas reflexões não me abandonavam nem por um segundo e acompanharam-me durante um banho e durante o tempo em que troquei mensagens com minha família, inclusive por fotos, pois precisava dar provas de minha segurança.

Minha imagem tranquilizou-os e, ao mesmo tempo, assustou-os, devido ao meu abatimento e perda de peso. Prometi que em breve voltaria a ser a antiga Laura, mas eu sabia que essa promessa só incluía meu corpo, pois minha alma nunca mais seria a mesma. Carregaria eternamente as cicatrizes, as manchas, os novos contornos e, acima de tudo, uma saudade que me permitiria viver apenas de maneira limitada, sem jamais voltar a sonhar, a buscar um amor, até porque não faria sentido buscar algo que eu já havia encontrado.

O tempo pareceu favorecer-me e, quando dei por mim, já embarcava novamente na limusine e rumava ao aeroporto de Londres...

De maneira solene, despedi-me de Steven e Nicholas e embarquei, desejando, mais uma vez, que um entorpecimento tomasse conta de mim até meu destino final. Carregava na bolsa um indutor de sono e não pensei duas vezes antes de ingerir dois comprimidos que, em poucos minutos, trouxeram aos meus olhos um imenso peso e um total abatimento dos meus sentidos.

Nas horas seguintes, abri meus olhos com dificuldade quando alguma voz se sobressaía e atrapalhava meu sono, mas, em poucos segundos, o efeito do remédio manifestava-se e eu voltava para a completa escuridão de onde não pretendia sair tão cedo.

Meu plano de dormir durante a viagem foi um sucesso, e apenas no final daquela tarde despertei de fato e voltei a me relacionar com o mundo que me cercava.

Chegamos a São Paulo pouco depois das 18h, e, imediatamente, enviei uma mensagem a Luiza comunicando que, finalmente, já estava no Brasil. Aproveitei o tempo para tentar comer. Vaguei por duas horas entre os corredores do aeroporto de Guarulhos observando as pessoas que por mim passavam. Vestidas com a indumentária contemporânea, falando português, manuseando seus inúmeros dispositivos tecnológicos... Aquele não parecia mais meu mundo... Sentia-me desembarcando de um livro de Jane Austen sem qualquer ideia de como encarar tantas informações contrárias às que povoavam minha mente.

A vantagem de estar situada em um aeroporto nas condições em que eu me encontrava era que a pressa do século 21 impedia que as pessoas se atentassem à minha figura estranha, acuada e retraída. Mesmo aqueles em quem esbarrei pelo caminho, ignoravam-me sem de maneira alguma imaginar as histórias que eu tinha para contar, mesmo que não pudesse...

Quando, finalmente, meu voo foi anunciado, rumei ao portão indicado com o máximo de agilidade que meu torpor permitia. Acomodei-me na poltrona, segui as instruções do voo e petrifiquei-me durante a hora seguinte, anestesiada pelo encontro que traria a mim meu antigo mundo.

Após o pouso, pus-me em pé de imediato e descartei os olhares que me acompanhavam enquanto eu me dirigia à saída antes mesmo desta estar disponível. Alguns minutos depois, quando enfim a liberaram, corri pelos degraus do avião, atravessei a pista de pouso e, ofegante, adentrei os portões da sala de desembarque encontrando, de imediato, três figuras tão aterrorizadas e emocionadas quanto eu. Lancei pelo caminho minhas malas de mão e introduzi-me no abraço que me ofereciam, contando-lhes, sem precisar de uma única palavra, cada sensação que vivi e que trazia cimentada em meu peito de uma forma tão profunda que transcendia, exalava e gritava, mesmo em silêncio.

Sem mais suportar, senti minhas pernas trepidarem levando-me ao chão. Minha mãe, Luiza e Antônio acompanharam-me e, ainda envolvendo-me naquele abraço tão terno, compartilharam do meu pesar também me apresentando os seus. Vivíamos as mesmas aflições, os mesmos medos e sentíamos o mesmo alívio pelo meu regresso. Incrédulos, olhávamos nos olhos, tocávamos a pele e lutávamos para acreditar que o fim do meu sonho, ou pesadelo, realmente estava acontecendo.

Capítulo 54

Na viagem até nossa cidade, preferi coletar todas as informações possíveis a respeito do estado de meu pai. Desconfiados e curiosos, insistiram para que lhes narrasse meu segredo, mas os convenci de que antes eu precisaria estar em casa e, com calma, contar-lhes-ia tudo, sem omitir ou mascarar o que quer que fosse.

O ambiente vibrante que costumava exalar quando estávamos juntos já não mais existia. Mesmo lutando para disfarçar, percebi nas expressões de minha mãe e dos meus irmãos que eu não fora a única a ter a aparência marcada pelo sofrimento. Antônio estava com a barba por fazer, o cabelo, que sempre estivera impecavelmente cortado, agora excedia os limites de suas têmporas, desalinhado, assim como suas roupas, seus gestos e toda a perturbação mental que se exteriorizava em sua imagem. Na mão direita, uma atadura chamou minha atenção, mas, ao questioná-lo sobre o motivo, ele respondeu que não era nada demais, apenas um simples machucado.

Luiza, com os cabelos presos em um rabo de cavalo, também se vestia sem sua habitual elegância. Não trazia nos enormes olhos o brilho intenso sempre presente, nem nos lábios o constante sorriso, estava desprovida de sua segurança, do seu orgulho e das certezas que pareciam ter nascido com ela e que jamais a abandonavam. Assemelhava-se a uma garotinha amedrontada, e quase não a reconheci.

Minha mãe então... Desolada, enfraquecida, parecia ter envelhecido anos e, mesmo ainda mantendo sua incomparável beleza, já não cintilava, não mais emanava a paz fonte de conforto para os seus filhos.

Em determinada parte do trajeto, lancei meu olhar pelo vidro do carro e observei a noite do início da primavera em silêncio. Refleti sobre o que restara de minha família, pois em nada parecíamos com as pessoas que, semanas antes, faziam aquele caminho inverso, cheios de sonhos que por eles eu viveria, de expectativas uníssonas que nos tornavam a família amorosa e unida que éramos.

Foi impossível não admitir minha culpa como o motivo de tudo de ruim que haviam passado, e, mesmo assim, ainda ofertavam-me o amor, o carinho e o abrigo que vertia de seus corações, ainda que estraçalhados.

Ao longo do caminho, obtive detalhes perturbadores sobre a tentativa de assassinato proferida por Carlos Eduardo que vitimou meu pai.

— Seu pai saiu da escola e me ligou avisando que passaria na farmácia para comprar algumas pastilhas para uma dor na garganta que o incomodava há alguns dias. Um pouco antes das 20h daquela noite, recebi uma ligação do hospital solicitando informações sobre um homem chamado Henrique Baroni, que havia dado entrada há uma hora entre a vida e a morte... Filha... — Minha mãe não conseguiu prosseguir e manteve-se calada em um murmúrio lancinante enquanto Luiza, que estava ao meu lado no banco de trás, invocava sua coragem e seguia com o relato. Chorei durante todo o tempo. — Estávamos todos em casa e fomos às pressas para o hospital, quando chegamos lá, o pai já estava na sala de cirurgia, que foi realizada na região do abdômen, e, embora fosse de alto risco, era a única chance de tentar salvar sua vida. As chances eram mínimas, Lau... — Luiza precisou de uma pausa para enxugar as lágrimas e seguir. — Ele recebeu três facadas no abdômen e uma no braço...

Um horror ainda maior se estabeleceu em mim ao sentir sua dor, seu martírio... Era impossível ignorar os pensamentos teimosos que insistiam em projetar uma reconstituição do que ele havia vivido naqueles momentos. Por alguns instantes, apenas nossas lágrimas foram manifestadas. Cada um, da sua forma, vivia novamente o drama junto com meu pai, como se estivéssemos ao seu lado, ou mesmo como se estivéssemos incrustados em seu corpo naquele dia. Entre um soluço e outro, Luiza voltava a desenrolar o motivo do nosso sofrimento com a voz rouca e abafada pela aflição.

— Esperamos por mais de quatro horas até o fim do procedimento para obtermos o primeiro contato com o médico. Nesse tempo, Antônio foi até a delegacia e apurou o motivo que ainda desconhecíamos. Mas primeiro contarei o que o médico nos informou. — Ela parou por alguns instantes e puxou uma grande soma de ar antes de voltar para mim seu rosto iluminado parcialmente pela precária luz da estrada. — No semblante do médico, ficava evidente que as notícias que carregava não eram as que desejávamos ouvir. Papai sofreu graves lesões no estômago e rim, além de uma hemorragia interna que, a custo, pôde ser contida. Ele disse: "só um milagre irá salvá-lo, espero que o mesmo milagre que ainda o mantém vivo, pois não consigo explicar como ele chegou com vida ao hospital". Os dias que se seguiram não foram mais otimistas, papai foi induzido ao coma e, desde então, permanece desacordado, porém seus sinais vitais melhoraram e, a cada dia, percebemos que ele evolui um pouco mais.

— Ele ainda corre riscos? — perguntei com a voz anasalada em função do pranto violento que deturpara minhas condições de respirar.

— Sim... Infelizmente corre, além de que pode se conservar nesse estado de coma por muito tempo como único meio de continuar vivo.

Eu não conseguia acreditar no que ouvia... Afundei meus dedos em meio aos meus cabelos com força, em seguida trouxe minhas mãos até minha face onde repetidas vezes a esfreguei com o máximo de vigor na tentativa de apagar as palavras de Luiza, de apagar o passado e até mesmo minha própria vida. Era doloroso demais, eu não suportava. Não queria mais sentir aquilo, não desejava continuar existindo...

Os braços de Luiza contornaram meu corpo e afagaram-me enquanto, em silêncio, permanecemos pranteando sem que houvesse meios de encontrar um alento, qualquer paz ou refúgio.

— Ouça-me, Laura... — rompeu a voz de Antônio, que também chorava. — Eu juro que, em pouco tempo, esse crime será vingado! — Uma debilidade ainda maior me atingiu.

— Por favor, não diga isso...

Foi só o que pude dizer ao constatar o que Antônio pretendia com aquele aviso. Eu conhecia muito bem seu coração e todas as virtudes que abrigava, mas sabia também que ele não perdoaria alguém que ousasse ferir qualquer um de nós. Meu temor só ganhava forças porque suas palavras não eram um blefe, um disparate qualquer induzido pela mágoa, muito pelo contrário, elas tinham um motivo pertinente, um alvo e uma raiva dilacerante como combustível.

Infelizmente, não me vi hábil para convencê-lo a não se arriscar e somente ouvi quando ele narrou, imbuído de uma cólera febril, como fora a apuração do crime.

— Aquele verme foi tão patético ao agredir nosso pai, assim como é patético tudo que diz respeito à sua existência miserável, que nem mesmo teve capacidade para executar seu intento se cercando do mínimo de bom senso para não ser descoberto, ou ao menos para ser corajoso o suficiente e se entregar. Mas não, o imbecil perseguiu papai durante toda a tarde e, justamente em um estacionamento repleto de câmeras de segurança, atentou contra sua vida e saiu dirigindo seu carro até sua cidade escondendo-se em um hotel barato, onde não teve a prudência de nem mesmo se valer de um nome falso. O encontramos facilmente no dia seguinte, e tive o prazer de acompanhar as buscas e, com minhas próprias mãos, fazê-lo sentir uma pequena amostra do que o aguarda no futuro.

Enfim compreendi a atadura em sua mão. Já suas palavras causavam-me horror não apenas pelo que descreviam, mas principalmente pelo prazer que Antônio sentia por desejar causar a Carlos Eduardo o mesmo que ele havia provocado em cada um de nós.

— Desejo ir direto ao hospital — pedi assim que minha capacidade de comunicação regressou.

Capítulo 55

O verde opaco daquele tecido encobriu meu jeans e camiseta, banhei minhas mãos com água e sabão abundantes conforme orientação, utilizei álcool em gel 70% e cobri parte do meu rosto com uma máscara.

Sentindo meus batimentos apressados, segui a enfermeira por um corredor silencioso e deserto. Em poucos metros, paramos em frente a uma das subsequentes portas e, novamente, as lágrimas, que pareciam fazer parte do meu cotidiano há tanto tempo, retornavam ao seu lugar favorito.

A mulher de pele morena e lábios acostumados com o silêncio abriu a passagem e permitiu que eu adentrasse, mantendo-se do lado externo e concedendo-me privacidade. Meu cérebro captara uma grande quantidade de informações presentes no cômodo, mas meus olhos pousaram na figura que centralizava a cena e dela não mais se afastaram.

— Pai...

Seu rosto estava tão magro que, por um segundo, não o reconheci. Sondas, cateteres e um respirador o invadiam parecendo agredi-lo enquanto ele nada podia fazer em sua defesa. Uma sinfonia de bips era o pano de fundo do reencontro que tanto sonhei, não mais uma das nossas peças favoritas de Bach. Seu sorriso estava usurpado por um tubo que também o silenciava e não o autorizava a questionar-me sobre minha aventura. Os olhos fechados e afundados no crânio não me veriam, as mãos presas ao lado do corpo não tocariam nas minhas, assim como os braços não me receberiam... Nem mesmo poderia me alegrar com suas apressadas passadas de um lado para o outro enquanto avaliaria minha experiência correlacionando-a com suas predileções históricas, não mais me advertiria pela imprudência de minha viagem sozinha a Derbyshire e que, ao final, traria um sorriso que entregaria o orgulho que no fundo sentia por minha coragem...

Quem sabe sim, um dia, ou quem sabe não, nunca mais...

Enquanto elevei meus pensamentos a Deus, ignorei os riscos e as proibições e tirei a máscara que cobria meu rosto, caminhei com meus lábios por toda a sua face, lentamente trilhei um caminho de quase intocáveis beijos e a cada um eu repetia "te amo, pai", minhas lágrimas derramavam-se por sobre seu rosto, e meus dedos corriam sutilmente para enxugá-las.

O padecimento que corroía meu conforto transformava minhas palavras na súplica que compunha minha oração. Rezei pedindo o milagre citado pelo médico, implorei pela permanência daquele homem em nossas vidas, por sua cura, por uma chance alegando sua bondade, apontando suas virtudes e os gestos nobres que o acompanharam ao longo da vida.

Minha intimidade com o ser superior, alvo da minha crença, possibilitou-me convocá-lo para uma séria conversa na qual, por muito tempo, mantive-me firme a discutir os motivos pelos quais eu necessitava urgentemente ser ouvida.

Permaneci imóvel ao lado da cama enquanto exprimia todos os sentimentos que me preenchiam, medo, aflição, arrependimento, piedade, amor, todos se voltavam para o homem que me trouxe ao mundo, que possibilitou minha existência, educou-me, amou e protegeu desde que soube que eu estava a caminho do mundo.

Ao fim, eu já não sentia medo.

Depois de muito tempo em que me conservei em pé em meio a um enfático discurso que, para olhares alheios, denotaria um monólogo, voltei minha face para minha mãe, que adentrara o recinto. Posicionando-se ao meu lado, manteve-se por alguns minutos em silêncio dividindo-se ao acariciar a mão do seu esposo e a da sua filha recém-chegada, que recebiam seu amor.

— Ele estava desesperado sem notícias suas... — Soou a voz de minha mãe.

Não encontrei palavras para justificar minha atitude, embora eu soubesse que seu desejo não era me repreender. Apenas permaneci calada. Algum tempo depois, a enfermeira voltou para nos informar que apenas uma pessoa poderia permanecer ao lado do paciente. A insistência de minha mãe para que eu acompanhasse Luiza e Antônio até nossa casa para finalmente poder descansar da viagem foi ignorada e retive-me firme ao afirmar que não sairia do lado de meu pai tão cedo.

— Confie em mim, mãe... Estou bem! — assegurei-lhe enquanto a abraçava com carinho. — Ele precisa de mim e eu dele, não podemos nos afastar agora, acredite! — Um leve brilho de esperança correu por seus olhos e a permitiu rumar para casa com o mínimo de paz para desfrutar de uma noite de sono.

A madrugada estendeu-se sobre nós de maneira lenta enquanto em mim um embaraço de pensamentos se conflitava. Observei e acariciei meu amado pai no tempo em que persegui desesperadamente razões para me manter firme, manter-me em pé. Entregar-me ao desespero não era uma opção. Quando não mais suportei a letargia que se alastrava sobre meus sentidos, acomodei-me na poltrona que ladeava o leito e permiti-me adormecer.

— Lau, acorde!

— Oi! — respondi confusa por não reconhecer de imediato o cômodo que me abrigava.

Em poucos instantes, reconheci as condições reais que definiam minha vida e, de imediato, obstinei-me a manter-me resistente ao objetivo que a mim mesma propunha.

— Oi, querida... Precisa ir para casa, alimentar-se e descansar de maneira apropriada.

— Não, Lu... Prefiro continuar ao lado do pai, precisamos matar as saudades... — argumentei.

— Eu sei que deseja, mas antes vamos para casa, e logo você retorna — persistiu ela.

Meu semblante alertou-a que não tão facilmente me convenceria, então, como a boa advogada que era, buscou um *ás* escondido nas mangas.

— O que papai iria lhe sugerir se estivesse em condições?

Analisei seu argumento... Ela estava certa. Aceitei acompanhá-la depois de sua promessa, certificando-me que eu poderia voltar assim que desejasse.

Ao chegar à frente da minha casa, fui ocupada por uma sensação nostálgica, creio que muito comum em uma situação como aquela. Sentia-me pontuando uma fase de minha vida, embora soubesse que estava preenchida de apenas poucos resquícios de quem eu costumava ser. Voltar ao lugar que sempre vivi trouxe-me a paz pela sorte de poder ser devolvida ao meu mundo, porém eu não me sentia inteira e perturbava-me o fato de não mais parecer pertencer àquele lugar. Eu estava segura, mas, ao mesmo tempo, deslocada.

Caminhei analisando com cuidado os detalhes tão familiares outrora e que, naquele momento, pareciam peças desconexas e incompatíveis com quem eu me tornara. Talvez fosse o medo que sentia pela saúde do meu pai, talvez a pesada bagagem que trouxera de minha experiência, talvez a frustração pelos sonhos que não realizei ou pelos que vivi sem jamais haver sonhado e os quais fui impelida a deixar pelo caminho...

Sem saber ao certo a razão, consolei-me com a única certeza à qual tinha acesso, eu já não era a mesma...

Procurei reconhecer-me, mas não consegui...

Rumei a um banho absolutamente necessário, vesti-me com um vestido de estampada malha leve, pois a temperatura estava agradável trazendo um calor ameno. Respirei fundo e dirigi-me à reunião que me aguardava sem que fosse necessária uma convocação.

Minha mãe, Luiza e Antônio denotavam a agitação que os consumia. Sentados lado a lado sobre o sofá, pareciam prestes a interrogar um foragido da justiça, ou a prestarem um depoimento como tal.

Narrei-lhes cada detalhe, as sensações ainda eram extremamente intensas e, desse modo, creio que foi possível relatar com exatidão tudo que vivi. Precisei buscar em minha memória tantas informações, afinal, os dias que passei em Birth atribuíram mais emoção que os 23 anos que passei trancafiada em meu mundo particular, e exteriorizar tudo que formava minha história levou mais de duas horas de um relato atentamente acompanhado por meus expectadores.

Ao fim, três faces, no momento consternadas, mas que já haviam expelido todo tipo de emoção, encaravam-me incrédulas. Todos que me conheciam sabiam que a mentira nunca fizera parte da minha vida, porém, ali, tive a clara sensação de que me julgavam como uma mentirosa.

— Isso não pode ser verdade... — exprimiu Antônio de modo alheio à nossa presença. — Alguém a está ameaçando, não é mesmo? — dirigiu-se a mim regressando à realidade.

Minha mãe e Luiza concordavam com sua constatação.

— Não, ninguém me ameaça... Ninguém cometeu crime algum contra mim. Tudo que lhes narrei é a mais pura verdade. — Nenhuma alteração em suas expressões. Eu precisaria de mais para convencê-los. — Ouçam-me... — Encarei a cada um com intensidade. — Eu juro pela vida de papai que tudo que contei é verdade.— Pronto, eles já tinham a prova que necessitavam para acreditar! A dúvida fora substituída por uma infinidade de perguntas referentes a Birth e, principalmente, ao seu rei. Respondi-as pontuando cada afirmação com a certificação de que encontrara o amor da minha vida. — Imaginem encontrar alguém que é a resposta para todas as suas inquietações, foi isso que senti ao vê-lo pela primeira vez — respondi quando Luiza me perguntou como me sentia em relação a ele e continuei. — Eu sempre soube que existia no mundo alguém feito para mim, mas temia não o encontrar, não sei... Como se houvesse um meio de nossos caminhos nunca se cruzarem, e, no momento mais improvável e nas circunstâncias mais contraditórias, ele surgiu representando uma revelação do meu destino. Jamais encarei sua presença em minha vida resumindo-se a um homem que amei, mas sim, como um ser criado e preparado para me trazer um conjunto de sentimentos bons, todos os sentimentos bons que possamos conhecer e tantos outros que me foram apresentados nos dias que dividimos...

Passamos o restante daquela manhã conversando sobre os assuntos que nos afligiam. Decidimos, juntos, que eu voltaria a lecionar, mas antes eu precisaria de um tempo para reorganizar meus pensamentos. Principalmente, esperaríamos, munidos de esperança, pela melhora de meu pai, esse era o ponto central de tudo. Nossas vidas rondavam sua condição, e somente depois de sua cura, voltaríamos a ser nós mesmos, ou melhor, eles voltariam. Eu já sabia que, no meu caso, essa seria uma missão impossível.

Minha mãe, forte como um rochedo, não se desprendeu de suas atividades e mantinha a casa dentro de sua habitual rotina. Desse modo, não me surpreendi ao vê-la na cozinha preparando um almoço especial para comemorar meu retorno.

— Temos razões dolorosas que nos impelem a sofrer, querida. Mas não podemos deixar de dar graças às bênçãos recebidas, e sua volta é a maior delas — falou-me com lágrimas nos olhos depois de me apresentar o cardápio escolhido para me agradar. — Temi não a ver nunca mais... Tanta maldade neste mundo e você por aí, exposta a vagar sujeita a todas elas.

— Estou bem, mãe... E prometo que ficarei melhor ainda, só preciso de um pouco de tempo.

Tranquilizei-a enquanto meus pensamentos eram transportados para a terrível noite em que fiquei como alvo da arma que Margot empunhava. Alguns segundos ou qualquer descuido poderiam ter dado um desfecho absolutamente contrário à minha viagem, a partir do qual minha mãe e eu não teríamos acesso àquela oportunidade de gratidão.

Após a refeição, vesti-me e retornei ao hospital. Pedi para que me permitissem ir de carro sozinha, queria dirigir, conectar-me novamente com os elementos que me aproximavam de quem eu realmente era. No caminho, outra vez analisei a discrepância do meu mundo e de Birth. Há alguns dias, eu estava montada em um cavalo, trajando um pomposo vestido, e encontrava, ao meu lado, a representação de grande parte da minha felicidade.

Já no hospital, acomodei-me ao lado de meu pai, que permanecia em sua inércia. Acariciei-o e pus-me a narrar a mesma história contada horas antes ao restante dos meus... As horas continuavam a correr no tempo em que revelei as sensações tão intensas que vivi e, ignorando seu perturbador silêncio, alonguei meus relatos alcançando aquele momento, em que nos encontrávamos ali, na expectativa do restabelecimento de sua saúde.

Quando já havia concluído, peguei meu celular e procurei por minha playlist. Busquei por *Air*, de Bach, e cliquei no ícone que trouxe a sinfonia aos nossos ouvidos. Meu pai era apaixonado por ela, então deixei que o som invadisse o ambiente sem me importar que algum profissional pudesse me advertir, o que felizmente não aconteceu.

Assim, reproduzi uma sequência de melodias que eu tinha esperanças que concederiam algum conforto a ele. Sentia-me melhor e acreditava que ele também compartilhava de minha paz. Mantive-me ao seu lado em silêncio, somente absorvendo as boas vibrações que passavam a substituir a energia tensa que antes me consumia, quando, em um átimo de tempo, presenciei um espasmo mover sua mão esquerda.

Dediquei alguns instantes a considerar se aquilo havia sido uma reação ou apenas fruto da minha imaginação por tanto desejar sua recuperação. Alguns segundos depois, o movimento repetiu-se... Não era um sonho.

— Pai! — proferi com mais energia do que desejava, mas o impulso motivado pelo êxtase não me permitiu ponderar.

Ele permaneceu imóvel, corri porta afora gritando "enfermeira" e desrespeitando as inúmeras placas que solicitavam silêncio. Ana, a enfermeira, não pareceu se importar com minhas manifestações e, tão incrédula e ansiosa quanto eu, acompanhou-me de volta ao quarto.

— E então? — Perguntei enquanto ela fazia uma série de anotações no tempo em que submetia meu pai ao seu exame.

— Seus sinais vitais melhoraram muito... Ele está reagindo!

Dois meses depois

OUTUBRO DE 2021

Olhei meu reflexo no espelho e, sim, aquele era um belo vestido...
— Se eu estivesse em Birth, se tivesse me casado com Benjamin, meu vestido de noiva seria totalmente diferente. Afinal, a senhora já viu os vestidos usados pela realeza em seus casamentos?

Minha mãe já estava acostumada a tocar nesse assunto, pois eu sempre encontrava um meio de relacionar qualquer acontecimento com o amor que eu não conseguia apagar do meu coração. Sentia, inclusive, que, aos poucos, minha família cansava-se de não ter mais conselhos para me dirigir.

Embora a intensidade diminuísse gradativamente, principalmente após as longas conversas que tive com meus pais e irmãos na busca de compreender a razão da presença de Benjamin em minha vida, ainda sentia-me conectada a ele de um modo inexplicável. A melhora de meu pai acontecera de forma milagrosa, assim como havia sido sugerida. Seu retorno para casa ocorreu 20 dias depois de minha chegada, e seu despertar ainda no mesmo dia da indicação do retorno dos seus sentidos. Seu estado de coma fora superado sem que houvesse uma explicação racional, e, desde então, meu fardo automaticamente pôde ser abreviado, de modo que meus pensamentos puderam voltar a ter como foco principal o senhor daquele reino distante.

Por vezes, sentia que minha constante atenção em Benjamin preocupava minha família e admito que até a mim mesma. Foi-me proposto que eu buscasse uma ajuda profissional, mas não poderíamos esquecer que eu guardava comigo um segredo e, assim, era impossível confiar os motivos de minha "quase-loucura" a outras pessoas.

Minha esperança estava na continuidade que eu daria à minha vida a partir daquele momento. Nossos planos traziam o prenúncio de novos tempos e, com eles, eu agarrava-me à possibilidade de deixar o passado para trás, mesmo não sendo isso que dizia meu coração.

Decidimos que o melhor para nossa família seria uma mudança de cidade, de estado e de vida. Carlos Eduardo não ficaria preso para sempre, Antônio ainda fazia juras de morte a ele, e o medo de que sua presença e sua crueldade voltassem a intervir em nossa paz era mais que suficiente para definirmos que deveríamos mudar de ares. Afinal, não tínhamos ali ninguém além de nós mesmos, poucos parentes muito distantes e queridos amigos que conquistamos ao longo da vida, contudo nenhuma razão relevante o suficiente que nos impedisse de partir.

Nossa casa já havia sido vendida, o dinheiro que entraria na conta bancária de meu pai dentro de um mês seria usado para a compra de uma nova casa no interior de Minas Gerais, em uma pequena cidade que se adequara às necessidades profissionais de cada um de nós. Sentíamo-nos felizes em nossa decisão.

— Filha, o tempo lhe trará um novo amor. Você é jovem demais para fechar teu coração... tentou consolar-me minha mãe enquanto introduzia alfinetes no cetim branco do vestido.

Meus pensamentos, que vagavam, retornaram.

— Não sei o porquê, mas isso soa absolutamente improvável... — revelei com sinceridade.

— Porque o que você viveu foi feliz, e é difícil desapegar da felicidade. Mas é importante que você saiba que a vida é feita de felicidades e tristezas, porém ambas são passageiras. Ambas nos acompanham em momentos distintos, ambas possuem profundos efeitos sobre nós, e precisamos encará-los como necessidades de nossa evolução. Não se lamente mais, não se torture com perguntas que não serão respondidas por ora. Deixe que a vida te conduza, assim como ela fez levando-te ao encontro do seu rei. Eu não duvidaria de um destino que já me surpreendeu como fez o seu...

Avaliei suas palavras e, sim, como sempre, ela estava coberta de razão.

— Ainda precisa de meus serviços como modelo? — perguntei fazendo-a sorrir.

— Não, querida! Por hoje está bom...

— Então vou sair e procurar um pôr do sol que sirva de pano de fundo para as minhas reflexões — anunciei beijando-a com ternura.

Na cabana dos Nogueira, encontrei Imperatriz, a égua que, com frequência, montava antes de rumar à Inglaterra. Desde meu retorno, não havia tido coragem de cavalgar, ainda estava sensível demais para realizar atividades que me lembrassem Birth. Porém, naquele dia, sentia que deveria me despedir de tantas lamentações, deveria finalizar aquela história antes que ela me levasse à loucura.

Ao montar, lembrei-me imediatamente de Destiny. Além de sua imagem perfeitamente ilustrada em meus pensamentos, fui induzida a pensar em todos os personagens que compunham minha aventura no reino Birth.

Os atentados contra a vida de Ben tiveram sua autora descoberta, Margot. E, mesmo não sendo capaz de nutrir por ela nenhum sentimento positivo, afinal, não existia essa possibilidade depois de tudo que fizera, sentia-me grata por não ser imbuída do mesmo mal que a preenchia e, ao meu modo, ter convencido Benjamin a poupar sua vida. Eu só desejava que ele cumprisse sua promessa... Havia também a necessidade de mantê-la viva para que, desse modo, entregasse quem eram seus cúmplices, pois não acreditávamos que ela tivesse elaborado e praticado sozinha todos aqueles crimes.

Eu jamais conheceria o desfecho daquela história... Só me restava torcer para que mal algum se aproximasse de Benjamin.

Simon, mais cedo ou mais tarde, seria liberto, a condenação de Margot representava sua inocência, e isso envolvia minha alma de serenidade, pois o duque de Norfolk não mais estaria sujeito ao sofrimento descabido e injusto de ver seu filho morto por uma traição que não cometera. Ah, meu querido amigo Thomas, assim como Nancy, Emily, Phillip, meus guardiões, e até mesmo Will... Todos ocupavam um lugar de destaque em meu coração, pois cada um deles me recebeu com amor, destinou a mim respeito e manifestações de carinho.

Madeleine, minha amiga e cúmplice... Despertara em mim tanto amor, que seria incapaz de acreditar em representações comumente atribuídas às sogras caso ela houvesse se tornado a minha. Sentiria falta das nossas conversas, dos nossos planos e, principalmente, da sintonia que nos unia. Estávamos frequentemente conectadas, sua companhia nunca me cansava, e vê-la radiante em seus magníficos trajes enchia-me de alegria e admiração, tal qual uma garotinha na presença da sua heroína.

E por fim, ele... Benjamin III de Birth.

A pompa em seu nome, o título que carrega, o poder que possui e a relevância de sua existência tanto em Birth quanto na Inglaterra — por ser o herdeiro legítimo do trono — em nada se comparam à grandiosidade da sua alma, base de todos esses elementos.

Benjamin apresentara-se a mim como um rei e mesmo julgando-o insano por tal revelação, nunca pude negar que seu título lhe caía muito bem. Afinal, tudo nele se adequava a essa função.

Seu porte alto, sua estrutura forte e esguia, seus traços finos, porém marcantes, seus gestos moderados, refinados, mas também agressivos quando necessários para sair em defesa da justiça. Ele havia nascido para ser rei, havia um propósito para esse destino, entretanto, havia fatores predestinados a ele que se revelavam ainda mais apropriados: ser o dono do meu coração, o homem e amor da minha vida, a razão da minha vinda para este mundo, o responsável por motivar os melhores sentimentos que já conheci, o incumbido de fazer o mundo ter sentido para mim e a única e eterna paixão que habitaria meu coração.

Benjamin e eu tínhamos apenas cinco meses de diferença de idade, viemos para este mundo quase ao mesmo tempo e, além de um continente, de um país e de uma cultura que nos tornavam díspares, tínhamos ainda um plano traçado que nos impedia de viver o nosso amor. Porém tínhamos um amor, e ele era a prova de que não importa quanto tempo tenhamos para desfrutar da companhia do ser escolhido para desempenhar esse papel em nossa vida, o que vale é que o encontremos. Independentemente das razões que venham a nos separar, motiva-nos a certeza de que, em algum lugar deste planeta imenso, existe alguém para quem você representa o mesmo que este representa para você.

Saber que você perderá os sorrisos dessa pessoa é absolutamente doloroso, pois também descobrirá que não será você a consolá-lo em suas dores, a fortalecê-lo em suas lutas ou vibrar por suas vitórias... Mas, se mesmo com todas as complicações, você ainda julgar que ele foi o escolhido do seu coração, então eu acredito que aí exista o amor de uma vida. E o amor de uma vida não quer dizer que ele não esteja propenso ao sofrimento, ou à saudade, e muito menos que poderá desfrutá-lo pelo resto dos seus dias, com plenitude e felicidade extremas. Quer dizer que esse é o amor que você recordará antes da sua morte, que será ele a surgir com clareza diante dos seus olhos já enrugados antes que estes se fechem definitivamente para esta vida e que é ele a causa do sorriso que precederá seu último suspiro neste mundo.

O que vivi com Ben representa o amor de uma vida, pois hoje sei que não importa o que nos separa, mas sim aquilo que, num determinado momento, nos uniu. Sendo assim, resta-me guardá-lo em uma caixinha dentro do meu coração e agradecer pelo encontro que possibilitou a existência de uma versão de *nós*.

Após deixar minha montaria, caminhei trocando passos lentos por sobre o vale que se destacava ante o pôr do sol que se desenhava no infinito.

Busquei na minha bolsa por minha agenda, com as folhas em branco devido ao tempo que passei em Birth. Sempre compartilhei minha rotina em diários, pois quando criança carregava a certeza de que seria alguém importante um dia, e minhas memórias contariam meus segredos àqueles que desejassem conhecer minha história. Curiosamente, quando enfim vivi uma aventura digna de ser perpetuada em um papel que excederia minha existência, não vi necessidade de registrá-la, pois estava muito ocupada vivendo intensamente cada segundo, escrevendo no próprio mundo cada sensação de felicidade e dor que por mim foram vividas.

Naquele dia, decidi escrever, não para mim ou para alguém interessado em minha vida, mas para ele, uma despedida para Benjamin.

A tarde estava avermelhada em um tom tão quente quanto os raios que aqueciam minha pele. Decidi que chegara o momento de aceitar meu destino e seguir com a minha vida, o tempo se encarregaria do restante...

Sobre o tempo...

Benjamin...

O tempo é cruel, ele ameniza, vai te curando... Arranca-te a dor, prova física do sentimento vivido. Torna-te outra pessoa, obriga-te a acompanhar o movimento linear que segue a vida, e, assim, tornamo-nos borrões, memórias de difícil resgate, e, quem sabe, chegará o dia em que olhemos para essa caixinha de sentimentos e já não encontremos razões para abri-la, pois seu conteúdo já não condiz com nossos anseios no momento, e isso me entristece, pois esquecer alguém deveria ser uma escolha, não uma imposição...

Foi-me imposto que eu te esquecesse, fui compelida a te apagar, a abrir mão de ti... Mas lutarei com todas as minhas forças, farei dos meus nervos aço contra esse ditador implacável chamado tempo e só me libertarei de ti quando por ele eu for vencida.

Você passou como um sopro em minha vida, os anos apagam a intensidade, o cheiro, o gosto... Ele afasta-nos, faz-nos esquecer os detalhes que fizeram tudo ser tão especial... Aquela pequena palavra, aquele encontro de olhares de milésimos de segundos que revelaram o que escondíamos em nosso coração. As promessas, os planos que nunca foram mencionados e que se abrigavam em um esconderijo protegidos devido à falta de uma chance de tornarem-se reais.

Saiba, onde estiver, que fui sua e desejei mais que tudo me manter assim pelo resto da eternidade, mas o destino não quis, e eu sou apenas uma garota comum demais para convencer o destino a mudar seu traço.

Hoje já não sinto o impulso de sair gritando minha dor pelo mundo, ou apenas aprendi a controlar o desejo que me incitava a todo momento a jogar-me pelas ruas aclamando meu amor por ti, declarando o quanto me sentia injustiçada por perder-te. Cantaria, escreveria em muros, infiltrar-me-ia por entre multidões escancarando um sorriso dramático em meio às lágrimas que acompanhariam a história que eu tanto quis compartilhar. Aceitaria ombros estranhos para chorar minhas decepções e seus conselhos vagos e infrutíferos para poder continuar sentindo, tendo teu nome nos meus lábios constantemente, assim, sentir-me-ia mais próxima, tornar-te-ia real outra vez...

Mas ele, o tempo, roubou aquele ímpeto rasgado, levou o fervor excruciante que sangrava em meu peito e tornou-me esta casca vazia, oca e sem propósito, mas ainda uma bela casca, que sorri e encanta, que serve e contribui para o bem de todos, e isso me alegra, pois ao menos encontrei um motivo para me manter aqui, e assim o farei.

Minhas piadas, como sempre refinadas e ácidas, farão os que me cercam iludir-se que existe em mim alguma brisa de vida. Minha vaidade será a camuflagem que esconderá o abatimento de minha tez, os lábios carminados convencerão mais facilmente que carregam um sorriso verdadeiro, e os olhos, contornados com precisão, serão um motivo para não mais desaguar com tanta frequência.

O trabalho será a fuga que me permitirá subtrair as horas com capacidade de sorrir graças aos gracejos intermináveis que comumente acompanham minhas aulas. Já minha família cederá o restante das razões que necessito para continuar.

De resto, creio que o tempo trará alguém que não se importe em plantar amor em um coração infértil, pois rezo para que seja alguém que também já não seja capaz de amar profundamente e, desse modo, uma companhia agradável e algum prazer momentâneo tornará minha vida amorosa suficientemente aceitável.

Isso soa amargo, não era minha intenção...

SUÉLEN FERRANTI

Fim